Mary Cronos

Houston Hall – Schatten der Vergangenheit

Roman

Liebe Katja,
lieber Carl,
mögen die Schatten auf
deinem Weg stets das
Licht verheißen!
Mary

feelings
* emotional eBooks

Bitte besuchen Sie uns im Internet:
www.facebook.de/feelings.ebooks

FSC
www.fsc.org
MIX
Papier aus verantwortungsvollen Quellen
FSC® C083411

Redaktion: Theresa Schmidt-Dendorfer
Illustration im Innenteil: Mary Cronos unter
Verwendung einer Illustration von Shutterstock.com
Covergestaltung: Colors of Cronos
Coverabbildung: Shutterstock, Colors of Cronos, Monja Bauer
Dieses Werk wurde vermittelt durch Langenbuch & Weiss Literaturagentur.
Druck und Bindung: CPI books GmbH, Leck
ISBN 978-3-426-21656-9

Ich widme dieses Buch all den magischen Wesen da draußen, die die Magie ihres Lächelns in die Welt hinaustragen und sie so zu einem schöneren, zauberhaften Ort machen:
Meinen Lesern.

Wo Licht ist, ist auch Schatten – sagt man.
Doch scheint niemand recht bedacht zu haben,
Dass so ein Licht sehr wohl alleine strahlen,
Doch Schatten nicht von selbst sein kann.

Teil I

Schatten der Vergangenheit

Prolog

Donnerstag, 1. November 1663, Duighreach Castle.

Es ist geschehen. In der vergangenen Nacht zeitigten Jahrhunderte der Vorbereitung und Forschung Wirkung. Es ist uns gelungen, eine von ihnen zu ergreifen! Es könnte überdies die Mutter des Clans sein, die ihre Macht vom Verderber selbst erhielt.

Seine Lordschaft Richter Houston und Medicus Murray verhören sie zu dieser Stunde. Sollte es uns gelingen, ihren Unterschlupf zu finden und zu vernichten, wäre Duighreach ein für alle Mal sicher. Und nicht nur unsere kleine Gemeinde. Den Aufzeichnungen meiner Vorgänger nach führen Spuren dieser Ungeheuer bis nach Dùn Èideann im Westen und Dùn Barra im Osten. Auch Pater John MakGhie, der mir dieses Amt dereinst übertrug, hat festgestellt, dass sie sich ausbreiten.

Es muss uns gelingen, diese gottlosen Kreaturen aufzuhalten, ehe sie erneut zu Kräften kommen und sich für unseren Fang rächen. Sie sind übermächtig. So viele tapfere Männer haben sich ihnen schon in den Weg gestellt. Vergeblich. Allein hat niemand von uns eine Chance, gegen sie zu bestehen. Allein ist jeder von uns ihrer Hexerei und List ausgeliefert.

Möge der Allmächtige uns beistehen!

Aus der Chronik von Duighreach

Kapitel 1

Freitag, 24. Mai 1963, Houston Hall.

Ein heftiger Wind blies durch die dürren Äste der Buchenallee. Über den Himmel zogen dunkle Wolken. Es war nur noch eine Frage der Zeit, bis Regen den Boden der Einfahrt aufweichen und den Garten von Houston Hall in ein schmutziges Grau tauchen würde. Schottischer Frühling. Er zeigte sich von seiner besten Seite.

Heute fiel es Anthony nicht schwer, seiner selbstauferlegten Haft nachzukommen. Er wandte seinen Blick vom Fenster ab und ließ ihn über die unzähligen Bücherregale gleiten. Hier drinnen war er in seinem ganz eigenen Garten, in dem immer die Sonne schien. Zumindest solange der große alte Kronleuchter dafür sorgte. Er schritt an den Regalreihen entlang und strich mit seinen Fingerspitzen über die unzähligen Buchrücken, die seine Bibliothek zierten. Ein Garten voller Früchte. Das schönste ›Draußen‹ in seinem ›Drinnen‹. Der einzige Weg, seinen goldenen Käfig verlassen zu können, ohne einen Fuß in diese düstere, ungastliche Welt da draußen zu setzen.

Käfige waren nichts Schlechtes. Raelyn hatte einst einen Vogel in einem Käfig gehalten. Es war dem Tier gut ergangen, aber Realyn ließ es frei. ›Ein Vogel im Käfig ist sicher‹, hatte sie gesagt, ›Aber dafür wurde er nicht geschaffen.‹ Mit einem Lächeln auf den Lippen hatte sie die Tür des Käfigs geöffnet und dem Vogel nachgesehen, als er davonflog.

Anthony hatte ihr nie davon erzählt, wie er ihn wenig später gefunden hatte. Er hatte den Kampf gegen einen stärkeren Gegner verloren.

Wie Raelyn … Wie seine geliebte Schwester. Er vermisste sie so sehr.

Käfige waren nichts Schlechtes. Sie boten Schutz – Schutz und Sicherheit. Und die war Anthony wichtig. Was nützte Freiheit, wenn sie darin endete, dass man sich Gefahren aussetzte und letztlich sein Leben verlor?

»Laird Houston?« Die Stimme war laut und harsch und ließ seinen Namen wie einen Fluch klingen. »Laird Houston?« Die Rufe wurden immer wieder lauter und leiser, Türen wurden zugeschlagen und schwere Schritte hallten durch das Foyer. Jeden Augenblick würde Beatrix ihn finden. Die Tür der Bibliothek schwang auf und seine Haushälterin trat in ihrer ganzen, nicht unimposanten Erscheinung ein. Die Hände in die wohlgenährten Hüften gestemmt, das rundliche Gesicht bis zum weißen Haaransatz gerötet. Ihre grauen Augen – seinen so ähnlich, als wäre sie seine Mutter – funkelten ihn grimmig an. »Laird Houston! Hier sind Sie! Das hätte ich mir denken können. Ich hab Sie im ganzen Haus gesucht!«

»Und nun haben Sie mich gefunden«, gab er nüchtern zurück. Er stellte das Buch, das er gerade gewählt hatte, wieder ins Regal und schritt zum Fenster. Es sah ganz danach aus, als würde ein Unwetter über seinem Garten aufziehen.

»Sind Sie denn von allen guten Geistern verlassen? Sie haben Miss Rutherford entlassen? Die gute Claire einfach auf die Straße gesetzt? Warum – um Himmels Willen?!«

»Der Himmel hatte reichlich wenig damit zu tun, das versichere ich Ihnen.« Anthony musterte die immer dunkler werdenden Wolken vor dem Fenster und wartete auf den ersten Donner.

»Ihnen ist schon klar, dass sie die Letzte war, oder? Dass

nun nur noch ich übrig bin? Und wissen Sie, warum?« Sie machte eine Pause, doch er erwiderte nichts, sondern starrte nur weiter dem Unwetter entgegen. »Nicht, weil Sie alle gefeuert haben, sondern weil hier niemand mehr arbeiten, geschweige denn leben will!« Wieder eine Pause. »Die Menschen hier haben Angst vor Ihnen. Angst! Stört Sie das wirklich so gar nicht?« Sie seufzte leise, als sie die Sinnlosigkeit ihres Monologs begriff. »Vielleicht sollte ich auch gehen. Das wäre besser, als auf meinen Rausschmiss zu warten.«

»Vielleicht wäre es das.«

»Wie bitte?!«

Anthony hatte nicht damit gerechnet, dass sie noch lauter werden konnte. Jetzt drehte er sich zu ihr um. Ein fernes, lang erwartetes Donnergrollen begleitete seine Worte. »Beatrix. Weder diskutiere ich meine Entscheidungen mit dem Personal, noch habe ich vor, sie vor eben diesem zu rechtfertigen. Sollte Ihnen mein Entschluss missfallen und sollten Sie sich den nun auf Sie zukommenden Aufgaben nicht mehr gewachsen fühlen, steht es Ihnen selbstverständlich frei, jederzeit zu gehen.«

Sie schwieg. Der Schlag hatte gesessen und ihre Anklage pulverisiert.

»Habe ich mich klar ausgedrückt?«

»Das haben Sie, Laird Houston.« Wieder gelang es ihr, all ihren Ärger in seinen Titel und Namen zu legen. Dann drehte sie sich um und ging zur Tür. Im Gehen hörte er sie noch einmal murmeln: »Das haben Sie.«

Hinter dem Rücken ballten sich seine Hände zu Fäusten. Diese naive, alte Frau hatte doch keine Ahnung. Claire Rutherford hatte sich selbst disqualifiziert, sein Vertrauen missbraucht. Er hatte keine Wahl gehabt.

Man hat immer eine Wahl, Bruderherz, hallte Raelyns Stimme durch seinen Kopf.

Beatrix' Hand ruhte schon auf der Türklinke und sie sprach, ohne ihn anzusehen: »Ich erinnere mich noch gut an den jungen Laird, der Anwalt werden wollte, um Menschen zu helfen, denen Unrecht widerfahren ist.« In ihrer Stimme klang nun noch etwas anderes, Mattes mit. »Den lachenden, die Gerechtigkeit liebenden jungen Mann, der auszog, um die Welt zum Guten zu verändern. Dieser junge Mann ist schuld daran, dass ich noch immer hier bin. Ich weiß, dass er noch irgendwo hier ist.«

Da wusste sie mehr als er. Er hatte diese jüngere Version seiner selbst schon vor einiger Zeit aus den Augen verloren. Aber dieser junge Laird war wohl der Grund dafür, dass Beatrix immer Teil dieses Anwesens sein würde. Sie hatte ihn großgezogen. Sie war wie eine Mutter für ihn gewesen. Und nun war sie die einzige Familie, die er noch hatte.

»Aber auch wenn ich noch hier bin ... Ich kann nicht die Arbeit des gesamten ehemaligen Personals bewältigen. Wenn Sie wollen, dass ich bleibe, holen Sie Claire Rutherford zurück oder sorgen wenigstens für adäquaten Ersatz.« Mit diesen Worten ließ sie ihn allein.

Das Unwetter war nun direkt über ihnen. Blitze erhellten die Bibliothek und ließen unwirkliche Schatten durch den ganzen Raum zucken. Die zuschlagende Tür klang wie ein weiterer Donnerschlag.

Anthony ging hinüber zu einem der alten, schwarzen Ledersessel und ließ sich hineinfallen. Sein Blick glitt über das angefangene Schachspiel, das auf dem kleinen Beistelltisch vor ihm stand.

Was wäre jetzt wohl dein nächster Zug, Vater?

Der wahre Laird Houston, der eigentlich in diesen Sessel gehörte, hätte es gar nicht erst so weit kommen lassen. Unter seiner Führung war Houston Hall der beliebteste Ort Dirletons und der gesamten Umgebung gewesen. Er hatte alles dafür getan, die alten Geschichten vergessen zu machen. Doch nun waren sie von Neuem erwacht: Das Anwesen sei verflucht, hieß es. Der Hausherr nur ein Schatten seiner selbst. Beatrix hatte ihm schon vor Wochen von dem Gerede im Dorf berichtet. Aber er hatte so getan, als hätte er nicht zugehört, und irgendwann hatte sie geschwiegen.

Er sei ein Untoter. Ein Geist. Ein Dämon. Es klang, als sei die Landbevölkerung Dirletons noch nicht in der Moderne angekommen. Das war er aus Edinburgh nicht gewohnt gewesen. Aber in einem hatten sie in gewisser Weise recht: Tatsächlich hatte vor einem guten halben Jahr, nein, vor sechs Monaten, drei Wochen und zwei Tagen, sein gewohntes Leben ein jähes Ende gefunden. Ein einziger Anruf hatte alles verändert.

Das Wetter damals war noch schlechter gewesen als heute: Dauerregen, nur unterbrochen von Sturmböen und Hagel – schottischer Herbst. Allison, seine Sekretärin, hatte das Telefonat zu ihm durchgestellt, ohne sich etwas dabei zu denken. Warum auch. Anrufe der Polizei waren normal in einer Kanzlei. Was ihm Inspector Abernathy allerdings mitzuteilen hatte, war persönlich: Man müsse ihm die traurige Mitteilung machen, dass sich ein Unglück auf Houston Hall ereignet habe. Man bat ihn, möglichst zeitnah zum elterlichen Landsitz zu kommen.

Ihm war klar gewesen, was das bedeutete, warum der Inspector am Telefon keine Namen aussprach und keine weiteren Informationen preisgab. Das ›Unglück‹ musste solcherlei

Ausmaß haben, dass der zuständige Polizist es vorzog, persönlich mit ihm zu sprechen. Vielleicht verdächtigte man ihn aber auch und zog ihn deshalb nicht ins Vertrauen. Beide Optionen waren gleichermaßen beunruhigend.

Er hatte die Kanzlei in New Town in Windeseile verlassen und war mit seinem Jaguar, ungeachtet des Wetters, die gut dreißig Kilometer bis nach Houston Hall gerast. Er war gefahren, als hätte er noch irgendetwas ändern oder aufhalten können. Dabei kannte er solche Anrufe nur zu gut aus seinem Kanzleialltag. Sie kamen immer dann, wenn es schon zu spät war.

Er erinnerte sich noch genau an seine Ankunft. Als er die lange Auffahrt zum Anwesen entlanggefahren war, schimmerte alles rot und blau: die kahlen Buchen, die hellen Mauern, alles war in flackerndes Licht getaucht. Dazu kamen die aufgeblendeten Lichter der Streifenwagen, die sich dank des Schneeregens überall gespiegelt hatten. Inspector Abernathy erwartete ihn mit einem schwarzen Regenschirm. Ein dunkler Schatten zwischen all den Lichtern.

Danach verblassten Anthonys reale Erinnerungen und wurden ersetzt durch die Bilder und Worte aus dem Polizeibericht. Er kannte ihn auswendig. Wort für Wort. Bild für Bild.

Anthony sprang fluchend aus dem Sessel auf und umkreiste unruhig die kleine Sitzgruppe. Seine Finger vergruben sich in seinem Haar, verhedderten sich in seinen rotblonden Locken. Er wollte jetzt nicht an damals denken. Er sollte nicht. Am besten nie wieder. Keine Nacht ohne Albträume. Kein Tag ohne Schuldgefühle. Sein einziger ungelöster Fall, und wenn er weiter versuchen würde, dem Ganzen auf die Spur zu kommen, würde ihn das mindestens den Verstand kosten. Das wusste er. Das hatte er schon vor sechs Monaten gewusst, als er sich hier einquartiert hatte.

Damals hatte sich sein Leben verändert. Er gab seine aktuellen Fälle ab. Er war nicht mehr an anderen Verbrechen und ihrer Aufklärung interessiert. Nur noch an dem einen: Wer hatte den ehrenwerten Richter Houston und seine Familie auf so grausame Weise getötet? Und wie ein stets quälendes Echo die eine Frage: Warum?

Die letzten Monate waren eine unerträglich zähfließende Achterbahnfahrt gewesen. Als würde man in Zeitlupe auf das Ende der Strecke zurasen. Es war zu viel und zu wenig gleichzeitig geschehen. Die Beerdigung und all die gesellschaftlichen Konventionen kosteten ihn Zeit und Kraft und ließen ihn nicht zur Ruhe kommen. Zugleich stagnierten die Ermittlungen und führten ins Leere. Egal, wer befragt und welche Spuren gesichert wurden – die erhofften Erkenntnisse blieben aus.

Ihm lief die Zeit davon. »Nach einem halben Jahr ohne nennenswertes Vorankommen ist der Ermittlungsaufwand drastisch zu reduzieren, um unnötige Kosten zu vermeiden.« So hatte er einst noch eifrig in seine Aufzeichnungen gekritzelt. Erstes Semester Jura und eine von vielen unsinnigen Regeln. Ein Teil der landesweiten Spar- und Umstrukturierungsmaßnahmen, die gerade so in Mode waren. Er wollte gar nicht wissen, was man als Nächstes kürzen würde. Was er wusste, war, dass dieses halbe Jahr nun um war. Und das einzig Interessante, das Anthony während seiner Recherchen herausgefunden hatte, waren Parallelen zu anderen Fällen in der Umgebung: Sie alle waren ausgesprochen brutal und blutig gewesen; sie alle fanden bei Nacht statt; in jedem Fall überlebte keiner der Anwesenden.

Die Zeitspanne und lokale Verstreuung der Verbrechen deutete allerdings eher auf mehrere Täter als auf einen spezifischen Einzeltäter hin; vielleicht war es eine Bande, über Generationen hinweg; vielleicht sogar ein Clan oder Kult. Aber auch in den vergleichbaren Fällen hatte es keine hilfreichen Anhaltspunkte gegeben. Entweder waren die Täter gut genug, um eine ganze Reihe perfekter Verbrechen zu begehen, oder sie hatten Kontakte bis nach ganz oben und waren so in der Lage, die Ermittlungen im Sande verlaufen zu lassen.

Diese Erkenntnis war der erste Schritt weg von den offiziellen Untersuchungen gewesen. Anthony hatte das Vertrauen in die Polizei und jeden weiteren vermeintlichen Verbündeten verloren. Woher sollte er wissen, wem er vertrauen konnte? Woher sollte er wissen, wer wirklich auf der Seite des Gesetzes stand?

Er war das letzte lebende Mitglied der Familie Houston. Warum sollte man ihn am Leben lassen? Ein Versehen? Ein Fehler, den man noch beheben würde?

Die Polizei rechnete nicht mit einem erneuten Überfall. Das wurde ihm immer wieder versichert.

Dann war ja alles gut …

ER rechnete aber damit!

Immer. Am Morgen beim Aufwachen und am Abend, wenn er vergeblich versuchte einzuschlafen. Egal, wie spät es war, egal, wie müde er war. Die Angst blieb, zusammen mit der Ungewissheit. Aber auch er blieb – hier in Houston Hall. Er musste es tun, es gab keine Alternative. Er hatte versucht zu gehen, alles zu verkaufen, einen Schlussstrich zu ziehen; aber in letzter Sekunde hatte er das Angebot des Golfhotels ausgeschlagen und war doch geblieben. Wenn er ehrlich mit sich war, dann wusste er, dass er auch in Edinburgh nicht hätte schlafen können. Es war nicht der Ort, vor dem er Angst hatte. Es war das Geheimnis. Es waren die Umstände des Todes seiner Familie, die vielen offenen Fragen, die niemand beantworten konnte.

Mit leerem Blick starrte Anthony aus dem Fenster. Das Wetter hatte sich immer noch nicht beruhigt. Der Wind pfiff um die Ecken des Hauses und durch jeden Spalt, durch den er sich zwängen konnte. Ob Beatrix bereits nach Hause gegangen war? Es war gut möglich, dass sie das Unwetter der Gegenwart ihres Dienstherrn vorgezogen hatte. Der Weg bis zu ihrem kleinen Cottage in der Nähe der Ruinen von Dirleton Castle war nicht weit.

Diesmal hatte er es wirklich auf die Spitze getrieben. Beatrix hatte sich bei jeder Entlassung aufgeregt: bei William, dem Chauffeur, der als Erstes hatte gehen müssen; bei Jacob, dem Gärtner, den er zu Weihnachten entlassen hatte; bei Duncan, dem Butler, zum Jahresanfang, und auch bei den beiden anderen Dienstmädchen, die vor ein paar Wochen gegangen waren. Miss Rutherford war in logischer Konsequenz die Nächste gewesen – und sie hatte tatkräftig auf dieses Ereignis hingearbeitet. Aber sie war eben die Letzte gewesen. Da hatte Beatrix, die treue Seele, recht.

Er war sich nicht sicher, ob er ihre Drohung ernstnehmen sollte. Vielleicht war es das Beste, wenn er allein hier lebte. Er verursachte nicht viel Unrat – zumindest keinen, den ein Dienstmädchen hätte anrühren dürfen; die wenigen Male, die es an der Tür läutete, konnte er selbst öffnen und gekocht wurde nur, wenn er es nicht verhindern konnte. In Edinburgh hatte er auch ohne Angestellte gelebt. Es war ein unnötiger Luxus, den man in der heutigen Zeit eigentlich nicht mehr in Anspruch nehmen sollte. Selbst Dirleton musste doch irgendwann in der Gegenwart ankommen, in der London und auch Edinburgh schon eine ganze Weile lebten. Auch wenn Beatrix mit Sicherheit niemals eine Hose anziehen würde. Erst recht keine *Jeans*. Das gehörte sich einfach nicht für eine Dame, wie sie mehrfach erklärt hatte.

Sollte er es wirklich riskieren, sie zu verlieren? Egal, wie antiquiert Angestellte heute vielleicht waren, Beatrix war die Einzige, der er vertraute und der er auch vertrauen konnte. Sogar sein Verstand sagte ihm das – und der zweifelte eigentlich immer.

Was er jetzt brauchte, war ein Kompromiss, um seine Hausdame zu besänftigen.

Anthony lief zu dem alten, wuchtigen Teakholzschreibtisch am hintersten Fenster, der so gar nicht zum sonst eher hellen Mobiliar der Bibliothek passte. Sein Vater hatte immer gern hier gesessen. Vor allem, wenn er sich auf eine Verhandlung vorbereitet hatte. Es war der richtige Ort, um eine Lösung zu finden. Anthony ließ sich davor nieder und strich über die grüne lederne Schreibunterlage. Der alte Schreibtischstuhl knarrte leise unter ihm.

Kurz darauf schrieb er.

Dringend Hilfe im Haushalt gesucht. Tätigkeitsfelder: Essenszubereitung und Einkauf, Gartenarbeiten, Botengänge, Haushaltsbewältigung und Instandhaltung.

Er hielt inne und starrte auf seine Worte. Nein, das war wenig reizvoll. Der Bogen landete im Papierkorb. Er rechnete zwar nicht damit, dass sich überhaupt jemand melden würde, aber es sollte wenigstens so aussehen, als hätte er sich ehrlich bemüht. Dann könnte er Beatrix sagen, er hätte es versucht. Mehr konnte sie nicht verlangen. Es war schließlich nicht sein Verschulden, wenn seine Annonce niemanden interessierte.

Haushaltshilfe für verschiedene Tätigkeiten in Haus und Garten gesucht.

Viel zu schwammig und allgemein. Und zusammen mit der Anschrift ›Houston Hall‹ sicher nicht verlockend. Nachdenklich tippte er mit dem Stift auf das Papier vor sich. Um dieses Anwesen rankten sich mehr Legenden als um Dirleton Castle. Abschreckende Legenden.

Sicher, seine Vorfahren waren nicht gerade vom Glück begünstigt gewesen, aber dennoch schien es Anthony übertrieben, gleich das gesamte Anwesen für verflucht zu erklären. Er hatte ja die Vermutung, dass das ehemalige Personal nichts Besseres zu tun hatte, als in der Gerüchteküche eine Suppe zu versalzen, die er dann auslöffeln musste. Vielleicht sollte er es mit etwas mehr Offenheit versuchen.

Unterstützung in Haushalt und Garten von Houston Hall gesucht. Nur leichte Tätigkeiten und kurze Botengänge. Angemessene Bezahlung.

Gar nicht schlecht. Aber spätestens morgen früh würde sicher auch diese Version im Papierkorb landen, denn heute würde er die Annonce nicht mehr übermitteln können. Da war das Unwetter eine willkommene Ausrede.

Mit dem Gefühl, sich dennoch einer schweren Last entledigt zu haben, streckte sich Anthony und ließ sich gegen das kalte Leder der Stuhllehne sinken. Er schloss die Augen in der vagen

Hoffnung, vielleicht etwas Schlaf zu finden. Doch schon wenige Sekunden später hatte er sie wieder geöffnet und drehte seinen Stuhl zum Fenster hinter sich. Irgendetwas war auf einmal anders.

Er konnte es nicht genau fassen, aber etwas hatte sich verändert. Mit seinen Blicken suchte er jeden Zentimeter des Vorplatzes ab. Nichts. Auf dem Rondell zeigte sich das erste Grün und wurde vom Regen gleich wieder ertränkt. Der Rest des Vorgartens lag verwildert und verlassen da. Keine Menschenseele war zu sehen.

Er schloss die Augen noch einmal und lauschte. Das war es. Die Stille. Nur das monotone, aber inzwischen schwächere Rauschen des Regens war geblieben. Der Sturm pfiff nicht mehr durch die Fenster und Türen, das Gewitter war einem weiter entfernten Wetterleuchten gewichen und – hier begann der beunruhigende Teil – auch die Vögel schwiegen. Normalerweise sangen sie besonders laut, wenn ein Unwetter wie dieses vorüber war. Wie um zu zeigen, dass sie noch da waren und kein Unwetter dieser Welt sie fortjagen konnte.

Aber nun schwiegen sie.

Anthony hatte gerade beschlossen, dem nachzugehen und eines der großen Flügelfenster zu öffnen, als ein röhrendes Geräusch die Stille durchdrang.

Erschrocken duckte er sich hinter einen der schweren blauen Samtvorhänge und beobachtete von dort aus die Auffahrt. Er war sich inzwischen recht sicher, dass das Grollen zu einem Automotor gehörte. Die Frage war nur, wem der Wagen gehörte. Beatrix nutzte stets das Fahrrad und würde heute sicher kein weiteres Mal herkommen. Das jüngst gefeuerte Dienstmädchen, Miss Rutherford, war immer zu Fuß unterwegs und würde gar nicht mehr herkommen. Regulären Besuch hatte das Anwesen seit einem halben Jahr nicht mehr gesehen.

Aber nur wenige Augenblicke später umkreiste tatsächlich ein Wagen das Rondell und hielt direkt vor dem Haus. Ein knallgelber VW-Käfer. Das neueste Modell. Jahrgang 1961 oder '62. Er hatte von diesem Wagen gehört, aber noch keinen gesehen. Ein deutscher Wagen, der gerade an Beliebtheit gewann. Manche Zeitungen hatten sich über seinen Namen und sein Aussehen amüsiert. Anthony fand den Schnitt großartig. Und wenn er ehrlich war, gefiel ihm auch die Farbe – wobei er sich ziemlich sicher war, dass sie nicht Teil der Standardausstattung war.

Als sich die Fahrertür öffnete, verlagerte sich sein Interesse schlagartig. Zuerst fiel ihm der schwarze, lockige Pferdeschwanz auf, dann die junge Frau, zu der er gehörte. Sie trug eine knallrote Bluse und Bluejeans. Bestimmt eine Touristin, die sich verfahren hatte. Sie passte definitiv eher nach London oder Edinburgh als nach Dirleton.

Er ertappte sich dabei, wie er nach Duncan rufen wollte, damit er ihr mit einem Schirm entgegenlief. Als es kurz darauf klingelte, verfluchte er sich im Stillen dafür, den alten Butler gefeuert zu haben.

Stockend, wie eine defekte mechanische Puppe, löste er seine Hände vom Samtvorhang und setzte sich in Richtung Zimmertür in Bewegung. Er sollte dafür sorgen, dass die Fremde schnell auf den richtigen Weg zurückfand. Es klingelte ein zweites Mal, bevor er das Foyer durchquert hatte.

Vor der großen alten Eingangstür blieb er stehen. Sein Körper zitterte erst leicht und dann immer mehr, je näher seine Hand dem Türknauf kam.

Die Haustür hatte ihm schon früher Unbehagen bereitet. Sie

war der älteste Teil des Hauses und seit seiner Rückkehr war sie für ihn zu einer nahezu unüberwindbaren Barriere geworden. Seit Monaten hatte er das Haus nicht mehr verlassen. Houston Hall war für ihn wie eine Festung. Es gab keinen Ort, an dem er sich sicherer fühlte.

Dass er es tatsächlich geschafft hatte, die Tür zu öffnen, merkte er erst, als eine angenehm feminine Stimme »Guten Tag« sagte. »Ich dachte schon, es sei niemand zu Hause. Wie schön, dass ich mich getäuscht habe.«

Anthony war nicht in der Lage zu antworten. Er starrte in ihre leuchtend grünen Augen, auf ihre verlockend roten Lippen, musterte ihre filigranen Züge, die mehr an eine detailliert gearbeitete Puppe als an einen Menschen erinnerten. Aber das war nicht alles. Da war etwas … anderes. Vielleicht in ihrem Blick. Vielleicht in ihrer Art zu sprechen. Etwas, das ihn wie magisch in ihren Bann zog und eine seltsame Spannung entstehen ließ. Er hätte nicht sagen können, ob sie noch weitersprach. Dann veränderte sich etwas in ihrer Miene. Sie legte den Kopf schräg und ein Lächeln huschte über ihre Lippen. »Hat Ihr Laird Ihnen nicht beigebracht, wie man eine Dame korrekt begrüßt und ins Haus bittet?«

Sein Laird? Oh! Sie musste ihn für den Butler halten. Natürlich. Ein Laird würde kaum selbst die Tür öffnen. In diesem Punkt war Houston Hall wohl einmalig. Aber sah er aus wie ein Butler? Er strich seine graue Weste glatt, korrigierte den Sitz seines Hemdes und bereute, kein Sakko anzuhaben.

»Sie sind sehr schweigsam, Mister …« Sie hob fragend eine Augenbraue und er spürte, wie er sich sichtlich entspannte. Sie kannte ihn wirklich nicht.

»Duncan. Sie können mich Duncan nennen, Ma'am.«

»Nun, Duncan …« Der Name schien sie zu amüsieren. »… was hat Ihnen denn so die Sprache verschlagen?«

»Verzeihung, Ma'am. Ich nehme an, Sie haben sich verfahren. Kann ich Ihnen behilflich sein, auf Ihren Weg zurückzufinden?« Ein höflicher Rausschmiss. So war es mit Sicherheit am besten für alle Beteiligten.

»Das wird sich herausstellen«, murmelte sie leise, nur um rasch hinzuzufügen: »Wenn dies hier Houston Hall ist, dann bin ich goldrichtig. Ist der Laird wohl gerade zu sprechen?«

»Ob der Laird zu –« Er unterbrach sich selbst. Jetzt nur nicht aus der Rolle fallen. Auch wenn ihm die Entwicklung des Gesprächs gar nicht gefiel. »Der Laird ist ein sehr beschäftigter Mann. In welcher Angelegenheit wünschen Sie ihn zu sprechen?«

»Ich wünsche, mich als Dienstmädchen zu bewerben.« Sie lächelte erneut, und er war sich nicht sicher, ob sie seine Art zu sprechen nachahmte, um sich anzupassen oder sich über ihn lustig zu machen. »Die Stelle ist doch noch frei, oder? Mir hat gerade eine ältere Dame von ihrem vakanten Dienstmädchen berichtet, aber man weiß ja, wie ältere Damen sind.« In Windeseile flackerten Freude, Bestürzung, Hoffnung und Verwegenheit über ihr Gesicht, und noch bevor sie geendet hatte, war sie an Anthony vorbei ins Foyer geschlüpft. Auf sie schien die Schwelle der alten Haustür keine so abschreckende Wirkung zu haben wie auf ihn. »Der Laird hat wirklich ein außergewöhnlich schönes Anwesen.« Sie drehte sich um die eigene Achse und ließ dabei den Blick durch die Eingangshalle schweifen. »Baronismus mit frühen Zügen des Klassizismus. Ich würde sagen spätes 17., frühes 18. Jahrhundert?« Ihre Frage glich eher einer Feststellung. Zumindest schien sie keine Antwort von ihm zu erwarten. Zum Glück.

Anthony war vollauf damit beschäftigt, eine Lösung für sein neues Problem zu finden. Ein Butler konnte schwerlich entscheiden, jemanden des Hauses zu verweisen, und er konnte nicht plötzlich vom Butler zum Laird werden, ohne sich völlig der Lächerlichkeit preiszugeben. Und je länger er sie betrachtete, umso wichtiger schien es ihm, sich vor ihr nicht lächerlich zu machen. Vielleicht sollte er ihr ein Handtuch oder einen Tee anbieten …

»Wissen Sie, ich dachte mir, die frühe Katz fängt den Spatz, und bin gleich hergekommen.« Sie schlenderte durch das große, helle Foyer, als wäre es das Selbstverständlichste auf der Welt. Ihre Bewegungen hatten wirklich Ähnlichkeit mit denen einer Katze. Einer Raubkatze.

»Ich glaube kaum, dass Ihnen da viel Konkurrenz droht«, erwiderte er trocken und mehr zu sich selbst.

Sie schwieg eine Weile und blieb schließlich vor dem Familienportrait stehen, das zwischen Salon- und Esszimmertür hing. Er mochte inzwischen zwei Jahrzehnte älter sein als sein kindliches Ebenbild, aber da er die roten Locken und auch sonst durch und durch die markanten Züge seines Vaters trug, war seine Scharade jetzt wohl aufgeflogen. Selbst sein Kleidungsstil war ähnlich. Schon sein Vater hatte stets anthrazitfarbene Anzüge getragen. Anthony fuhr sich fahrig durchs Haar und suchte nach irgendeiner Erklärung.

»Ist das jetzt ein Kompliment an mich oder eine Beleidigung Ihres *Herrn?*« Das letzte Wort sprach sie merkwürdig gedehnt aus und ihr Pferdeschwanz hüpfte leicht auf und ab. Mehr sagte sie nicht und es fiel ihm schwer, sich zu erinnern, worauf sie da überhaupt antwortete. Glücklicherweise schien sie erneut keine Erwiderung von ihm zu erwarten. Stattdessen musterte sie noch einmal die kleine Familie auf dem Gemälde und drehte sich dann mit einem amüsierten Ausdruck auf dem Gesicht zu ihm um. Er war durchschaut. Ärger stieg in ihm auf. Er war ja nicht bei Sinnen! *Er* musste sich vor *ihr* für gar nichts rechtfertigen. *Sie* war hier eingedrungen. *Sie* benahm sich unmöglich. *Sie* hatte ihn für den Butler gehalten. *Sie* wollte eine Stelle bei ihm. Nicht umgekehrt.

Er straffte die Schultern und räusperte sich leise. Seine Hände hielt er hinter dem Rücken verschränkt. Sie sah ihn fragend an, und für einen kurzen Augenblick glaubte er, Schalk in ihren Augen funkeln zu sehen.

»Nun, Miss. Würden Sie mir freundlicherweise Ihren Namen verraten?«

»Oh, natürlich! Wie unhöflich von mir!« Als sei das ihr einziger Fehltritt gewesen. »Mein Name ist Mary Hariette Smith.« Ein unschuldiges Lächeln zierte nun ihr Gesicht.

»Smith.« Er hob skeptisch eine Augenbraue.

»Genau. Stimmt etwas nicht mit meinem Namen?« Und ob er nicht stimmte. Da war sich Anthony ganz sicher. Sein sprachliches Geschick schien im letzten halben Jahr eingerostet zu sein, aber seine Fähigkeit, Lügen zu erkennen, war ihm erhalten geblieben.

»Oh, nein, nein. Alles bestens.«

Diese Fähigkeit hatte ihm schon in vielen Fällen geholfen und war wohl so etwas wie ein dominantes Erbe. Sich dem Recht und dem Gesetz zu verschreiben, lag in der Familie.

Er musterte die Fremde einmal mehr. Aber diesmal nicht mit den Augen eines Mannes, sondern mit denen eines Anwalts. Sie lächelte *zu* sehr, sie wirkte *zu* nett. »Also schön. Sie haben also von einer freien Stelle gehört, ja?«

Sie hielt sich erschrocken eine Hand vor den Mund und riss ihre Augen weit auf. »Oh! *Sie* sind Laird Houston!« Sie kam näher und knickste vor ihm. »Verzeihung! Es ist mir eine Freude, Sie kennenzulernen, Laird Houston.« Ganz das brave Hausmädchen. Er schwieg, und während er noch nach einem Weg suchte, sie höflich wieder loszuwerden, durchkreuzte sie seine Pläne. »Ich glaube, wir hatten einen ungünstigen Start. Würden Sie mir einen zweiten ersten Eindruck erlauben?«

Das war immerhin ehrlich gewesen. Und ungewöhnlich.

Noch ehe ihn sein Verstand hätte aufhalten können, nickte er und bedachte sie mit einem ›Ausnahmsweise‹-Blick. Sie lächelte erfreut und etwas an ihrer Haltung und ihrem Blick änderte sich. Die Schultern wurden etwas gerader, der Kopf etwas geneigt, der Blick gesenkt. In Sekunden verwandelte sie sich vor ihm in den Inbegriff eines bescheidenen schottischen Hausmädchens.

»Es freut mich sehr, Sie kennenzulernen, Laird Houston. Mein Name ist Mary Hariette Smith und ich möchte mich für die freie Stelle des Dienstmädchens bewerben. Würden Sie einen Augenblick Ihrer kostbaren Zeit erübrigen, damit ich Sie von meinen Qualifikationen überzeugen kann?«

Das war alles viel zu absurd, um wahr zu sein. Wahrscheinlich war er in der Bibliothek eingeschlafen und träumte. Immerhin war es zur Abwechslung mal kein Albtraum. Anthony beschloss, den Traum zu genießen, so lange er so unterhaltsam war, und öffnete ihr die Tür zur Bibliothek, die zugleich auch oft Arbeits- und Empfangszimmer für ihn war.

»Also schön. Einen Augenblick kann ich erübrigen. Wenn Sie bitte eintreten möchten?«

Sie kicherte leise – machte sie sich etwa doch über seine Ausdrucksweise lustig? –, nickte aber und hatte sich sofort wieder im Griff. Als sie an ihm vorbei die Bibliothek betrat, tanzte ihr Pferdeschwanz vor seinem Gesicht auf und ab. Ihre schwarzen Locken erinnerten ihn an seine Mutter. Nur dass die ihre Haare niemals auf so unangemessene Weise getragen hätte. Von der Kleidung ganz zu schweigen.

Der Pferdeschwanz musste sie im Nacken kitzeln. Beinah war er versucht, die Locken von ihrer Schulter zu streichen. Irritiert schüttelte Anthony den Kopf.

Er schritt auf den Schreibtisch zu und bedeutete Miss Smith, sich auf der anderen Seite des Tisches niederzulassen. »Sie haben also durch eine ältere Frau von der vakanten Stelle erfahren?«

»Genau. Sie lief bei dem Unwetter die Straße entlang, und da habe ich sie ein Stück in den Ort mitgenommen. Anscheinend ist ihr Fahrrad kaputt. Wir kamen ins Gespräch und waren uns gleich sympathisch …« Sie lächelte bei dem Gedanken an das unverhoffte Treffen. »Ich bin gerade erst hierhergezogen und suche nach einer Anstellung. Da riet sie mir, herzukommen.« Nach kurzem Zögern beugte sie sich etwas über den Schreibtisch und fügte leise hinzu: »Beatrix meinte, Sie wären froh, nicht annoncieren zu müssen, weil Sie dafür gezwungen wären, in den Ort zu gehen.«

Beatrix war eindeutig zu gesprächig. Vor allem was das Ausplaudern seiner Schwächen anging. Er lehnte sich in seinem Stuhl zurück und beobachtete sie. Er konnte sich beim besten Willen nicht vorstellen, dass Beatrix sich mit einer so modernen Frau sofort verstand.

»So so. Das hat Beatrix also gesagt.« Aber zumindest schien die Frage nach der Anstellung kein Trick zu sein. Sie kannte immerhin Beatrix' Namen und die Geschichte passte zu den Ereignissen. Er könnte sie fragen, wie ihre Begleiterin ausgesehen hatte, aber dann hielte sie ihn womöglich auch noch für paranoid. Er würde lieber später Beatrix nach ihrer Version der Geschichte fragen.

Sein unerwarteter Gast nickte und sah ihn abwartend an. Natürlich. Sie war jetzt nicht mehr die vorwitzige Mary, sondern Miss Smith, das geduldige Hausmädchen. Und obwohl sie diese Rolle wirklich gut spielte, glaubte er ihr nicht.

»Sie sind sich sicher, dass Sie hier als Hausmädchen arbeiten wollen? Sind Sie dieser Tätigkeit denn schon einmal nachgegangen und wissen, was Sie erwartet?«

»Ja, ich bin mir sicher.« Seine zweite Frage ignorierte sie geflissentlich. Also war dem wohl nicht so.

»Hören Sie, Miss Smith. Ich schätze Ihren Eifer wirklich sehr, aber ich bezweifle, dass Sie sich im Klaren darüber sind, was Sie hier erwartet.«

»Oh, ich denke, da unterschätzen Sie mich, Laird Houston.« Schweigend tippte sie sich mit ihrem Zeigefinger an die Lippen. »Oder Sie möchten mir diese Stelle aus einem anderen Grund ausreden. Suchen Sie vielleicht gar kein neues Hausmädchen?«

»Ich … Doch, doch. Ich kann mich nur des Eindrucks nicht erwehren, dass Sie ungeeignet sind.«

Für einen Moment musterte sie ihn mit einem undefinierbaren Blick, dann richtete sie sich wieder etwas mehr auf und in ihren Augen lag ein Funkeln. Sie hatte die Herausforderung angenommen. Er musste zugeben, dass es ihm gefiel, dass sie sich nicht von ihm einschüchtern ließ.

»Was muss ich tun, um Ihnen das Gegenteil zu beweisen? Ihre Hemden stärken und bügeln? Ein Fünf-Gänge-Menü zaubern? Den ungenutzten Teil des Anwesens innerhalb einer Stunde komplett entstauben?«

Er zwang sich, keine Reaktion auf ihren letzten Vorschlag

zu zeigen. Die ungenutzten Räume standen nicht ohne Grund leer. Nicht einmal Beatrix traute sich in den hinteren Teil des Anwesens.

»Das wird wohl nicht nötig sein, Miss Smith. Aber Sie haben nicht ganz unrecht. Wenn ich Sie einstellen sollte – und ich spreche jetzt rein hypothetisch –, dann nur unter der Bedingung einer Probezeit.«

»Also gut. Und was würden Sie während dieser Probezeit alles von mir erwarten? Ich meine, rein hypothetisch. Wenn Sie testen wollen, ob ich mit dem übrigen Personal zurechtkomme, dann bin ich optimistisch. Mit Beatrix verstehe ich mich zumindest ausgezeichnet.«

»Damit wäre diese Bedingung bereits erfüllt. Weiteres Personal gibt es auf Houston Hall nicht.«

»Nicht einmal Duncan, den Butler?« Sie zwinkerte Anthony verschwörerisch zu und brachte ihn damit völlig aus dem Konzept. Er räusperte sich und hoffte, dass ihm seine Verlegenheit nicht allzu deutlich anzusehen war.

»Nein. Den habe ich zum Jahresanfang entlassen.«

»Oh! Es gab wirklich einen Duncan?«

»Durchaus. Und was ich auf die Probe stellen will, ist Ihre Leistungsfähigkeit.« Und ihre Loyalität und Vertrauenswürdigkeit, aber das würde er vorerst für sich behalten.

»Das klang jetzt gar nicht mehr so hypothetisch. Darf ich darauf hoffen, die Probezeit antreten zu können?«

Er seufzte leise. »Na schön. Ich werde darüber nachdenken. Wo kann ich Sie erreichen?«

»Hm. Das weiß ich noch nicht. Als ich von ›gerade erst hierhergezogen‹ sprach, meinte ich, dass ich vor …« Sie sah an Anthony vorbei auf die Standuhr in der Ecke, »… drei Stunden erst in Dirleton angekommen bin. Ich habe noch keine Unterkunft. Wo kann man hier denn am besten übernachten und auf Ihre Zusage warten?«

Er konnte sich ein kleines Lächeln nicht verkneifen. Diese Frau schien eine grenzenlose Optimistin zu sein. Vielleicht war sie doch nicht so ungeeignet. Vielleicht würde etwas von ihrem Optimismus auf ihn abfärben. Einen Versuch war es wert und sie würde ihm wohl kaum gefährlich werden, so zierlich, wie sie war.

»Das Castle Inn ist nicht zu verfehlen. Wenn Sie wieder Richtung Dirleton fahren, dann halten Sie sich rechts.« Mit diesen Worten erhob sich Anthony in der Hoffnung, sie würde den Wink verstehen. Sie verstand nicht. Oder wollte nicht. Aber immerhin nickte sie.

»Sehen Sie sich Dirleton an. Auch wenn es nicht viel zu entdecken gibt. Die Kirche und die Reste von Dirleton Castle, seine Gärten … Überlegen Sie sich gut, ob Sie wirklich hierbleiben wollen.« Er blieb neben seinem Schreibtisch stehen und musterte sie. »Sie sehen nicht aus wie jemand, der hier auf lange Zeit glücklich wird.«

Nun stand auch Miss Smith auf. Allerdings blieb sie wenige Schritte von ihm entfernt stehen und sah ihn ebenso prüfend an wie er zuvor sie. Ihre nächsten Worte waren leise, fast nachdenklich. »Sie auch nicht, Laird Houston. Sie auch nicht.« Dann setzte sie wieder ihr Lächeln auf, machte einen kleinen Knicks und fügte in gänzlich veränderter Tonlage hinzu: »Aber vielleicht ist es hier gar nicht so schlimm, wenn man nicht allein ist. Sie haben sich zwar große Mühe gegeben, es mir auszureden, aber ich möchte dennoch hier arbeiten. Ich erwarte dann Ihre Antwort.«

Mit diesen Worten verließ sie die Bibliothek, ohne sich noch einmal umzudrehen. Er hingegen stand noch immer wie angewurzelt neben seinem Schreibtisch, und erst als er sich an der Tischplatte abstützen wollte, merkte er, dass seine Hände zitterten. Er wusste nur nicht, warum.

Mittwoch, 14. November 1663, Duighreach Kirk.

Unsere Gewissheit ist erschüttert, unsere Zuversicht droht zu erlöschen. Natürlich war uns durch frühere Chronisten übermittelt worden, dass weit mehr auf dieser Erde wandelt, als wir einfältigen Menschenkinder glauben. Unsterbliche wurden sie genannt … Übernatürliche. Hexen. Von Menschen gleichwohl zu Göttern und Dämonen erkoren. Ihre Hülle täuschend menschlich, ist ihre Seele doch verkommen bis ins Mark. Lebensfähig sind sie nur, indem sie anderen das Leben stehlen. Es heißt, sie hausen tief in den Wäldern, gebunden an die Finsternis der Anderwelt, unfähig, ihrer traurigen Existenz selbst ein Ende zu setzen. Sie gieren nach dem warmen, Leben spendenden Saft, der unsereins von den Toten unterscheidet. In den Highlands nennt man sie von jeher Baobhan Sith.

Seit Anbeginn der Aufzeichnungen von Duighreach gab es auch hier immer wieder tapfere Männer und sogar Frauen, die sich diesen niederträchtigen Ausgeburten der Hölle in den Weg stellten. Doch dass solch ein mächtiges Monster in den Wäldern unserer schönen Lowlands lebt, soweit gingen die vorsichtig geäußerten Befürchtungen meiner Vorgänger nicht. Niemand hat je von einem so mächtigen Exemplar berichtet, wie wir es nun im Kerker unter der Kapelle des Castle gefangen halten. Wir mussten sie mit Eisenfesseln binden und mit Weißdorn knebeln und konnten ihren kraftvollen Geist doch nicht bändigen.

Seine Lordschaft vermutet, dass ihre Seele besonders rein gewesen sein muss, als sie sie dem Verderber zum Opfer dargeboten hat. Ich kann dem nur zustimmen. Je reiner die Seele, umso mehr verzehrt sich der Teufel nach ihr.

Aus der Chronik von Duighreach

Kapitel II

Sonntag, 26. Mai 1963, Houston Hall.

Das Läuten der Klingel hallte durch Houston Hall und ließ Anthony von seinen Unterlagen aufschrecken. Zum zweiten Mal in drei Tagen wurde er durch dieses seltene Geräusch gestört, und sofort musste er an seine letzte Besucherin denken. Mary Hariette Smith. Ob sie das war? Vielleicht wollte sie ihn daran erinnern, dass sie noch auf eine Antwort wartete. Zuzutrauen war es ihr. Er hingegen war inzwischen zu dem Entschluss gekommen, dass er ihr besser nicht traute.

Was nützte ihm sein goldener Käfig, wenn er jeden Fremden einfach zu sich hineinließ?

Er verstaute alle Unterlagen gewissenhaft in einem alten Safe und schloss die Tür hinter sich ab, bevor er in den vorderen Teil des Hauses zurückkehrte. Die Klingel hatte inzwischen kein weiteres Mal geläutet. Entweder hatte es sich der Besucher anders überlegt oder …

»Laird Houston!« ›Oder‹ also. So fluchend konnte nur eine seinen Namen aussprechen.

Als er die Treppe ins Foyer hinablief, stand Beatrix bereits vor ihm am unteren Treppenende. Die Hände hatte sie wie bei ihrer letzten Standpauke in die Hüften gestemmt, aber diesmal fehlte der hochrote Kopf. Noch, zumindest.

»Beatrix«, rief er, als er unten ankam. Es klang eher wie ein resignierter Seufzer, denn eine Begrüßung. »Ich habe nicht vor morgen mit Ihnen gerechnet, wenn überhaupt.«

»Und Sie wollten sich um adäquaten Ersatz bemühen, Laird Houston. Aber wie ich sehe, sind Sie noch immer allein.«

Also war das Klingeln ein Test gewesen. Denn natürlich hatte Beatrix einen Schlüssel.

»Oh! Das habe ich! Ich habe eine Annonce verfasst, die ich gleich Montag in den Ort bringen werde.«

»Aha. Und was ist mit Miss Smith?«

»Ich denke, Miss Smith entspricht nicht ganz meinen Anforderungen. Sie ist zu … zu zierlich für all die Aufgaben, die sie Ihnen abnehmen soll. Und ihre Manieren lassen wirklich zu wünschen übrig.«

Mit einem heftigen Stoß atmete Beatrix durch die Nase aus. Es klang wie das abfällige Schnauben von Black Coel Hen, seinem Rappen.

»Schön. Dann hoffe ich, Sie werden jemand anderen finden, der freiwillig hier arbeitet. Und ich hoffe sehr, dass Sie der Dame Ihre Entscheidung wenigstens persönlich mitteilen werden.«

Nun war es an ihm, wenig erfreute Laute von sich zu geben. »Ist sie überhaupt noch da?«

»Natürlich ist sie das. Wir trafen uns gestern zum Tee. Sie hofft sehr auf diese Stellung. Es soll für sie ein Neuanfang werden.«

»Ein Neuanfang wovon? Sie verheimlicht doch etwas. Wer würde als moderne junge Frau freiwillig in dieses Nest ziehen? Irgendwas stimmt nicht mit ihr.«

»Ganz im Gegensatz zu Ihnen natürlich, Laird Houston.«

Warum diskutierte er überhaupt mit ihr? Er seufzte leise.

»Was finden Sie überhaupt an ihr, Beatrix? Das Mädchen wird wohl kaum Ihren hohen Ansprüchen an die schottische Damenwelt gerecht.«

»Mitnichten, Laird Houston. Sie erfüllt meinen Anspruch sogar mit Bravour. Ihre Garderobe mag gewöhnungsbedürftig sein. Aber man sieht ihrer Haltung doch zweifellos die Dame an. Sie ist ein gutes Kind. Und sie verdient ein persönliches Gespräch.« Ihre grauen Augen fixierten ihn streng.

»Also schön. Ich werde persönlich mit ihr sprechen. Sie soll morgen um Punkt acht Uhr hier sein.«

»Wie Sie wünschen«, murmelte Beatrix zufrieden und eilte davon, bevor er es sich anders überlegte.

Anthony hingegen fragte sich, wie er Miss Smith auf möglichst freundliche Weise erklären sollte, dass er nicht interessiert war. Freundlichkeit war nicht seine Stärke. Nicht mehr. Erst die Jahre des Jurastudiums, dann die Zeit in der Kanzlei und zum krönenden Abschluss der Überfall und das vergangene halbe Jahr – all das hatte ihm nach und nach die freundlichen Umgangsformen ausgetrieben.

Als Jurastudent hatte er schnell gelernt, misstrauisch zu sein und sein Gegenüber auf Schwächen oder Hinterlist zu prüfen. Er hatte gelernt, dass Vertrauen ein Luxus war, den er sich nicht leisten konnte. Die Zeit als Anwalt hatte ihm diese Erfahrung bestätigt. Vor Gericht zählten Fakten und die Fähigkeit, sein Gegenüber einzuschüchtern. Höflichkeit musste nur vor dem Richter gewahrt werden.

Als dann der Überfall sein Leben aus den Bahnen geworfen hatte, war die Unfähigkeit der Polizei die letzte Bestätigung. Offenheit, Vertrauen und Freundlichkeit halfen nicht, wenn man überleben wollte. Zurückgeblieben war seine steife ›Höflichkeit‹, die eher dazu diente, andere Menschen auf Abstand zu halten. Und bisher hatte das auch hervorragend funktioniert.

Ein grünes Augenpaar leuchtete im Geiste vor ihm auf. *Bisher.*

***

Als die Standuhr hinter ihm acht schlug, schreckte Anthony auf. Er hatte ewig nicht einschlafen können und sich schließlich in den frühen Morgenstunden an den Schreibtisch gesetzt – um zu arbeiten. Stattdessen hatte ihn der Schlaf doch noch eingeholt. Das Ergebnis waren einige geknickte Ecken in seinen Unterlagen und ein merkwürdiges Muster auf seiner Wange.

Die Uhr hatte noch nicht zu Ende geschlagen, da hörte er ein Grollen von draußen. Er wusste, auch ohne einen Blick aus dem Fenster zu werfen, dass es zu einem gelben VW-Käfer gehörte.

Rasch ließ er seine Unterlagen in einem großen Schubfach verschwinden und sprang auf. Am liebsten hätte er aufgeschrien, weil er seinen steifen, müden Körper zu schnell angetrieben hatte. Er fühlte sich wie achtundsechzig und nicht wie achtunddreißig.

Er streckte sich, fuhr sich durchs Haar und machte sich auf den Weg zur Eingangstür. Allerdings kam er zu spät. Als Anthony das Foyer erreichte, öffnete Beatrix sie gerade für Miss Smith. Sein Möchtegern-Hausmädchen hatte ihr Haar diesmal zu einem Dutt hochgesteckt und auch ihre Kleidung war weniger farbenfroh. Sicher wollte sie damit einen seriöseren Eindruck machen. Leider hatte sich bereits eine Strähne aus dem Dutt gelöst und zerstörte so den perfekten Eindruck wieder.

»Miss Smith. Ich habe schon auf Sie gewartet.«

»Laird Houston, Beatrix.« Sie nickte beiden zu und wandte

sich dann an Anthony. »Ich hoffe, ich bin nicht zu spät. Mein Käfer wollte nicht anspringen.« Sie lächelte zerknirscht, bis ihr Blick an seiner Wange hängenblieb.

Schnell wandte Anthony sein Gesicht ab. »Sie sind mit dem Schlagen der Uhr eingetroffen. Bitte folgen Sie mir doch in die Bibliothek.« Während er Miss Smith in die entsprechende Richtung komplimentierte, fing er Beatrix' Blick ein, der ihm deutlich machte, was sie von einer Absage seinerseits hielt.

Als er nach Miss Smith den Raum betrat, musste er feststellen, dass sie vor einem der Bücherregale stehengeblieben war und nun die Titel musterte. Es war das Regal mit der eher unterhaltsamen Literatur. Poe, Doyle, Stoker, Christie. Von diesen Klassikern der Belletristik war sein Vater ebenso fasziniert gewesen wie von den Mythen und Legenden Schottlands. Anthony hatte ihn für diesen naiven Zug immer ein wenig belächelt, aber zugleich auch bewundert. Sein Vater hatte es geschafft, einer der Besten seines Fachs zu sein und dennoch nichts von seiner Fantasie einzubüßen. Vielleicht war es auch gerade das, was ihn als Richter so erfolgreich hatte sein lassen: seine Fantasie. Er hatte immer erkannt, was die Menschen vor ihm verbargen.

»Sie wollen mir heute eine höfliche Absage erteilen. Habe ich recht?« Miss Smith riss ihn aus seinen Gedanken.

Er räusperte sich unbehaglich. Damit war sein Plan, sie selbst zur Aufgabe der Stelle zu bringen, zunichtegemacht. »Nun ja. Ich bin mir schlicht nicht sicher, ob Houston Hall der richtige Ort für eine junge Dame wie Sie ist.«

»Weil ich zu modern bin oder weil ich zu selbstbewusst bin?« Sie neigte den Kopf zur Seite und sah ihn herausfordernd an.

»Vielleicht ein bisschen von beidem.«

»Laird Houston. Ich bin in einer sehr konservativen Familie in einer ganz ähnlichen Ortschaft aufgewachsen. Mit meinem Vater bin ich viel gereist, habe andere Länder kennengelernt. Das hat mich mutig gemacht. Denn in der Welt da draußen muss man mutig sein. Ich bin geflogen und jetzt bin ich hier gelandet. Ich habe nichts gegen etwas Ruhe einzuwenden.« Nun ging sie zu seinem Schreibtisch hinüber und ließ sich auf dem Besucherstuhl nieder. Er folgte ihr. Etwas fesselte ihn an ihrer Geschichte. Etwas, das nicht stimmte. Vor Gericht fiel es ihm leichter, Menschen zu durchschauen. Aber sie war eine Herausforderung. Er beobachtete sie genau. Sie blieb ganz ruhig, zeigte keine Anzeichen von Lügen oder Aufregung. Und dennoch hatte er das Gefühl, dass etwas an ihrer Geschichte falsch war. Es machte ihn nervös, dass er sich auf sein Gefühl ihr gegenüber verlassen musste. Sonst waren Lügen für ihn klar zu erkennen. Was verbarg sie vor ihm? Und vor allem: Warum? »Sie halten mich für selbstbewusst. Dann glauben Sie mir bitte, dass ich mir dessen, was mich erwartet, selbst bewusst bin.« Sie lächelte, diesmal geradezu unschuldig und wartete, bis er sich ihr gegenüber gesetzt hatte. Anthony runzelte irritiert die Stirn. Diesmal log sie nicht. Warum war sie sich über ihre Zukunft so sicher, log aber bei ihrer Vergangenheit? »Ich habe begriffen, dass es viel Arbeit ist und Sie nicht gerade eine Stimmungskanone sind. Haben Sie vor, mir diese Anstellung noch weiter auszureden, oder darf ich endlich anfangen?«

Er musste sich ein Lachen verkneifen. »Die Möglichkeit, ich könnte Sie schlicht nicht einstellen *wollen*, kommt für Sie wohl nicht in Betracht?«

»Angesichts der Tatsache, dass Sie keine Angestellten mehr haben und mich am Wochenende mindestens ein halbes Dutzend Einwohner davon abhalten wollte, hier nochmals vorzusprechen, stehen Ihre Chancen auf eine andere Haushaltshilfe wohl schlecht.«

»Ich bin mir nicht sicher, ob ich mich Ihren Spitzfindigkeiten noch länger aussetzen möchte.«

Sie blickte ihn tadelnd an, als sei sie seine Mutter und keine junge Frau, die eine Anstellung suchte. »Laird Houston. Reden Sie eigentlich immer so geschwollen oder nur, wenn Sie nicht wissen, wie Sie reagieren sollen?«

»Seien Sie froh, dass ich überhaupt noch mit Ihnen rede.« Anthony seufzte leise. Er fragte sich wirklich, warum dem so war. Er hätte keinen seiner Angestellten so mit sich reden lassen – außer vielleicht Beatrix.

»Verzeihung!« Erschrocken hielt sie sich ihre kleine Hand vor den Mund, ihre leuchtend grünen Augen weit aufgerissen. Eine gut einstudierte Geste. »Ich bin einfach so aufgeregt! Das gibt sich sicher mit der Zeit.«

Und er musste zugeben, dass diese Geste ebenso zielsicher ins Schwarze traf, wie all ihre anderen kleinen Gesten und zufälligen Bemerkungen. Er verstand nicht, was sie bezweckte. Er verstand nicht, weshalb er mit ihr sprach trotz ihrer unangemessenen Art. Irgendwas löste diese Frau in ihm aus. Ihre provokante Art, ihr kokettes Auftreten, ihre gut gespielten Lügen und angedeuteten Geheimnisse … Sie war wie ein perfekter Köder und er fragte sich, wie gefährlich es war, zuzubeißen. Konnte sie ihm gefährlich werden? War es klüger, sie in seiner Nähe zu wissen oder fortzuschicken?

Er ließ sich in seinen Stuhl sinken und schloss für einen Moment die Augen. Das war zwar unprofessionell und wirkte wenig entschlossen, aber er war einfach nur müde und mit dieser Frau überfordert. Sie hatte ja recht. Wer würde für ihn arbeiten? Und sie verstand sich mit Beatrix. Das würde seiner Haushälterin sicher den Alltag erleichtern. Allerdings würde es auch eine Kündigung erschweren. Wenn Beatrix schon wegen Claire Rutherford wütend gewesen war, die sie nie sonderlich hatte leiden können, wie groß wäre dann das Unwetter, das bei Miss Smiths Entlassung über ihn hereinbrechen würde? Aus ihm völlig unerfindlichen Gründen hatte die alte Frau Miss Smith von der ersten Minute an ins Herz geschlossen. Weil sie eine ›Dame‹ war, das war Beatrix' einzige Erklärung gewesen.

Er öffnete die Augen wieder und sah Mary Smith eine Weile schweigend an. Vielleicht mochte Beatrix ihre direkte Art. Immerhin war Anthonys Haushälterin in diesem Punkt sehr ähnlich veranlagt. Oder ihr gefiel das offene Lächeln. Es könnte ihm auch gefallen.

»Also schön. Versuchen wir es. Wir werden ja sehen, ob Sie sich bewähren oder nicht.« Und er würde herausfinden, was sie vor ihm verbarg. »Für zwei Wochen sind Sie auf Probe eingestellt. Aber ich behalte mir vor, Sie auch später noch zu entlassen, sollten Ihre Leistungen nicht Ihrer Bezahlung entsprechen oder Sie in irgendeiner Weise mein Misstrauen wecken.«

Sie klatschte begeistert in die Hände und sprang auf. Anthony hätte schwören können, außerdem einen Jubelschrei aus dem Foyer gehört zu haben.

»Vielen Dank! Sie werden es nicht bereuen!« Sie streckte ihm die Hand entgegen und er ergriff sie vorsichtig. Sie war viel zu klein und zart für eine Frau, die vorhatte, hier mit ihren Händen zu arbeiten.

»Das bleibt abzuwarten. Wann können Sie anfangen?«

Sie öffnete gerade den Mund, um zu antworten, als die Tür

aufschwang und Beatrix mit einem Teeservice eintrat. »Sie wünschten Tee, Laird Houston?«

»Durchaus nicht. Aber Ihren Wunsch habe ich hiermit erfüllt, nicht wahr?«

Beatrix strahlte über das ganze Gesicht. Das war Antwort genug. Mit einem vielsagenden Schweigen schenkte sie Anthony und Miss Smith Tee ein.

»Also. Ich könnte noch heute anfangen. Ich muss nur herausfinden, wo ich wohnen kann.«

»Aber Kind! Du wohnst natürlich hier!«

»Beatrix!« Anthony starrte seine Haushälterin grimmig an. Was nahm sie sich heraus, solche Entscheidungen über seinen Kopf hinweg zu treffen?

»Verzeihung, Laird Houston. Finden Sie nicht auch, dass das die beste Lösung wäre? Sie könnte problemlos hier leben, ohne Ihnen auch nur zu begegnen. Das Anwesen ist wirklich groß genug.«

Er sah abwechselnd von Beatrix zu Miss Smith. Sie hätten unterschiedlicher nicht sein können. Die stämmige, robuste Beatrix ließ die zierliche, blasse Miss Smith, die angemessen den Kopf senkte, noch zerbrechlicher wirken.

»Also gut.« Würde er jetzt Nein sagen, fühlte er sich den Rest des Jahres schuldig – wenn nicht von selbst, dann dank Beatrix. Spätestens beim nächsten Frühlingsunwetter. »Sie kann eines der Zimmer im Nordflügel beziehen.« Nun blickte er zu Miss Smith. »Gedenken Sie, heute schon einzuziehen?«

»Ich gedenke mein Gepäck aus der Pension zu holen und dann unverzüglich zurückzukehren.«

Einmal mehr ließ sie seine Mundwinkel zucken. Wie konnte ein wildfremder Mensch ihn – in seiner Situation – zum Lächeln bringen? Es war einfach zu offensichtlich, dass sie seine

Wortwahl mit einem gewissen Amüsement imitierte, und obwohl ihn das verärgern sollte, ließ es ihn lächeln. Vielleicht, weil es aus ihrem Mund nicht vollkommen falsch klang. Eher wie eine Muttersprache, die sie lange nicht mehr gesprochen hatte. Womöglich hatte sie, was ihre Herkunft anging, doch nicht gelogen.

»Gut. Beatrix wird in der Zwischenzeit Ihr Zimmer für Sie herrichten. Melden Sie sich bitte bei mir, sobald Sie zurück sind und Sie sich häuslich eingerichtet haben.«

Diesmal begleitete er seine beiden Angestellten bis zur Tür. Kurz darauf stand er mit Beatrix allein im Foyer.

»Gut gemacht, Laird Houston.« Es war das erste Mal seit langem, dass sie seinen Namen nicht wie einen Fluch aussprach. »Ich bin mir sicher, sie wird uns guttun.«

***

Eigentlich hatte er in der Bibliothek einige Unterlagen lesen wollen, bis Miss Smith zurückkam. Aber stattdessen folgte er ohne weiter darüber nachzudenken Beatrix in den Seitenflügel, wo sie bereits schwungvoll Tücher von Schränken und Stühlen zog.

In der verhältnismäßig kurzen Zeit hatte sich bereits eine erstaunliche Menge Staub über jeden Zentimeter des ungenutzten Gebäudeteils gelegt. Staub, der sich wie ein Schleier über einen Teil seiner Vergangenheit gelegt hatte. Und Anthony war sich nicht sicher, ob er diesen Schleier wirklich lüften wollte. Aber für einen Rückzieher war es nun wohl zu spät.

»Wenn Sie mir schon nachlaufen, dann könnten Sie sich auch etwas nützlich machen. Mary wird sicher in Kürze wieder hier sein. Sie hat eine recht … sportliche Fahrweise. Wollen

Sie, dass sie glaubt, Ihr ganzes Anwesen sei genauso eingestaubt wie Sie?«

Anthony starrte Beatrix an, doch diesmal verkniff er sich eine Antwort. Es war zwecklos. Sie würde immer so mit ihm sprechen, wie sie es schon in seiner Kindheit getan hatte. Wahrscheinlich konnte er froh sein, dass sie ihm nicht mehr den Kopf tätschelte. Allerdings hoffte er, dass ihre Art nicht auf Miss Smith abfärben würde.

Mit Schwung riss er einige Laken von weiteren Möbelstücken und warf sie alle auf einen Haufen in der Mitte des kleinen Foyers, während Beatrix die Fenster öffnete und das erste Zimmer im Erdgeschoss herrichtete. Es hatte etwas Befreiendes, das musste er zugeben. Als würde er einem vergessenen Stück des Anwesens wieder Leben einhauchen.

Es dauerte nicht lange, da hörte er wieder den grollenden Käfermotor. Er sah sich nochmals prüfend um und lief dann durch den Verbindungsgang zurück in das Haupthaus.

Während sein neues Hausmädchen noch das Rondell umkreiste, verschwand er in der Bibliothek. Er kam gerade an seinem Schreibtisch an, als Miss Smith aus dem Wagen stieg. Sie hatte nur eine einzige kleine Reisetasche bei sich. Als sie auf den Haupteingang zugehen wollte, öffnete er ein Fenster, zeigte auf die offene Tür des Seitenflügels und rief: »Beatrix ist noch in Ihrem neuen Zimmer. Gehen Sie direkt zu ihr.«

Er selbst ging an seinem Schreibtisch vorbei und schritt die Regalreihen ab. Hinter dem Sammelband von Poe stand eine alte Flasche Whiskey, ein 1925er Glenkinchie. Einer der ersten, der nach der Wiedereröffnung der Brennerei in Pencaitland gebrannt worden war. Sein Vater hatte ihn einst zu seinem zwanzigsten Dienstjubiläum überreicht bekommen. Seither stand der Whiskey in seinem Versteck in der Bibliothek und wartete auf Momente wie diesen, in denen der Hausherr mit den Konsequenzen seiner eigenen Entscheidungen überfordert war – so wie nun Anthony.

Er goss sich einen Schluck ein, versteckte die Flasche wieder und sah mit dem Glas in der Hand aus dem Fenster. Miss Smith schüttelte gerade ein Bettlaken an ihrem Fenster aus. Er stürzte den Whiskey hinunter. Viel zu schnell, um ihn wirklich zu genießen. Es war eigentlich eine Verschwendung. Aber die Hitze, die sich nun in seinem Rachen ausbreitete, tat gut. Wie eine warme Decke, die sich von innen um ihn legte.

Anthonys Gefühl nach waren keine zehn Minuten vergangen, als es an seiner Tür klopfte.

»Herein.«

»Laird Houston. Ich wäre dann soweit.« Miss Smith sah ausgesprochen brav aus. Sie trug ein schwarzes Dienstmädchenoutfit mit einer weißen Bluse.

Erstaunlich. Wirklich erstaunlich. Was für eine Verwandlung. Er erkannte sie kaum wieder. War das noch die gleiche Frau?

»Das ging schnell. Also schön. Ich werde Sie in den wichtigsten Bereichen des Hauses herumführen. Alle weiteren Räumlichkeiten können Sie getrost ignorieren.«

Gemeinsam verließen sie die Bibliothek. Im Foyer blieb Anthony stehen und drehte sich während seiner Erläuterungen im Kreis, während er auf die entsprechenden Türen zeigte. »Vom Foyer aus erreichen Sie, wie Sie bereits wissen, zur Linken die Bibliothek, die ich zugleich als mein Arbeitszimmer nutze. Bitte klopfen Sie vor dem Eintreten stets an. Zur Rechten des Eingangs geht der Salon ab. Sollten sich wider Erwarten Besucher einfinden, werde ich sie dort empfangen.« Er rechnete nicht wirklich mit Besuchern und nach ihrem Zusammentreffen mit ›Duncan‹ war Miss Smith das sicher auch bewusst. »Weiter hinten gehen links die Küche und rechts das Esszimmer vom Foyer ab. Zwischen Bibliothek und Küche führt ein Gang in den Nordflügel, in dem Ihr Zimmer liegt.« Er machte eine kleine Pause und beobachtete Mary. Sie wirkte abwesend auf ihn. Hielt sie es nicht für nötig, das Anwesen kennenzulernen, oder bereute sie ihre Entscheidung bereits?

Es dauerte einige Sekunden, bis sie sein Schweigen bemerkte und ihm mit einem aufmunternden Lächeln zunickte. »Verzeihung. Bitte fahren Sie fort, Laird Houston.«

Zögernd drehte er sich wieder um. »Unter der Freitreppe in der Mitte befindet sich der Kellereingang und hinter ihr das Wohnzimmer mit der Terrasse. Die Speisekammer hat einen separaten Kellereingang durch die Küche. Die kleine Tür neben der Küche verbirgt eine Abstellkammer mit allen möglichen Haushaltsgegenständen. Hier kennt sich Beatrix besser aus.« Er wandte sich der Treppe zu und sah sein neues Dienstmädchen einmal mehr abwartend an. »Ich hoffe, ich langweile Sie nicht, Miss Smith.«

»Wie? Oh, nein! Entschuldigen Sie bitte meine Abwesenheit. Ich finde die Architektur nur wunderschön. Ein Ort, an dem man sich wahrlich zu Hause fühlen kann. Nicht wahr?«

Anthony fühlte sich sicher in Houston Hall. Selbst nach dem Überfall noch. Aber war es für ihn noch immer ein Zuhause? Er war sich nicht sicher. Rasch stieg er die Treppe hinauf, ohne sich ein weiteres Mal nach ihr umzusehen. »Im vorderen oberen Bereich befinden sich mehrere ungenutzte Schlafzimmer. Meines ist gleich das erste links neben der Treppe. Den Gang entlang befinden sich auf beiden Seiten Bäder.

Den Gang in den hinteren Teil des Gebäudes können Sie ignorieren. Die Räumlichkeiten dort werden nicht mehr bewohnt.« Als sie das obere Ende der Treppe erreichten, verspürte Anthony Erleichterung. Gleich wäre diese merkwürdige Situation vorüber.

»Verstanden. Was ist mit der Tür dort vorn?« Er zuckte zusammen. Plötzlich stand Miss Smith direkt neben ihm. Während er nicht hatte vermeiden können, dass die Stufen unter ihm knarrten, war sie ihm beinah lautlos gefolgt. Sie war wohl zu leicht und belastete das alte Holz kaum. Einmal mehr fragte sich Anthony, wie so eine zierliche Gestalt all die Arbeit bewältigen wollte, die in einem solchen Haushalt anfiel. »Die Tür dort vorn führt auf die Galerie der Bibliothek. Ihnen ist sicher aufgefallen, dass sie sich über zwei Etagen erstreckt.« Er konnte nichts gegen den Stolz in seiner Stimme tun. Er liebte die Bibliothek seines Vaters, *seine* Bibliothek.

Miss Smith lächelte, nickte und verhielt sich noch immer ausgesprochen still und abwesend. Ganz anders als noch heute Morgen. Einerseits irritierte ihn ihr Verhalten, aber andererseits war er froh, dass sie sich zurückhielt. Ganz ohne spitzfindige Bemerkungen oder Provokationen. Also öffnete er die Tür zum Allerheiligsten und betrat mit ihr den oberen Teil der Bibliothek. Sie liefen die Galerie entlang, bis sie die Fensterfront erreichten. Er liebte den Ausblick von hier oben – selbst bei schlechtem Wetter. »Zur Rechten sehen Sie den Nordflügel. Früher war es der Personalflügel … als es noch mehr Personal gab. Heute, nun … Heute ist es gewissermaßen Ihr Haus. Beatrix kommt nur unter der Woche her und wohnt in Dirleton – aber das hat sie Ihnen sicher schon erzählt. Hinter dem Nordflügel sind die ehemaligen Stallungen. Dort hat zurzeit nur noch ein Pferd seine Box: Black Coel Hen. Wobei er sich meist auf einem benachbarten Hof, Houston Walled Garden, aufhält. Das südlich gelegene Nebenhaus wurde zu Garagen umgebaut. Dort ist sicher auch Platz für Ihren Wagen, wenn Sie das wünschen.«

»Sehr freundlich, Laird Houston. Vielen Dank. Mein Käfer ist das Parken im Freien gewohnt, aber ich werde gern auf Ihr Angebot zurückkommen.« Nun ruhten ihre Augen wieder auf ihm.

Er hatte lange nicht mehr so viel am Stück gesprochen. Sicher fühlte sich sein Hals deshalb plötzlich so trocken an. Er räusperte sich. »Ich denke, das wäre vorerst alles. Sehen Sie sich die genannten Räumlichkeiten ruhig an. In der oberen Etage haben für Sie nur die Galerie und die Bäder Relevanz. Die leeren Schlafzimmer sind abgedeckt und um meins pflege ich mich selbst zu kümmern.«

»Also gut. Dann weiß ich jetzt ungefähr, wo was ist. Haben Sie bestimmte Aufgaben für mich, mit denen ich beginnen soll?«

Er musterte sie nachdenklich. »Warum sind Sie plötzlich so überaus höflich und engagiert?«

»Also wirklich, Laird Houston! Engagiert war ich auch schon vorher!«

Nur nicht so höflich und vorsichtig, dachte Anthony.

»Ich befinde mich schließlich in der Probezeit«, ergänzte sie und zupfte an ihrer Uniform.

»Alles sitzt tadellos. Ihre Arbeit koordinieren Sie am besten mit Beatrix. Sie beschwert sich immer, dass ich gar nicht sehen würde, was sie tut und was nötig ist.«

Sein sittsames Dienstmädchen kicherte leise und nickte dann. »Also gut. Dann will ich den äußerst beschäftigten Laird nicht weiter aufhalten und werde mich mit Beatrix um alles kümmern.« Also konnte sie es doch nicht ganz lassen. Es beruhigte ihn schon beinahe.

»Ach, und Miss Smith … Bitte kommen Sie doch am Abend in die Bibliothek, damit Sie Ihren Vertrag unterschreiben können.«

Als er sich wenig später an seinem Schreibtisch niederließ und seine Brille aufsetzte, kämpfte er immer noch um einen klaren Kopf. Miss Smith hatte ihn in den wenigen gemeinsamen Augenblicken schon viel zu oft aus dem Gleichgewicht gebracht. Er hatte sich lächerlich gemacht. Wiederholt. Das war unangebracht und gefährlich – ebenso wie ein zu frühes Vertrauen seinerseits. Warum ließ er sich von ihr so verunsichern? Wieder sah er ihre wachen, leuchtend grünen Augen vor sich. Sie war so lebendig. War es das, was sie … interessant machte? Er rückte seine Lesebrille zurecht und setzte sich aufrechter hin. Das dünne, kühle Metall der Bügel holte ihn etwas in die Wirklichkeit zurück. Aber er wusste, dass schon der kleinste Moment der Unachtsamkeit ausreichen würde, um wieder ins Grübeln zu verfallen. Zumal ein ausgesprochen trockner Nachmittag vor ihm lag. Er mochte sich zurückgezogen haben, aber seine Kanzlei gab es noch und nicht alle Fragen konnten seine Partner allein klären. Also erreichten ihn jede Woche mindestens ein halbes Dutzend Akten, die er mehr schlecht als recht durchging. Er machte ein paar Anmerkungen und Unterschriften und schickte am Ende der Woche alles nach Edinburgh zurück.

Zumindest war es das, was er in der Anwesenheit von Beatrix tat. Wann immer er allein war, verfolgte er einen anderen Fall. Doch das musste nun vorerst warten. Einer der Gründe, weshalb er Mary Hariette Smith nicht bei sich im Obergeschoss des Haupthauses untergebracht wissen wollte. So konnte er sie im Auge behalten, ohne sie in die Nähe seines anderen Unterschlupfs im hinteren Teil des Hauses zu bringen.

Sie war zu aufmerksam und er wollte seine Ermittlungen mit niemandem teilen. Schon gar nicht mit ihr. Er kannte sie nicht. Er wusste im Grunde nichts von ihr. Die wenigen Details, die sie ihm offenbart hatte, schienen irrelevant oder falsch zu sein.

Smith. Ein Allerweltsname. Kaum zurückzuverfolgen. Er könnte wetten, dass sie eigentlich anders hieß. Vielleicht stimmten wenigstens ihre Vornamen. Aber sah sie aus wie eine Mary?

***

Es dämmerte bereits, als Anthony die letzte Akte schloss und sich in seinen Stuhl zurücksinken ließ. Er massierte seine Schläfen und schloss die Augen. Er musste noch den Vertrag für Miss Smith aufsetzen.

Nur für einen Moment. Nur eine kurze Pause.

Immer, wenn er auf Houston Hall zu Besuch gewesen war und ähnlich abgespannt hinter einem Berg von Akten in der Bibliothek gesessen hatte, war Raelyn gekommen. Sie hatte sich auf Zehenspitzen angeschlichen, um ihn nicht zu wecken – nur für den Fall, dass er schlief. Und dann hatte sie ihm vorsichtig die alte Decke aus ihrem Zimmer umgelegt und die Brille abgenommen. Wenn er sich auf die Erinnerung konzentrierte, dann war es beinah, als wäre sie noch bei ihm, dann konnte er sie vor sich sehen, wie sie eine Grimasse schnitt und ihm seine Brille stahl. Er konnte sogar ihre Finger spüren, die leicht sein Gesicht streiften …

»Miss Smith!« Anthony hatte seine Augen geöffnet und traute ihnen kaum. Sein neues Dienstmädchen stand über den Schreibtisch gebeugt vor ihm. Es war nicht seiner Erinnerung geschuldet, dass er fremde Hände auf seinem Gesicht gespürt hatte. Sie war zurückgewichen und hielt seine Lesebrille in ihren Händen.

»Verzeihung, Laird Houston. Ich dachte nur ... ich meine ...« War sie wirklich verlegen oder war das nur ein weiteres Schauspiel? Immerhin errötete sie nicht einmal.

»Dann sollten Sie das nächste Mal entweder mehr oder weniger denken.« Er richtete sich rasch auf und ordnete seine Garderobe. »Wieso sind Sie überhaupt hier?« Sein Hals fühlte sich trocken an. Rau. Und sein Herz schlug fest und schnell gegen seine Brust.

»Ich sollte am Abend herkommen«, entgegnete sie leise.

»Ach so. Natürlich.« Er räusperte sich. »Verzeihen Sie, ich bin gerade erst mit diesen Akten durch. Ich werde für den Vertrag noch einen Augenblick brauchen. Wäre es in Ordnung, wenn Sie offiziell erst morgen anfangen?«

»Wenn ich dem Hausherrn dennoch den Tee hierlassen darf?« Mit diesen Worten legte sie rasch seine Brille auf den Schreibtisch und schob einen kleinen Teewagen neben ihn. Darauf lagen einige Sandwiches und Kekse direkt neben einer dampfenden Kanne Tee.

»Danke. Aber ich esse am Abend für gewöhnlich nichts mehr.« Sein Blick ruhte noch immer auf dem Service. »Hat Beatrix Ihnen das nicht gesagt?«

Großartig. Seine Höflichkeit war wieder von der ausgesuchtesten Sorte. Warum war er ihr gegenüber nur so abweisend? Sie war offenkundig wesentlich weltoffener und selbstbewusster als er. Vielleicht machte ihm das Angst.

»Wie Sie wünschen.« Irgendwas war jetzt aus ihrer Stimme verschwunden. Sie griff nach dem Wagen und wollte ihn mit sich fortziehen, aber er hielt sie auf. Für einen Augenblick berührten sich ihre Hände und dann schreckten beide zurück. Sie musste bis eben draußen in der Kälte gearbeitet haben – ihre Hand war eisig. Eben war ihm das noch nicht aufgefallen. Aber da hatte er ja auch noch geglaubt, von Raelyn zu träumen.

Sie wandte sich rasch ab und eilte wortlos auf die Tür zu. Er blieb dabei: Sie spielte die Rolle des Hausmädchens gut – bis auf ein paar Aussetzer –, aber sie passte nicht zu ihr.

Wieder tief in Gedanken versunken, goss er sich Tee ein und aß ihren Imbiss. Ein Lächeln huschte über sein Gesicht. Sie gab ihm Rätsel auf und er mochte Rätsel. Er hatte sie immer gemocht.

Erst als er aufstand, um den leeren Wagen vor die Tür zu schieben, merkte er, wie sehr sein Nacken brannte. Er sollte sich wirklich abgewöhnen, auf Stühlen oder in Sesseln einzuschlafen. Am liebsten würde er ganz auf das Schlafen verzichten. Wenn er schlief, vergeudete er kostbare Zeit, war angreifbar und vor allem vom immer selben Albtraum gequält.

Sonntag, 2. Advent 1663, Duighreach Castle.

Seit einem Monat versuche ich nun schon gemeinsam mit dem Medicus und dem Richter, dem Monster den Unterschlupf seiner Brut zu entlocken. Wir nutzen alle Mittel der Überzeugung, aber nichts scheint diese Ausgeburt der Hölle zum Sprechen bewegen zu können.
Ferner mussten wir feststellen, dass ihr Geist über immense Stärke verfügt. Nicht nur kann sie sich gegen unsere probaten Verhörmethoden wehren, sie scheint außerdem in bösartigster Weise die braven Bürger Dirletons aufzuhetzen. Wir mussten die Wachen abziehen, nachdem es der Baobhan Sith mit ihrer bezirzenden Art gelungen war, einen unserer besten Männer auf ihre Seite zu ziehen. Er scheint den Verstand verloren zu haben.
Ihre Stimme wirkt ähnlich dem Sirenengesang in Homers Odyssee. Vor allem Männer eines gewissen Alters sind empfänglich für ihre süßen Verlockungen. Nur dem Richter, dem Medicus und mir scheint es möglich zu sein, überhaupt mit ihr zu sprechen, ohne in ihren Sog gezogen zu werden.
Doch wenn es uns nicht bald gelingt, die entscheidenden Informationen von ihr zu erhalten, sollten wir ihrer armen Seele gnädig sein und ihr den Weg zur letzten Sühne gewähren.
Wir können nur beten, dass die verlorenen Seelen, die dieser bösartigen Kreatur bereits zum Opfer gefallen sind, ohne ihre Anführerin nicht noch gefährlicher sind.

Aus der Chronik von Duighreach

Kapitel III

Samstag, 1. Juni 1963, Houston Hall.

Anthony stand am Fenster und beobachtete, wie Beatrix sich vor dem Haus von Miss Smith verabschiedete, auf ihr Rad stieg und das Anwesen verließ. Sie war auch heute gekommen – nicht seinetwegen, sondern ›Mary‹ zuliebe. Beatrix wolle das ›arme Ding‹ nicht länger als nötig mit ihm allein lassen, damit ihr fröhliches Gemüt keinen Schaden an seiner Gegenwart nähme.

Tatsächlich hatte seine neue Angestellte die ganze Woche über einen sehr stillen und zurückhaltenden Eindruck auf ihn gemacht. Vielleicht setzte ihr die Arbeit auf Houston Hall doch mehr zu, als sie sich eingestand. Und falls das überhaupt möglich war, dann war sie auch noch blasser geworden.

Aber zumindest hatten sie einen guten Weg gefunden, miteinander umzugehen. Sie stellte stur weiterhin jeden Abend ein Service mit Tee und einigen leichten Speisen in seinem Arbeitszimmer ab. Er verzog das Gesicht, sagte aber nichts. Spät in der Nacht stellte er das leere Service im Foyer ab. Zu der Zeit war sie dann schon längst in ihrem Zimmer im Seitenflügel. Wenn er sich vor das richtige Fenster der Bibliothek stellte, konnte er das Licht in ihrem Zimmer brennen sehen.

Beatrix hatte recht. Es war nicht das schlechteste Gefühl, einen anderen Menschen um sich zu haben – mit genügend Sicherheitsabstand. Sein Geist fand keine Ruhe und der Gedanke, zumindest nicht allein zu sein, fühlte sich überraschend tröstlich an.

Anthony hatte die vergangenen Stunden wieder in seinem zweiten Arbeitszimmer im hinteren Teil des Hauses verbracht.

Vor einem Jahr noch war es das zweite Schlafzimmer seines Vaters gewesen. Darin standen ein Einzelbett, ein großer Schreibtisch, ein bequemes Sofa und Regale voller Ordner und Akten zu den unterschiedlichsten Fällen. Immer, wenn wichtige oder schwierige Verhandlungen anstanden und sein Vater bis spät in die Nacht Akten las, um sich auf die kommende Aufgabe vorzubereiten, hatte er sich dort einquartiert. Dort räumte niemand seine Unterlagen fort oder regte sich über die Unordnung auf. Dort störte er niemanden, wenn er nachts wach war, und niemand störte ihn. Das war auch Anthonys Hauptmotivation gewesen, als er sich entschloss, seine Nachforschungen in diesem Raum zu betreiben. Ein weiterer Grund war der Safe, der unter dem Schreibtisch verborgen war.

Wie viele Berichte, Analysen und Aussagen hatte er jetzt schon zu den Geschehnissen vor einem halben Jahr gelesen. Sie alle warfen mehr Fragen als Antworten auf: Wie viele Angreifer hatte es gegeben? Es hieß: Mindestens zwei Täter. Aber auch, dass es eine gut organisierte Gruppe gewesen sein könnte. Dass allerdings keiner der Täter verwertbare Spuren hinterlassen hatte. Wie genau verlief der Tathergang? Alle drei anwesenden Familienmitglieder wurden innerhalb kurzer Zeit kaltblütig getötet. Sein Vater starb nicht etwa als Erster, sondern als Letzter. Das war ungewöhnlich. Von ihm ging eine größere Gefahr aus als von Anthonys Mutter oder Raelyn. Sollte das Motiv einer der Fälle seines Vaters gewesen sein, dann hätte sich der Zorn der Angreifer doch auch erst auf ihn gerichtet, während die anderen beiden eher lästige Zeugen gewesen wären. Aber nein. Es war fast so, als hätte man gewollt, dass der ehrenwerte Richter zusah, wie der Rest seiner Familie getötet wurde. Immerhin hatte man die Leichen der Eltern nah beieinander gefunden. Das sprach für diese Theorie. Aber das würde entweder auf einen psychisch extrem instabilen Täter hinweisen – und der hätte keinen so sauberen Tatort zurückgelassen – oder auf eine Form der Folter, um eine Information zu erpressen. Aber weder folgten auf das Unglück irgendwelche Revisionsverfahren für Fälle, in denen Anthonys Vater zuständig gewesen war, noch wies die Wohnung Spuren von Verwüstung auf, wie es die Suche nach einem Safe, Wertpapieren oder Akten vermuten lassen würde. Im Gegenteil: Die Angreifer schienen sich ausschließlich im Garten und auf der Terrasse aufgehalten zu haben.

Die Spuren passten nicht zueinander. Sie passten vor allem nicht zu der Rolle des Richters. So offensichtlich das Motiv erst schien, war es vielleicht möglich, dass der Überfall nichts mit dem Richteramt seines Vaters zu tun hatte. Also hatte Anthony vor einigen Wochen begonnen, die privaten Unterlagen seines Vaters zu sichten. Er fand vor allem viel Material über lokale Legenden und geschichtliche Ereignisse in East Lothian. Einer der frühen Chronisten Dirletons schien die Gegend hier für sehr gefährlich zu halten. Aber die gälischen und lateinischen Berichte waren kurz, teilweise unleserlich und vor allem vollkommen unrealistisch. Es schien sich dabei eher um eine redaktionelle Recherche zu handeln. Immer wieder hatte sein Vater Stellen markiert und kommentiert. Als hätte er beschlossen, zur Zerstreuung nicht nur Romane zu lesen, sondern auch selbst zu schreiben.

Nun war Anthony wieder in seiner geliebten Bibliothek und versuchte den Kopf freizubekommen von den Übersetzungen aus dem Gälischen, die er über Stunden angefertigt hatte. Er hatte seinen Vater nicht nur einmal dafür verflucht, keine Übersetzung angefertigt zu haben. Die Texte verfolgten ihn.

Es gelang ihm einfach nicht, das Gelesene aus seinen Gedanken zu vertreiben. Immer wieder versuchte er, sich dieses Wesen vorzustellen, das so mächtig, so bösartig und gleichzeitig so verführerisch sein sollte.

Alle Mythen und Legenden hatten schlussendlich immer einen wahren Kern. Welche Krankheit hatte die arme Frau gehabt, der diese drei Gestalten so übel mitgespielt hatten? Vielleicht war es eine geistige Störung, vielleicht auch eine körperliche Entartung gewesen.

Vor seinem geistigen Auge tauchten Bilder auf, die Anthony so gar nicht gebrauchen konnte, wenn er heute Nacht noch schlafen wollte. Und deshalb war er hierhergekommen. Wenn ihm ein Ort auf Houston Hall helfen konnte, eine möglichst ruhige Nacht zu verbringen, dann die Bibliothek. All die Bücher, die sie beherbergte, würden ihm noch über viele schlaflose Nächte hinweghelfen. Aber auch darüber hinaus hielt er sich am liebsten innerhalb ihrer regalumsäumten, hohen Mauern auf. In Filmen hatten Bibliotheken immer diesen düsteren, vermoderten Charakter. Diese Bibliothek war anders. Dank der großen Fensterfront und dem überwiegend hellen Holz war der Raum selbst während der schottischen Winter noch hell. Am meisten gefielen ihm die Galerie in der ersten Etage und die kleine Wendeltreppe, die dort hinaufführte. Die Geländer waren mit wunderschönen barocken Schnitzereien verziert. Beinah so filigran und verspielt wie die feinen Zweige eines Baums. Ein perfekter Garten aus lauter Geschichten.

Langsam schritt Anthony die Regale ab auf der Suche nach einem Buch, das ihn durch die Nacht retten konnte. Wenn man eine Geschichte aus seinem Kopf verdrängen wollte, dann beschäftigte man ihn am besten mit einer anderen.

Es dauerte nicht lange, bis er seine Wahl getroffen hatte:

Agatha Christies ›Mord im Pfarrhaus‹. Er liebte ihre Kriminalromane. Zwar kannte er alle Bücher von Agatha Christie, las sie aber dennoch immer wieder – auch wenn ihn das Ende inzwischen nicht mehr überraschte. Er genoss es, wie logisch und nachvollziehbar die Fälle waren, ohne dabei einfach zu lösen zu sein. Das gab ihm bei seinen eigenen Fällen immer die Hoffnung, dass auch sie logisch waren und er nur die richtigen Indizien finden musste, um die Wahrheit zu erkennen.

Er ließ sich mit dem kleinen Buch auf der breiten Fensterbank nieder. Es war einer seiner Lieblingsplätze seit jüngster Kindheit. Er war drinnen – sicher – und doch auch beinahe draußen. Die Knie angezogen, saß er fast so wie der kleine Junge von damals. Aber wen sollte das interessieren? Er war allein.

Etwa in der Hälfte des Buches steckte ein altes, zerfleddertes Lesezeichen. Es war rosa und mit einem Blumenmuster verziert. Raelyn hatte es selbst gemacht und ihm vor vielen Jahren zum Geburtstag geschenkt. Er schlug das Buch am Lesezeichen auf und begann zu lesen. Schon nach dem zweiten Satz wusste er, an welcher Stelle der Geschichte er sich befand.

Mr. Clement, der Pfarrer, beschrieb Mrs. Lestrange, die Witwe des Ermordeten, die zugleich in den Mord verwickelt zu sein schien; doch eigentlich beschrieb er viel mehr Miss Smith – Miss Smith in einem schwarzen Kleid:

Es hatte ganz den Anschein, als sei der Pfarrer dem Zauber dieser Frau hoffnungslos erlegen. Er war fasziniert von der Widersprüchlichkeit ihrer Ausstrahlung. Ihre beinah weiße Haut und ihre steife Haltung ließen ihn an den Tod denken und zugleich war er fasziniert von der Lebendigkeit und der Wachsamkeit ihres Blicks.

Auch Miss Smith hatte diesen wachen, klugen Blick, das lebendige Funkeln in ihren Augen, das einen ihre kalte Blässe vergessen ließ. Sie fesselte jeden. Sobald sie nur den Raum betrat, war ihr die Aufmerksamkeit aller sicher. Zumindest hoffte Anthony, dass sie auf *jeden* und *alle* so wirkte. Denn sonst müsste er sich fragen, ob es ihm ähnlich wie dem Pfarrer ging.

***

Leider hatte seine nächtliche Buchtherapie diesmal keine große Wirkung gezeigt. Die Nacht war zwar kürzer gewesen, aber leider kein bisschen angenehmer.

Als er endlich zu Bett gegangen war, hatte er die Decke angestarrt und versucht, seine Gedanken auszusperren. Als er dann endlich eingeschlafen war, kam, was kommen musste: Wie beinahe jede Nacht hatte er auch in der vergangenen von jenem Tag vor einem halben Jahr geträumt. Dieser spezielle Albtraum existierte in genau zwei Varianten: Entweder erlebte er diesen schrecklichen Tag immer wieder von Neuem, als sei er dabei gewesen und doch machtlos, oder er war einfach in einem stockdunklen Raum eingeschlossen. Dann war er völlig allein und hörte nur immer wieder Stimmen, die von außen zu ihm drangen; je mehr sich dieser Traum seinem Ende näherte, umso lauter wurden die Schreie zwischen den unverständlichen Sätzen seiner Familie. In den dunklen Träumen trieb ihn seine Hilflosigkeit in völlige Verzweiflung. Und noch etwas anderes quälte ihn in der Finsternis: die Gewissheit, allein zu sein, verlassen worden zu sein. Denn nach den Schreien folgte die Stille und die war beinah noch schlimmer.

Heute Nacht war er nicht allein gewesen. Heute Nacht war er wieder dabei gewesen, hatte versucht, etwas zu unternehmen, und auch dieses Mal war er erfolglos geblieben – natürlich.

Jetzt stand er im Badezimmer und starrte sein Spiegelbild an. »Ist alles in Ordnung mit Ihnen? Sie sehen blass aus«, hatte Miss Smith ihn in der vergangenen Woche gefragt. Damals kamen ihm ihre Worte noch albern vor – vor allem angesichts ihrer eigenen Blässe. Heute war er sich da nicht mehr so sicher. Die müden, dunkel unterränderten Augen verschlimmerten das Bild noch. Er wandte sich schnell vom Spiegel ab und zog sich an. Vielleicht sollte er Miss Smith die Spiegel abhängen lassen. Er lachte leise und bitter. Anthony sah nicht nur aus wie ein Untoter, jetzt benahm er sich auch noch so. Essen hatte er ja noch nie gemocht. Vielleicht sollte er es mal mit Blut versuchen … Beatrix würde begeistert sein. Ihr Kopf würde wieder rot anlaufen und sie würde toben und ihn zwingen, sich einweisen zu lassen. *Untot*. Ein leiser, verächtlicher Laut verließ seine Kehle. Er sollte dringend seine Abendlektüre überdenken.

Als er das Esszimmer betrat, war keine seiner Hausdamen zu sehen. Dafür stand bereits ein vollwertiges Sonntagsfrühstück auf dem Tisch: Schinken, Eier, sogar Konfitüre und verschiedenes Gebäck. Es schien, als wollten sie ihn unbedingt davon überzeugen, dass es durchaus leckere Speisen gab.

Sie hatten ja auch recht. Er musste essen. Vielleicht würde ihm das auch wieder einen Teint verpassen, der an einen Lebenden erinnerte. Er setzte sich und begann – völlig in Gedanken versunken – zu frühstücken.

Ein lautes Scheppern riss ihn aus seinen Grübeleien.

Anthony erstarrte. Seine Neugier wollte ihn zum Terrassenfenster locken, während seine Angst ihn hinter die versteckte Tür in der Wandvertäfelung ziehen wollte. Beide Gefühle stritten in ihm und als Resultat dessen blieb er einen Augenblick lang einfach nur sitzen. Der Löffel mit Konfitüre zitterte in seiner Hand.

Dann lief er plötzlich los. *Zum Fenster.* Er riss es auf, suchte hektisch sein Sichtfeld ab, öffnete das nächste Fenster – bis er endlich das richtige fand und sie sah: Miss Smith stand wohlbehalten im Garten – fernab der Terrasse – und beschimpfte gerade einen zerbrochenen Tonkrug.

Keine Gefahr.

Immer noch viel zu schnell atmend sank er auf die Fensterbank nieder und lehnte sich an das kalte Glas.

Niemand war auf der Terrasse. Niemand versuchte, ins Haus zu gelangen.

Nur ein kaputter Tonkrug.

Das Ding war fast so groß wie sie gewesen. Hatte sie es umgestoßen? War das möglich? Es sah ganz danach aus – auch wenn ihm vollkommen schleierhaft war, wie sie das geschafft hatte. Zumindest grenzte es an ein Wunder, dass sie sich nicht verletzt hatte.

Warum war sie überhaupt draußen? Es war Sonntag. Ihr freier Tag. Und das Wetter war wenig geeignet für Gartenarbeiten, aber das schien sie nicht zu stören. Jetzt war sie damit beschäftigt, alle Scherben zusammenzusammeln. Sie hatte ein paar gelbe Gummistiefel und ein Gärtneroutfit an, das ihr insgesamt viel zu groß war. Sicher hatte es Jacob gehört. Er war ungefähr das Fünffache von ihr gewesen. Ihre Haare hatte sie zu einem wirren Dutt zusammengebunden, der noch unordentlicher war als der, den sie für ihren Hausmädchenlook frisierte. Offenbar hatte sie sich für heute die Rettung des Gartens vorgenommen.

Ihm gefiel der Gedanke nicht, dass sie allein da draußen war. Es war albern, das wusste er selbst. Aber der Garten strahlte in all seiner Friedlichkeit vor allem eins für ihn aus: Gefahr. Seltsam. Waren ihm solche Gedanken auch gekommen, als Claire sich im Frühjahr um den Garten gekümmert hatte? Oder früher bei Jacob?

Als seine neue Gärtnerin – wohl in dem Wunsch, ihre Laune wieder aufzubessern – begann, mit einer Harke in den vorderen Teil des Gartens zu tanzen und dabei zum Radio zu singen, konnte er nur lächelnd den Kopf schütteln. Eigentlich hatte er Post aus Edinburgh zu beantworten. Und morgen würde schon der nächste Bote kommen. Aber es fiel ihm sichtlich schwer, sich von der Szene vor dem Fenster zu lösen. Erst als sie aus seinem Blickfeld verschwunden war, war er aus ihrem Bann befreit. Schnell stand Anthony auf, schloss das Fenster und machte sich auf den Weg in die Bibliothek, um sich wieder mehr der Arbeit und weniger seinem Dienstmädchen zu widmen.

Und doch. An seinem Schreibtisch angekommen, öffnete er ein Fenster hinter sich – nur einen Spalt breit. Mary hatte ein Radio eingeschaltet und ein wenig Musik konnte doch nicht schaden.

Das Lied war neu, aber die Stimme aus dem Radio klang nach Elvis. Anthony konnte nicht alles verstehen und teilweise fragte er sich, ob Mary nicht Teile des Textes frei erfand.

Offenbar war Elvis einer Frau verfallen, die durch und durch himmlisch aussah und doch ein kleiner Teufel war, hinter deren harmloser Fassade ein gefährliches Wesen steckte.

Lachend schüttelte Anthony den Kopf. Irgendwie passte

das Lied zu dem zierlichen Hausmädchen, das Tonkrüge demolierte. Er beneidete sie um die Freiheit, mit der sie durch den Garten tanzte, sich drehte und lachte. Kind und Königin in einem. Ihre Fröhlichkeit zog ihn magisch an. Erst lauschte er ihr nur, doch es dauerte nicht lange, da lagen die Unterlagen aus Edinburgh hinter ihm und er hatte seinen Stuhl zum Fenster gedreht, um ihr von Neuem zuzusehen – auch wenn er sich ein wenig wie ein Voyeur vorkam.

Seine Gärtnerin war inzwischen mit dem Rondell am Eingang fertig und verstaute die Gartengeräte gerade wieder in einer Schubkarre.

Ganz in der Nähe seines Fensters, aber ohne ihn bisher bemerkt zu haben, kniete sie sich plötzlich ins Gras. »Nanu? Wer bist denn du?«

Er konnte nicht genau erkennen, was sie mit ihren kleinen Händen festhielt. Doch dann hörte er das leise Piepen und Zwitschern, das in seinen Ohren eindeutig panisch klang. Miss Smith stand auf, sah sich suchend um und dann traf ihr Blick den seinen.

»Laird Houston! Würden Sie mir bitte helfen? Der Kleine hier ist verletzt. Haben Sie da drin vielleicht einen Verbandskasten und einen Vogelkäfig oder etwas Ähnliches?«

Er fühlte sich ertappt. Er hatte sich im Schatten der Vorhänge sicher gefühlt und nicht damit gerechnet, dass sie ihn entdecken würde. Jetzt musste er antworten. »Zumindest Ersteres. Einen Moment bitte.«

Einen Verbandskasten, ja klar, den hatte er. Aber wo zum Teufel sollte er auf die Schnelle einen Vogelkäfig auftreiben? Dann fiel es ihm wieder ein. Raelyn und ihr Vogel!

Er überlegte nicht lang, sondern lief in den ersten Stock und den Gang hinunter in Richtung seines geheimen zweiten Arbeitszimmers. Raelyns Zimmer befand sich direkt gegenüber.

Eine Weile starrte er auf die weiße Zimmertür direkt vor sich. Sie kam ihm riesig vor und er sich ganz klein.

Konzentrier dich. Tief durchatmen und dann los!

Miss Smith würde sich wundern, wo er blieb. So sollte sie ihn nicht sehen. Er musste sich beeilen. Er musste …

Um sich selbst zu überrumpeln, rannte er blindlings in das Zimmer. Die Augen hatte er fest zusammengepresst, die Luft angehalten. Er kannte dieses Zimmer noch gut. Problemlos kam er bis zum Fenster auf der anderen Seite, und als er die Hände hob, um nach der kleinen Voliere zu tasten, klapperte bereits ihr Metallgitter.

Er griff nach dem Käfig und so schnell er konnte lief er wieder zurück. Er kniff die Augen fest zu, bis er die Tür erreichte und der Käfig scheppernd gegen den Türrahmen stieß. Doch Anthony hielt nicht an, sondern lief den Flur entlang und die Treppe zum Foyer hinab. Jetzt nur noch schnell den Verbandskasten aus der Küche holen und dann alles seinem übereifrigen Dienstmädchen geben.

Als er die Haustür erreichte, war er voll beladen mit Käfig und Verbandskasten. Er hoffte inständig, dass Miss Smith am Eingang auf ihn wartete. Unter Fluchen und einigen Anstrengungen gelang es ihm, trotz des Gepäcks – und seines Unwillens – die Haustür zu öffnen. Mit einem weiteren Fluch stieß er die Haustür ganz auf und ließ seinen Blick schweifen. Er hatte schon oft die Haustür geöffnet. Also gut. Ab und an. Nachdem er Duncan entlassen hatte. Damals hatte er nicht geahnt, wie oft er sich dafür noch verfluchen würde.

Aber er würde das schon schaffen. Alles war gut. Miss Smith

stand doch gleich … nur … einige Meter entfernt an den Beeten.

Einige Meter.

Beatrix war auch nie da, wenn man sie brauchte.

»Da sind Sie ja endlich! Da hätte ich den Kleinen ja schneller nach Dirleton getragen.« Er war froh, dass sie auf ihn zulief, während sie sprach. »Und sieh sich einer dieses … Ding an.« Mit ›Ding‹ meinte sie offensichtlich den Vogelkäfig, denn sie musterte ihn missmutig und beinahe beleidigt.

»Seien Sie lieber froh, dass ich überhaupt einen gefunden habe«, erwiderte er gereizt. Und dann geschah es. Unbedacht. Er begriff es erst, als sich sein Bein schon in Bewegung gesetzt hatte: Er trat heraus unter das Vordach des Eingangsbereiches. Es war nur ein Schritt. Ein Meter vielleicht. Aber für ihn war es wie die Überwindung einer ganzen Welt.

Er konnte seinen Puls deutlich am Hals schlagen spüren und war unglaublich erleichtert, als Miss Smith zu ihm unter das Vordach trat. Sie beachtete ihn gar nicht; konzentrierte sich ganz auf den verletzten Vogel in ihrer Hand. Das war gut so. Dann bemerkte sie seinen inneren Kampf nicht. Der Vogel war jetzt wichtiger. Betont langsam – als wolle sie ihn nicht erschrecken – ließ sie sich auf den Stufen nieder und untersuchte ihn vorsichtig. »Ja … ich weiß, dass es weh tut … Hab keine Angst.« Sie sprach so leise, dass Anthony sie kaum verstehen konnte.

Er hatte es schon in Raelyns Zimmer geschafft, er würde auch ein paar Schritte vor die Tür schaffen. Er würde nur schnell die Sachen neben sie stellen und dann wieder ins Haus verschwinden. Das war ein guter Plan. Was sollte schon in einer Minute geschehen? Genug – das wusste er. Aber er wusste auch, dass jetzt nichts mehr geschehen würde. Zumindest hoffte er das. Aber dennoch war da diese unüberhörbare innere Stimme, die immer wieder *Nein!* schrie, wenn er sich hinauswagen wollte.

Seltsam, wie ein halbes Jahr einen Menschen verändern konnte.

»Hier sind dann zumindest der Käfig und der Verbandskasten. Ich hoffe, er wird Ihren hohen Ansprüchen genügen.« Er hielt sich stur an seinen Plan: Nur nicht zu nahe kommen oder nach dem Tier fragen. Einfach alles abladen und verschwinden. Er hatte es bis zu seinem Hausmädchen auf die Stufen geschafft und ließ seinem Plan Taten folgen. Er war schon fast wieder zurück an der Tür, als er ihre Stimme hinter sich hörte.

»Hey! Warten Sie! Ich brauche schon Ihre Hilfe!«

»Was? Ich glaube kaum, dass ich eine Hilfe wäre. Außerdem …«

»Was außerdem? Soll dieses kleine Wesen hier leiden, weil Sie gerade etwas Besseres zu tun haben?«

Bei ihren Worten fuhr er gleichermaßen erschrocken und wütend zu ihr herum. Er wollte ihr irgendetwas entgegenschleudern, das deutlich machte, wie sehr sie sich im Ton vergriffen hatte; aber diese listige Frau hielt ihm bereits den verletzten Vogel vor die Nase. Jetzt konnte er erkennen, dass es eine Meise war. Sie sah ihn mit großen Augen an – den Kopf leicht schräg gelegt und den rechten Flügel unnatürlich weit vom Körper gestreckt. Die dunklen Vogelaugen fixierten ihn und das Paar grüner Augen hinter dem Vogel fixierte ihn ebenso unverhohlen.

Reiß dich zusammen! So schlimm kann das ja nicht sein. Nicht zu helfen würde dich doch viel mehr mitnehmen.

Aber sollte er sich so leicht von ihr umstimmen lassen? Was

sollte man denn von ihm halten, wenn er so wenig eigenen Willen zur Schau trug? Man? Wer denn genau? Die Bewohner von Dirleton dachten nicht wirklich an ihn, und wenn, dann dachten sie jetzt schon an einen verschrobenen Sonderling.

Er straffte seine Schultern und ließ sich auf der anderen Seite des Käfigs nieder, so dass sich dieser zwischen ihm und seinem durchsetzungsfähigen Dienstmädchen befand. Dann sah er sie abwartend an. Ihren bissigen Kommentar würde er einfach totschweigen. Das war wohl die einfachste Lösung. Ihre Miene ließ ihn vermuten, dass sie enttäuscht vom raschen Ende ihres kleinen Wortgefechtes war. Aber sie war wohl auch zufrieden mit sich, weil sie ihn zum Bleiben hatte bewegen können.

»Und wie wollen Sie mir von da drüben helfen? Der Kleine muss doch erst noch verarztet werden, bevor er in dieses … Ding kann!« Der Käfig gefiel ihr immer noch nicht. Zugegeben, er war ziemlich verstaubt, hatte eine kleine Beule und zwei, drei Roststellen; aber von der Größe her war er immerhin recht passabel. »Nun kommen Sie schon her. Ich beiße nicht.«

Bildete er sich den Blick nur ein, den sie ihm bei diesen Worten zuwarf? Er atmete nochmals tief durch und kniete sich dann vor sie – und damit vor die Stufen. Er war im Garten. Sofort spürte er, wie ein heißer Schauer langsam seinen Rücken hinaufkroch und sein Atem zu stocken begann. Mit einer Hand stützte er sich auf der ersten Stufe ab, als seine Sicht kurz verschwamm.

Er hatte nicht geglaubt, dass sein Körper so stark reagieren würde.

»Alles okay?«

Er nickte.

»Gut, dann halten Sie bitte den Flügel.« Miss Smith inspizierte ihn, während er den Vogel vorsichtig hielt. »Er scheint sich am Flügelansatz verletzt zu haben …« Sie sprach mehr zu sich selbst, konstatierte er. Dann sah sie kurz auf und ihre Blicke streiften einander. »Laird Houston? Der Flügel …«

Er nickte stumm und griff vorsichtig von Neuem nach dem Flügel. Vielleicht sollte er etwas sagen. Ein Gespräch könnte ihm helfen. »Woher … können Sie so etwas?«

»Ich bin quasi als Waise aufgewachsen, da lernt man schnell, sich selbst zu verarzten … und der Rest ist wohl Instinkt und Augenmaß … Danke. Ich nehm ihn wieder.« Ihre Hände waren geschickt und sicher. Sie hatte nur wenige Sekunden gebraucht, um das zitternde Tier zu verarzten.

Er hingegen stutzte. Als Waise? Hatte sie nicht neulich noch …

»Das wusste ich nicht. Tut mir leid. Ich wollte Sie nicht an Schlechtes erinnern.« Vorsichtig ließ er den Flügel los und beobachtete sie genau. Und wieder fühlte er sich von seiner Gabe im Stich gelassen. Welche ihrer Geschichten war eine Lüge? Beide fühlten sich wahr und falsch zugleich an. Aber wie war das möglich?

»Schon gut. Es ist lange her. Nur noch ein Schatten der Vergangenheit.« *Ein Schatten der Vergangenheit* … Das war die Wahrheit. Und ja, ein solcher schwebte auch über ihm. Ob sie wohl auch so unter ihrem litt – oder zumindest gelitten hatte? Vielleicht war es ja das, was ihn so nervös machte. »Laird Houston? Schauen Sie doch nicht so düster. Es ist wirklich nur halb so schlimm, wie es aussieht. Wenn wir Glück haben, dann verheilt alles und er wird bald wieder fliegen können.«

Als ginge es ihm um den Vogel …

Mary war für Anthony ein Rätsel. Seit einem halben Jahr war sie das erste andere Rätsel, das er lösen wollte. Das musste er sich eingestehen. Sie war in der Lage, seine Gedanken in eine andere Richtung zu lenken, fort von der Dunkelheit, in die er sich vergraben hatte. Als hätte sie die Tür seines Käfigs einen Spalt geöffnet …

Kein Wunder, dass er in ihr die bessere Pflegerin für den verletzten Vogel sah. Er hatte ihr geraten, ihn mit zu sich zu nehmen. Sie hatte wieder diesen seltsamen Blick, als er ihr das vorgeschlagen hatte. Und nach einer Flut von Argumenten – unter anderem sei Miss Smith kaum im Nordflügel und es sei dort zu dunkel – einigten sie sich auf die Kommode im Foyer, neben der Tür zur Bibliothek.

Während sie den Kleinen hineintrug, blieb er auf den Stufen des Vorbaus sitzen und lehnte sich an eine der Säulen, die das kleine Dach trugen. *Ein halbes Jahr.* Kaum zu glauben, dass er so lang nicht mehr vor die Tür getreten war. Ganz langsam wandte er den Kopf und betrachtete den Garten und die Einfahrt aus diesem mittlerweile so ungewohnten Blickwinkel. Erinnerungen flackerten vor seinem geistigen Auge auf. Gute Erinnerungen. An eine erfüllte Kindheit, an Geburtstagsfeiern und Gartenpartys.

Die frische Luft, die er so lange nur durch Fenster hereingelassen hatte, strich durch sein Haar und tat gut. Langsam schloss er die Augen und genoss einfach nur das Gefühl der Kühle auf seiner Haut. Kühl wie ihre Haut neulich.

Dabei war ihr Charakter alles andere als unterkühlt.

»Laird Houston?«

Er fuhr zusammen. Er war nicht eingenickt, aber dennoch

hatte er sie nicht kommen gehört. Sie bewegte sich stets so anmutig und leise ... *Wie ein Raubtier auf der Jagd ...*

Schnell öffnete Anthony seine Augen und richtete sich auf.

»Verzeihung. Ich wollte Sie nicht erschrecken. Elvis ist jetzt eingezogen. Ich habe ihm gleich noch etwas Wasser und Futter gebracht.«

»Elvis?«

»Klar! Die stimmlichen Qualitäten sind allemal vergleichbar!« Sie schaffte es schon wieder, dass sich ein kleines Lächeln in sein Gesicht stahl.

»Danke.« Er wollte sie nicht wieder anstarren, also ließ er seinen Blick erneut über den Vorplatz schweifen. Am südlichen Nebenhaus blieb er hängen. Die Garage beherbergte nun auch den gelben Käfer. Wie lange er sie nicht mehr betreten hatte. Dabei stand dort noch ein weiteres Fahrzeug. Seins.

»Wie lange schon?«

»Was?« Irritiert drehte er sich zu ihr um. Sie stand an die nächste Säule gelehnt da und sah zu ihm hinunter. Hatte er einen Teil der Unterhaltung verpasst?

»Wie lange haben Sie das Haus schon nicht mehr verlassen?«

»Was reden Sie denn da?« Schon wieder. Ihren wachsamen Augen entging nichts. Er hingegen ließ sich ein ums andere Mal von ihr überraschen. Ein leises Seufzen entfuhr ihm. »Zu lange, nehme ich an.«

Er fühlte sich ertappt. Beobachtet. Ihre wachen Augen, ihr aufmerksamer Blick, ihr lautloser, anmutiger Gang. Wenn er an Mary Hariette Smith dachte, sah er inzwischen einen weißen Tiger vor sich. Anfangs hatte er sie für zerbrechlich gehalten. Aber heute fühlte er sich wie ein Dompteur, der seine Hand nach einem wilden Tier ausstreckte, in dem irrwitzigen

Versuch, es zu bändigen – gleichermaßen mit Bewunderung und Angst. Woher kam dieses Gefühl?

»Warum?«

»Das …« Er wandte den Kopf ab und schloss die Augen. Nicht einmal in Gedanken wagte er auszusprechen, was sie von ihm wissen wollte. »Das ist eine lange Geschichte. Und völlig unerheblich.«

»Unerheblich? Wohl kaum, wenn man deshalb das Haus nicht mehr verlässt. Aber ich bin da wohl sowieso nicht die richtige Gesprächspartnerin.«

»Wohl wahr. Sie sind das blühende Leben und fesseln sich an einen Ort, der locker als Friedhof durchgehen könnte. Ich werde den Teufel tun und Ihnen auch noch Schauergeschichten erzählen.«

Schweigen breitete sich aus und für einen Moment glaubte Anthony, sie wäre bereits so lautlos verschwunden, wie sie gekommen war. Doch stattdessen setzte sie sich neben ihn auf die Stufen und strich ihren Rock glatt. Er beobachtete sie nur aus den Augenwinkeln und wartete auf eine schlagkräftige Erwiderung ihrerseits. Er hätte schweigen sollen. Vielleicht wäre sie dann wirklich wieder gegangen.

»Ein Friedhof ist doch der ideale Ort, damit sich Leben und Tod begegnen können. Und ich kenne kaum einen Ort, der so viel Frieden ausstrahlt wie ein Friedhof. Wenn Sie wieder sich oder Ihr Anwesen herabwürdigen wollten, dann tut es mir leid: Es ist Ihnen nicht gelungen, Laird Houston.«

Er schwieg. Doch diesmal nicht, um sie zu vertreiben, sondern aus schierer Sprachlosigkeit. Das war nicht das, womit er gerechnet hatte.

Erst als sich eine kühle Hand auf seine legte, sah er auf und blickte in ihr Gesicht. Es schien beinahe, als sei das Strahlen in ihren Augen einem Anflug von Trauer gewichen. Aber noch bevor er sich sicher sein konnte, senkte sie den Blick. Für wenige Sekunden schlossen sich ihre zierlichen Finger um seine Hand, dann ließ sie ihn los und richtete sich wieder auf. »Ich habe mich nicht an diesen Ort gefesselt. Ich habe mich dafür entschieden, hier zu sein und ich bereue meine Entscheidung nicht. Ich denke, genau hier sollte ich jetzt sein.«

Ihre Fingerspitzen strichen über seine Schulter, dann ließ sie ihn allein. Ihr Blick aber hatte sich ihm eingebrannt. Sie hatte traurig ausgesehen, niedergeschlagen. Beinah, als hätte sie seine negativen Gefühle auf sich genommen.

Anthony musste sich dringend ablenken – von ihrem Blick und von den Schauergeschichten, die er ihr nicht erzählen wollte. Er brauchte irgendeine Aufgabe. Etwas, das ihn genug beschäftigen würde, um nicht zu versinken. Hinter sich hörte er Elvis in seinem Käfig singen. Und dann kam ihm eine Idee.

***

Anthony war hoch zufrieden mit seinem Plan. Er hatte sich Elvis und seinen Käfig geschnappt und beide in den Keller gebracht. Der Keller bot ihm genügend Freiraum und er war weit weg vom Garten. Die Tür hatte er fest verschlossen und die zwei kleinen Kellerfenster nur angeklappt – für den Fall, dass Elvis übermütig werden würde.

Elvis. Ein weiterer Beweis für ihre verrückte, lebendige Art. Allein, dass sie die kleine Meise verarztet hatte, war schon mehr, als er je von sich aus getan hätte.

Jetzt gab es also wieder ein Haustier in diesen Mauern. Sie war nur eine Woche hier und dennoch hatte dieses Anwesen nun zwei schlagende Herzen mehr.

Er wollte wenigstens eine kleine Hilfe sein und etwas dazu beitragen, dass sich seine Mitbewohner besser fühlten. Seine Gesellschaft war keine sonderliche Bereicherung, also versuchte er sich in handwerklicher Verbesserung. Miss Smith würde das ›Ding‹ eindeutig als eleganten, schönen Vogelkäfig identifizieren können, wenn er mit ihm fertig war.

Elvis bekam einen Zuschauerplatz am Rande des Geschehens – mit genug Sicherheitsabstand zum Käfig. Der kleine Vogel war inzwischen erstaunlich ruhig. Anthony hätte mit wesentlich mehr Gegenwehr gerechnet, aber er blieb still und beobachtete Anthony aufmerksam mit seinen schwarzen Knopfaugen. Es war wohl der Schock, der ihn zuvor so ängstlich hatte sein lassen.

»Na, Kleiner? Pass gut auf. Dein neues Zuhause wird jetzt etwas aufgebessert.«

Nach einer halben Ewigkeit lehnte sich Anthony zufrieden zurück und betrachtete sein Werk. Er war wirklich stolz auf sich. Der Käfig sah aus wie neu. Anthony hatte ihn erst gereinigt, gerade gebogen und die alte Farbe sorgfältig abgeschmirgelt und dann das Gestänge in einem dunklen Rot gestrichen. Es würde noch einige Zeit dauern, bis Elvis in sein neues Heim einziehen konnte, aber es hatte sich gelohnt. Das war definitiv kein *Ding* mehr, sondern eine dekorative Voliere. Er fragte sich, wie viele Stunden die Farbe hier im Keller wohl brauchen würde, um zu trocknen. Staubkörner tanzten dicht an dicht im Licht, das durch die kleinen Kellerfenster hereinkam. Draußen ginge es sicherlich schneller … Erst jetzt merkte er, wie schlecht die Luft geworden war. Sie war durchtränkt vom schweren Geruch der Farbe und des Acetons, das er gebraucht hatte, um die Farbe wieder und wieder von seinen Händen zu reiben. Elvis schien der Geruch nicht so sehr zu stören. Wahrscheinlich, weil er weit genug entfernt und in der Nähe eines Fensters saß. Er beobachtete noch immer alles mit größter Aufmerksamkeit. Anthony hingegen war leicht schwindelig zumute. Er konnte nicht sagen, wie viel Zeit er hier unten verbracht hatte. Nur wurde ihm langsam klar, dass es zu viel gewesen war. Er schwankte leicht und griff nach dem nächstbesten Halt, der sich ihm bot.

»Mist!« Seine spontane Stütze war der frisch gestrichene Käfig gewesen. Einmal mehr hatte Anthony dunkelrote, glänzende Striemen auf seiner Handinnenfläche. »Ich sollte an die frische Luft, bevor ich den Rest des Käfigs auch noch demoliere. Elvis, du bleibst hier.« Der kleine Vogel sah ihn nur weiter mit seinen Knopfaugen an und legte den Kopf schräg. Anthony öffnete das am weitesten entfernte Kellerfenster ganz, um mehr Sauerstoff hineinzulassen. Elvis würde mit seinem bandagierten Flügel hoffentlich nicht die Flucht ergreifen.

Dann machte er sich auf den Weg aus dem Keller.

»Laird Houston! Elvis ist weg!«

Kaum trat Anthony aus der Tür, die die Kellertreppe verbarg, kam Miss Smith auch schon angelaufen und mit ihr überkam ihn eine weitere Welle von Schwindelgefühl. Sicher noch eine Nachwirkung der schlechten Luft im Keller.

Mit einem erschrockenen kleinen Aufschrei wich Miss Smith so schnell zurück, wie sie angerauscht war. »Laird Houston, haben Sie sich etwa verletzt? Ihre Hand …« Sie blinzelte schnell und starrte auf seine mit roten Streifen verzierte Hand. Er tat es ihr gleich und drehte seine Hand, um das ganze Ausmaß des Schadens zu begutachten. Dann entspannte sich ihre Haltung wieder. Sie hatte sich die Antwort bereits selbst gegeben. Dennoch hatte er das Bedürfnis zu antworten.

»Nein, nein. Das ist nur Farbe. Mir war etwas schwindlig und da griff ich versehentlich nach dem Gestänge des Käfigs.«

»Was für ein Gestänge? Und vor allem: Wo ist Elvis? Wo haben Sie ihn hingebracht? Was haben Sie mit dem Kleinen gemacht?«

»Mit dem Kleinen gar nichts. Es geht ihm bestens. Ich habe mich um das Ding gekümmert.«

»Um das … oh!« Ihre Mimik veränderte sich im Sekundentakt: Zuerst zeigte ihr Gesicht Sorge und fast schon Angst, dann Ärger und jetzt Freude und Neugier. Ihr Blick ähnelte nun dem von Elvis gerade im Keller: den Kopf leicht schräg und die Augen direkt auf ihn gerichtet.

Das Wichtigste an ihrer Mimik war aber: Die Traurigkeit war verschwunden. Sein Dienstmädchen schien ebenfalls einen Weg gefunden zu haben, sich auf andere Gedanken zu bringen.

»Da wir nun die Fragen der allgemeinen Gesundheit geklärt hätten … Was haben Sie mit Ihrer Garderobe angestellt?« Er hatte schon die ganze Zeit nicht anders gekonnt, als sie anzustarren. Sie hatte noch immer die Kleidung eines Dienstmädchens an, die Beatrix ihr gegeben hatte. Jedoch entsprach sie offensichtlich nicht ihrem Bewusstsein von Mode. Das Ensemble war kaum noch wiederzuerkennen.

»Ich hab das Ganze ein wenig umgenäht. So etwas trägt doch heute kein Mensch mehr! Ich hab nur den Rock etwas gekürzt und der oberen Hälfte etwas mehr Taille verpasst. Steht mir doch, oder?!« Ob ihr das stand? Sie sah aus wie ein

Model. Allerdings hatte das auch die ursprüngliche Version dieses Kleidungsstücks nicht verbergen können.

»Es steht Ihnen wohl … dennoch wäre ich froh, wenn Sie mich in Zukunft fragen würden, bevor Sie sich an der Garderobe zu schaffen machen.«

»Sie reden wie ein alter Greis, Laird Houston. Dabei sind Sie doch kaum älter als ich.« Sie zog einen Schmollmund und verschränkte die Arme vor der Brust. Ihr Trotz erinnerte ihn so sehr an Raelyn … All die Energie und Entschlossenheit, mit der sie auftrat. Sicher würde sie ähnlich wie seine kleine Schwester auf Kritik reagieren: mit Ablenkung.

»Moment mal! Sie sagen, Ihnen war schwindelig? Und dann lassen Sie einen kleinen Vogel in diesem stickigen Keller? Also wirklich.« Entschlossen stapfte sie an ihm vorbei die Kellertreppe hinunter. Wobei … ›Stapfen‹ war eigentlich nicht das richtige Wort. ›Tanzen‹ traf es eher.

Kurz darauf kam sie mit Elvis wieder ins Foyer. Der kleine Vogel schimpfte gehörig. Es klang, als würde er in ihre Kritik mit einstimmen. Vorhin war er noch friedlich gewesen und hatte sich nicht beschwert. *Verräter.*

»Ich bringe ihn in die Bibliothek. Da ist genug Platz und Luft für den Kleinen.« Mit diesen Worten betrat sie auch schon den großen Raum. Ganz offensichtlich rechnete sie nicht mit Widerworten. Er auch nicht. *Diese Frau verdrehte ihm den Kopf. Nein! Natürlich nicht. Sie stellte sein Leben auf den Kopf.* Dabei war gerade mal eine Woche vergangen. Er musste sich dringend wieder Respekt verschaffen.

***

Den Rest des Tages verkroch er sich in seinem zweiten Arbeitszimmer – unglaublich nützlich, um sich Respekt zu verschaffen. Zu Miss Smith hatte er gesagt, dass er nicht gestört werden wollte und sie ihn nicht zu suchen brauchte.

Natürlich fand sie ihn trotzdem. Er hatte sich zu Tode erschrocken, als es das erste Mal an der Tür geklopft hatte.

Glücklicherweise kam sie nur zweimal, um ihm etwas zu Essen zu bringen und verärgert wieder zu gehen, als er sich weigerte. Sie gab sich wirklich Mühe, doch ihm war immer noch elend vom Geruch der Farbe und so hatte er einen guten Grund gefunden, die Nahrungsaufnahme zu verweigern – auch ausgesprochen autoritär. Aber er wollte vor allem sichergehen, dass sie das Zimmer nicht betrat. Hätte er das Essen angenommen, wäre es ihr möglich gewesen, einen Blick auf das Chaos seiner Ermittlungen zu werfen.

Es dämmerte bereits, als er sein Arbeitszimmer zum ersten Mal wieder verließ. Ein leises Zwitschern ließ ihn aufhorchen. Elvis sollte doch eigentlich in der Bibliothek sein… Aber dafür war das Geräusch zu deutlich. Leise ging er zur Treppe und lauschte. Elvis saß singend in seiner dunkelroten Voliere mitten im Foyer. Miss Smith musste ihn wieder eingefangen haben. Aber was … Anthony trat vor den Käfig. Tatsächlich. Die Tür stand offen. ›Eingefangen‹ traf es also nicht ganz.

Wie Raelyn …

Dann musterte Anthony den Käfig genauer. Er konnte wirklich zufrieden mit seinem Werk sein. Keine Farbnasen und keine Lücken. Der Käfig sah eigentlich recht professionell gestrichen aus. Das hatte er sich gar nicht zugetraut. Er war eher ein Theoretiker.

Er wollte sich schon abwenden, als ihm ein kleines Detail

auffiel: Auch da, wo er sich festgehalten hatte, war nichts mehr zu sehen. Kein Handabdruck, keine Unebenheit.

Das war gar nicht sein Werk gewesen. Jemand anderes musste den Käfig erneut gestrichen und anschließend zum Trocknen nach draußen gestellt haben. Jemand. Mary Hariette Smith.

Mit einem Kopfschütteln wandte er sich von Elvis ab und betrat die Bibliothek. Eigentlich war sein Plan gewesen, sich endlich der Post aus Edinburgh zu widmen. Aber es dauerte nicht lange, bis seine Gedanken wieder abschweiften. Sein Blick glitt von seinem Büchergarten hinaus in seinen echten Garten, der inzwischen schon beinah wieder wie ein Garten aussah. Er dachte zum wiederholten Male an den vergangenen Tag; an die Zeit vor der Tür; an die frische Luft und das Tageslicht. Er hatte es Elvis und Mary Smith zu verdanken, dass er seit so unendlich langer Zeit das Haus verlassen hatte.

Für ihre letzten Minuten war die Sonne noch einmal durch die dichte Wolkendecke gebrochen – bereit, ihren allabendlichen Kampf anzutreten. Doch bevor er sie dabei beobachten konnte, wie sie diesen Kampf verlor, verlor er seinen eigenen. Er hatte in den vergangenen Nächten einfach zu schlecht geschlafen … Kaum hatte er sich in seinen Schreibtischstuhl fallen lassen, fielen ihm die Augen zu.

***

Ein eisiger Schauer lief seinen Rücken hinab und von einem Augenblick zum nächsten war Anthony hellwach. Er war nicht mehr allein in der Bibliothek. Da war er sich sicher. War es sein Dienstmädchen, das einmal mehr lautlos hereingekommen war und sich nun im Schatten verbarg? Er sah weiter aus dem Fenster und versuchte, nicht an das Gefühl zu denken, beobachtet zu werden. Die Sonne war inzwischen verschwunden. Warum sollte sie sich vor ihm verstecken? Wenn sie es wäre, dann würde sie sich doch bemerkbar machen, oder?

Vielleicht sollte er etwas sagen. Wenn jemand antwortete, dann wusste er, wer jetzt im Halbdunkel des unbeleuchteten Zimmers in seiner Nähe war. Aber er wollte keine Angst zeigen, wollte nicht zeigen, wie sehr ihm dieses Gefühl zu schaffen machte.

»Die Dämmerung hat etwas Endgültiges – etwas Erschreckendes. Wenn es langsam immer dunkler wird und die Welt da draußen ihre Farbe verliert und mit ihr ihre Wärme. Wenn die Sonne nicht mehr hell leuchtet, wenn sie feuerrot verglüht. Als ob sie sterben würde … finden Sie nicht auch?«, flüsterte er beinahe. Es war ein seltsames Gefühl, die Stille zu durchbrechen. Er lauschte, aber niemand antwortete.

War es doch jemand anderes? Ein Fremder? Eine Gefahr? Sogleich spürte er, wie sein Herzschlag sich beschleunigte. Hatte er begonnen, sich zu sicher zu fühlen? Er hätte das Haus nicht verlassen sollen. Er hätte sich weiter hinter den schützenden, alten Mauern verbergen sollen. Er hätte … Es war zu spät. Er musste handeln. Aber wie? Sollte er aufspringen und fliehen? Sollte er den Unbekannten stellen? Sollte er die Polizei rufen? Doch was, wenn er sich irrte? Wenn nun doch niemand hier wäre …

Er richtete sich etwas auf und sah sich genau um; versuchte, jeden Zentimeter des Raumes zu erfassen – auch dort, wo inzwischen tiefe Schatten die Regale in Dunkelheit hüllten. Es herrschte absolute Stille.

Es gab nicht den geringsten Grund dafür, sich beobachtet zu fühlen – außer eben dem Gefühl des Beobachtet-Werdens.

Vorsichtig und auf jedes Geräusch bedacht richtete sich Anthony auf und schlich zum Kamin. Etwas Wärme und Licht – und vor allem der Gedanke an den gusseisernen Schürhaken – würden die merkwürdige Stimmung vielleicht vertreiben. Die Angst vor der Gefahr, die draußen lauerte, war so groß geworden, dass Anthony sich selbst in sein Haus verbannt hatte; aber er würde nicht zulassen, dass die Angst ihn nun auch noch aus seinem Ersatzgarten vertrieb. Aus irgendeinem Grund hatte er sich – selbst nach den Geschehnissen vor einem halben Jahr – in den Mauern von Houston Hall immer sicher gefühlt. Als hätte alles Böse dieser Welt keine Chance, hineinzukommen. Und tatsächlich: Der warme Schein der Flammen drängte die Dunkelheit zurück; das leise Knistern übertönte die Stille.

Besser.

Anthony machte es sich in der Nähe des Kamins – und des Schürhakens – auf dem Ledersessel gemütlich, gönnte sich noch zusätzlich das Licht der Stehlampe, und als der Pfarrer Mr. Clement gerade Miss Marples Schlussfolgerungen lauschte, fühlte sich Anthony endlich sicher genug, um wieder einzuschlafen.

Montag, Heiligabend 1663, Duighreach Kirk.

Sie ist eine Gefahr für unsere ganze Gemeinde. Sie bringt die Bürger Duighreachs gegeneinander auf, säht Hass, Neid und Niedertracht in ihre Herzen. Die anderen Gefangenen, Trunkenbolde und Diebespack, hören ihre grässlichen Schreie und ihr jämmerliches Flehen aus dem Loch, in das wir sie geworfen haben. Sie schafft allerorts Aufruhr. Sie muss fort von hier. Sie muss unsere Welt verlassen, ehe sie mit ihrem Geist den ganzen Ort entzweit und noch andere Ungetüme aus der Anderwelt zu uns lockt.

Vorgestern zur Wintersonnenwende sollte es geschehen. Der Richter, der Medicus, wir alle haben unser Möglichstes getan, doch es ist uns nicht gelungen, dieses Ungetüm zurück zu ihrem diabolischen Herrn zu schicken. Statt sie in Brand zu stecken, wandte sich die Fackel des Medicus gegen den Richter. Der Geruch seines verschmorten Fleischs hat sich mir eingebrannt.

Wenn nicht einmal wir uns gegen ihre Einflüsterungen wehren können, wenn es nicht einmal unsereins möglich ist, sich ihr mit Eisen oder Feuer auch nur zu nähern, wie sollen wir Duighreach dann noch schützen?

Wir dürfen das Castle und den ganzen Ort nicht dieser Gefahr aussetzen. Seine Lordschaft Richter Houston hat vorgeschlagen, außerhalb des Ortes eine Gruft als ewiges Gefängnis zu errichten. Gesichert durch Eisen und Eibenholz, mehr oder weniger lebendig begraben unter Stein. Ich begrüße seinen Vorschlag. Ich sehne dem Tag entgegen, da sie nicht mehr unter meiner Kapelle weilt. Wir werden noch in diesem Monat mit dem Bau beginnen.

Aus der Chronik von Duighreach

Kapitel IV

Montag, 3. Juni 1963, Houston Hall.

Guten Morgen. Sie haben den Sonnenaufgang verpasst.«

»Was?« Anthony bemühte sich, nicht herzhaft zu gähnen oder seinen verspannten Körper zu strecken. Einmal mehr hatte die Bibliothek ihn durch die Nacht gebracht und einmal mehr konnte er sich dafür nun kaum noch bewegen. »Guten Morgen«, nuschelte er verschlafen.

»Den Sonnenaufgang. Wer die Dämmerung als Tod des Lebens bedauert, dem sollte auch klar sein, dass neues Leben beginnt, wenn die Sonne wieder aufersteht.«

»Die Erde dreht sich um die Sonne. Die Sonne tut rein gar nichts außer leuchten und wärmen – erst recht nicht wieder auferstehen.« Diese Anspielung ... Das kam ihm bekannt vor ... aus seinem Traum ... Oder war das gar kein Traum gewesen? Er saß auf dem Sessel, die Stehlampe brannte noch. Er hatte sich also nicht getäuscht. Da war jemand bei ihm gewesen. Miss Smith. Aber weshalb hatte sie ihm nicht geantwortet? Jetzt. Ja. Aber weshalb nicht gleich? Zum ersten Mal wirkte sie unheimlich auf ihn. Zumindest, wenn wirklich sie diejenige gewesen war, die sich in den Schatten versteckt gehalten hatte. Vielleicht bezog sie sich ja auch nur auf seine zahlreichen pessimistischen Äußerungen. Es war doch reichlich weit hergeholt, dass ihn sein neues Dienstmädchen nachts heimlich beobachtete. Aber wer war dann bei ihm gewesen?

»Wie Sie meinen.« Knapp und kühl fiel ihre Antwort aus. Sie passte sich ihm an. Wahrscheinlich machte sie ihm eher deshalb Angst. Er war für andere ja auch zum Fürchten.

»Ich mag die Abendstunden nicht. Ebenso wenig wie die

Morgenstunden«, murmelte er leise. Es gefiel ihm nicht, wenn sie so kalt war.

»Die Abendstunden fürchten viele Menschen. Aber wieso auch den Morgen?«

»In beiden Fällen sind die Schatten am längsten. Es ist, als würde die Dunkelheit ihre langen Finger nach dem Licht ausstrecken.«

»Finden Sie? Für mich sind Schatten ein Zeichen der Hoffnung. Ohne Licht gäbe es keine Schatten. Nur Dunkelheit. Schatten sind nichts Böses. Sie sind ein Versprechen. Das Versprechen, dass da nicht nur Dunkelheit ist, sondern auch Licht.« Mit geschickten Bewegungen sammelte sein Dienstmädchen das gesamte Geschirr des vergangenen Tages ein und steuerte dann auf die Tür des Salons zu. »Wenn Sie Ihre Schatten nicht mögen, dann finden Sie heraus, wer oder was Ihnen im Licht steht.«

***

Mit dieser Predigt hatte sie ihn einfach stehenlassen. Den Rest des Tages sah er Mary nur noch von weitem. Ob er wieder etwas Falsches gesagt hatte? Selbst den Nachmittagstee brachte ihm Beatrix. Sie stellte das Tablett kommentarlos ab und verschwand wieder. Aber zumindest das war nichts Ungewöhnliches. Im Gegenteil: Wäre Beatrix wütend auf ihn, dann würde sie ihm das direkt an den Kopf werfen. Aber sie schwieg. Das war wohl letztlich ein gutes Zeichen. Wäre *›ihre Mary‹* seinetwegen unglücklich, dann hätte er es durch Beatrix erfahren. Direkt und ungefiltert. Dennoch ließ ihn das Gefühl nicht los, dass etwas vorgefallen war.

»Ja, Elvis. Ich weiß, dass du neues Futter brauchst. Im Gegensatz zu unserem Laird isst du wenigstens vernünftig. Du bist eben eine Meise. Er isst nur wie ein Spatz.«

Er hatte sie eigentlich gar nicht belauschen wollen. Doch als er Miss Smiths Stimme im Foyer direkt vor seiner Tür gehört hatte, hatte er nicht anders gekonnt. Er war bis zur Tür geschlichen, hatte sich dagegen gelehnt und ihren Worten zugehört.

»Hier. Iss mein Kleiner. Damit du groß und stark wirst und bald wieder herumfliegen kannst. Dann kannst du einen Ausflug in die Bibliothek unternehmen und *ihn* von seinen langweiligen Akten ablenken.«

Ein kleines Lächeln stahl sich auf seine Lippen und er schüttelte leicht den Kopf. Die vergangenen Tage waren vor allem deshalb so friedlich verlaufen, weil sowohl Miss Smith als auch Beatrix es vorzogen, mit Elvis zu reden. Anfangs hatte Anthony noch geglaubt, froh darüber zu sein. Aber es hatte nicht lange gedauert, da hatte er begonnen, die Wortgefechte und Sticheleien zu vermissen. Mehr noch. Wenn er ehrlich war, dann war sie selbst es, die er vermisste.

Aber was er an Aufmerksamkeit einbüßte, das kam Haus und Garten zugute. Es war erstaunlich. Miss Smith hatte nicht lange gebraucht, um das gesamte Anwesen mitsamt seinem Garten wiederherzurichten – jetzt wo sie sich auf die Arbeit konzentrierte. Anthony hatte die zierliche, kleine Frau unterschätzt. Sie war nicht nur hübsch, sie war auch tüchtig. Aber er hatte seine Lektion in Sachen Hausmädchen gelernt. Auch was das Beobachten vom Fenster aus anging. Er sah ihr noch immer gern heimlich zu, wenn sie den Zierbüschen im Garten zu Leibe rückte und dabei sang und tanzte. Es war, als würde ihr Gesang seine finsteren Gedanken vertreiben, die Schatten, die sich nach ihm ausstreckten. Aber inzwischen beobachtete er sie aus der ersten Etage. Sie sah selten auf und so fühlte er sich hier um einiges besser vor ihr versteckt.

Zudem war er hier oben in seinem zweiten Arbeitszimmer. Seit er die Passage über diese geheimnisvolle Gruft entziffert hatte, ließ ihn die alte Chronik nicht mehr los. Ein sicherer Ort außerhalb Dirletons, mit dessen Bau einer seiner Urahnen 1663 begonnen haben sollte. Die einzigen Aufzeichnungen zu Bauten in diesem Jahr bezogen sich auf Houston Hall. Houston Hall lag etwas außerhalb Dirletons – heute noch. Ihm war ein eiskalter Schauer über den Rücken gekrochen, als ihn eine fixe Idee beschlich.

Das war doch alles grundverkehrt. Er wollte einen Kriminalfall lösen. Er sollte aufhören, irgendwelchen Ammenmärchen und lokalen Legenden auf den Leim zu gehen.

Finden Sie heraus, wer Ihnen im Licht steht.

Ob sie ahnte, was sie mit diesem Satz in ihm angerichtet hatte? Vielleicht stand ihm ja auch etwas im Licht, das seine Nachforschungen behinderte.

Als Anthony am Freitagabend einige Alibi-Akten in der Bibliothek bearbeitete, damit ihm niemand unterstellen konnte, er käme seiner Arbeit nicht nach, kreisten seine Gedanken noch immer um die geheimnisvolle Gruft. Der Zivilrechtsfall MacAlley gegen Kinney verschwand wieder und wieder aus seinem Kopf.

Stattdessen begann er, die Fakten aus dem Fall von vor gut sieben Monaten mit der abstrusen Theorie zu vergleichen, die sich langsam in seinem Geist zusammenbraute.

Der Überfall hatte am ersten November stattgefunden. In der Nacht zum ersten November. Der erste November war

Féile na Marbh – oder keltisch Samhain. Das Mondfest. Das Fest der Toten. Möglicherweise hatte das Datum eine besondere Bedeutung für die Täter gehabt. Oder hatten sie sich doch nur dank der Halloweenfeierlichkeiten am Vortag mit den Gästen auf das Anwesen schleichen können?

Aber – und das blieb die größte Frage – was hatten sie von seinem Vater gewollt? Die Ereignisse aus der dreihundert Jahre alten Chronik konnten in keiner Verbindung zu ihm stehen. Das waren die Geschichten und Legenden der Ururahnen. Und doch. Der erste November war ein wiederkehrendes Datum in der Chronik Houston Halls. Samhain, das Fest der Toten. War es ein makabrer Zug des Schicksals, dass eine Richterdynastie immer wieder an jenem Tag in Gefahr geriet?

Am ersten November 1663 wurde diese arme Frau von seinen Ahnen gefangen. Am ersten November 1962 seine Familie ermordet. Ein Zufall?

Vater.

Anthonys Blick fiel einmal mehr auf das Schachspiel, das bei der kleinen Sitzgruppe neben ihm stand. Kurzerhand verließ er den Schreibtisch und damit endgültig den Versuch, an den aktuellen Fällen zu arbeiten. Er setzte sich auf die schwarze Seite des Spiels. Es war die Seite seines Vaters. Der hatte immer erst den Zug seines Gegners abwarten wollen.

Als er das letzte Mal zu Besuch gewesen war, hatte Anthony gewartet. Er hatte seinen ersten Bauern gesetzt und gewartet – vergeblich. Sein Vater war in seinem Zimmer verschwunden gewesen und den ganzen Abend nicht wieder herausgekommen. Das war im vergangenen September gewesen. Anthony hatte sich damals maßlos geärgert. Er war extra aus Edinburgh gekommen, hatte wichtige Termine verschoben, weil sein Vater ihm irgendetwas hatte mitteilen wollen. Stattdessen gab es nur Tee mit Mutter und Raelyn. Sein Vater blieb verschollen. Dabei hatte er so sehr darauf gehofft, ein ernsthaftes Gespräch mit ihm führen zu können – und ganz nebenbei eine Partie zu spielen.

Worüber sein Vater wohl mit ihm hatte reden wollen?

»Na mein Kleiner? Wie geht es dir heute? Hat dich der Laird auch so grimmig angesehen? Ich glaube, das liegt an den schrecklich langweiligen Papieren, die er gerade liest. Es würde ihm wirklich nicht schaden, wenn er häufiger lächeln würde.« Marys leise Stimme bahnte sich einen Weg durch seine Gedanken. Häufiger lächeln. Ihm war nicht nach Lächeln. Wenn sie wüsste, was er wusste – und was er nicht wusste –, dann würde sie kein Lächeln von ihm erwarten. Er starrte auf die Figuren vor sich, bis Marys Stimme immer leiser wurde und letztlich wieder ganz aus seinen Gedanken verschwunden war. Das Spiel stand nun seit einem dreiviertel Jahr unverändert dort. Erst hatte niemand die Zeit gehabt, die Partie zu einem Ende zu bringen, und dann war niemand mehr da gewesen, um die Partie zu einem Ende zu bringen. Anthony musterte einen schwarzen Bauern. Er wusste, was sein Vater jetzt zu ihm sagen würde.

»Sie sind am Zug.« *Nein. Du. Du, muss es heißen!*

Ein kühler Luftzug streifte seinen Nacken und ein leichter Schauer überrollte ihn, als er begriff, dass nicht seine Erinnerung diesen Satz geschaffen hatte.

»Mary! Ich meine … Miss Smith.« Wie oft wollte sie ihn noch an den Rand eines Herzinfarkts treiben? »Ist es Ihre Spezialität, sich anzuschleichen und andere zu erschrecken?«

»Eine von vielen.« Ihrer Stimme war ein leichtes Amüsement anzuhören. »Aber bei Ihnen macht es mir besonders viel Spaß, das muss ich gestehen.« Sie schien ihre gute Laune wiedergefunden zu haben. Ohne Zweifel war das Beatrix oder Elvis zu verdanken.

»Nur dass Ihr Spaß auf Kosten meiner Gesundheit geht.« Sein Herz raste immer noch.

»Ach was. Ein fester Herzschlag ist gesund und ihn ab und an ein wenig in die Höhe zu jagen, fördert die Durchblutung und macht vital.«

»Haben Sie immer einen klugen Spruch zur Verteidigung parat?«

»Zur Verteidigung? Ich wusste nicht, dass ich angeklagt wurde, Herr Richter.«

Er zuckte leicht zusammen bei dieser Anrede. Was sein Vater gewesen war, was er immer sein sollte und vielleicht nie erreichen würde. Weshalb musste sie ihn ausgerechnet so ansprechen? »Richter?« Nur mühsam brachte er das Wort über die Lippen. »Wie kommen Sie denn auf die Idee?«

»Das war naheliegend. Bei der Literatur hier und Ihrem Benehmen. Habe ich mich geirrt? Dann tut es mir leid.«

»Sie irren sich, in der Tat.« Er starrte weiter auf das Schachspiel. Sie war unglaublich. Von weitem wie ein Engel, und wenn man sie kennenlernte, ein kleiner Teufel. Das Bild einer schönen, aber gefährlichen Raubkatze passte wirklich gut. Er fragte sich, welche Seiten er wohl noch entdecken würde, ehe sie ihn wieder verließ. So ein lebendiges Wesen würde nicht lange bleiben. Garantiert nicht.

Nach diesem Wochenende war ihre Probezeit vorüber. Seinetwegen konnte sie bleiben, aber ob sie das auch noch wollte?

»Was machen Sie überhaupt hier?« Er wollte das Thema wechseln. Möglichst schnell und möglichst weit weg von sich selbst.

»Ich hab nur ein Buch zurückgebracht.«

»Oh. Natürlich. Nehmen Sie sich hier drin ruhig, was immer Sie wollen.«

»Ein ausgesprochen nettes Angebot. Vielleicht komme ich noch darauf zurück.«

Das Leder des Sessels ächzte leise, als sie sich daran abstützte, um sich um ihn herum zu schwingen. Sie hatte ein langes weißes Leinenkleid an, das sich im künstlichen Licht der Bibliothek kaum von ihrer Haut abhob. Freizeitkleidung. Ob sie vorhatte, auszugehen?

»Warum spielen Sie gegen sich selbst?« Toll. Er war schon wieder das Thema.

»Ich … habe auch ein Buch zurückgestellt und dann sah ich das Schachbrett …« Als sie sich auf der weißen Seite des Schachspiels niederließ, hob sie den Stoff ihres Kleides etwas an, um ihn nicht zu zerknittern. Pure Eleganz. War sie schon die vergangenen zwei Wochen so elegant gewesen?

»Sie sind am Zug.«

»Ich kann mich nicht erinnern, Sie auf eine Partie eingeladen zu haben.«

»Haben Sie auch nicht. Aber Sie werden wohl kaum behaupten wollen, dass es schöner ist, gegen sich selbst zu spielen, und ich beherrsche das Schachspiel ein wenig.«

Ja, das konnte er sich gut vorstellen. Sie war eindeutig eine Strategin. Und ›ein wenig‹ war sicher *ein wenig* untertrieben. Sie trieb ihre Gegner in die Enge, verwirrte sie und dann biss sie zu – wie eine Raubkatze.

»Außerdem hat das Spiel schon längst begonnen.«

»Nun gut.« Er überlegte nicht lang und spielte den Bauern, den er eben schon im Visier gehabt hatte. Er hatte schon ewig nicht mehr Schach gespielt. Was, wenn er sich vor ihr blamierte? Er bereute das Spiel jetzt schon. Doch nun war auch sein erster Zug gemacht. *Alea iacta est,* wie es so schön hieß.

»Gut.« Sie sah konzentriert auf das Schachbrett. »Hat Ihre Askese denn Fortschritte gebracht oder stecken Sie noch immer fest?«

»Meine *was?*« Er spürte ein leichtes Prickeln auf seiner Haut, als die Farbe aus seinem Gesicht wich. Wie viel hatte sie mitbekommen?

»Ihre Nachforschungen. Es muss ja ein recht schwieriger Fall sein, wenn er Sie so lange aufhält. Keine eindeutigen Fakten?«

Er räusperte sich. »Nein. Ganz und gar nicht eindeutig.«

Sie nickte nachdenklich und tippte dabei mit ihrem Zeigefinger an ihre Lippen. Erst glaubte er, sie würde über ihn grübeln, aber dann schob sie einen Bauern voran und blickte erwartungsvoll zu ihm auf. Worauf hatte er sich da nur eingelassen?

Seine Hand schwebte unschlüssig über dem Schachbrett. Er kannte sie nicht gut genug, um ihre Züge vorauszuahnen und er kannte nicht halb so viele gute Eröffnungen wie sein Vater. Letztlich rückte noch ein Bauer vor.

Sie schwiegen beide, während das Spiel weiter voranschritt.

Wie spät es inzwischen war, wusste er nicht. Er war nur froh, dass er noch immer nicht matt war. Während Anthony jedoch unter anderem schon einen Springer und beide Läufer hatte opfern müssen, fehlten auf ihrer Seite nur einige Bauern.

»Oh, oh. Sind Sie sicher, dass Sie Ihren schwarzen König so unbeaufsichtigt zurücklassen wollen? Lassen Sie nicht die weiße Dame aus den Augen.«

Die weiße Dame, die da gerade sprach, ließ er nicht aus den Augen und genau das war sein Problem. Sie hatte seine Untersuchungen nicht wieder angesprochen, aber seit ihrer Frage schwirrte ihm der Kopf und seine Paranoia erwachte wieder. Was, wenn es kein Zufall war, dass sie gerade jetzt aufgetaucht war? Was, wenn sie alles so eingefädelt hätte, um an ihn und seine Nachforschungen zu kommen? Vielleicht war das ehemalige Dienstmädchen, Claire Rutherford, am Ende gar keine Diebin gewesen und Mary Smith war eingebrochen, um ihre Vorgängerin durch Verleumdung loszuwerden. Er hatte Claire damals immerhin nicht auf frischer Tat ertappt, sondern nur einige seiner Dokumente in ihren Sachen gefunden – und das durch puren Zufall, so hatte er jedenfalls geglaubt. Vielleicht war die Wahrheit aber eine ganz andere – und auch die Diebin.

»Laird Houston? Alles okay?«

»Was? Ja, natürlich. Ich bin mir sicher. Vielleicht steht mein König ja gar nicht so unbewacht, wie Sie meinen.«

»Eine Falle?« Sie machte große Augen und klatschte in die Hände. »Wie aufregend!« Dann analysierte sie akribisch das Spiel.

Währenddessen musterte er sie. In ihrem weißen Kleid sah sie so unschuldig und harmlos aus. War *sie* für *ihn* eine Falle? Aber auch wenn sie ihm gegenüber regelmäßig ein unangemessenes Verhalten an den Tag legte, so spürte er nichts Böses an ihr. Sie hatte einen kleinen Vogel verarztet. Wie bösartig oder gefährlich konnte ein Mensch sein, der sich selbst für die Leben der Schwächsten einsetzte?

Sie machte ihren Zug und er lehnte sich etwas zurück. Sein König war wirklich in Gefahr gewesen, aber sie hatte ihre Chance nicht genutzt. Sein Bluff hatte gewirkt.

»Wie schon gesagt: Mein König ist sicher.«

»Noch.« Sie lächelte ihr spezielles, spitzbübisches Lächeln und musterte ihn amüsiert.

Anthony beugte sich über das Spielbrett und versuchte einmal mehr, ihre Strategie zu erkennen; doch er fand keine. Genauso wie er nicht begriff, weshalb sie noch immer auf Houston Hall war. Das Ende der Probezeit war für sie wie für ihn die Chance, dieses Spiel zu beenden. Vielleicht wartete sie nur darauf. Oder sie hatte einen anderen Grund, nicht zu gehen …

Etwas an ihr machte ihn nervös und er fragte sich, ob das an den Blicken lag, mit denen sie ihn bedachte, oder an den Blicken, mit denen er sie von Zeit zu Zeit ansah … Wenn sie im Foyer mit Elvis Selbstgespräche führte oder im Garten wütete und er sie heimlich beobachtete.

Er wusste doch, woher seine Angst kam und dass Mary Smith reichlich wenig damit zu tun hatte. Er wusste, dass es viel wahrscheinlicher war, dass er sich all die Zweifel an ihr nur einredete. Sie half Beatrix und war auch sonst tüchtig, sie sang zu Liedern im Radio und brachte Leben in dieses Anwesen. Wenn er es objektiv betrachtete, dann tat sein neues Dienstmädchen Houston Hall gut. Sie tat *ihm* gut.

Auch wenn sie ihn ab und an zur Weißglut brachte. Auch jetzt konnte er ihren Raubkatzenblick deutlich spüren. Ganz bewusst hielt er seine Augen auf das Schachspiel vor sich gerichtet. Er durfte sich jetzt nicht den Kopf verdrehen lassen.

»Ja doch, Sie können gleich zubeißen und mich schachmatt setzen.« Er schob seinen Turm nach vorn ohne die geringste Idee, wie er diese Partie noch gewinnen sollte. »Ich bin ja schon fertig.«

Sie schwieg. Ungewöhnlich. Ihm selbst würden einige Erwiderungen einfallen und sie hatte es bisher jedes Mal genossen, mit ihm zu streiten. Irgendwas schien sie aus der Fassung gebracht zu haben. Erst musterte Anthony die Partie, doch sein Zug war wenig bedrohlich gewesen. Dann sah er seine

Chance gekommen, wenigstens einmal den Spieß umzudrehen. Langsam hob er seinen Blick und sah sie mit einem schiefen Lächeln an. »Sie sind am Zug.«

Sie starrte ihn an, blinzelte dann und kam wieder zu sich. »Das weiß ich selbst.« Ihre Worte klangen erstaunlich barsch – auch wenn ihre Stimme noch immer leise war.

Was verheimlichen Sie, Miss Smith?

»Was ist denn? Bemerkt, dass mein König doch nicht so unbeaufsichtigt ist?« Es gefiel ihm, dass sie plötzlich unsicher war. Es war, als könnte er sich nach beinahe zwei Wochen endlich revanchieren.

»Unsinn. Sie sind in drei Zügen schachmatt. Also konzentrieren Sie sich lieber auf Ihren einsamen Springer auf C8 und die Rettung Ihres Königs.«

Soviel zur Revanche. Trotzig verschränkte er die Arme vor der Brust. »Wozu die Mühe, wenn ich doch sowieso in drei Zügen matt sein soll?«

»Sie sind ein Spielverderber! Verlieren Sie so gern oder glauben Sie mir so leicht?«

Wie absurd! Er bemerkte ihre Lügen doch! Er konnte sie nur noch nicht zuordnen. »Ich hasse es zu verlieren. Aber gerade deshalb habe ich nicht vor, mein Leiden unnötig in die Länge zu ziehen. Ich habe kaum noch Optionen und keine davon kann mir einen Sieg bringen.« In letzter Konsequenz stieß Anthony gegen seinen König, so dass dieser über das Feld rollte. »Hier. Sie können den schwarzen König haben. Ich gebe mich geschlagen.« Mit einem Seufzen der Erleichterung lehnte er sich zurück. Erst jetzt bemerkte er, wie angespannt er die ganze Zeit gesessen haben musste.

Seine Gegnerin seufzte ergeben. »Na schön. Aber wenn Sie

so ungern verlieren, sollten sie lernen, verbissener zu kämpfen. Ich fordere Revanche!«

Anthony hob fragend eine Braue. »Sie fordern Revanche? Sie haben gewonnen, meine Gute. Wofür wollen Sie sich revanchieren?«

»Das werden Sie schon noch sehen, Laird Houston.« Sie klang anders als vorher, und als sie aufstand, erhob er sich automatisch auch. Sie verließ schweigend den Raum. Hatte er sie schon wieder gekränkt? Dabei war ihr Zusammentreffen diesmal doch relativ friedlich verlaufen.

Er fuhr sich mit einem leisen Fluchen durchs Haar und fragte sich, was ihm mehr zu schaffen machte: die Angst vor der Vergangenheit seiner Familie oder vor einer Zukunft mit Mary Hariette Smith.

***

Am kommenden Tag war es Beatrix, die ihm den Nachmittagstee brachte. Sie funkelte ihn grimmig an, sagte aber nichts, während sie den Tee eingoss.

»Was liegt Ihnen auf dem Herzen, Beatrix?«

»Das fragen Sie mich?«

»Woher soll ich wissen, weshalb Sie mir nun schon wieder gram sind?«

Sie stutzte. »Das meinte ich nicht, Laird Houston. Aber normalerweise gehen Sie solchen Themen nach Möglichkeit aus dem Weg. Sie haben mich noch nie gefragt, weshalb ich Sie wütend ansehe.«

»Oh«, murmelte Anthony. »Sie haben recht. Es geht mich natürlich auch nichts an und wer versteht schon die Launen einer Frau?«

Nun verschränkte sie die Arme vor der Brust und starrte ihn durch zusammengekniffene Augen an. »Sie ganz offensichtlich nicht. Die arme Mary war heute morgen ganz verstört.« Da waren sie schon zu zweit. Ihm ging es nach dem seltsamen Schachspiel genauso. »Wollen Sie das Kind denn unbedingt während ihrer Probezeit dazu bringen, selbst aufzugeben? Machen Sie es sich da nicht etwas leicht?«

»Nein, das will ich nicht!« Er sprang auf und drehte sich zum Fenster. »Das will ich wirklich nicht.«

Er musterte Beatrix' Spiegelbild in der Fensterscheibe. Sie hatte den Mund zu einer Erwiderung geöffnet, aber sie schwieg und irgendwann klappte ihr Mund wieder zu. Sie räusperte sich leise und verließ mit dem leeren Teewagen die Bibliothek.

Er durfte sich nicht so ablenken lassen. Mit einem Seufzen setzte er sich wieder an seinen Schreibtisch und griff geistesabwesend nach dem dampfenden Tee. Earl Grey, das erkannte er schon vor dem Kosten. Er liebte das herbe Aroma.

Die Chancen, sich jetzt auf diesen Zivilrechtsfall MacAlley gegen Kinney konzentrieren zu können, waren noch schlechter als am Vortag. Also beschloss Anthony, seine Aufmerksamkeit lieber wieder auf seinen anderen Fall zu richten. Er hatte bisher schon viele Einträge des Chronisten übersetzen können, aber er verstand noch immer nicht, weshalb sich sein Vater vor dessen Tod damit beschäftigt hatte. Was konnte an diesem Märchen schon gefährlich sein? Vor dreihundert Jahren waren der Aberglaube und die Angst vor dem Unerklärlichen eben noch tief im Geist der Menschen verwurzelt. So tief, dass selbst ein Richter und ein Arzt an den ganzen Spuk glaubten.

Die einzige mögliche Lösung, die Anthony in den Sinn kam,

war, dass man damals gemeinsam mit der armen Frau, die man gefangen und grausam misshandelt hatte, besondere Reliquien und andere Wertgegenstände vergraben hatte und dass nun irgendwelche fanatischen Schatzsucher diese Gruft finden wollten. Aber dafür über Leichen gehen? Was hatte dieser Priester vergraben? Den Heiligen Gral?

Es half alles nichts. Er würde weiterhin die Chronik übersetzen. Es war der einzige Anhaltspunkt; das, woran sein Vater vor seinem Tod mehr oder weniger heimlich gearbeitet hatte.

Vielleicht war es sogar das gewesen, was ihn im vergangenen September von der Schachpartie abgehalten hatte und was er Anthony hatte erzählen wollen. Hatte sein Vater gewusst, dass Gefahr drohte?

Sobald sich Beatrix verabschiedet hatte und Miss Smith ausgegangen war – oder sich zumindest nicht mehr im Haupthaus aufhielt –, würde er sich wieder in die Nachforschungen stürzen. Sie hatte ganz recht gehabt: Er steckte seit Wochen fest und endlich hatte er etwas gefunden, das vielleicht einen Sinn ergab. Fernab von irgendwelchen Baobhan-Sith-Monstern. Ein reales, normales Motiv, das sich irgendwo in dieser Chronik verstecken musste.

Donnerstag, 10. Januar 1664, Duighreach Kirk.

Der Bau geht voran, auch wenn uns der harte Winter die Arbeit nicht erleichtert. Sicher wäre es besser gewesen, bis zum Sommer zu warten, doch uns ist klar, dass wir nicht mehr viel Zeit haben. Der Clan, dessen Mutter wir gefangen haben, scheint ohne sie handlungsunfähig zu sein. Doch am kommenden Monatsersten, an Imbolg, werden sich die Anderwelt und die unsere wieder annähern, wie mir berichtet wurde. Diesseits und Jenseits begegnen sich vier Mal im Jahr. Doch am mächtigsten sind die Wesen der Anderwelt an Samhain, dem Fest der Toten. Und so müssen wir bald mit weiteren Angriffen rechnen. Sollten wir die Anführerin dann nicht in sicherer, abgeschirmter Verwahrung haben, dann gnade uns Gott.
Wir müssen einen Weg finden, die Macht und die Finsternis, die dieses Monster ausstrahlt, zu verbergen. Medicus Murray betonte, dass diese Baobhan Sith zwar in ihrem Geist ungewöhnlich stark sei, aber dennoch Schmerz zeige, wenn man sie Eisen, Eibe oder Feuer aussetzt.
Wir konnten sie nicht aus dieser Welt tilgen, aber wir werden alles in unserer Macht Stehende tun, um sie hier auf ewig festzusetzen. Und sollten meine Mittel als bescheidener Geistlicher nicht ausreichen, so bin ich gewillt, auch andere Mächte um Hilfe zu bitten – und wenn ich dafür mein Seelenheil riskierte. Die Bürger von Duighreach müssen geschützt werden.

Aus der Chronik von Duighreach

Kapitel V

Sonntag, 9. Juni 1963, Houston Hall.

Anthony hatte seit dem gestrigen Abend seinen Unterschlupf im hinteren Teil des Haupthauses nicht mehr verlassen. Und der Grad der Unordnung in seinem zweiten Arbeitszimmer hatte inzwischen grenzwertige Ausmaße angenommen. Er war froh, dass es nunmehr weder Miss Smith noch Beatrix wagten, ihn hier aufzusuchen.

Der neue Abschnitt der Chronik war nicht besonders lang gewesen. Aber er enthielt einige wichtige Anmerkungen. Da waren die Anspielungen auf die vier keltischen Hochfeste. Imbolg und Samhain hatte der Chronist namentlich erwähnt. Samhain, das am ersten November gefeiert wurde. Der Tag, an dem im vergangenen Jahr auch seine Familie angegriffen worden war. 1962 – 1663. Das passte fast, aber nicht ganz. Das Jahr 63 war im Laufe der Geschichte der Houstons immer wieder von Unheil überschattet worden. Wobei es sich sonst eher um höhere Gewalt als um den Einfluss höherer Wesen handelte: 1763 brannte das Anwesen nieder, 1863 fielen seine Bewohner einer Krankheitswelle zum Opfer. 1962 fiel dagegen aus dem Muster. War die Nähe des Datums also Zufall oder waren die Schatzjäger irgendwelche okkulten Spinner, die sich nur um ein Jahr verrechnet hatten?

Die Andeutungen über einen besonderen Schutz – aus der Feder eines Geistlichen – bestätigten zumindest Anthonys Theorie, dass in dieser Gruft auch Reliquien und andere Wertgegenstände verborgen waren. Und das alles nur, weil eine Frau ein wenig anders gewesen war. Der Priester beschrieb eine Unverträglichkeit gegenüber Eisen und Eibe. Eine simple

Allergie! Wie lächerlich. Und dass sie Feuer verletzte, war wohl eher ein Zeichen ihrer Menschlichkeit.

Sonntagmittag trieb der Hunger nach etwas jenseits von Salzstangen und Tee Anthony aus seinem Versteck. Er schlich in die Küche, um sich einen Imbiss zuzubereiten, und setzte sich dann einer neu gewonnenen Gewohnheit nach in den Salon, um zu essen. Beatrix und Miss Smith hatten ihm das im Laufe der letzten zwei Woche antrainiert, wie ihm schien.

Während er aß, sah er aus dem Fenster und damit direkt auf den knallgelben Käfer, der im Rondell stand. Offensichtlich widmete Miss Smith ihren freien Tag ihrem Auto.

Irgendetwas schien kaputt zu sein, denn sein Dienstmädchen steckte kopfüber im Motorraum am hinteren Ende des Wagens. Es war tatsächlich die neueste Ausführung des deutschen Fabrikats: große Scheiben, verchromte Stoßstangen, vielleicht sogar der 32-kW-Motor mit Dreigang-Halbautomatik. Anthony hatte sich in der Zwischenzeit informiert. Sie hatte da wirklich ein Schmuckstück. Auf einmal schlug sein Herz schneller als sonst. Er mochte Automobile. Hatte selbst ein Juwel, mit dem er aber nun seit Monaten nicht mehr gefahren war. Ein knallroter Jaguar Roadster, 1958er Jahrgang, wartete in den umgebauten Stallungen auf eine neue Chance. Er würde noch eine Weile warten müssen.

Neugierig sah Anthony Mary Smith bei ihrem Einsatz zu. Sie hatte sich einen alten Blaumann angezogen, der ihr viel zu groß war – weil es *seiner* war. Er stand ihr erstaunlich gut. *Zu gut.*

An diesem Punkt seiner Beobachtungen beschloss er, dass es ihm nicht bekommen würde, ihr weiter zuzusehen. Er nahm den direkten Weg zur Küche, um das Geschirr zurückzubringen. Einmal mehr war er froh, dass Beatrix sonntags nicht hier arbeitete.

Als er durch das Foyer lief, um wieder in sein abgelegenes Arbeitszimmer zu flüchten, fiel ihm die weit offenstehende Haustür auf. Erst war es ein Anflug von Ärger über diese Leichtsinnigkeit, dann aber seine Neugier, die ihn direkt zur Tür zog. Er sah hinaus und sein Blick suchte den Vorplatz nach einem hüpfenden Pferdeschwanz ab. Noch immer stand die Heckklappe des Käfers offen, ölverschmierte Tücher und das eine oder andere Werkzeug lagen verstreut um den Wagen herum am Boden. Aber Miss Smith war verschwunden.

Anthony merkte erst an den Stufen vor sich, dass er unter das Vordach getreten war. Wie neulich für Elvis. Er spürte, wie sein Puls sich auch dieses Mal beschleunigte, aber er zwang sich, nicht sofort zurück ins Haus zu stürzen.

War Mary wirklich nicht hier? Wohin war Mary … Miss Smith verschwunden? Ihr war doch nichts zugestoßen, oder? Bilder von weißen Kreidezeichnungen auf dem Boden und dem flatternden Absperrband der Polizei flackerten vor seinem geistigen Auge auf.

Die Kraft, die ihn jetzt ins Haus zurückziehen wollte, war ebenso groß, wie die, nach seinem verschollenen Dienstmädchen zu suchen. Was hätte er darum gegeben, damals dabei gewesen zu sein. Vielleicht hätte er helfen können. Vielleicht hätte er seine Familie retten können. Langsam, wie in Zeitlupe, betrat Anthony den Vorplatz. Der Kies knirschte leise unter seinen Schuhen.

Seine Augen flackerten unruhig hin und her, während er langsam das Rondell entlangschritt. Seine Beine fühlten sich an, als würde er gerade erst wieder lernen zu laufen. Es war weit und breit niemand zu sehen.

Als er auf Höhe des südlichen Seitenflügels ankam, bemerkte er die nur angelehnte Tür zu den Garagen. So leise wie auf dem Kiesboden möglich, lief er darauf zu. Je näher er der Garage kam, desto ruhiger wurde er. Da war ein leises, melodisches Summen. Das musste sie sein. Und es schien ihr gut zu gehen. Dennoch lugte er vorsichtig durch den Türspalt, um sich zu versichern, dass er sich nicht täuschte.

Da war sie. Mary stand neben seinem Jaguar, summte leise vor sich hin und polierte den roten Lack. Neben ihr am Boden stand ein alter Werkzeugkoffer. Wahrscheinlich hatte sie Werkzeug gebraucht und war dann an seinem Jaguar hängengeblieben. Anthony wusste noch genau, wie es sich anhörte, den Motor auf den endlosen Landstraßen zum Äußersten zu treiben.

Darauf bedacht, nicht ihre Aufmerksamkeit zu erregen, schlich er wieder davon. Es war sicher übertrieben gewesen, gleich das Schlimmste zu vermuten. Wie sollte er ihr erklären, dass er nach ihr gesucht hatte – an ihrem freien Tag? *›Verzeihung, Miss Smith. Ich hatte Sie heimlich beobachtet und plötzlich waren Sie verschwunden. Ich glaubte, jemand hätte Sie entführt oder Schlimmeres.‹*

Aber er hatte Glück gehabt. Sie hatte ihn nicht bemerkt. Und dem Zustand des Jaguars nach hatte sie gerade erst damit begonnen, ihn zu polieren. Sollte sie in dem Punkt ebenso konsequent sein wie sonst, blieb ihm genug Zeit, um wieder zu verschwinden.

Neben dem Käfer blieb er stehen. Genug Zeit, um einen kurzen Blick zu riskieren … Er spürte etwas, das er lange nicht mehr gespürt hatte: Neugier. Nicht auf ein Verbrechen. Nicht auf das Aufdecken eines Geheimnisses. Die Neugier seiner Jugend: Was war an dem Wagen kaputt? Könnte er ihn vielleicht reparieren? Wahrscheinlich war es doch nur eine Kleinigkeit. Mary würde es am Ende eher schlimmer machen. Nur ein kleiner Blick auf den Motor, ein kurzer Moment unter dem Wagen, um die Schräglenkerachse hinten zu überprüfen. Es würde sicher nicht lange dauern. Wenige Minuten. Und der Wagen stand doch auch direkt vor dem Eingang. Er könnte jederzeit rasch verschwinden, wenn Mary ... wenn Miss Smith zurückkam oder eine wirkliche Gefahr auftauchen sollte.

Wieder raste sein Herz schneller als jeder Boxermotor. Aber diesmal war es keine Angst. Zumindest nicht nur. Er würde sich beeilen müssen. Wer wusste schon, wie schnell die Besitzerin des Käfers zurückkäme.

Sie brauchte nicht zu wissen, dass er hier draußen war. Am Ende würde sie ihn drängen, regelmäßig das Haus zu verlassen. Aber das sollte eine Ausnahme bleiben. Er wollte lediglich seine Neugier bändigen.

Er beugte sich über den Motor und überprüfte Anschlüsse und Ventile. Auf den ersten Blick schien alles intakt. Auch Öl und Benzin waren voll – und verschönerten zusammen mit Ruß und anderen Rückständen bereits Anthonys Hände, Arme und Gesicht. Es dauerte nicht lange, da lag er bis zur Hüfte unter dem Wagen, um die Achsen zu überprüfen.

Es fühlte sich gut an. Der Geruch des Wagens, das Sich-die-Hände-schmutzig-Machen, das Gefühl des Kiesbetts unter seinem Rücken. Vor einem halben Jahr noch hatte er jede freie Minute unter oder in seinem Wagen verbracht. Kein Wunder, dass es nicht lang dauerte, bis Anthony das Problem entdeckte – nichts, was sich nicht mit einem 16er Inbus und einer Ratsche wieder hinbekommen ließ. Und Ersterer musste irgendwo neben ihm liegen. Er hatte ihn gesehen.

Anthonys Hände tasteten den Kies neben sich ab. Dann blieb seine rechte Hand auf etwas Kühlem liegen. Kalt wie Metall, aber nicht so hart. Dann schob sich etwas zwischen seine Finger. »Suchen Sie vielleicht den hier?« Bis zu diesem Satz hatte er noch gehofft, sich zu täuschen. Jetzt ließ ihn der Schreck fluchen. Beim hastigen Fluchtversuch stieß er sich den Kopf und fluchte erneut. Das Eisenende des Inbus schlug gegen den Unterboden des Käfers und landete im Kies. Viel zu ungelenk und langsam schaffte Anthony es unter dem Käfer hervor. Als sich sein Kopf dann endlich wieder oberhalb und außerhalb des Karosseriebodens befand, brummte sein Schädel noch immer. Aber noch viel schlimmer: Eine vor sich hin glucksende Mary kniete in seinem Blaumann direkt vor ihm. In ihrer Miene mischten sich Schadenfreude und Sorge. »Herrje! Ich hatte nicht vor, Sie *so* sehr zu erschrecken.« Sie beugte sich noch etwas weiter zu ihm und Anthony wurde schwindelig. Er musste sich den Kopf wirklich stark angeschlagen haben. »Tut es sehr weh? Brauchen Sie einen Verband?« Dieser Gedanke schien ihr gar nicht zu gefallen. Mit einer raschen Bewegung streckte sie ihre Hände aus und vergrub ihre schlanken, kalten Finger in seinen Locken – auf der Suche nach einer Beule oder Platzwunde, wie er annahm.

Er konnte nicht antworten oder sich auch nur bewegen. Seit der Schachpartie hatten sie sich gegenseitig gemieden – sein Exil im Arbeitszimmer war ihm da gerade recht gekommen. Nicht ein Wort hatten sie an diesem Wochenende miteinander gewechselt. Die plötzliche Nähe überforderte ihn. Mary überforderte ihn. Ihre Nähe und ihr Duft nach frischer Frühlingswiese und Motoröl überforderten ihn. Wäre er bloß nicht nach draußen gegangen.

»Zum Glück haben Sie einen Dickschädel.« Sie lachte leise, als sie ihm ein paar Locken aus der Stirn strich und dann endlich von ihm abließ. »Kein Kratzer. Keine Beule.« Er fühlte sich wie ein riesiger Trottel. Nicht in der Lage, das in Worte zu fassen, was ihm durch den Kopf ging. Er war sich sicher: Egal, was er sich vornähme zu sagen, am Ende würde er sie wieder beleidigen und verjagen. »Ich weiß ja, dass Sie mürrisch und verschwiegen sind, aber könnten Sie sich eventuell zu einer knappen Äußerung hinreißen lassen? Nur damit ich sehe, dass Sie noch sprechen können?« Warum fiel ihm in ihrer Gegenwart all das leicht, was er sonst zu vermeiden suchte – wie Essen oder das Haus zu verlassen –, während ihm die einfachsten Dinge – wie Sprechen oder Schweigen im rechten Moment – unmöglich schienen? »Laird Houston?« Nun schwebte ihr Gesicht direkt vor seinem. Das machte das Sprechen nicht einfacher. Ihre großen Augen waren irritierend grün …

Er sollte sich wirklich zusammenreißen! »Ja doch! Wenn Sie nicht plappern würden wie ein Wasserfall, dann hätte ich auch eine Chance, zu antworten.«

Na wunderbar. Freundlich wie immer.

»Oh, wie bin ich erleichtert! Sie zetern wie immer.« Sie stand auf, klopfte sich den Staub von ihrem Blaumann – seinem, es war *seiner!* – und reichte ihm eine Hand. »Darf ich Ihnen aufhelfen?«

»Danke, aber das schaffe ich schon selbst.« Noch mehr Schwäche würde er heute nicht mehr zeigen. Dachte er. Aber sein Kopf sah das anders. Er hatte sich zu schnell aufgerichtet und schon drehte sich alles. Er streckte eine Hand aus, um sich am kühlen Dach des Käfers festzuhalten.

»Das sehe ich«, erwiderte der Käfer und legte einen Arm um seine Hüfte. »Kommen Sie, Laird Houston, ich begleite Sie lieber ein Stück.« Erst mit Verspätung sickerte nach, dass er sich an Marys Schulter festgehalten haben musste. Zumindest hoffte er, dass es nur die Schulter gewesen war. Er wäre am liebsten im Erdboden versunken.

Während sie ihn zu einer Bank vor der Hauswand führte, nahm ihre Stimme einen anklagenden Tonfall an. »Was haben Sie sich denn überhaupt dabei gedacht? Ich freue mich ja über Ihre Hilfe, aber sehen Sie sich nur Ihr Hemd an! Die Flecken bekomme ich ja nie wieder raus!« Mit diesen Worten setzte sie ihn auf der Bank ab. Ihre großen, strahlenden Augen tauchten vor ihm auf und versuchten böse zu blicken. Aber die Öl- und Schmutzflecken auf Wangen und Nase minderten den Effekt entschieden. Ohne länger darüber nachzudenken, streckte Anthony seine Hand aus und nutzte den Ärmel des ohnehin ruinierten Hemds, um ihr Gesicht vom Schmutz zu befreien. »L-Laird Houston! Sie machen es doch noch schlimmer!«

Erstaunlich, er hätte wetten können, dass sie rot werden würde. Spielte sie die Verlegenheit vielleicht nur?

»Ich habe noch jede Menge anderer weißer Hemden im Schrank, keine Sorge. Außerdem war das ganz leicht. Immerhin war mein Blaumann ja bereits in Benutzung …« Seine Verlegenheit war nicht gespielt und umso mehr wunderte es ihn, dass er in der Lage war, ganze Sätze zu bilden.

»I-Ich hole lieber etwas Eis. Ich glaube, Sie bekommen doch eine Beule.« Kaum hatte sie den Satz beendet, war sie auch schon verschwunden. Sicher war das seiner zurzeit beschränkten Wahrnehmung geschuldet. Er hatte das Gefühl, ab und an

Teile seiner Umgebung zu verpassen. Vorsichtig betastete Anthony seinen Kopf. Er musste ihn sich wirklich hart angeschlagen haben. Anders war nicht zu erklären, wie er sich gerade benahm. Sich so gehen zu lassen. Er sollte sich besser bei ihr entschuldigen.

Und er sollte sich dringend im Griff haben, bevor Mary … Smith zurückkam. Vorsichtig massierte er seine Schläfen, blinzelte immer wieder und drehte langsam den Kopf in alle Richtungen. Der Schwindel ließ bereits nach. Gut. Auf jede Bewegung bedacht stand er auf, mied jeden Blick auf den gelben Käfer und taumelte zum Hauseingang – wo er gerade noch so dem nächsten Schlag ausweichen konnte.

»Laird Houston! Was machen Sie denn hier? Ich hab Sie doch gerade auf der Bank abgesetzt.«

»Machen Sie sich keine Sorgen, Miss Smith. Eine heiße Dusche wird Wunder wirken. An Ihrer Stelle würde ich meine Aufmerksamkeit lieber der Schräglenker-Hinterachse zuwenden. Ich weiß nicht, welches Problem Sie zu beheben versuchen, aber das sollte eines davon sein.« Während er sprach, schob sich Anthony – bedacht, es nicht zu berühren – an seinem Dienstmädchen vorbei ins Haus.

Großartige Entschuldigung.

Nach der Dusche fühlte sich Anthony tatsächlich besser. Sein Schädel brummte noch, aber zumindest war er wieder Herr seiner Sinne, konnte geradeaus laufen und vernünftig denken – Letzteres war wohl vor allem Marys Abwesenheit zu verdanken.

Es hatte ihn diesmal in seine Bibliothek verschlagen. Morgen würde wieder ein Bote mit neuen Akten und Briefen kommen und er war noch nicht mal mit allen Dokumenten dieser

Woche durch. Der restliche Tag versprach also, beruhigend trocken und wenig aufregend zu werden. Das war genau das Richtige, nach seiner Begegnung mit Mary Smith und ihrem Käfer.

Am späten Nachmittag klopfte es leise an der Tür.

»Herein«

»Ihr Low Tea.« Mary schob einen kleinen Wagen neben seinen Schreibtisch. Der Tee dampfte und verbreitete einen herben, aromatischen Duft. Bergamotte. Eindeutig wieder ein Earl Grey. Daneben lagen einige Sandwiches. Sie konnte es nicht lassen. Kaum arbeitete er wieder hier unten, bekam er wieder einen Imbiss. »Vielleicht … freut es Sie zu hören, dass der Wagen wieder funktioniert.« Sie goss die erste Tasse ein und stellte sie vor Anthony ab. »Danke.«

Ohne ihm die Chance zu geben, sie wieder mit einer Antwort zu kränken, verschwand sie aus dem Arbeitszimmer. Anthony betrachtete sein Spiegelbild in der Teetasse. Es war wirklich schwer, weniger unausstehlich zu sein. Vor allem, wenn er sich dabei nicht gleich wieder lächerlich machen wollte. Gab es denn keinen angemessenen Mittelweg im Umgang mit dieser Frau?

Um seine unkontrollierten, patzigen Antworten zu vermeiden, sollte er sich angewöhnen, im Zweifelsfall nur zu nicken oder den Kopf zu schütteln. Das wirkte dann vielleicht unterkühlt, aber wenigstens nicht mehr unhöflich. Zumindest hoffte er das.

***

Am nächsten Tag – Anthony hatte in dieser Nacht geschlafen wie ein Stein und war sehr dankbar für dieses Wunder – frühstückte er wieder im Salon und starrte auf die Stelle, an der gestern noch der gelbe Käfer gestanden hatte. Inzwischen parkte er sicher wieder in der Garage.

Ihm war bewusst, dass heute Marys Probefrist endete. Und ihm war bewusst, dass er sie weiter auf Houston Hall haben wollte. Auch wenn er jeden für verrückt erklärt hätte, der ihm das vor zwei Wochen gesagt hätte. Es gefiel ihm, wie sie ihn lebendig machte. Es gefiel ihm, wie sie ihn ansah. Verflucht, es gefiel ihm sogar, wie ihm ihretwegen regelmäßig die Worte fehlten. Die Frage war nur: Wollte auch Mary bleiben? Vielleicht war sie froh, dass die zwei Wochen vorbei waren. Vielleicht hatte sie seine Launen satt oder er war ihr gestern zu nah getreten. Sehr glücklich hatte sie zumindest nicht ausgesehen, als sie ihm das letzte Mal begegnet war …

Ein leises Klopfen riss ihn aus seinen Gedanken. Blinzelnd blickte er von seiner Teetasse auf. Dem Klopfen nach hatte er eigentlich Mary erwartet, aber es war Beatrix.

Mit einem leisen Klopfen?

Diese Tatsache hätte ihn misstrauisch machen sollen.

»Guten Morgen Beatrix. Was führt Sie zu mir?« Er stellte seine Teetasse ab, lehnte sich etwas zurück und sah seine Haushälterin abwartend an.

Sie schwieg, bis sie an seinem kleinen Frühstückstisch angekommen war. Ihre Hände sprachen dafür Bände: Sie nestelten ruhelos an ihrer weißen Schürze herum.

Er hob fragend eine Braue. Er kannte die wütende, schimpfende Beatrix. Aber diese stille, unsichere Version war ihm neu.

»Laird Houston, ich … Haben Sie sich bereits entschieden?«, fragte sie ihre Schuhe. Dann erst hob sie den Kopf und fuhr mutiger fort: »Sie dürfen Mary nicht entlassen! Sie gehört nach Houston Hall!«

Anthony räusperte sich, um seine Verwirrung zu überspielen. »Wie kommen Sie auf die Idee, dass ich vorhabe, Mary … Miss Smith zu entlassen?«

Jetzt war es Beatrix, die mit sichtlicher Verwirrung zu kämpfen hatte. »Wie bitte? Sie … Sie wollen das Kind gar nicht hinauswerfen? Aber …«

»Was aber?«

»Sie schaut schon den ganzen Morgen so nachdenklich und niedergeschlagen. Ich dachte, Sie hätten ihr bereits …« Beatrix sprach ihren Gedanken nicht aus. Das musste sie auch nicht. Mary hatte also nachdenklich und niedergeschlagen gewirkt? Weshalb? Das konnte doch letztlich nur bedeuten, dass sie selbst in Erwägung zog, die Anstellung zu beenden.

Anthony nickte langsam und schwieg – bis ihn Beatrix' abwartender Blick zum Sprechen zwang. »Nun. Von meiner Seite aus besteht kein Grund, Miss Smith von ihrem Beschäftigungsverhältnis zu entbinden. Ich habe ihr gegenüber auch nichts dergleichen angedeutet.« Er räusperte sich erneut und stand auf. Einmal mehr war er ihretwegen hin- und hergerissen. Sollte er nach ihr suchen und deutlich machen, dass er auf ihr Bleiben hoffte? Aber das wäre wohl kaum angemessen. Stattdessen ging er an Beatrix vorbei. An der Salontür blieb er kurz stehen. »Bitte richten Sie ihr das aus. Ich bin in der Bibliothek.«

Mit etwas Glück würde Beatrix seine Worte Mary gegenüber noch etwas ausschmücken und sie zum Bleiben bewegen können. Dass Beatrix überzeugend sein konnte, wusste er immerhin aus eigener Erfahrung. Außerdem versagte seine

Haushälterin bei Mary nicht so hoffnungslos in Sachen Kommunikation wie er.

***

Mary blieb. Er merkte es zuallererst daran, dass sich Beatrix' Laune schlagartig gebessert hatte. Dann hörte er sein Dienstmädchen wieder in den Fluren singen und im Foyer mit Elvis diskutieren.

Erfreulicherweise hatten ihre Gespräche mit Elvis im Laufe der Woche immer seltener das ungebührliche Verhalten des Hausherrn zum Thema. Stattdessen erzählte sie dem Vogel, wie er bald wieder draußen herumfliegen würde, dass ein verletzter Flügel schnell wieder heilte.

Und sie behielt recht. Äußerliche Wunden ließen sich schnell überwinden. Anthonys Kopf hatte bereits am nächsten Tag nicht mehr wehgetan. Schlimmer verhielt es sich mit seinen Verletzungen, die ihm auf der Seele lagen. In drei Tagen, am Sonntag, wäre Raelyns Geburtstag. Er wurde stets mit einem großen Fest gefeiert. Während seine Eltern ihre Jahrestage ruhig und allein verbrachten und Anthony in den letzten Jahren die seinen in Edinburgh, waren Raelyns Feiern immer eine Sensation für den ganzen Ort gewesen.

Sich an diese Feste zu erinnern war wie eine Folter für ihn. Es hieß doch immer, man solle sich an schöne Ereignisse erinnern, um geliebte Menschen nicht zu vergessen. Warum fiel es ihm dann so schwer, mit einem Lächeln daran zurückzudenken?

Drei verfluchte Tage und er hörte in jeder Sekunde davon das Ticken der Wanduhr. Auch sein literarischer Garten konnte ihm nachts jetzt nicht mehr helfen. Er gab auf und ›schlief‹

in seinem Bett. Das hieß, er starrte an die Decke und versuchte sich am Einschlafen zu hindern, um nicht wieder schreiend aufwachen zu müssen. Es wurde mit jedem Tag schlimmer. Meist wachte er sogar mehrfach in einer Nacht auf – durch seinen eigenen Schrei und schweißgebadet. Man konnte sagen, er verbrachte nachts mehr Zeit unter der Dusche als im Bett.

***

»Mary? Alles in Ordnung mit Ihnen?«

Sie stand einfach nur im Garten, in ihrem weißen Sommerkleid, und lächelte zerknirscht zu ihm herüber. Sie sah so hübsch und unschuldig aus. Zögernd trat er auf die Terrasse. Er hatte es schon mal geschafft, das Haus ihretwegen zu verlassen. Zweimal. Es sollte doch nicht so schwer sein, sich ein weiteres Mal zu überwinden. Auch wenn es diesmal die Terrasse war.

Ein Schritt, ein zweiter. Dann spürte er die Kälte der Nacht auf seiner Haut. Er kniff die Augen zusammen, um in der Dunkelheit besser sehen zu können. War das eine Träne in ihrem Augenwinkel? Er musterte sie irritiert und wollte gerade ansetzen zu fragen, als er es sah. Das Messer an ihrer Kehle. Es blitzte auf, reflektierte das Licht hinter ihm und warf Lichtstreifen auf Marys blasse Haut.

Nein.

Es geschah wieder.

Genauso musste es gewesen sein!

NEIN!

Genau wie sie!

Anthonys Schatten wurde länger und verschluckte das weiß leuchtende Kleid.

»MARY!«

Sein Schrei hallte immer noch in seinem Kopf nach, als er mit weit aufgerissenen Augen aufrecht in seinem Bett saß. Sein Atem presste sich schwer aus seinen Lungen und sein Herz raste. Er vergrub das Gesicht in seinen Händen, als Mary neben ihm auftauchte.

»Laird Houston, um Himmelswillen! Was ist passiert?« Ihre Stimme war etwas höher als sonst. Träumte er noch oder war er wach? Und was machte sein Dienstmädchen überhaupt nachts in seinem Zimmer?! »War es ein Traum?« Seine Lippen bebten, aber kein Wort verließ sie. Kühle Hände strichen über seine Schultern. Das Bett senkte sich leicht neben ihm. »Es war nur ein Traum.« Jetzt klang ihre Stimme sanfter. Ein Traum. Vielleicht. Ja, sicher. Aber er war so real gewesen! Er hatte sogar die verfluchte Kälte spüren können! »Anthony. Bitte rede mit mir!« Ihre Augen sahen ihn gequält an.

Er wollte ihr keine Schmerzen verursachen, doch wenn er sprechen würde, dann würde er sie beide verletzen.

»Ich seh doch, wie sehr du … Sie sich quälen.«

»Das ist keine Gutenachtgeschichte. Das ist nichts, was man einfach so erzählen kann. Das ist vor allem nichts, was man überhaupt erzählen sollte.«

Sie sah ihn lange an. Er spürte ihren Blick, auch wenn er ihn nicht erwiderte. Und dann spürte er, wie ihre kühle Hand von seiner Schulter glitt und kurz seine Hand drückte. Sie stand auf und er fühlte sich schlagartig allein.

Mittwoch, 18. März 1664, Duighreach Houston Hall.

Endlich. Die Gruft ist vollendet und auf ihren Festen hat seine Lordschaft Richter Houston seinen neuen Wohnsitz Houston Hall erbauen lassen. Es fehlen nur noch einige letzte Handgriffe, dann wird er mit seiner Gemahlin dort einziehen. Und mit ihnen wird die Baobhan Sith ihre Gruft beziehen – selbstverständlich, ohne Ihre Ladyschaft mit solcherlei unnötigen Informationen zu beunruhigen.
Glücklicherweise blieben wir an Imbolg verschont. Vielleicht greifen sie uns tatsächlich nur noch an Samhain an. Zu dieser Zeit soll ihre Macht am größten sein. So wird in einem halben Jahr die Feuerprobe für das neue Obdach der Baobhan Sith sein.
Wir haben jede nur erdenkliche Sicherheitsmaßnahme ergriffen. Die Gruft ist sowohl nach irdischen als auch überirdischen Maßstäben geschützt. Das Verließ in ihr besteht aus einem Eisenkäfig mit Silbereinschlüssen – auch in der Decke und im Boden. Ringsum haben wir Wände aus Eibenholz und Weißdorn errichtet, um sie völlig abzuschirmen. Nicht einmal ihre eigene Brut sollte in der Lage sein, sie dort zu finden.
Zudem wurden die größten Mühen darauf verwandt, alles unter dem Siegel der Verschwiegenheit zu vollziehen. Niemand hier weiß um die Existenz und die Bedeutung der Gruft. Selbst Lady Houston scheint ahnungslos. Sie ist bester Laune und gibt uns keinen Anlass, an der Diskretion ihres Gatten zu zweifeln.

Aus der Chronik von Duighreach

Kapitel VI

Freitag, 14. Juni 1963, Houston Hall.

Das konnte doch nicht wahr sein! Diese Fanatiker hatten tatsächlich Houston Hall über dieser hoch geheimnisvollen Gruft gebaut? Was hatten sich seine Vorfahren dabei gedacht?

Als Anthony den neuesten Eintrag der Chronik übersetzt hatte, hatte er nicht anders gekonnt, als laut fluchend aufzuspringen. Seitdem tigerte er ruhelos durch sein zweites Arbeitszimmer. Diese drei Personen, die damals mehr als jeder andere im Ort für Recht und Sicherheit standen, hatten eine Frau bei lebendigem Leibe in einer Gruft begraben. Unter Houston Hall! Diese schreiende Ungerechtigkeit und Unvernunft machten ihn rasend. Egal, wie lang diese Geschichte nun schon her war.

Aus seiner Wut entstand sogleich ein anderer Gedanke: Sollte diese alte Geschichte wirklich in Zusammenhang mit dem Überfall vor einem halben Jahr stehen, dann wusste er nun zumindest, was die Brutalität und den Fanatismus der Täter ausgelöst haben könnte.

Aber wie sollte er jetzt weiter vorgehen? Er wusste, dass das Anwesen so einige verborgene Türen und Gänge hatte. Aber er hatte sich seit seiner Kindheit nicht mehr die Mühe gemacht, sie zu suchen, geschweige denn zu erkunden. Führte einer der Gänge womöglich in diese Gruft? Wenn ja, wollte er das wissen?

Zögernd setzte er sich wieder an seinen Schreibtisch. Er starrte auf die Chronik. Unter der Beschreibung der Sicherheitsvorkehrungen war eine dünne Linie zu sehen. Um das

Wort für ›Silber‹ war sogar ein Kreis gemalt. Schon in den früheren Kapiteln waren ihm verschiedene Markierungen aufgefallen, die Anthony teilweise in seine Übersetzung übernommen hatte. Aber diesmal schien das nicht alles zu sein.

Anthony strich das Papier der Chronik glatt und drückte die Seiten an der Bindung herunter, bis er die winzige Randbemerkung lesen konnte.

›Reste von Eisengittern im Keller gefunden. Gruft real?‹

Das war die Handschrift seines Vaters. Unverkennbar. Anthony presste seine Handflächen gegen den Tisch und drückte sich fest gegen die Stuhllehne, weg von dem, was er da gerade gelesen hatte.

Seine Augen starrten noch immer wie gebannt auf die akkurate Handschrift.

Plötzlich fühlte er sich gar nicht mehr sicher in den Mauern von Houston Hall. Eigentlich hatte er sich von der schrecklichen vergangenen Nacht ablenken wollen. Aber stattdessen fühlte er sich jetzt noch elender als zuvor. Der Gedanke, sich mit seinem Albtraum zu beschäftigen, fühlte sich auf einmal verlockend angenehm an. Immerhin war das – im Gegensatz zur Gruft – nur ein Traum gewesen.

Den ganzen Morgen über hatte er schon versucht, herauszufinden, was er von diesem seltsamen Traum halten sollte. Das war das erste Mal, dass sich eine andere Person in seinen immer gleichen Albtraum einmischte. Kein Wunder, dass er ihn zuerst für real gehalten hatte. Und dann diese merkwürdige Szene, als er aufgewacht war … Er war sich noch immer nicht zu hundert Prozent sicher, ob er sie nicht auch geträumt hatte.

Auf der anderen Seite … Er hatte die Vermutung, dass ihn Mary schon seit geraumer Zeit nachts beobachtete. Jedes Mal, wenn er nach einem Albtraum wieder zurück in sein Zimmer schlich, glaubte er einen kleinen, zierlichen Schatten hinter einer Tür verschwinden zu sehen. Das nahm ihn am meisten mit. Sie sagte nichts, aber er wusste, dass sie seine Schreie Nacht für Nacht hörte.

Das war es, von dem er sich hatte ablenken wollen. Nachdem er das Schlafen in der vergangenen Nacht endgültig aufgegeben hatte, war er direkt ins Arbeitszimmer gegangen – ohne Frühstück im Salon. Er hatte weder Mary noch Beatrix begegnen wollen. Er hatte niemandem begegnen wollen – nicht, bis es ihm besser ging.

Nun, darauf konnte er jetzt lange warten. Er starrte aus dem Fenster. Oder er versuchte es zumindest. Dank dunkler Wolken dämmerte es bereits und so sah er nur das Spiegelbild eines müden Mannes im Licht einer Schreibtischlampe. Wie ein Geist, der über dem dunklen Garten vor dem Haus schwebte. So sollte Mary ihn auf keinen Fall sehen. Eine Dusche und eine Rasur würden hoffentlich Wunder wirken. Das und ein paar Stunden traumlosen Schlafs. Aber zuvor würde er wenigstens noch einen Blick in den Keller werfen.

Kurzentschlossen begann Anthony, seine Aufzeichnungen und die Chronik zusammenzusammeln und im Safe zu verstecken. So oder so würde er heute kein weiteres Kapitel übersetzen. Jetzt war es wichtig, herauszufinden, was er mit seinem neuen Wissen anstellen sollte. Also verließ er sein geheimes Arbeitszimmer und machte sich auf den Weg ins Erdgeschoss. Wie von selbst umrundete er die Treppe und musterte den Eingang zum Keller. Ob es so offensichtlich war? Wichtiges versteckte man am besten vor aller Augen …

Sollte er wirklich allein versuchen, diese Gruft zu finden?

Es klang ganz so, als hätte auch sein Vater danach gesucht. Würde ihm diese Gruft helfen, die Mörder seiner Familie ausfindig zu machen? Allerdings fänden Mary oder Beatrix ihn nie im Leben, sollte er sich im Labyrinth der verborgenen Gänge verlaufen oder sich irgendein Mechanismus nicht mehr bedienen lassen.

Anthony hatte sich gerade dazu entschlossen, die Kellertür zu öffnen, als Mary schwungvoll um die Ecke bog.

»Anthony!« Ein erschrockener Aufschrei brach zusammen mit einem Berg von Wäsche über ihn herein. »I-ich meine: Laird Houston!« Hektisch sammelte sie Bettlaken und Handtücher von seinen Schultern. »Verzeihung«, ergänzte sie leise, während er wortlos ein Handtuch von ihrem Kopf zog.

Hastig drehte sie sich weg und verschwand mit der Wäsche in der kleinen Kammer neben der Küche. Er beobachtete sie, wie sie – auf einmal um einiges geschickter – die Laken und Handtücher sauber gefaltet in die Regale ordnete. Seit wann konnte er sie aus der Fassung bringen?

In jedem Fall brauchte er jetzt eine Erklärung für seine Anwesenheit in diesem Teil des Hauses – eine andere als den Keller und dessen versteckte Gruft. Also steuerte er auf die Küche zu. Immerhin hatte er heute noch nichts gegessen.

»Mary!« Beatrix drehte sich gerade mit einem Strahlen zur Küchentür um, als er eintrat. »Laird Houston! Was machen Sie denn in der Küche?!« Ihr Lächeln verschwand beinah augenblicklich, als sie ihren Gast erkannte.

Natürlich wäre ihr Mary lieber gewesen.

Er ignorierte diese Tatsache gekonnt. »Nach etwas Nahrhaftem suchen. Was glauben Sie?«

Warum schien seinem Personal seine Anwesenheit so ungelegen zu kommen? Hinter Beatrix' Rücken stiegen Dampfschwaden auf und wie von selbst atmete er tiefer ein, um herauszufinden, was da köchelte. Es roch herrlich, das musste er zugeben.

Seine Haushälterin wischte sich die Hände an ihrer Schürze ab und musterte ihn kritisch. Wahrscheinlich lag es für sie vollkommen außerhalb des Möglichen, dass ihr Dienstherr von selbst nach Essen fragte – und dazu sogar noch die Küche aufsuchte. Aber sie hatte sich schnell wieder im Griff, räumte einen Platz am Küchentisch frei und sah ihn neugierig an. »Was darf ich Ihnen anbieten, Laird? Etwas Leichtes für zwischendurch? Ein Sandwich vielleicht?«

Noch bevor Anthony antworten konnte, tanzte Mary in die Küche. »Mach ihm ein Sandwich, bevor er es sich anders überlegt und die Flucht ergreift.« Während sie sprach, huschte sie zu Beatrix hinüber, um ihr deutlich hörbar zuzuflüstern: »Hat er dich auch so erschreckt? Mich hat er total überrumpelt!«

»*Er* kann Sie hören«, murmelte Anthony. Die Fröhlichkeit und Lebendigkeit der beiden passte so gar nicht zu seiner Stimmung. So gut wie möglich blendete er das Geplapper aus und konzentrierte sich wieder auf sein Problem. Am besten würde er mit seinen Erkundungen bis zum späten Abend warten. Dann wäre wenigstens Beatrix gegangen. Im Keller war es so oder so dunkel.

Er sollte strategisch vorgehen und die Zeit bis dahin nutzen, um alles genau zu planen. Die Gänge in den oberen Etagen konnte er getrost außer Acht lassen. Immerhin sollte die Gruft *unter* Houston Hall liegen. Schade, dass er als Kind nur die versteckten Türen der oberen Etagen ausgekundschaftet hatte. Der Keller würde ihn viel Zeit kosten. Er hatte heute allein unter dem Haupthaus fünf Zugänge: den unter der Treppe und den durch die Speisekammer in der Küche innerhalb des Hauses – sein Blick glitt kurz zu der grauen Holztür in der hinteren Ecke –, dann noch drei weitere von draußen. Einer für die Anlieferung von Kohlen und Brennholz in der Nähe des Haupteingangs, einer direkt beim Kräutergarten – der Keller war auch mit der Speisekammer in der Küche verbunden – und einer unter der Terrasse. Der war klein und sehr niedrig und diente lediglich als Unterstand für Gartenmöbel während der kalten Monate.

Die größte Wahrscheinlichkeit bestand beim Hauptkeller. Von dort aus gelangte man zu den meisten Lagerräumen und Kammern.

»Laird Houston? Hallo? Ich fragte, ob Sie nicht lieber im Salon essen wollen?« Eine eindringliche Stimme holte ihn aus seinen Gedanken und er schrak blinzelnd zurück, als das dazugehörige Gesicht direkt vor ihm auftauchte. Mary hatte sich weit über den Tisch gelehnt und sich damit in sein Sichtfeld geschoben.

»Ma- Miss Smith!« Er räusperte sich. »Sie haben natürlich recht. Das ist mit Sicherheit besser, als umgeben von diesem scheußlichen Essensgeruch und Ihrem Geplapper zu speisen.« Er hörte, wie seine Haushälterin hinter ihm scharf die Luft einsog, und beschloss, die Chance zur Flucht zu nutzen, bevor das nächste Gewitter à la Beatrix über ihn hereinbrach. Rasch zog er Mary den Teller mit den Sandwiches aus der Hand, stand auf und verließ die Küche.

Während er im Salon lustlos die Sandwiches aß, erdrückte ihn die Stille fast. Das Ticken der Wanduhr wurde immer lauter und er vermisste Marys ›Geplapper‹ schmerzlich. Sein Blick glitt über die Wandvertäfelung. Auch hier war eine Tür verborgen. Direkt unter dem Bild von Dirleton Castle, dem ehemaligen Familiensitz. Heute waren die traurigen Überreste in staatlicher Hand. Seine Familie hatte sich schon vor langer Zeit von dem Schloss getrennt …

Um in Houston Hall zu leben.

Langsam begriff er. Aber mit jeder Antwort tauchten lauter neue Fragen auf: Wie konnte eine unterirdische Gruft hier sicherer sein als der Kerker eines Castle? Gab es wirklich einen Zugang zu dieser Gruft? Was würde er tun, sollte er dieses Verließ entdecken? Er fände vielleicht das Motiv der Mörder seiner Familie, aber zugleich würde er eben diese auch in Misskredit bringen. Seine Vorfahren hatten eine wehrlose Frau gefoltert und bei lebendigem Leib in eine Gruft gesperrt!

Anthony fuhr sich seufzend durchs Haar und schloss die Augen. Prompt tauchten in seinem Geist die leuchtend grünen Augen seines neugierigen Dienstmädchens auf. Wenn er nicht wollte, dass sie etwas mitbekam, müsste er vorsichtig sein. Sehr vorsichtig.

Aber wollte er überhaupt, dass sie nichts merkte? Er könnte eine Verbündete gebrauchen. Sie war tüchtig und alles andere als dumm. Aber auf der anderen Seite log sie ihn an. Er war sich noch immer sicher, dass sowohl ihr Name als auch ihre aufgetischte Vergangenheit zumindest teilweise erlogen waren. Unter diesen Umständen konnte er ihr doch nicht vertrauen, oder?

***

Am späten Abend schlich Anthony allein durch den Keller. Der Zufall war ihm hold gewesen. Beatrix war bald gegangen und auch Mary schien eine Verabredung zu haben.

Der Erkundung des Kellers stand also niemand mehr im Weg. Er hatte in dem Raum begonnen, in dem er Elvis' Voliere gestrichen hatte. Dort gab es nichts außer massiven Werkbänken und ebenso stabilen, schweren Schränken. Alle Lampen und Lichtschalter funktionierten und ließen sich keinen Millimeter bewegen. Er war sich recht schnell sicher, dass in diesem Raum keine Geheimtür versteckt sein konnte.

Inzwischen hatte er auch den Weinkeller – ein wesentlich realistischeres Versteck – und den Wäschekeller untersucht. Nichts. Im Kohlenkeller war ebenfalls keine Spur zu entdecken. Die Wände hier waren geteert. Da würde eine verborgene Tür sofort auffallen. So wie die schwarzen Flecken, die inzwischen sein Hemd zierten.

Auf dem Rückweg aus dem Kohlenkeller warf er sein Hemd direkt in die Waschküche: Er knüllte es zu einem Ball zusammen mit all dem Ärger, den er empfand. Diese Suche nach einer Geheimtür war nicht nur erfolglos gewesen, sondern im Grunde von vornherein sinnlos. Dann warf er das dreckige Stoffbündel in Richtung Wäschekorb.

Natürlich öffnete sich der Ball und das Hemd segelte auf halbem Weg zu Boden. Leise vor sich hin schimpfend betrat er erneut den Waschkeller, schnappte sich das Hemd und ließ es direkt in den Korb fallen. Sein Blick glitt über das Regal neben sich. Es war gut gefüllt, aber nicht übermäßig beladen. Dennoch war es mit Winkeln an der unebenen Mauer fixiert.

Neugierig trat Anthony näher an das Regal heran. Die verrosteten Winkel waren ihm vorhin gar nicht aufgefallen. Er kratzte den Dreck hinunter und stellte fest, dass es keine Winkel waren, sondern Scharniere. Und sie waren nur auf der rechten Seite des Regals angebracht.

Eine Tür!

Dahinter musste einfach eine Tür sein! Von plötzlicher Hast gepackt, riss er all das unnütze Gerümpel vom Regal und zog dann daran. Aber das verfluchte Mistding klemmte. Er war so nah dran! Er konnte doch jetzt nicht aufgeben! Irgendwas musste es mit diesem Regal auf sich haben!

Er hastete in den Werkraum, suchte nach einem Brecheisen und eilte wieder zurück zu dem widerspenstigen Regal. Er hebelte und zog, aber nichts geschah. Das Holz und er ächzten um die Wette. So stabil sah das Ding gar nicht aus.

Anthony ließ das Brecheisen fallen und starrte schwer atmend das Regal an. »Na schön. Nicht mit Gewalt, sondern mit Köpfchen. Richtig?«

Er drehte sich langsam im Kreis. Wenn dieses Regal Scharniere hatte, dann sollte es sich auch bewegen lassen. Wenn nicht mit einem Brecheisen, dann mit einem versteckten Schalter. Wo könnte der sein? Er würde in der Nähe sein. Aber nicht direkt am Regal. Sein Blick blieb an zwei weiteren, höheren Regalen hängen, die etwas weiter links standen. Er hatte sie vorhin schon durchsucht. Aber irgendetwas musste er übersehen haben.

Oben! Er hatte nicht auf die obersten Regalbretter geschaut, weil sie dafür zu hoch waren. Er testete das unterste Regalbrett auf seine Robustheit, dann kletterte er am ersten Regal hinauf. Es knarrte und schwankte leicht – offensichtlich nicht mit Winkeln gesichert –, hielt Anthony aber, ohne in sich zusammenzufallen.

Er tastete das obere Brett und die Wand dahinter ab, aber

außer Staub, einigen Holzsplittern und der kalten, unebenen Wand dahinter konnte er nichts entdecken.

Er versuchte es auch am zweiten Regal, nachdem er sich der eingerissenen Holzsplitter entledigt hatte. Doch es bot sich das gleiche Bild. Keine Schalter oder Hebel, nichts. Mit wachsender Frustration kletterte Anthony wieder hinunter. Zumindest hatte er das vor. Allerdings verfehlte er ein Brett und rutschte ab. Alles geschah gleichzeitig: Der Schrank wackelte, Anthony griff im Reflex nach irgendeinem Regalbrett, um sich Halt zu verschaffen, und fiel dann mitsamt dem Regal zu Boden.

Als sein Schrei abrupt endete, wurde es still und schwarz um ihn.

***

Das Nächste, was er hörte, waren schnelle Schritte draußen im Gang. Er wusste nicht, wie viel Zeit verstrichen war. Ihm war schwarz vor Augen geworden, als er mit dem Kopf auf den Boden aufgeschlagen war.

Die Schritte wurden langsamer, um dann erneut zu beschleunigen. »Anthony!«, schrie dann eine Stimme, die zu Mary gehören musste. Auch wenn er sie kaum wiedererkannte.

Er wollte sich aufrichten, sie rufen, auf sich aufmerksam machen, aber das Regal ließ kaum eine Bewegung zu und sein Kopf und sein linker Arm schmerzten höllisch. Letzterer klemmte – wohl im Versuch, Schlimmeres zu verhindern – zwischen seinem Brustkorb und dem Regal. Mehr als ein mürrisches Brummen brachte Anthony nicht zustanden. Doch es reichte, um gefunden zu werden.

Ein Luftzug strich über den Boden. Er konnte sie riechen.

Ihr blumiges, frisches Parfüm und die Seife. Er hingegen roch nach Blut und Dreck. Was für ein erbärmlicher Anblick.

Eine angenehm kühle Hand strich durch sein Haar und er zuckte leicht zusammen. Einmal mehr drückte er gegen das Regal, um nicht länger ein Brett vor dem Kopf zu haben. Diesmal bewegte sich das Ding tatsächlich.

Eine Hand griff nach seinem gesunden Arm und zog ihn unter dem Schrank hervor, bevor der neben Anthony zu Boden krachte. Mary tauchte vor seinem Gesicht auf, ihre Augen vor Schreck geweitet. Sie hatte Blut an ihren blassen, zitternden Fingern. Sein Blut.

»Verflucht!«, brachte er zwischen zusammengebissenen Zähnen hervor und versuchte sich aufzurichten. Aber Mary drückte ihn ungnädig wieder zurück auf den kalten Steinboden. Ihre Hand auf seiner nackten Brust fühlte sich nicht viel wärmer an. Ihr war der Schock deutlich anzusehen. Er musste schrecklich aussehen.

»Du … Sie bleiben liegen! Lassen Sie mich erst herausfinden, wie schwer Sie verletzt sind. Wo haben Sie Schmerzen?« Sie sprach schnell. Regelrecht gehetzt. Ihr Blick flackerte unstet über sein Gesicht und seinen Oberkörper. Jetzt bereute er, sein dreckiges Hemd ausgezogen zu haben. »Laird Houston! Reden Sie mit mir!« Ihre Finger strichen über seine Wangen und drehten ihr vorsichtig seinen Kopf zu, damit er sie ansehen musste.

»Geht schon. Nur der Kopf und der Arm. Nicht der Rede wert. Ich hab einen Dickschädel.« Wieder versuchte Anthony, sich aufzusetzen, und wieder drückte ihn Mary bestimmt zurück. Vorsichtig tastete sie seinen Oberkörper ab und beobachtete genau seine Reaktionen. Er konnte nur hoffen, dass man ihm nicht ansah, wie sehr ihn ihre Berührungen aus der Fassung brachten. »Ich sagte doch: nur Kopf und Arm!«

»So sehen Sie aber nicht aus!« Ihre kühlen Finger drückten auf Höhe der ersten Rippe in seine linke Seite und er zuckte zusammen. »Tut das weh?«

»Nicht, wenn Sie nicht drücken«, brummte er.

Mary verdrehte die Augen, lehnte sich über ihn – so dass ihre Hände einmal mehr auf die Hämatome drückten und ihre Nasenspitze fast die seine berührte. »Sie rühren sich nicht vom Fleck und richten sich nicht auf. Ich hole einen Verbandskasten und rufe einen Arzt.«

Er öffnete den Mund, um zu widersprechen, aber ihr durchdringender Blick ließ ihn verstummen. Er schloss die Augen, murmelte etwas vom kalten Fußboden, blieb aber liegen.

Kurz darauf segelte ein frisch gewaschenes Bettlaken auf ihn nieder und Mary war verschwunden.

Als sie wiederkam, schleppte sie einen Stuhl unter dem einen Arm und eine Tasche unter dem anderen. Sie stellte beides neben ihm ab und musterte ihn skeptisch, während er weiterhin so tat, als hielte er seine Augen geschlossen.

»Na schön. Ich werde Sie fürs Erste verarzten. Aber sollten Sie sich unwohl fühlen oder Schmerzen haben, dann sagen Sie mir augenblicklich Bescheid und ich rufe doch noch den Arzt. Verstanden?!«

Er nickte leicht und verzog sofort das Gesicht. Nicken war keine gute Idee.

»Tut Ihnen das Genick weh? Moment, Sie können sich doch bewegen, oder? Ihre Finger, Ihre Füße?«

»Ich bin nicht gelähmt. Übertreiben Sie es nicht. Es war nur ein verfluchtes Regal.« Einmal mehr versuchte er, sich aufzurichten. Es war nicht nur der kalte Fußboden. Er wollte nicht so schutzlos vor ihr liegen. Der Gedanke bescherte ihm eine Gänsehaut.

»Warten Sie ab, bis Sie sich im Spiegel sehen!« Diesmal drückte sie ihn nicht wieder zu Boden. Sie beugte sich zu ihm herunter, legte eine Hand vorsichtig unter seinen Kopf und ließ die andere unter seinen Rücken gleiten. »Halten Sie sich fest. Ich helfe Ihnen. Sie lassen es sich ja doch nicht ausreden.«

Zögernd legte er den gesunden Arm um ihre Schultern und richtete sich Zentimeter für Zentimeter mit ihr auf. Seine Beine funktionierten glücklicherweise, aber sein Kopf leider nicht. Die Welt um ihn herum begann, sich zu drehen, und automatisch hielt er sich stärker an ihr fest. Wange an Wange mit ihr roch er ihr Parfüm noch stärker, spürte er ihre kühle, weiche Haut an seiner.

Sie drehte ihn etwas zur Seite und setzte ihn dann vorsichtig auf dem Stuhl ab, den sie mitgebracht hatte. Langsam löste sie sich von ihm.

Inzwischen war ihr Gesicht wieder direkt vor seinem. Er konzentrierte sich darauf, klar zu sehen, und nutzte dazu ihre Augen. Sie leuchteten in einem noch intensiveren Grün als heute Morgen, wenn das denn möglich war.

Die Stille, die sich zwischen ihnen ausgebreitet hatte, bemerkte er erst, als Mary wieder zu sprechen begann.

»L-laird Houston, Sie müssten mich jetzt loslassen, damit ich Sie verarzten kann.« Was? Er hielt sie immer noch fest? »Ich verspreche Ihnen, Sie nicht vom Stuhl fallen zu lassen.« Langsam zog sie seinen gesunden Arm von ihrem Nacken und legte ihn in seinen Schoß. »Auch wenn Sie das durchaus verdient hätten!«

Diese kleine Stichelei half ihm, wieder zu Sinnen zu kommen. Er räusperte sich und murmelte eine Entschuldigung, während Mary ihm vorsichtig das Laken um die Schultern hängte.

»Was haben Sie hier unten überhaupt getrieben? Was sucht ein Laird in seiner Waschküche?« Ihr Plappern wirkte betont unbeschwert, während sie Tupfer, Alkohol und Verbände aus der alten Ledertasche fischte. Die merkwürdige Stimmung zwischen ihnen war also nicht nur Anthony aufgefallen.

Was sollte er jetzt sagen? Sollte er es mit der Wahrheit versuchen? Immerhin half sie ihm gerade. Hätte sie es auf sein Leben abgesehen, hätte sie seine hilflose Situation mit Sicherheit ausgenutzt. Was auch immer sie verheimlichte, hatte also nicht unbedingt etwas mit ihm oder seiner Familie zu tun. Er atmete vorsichtig tiefer ein.

»Sagen Sie bloß, Sie wollten selbst Ihre Hemden waschen, weil wir beide nicht da waren? Das ist doch nicht nötig! Ich versichere Ihnen, Ihr Kleiderschrank ist voll davon!«

»Meine was?« Sie hatte ihn aus seinem inneren Dialog gerissen. »Ach so! Ja, genau.«

»Was ›genau‹?«

»Ich hatte etwas im Keller gesucht, mein Hemd im Kohlenkeller beschmutzt und wollte mich schnell selbst darum kümmern.«

Mary blinzelte zwei Mal, während sie ihn ungläubig anstarrte. Wahrscheinlich glaubte sie ihm kein Wort. Aber solange sie nicht nachhakte, wäre ihm das für den Moment egal. Und zum Glück behielt sie ihre Zweifel für sich.

Stattdessen tränkte sie einen Tupfer in Alkohol, nahm ihn dann in die eine Hand und eine Pinzette in die andere und sagte nur: »Das könnte jetzt etwas wehtun«, bevor sie begann, sich um die Kratzer und Splitter zu kümmern, die das Regal auf ihm hinterlassen hatte.

Wieder verging einige Zeit, in der beide schwiegen. Anthonys Gedanken wirbelten wild durcheinander. Da war dieser versteckte Raum. Er musste unbedingt noch mal herkommen und nach dem Schalter suchen, der die Tür öffnete. Seine Gedanken huschten zu Schauerbildern von einem Verließ unter dem Keller und einem Skelett in Frauenkleidern des 17. Jahrhunderts. Und im nächsten Moment beobachtete er wieder Mary dabei, wie sie ihn verarztete. Die plötzliche Nähe und Schutzlosigkeit machten ihn nervös. Er konnte seinen Puls deutlich spüren – am Hals und auch an den Wunden am Arm und am Hinterkopf.

»Das war leichtsinnig von Ihnen, Laird Houston! Sie hätten sich schwer verletzen können! Warum haben Sie denn nicht gesagt, dass Sie etwas aus dem Keller benötigen!« Mary funkelte ihn einmal mehr verärgert an, während sie inzwischen seinen Arm verarztete. Ihre Bewegungen waren ruckartig und verblüffend wenig elegant. Anthony verzog bei jeder zu festen, abrupten Bewegung an seinem Arm das Gesicht. Wahrscheinlich wollte sie ihn damit bestrafen. Aber stattdessen half sie ihm damit eher, seinen Kopf wieder klar zu kriegen.

»Sagen Sie bloß, Sie hätten dort oben ins Regal reichen können?« Er griff grimmig nach ihrem Arm und hob ihn in die Höhe – selbst im Sitzen gelang ihm das, so klein war sie. »Sie sind mindestens einen Kopf kleiner als ich! Ganz zu schweigen davon, was das umstürzende Regal mit Ihnen angestellt hätte!«

Sie starrte ihn noch immer sauer und kein bisschen einsichtig an. Ihre Augen waren selbst im trotzigen Zustand noch wunderschön. Aus der Nähe betrachtet, sah er auch kleine goldene Sprenkel im Grün ihrer Iris. Vielleicht sahen sie deshalb so aus, als würden sie funkeln.

Erst als Mary nach einer Weile ihren noch immer hoch erhobenen Arm aus seinem Griff wandte, wurde ihm bewusst, wie nah sie sich schon wieder gekommen waren und dass er sie anstarrte.

»Ganz offensichtlich waren auch Sie dem Regal nicht gewachsen. Ihr Kopf muss einiges abbekommen haben«, murmelte sie spitz, vollendete mit einem Ruck den Verband und wandte sich ab. »Dem werde ich mich als Nächstes zuwenden. Also halten Sie besser still. Nicht, dass er kaputt geht.« Sie stellte sich hinter ihn und drückte ohne weitere Warnungen seinen Kopf leicht nach vorn.

Prompt zuckte er fluchend zusammen. Aber Mary ließ sein Zetern unberührt. Sie reinigte die Wunde und entfernte das Blut. »Sie haben Glück. Die Platzwunde ist nicht groß und hat bereits aufgehört zu bluten. Wahrscheinlich wegen des kalten Fußbodens. Aber diesmal wird Ihr Dickschädel wohl eine Beule davontragen«, kommentierte sie, was sie vor sich sah.

»Das ist ja nicht die erste. Ich werde es überleben.«

»Davon gehe ich aus. Und das wird auch nicht die letzte sein«, flüsterte sie an seinem Ohr. Ein kleiner Schauer rann seinen Rücken hinab und er zog das Laken enger um sich. Sie klopfte ihm auf die Schultern und richtete sich wieder auf. »Also. Können Sie aufstehen oder soll ich Sie stützen?«

Ohne eine Antwort abzuwarten, trat sie wieder vor ihn und streckte ihm ihre Arme entgegen. Er hatte gar keine andere Wahl, als sich von ihr helfen zu lassen, also griff er nach ihren Armen, schloss die Augen und stand vorsichtig auf. Erst als sich ihr Griff lockerte, öffnete er seine Augen wieder. Ihr Blick war wachsam und skeptisch.

»Schauen Sie nicht so. Es geht mir gut! Eine Dusche und ich bin wieder so gut wie neu. Versprochen.«

»Geduscht wird erst morgen! Ihre Wunden sind noch offen und die Verbände ganz frisch!« Sie drehte ihn in Richtung Tür und schob ihn vorwärts. »Sie gehen jetzt ins Bett. Und zwar in Ihr richtiges. Kein Sofa, kein Sessel, kein Stuhl. Ein Bett! Und ich kümmere mich derweil um das Chaos hier unten.«

Beinahe hätte er sie gebeten, sie zu begleiten. Als Stütze. Zur Sicherheit. Aber glücklicherweise hatte er sich seinen Kopf dafür nicht hart genug angeschlagen.

Mittwoch, 30. April 1664. Duighreach Kirk.

Mehr als ein Monat ist vergangen, seit wir die Baobhan Sith in der Gruft begraben haben, und noch immer sucht sie mich in meinen Träumen heim. Ich sehe sie dann vor mir, wie eine wahre Versuchung: die schöne, edle Gestalt, das lange, goldene Haar, der unschuldige Blick. Wüsste ich es nicht besser, ich zöge des Nachts mit einem Spaten gen Houston Hall, sie aus ihrem Kerker zu befreien.
In dieser Nacht kann ich sie besonders deutlich hören. Mit dem Morgengrauen feiert der Ort Beltane und tanzt in den Mai. Ob meine Quellen wahr sprechen? Sind es Nächte wie diese, in denen die Anderwelt in unsere dringt?
Ich habe schon von anderen Priestern gehört, wie mächtig die Anführerinnen sein können, aber es übersteigt meine Vorstellungskraft, dass dieses Monster noch immer nach uns rufen kann. Ich frage mich, ob die Gruft wirklich so sicher ist, wie wir annehmen. Kann sie auch die ihren rufen? Werden sie sie dort finden oder, schlimmer noch, befreien können?
Ist ihr Clan vielleicht nicht der einzige in dieser Gegend? Gibt es noch mehr, die so mächtig sind wie sie?
Wir sollten über weitere Sicherungsmaßnahmen für das Anwesen nachdenken und es ist wohl auch an der Zeit, die Söhne des Richters einzuweihen. Sie sollten auf das Anwesen zurückkehren und uns unterstützen. Je mehr Augen wachsam sind, desto besser.
Hoffentlich … … nicht auch … … hier …
… … spät …

Aus der Chronik von Duighreach

Kapitel VII

Samstag, 15. Juni 1963, Houston Hall.

Anthony stutzte. Das Manuskript endete abrupt und die letzten Zeilen waren kaum noch zu entziffern. Nicht, weil das Papier zerschlissen war, sondern weil die Schrift unleserlich wurde. Als wäre der Schreiber während seiner letzten Worte eingeschlafen. Was war geschehen, dass der Geistliche nicht mehr hatte weiter berichten können?

Auch hier hatte Anthonys Vater wieder in die Chronik geschrieben. Fragezeichen und Worte, die den Text am Ende ergänzten. ›Zu spät für was?‹ stand dort … und ›Houston Hall‹. Hätte sein Vater nicht eine vollständige Übersetzung schreiben können? Das hätte Anthony viel Zeit erspart.

Aber wichtiger noch: Hatte sein Vater wirklich an diesen Unsinn geglaubt? Die Gruft war das eine. Aber ein Clan von Monstern aus der Anderwelt?

Und dann die Sache mit dem Traum. Der Chronist hatte von der Frau geträumt, die er mit seinen zwei Verbündeten unter Houston Hall eingesperrt hatte. Wie konnte er das ernsthaft ihrer Macht zuschreiben? Mit Sicherheit war es das schlechte Gewissen des Priesters gewesen, das ihn zu solchen Albträumen getrieben hatte. Offenbar hatte er noch so etwas wie ein Gewissen gehabt …

Die Frau tat Anthony von Eintrag zu Eintrag mehr leid. Sollte er diese verfluchte Gruft finden, dann würde er ihr ein anständiges Begräbnis verschaffen. Auf dem Friedhof Dirletons. Das war das Mindeste, was er tun konnte, und seine Familie schuldete ihr diese Geste.

Aber dafür würde er zuerst die Geheimtür im Waschraum

knacken müssen. Hoffentlich befand sich dahinter nicht nur ein alter Lagerraum, sondern tatsächlich der Gang zu dieser Gruft. Der Sturz und seine Mühen sollten sich wenigstens gelohnt haben.

Er rieb sich seinen linken Arm, den er dank Mary in einer Schlaufe trug. Anfangs hatte er noch versucht, sich zu wehren, aber die Aussicht auf einen Arzt ließ ihn dann doch das kleinere Übel wählen. Die Kopfschmerzen und der verfluchte Arm hatten ihm bei der Übersetzung allerdings nicht gerade geholfen.

Jetzt war er durch diese merkwürdige Chronik durch und hatte das Gefühl, immer noch nicht genug zu wissen und gleichzeitig viel zu viel.

»Hoffentlich … nicht auch … … hier … … spät …«, wiederholte Anthony die letzten Worte des Chronisten. Die letzten Worte zwischen vielen unleserlichen Stellen am Ende des Briefs. Was hoffte der Priester? Hatte Anthonys Vater recht? Spät … War es zu spät gewesen für irgendetwas? Für Reue vielleicht?

Die Antworten lagen im oder unter dem Keller. Einmal mehr verschloss Anthony die Chronik und ihre Übersetzung im Safe und verließ dann das Arbeitszimmer. Er schlich durch sein eigenes Haus, als sei er ein Eindringling, aber er wollte auf keinen Fall Mary begegnen. Glücklicherweise schien auch sie seit gestern Abend daran interessiert zu sein, ihm aus dem Weg zu gehen. Und so erreichte er ohne weitere Verzögerungen den Waschkeller.

Mary war tatsächlich noch mal hier unten gewesen. Die Reste des umgestürzten Regals waren verschwunden und auch alles andere, das er mit zu Boden gerissen hatte. Das niedrigere Regal mit den Scharnieren stand noch an der Wand – leer. Anthony ging daran vorbei zu der Stelle, an der das umgestürzte Regal gestanden hatte. Einige Stücke zersplitterten Holzes hingen noch an der Wand. Also war das Regal doch an der Wand befestigt gewesen. Dabei waren noch immer keine Winkel oder Schrauben zu sehen. Vielleicht hatte er ja tatsächlich das richtige Regal gefunden und diese Holzstücke waren Teil des Mechanismus, der die Tür öffnen konnte.

Vorsichtig untersuchte Anthony die Stücke, die wie an die Wand geklebt zu sein schienen. Egal, wie fest er daran zog, hebelte oder drehte: Sie bewegten sich keinen Millimeter. Kein Wunder. Gestern hatte das ganze Regal nachgegeben, aber diese zwei Stücke, die aus den Seitenwänden des Regals stammen mussten, hatten sich schon da nicht mitbewegt.

»Was, wenn ich beide …« Anthony stellte sich in die Mitte und streckte sich, um beide Holzfragmente gleichzeitig zu ergreifen. Er ignorierte das Stechen in seinem linken Arm, zog und tatsächlich: Sie gaben nach. Er musste sich noch nicht mal besonders anstrengen.

Sein Herz schlug schneller, als er ein leises Klicken rechts von sich hörte. Es war eindeutig von der verborgenen Tür gekommen. Er lief zu ihr, zog am Regal und auch die Tür zu öffnen kostete ihn nicht viel Kraft. Es kostete Anthony entschieden viel mehr Kraft, nun durch die Tür hindurchzutreten. Es fiel ihm ähnlich schwer wie das Überwinden der Haustür. Unschlüssig blieb er im Türrahmen stehen.

War das die Gruft? Wollte er dieses Geheimnis aus der Vergangenheit seiner Familie wirklich lüften? Blinzelnd versuchte Anthony etwas mehr von dem Raum zu erkennen, der nun vor ihm lag. Das Licht des Waschkellers war nicht hell genug, um ihn ausreichend mit zu beleuchten. Nur ein Stück des Fußbodens war zu sehen und ein alter Stuhl.

Nach einer gefühlten Ewigkeit des Wartens und Zögerns siegte die Neugier über die Angst. Anthony griff nach der Taschenlampe, die er wohlweislich aus dem Werkraum mitgenommen hatte. Noch einmal lauschte er angestrengt. Mary schien ausgegangen zu sein. Der Vorteil des Wochenendes: Er war allein.

Ohne weiter darüber nachzudenken, betrat Anthony endlich den dunklen Raum. Als er bei dem Stuhl angekommen war, hielt er sich an dessen Lehne fest und ließ das Licht der Taschenlampe durch den Raum gleiten.

Es war tatsächlich ein Raum. Keine Gruft und kein Gang. Ein einfacher Kellerraum. Die Wände standen voller Regale und auf dem Boden lagen einzelne zertretene und vergilbte Papiere. Der Raum schien leer. Aber warum sollte sich jemand solche Mühe machen, um diesen Raum dann nicht zu nutzen?

Vielleicht waren ja auch diese Regale in Wahrheit Türen und er musste nur wieder am richtigen ziehen.

Als Anthony den alten Holzregalen näher kam, fiel ihm zuerst der merkwürdige Geruch auf. Im Keller roch es eigentlich feucht und modrig. Aber hier mischte sich noch etwas anderes in diese Note. Anthony ließ langsam die Taschenlampe über das Regal vor sich gleiten und dann sah er, was den anderen Geruch hervorrief: Das Regal war überzogen mit einer Rußschicht. Überhaupt wies das Holz starke Brandspuren auf; ebenso wie auch die Wand dahinter.

Anthony schluckte. Er musste auf dem richtigen Weg sein. Dieser Raum war älter als der Rest des Hauses.. 1663 wurde es erbaut, hundert Jahre später brannte es bis auf die Grundmauern nieder. Nach wenigen Jahren wurde es allerdings nach alten Plänen wieder so originalgetreu wie möglich aufgebaut. In weiten Teilen wurde das alte Mauerwerk als Fundament genutzt. Und so stammte ein Teil des heutigen Kellers noch aus der Zeit vor dem Feuer. Genauso wie die Haustür, die aufwändig restauriert worden war.

Dieser Kellerraum musste also zu Zeiten der Chronik entstanden sein. Hier mussten vor dreihundert Jahren der Richter, der Medicus und der Geistliche gestanden haben, um die arme Frau lebendig einzumauern.

Aber das hier war nicht die Gruft selbst. Offensichtlich. Die Frage war jetzt nur: Was war das hier dann?

Teilweise waren Spuren auf den Regalbrettern zu sehen. Spuren, die das Feuer hinterlassen hatte, aber auch Spuren im Staub. Hatten auch die Täter vor einem halben Jahr diesen Raum entdeckt und etwas mitgenommen?

Er war der Polizei unbekannt gewesen und Anthony bis eben auch. Natürlich war niemandem das Fehlen von Papieren aus diesen Regalen aufgefallen. Und doch war Anthony davon ausgegangen, dass niemand das Haus betreten hatte. Sollte er sich geirrt haben?

Der Staub jedenfalls log nicht und das war nicht der Staub aus zwei oder drei Jahrhunderten. Egal wie vorsichtig ein ungebetener Besucher auch sein mochte, den Staub, den er verwischte, konnte er nicht wieder zurückholen.

Auf diesen Regalen hatten Dinge gestanden. Was genau, war nicht mehr zu erkennen. Bücher, wie Anthony annahm. Vielleicht Chroniken? Stammte vielleicht auch die Chronik, die er gerade übersetzte, aus diesem Raum? Das wiederum würde bedeuten, sein Vater hätte diesen Raum ebenfalls gekannt. Und das konnte heißen, dass hier tatsächlich der Eingang zur Gruft lag, schließlich hatte sein Vater von Spuren von Eisengittern im Keller berichtet.

Mit langen Schritten lief Anthony die Regale ab. Wieder und

wieder. Er untersuchte jedes Brett auf einen verborgenen Mechanismus oder etwas, dass die Eindringlinge übersehen hatten. Aber das Einzige, das er letztlich fand, waren die wenigen Papiere, die verstreut auf dem Boden lagen. In der vagen Hoffnung, darauf wenigstens einen kleinen Hinweis zu finden, sammelte er sie alle auf und ließ sie in seiner Weste verschwinden.

Als er sich sicher war, dass ihm der Raum nichts mehr zu sagen hatte, verließ er ihn und schob das Regal wieder vor den Durchgang. Ein leises Klicken verriet ihm, dass der Mechanismus wieder eingerastet und die Tür verschlossen war.

Für einen kurzen Augenblick fragte er sich, was er getan hätte, wenn sich die Tür von selbst geschlossen hätte – während er noch im Raum gewesen wäre …

Er schüttelte den Gedanken rasch wieder ab und begab sich ins Erdgeschoss. Mit einem frustrierten Seufzer schloss er die Kellertür hinter sich und klopfte leicht gegen die Papiere unter seiner Weste. Hoffentlich enthielten sie irgendetwas Brauchbares.

Er wollte gerade die Treppe umrunden, als er einmal mehr mit Mary kollidierte – diesmal ohne Handtücher und Bettwäsche.

»Huch!« Marys Augen weiteten sich vor Schreck und ihre Hände drückten gegen seine Brust wie Stoßdämpfer.

»V-Verzeihung!«

»Das wird doch nicht zur Gewohnheit werden, oder?«

So erschrocken Mary auch im ersten Moment gewirkt hatte, so schnell hatte sie sich wieder gefangen. »Nicht, wenn Sie mir nicht mehr hinter der Treppe auflauern.«

Anthony hob verblüfft die Brauen. »Ich lauere Ihnen doch nicht auf, Miss Smith!«

»Nun, ich habe Sie die ersten Wochen nie hier hinter der Treppe gesehen. Weder die Küche noch das Wohnzimmer scheinen Orte zu sein, an denen Sie sich gern aufhalten. Also muss ich mich fragen, weshalb ich jetzt schon das zweite Mal in Sie hineinlaufe.« Sie sah ihn aus ihren strahlend grünen Augen prüfend an. Sie war wirklich zu aufmerksam.

»Nun nehmen Sie sich aber zu wichtig. Woher sollte ich wissen, dass Sie auch gerade hier sind? Ich wollte ins Wohnzimmer.«

»Das Wohnzimmer befindet sich hinter Ihnen!«

»Korrekt«, erwiderte Anthony steif und drehte sich auf dem Absatz um. Es war offensichtlich, dass sie wusste, dass er log, und er wusste, dass sie es wusste. Und als wäre das nicht schon unangenehm genug, steuerte er jetzt auf den Raum zu, den er um alles in der Welt versuchte zu meiden; den Raum, in dem sich seine Erinnerungen mit den Fotos und Texten des Polizeiberichts vermischten. An das Wohnzimmer grenzte die Terrasse, der Tatort.

Anthony stieß die hohe, helle Flügeltür auf. Der Raum vor ihm wirkte so freundlich und harmlos. Dank der langen Fensterfront zur Terrasse war das ganze Zimmer lichtdurchflutet. Wie von selbst tauchten Kindheitserinnerungen vor seinem geistigen Auge auf. Er am Klavier, Raelyn mit ihrer Violine, die Eltern andächtig lauschend in den zwei großen Ohrensesseln am Kamin.

Was sich vor den Fenstern abgespielt hatte, stand dazu in einem harten Kontrast. Dass Anthony inzwischen bis zur Terrassentür gelaufen war und nun hinausstarrte, merkte er erst, als sich die Tür neben ihm öffnete.

Erschrocken fuhr er herum und schlug im gleichen Atemzug die Tür wieder zu. »Was tun Sie da?!«

»Ich … öffnete die Terrassentür«, erwiderte Mary gedehnt und sah ihn irritiert an. »Und Sie haben sie gerade wieder zugeschlagen. Warum?«

»Diese Tür wird nicht geöffnet.« Er drehte sich wieder zum Fenster und sein Blick verlor sich irgendwo in den Bäumen hinter der Terrasse.

»O-kay …« Mehr sagte sie nicht, aber er konnte ihren Blick in seinem Nacken spüren, und je länger sie schweigend beieinander standen, desto unruhiger wurde er unter ihrem Blick. Nach einer Weile hielt er es nicht länger aus, drehte sich um und lief zielstrebig auf die Tür zum Foyer zu. Warum nur hatte er dieses Zimmer überhaupt betreten? Und dann auch noch ausgerechnet an diesem Wochenende! Er musste sich vor seinem Dienstmädchen doch nicht rechtfertigen. Verfluchte Ausreden. Verfluchte Unsicherheit ihr gegenüber.

Als er gerade nach der Türklinke griff, hörte er, wie eine andere Tür aufschwang, und spürte einen Luftzug im Rücken.

Nein, das hatte sie nicht getan!

Er drehte sich herum. Langsam diesmal, denn ein zu großer Teil von ihm wollte nicht hinsehen: Mary hatte erneut die Terrassentür geöffnet und war nun hinausgetreten. Sie trug wieder ihr weißes Sommerkleid, es fiel ihm jetzt erst auf. Vielleicht besaß sie nur das eine. Wie in seinem Traum …

Zuerst war Anthony wie erstarrt. Seine Hand ruhte noch immer auf der Türklinke. Er könnte den Raum einfach verlassen … Aber im nächsten Augenblick rannte er durch den Wohnraum, um sich am Rahmen der Terrassentür erneut festzuhalten – als wäre er von einem rettenden Ufer zum nächsten gesprungen. »Mary, komm sofort von der Terrasse!«

»Was? Wieso?« Sie drehte sich zu ihm herum und sah ihn verwundert an. Er sah sie sich regelrecht in Zeitlupe bewegen und streckte einen Arm nach ihr aus – in der vagen Hoffnung, sie würde dann schneller auf ihn zukommen.

»Bitte, komm wieder ins Haus!« Zögernd machte sie einige Schritte auf ihn zu. Sicher fragte sie sich, was sein merkwürdiges Verhalten zu bedeuten hatte. Er hingegen sah nur wieder und wieder die Szene aus seinem Traum vor sich. Sie vermischte sich in seinem Kopf mit den Tatortbildern. Sein Herz schlug ihm bis zum Hals. Wer auch immer sie war. Er wollte nicht, dass ihr das Gleiche geschah wie seiner Familie.

Ihr Blick war merkwürdig. Als würde er Bände sprechen, aber in einer fremden Sprache, die er nicht verstand. Langsam streckte auch sie ihre Hand aus. Erleichterung durchflutete ihn, als sie endlich seine Hand erfasste. Aber die Erleichterung verebbte schlagartig, als sie sich nicht von ihm ins Haus ziehen ließ, sondern ihn zu sich auf die Terrasse zog.

»Nicht!«

»Komm. Es ist okay. Heute ist es okay«, sagte sie leise, während sie weiter mit sanfter Gewalt an seiner Hand zog.

Er sah ihr Gesicht, ihr weiches Lächeln, und spürte die Ruhe und den Frieden, die sie ausstrahlte. Etwas davon übertrug sich auf ihn. Er konnte nicht behaupten, dass die Panik verschwunden wäre, aber zumindest fühlte er sich nicht mehr, als würde er ohne den Türrahmen den Halt verlieren.

Mary zog ihn Schritt für Schritt auf die Terrasse und hin zu einer alten Bank, die am Rand der Terrasse stand. Sein Blick war starr auf den Boden gerichtet. Was er dort sah, war für sein Dienstmädchen unsichtbar.

Beruhige Dich! Es ist helllichter Tag und Dir droht keine Gefahr!

Wieder war es Raelyns Stimme, die er in seinem Kopf hörte

und mit einem Mal war alles zurück. Die Reste seines schönen Ablenkungsmanövers brachen in sich zusammen – und damit auch er. Er zitterte und er wusste, dass auch Mary es spüren würde. Auch als sie sich gesetzt hatten, hielt sie noch seine Hand. Sie strich in langsamen Kreisen über seinen Handrücken und schwieg, bis sein Atem etwas ruhiger wurde.

»Morgen wäre ihr einundzwanzigster Geburtstag«, brachte er leise hervor. »Es hätte ein großes Fest gegeben.« Sein Blick war starr auf den Boden gerichtet, auf die drei Fliesen direkt an der Tür, die etwas sauberer waren als die anderen.

Mary war anscheinend klug genug zu schweigen. Sie hielt nur weiter seine Hand und wartete geduldig darauf, dass er weitersprach. Er war ihr dankbar dafür.

Anthony atmete tief ein und schloss die Augen. Die Bilder und Worte in seinem Kopf gerieten durcheinander und es fiel ihm schwer, sie in die richtige Reihenfolge zu bringen.

»Vor etwas mehr als einem halben Jahr, am ersten November, bekam ich einen Anruf in der Kanzlei. Ich solle so schnell wie möglich herkommen. Es habe einen … einen Unglücksfall gegeben.« Er drehte den Kopf, öffnete die Augen und sah Mary an, als könnte sie ihm erklären, was geschehen war. »Einen Unglücksfall!« Anthony lachte trocken. »Mein Vater war Richter und so malte ich mir auf dem Weg hierher schreckliche Szenarien aus, die alle mit seinem Beruf und einem wütenden Straftäter zu tun hatten. Ich betete, dass ich falsch liegen würde.« Sein Blick wurde leer und verlor sich irgendwo hinter seinem Dienstmädchen. »Ich lag falsch. Keines der Szenarien beschrieb auch nur annähernd, was mich hier erwartete. Es regnete in Strömen und so verteilte sich das Blut auf der ganzen Terrasse. Aber auch all das Wasser konnte die große Lache an der Tür nicht wegwaschen …« Für einen Moment schloss Anthony seine Augen. »Meine Eltern saßen dort drüben in der Sitzecke. Tot. Als wollten sie gemeinsam essen und seien dann erstarrt. Ihr Blut lief am Metall der Rückenlehnen entlang und tropfte in die Regenpfützen am Boden. Man hatte große Schirme aufgespannt, damit nicht noch mehr Spuren vernichtet wurden. Aber im Grunde war es zu spät.« Anthonys Kopf zuckte leicht in die Richtung der Tür, in die Richtung der drei hellen Fliesen. »Von Raelyn zeugte nur die gigantische Blutlache an der Tür. Der Pathologe war sich sicher, dass niemand einen solchen Blutverlust überleben konnte.« Anthonys Fingernägel gruben sich in sein eigenes Fleisch, als er seine Hände zu Fäusten ballte. »Was haben diese Monster ihr angetan?! Warum durfte ich meine Schwester nicht wenigstens beerdigen?!« Seine Stimme wurde jetzt fester, lauter. Wütender. »Meine Familie wurde mit einem Streich ausgelöscht. Und wofür? Seit einem halben Jahr versuche ich, den Grund für all das zu finden. Aber es gelingt mir nicht. Was hatten meine Schwester oder meine Mutter verbrochen? Ich kenne niemanden, der harmloser und freundlicher war als diese beiden. Warum hatte mein Vater zusehen müssen, während die beiden grausam getötet wurden? Was erhofften sich die Täter? Und warum verdammt noch mal gibt es keine einzige verwertbare Spur?!«

Er schlug mit der geballten Faust auf das Holz der Bank neben sich. Kühle, zierliche Finger legten sich von Neuem auf seine Hand, auf seine Faust. Sie strichen so lang über die Faust, bis sie wieder zur offenen Hand wurde. Ein angenehmes Schweigen breitete sich aus, in dem Anthony nur sein donnerndes Herz hören konnte.

Als er glaubte, wieder stehen zu können, ohne zu zittern, erhob er sich. Er starrte sein Spiegelbild in der Fensterscheibe an, sah Mary mit gesenktem Haupt hinter sich auf der Bank sitzen. Sie wirkte niedergeschlagen. Natürlich. Er hätte ihr all das nicht erzählen sollen. Was, wenn er damit ihre Lebendigkeit und Fröhlichkeit zerstört hatte?

»Verzeihung. Ich habe mich gehen lassen«, murmelte er steif. »Ich benötige Ihre Hilfe heute nicht mehr. Nehmen Sie sich frei. Unternehmen Sie etwas Schönes.« Mit diesen Worten ließ er sie auf der Terrasse zurück. Jeder Schritt in Richtung Haus fühlte sich wie ein Verrat an ihr an. Als würde er sie einer Gefahr aussetzen, die sie nicht kannte.

***

In dieser Nacht träumte Anthony von Raelyn und Mary. Sie waren Freundinnen und lachten gemeinsam, als ein Unwetter heraufzog. Er war im Haus und beobachtete die beiden auf der Terrasse. Er wollte sie vor den aufziehenden Gewitterwolken warnen, aber sie hörten ihn nicht und die Türen ließen sich nicht öffnen, so sehr er auch an ihnen zerrte und rüttelte.

Dann setzte der Regen ein. Erst waren es nur einzelne Tropfen, die seine Sicht trübten, aber dann liefen lange Wasserbahnen über die Fensterscheibe und ließen Raelyn und Mary immer mehr verschwimmen. Sie verloren ihre Konturen und ihre Farbe. Als würden sie langsam aus seinem Geist gewaschen werden. Anthony presste seine Hände und sein Gesicht an die kalte Scheibe, trommelte dagegen, aber es half nichts. Sie lösten sich vor ihm auf und zerflossen auf der Terrasse in ein graues Rinnsal.

Als er diesmal schweißgebadet aufwachte, war er allein. Er starrte an die Decke über ihm, bis sich sein Atem wieder etwas beruhigt hatte. Dann richtete er sich auf und griff nach dem Glas an seinem Bett. Das Wasser im Glas schlug heftige Wellen und es kostete ihn Mühe, es ruhig genug an seine Lippen zu führen.

Sein Blick fiel auf den kleinen Wecker neben sich. Kurz nach Mitternacht. Nun war Sonntag.

Die nächsten vierundzwanzig Stunden würde er sich am liebsten betäuben. Gab es denn keinen Weg, erst in vierundzwanzig Stunden wieder aufzuwachen?

Alkohol vielleicht. Viel Alkohol. Aber das hatte er sich immer verboten. Er würde sich niemals so betrinken, dass er die Kontrolle über sich und seinen Geist verlieren würde. Er brauchte einen klaren Kopf, wenn er jemals aus diesem Albtraum erwachen wollte.

Anthony leerte sein Wasserglas und stellte es dann wieder neben sich. Abwesend musterte er seine Hand. Er ballte sie zur Faust, öffnete sie wieder und rief sich dabei Marys Berührungen ins Gedächtnis. Er konzentrierte sich immer mehr auf das Gefühl ihrer zarten, kühlen Finger auf seiner Haut, schloss dann die Augen, um ihre Nähe noch deutlicher wahrzunehmen, und glitt nach und nach in einen gnädigen, traumlosen Schlaf.

Als Anthony wieder wach wurde, dämmerte es bereits. Es war inzwischen vier Uhr morgens. Immerhin vier Stunden weniger, die er hinter sich bringen musste. Mit so viel Glück hatte er gar nicht gerechnet. Aber andererseits reichte ein Albtraum pro Nacht durchaus aus, um den Erholungseffekt des Schlafs zunichte zu machen.

Es dauerte nicht lange, bis Anthony beschlossen hatte, keinen weiteren Schlafversuch zu unternehmen, sondern direkt aufzustehen. Er duschte ausgiebig und verschanzte sich dann in seinem zweiten Arbeitszimmer. Am vergangenen Abend hatte er nur noch rasch seine Fundstücke hier eingeschlossen. Nun war der richtige Augenblick, um herauszufinden, was er da in dem leeren Kellerraum entdeckt hatte.

Einmal mehr schob er sich seine Lesebrille auf die Nase und faltete dann vorsichtig die alten Pergamente und Briefe auseinander. Das meiste war Müll, wie er enttäuscht feststellen musste: Uralte Rechnungen für die Anpflanzung der Buchenallee vor dem Anwesen und den Ausbau der Seitenflügel, eine Spendenquittung für eine größere Summe an die kleine Kirche von Dirleton und andere unnütze und größtenteils unleserliche Notizzettel. Interessant war eigentlich nur die Schenkung von Dirleton Castle an die Kirche. Anthony musste an die Chronik denken, die er übersetzt hatte. Seine Vorfahren hatten also wirklich das Castle aufgegeben, um hier außerhalb des Orts Houston Hall zu bauen. Aber warum hatte man nicht beides behalten? Wenn das Castle der Kirche geschenkt wurde, dann konnte es nicht um Geld gegangen sein. Das war bisher allerdings Anthonys Vermutung gewesen.

Die Vergangenheit der Houstons wurde für ihn mit jedem neuen Hinweis nur noch verworrener und einmal mehr fragte er sich, weshalb er sich überhaupt so sehr mit der Vergangenheit seiner Familie auseinandersetzte. All das konnte doch unmöglich etwas mit den Morden vor einem halben Jahr zu tun haben. Zumindest nicht, wenn er nicht diese ominöse Gruft fand – und darin einen Schatz, der das Morden wert war.

Abwesend rieb er sich seinen Arm. Die Prellung klang langsam ab, aber die meisten Bewegungen schmerzten immer noch. Eigentlich hatte Anthony ja gar nicht erwartet, so schnell den richtigen Eingang zu finden, aber andererseits: Er hatte den gesamten Keller abgesucht und nichts gefunden! Wo, Teufel noch eins, sollte denn der Eingang zu dieser Gruft sein? Oder gab es am Ende gar keinen Eingang?

Vielleicht war es ja auch eher ein Grab als eine Gruft und nach dem Bau von Houston Hall war niemand mehr in der Lage dazu, zur letzten Ruhestätte dieser armen Frau zu kommen – außer mit einem Spaten, so wie es der Chronist beschrieben hatte.

Einmal mehr schritt Anthony die Kellerräume ab, tastete Wände ab und zog an Regalbrettern und Kleiderhaken. Er öffnete auch nochmals den versteckten Raum – diesmal um einiges vorsichtiger. Lieber widmete er sich diesem düsteren Raum als den düsteren Erinnerungen an seine Schwester. Er stellte eine größere Lampe auf den Stuhl in der Mitte des Raums und sah sich um. Der Boden war voller Fußspuren. Natürlich inzwischen vor allem von ihm selbst, aber er bildete sich ein, dass einige Abdrücke zu klein waren, um von ihm zu stammen. Automatisch verglich er die verwischten, kleinen Spuren im Staub mit Beatrix' und Marys Schuhen. Aber was sollten die beiden hier unten suchen? Das Herumschnüffeln in versteckten Räumen traute er dann doch eher dem jüngst entlassenen Dienstmädchen Claire Rutherford zu, der kleinen Diebin.

Langsam bewegte sich Anthony direkt am Rand der Regale entlang und versuchte herauszufinden, wohin diese kleinen Füße gewollt hatten. Dann blieb er vor dem Regal gegenüber der verborgenen Tür stehen. Hier waren die kleinen Spuren besonders verwischt. Die Verursacherin der Abdrücke muss hier eine Weile gestanden haben. Neugierig untersuchte Anthony das Regal. Vielleicht lag dahinter eine weitere Tür. Zuerst versuchte er es mit dem Handgriff, der auch die gegenüberliegende Tür geöffnet hatte.

Nichts.

Dann begann er damit, jedes Brett von seiner Ober- und Unterseite abzutasten, und tat das Gleiche mit den beiden hohen Seitenbrettern.

Wieder nichts.

Mit einem frustrierten Seufzer starrte er zu Boden auf die verwischten Fußspuren.

Verwischt. Das konnte vieles bedeuten: Vielleicht hatte auch die Einbrecherin nicht gewusst, wonach genau sie suchte. Vielleicht war sie zu klein gewesen und musste sich strecken oder springen … Oder aber … Anthony ging in die Hocke und untersuchte den Boden vor und unter dem Regalbrett und tatsächlich. Der Spalt unter dem letzten Brett war breit genug, um mit der flachen Hand darunter zu gleiten. Der Boden war völlig glatt – von Staub und Spinnenweben abgesehen – bis auf eine einzige Stelle nahe der Wand. Ein merkwürdig geformter Stein stand aus dem Boden heraus. Er ließ sich umfassen und Anthony zog und drehte, aber nichts geschah. Inzwischen lag er schon flach auf dem Boden, um es mit beiden Händen zu versuchen. Dann kam die Erkenntnis: Wer sagte, dass er ziehen musste? Anthony schob seine Finger zwischen Holzbrett und Stein, ignorierte das Kratzen und die Splitter des rauen Holzes und drückte, so fest es ihm in dieser Haltung möglich war, auf den Stein.

Der Stein gab nach und versank letztlich wie von selbst im Boden. Zur gleichen Zeit erklang am anderen Ende des Raums ein leises Klicken, das Anthony erschreckend bekannt vorkam. Laut fluchend zerrte er seine Arme unter dem Regal vor, kam stolpernd auf die Beine und rannte auf die Tür zu, die sich bereits schloss. Auf halbem Weg stieß er die Lampe vom Stuhl, strauchelte und kam gerade noch so mit dem Schuh zwischen Tür und Wand. Der Mechanismus ächzte und drängte weiter. Fluchend stemmte sich Anthony gegen die Tür, nutzte sein ganzes Gewicht, versuchte, die Tür mit seinen Händen wieder aufzuhebeln. Aber sie öffnete sich einfach nicht. Im Gegenteil drückte sie immer weiter gegen Anthonys Fuß.

Hilfesuchend drehte er sich wieder halb dem Raum zu, in der vagen Hoffnung, etwas zu finden, das ihn retten konnte. Aber die verfluchte Lampe hatte den Sturz nicht überstanden und so war es hinter ihm stockdunkel.

Eigentlich hatte er jetzt keine Wahl mehr. Er musste hoffen, dass Mary ihn hörte und rettete. Aber wie würde er ihr erklären, was sie da sah?

Mit einem lauten Fluch zog er seinen Fuß aus dem schon stark lädierten Schuh und begann, nach Mary zu rufen. Er presste seine Lippen an die staubige Tür und schrie, so laut er konnte, während der Spalt immer schmaler wurde und sein Gefängnis immer dunkler.

Mit jeder Minute, die verstrich, sank seine Hoffnung, wurden seine Schreie heiserer und leiser. Mary hatte ihren freien Tag und er selbst hatte sie schon gestern fortgeschickt. Wie zum Teufel sollte sie ihn hier unten hören?

Nach einer halben Stunde gab er auf. Der Spalt bestand aus keinen zwei Zentimetern mehr und irgendwann würde die Tür den Schuh einfach zerquetschen. Anthony rutschte mit dem Rücken an der ruckenden Tür hinab und schloss die Augen. Es gab nichts zu sehen. Warum sollte er sie offen halten? Er fühlte sich, als sei er in seinem eigenen, dunklen Albtraum gefangen. Es fehlten nur die Stimmen und Schreie.

Das Knarren und Arbeiten des verborgenen Mechanismus

war genauso unermüdlich wie sein hämmernder Herzschlag. Sonst konnte er nichts hören. Was für eine dumme Idee es doch gewesen war, allein hier herunterzukommen. Sein Misstrauen anderen gegenüber hatte ihn in diese Lage gebracht. Hätte er nur Mary oder wenigstens Beatrix von seinen Plänen berichtet. Zumindest seine Haushälterin wusste inzwischen sicher, was er Nacht für Nacht tat, anstatt zu schlafen.

»Lyn, ich will doch nur herausfinden, was dir und unseren Eltern widerfahren ist…«, murmelte er resigniert. »Ausgerechnet heute sperre ich mich selbst in diese Finsternis.«

»Laird Houston?« Anthony riss die Augen auf. Das war Mary! Hektisch richtete er sich wieder auf. »Anthony!«

Erst war seine Stimme rau und heiser, dann gelang es ihm endlich, laut genug zu antworten. »Mary! Hier unten! Ich bin im Keller!« Erneut begann er, sich gegen die verfluchte Tür zu stemmen. »Verdammt noch mal, nun geh schon auf!«, fluchte er vor sich hin, als er Schritte vor der Tür hörte.

»Anthony, bist du … sind Sie hier?« Eindeutig Mary!

»Ja! Ich bin hinter dem Regal, das jetzt wohl etwas schräg steht. Es ist kein richtiges Regal, sondern eine Tür. Es gibt da einen Mechanismus weiter links, der öff-« Weiter kam Anthony nicht, denn im gleichen Augenblick brach die Tür mit einem Krachen auf. Anthony sprang im Reflex weiter in den Raum und riss seinen Arm hoch vor sein Gesicht. Als er ihn langsam wieder senkte und blinzelnd und schwer atmend in den Waschkeller sah, stand vor ihm eine hustende und verstaubte Mary, die in ihrem weißen Sonntagskleid und mit einer großen Brechstange bewaffnet reichlich absurd aussah. Als sie Anthony entdeckte, huschte ein Feuerwerk der Mimik über ihr Gesicht. Am deutlichsten konnte Anthony die Erleichterung in ihren Zügen lesen. Wahrscheinlich, weil er sie ebenso spürte.

Langsam kam er aus der dunklen Kammer heraus und auf sie zu. Sein Dienstmädchen stand wie versteinert da. Ihre Augen waren nun weit aufgerissen und Anthony war sich nicht sicher, ob sie *ihn* anstarrte oder den merkwürdigen, versteckten Raum hinter ihm. Seine Aufmerksamkeit hingegen war völlig auf sie gerichtet. Als er vor ihr zum Stehen kam, hielt sie immer noch das Brecheisen vor sich. In ihren schwarzen Locken hingen kleine Holzsplitter.

»Das … brauchen wir jetzt nicht mehr«, murmelte Anthony leise und entzog ihr das Eisen, um es einfach neben sich auf den Boden zu werfen. Ihre Hände waren gerötet, so fest hatte sie zugeschlagen. Das laute Scheppern von Metall auf Stein ließ Mary zusammenzucken und aus ihrer Starre auftauchen.

»Anthony!« war das Erste, das sie sagte. Dann fiel sie ihm einfach um den Hals. Ihm blieb gar nichts anderes übrig, als sie aufzufangen und festzuhalten.

Jetzt war er es, der wie versteinert dastand, während Mary ihn wie in einem Schraubstock gefangen hielt. Zögernd und etwas hölzern strich er über ihren Rücken, um sie zu beruhigen. Und irgendwie beruhigte diese Geste auch ihn selbst.

»Es ist ja alles gut. Es geht mir gut. Danke …«, murmelte er leise und irgendwann lockerte sich ihr Griff etwas. Und auch Anthony entspannte sich langsam. Er konnte jetzt ihren Atem an seinem Hals spüren und der Duft ihres Haars stieg ihm in die Nase – eine etwas staubige Frühlingswiese. Durch die ungewohnte Nähe eroberte sie nach und nach all seine Sinne.

Anthony war sich nicht sicher, wie viel Zeit vergangen war, als sie sich wieder voneinander lösten. Er wusste auch nicht, was eigentlich diese heftige Reaktion bei Mary hervorgerufen hatte. Er wusste nur, dass ihm dieser kurze Moment gutgetan hatte – ob ihm das nun gefiel oder nicht. Sein Dienstmädchen hatte ihn schon wieder gerettet.

»Wie hast du das gemacht?«, murmelte er mit gesenktem Blick und einem Nicken zum Brecheisen.

Mary zuckte nur mit den Schultern, den Blick ebenfalls gesenkt. »Wo ist dein zweiter Schuh?«, fragte sie dann frei nach Raelyns Themenwechselmethode.

Anthony zuckte ebenfalls mit den Schultern. »Seine Überreste liegen bei dem, was du von der Tür übriggelassen hast.«

Sein Dienstmädchen nickte und wirkte plötzlich ungewöhnlich schüchtern. Sie mied seinen Blick, bis sie etwas gefunden hatte, das besser zum Themenwechsel taugte. »Was ist das überhaupt für ein Raum?«

»Das da hinter mir? Ahm. Ich weiß es nicht.« Das war nicht einmal gelogen. Er wusste es ja wirklich nicht. »Ich habe ihn entdeckt – rein zufällig! – und plötzlich schloss sich hinter mir diese seltsame Tür und ich kam nicht mehr rechtzeitig raus. Ich hatte meinen Schuh in den Spalt geklemmt, aber das hätte auch nicht mehr lange geholfen. Wenn du mich nicht gehört hättest …« Er brach ab.

Sie sah zu ihm auf – endlich – und ihre Blicke begegneten sich. Endlich sah er ihre leuchtend grünen Augen wieder. Ihr Blick war anders als sonst. Intensiver. Er spürte, wie sein Herz plötzlich wieder schneller schlug, obwohl er doch nun in Sicherheit war. Und er spürte den Sog, der ihn zu ihr zog. Kind und Königin, Engel und Teufelin, Unschuld und Kämpferin. Ein gelebter kompromissloser Gegensatz.

Er zupfte ihr ein paar Holzsplitter aus den Locken und beobachtete, wie seine Fingerspitzen dabei leicht ihre Stirn berührten.

Ihr Blick schien noch intensiver zu werden, wenn das möglich war. Doch als er sich langsam etwas weiter zu ihr beugte, verschwand das hypnotisierende Funkeln wieder und sie zerbrach die merkwürdige Verbindung zwischen ihnen.

»Sie sollten sich ausruhen, Laird Houston. Sie sind nicht Herr Ihrer Sinne. Ich … kümmere mich um den Schaden, den ich angerichtet habe.« Sie sprach schnell und ihre Stimme klang nicht ganz so melodisch wie sonst. Aber sie hatte recht. Er hatte sich gehen lassen.

***

Als Anthony frisch geduscht und neu eingekleidet seine geliebte Bibliothek betrat, war es noch nicht einmal zwölf. Er setzte sich an seinen Schreibtisch und starrte das rosafarbene Lesezeichen an, das auf seinem Aktenberg lag, seit er ›Mord im Pfarrhaus‹ ausgelesen hatte. Seine Geburtstagsgeschenke für seine Schwester waren selten so kreativ gewesen.

Eigentlich waren sie nie kreativ gewesen.

Meist hatte er ihr Geld oder Gutscheine geschenkt. Geld für Bücher, die sie sich gerade wünschte, und Gutscheine für das Einzige, das sie sich immer von ihm wünschte: Zeit mit ihrem großen Bruder. Dann ritten sie gemeinsam aus oder er nahm sie mit dem Jaguar mit nach Edinburgh oder North Berwick.

Sie war wie ein schöner Singvogel gewesen. Sie hatte ihr Zuhause, aber sie liebte es, davonzufliegen und andere mit ihrer Stimme zu bezaubern – und zu belehren.

Sie hatte stets für alles und jeden Verständnis und einen guten Rat. Ob ihr Gegenüber das wollte oder nicht. Sicher hätte sie sich ebenso ambitioniert um Elvis gekümmert wie Mary.

Ein leises Klopfen holte Anthony aus seinen Gedanken. Er sah nicht auf und sagte nichts. Er wusste, dass sie auch so hereinkommen würde.

Vor sich her schob Mary den kleinen Teewagen mit dem Afternoon Tea. Das Geschirr klirrte leise in die Stille hinein. Sie fühlte sich bedrückend an, aber er wusste nicht, was er hätte sagen sollen. Er war froh, dass Mary nicht nach dem versteckten Raum fragte oder nach dem Grund für Anthonys Anwesenheit dort. Aber auch wenn er Glück gehabt hatte, war ihm doch bewusst, wie unklug es wäre, allein nach weiteren Geheimtüren zu suchen. Er brauchte wenigstens einen Verbündeten.

Nachdenklich musterte er Mary dabei, wie sie den Tee einschenkte und alles auf dem Schreibtisch drapierte. Ob sie diese Verbündete sein könnte?

Doch noch bevor sich Anthony durchringen konnte, Mary einzuweihen, war sie auch schon wieder verschwunden. Er sah ihr nach, bevor er sich seinem Tee zuwandte. Es war diesmal kein Earl Grey. Eher etwas Beruhigendes.

Sie machte sich Sorgen um ihn.

Ein kleines Lächeln huschte über seine Lippen. Nein, es war wirklich keine schlechte Idee von Beatrix gewesen, Mary einzuladen, hier zu arbeiten. Sie tat ihm gut. Sie war das Leben, das diesen kalten Mauern fehlte. Und genau deshalb würde er ihr nichts von seinem kleinen Recherche-Projekt erzählen.

Er wusste noch sehr gut, wie sie gestern ausgesehen hatte, nachdem er ihr in einem schwachen Moment von dem ›Unglücksfall‹ berichtet hatte.

Anthony roch an seiner Teetasse, bevor er den ersten Schluck trank. Nein, wirklich kein Earl Grey. Aber dennoch ein recht herbes Aroma. Er tippte auf Baldrian und Lavendel.

Aber so gut der Beruhigungstee auch gemeint gewesen war, er half nicht. In Anthonys Kopf überschlugen sich die Gedanken: Da war Raelyns Geburtstag, dann dieser geheime Raum, der ihn fast begraben hätte, und letztlich Mary, die ihn völlig aus der Fassung brachte.

Anstatt also Tee zu trinken und zu arbeiten, lief er unruhig durchs Haus. Immer wieder kam er an Raelyns Zimmer vorbei. Einmal legte er sogar seine Hand auf die Klinke. Aber die Tür zu öffnen und das Zimmer zu betreten schaffte er nicht. Für Elvis war es ihm damals möglich gewesen – mit geschlossenen Augen und im Laufschritt.

Als er den Tee als Ausrede nutzte, um auch die Küche in seine ›Wanderroute‹ mit einzubeziehen, bemerkte er die offene Wohnzimmertür.

Mary, nicht schon wieder!

So leise wie möglich stellte er den Tee in der Küche ab und schlich dann zur Wohnzimmertür. Es war leer.

Erleichterung durchflutete Anthonys Körper. Bis sein Blick die Terrasse streifte. Fluchend durchschritt er das Wohnzimmer, ohne erst lange mit sich zu hadern. Erst vor der Terrassentür blieb er stehen. Mary hatte ihr weißes Kleid gegen ihr Gärtneroutfit eingetauscht und kniete mit dem Rücken zu ihm auf dem Fußboden. Neben ihr dampfte ein Eimer, während sie mit kräftigen Bewegungen die Fliesen schrubbte. Als er vor sich zu Boden blickte, wusste er, was sie vorhatte. Sie hatte es sich zum Ziel gesetzt, alle Fliesen so sauber zu schrubben wie jene drei, die ihn so sehr an Raelyns Verlust erinnerten.

Anthony schüttelte unmerklich den Kopf. Glaubte sie wirklich, das würde ihm helfen?

Er wollte auf sie zugehen und wie gewöhnlich die drei Fliesen umgehen, die heller waren. Aber nun waren sie nicht mehr heller und plötzlich war Anthony verunsichert. Auf welche Fliesen durfte er nicht treten?

»Machen Sie einfach einen großen Schritt. Lang genug sind Ihre Beine doch«, drang eine leise Stimme durch seine Gedanken. Er sah auf und stellte fest, dass Mary noch immer vor ihm kniete und die Fliesen schrubbte – mit dem Rücken zu ihm. Jetzt richtete sie sich etwas auf, wischte mit dem Handrücken über ihre Stirn und drehte sich etwas zu ihm um. »Eigentlich wollte ich fertig sein, bevor Sie hier sind. Jetzt haben Sie die Überraschung verdorben, Laird Houston!«

Anthony blinzelte irritiert und schüttelte ungläubig den Kopf. »Eine ziemlich makabre Überraschung, finden Sie nicht, Miss Smith? Ausgerechnet an Raelyns Geburtstag? Meinen Sie nicht, Sie hätten mich fragen sollen, anstatt so eigenmächtig zu handeln?«

Mary seufzte leise. Jetzt würde sie gleich etwas Freches erwidern und ihn in ein kleines Wortgefecht verwickeln und dann würde er darüber für einen Augenblick vergessen, wo er gerade stand. Er richtete sich etwas auf, straffte die Schultern und verschränkte die Hände in seinem Rücken.

Er war wirklich nicht erfreut. Er hätte damals die Terrasse komplett reinigen lassen können. Aber er hatte sich bewusst dagegen entschieden. Aber jetzt in diesem Moment war er einfach nur froh über etwas Mary-Alltag.

Sein Dienstmädchen ließ den Scheuerlappen in den Eimer fallen, richtete sich auf und wischte sich ihre nassen Hände an der Gärtnerhose ab. Dann erst sprach sie.

»Wo ist ihr Grab?« Ihre Stimme klang leise und sanft, nicht wie sonst in ihren Auseinandersetzungen.

»Was? Wovon sprechen Sie?« Mit diesem Konter hatte er nicht gerechnet.

»Ihre Schwester. Wo ist ihr Grab?« Mary trat einen Schritt auf Anthony zu und er automatisch einen zurück.

»I-ihre Leiche wurde nie gefunden. Das wissen Sie, Miss Smith.«

»Gilt sie als vermisst oder wurde sie für tot erklärt?«

»Tot.« Er sagte nur das eine Wort. Es klang merkwürdig hohl und hinterließ ein taubes Gefühl in seinem Mund. Das viele Blut auf der Terrasse war eindeutig weiblich und verwandt mit seinen Eltern gewesen. Der Pathologe war sich sicher: Niemand mit diesem Blutverlust konnte überleben. Also wurde auch Raelyn für tot erklärt.

Mary nickte leicht und machte einen weiteren Schritt auf Anthony zu. Diesmal blieb er stehen.

»Und wo ist ihr Grab?«

»In unserer Familiengruft bei der Kirche … bei unseren Eltern«, antwortete Anthony endlich.

Wieder nickte Mary. Jetzt stand sie direkt vor ihm. Schon wieder war sie ihm so nah … Für einen Augenblick hielt er die Luft an und versteifte sich, als sie einen Arm um seine Mitte legte. Wollte sie ihn schon wieder umarmen?

Aber stattdessen zog sie eine seiner Hände aus seinem Rücken nach vorn und hielt einfach nur seine Hand. In langsamen Kreisen massierte sie seine Mittelhand, bis sie mit der Wirkung ihrer Nähe auf ihn wieder zufrieden war.

»Ich werde mir noch eine weitere Eigenmächtigkeit erlauben, Laird Houston. Ich werde Sie jetzt zum Grab Ihrer Familie bringen. Das ist der einzige Ort, an dem Sie heute sein sollten. Nicht in Ihrem anderen Arbeitszimmer, nicht im Keller und erst recht nicht in merkwürdigen, geheimen Räumen.« Anthony wollte sofort widersprechen, aber sie war schneller und legte ihm den Zeigefinger ihrer freien Hand auf die Lippen. Eine Geste, die ihn schon allein deshalb verstummen ließ, weil seine Lippen plötzlich ihre Haut berührten. »Widerstand ist zwecklos. Ich weiß, was Trauer bedeutet und was sie aus Menschen macht, Laird Houston. Ich kenne die Leere, die sich im Herzen ausbreitet und einen nach und nach von innen zu verschlingen droht. Sie sind schon beinah zur Gänze verschlungen und drei Fliesen auf Ihrer Terrasse werden daran nichts ändern.« Langsam glitt ihr Finger von seinen Lippen und strich stattdessen durch seine Locken. »Es wird Zeit, dass Sie aufhören, sich selbst zu bestrafen, und beginnen, sich das Trauern zu erlauben.«

Das Trauern erlauben. Ihre Worte hallten in seinem Geist nach. Was erwartete sie sich von einem Besuch am Grab? Da lagen doch nur ein paar verwesende Körper. Wie sollte ihm das helfen?

»Ich hole den Wagen. Sie warten am Eingang. Und keine Ausflüchte. Ich finde Sie, egal wo Sie sich verstecken – und wenn es ein geheimer Raum ist!« Sie musterte ihn mehr oder weniger streng. Anthony seufzte leise und senkte den Blick. Warum nur wehrte er sich nicht?

Wenige Minuten später hörte er das inzwischen vertraute Dröhnen des gelben VW-Käfer. Er kam direkt vor der Treppe am Eingang zum Stehen, so dass Anthony kaum einen Schritt über den knirschenden Kies wagen musste.

Trotzdem hielt er sich an der Klinke der alten Eingangstür fest, als wäre sie sein einziger Halt. Eben hatte Mary ihn überrumpelt. Jetzt aber hatte er Zeit gehabt, ihre Worte zu bedenken. Ja, er musste zugeben, dass sie nicht ganz unrecht hatte. Aber das Haus und sogar das Grundstück verlassen? Zum einen würde er damit Einbrechern Tür und Tor öffnen, zum anderen sich selbst unnötig in Gefahr bringen.

»Nicht unnötig, sondern höchst nötig.« Anthony zuckte zusammen, als Mary plötzlich vor ihm an der Tür stand. Sie musste von ihm unbemerkt ausgestiegen und näher gekommen sein. Und er musste seine Gedanken laut ausgesprochen haben.

Sie hatte sich in der Zwischenzeit umgezogen und trug nun einen schwarzen Rock und eine dunkle Bluse. »Ich pass schon auf Sie auf. Das hab ich doch die ganze Zeit. Besser, als es diese alte Holztür vermag.« Ihre Hände strichen über das dunkle Holz, das ihm gerade Halt bot. Dann ergriff sie seine Hand und zog Anthony mit sich zu ihrem Wagen.

Wieder begann sein Puls in die Höhe zu schießen. Noch bevor er die passenden Worte gefunden hatte, um zu protestieren, saß er auch schon auf dem Beifahrersitz des Volkswagens.

»Gut festhalten!«, trällerte Mary unangemessen munter für ihr Reiseziel. »Ich habe versprochen, auf Sie aufzupassen.« Dann setzte sich der VW mit einem Ruck in Bewegung.

Während Anthony versuchte, die Situation zu begreifen und ihrer Herr zu werden, glitt die Einfahrt seines Anwesens an ihm vorbei. Es dämmerte inzwischen und so war die Buchenallee vor ihm in ein merkwürdig surreales Licht getaucht.

Wirklich wie ein Traum, schoss es ihm durch den Kopf.

»Das alles passiert gerade nicht wirklich, oder?«

»Wäre es Ihnen lieber, wenn Sie schon wieder von mir träumen würden?« Sie lachte leise.

Anthony verzog das Gesicht beim Gedanken daran, wie oft er bereits von Mary geträumt hatte. Sie nahm deutlich zu viel Platz in seinen Gedanken ein. Er konnte sich beim besten Willen nicht erklären weshalb.

Den Rest der Fahrt schwiegen sie. Statt zu sprechen, verfiel Anthony darauf, aus dem Seitenfenster zu starren und die vorbeiziehenden Bäume zu zählen. Er zählte nur die Bäume, die auf seiner Seite direkt an der Straße standen, und war bei achtundsiebzig, als sie Dirleton erreichten. Kurz darauf hielten sie vor der Mauer der kleinen farblosen Dorfkirche. Die höchsten Grabstelen überragten die Mauer und kündigten den Friedhof an.

Jetzt erwachte Anthony aus seiner Apathie. Bis eben hatte noch Leere in seinem Geist geherrscht. Er hatte sich selbst aus seinem Kopf ausgesperrt. Aber jetzt, jetzt brachen alle Erinnerungen über ihn herein – inklusive der Beerdigung seiner Familie. Wie ferngesteuert stieg er aus und umrundete den Käfer. Wie von einem unsichtbaren Band gezogen lief er immer weiter. Seine Füße kannten noch den Weg.

Als er anhielt, stand er vor einem kleinen Haus aus Sandstein. Der Eingang war von zwei Säulen umgeben. In das schwarze Gitter der Tür war das Familienwappen eingelassen: Eine ausgeglichene Waage über einem schmalen H.

Er streckte seine Hand aus und ließ die Finger über das Wappen gleiten. Wie viel von der Familiengeschichte der Houstons hatte sein Vater wohl gekannt und mit ins Grab genommen?

Das Metall fühlte sich kalt an. Es hielt ihn im Hier und Jetzt, während weiter Erinnerungen auf ihn einströmten. Er hatte Raelyns Lieblingslied spielen lassen, während Mutters Lieblingsblumen die Urnen zierten. Natürlich hatte er darauf bestanden, dass Claire de Lune auf einer Violine gespielt wurde, und natürlich hatten die Rosen leuchtend gelb sein müssen.

Er hätte seine Familie lieber in Särgen beerdigt, aber die Einäscherung war von seinem Vater testamentarisch verfügt worden. Der Gedanke, dass nahezu nichts mehr von seinen Eltern übrig war, schmerzte und zum ersten Mal war er erleichtert, dass man Raelyns Körper nie gefunden hatte. Wenigstens sie hatte man nicht verbrannt.

Der Duft der blühenden Weißdornbüsche stieg ihm in die Nase und Anthony schloss für einen Augenblick die Augen, ehe er sich niederkniete und etwas Unkraut vom Eingangsbereich zupfte. Die weißen Blütenblätter des Weißdorns bedeckten einen Großteil der Fläche – wie ein Bett aus duftendem Schnee.

Aber zwischen all dem Weiß blitzte etwas Gelbes hervor. Irritiert streckte Anthony seine Hand danach aus, befreite den Farbfleck vom Blütenschnee.

»Vorsicht!« Er zuckte zusammen, als Marys Stimme die Stille durchschnitt. Ihre kleine, blasse Hand war schneller, und noch ehe Anthony begriff, was er dort gefunden hatte, hielt Mary die etwas vertrocknete gelbe Rose bereits in ihren Händen. Behutsam legte sie die Pflanze in seine ausgestreckte Hand. »Sei vorsichtig mit den Dornen …«, flüsterte sie noch.

Auf einmal fühlte er sich merkwürdig beklommen. Er hatte Mary völlig vergessen. Nun hockte sie neben ihm und er starrte auf eine vertrocknete gelbe Rose und kämpfte um die passenden Worte.

»Mutters Lieblingsblumen«, murmelte er dann etwas hilflos und legte die vertrocknete Rose wieder zurück vor den Eingang des Mausoleums.

»Gelbe Rosen ... zugleich ein Zeichen der Liebe und der leuchtend hellen Sommersonne ... eine gute Wahl.«

Anthony musterte Mary nachdenklich. Genau das hatte auch seine Mutter immer gesagt. Er betrachtete ihre dunklen Locken, ihr herzförmiges, zierliches Gesicht mit der Stupsnase und den leuchtend grünen Augen. Was an ihr war echt und was nicht? Und warum log sie ihn in Bezug auf ihre eigene Person an? Welches Geheimnis wollte sie so dringend verbergen wie er seines?

»Hab ich etwas im Gesicht?« Marys Augen weiteten sich und ihre Finger wischten über ihre Wangen.

»Darf ich Ihnen eine Frage stellen, Miss Smith?«

»Aber natürlich.« Marys Haltung wurde etwas gerader, und auch wenn ihre Stimme freundlich und offen klang, so war ihr Blick doch wachsam.

»Warum lügen Sie?«

Überrascht flogen ihre Brauen in die Höhe. »Wovon sprechen Sie, Laird Houston?«

Am liebsten hätte Anthony den Blick abgewandt, so intensiv sah sie ihn nun an. Aber er musste sie beobachten, musste ihre Reaktionen studieren. Also zwang er sich dazu, ihr direkt in die Augen zu sehen. »Bitte leugnen Sie es nicht. Ich bin sehr gut darin, Menschen zu lesen und Sie, Miss Smith, spielen Ihre Rolle zwar sehr gut, aber es ist und bleibt eine Rolle.« Nun schloss er doch kurz die Augen. Er musste vorsichtig sein in seiner Wortwahl. Er wollte sie nicht verschrecken, aber er musste wissen, was sie vor ihm verbarg oder zumindest, warum. Er musste wissen, ob er ihr trotz ihrer Geheimnisse vertrauen konnte. »Ich fordere Sie nicht auf, mir Ihr Geheimnis zu verraten. Ich möchte nur den Grund wissen, aus dem Sie mich anlügen.«

Neugierig beobachtete er sie: Das leichte Zucken in ihrer Nase, das Nervosität verriet; die Augen, die ihn genauso prüfend musterten, wie die seinen sein Gegenüber; die Lippen, die fest aufeinander lagen. Sie wollte es ihm sagen, aber zugleich hielt sie sich davon ab. Ihr ganzer Körper schien versteinert zu sein – als wollte sie verhindern, dass der Sturm, der jetzt in ihrem Inneren tobte, für ihn sichtbar wurde.

Anthony hatte schon beinah aufgegeben, eine Antwort zu erhalten, als eine Veränderung in ihre Züge trat. Ihre Entscheidung war gefallen. Erwartungsvoll sah er sie an.

»Würde es Ihnen für den Moment genügen, wenn ich Ihnen eine Geschichte erzählte?«, fragte sie endlich, machte eine lange Pause, senkte den Blick und fuhr dann fort: »Eine junge Frau wurde viel zu schnell zu einer alten Seele. Sie erlebte Dinge, schreckliche Dinge, die die Seele altern lassen. Sie sah, was niemand mit ansehen sollte. Sie trug viel Verantwortung und sie lernte, allein zurechtzukommen. Sie lernte, niemandem zu vertrauen, um zu überleben. Auch sie hat eine sehr gute Beobachtungsgabe, doch eines Tages stößt sie an ihre Grenzen. Sie beginnt zu vertrauen; sie beginnt, sich sicher zu fühlen. Sie will einen Neuanfang wagen, aber sie hat noch immer furchtbare Angst, von den Schatten ihrer Vergangenheit eingeholt zu werden. Also verleugnet sie alles, was sie ausmacht.« Mary starrte die ganze Zeit über auf ihre Fingerspitzen, die sie aneinandergelegt hatte. In dieser beinah meditativen Haltung verharrte sie, bis sie wieder schwieg. Erst dann hob sie den Blick und die Trauer, mit der sie Anthony ansah, war echt.

Sie hatte nichts ausgesprochen von dem, was ihr widerfahren war. Aber er spürte, dass ihr Schicksal seinem in nichts nachstand. Und er sah, dass sie diesmal nicht gelogen hatte.

Anthony nickte leicht und nach einem kurzen Zögern streckte er seine Hand aus, um sie über die ihren zu legen.

»Danke«, sagte er schlicht. Dann erhob er sich und half ihr auf. »Lassen Sie uns gehen. Ich möchte Ihnen gern etwas zeigen.«

Duigreach, Houston Hall, den 02. November 1763.

In der Nacht zum Dienstag ereignete sich auf Houston Hall eine schreckliche Tragödie. Das Hauptgebäude des Anwesens brannte bis auf die Grundmauern nieder und noch heuer steigt Rauch auf.
Die in einem Seitenflügel nächtigenden Bediensteten berichteten, dass das Feuer zuerst im vorderen Teil des Hauses ausbrach und sich dann über die Holzvertäfelungen und das Mobiliar schnell im ganzen Haupthaus ausbreitete. Man sei einzig in der Lage gewesen, den nördlichen Seitenflügel zu schützen. Das Feuer brannte bis in die Morgenstunden mit solcher Heftigkeit, dass sämtliche Löschversuche scheiterten. Erst als es keine Nahrung mehr fand, verebbte das Flammenmeer, das bis nach Dùn Èideann zu sehen gewesen sein soll.
Unseren Quellen zufolge sind im Hauptgebäude keine Überlebenden geborgen worden. Der ehrenwerte Richter Houston und seine Familie wurden wohl im Schlaf überrascht und verbrannten allesamt.
Eine Gedenkfeier zu Ehren der Verblichenen wird am kommenden Sonntag, zur Mittagsstunde, in der Duighreach Kirk stattfinden.

The East Lothian Gazette

Kapitel VIII

Montagmorgen, 17. Juni 1963, Houston Hall.

Anthony blätterte durch alte Zeitungen, während er immer wieder über seine Lesebrille hinweg zu Mary sah, die seit Stunden stumm auf dem Bett seines zweiten Arbeitszimmers saß und einen Chronikeintrag nach dem anderen las. Inzwischen war es beinah Morgen, es dämmerte bereits.

Mary hatte kaum ein Wort gesagt, seit sie gemeinsam zurück nach Houston Hall gefahren waren. Keine fröhlichen Sprüche, keine frechen Reaktionen. Nur ab und an ein Nicken, ein Kopfschütteln oder ein knapper Kommentar. Sie wirkte plötzlich älter als zuvor. Ihre Unbeschwertheit war verschwunden und Anthony fragte sich, ob er wirklich richtig gehandelt hatte.

Er hatte im Käfer begonnen, ihr von dem zu berichten, was er herausgefunden hatte: erst von dem, was die Polizei in den ersten Wochen mit ihm an Informationen geteilt hatte, und dann von dem, was er in den vergangenen Wochen nach und nach übersetzt hatte. Er hatte ihr seine Theorie offengelegt, dass diese alte Familiengeschichte vielleicht Grabräuber oder Fanatiker auf den Plan gerufen habe und sein Vater Ähnliches vermutet haben könnte.

Auch da hatte sie nur nachdenklich genickt und dann nach der Chronik gefragt. Sie las nicht etwa seine Übersetzungen. Sie las das Original. Und sie las es so flüssig, dass er sich für einen Augenblick ärgerte, sie nicht gleich gefragt zu haben. Wie viel Zeit hätte er sich sparen können, wenn er nicht jeden Eintrag so mühsam hätte übersetzen müssen?

»Was lässt Sie vermuten, dass diese Frau so unschuldig war?«

Anthony fuhr zusammen. Er hatte in den Stunden der Stille nicht mehr damit gerechnet, dass Mary etwas sagen würde. Und wenn, dann sicher nichts an ihn Gerichtetes.

»Sie haben doch gelesen, was diese Leute mit ihr gemacht haben. Diese … diese Monster haben sie gefoltert und bei lebendigem Leibe vergraben! Was kann so schlimm sein, einer harmlosen Frau das anzutun?!«

»Wenn Sie die fänden, die Ihre Familie so grausam getötet haben, was würden Sie mit ihnen tun? Würden Sie die einem fairen Prozess zuführen oder in all Ihrer Wut am liebsten foltern und lebendig begraben?«

Anthony hatte bereits den Mund geöffnet, um so zu antworten, wie es sich als zivilisierter Jurist gehörte. Doch die Worte, die er sich im Geiste zurechtgelegt hatte, kamen nicht über seine Lippen. Stattdessen schloss er seinen Mund wieder und zog die Brauen zusammen. Wieder sah er seine toten Eltern vor sich. Sah ihre bleichen, wächsernen Gesichter, in denen er kaum noch die Menschen erkannte, die ihn großgezogen hatten. Er sah all das Blut, das von der Anwesenheit seiner kleinen Schwester zeugte, und spürte, wie sein eigenes Blut zu pulsieren, zu kochen begann. Zorn stieg in ihm auf, und wenn er ehrlich zu sich war, dann wusste er, dass kein Richterspruch dieser Welt in der Lage war, diesen Zorn zu besänftigen.

Anthony schloss die Augen und atmete tief durch. Er versuchte, sich an den Beginn des Gespräches zu erinnern und an den Punkt zurückzukehren, ab dem seine Gedanken ausgebrochen waren. »Sie haben gelesen, was diese drei Männer ihr angetan haben. Und Sie haben gelesen, dass die Frau selbst unter Folter nichts zugegeben hat.«

Mary nickte leicht, schob die Chronik und seine Notizen

von sich und erhob sich vom Bett. Anthony ließ die Zeitung nun gänzlich sinken, schob seine Lesebrille ins Haar und musterte gespannt sein ›Dienstmädchen‹. Sein Nacken verkrampfte sich, als sie auf ihn zuging. Die Rolle des Dienstmädchens stand ihr wirklich nicht. Sie war mehr als das.

Er lehnte sich in seinem Stuhl etwas zurück und zupfte nervös am Pergament vor sich. Er mochte ihr nun alles gesagt haben und es gab kein Zurück mehr; aber er war sich nicht sicher, ob das wirklich eine gute Idee gewesen war.

Eigentlich war er sich sicher gewesen, dass Mary seine Empörung teilen würde. Aber sie verteidigte seine Vorfahren. Hatte er sie doch überschätzt? Vielleicht hatte sie seinen Gedanken doch nicht folgen können.

»Was, wenn Sie nur für einen Augenblick annähmen, dass diese Frau nicht so harmlos ist, wie Sie vermuten, Laird Houston? Was, wenn an all den Sagengestalten der schottischen Mythologie wenigstens ein Funken Wahrheit ist?«

Sie schritt langsam auf ihn zu und von einem Augenblick zum anderen sah er wieder die Raubkatze in ihr. Als sie an seinem Schreibtisch angekommen war, stützte sie sich darauf ab und lehnte sich etwas zu ihm herüber.

»Aber das ist absurd! Glauben Sie nicht, es gäbe dafür wissenschaftliche Belege? Aufzeichnungen und Bilder, die die Existenz dieser Wesen bestätigten?«

Sie ließ in einer saloppen Geste einige Blätter der Chronik vor ihm auf den Schreibtisch fallen. »Und was ist das Ihrer Meinung nach? Aufzeichnungen, Augenzeugenberichte, Skizzen – Belege!«

»Von abergläubischen Menschen, die in ihrer Gutgläubigkeit und Unwissenheit Erklärungen gesucht haben für Krankheiten und Deformationen, die sie nicht verstanden.«

»Sie fordern Belege, aber Sie akzeptieren sie nicht, wenn sie vor Ihnen liegen.« Sie schnalzte leise mit der Zunge und sah hinüber zu den Aufzeichnungen, die noch immer über das Bett verteilt lagen. »Kelpies, Selkies, Ceasgs … um nur einige Wasserwesen zu nennen. Die schottische Sagenwelt ist so unglaublich vielfältig. Sie trauen Ihren Landsleuten sehr viel Fantasie zu, wenn in all diesen Wesen der ›Anderwelt‹ kein Fünkchen Wahrheit stecken soll.«

Das konnte sie doch unmöglich ernst meinen.

»Ich sage ja nicht, dass Sie an Elfen, Feen und Trolle glauben sollen. Aber vielleicht ist da mehr zwischen Himmel und Erde, als Sie bereits gesehen haben. Öffnen Sie sich für die Geschichte dieses Ortes – so wie es Ihr Vater getan hat, Laird Houston. Sonst stehen Sie sich selbst im Licht.«

Ihre grünen Augen musterten ihn mit einer Intensität, die ihn seine Zweifel an ihrem Verstand sogleich wieder vergessen ließ. Sie hatte genau verstanden und sie wusste genau, welche Wirkung ihre Worte hatten. Seit ihrem ersten Zusammentreffen hatte sie immer genau gewusst, welche Wirkung ihre Worte bei ihm hatten.

Wahrscheinlich war es gerade das, was ihm Angst machte: Sie konnte ihn besser lenken als er sie.

Sie wollte also mehr Offenheit von ihm. Er hatte selbst vermutet, dass die Fantasie seines Vaters ihm oft geholfen hatte, ein gerechtes Urteil zu fällen. Und doch … ›Wesen der Anderwelt‹?

Mary seufzte leise und wechselte das Thema. Ihr Blick richtete sich wieder auf das Papierchaos auf dem Bett. »Und diese Chronik voller absurder Pseudofakten hat Sie dazu gebracht, sich unvernünftigerweise allein auf die Suche nach dieser Gruft zu begeben.« Es war keine Frage. Es war eine Feststellung. Eine Feststellung, die keinen Zweifel daran ließ, für wie dumm sie sein Vorgehen hielt.

Anthony presste den Kiefer zusammen und zwang sich dazu, seinen Blick nicht zu senken. Er würde vor Mary nicht klein beigeben. Sie war sein Dienstmädchen, verflucht noch mal! »Wenn man niemandem vertrauen kann, läuft es auf Alleingänge hinaus. Und woher hätte ich schon wissen sollen, dass dieser versteckte Schalter die Tür wieder schließt, anstatt eine andere zu öffnen? Das ist vollkommen widersinnig.«

Für einen kurzen Augenblick huschte etwas über Marys Gesicht. Hätte er es nicht besser gewusst, hätte er Schuldgefühl vermutet. Aber sie hatte ihn gerettet und nicht eingesperrt. Das ergab keinen Sinn. Und inzwischen war es der Funke der Erkenntnis, der in ihren Augen leuchtete. Eine Mimik, die sofort seine Neugier weckte.

Anthony beugte sich ihr etwas entgegen, um ihr Gesicht noch besser im Blick zu haben. »Was?«

»Es ist widersinnig«, wiederholte sie ihn.

Anthony nickte langsam. »Ja, das sagte ich bereits.«

»Was haben Sie gemacht, während Sie an der Tür auf Hilfe warteten? Haben Sie sich im Raum umgesehen?«

»Nein, das war nicht möglich. Beim Versuch, die Tür noch rechtzeitig zu erreichen, stieß ich die Lampe um und saß dann in völliger Dunkelheit.«

Jetzt war es Mary, die langsam nickte. Er konnte regelrecht zusehen, wie sich in ihrem Kopf eine Idee formte. »Es ist widersinnig.«

Langsam wurde Anthony ungeduldig. »Mary, was denkst du gerade! Sprich mit mir!« Er versuchte, seinen Blick so durchdringend auf sie zu richten, wie sie es sonst immer bei ihm tat.

»Verzeihung.« Sie blinzelte ein paar Mal und richtete sich wieder etwas auf. Erst jetzt merkte er, wie nah sie sich gerade gekommen waren. »Ich glaube, du … Sie haben da etwas Wichtiges gesagt. Es ist widersinnig. Warum sollte man in diesem versteckten Raum den Mechanismus zum Schließen des einzigen Zugangs so gut verstecken? Hätte der Erbauer die Tür hinter sich wieder schließen wollen, dann hätte doch auch ein Schalter direkt neben der Tür genügt.«

»Da hast … da haben Sie nicht unrecht. Aber ich habe die Wahrheit gesagt.«

»Das weiß ich. Und deshalb frage ich mich, ob dieser Schalter vielleicht zugleich noch eine weitere Funktion hatte. Was, wenn er zum Beispiel gleichermaßen die eine Tür schloss und eine andere öffnete?«

Anthonys Augen weiteten sich. »Aber natürlich! Damit, wer auch immer diesen Geheimgang schuf, ihn nutzen konnte, ohne von anderen dabei beobachtet zu werden!«

Mary nickte eifrig.

»Wir sollten noch einmal hinunter!«

»Gemeinsam«, ergänzte Mary, um diese Tatsache zu betonen.

In schweigender Einigkeit verstauten beide die Chronik und alle anderen Dokumente im Safe. Letztlich drückte Mary Anthony auch die alten Zeitungen in die Hand, die er eigentlich nur gelesen hatte, um die Zeit zu überbrücken, die sie zum Lesen der Chronik gebraucht hatte.

Er sah sie fragend an, aber Mary schwieg beharrlich, während ihr Blick Bände sprach: ›Frag nicht, mach es einfach.‹

Sie waren die Treppe ins Foyer erst halb hinuntergestiegen, als sie das Klicken und Knarren der alten Haustür erstarren ließen. Erst als sich die Tür öffnete und sich eine schwer beladene Beatrix ins Haus schob, verfielen beide in hektisches Treiben: Mary rannte die Treppe hinunter und Beatrix entgegen, um ihr die Einkäufe abzunehmen, während Anthony auf dem Absatz kehrtmachte und, so schnell es ihm unauffällig möglich war, auf die Galerie der Bibliothek verschwand.

Er lief die Wendeltreppe hinunter, angelte seine Lesebrille vom Kopf und einige Unterlagen von seinem Schreibtisch und machte sich derart ausstaffiert auf den Weg in die Küche.

Sein Herz donnerte vor Aufregung. Marys Idee war gut. Er wollte nicht warten, bis Beatrix am Abend wieder gehen würde. Er wollte *jetzt* wissen, ob sie richtig lag.

Als Anthony die Küche betrat, waren seine beiden Angestellten noch mit dem Auspacken des Einkaufs beschäftigt. Er tat so, als würde er konzentriert in seinen Unterlagen lesen, und warf den Frauen nur einen knappen Blick über seine Lesebrille hinweg zu.

»Beatrix, Sie sind früh dran! Ich habe noch gar nicht mit Ihnen gerechnet.«

»Oh, Laird Houston! Guten Morgen!« Gut. Offenbar hatte Beatrix ihn eben auf der Treppe nicht bemerkt.

»Guten Morgen, Beatrix. Und guten Morgen auch Ihnen, Miss Smith. Auch schon so früh auf den Beinen?«

Mary drehte sich ihm zu und sah ihn mit einer skeptisch erhobenen Braue an. »Ja, Laird Houston. Für Bedienstete sind die Nächte manchmal so kurz, dass man meinen könnte, sie schliefen gar nicht.«

Verlegenheit und Unsicherheit stahlen sich in seine Züge. Er hatte sie an ihrem freien Tag permanent belästigt, die ganze Nacht wach gehalten und wollte sie nun noch weiter in Anspruch nehmen – während die gute Beatrix von nichts etwas merken sollte. Er verlangte zu viel.

Anthony räusperte sich leise. »Da mögen Sie recht haben. Bitte muten Sie sich nicht mehr zu als unbedingt nötig.« Er machte auf dem Absatz kehrt und lief mit langen Schritten wieder zurück zur Bibliothek. Hinter sich hörte er leise die Stimmen von Beatrix und Mary, aber er konnte nichts Konkretes verstehen. Nur das glockenklare Lachen von Mary prägte sich ihm ein. Er wollte sich nur schnell in Sicherheit bringen und diese peinliche Situation hinter sich lassen.

Aber noch bevor er seinen sicheren Garten erreicht hatte, hatte Mary ihn eingeholt. »Warte doch! Anthony, bitte!« Er blieb stehen, die Hand schon an der Türklinke, als sich eine kühle Hand von hinten auf seine Schulter legte. »Das war doch nicht so gemeint. Darf ich dich nicht mehr necken?«

Langsam drehte Anthony sich zu seinem provokanten Dienstmädchen um, wodurch ihre Hand von seiner Schulter rutschte und leicht über seinen Rücken und seine Seite strich.

Noch bevor er sie wieder ansah, hatte sein Puls schon ein ungesundes Tempo aufgenommen. Er spürte, wie ihm die Hitze zu Kopf stieg und seine Sinne vernebelte. »Ma- … Miss Smith!« Er wich etwas zurück und stieß mit dem Rücken gegen die Tür zur Bibliothek. Seine neue Offenheit ihr gegenüber, der Schlafmangel, ihre Idee und jetzt ihre Nähe … Am liebsten wäre er einfach davongerannt – wie ein überfordertes Kind.

»Verzeihung!« Ihre Augen weiteten sich, bevor sie in einer verlegenen Geste den Blick senkte. Er wusste, dass sie verlegen war – auch wenn sich ihre Wangen nicht röteten. Zumindest hoffe er es. Dann wäre er nicht der Einzige.

Während er darum kämpfte, die Fassung zurückzugewinnen, musterte er sein nun durch und durch bescheidenes

Dienstmädchen: die feinen, schwarzen Locken, die sie in der Nacht nur ungenügend gebändigt hatte; die blassen Finger, die sie miteinander verschränkt hatte – vielleicht ja, um ihn nicht wieder versehentlich zu berühren; und als sie den Kopf wieder etwas hob, die Lippen, die ihn viel zu oft provozierten und plötzlich ›Anthony‹ nannten; ihre grünen Augen …

Und dann war dieser seltsame Sog wieder da. Dieser Sog, der ihn näher zu ihr zog. Das Blut rauschte in seinen Ohren.

»Schließ die Augen. Das hilft«, murmelte sie leise. Noch bevor er reagierte, wandte sie ihren Blick ab und der Sog wurde wieder schwächer.

Fahrig fuhr er sich durch die Haare, atmete tief durch und versuchte zu begreifen, was eben mit ihm geschehen war.

»Vielleicht … sollten wir in der Bibliothek weitersprechen«, schlug Mary vor, nachdem sie ihm etwas Zeit gegeben hatte, sich wieder zu sammeln. Ihr Blick war in Richtung Küche gerichtet, wo sich just die Küchentür schloss. Anthony nickte nur und öffnete die Tür, dessen Klinke noch immer in seinen Rücken drückte.

In der Bibliothek huschte Mary an ihm vorbei und schritt akribisch die Regale ab, anstatt sich direkt zu seinem Arbeitsplatz zu begeben. Wieder blieb sie vor Poe stehen. Ihr Zeigefinger tippte auf den Buchrücken, und bevor er sie hätte aufhalten können, hatte sie den dicken Sammelband auch schon herausgezogen. Einen Augenblick später hielt sie mit einem triumphierenden Grinsen den 1925er Glenkinchie in ihrer Hand und schob Poe wieder an seinen Platz.

»Ich glaube, wir könnten beide einen Schluck vertragen, oder? Wo sind die Gläser?«

Anthony verzichtete darauf, sie auf das Alkoholverbot während der Arbeitszeit hinzuweisen, und holte wortlos zwei Kristallgläser aus seiner untersten Schreibtischschublade. Zufrieden kam Mary zu ihm und schenkte beiden ein.

Wahrscheinlich hatte sie recht. In seltenen Fällen – und in Maßen genossen – konnte Alkohol vielleicht sogar dazu beitragen, dass man klarer sah und sich beruhigte.

Zumindest setzte er auf diese Möglichkeit.

»Also wirklich. So einen guten Tropfen so herunterzustürzen! Das ist wirklich eine Schande, Anthony!«

Er schmeckte dem Rest des Alkohols nach und drehte das Glas in seiner Hand. Die Morgensonne, die es tatsächlich durch die Wolkendecke geschafft hatte, brach sich im Glas zu einem Regenbogen.

Er sah ganz bewusst nicht zu Mary. Er wollte gar nicht wissen, wie man ihrer Meinung nach einen 1925er Glenkinchie trank. Stattdessen stellte er sein leeres Glas ab und räusperte sich leise.

»Also« war alles, was er sagte.

»Heißt ›Also‹ in diesem Fall: *Also,* wann gehen wir endlich in den Keller, um deine Theorie zu überprüfen?«

»›Also‹ heißt: Miss Smith, weshalb trinken Sie hier mit mir Alkohol und weshalb sind Sie mir überhaupt gefolgt?« Und natürlich wollte er endlich in den verfluchten Keller, aber das würde sie mit Sicherheit nicht von ihm hören.

»Ich wollte mich entschuldigen. Ich wollte dich vor Beatrix schützen. Und ich wollte sichergehen, dass du nicht ohne mich in den Keller gehst«, zählte sie an ihren zarten Fingern auf.

»Aha«, erwiderte Anthony. »Wolltest *du* das. Miss Smith, bitte. Ich bin für Sie immer noch Laird Houston!«

»Ach, verflucht! Verzeihung, aber ich rede einfach lieber mit

Anthony. Laird Houston ist ein zynischer, verschrobener Mann.«

»Aha. Und Anthony nicht?«

»Nein«, erwiderte sie mit einem leicht trotzigen Unterton und biss auf ihre Unterlippe. Was lag ihr noch auf der Zunge?

Anthony seufzte leise. Wie oft hatte er sie in den letzten Stunden mit ›Mary‹ angesprochen? Dabei hatte er sich vorgenommen, gerade bei ihr die Distanz zu wahren. Beatrix kannte er seit seiner Kindheit. Das war etwas anderes. Mary hatte eigentlich ›Miss Smith‹ bleiben sollen.

Und doch … Ihr kleiner Ausbruch gerade … Den Laird in ihm mochte sie also nicht, aber Anthony schon. Wieso musste er plötzlich so sehr gegen ein Lächeln ankämpfen? Sie war seine Angestellte, ein Dienstmädchen – Teufel noch eins!

»Also schön. Anthony.« Ohne noch länger darüber nachzudenken, hielt er ihr seine Hand hin. Mary sah ihn mit großen Augen an, aber sie ergriff seine Hand nicht. Vielleicht traute sie seinem Angebot nicht. »Nur, wenn wir allein sind. In Anwesenheit dritter erwarte ich weiter ›Laird Houston‹ von Ihnen, *Miss Smith.*« Noch immer zögerte sie und er wurde sichtlich nervös. War er zu weit gegangen? Es war wirklich unangemessen und vor allem unprofessionell, so viel Nähe zum Personal zuzulassen.

Gerade als Anthony seinen Fehler einsah und seine Hand sinken ließ, spürte er kalte Finger, die sich um seine schlossen. »Mary«, sagte sein Dienstmädchen leise und ohne ihn anzusehen.

Er nickte leicht und atmete tief durch. »So, und da wir das nun geklärt haben: Was machen wir jetzt?«

»Hör auf, so um den heißen Brei herumzureden. Ich weiß genau, dass du in den Keller willst.« Zwei leuchtend grüne

Augen sahen ihm mit festem Blick herausfordernd entgegen. Seine Mary war zurück.

Seine Mary?!

»Sch-schon möglich. Aber was ist mit Beatrix?«

»Ich hab ihr gesagt, dass ich versuche herauszufinden, was du eigentlich in der Küche wolltest, und habe angekündigt, mich danach im Waschkeller um die Wäsche zu kümmern.« Sie strahlte über das ganze Gesicht – hoch zufrieden mit ihrer List – und zog ihm die Lesebrille von der Nase. »Also. Wollen wir auf Schatzsuche gehen?«

Anthony schüttelte schmunzelnd den Kopf. »Du lässt es etwas an Ernsthaftigkeit fehlen.«

***

Wie zwei gemeine Diebe schlichen Anthony und Mary wenig später durch das Foyer. Mary trug noch immer ihre dunkle Kleidung vom vergangenen Friedhofsbesuch und sah damit beinah wie eine richtige Diebin aus. Sie huschte voraus, um herauszufinden, ob Beatrix in der Nähe war. Als sie sich überzeugt hatte, dass die Haushälterin noch immer in der Küche beschäftigt war, tastete sie – ohne sich umzudrehen – nach Anthony, bekam seine Weste zu fassen und zog ihn daran zur Kellertür. Elvis war ein guter Komplize. Er legte nur den Kopf schräg und beobachtete die beiden aus seinen schwarzen Knopfaugen. Aber er sagte keinen Ton.

Guter Vogel.

Anthonys Dienstmädchen hingegen überschritt ihre Kompetenzen deutlich. Er wollte protestieren und bereute schon jetzt die Nähe, die er durch die formlose Anrede geschaffen hatte, aber er wollte um keinen Preis von Beatrix erwischt werden, also ignorierte er die kleine Hand, die seine Weste zerknitterte, und folgte ihr so schnell wie möglich in den Keller.

Die Stufen hinunter wäre er beinah gestolpert und auf sein Dienstmädchen gefallen, konnte sich aber glücklicherweise noch an der niedrigen Kellerdecke festhalten.

»Mary! Jetzt lass schon los!«, zischte Anthony gereizt, als er sich sicher war, außer Hörweite der Küchentür zu sein.

Finger um Finger löste sie ihre Hand von seiner Weste, strich den Stoff wieder glatt und knickste vor ihm. Wer sollte ihr diese Komödie abkaufen?

Während Mary sich im Keller bereits um die Eingangstür zum versteckten Raum kümmerte, suchte Anthony sich im Werkraum gegenüber etwas Ausrüstung zusammen: Er packte zwei Taschenlampen, ein Brecheisen, einen Hammer und Kreide ein. Wer wusste schon, wie verzweigt dieser Gang zur Gruft war – falls sie ihn fanden. Es war sicher nicht verkehrt, ab und an Markierungen an die Wände zu zeichnen.

»Anthony!« Marys Stimme ertönte direkt nach dem Quietschen und Rattern des alten Mechanismus, der nun das zur Seite schob, was Mary von der Tür übriggelassen hatte.

Anthony musterte die Reste der ›Regaltür‹ kritisch. Er hätte dieser zierlichen Elfe wirklich nicht so viel Kraft zugetraut. Ungefähr auf mittlerer Höhe klaffte am linken Rand des Regals ein reichlich gesplittertes, ausladendes Loch.

»Sieh es positiv. Wir werden auf jeden Fall wieder rauskommen.«

Anthony lachte leise, schaltete die Taschenlampen ein und drückte Mary eine davon in die Hand. Als er den Raum betrat, rebellierte sein Magen. Er war sich nicht sicher, ob das an seinen jüngsten Erlebnissen in diesem dunklen Loch oder an seiner Begleitung lag.

Mary lief in die Mitte des Raums und sah sich um. Ziellos strich das Licht ihrer Taschenlampe über die leeren Regale. »Also schön. Wo ist jetzt dieser ominöse Schalter?« Ihr schien der Raum kein Unbehagen zu bereiten, wodurch sich Anthony noch feiger fühlte.

»Da unter dem Regal.« Anthony leuchtete an die Stelle, und als Mary keine Anstalten machte, ging er auf die Knie, um seine Hände tief unter das Regal zu schieben. Er fand den Stein, und diesmal wusste er gleich, was zu tun war. Er schob seine Hand zwischen das spröde Holzbrett und den Stein und drückte ihn mit einem gezielten Ruck nach unten.

Prompt ertönte das Klicken, das ihm inzwischen schon vertraut war. Das ungute Gefühl in der Magengegend verstärkte sich. Er richtete sich wieder auf und konzentrierte sich auf das große Loch in der Tür, während sie sich schloss.

Wir sind nicht gefangen. Wir kommen hier wieder raus, betete er sich im Geist vor und rieb sich seinen linken Arm. Warum heilten Prellungen so schlecht?

Dann wurde er durch ein neues Geräusch abgelenkt: Ein weiteres, leiseres Klicken erklang und rechts von ihnen hörte man für einen kurzen Moment das Schleifen von Holz über Stein.

»Da drüben!« Er lief in die Richtung des Geräusches. Mary war direkt hinter ihm. Der Lichtkegel ihrer Taschenlampe leuchtete Regal um Regal ab, bis er plötzlich stehenblieb. Ein Regalfuß schien etwas nach vorn gerückt zu sein. Entschlossen zog Anthony an besagtem Regal und tatsächlich: Es schwang ohne Gegenwehr auf. Dahinter lag in völliger Dunkelheit ein weiterer Raum. Anthony leuchtete in die Schwärze hinein.

Nein, das war kein Raum. Das war ein Gang. Einmal mehr an diesem Tag beschleunigte sich sein Puls.

»Du hattest recht!«, rief Anthony begeistert aus, während er das Licht der Taschenlampe weiter über die dunklen Wände des Gangs tanzen ließ. Sie verschluckten das Licht fast zur Gänze. Er drehte sich um und zog Mary in seine Arme. Er wirbelte sie einmal im Kreis durch die Luft und murmelte immer wieder leise »Du hattest recht«.

Endlich! Endlich verlief eine Spur nicht im Sand. Endlich war er auf ein Geheimnis gestoßen, das ihn einließ. Nun blieb nur zu hoffen, dass dieser Gang zu der ominösen Gruft führte und dass es dort etwas gab, das ihm Aufschluss über das Motiv der Täter gab. Das Motiv war der erste Schritt, um den Mördern auf die Spur zu kommen, Verdächtige einzugrenzen – überhaupt Verdächtige zu finden!

»N-natürlich hatte ich recht. Und jetzt lass mich wieder los.« Er konnte sie kaum sehen und wollte sie nicht mit der Taschenlampe blenden, aber er hätte schwören können, dass er sie endlich dazu gebracht hatte, zu erröten. Er jedenfalls war froh über die Dunkelheit. Rasch setzte er sie wieder auf ihre Füße. Seine Hände brauchten einen Augenblick länger, bis sie sich wieder von ihrer Hüfte lösten.

Anthony räusperte sich leise und starrte in die Schwärze vor sich. »Also schön. Dann mal los.« Er fragte sich, ob sich auch diese Tür hinter ihm schließen würde und was er täte, wenn er diesen geheimen Keller nie wieder verlassen könnte.

Mary klopfte ihm ermutigend auf die Schulter und ging an ihm vorbei auf den Gang zu. »Na komm schon. Eben warst du doch noch so begeistert!«

»Wa-warte! Doch nicht du!«

Sie stand bereits mit einem Fuß im Gang, als sie sich zu Anthony umdrehte. Ihre blasse Haut setzte sich gegen die sie umgebende Dunkelheit ab, als sei sie ein Geist. »Anthony Houston. Was dachtest du denn? Dass ich dir kurz die Hand halte, bis sich eine Tür öffnet, und dann brav hier warte? Wir gehen da gemeinsam rein oder gar nicht.«

»Sei doch vernünftig, Mary. Sollte sich auch diese Regaltür wieder schließen, dann wäre es definitiv besser, wenn einer von uns hier warten würde.«

Er konnte auch in der Dunkelheit erkennen, wie Mary eine Grimasse schnitt, bevor sie wieder aus dem Gang heraustrat und auf ihn zukam.

Nun war es an ihm, den Gang zu betreten, und ihm war klar, dass er nach seinen großmütigen Worten nun Taten würde folgen lassen müssen. Er atmete kurz und energisch aus und schritt dann wie ferngesteuert auf den Gang zu. Als er den ersten großen Schritt in den Gang hinein tun wollte, griffen allerdings zwei dünne, blasse Arme um seine Taille und zogen ihn zurück.

»W-was zum-?!« Er wollte protestieren, sich befreien. Sofort ratterten die Vorwürfe durch seinen Geist: Er hätte ihr nicht vertrauen dürfen, er war mit ihr allein hier unten, niemand würde sie hören.

»Narr!«, zischte es leise hinter ihm und sein Puls schlug ihm bis zum Hals. »Leuchte mit der Taschenlampe auf den Boden vor dir!«

Langsam senkte Anthony seine Taschenlampe. Das Zittern seiner Hand konnte er kaum verbergen. Dann sah er es: Direkt vor ihm – dort, wo er beinah seinen Fuß hingesetzt hätte – war ein kleiner Stein, der ein paar Zentimeter aus dem Boden ragte.

Genau wie der unter dem Regal, schoss es ihm durch den

Kopf, während er sich gleichzeitig entspannte und begriff, weshalb ihn Mary so fest hielt wie ein Schraubstock einen Vergaser.

»Oh« war alles, was er hervorbrachte.

»Ja, ›oh‹. Soviel zu: ›Sei doch vernünftig, Mary‹! Gut, dass ich nicht vernünftig, aber dafür aufmerksam bin.« Sie lockerte ihren Griff und glitt vorsichtig an Anthony vorbei, wobei sie akribisch darauf achtete, weder diesen Stein noch andere, verdächtig aussehende zu berühren. »Darf ich vorschlagen, das Dienstmädchen vorzuschicken, damit Eure Lairdship seinen Fuß nicht an einem Stein stoße?«

Anthony grollte leise vor sich hin, widersprach aber nicht. Wenigstens wäre es dann nicht seine Schuld, wenn sich plötzlich eine Tür schloss.

Der Gang führte einige Zeit geradeaus, bis sie plötzlich vor einer Gabelung standen. Drei Gänge führten nun in verschiedene Richtungen weiter: Einer, der rechte, schien wie ein alter Stollen durch Erdreich und Fels geschlagen zu sein; die anderen beiden waren wie der bisherige Gang gemauert.

»Was glaubst du, wo wir hier sind?«, flüsterte Mary.

»Ich weiß es nicht genau. Vielleicht am hinteren Ende des Nordflügels?«

»Gut möglich.« Ihre Taschenlampe war auf den Boden gerichtet, während sie sich im Kreis drehte. Wahrscheinlich suchte sie nach einem verborgenen Hinweis. Anthony nutzte sein eigenes Licht, um die Wände zu erhellen, und suchte seinerseits nach einem weiteren Mechanismus. Aber die Dunkelheit des Gangs machte das beinah unmöglich. Das Licht der Taschenlampen war nicht ansatzweise ausreichend und sorgte eher dafür, dass der Rest des Kellers noch dunkler war.

»Mach das Licht aus«, sagte Mary plötzlich und ließ im

gleichen Augenblick ihre Taschenlampe erlöschen. War sie denn verrückt geworden?

»Ich werde ganz si-hmghmmm …«

Zielsicher hatte sie ihre kleine Hand auf seine Lippen gepresst, während ihre andere Hand an seinem Arm entlang nach seiner Taschenlampe tastete. Dann war alles schwarz um ihn und Mary drängte ihn in einen der Gänge – es könnte der rechte gewesen sein, denn es roch stärker nach Lehm und Feuchtigkeit.

Je länger die Dunkelheit um ihn herum andauerte, desto intensiver nahm er mit seinen anderen Sinnen die Umgebung wahr. Sein Atem ging schnell und mit jedem Atemzug spürte er sie deutlicher: den kalten Lehm in seinem Rücken und Mary an seiner Brust. Noch immer hatte sie die Hand nicht von seinen Lippen gezogen und er wagte es nicht, etwas an diesem Umstand zu ändern. Was war es diesmal, das sie bemerkt hatte und er nicht? Eine weitere Falle? Aber weshalb durfte er dann nicht sprechen? Einmal mehr erhöhte sich das Tempo seines Herzschlags.

Für das Sprechverbot gab es eigentlich nur einen logischen Grund: Sie waren hier unten nicht allein.

Sein Magen zog sich schmerzlich zusammen. Wer sollte hier unten sein? Gab es jemanden, der durch diese Gänge Zugang zum Haus hatte? Das Haus war in seinen Augen immer eine Festung gewesen und plötzlich hatte diese Festung ein großes, klaffendes Loch. Ihm wurde schwindlig. Automatisch atmete Anthony noch schneller, aber das machte es nicht besser.

Er hyperventilierte, das wusste er. Aber er konnte einfach nicht aufhören, atmete immer schneller und tiefer ein. Er war hier nicht mehr sicher. Houston Hall war nicht mehr sicher. Seine Hände und Füße fingen an zu prickeln, als seien sie eingeschlafen. Das war typisch. Er kannte die Symptome. Es war ihm auch damals im November so gegangen. Wenn er sich nicht schnell zusammenriss, dann würde er gleich das Bewusstsein verlieren.

Vor ihm fluchte es leise und die Hand verschwand von seinem Mund. Das ließ ihn nur noch stärker atmen. Er fühlte überdeutlich, wie Fingerspitzen über seinen Hals strichen und wie etwas von Neuem seine Lippen berührte – dann wurde ihm schwarz vor Augen.

***

Als Anthony wieder zu sich kam, weigerte er sich, die Augen zu öffnen. Was war geschehen? Da war dieser dunkle Gang gewesen und dann die Kreuzung; plötzlich hatte Mary die Taschenlampen ausgeschaltet und sie beide in einem der Gänge versteckt. Er stöhnte leise und griff mit der Hand nach seiner pochenden Stirn. Seine Hände berührten etwas Kaltes, Nasses – einen Waschlappen. Er zog ihn von seinem Gesicht und richtete sich etwas auf. Erst jetzt öffnete er langsam seine Augen und sah sich blinzelnd um.

Er lag in seinem Bett im Schlafzimmer. Die Vorhänge waren zugezogen und jenseits seiner Nachttischlampe war es dunkel. Seine Weste lag feinsäuberlich zusammengelegt am Fußende des Bettes. Automatisch griff er nach seinem Hemd. Nur der oberste Knopf war geöffnet.

Er war also tatsächlich ohnmächtig geworden. Direkt vor Mary. In einem geheimen, unterirdischen Gang. Großartig.

Ob Mary Hilfe geholt hatte? Das musste sie wohl. Wie sonst hätte sie seinen bewusstlosen Körper aus diesem Gang und bis hinauf in sein Schlafzimmer schaffen sollen?

Anthony stöhnte gequält und fluchte vor sich hin. Wie blamabel. Wie durch und durch blamabel. Ausgerechnet vor ihr.

Nicht einmal im Angesicht seiner toten Eltern war er ohnmächtig geworden. Und da wäre es ja noch nachvollziehbar gewesen. Aber eben im Keller? Er hatte sich unsinnig in etwas hineingesteigert. Was sollte Mary da unten schon gesehen haben? Es war stockdunkel gewesen. Vielleicht hatte sie eine Ratte gestreift und Mary hatte daraufhin Angst bekommen. Anthony hatte sich von ihrer Panik anstecken lassen. Dummerweise nur war er es gewesen, der das Bewusstsein verloren hatte, und nicht sie.

Ein leises Klopfen riss Anthony aus seinen Gedanken. »Herein«, sagte er leiser als geplant. Sein Hals fühlte sich rau an.

Zu seiner Überraschung war es nicht Mary, die das Zimmer betrat. Mit ihrem ausladenden Hinterteil voran, schob sich Beatrix ins Zimmer. Sie zog einen kleinen Teewagen hinter sich her, der neben Tee auch reichlich mit Sandwiches und Keksen beladen war.

»Laird Houston. Ich habe es Ihnen immer gesagt: Sie essen und Sie schlafen zu wenig! So kann das nicht weitergehen.«

Anthony räusperte sich – um das Kratzen im Hals loszuwerden und um Zeit zu gewinnen. Rasch erhob er sich vom Bett und kam seiner Haushälterin entgegen.

»Ich weiß nicht, wovon Sie sprechen, Beatrix«, erwiderte er dann kühl.

Nun drehte sie sich zu ihm um, während sie ihre Mitbringsel auf dem kleinen Beistelltisch an seinem Sessel abstellte. »Aber Laird Houston, bitte. Sie sind im Waschraum direkt vor der armen Mary zusammengebrochen! Sie kam ganz aufgelöst zu mir gerannt und gemeinsam brachten wir Sie hierher.« Beatrix errötete angemessenerweise. »Wir hätten gern die Hilfe eines Arztes in Anspruch genommen, aber waren uns recht sicher, dass Sie das nicht wollen würden.« Sie stellte zuletzt die Teekanne ab und sah ihn dann unsicher an. »Das war doch richtig so, oder? Eigentlich sollten Sie wirklich dringend einen Arzt sehen.«

Anthony hielt sich an der Sessellehne fest und schloss für einen Moment erleichtert die Augen. Sie war unglaublich. Mary musste ihn den ganzen Weg zurück durch die Dunkelheit getragen oder wohl eher gezogen haben – allein – und dann alle Türen wieder verschlossen haben, bevor sie Beatrix zur Hilfe rief. Ein Lächeln stahl sich auf sein Gesicht. Sie hatte selbst in einer solchen Situation sein Geheimnis gewahrt. Er hatte sie unterschätzt. Maßlos.

»Beatrix, ich danke Ihnen und entschuldige mich für die Unannehmlichkeiten, die ich Ihnen bereitet habe. Bitte schicken Sie doch nachher Mary zu mir. Ich möchte ihr gern das Gleiche sagen. Persönlich. Nur sollte ich mich zuerst etwas … wiederherrichten.« Er fuhr sich durchs Haar und zupfte an seinem Hemd. »Würden Sie ihr bitte ausrichten, dass ich sie in einer halben Stunde erwarte?«

Beatrix sah ihn mit einem seltsamen Blick an. Er konnte ihn nicht einordnen und eigentlich wollte er sich auch gar nicht so sehr mit seinem Hausdrachen befassen. Wer wollte schon wissen, was er in ihren Augen nun schon wieder falsch gemacht hatte. »Sehr wohl, Laird Houston«, sagte sie jedoch nur, schob den Teewagen an die Seite und verließ mit einem merkwürdigen Lächeln auf den Lippen den Raum. Sonderbar. Seit Beatrix eben sein Zimmer betreten hatte, hatte sein Name aus ihrem Mund nicht einmal wie ein Schimpfwort geklungen. Vielleicht war sie ja auch gar nicht böse auf ihn. Vielleicht war gerade das das Ungewöhnliche an ihrem Blick.

Als Anthony eine halbe Stunde später das Bad verließ und in sein Zimmer zurückeilte, stand seine Zimmertür einen Spalt breit offen. Ob Mary bereits auf ihn wartete? Rasch knöpfte er sein Hemd zu, bevor er den Raum betrat.

»Mary?«, murmelte er, während er die Tür hinter sich schloss. Bis auf einen am hinteren Ende des Zimmers waren noch immer alle Vorhänge zugezogen. Mary saß im dämmrigen Zwielicht auf seinem Sessel und trank Tee. Zögernd trat er näher. Er fühlte sich beinah so unsicher wie vorhin im Keller. Löste sie das in ihm aus? Sein Dienstmädchen?

Momentan sah sie wenig dienstmädchenhaft aus – trotz ihres mehr oder weniger angemessenen Dienstgewands: Sie saß ausgesprochen aufrecht und mit überschlagenen Beinen auf der vorderen Kante seines Sessels. Den Unterteller in der einen, die Teetasse in der anderen Hand. Es fehlte eigentlich nur dieser abgespreizte Finger. Eine Geste, die er sowieso nie verstanden hatte. Als sie zu ihm aufblickte, setzte sie mit einem leisen Klirren die Tasse auf ihrem Unterteller ab und ließ wie in Zeitlupe beides auf den Beistelltisch sinken.

»Anthony«, erwiderte sie dann nach einer halben Ewigkeit. »Du hast mich rufen lassen.« Einmal mehr eine Feststellung statt einer Frage.

»Ja. Ich … ich wollte …« Warum fiel es ihm so schwer, mit ihr zu reden? Er wollte sich bedanken und entschuldigen. Was war daran so kompliziert? Hinter seinem Rücken rang er seine Hände.

Reiß dich zusammen! Du bist so peinlich, großer Bruder!, hallte wieder Raelyns Stimme durch seinen Kopf.

»Ich wollte mich bedanken. Ich habe keine Ahnung, wie du es geschafft hast, mich aus diesem Gang zu schaffen – oder was da überhaupt passiert ist. Aber ich bin wirklich froh, dass du Beatrix nichts von unserem kleinen Geheimnis erzählt hast.« Er musterte überaus interessiert die verschiedenen Sandwiches neben ihr. Bacon, Ei, Käse … »Und ich wollte mich entschuldigen. Das ist mir noch nie passiert. Ich begreife nicht, was in letzter Zeit mit mir los ist.«

Mary erhob sich und stand dadurch plötzlich direkt vor ihm. Sie legte ihren Kopf schräg und ihre schönen, grünen Augen funkelten ihn neugierig an.

Für einen Augenblick schien Anthonys Herzschlag auszusetzen. Er nahm nichts mehr wahr jenseits von ihr – ihrem Blick, ihrem Duft und ihren Fingern, als sie seine Haut streiften. Sie tat nichts anderes, als seinen obersten Hemdsknopf zu schließen, aber durch ihre wie immer kühlen Finger fühlte er sich selbst hoffnungslos überhitzt. Er hatte eher das Bedürfnis, sein Hemd ein Stück weiter zu öffnen.

»Du siehst blass aus. Du solltest dich lieber noch etwas ausruhen. Beatrix hat ganz recht. Mit genügend Schlaf und Nahrung wärest du nicht zusammengebrochen – weder in der Waschküche noch in diesem Gang.«

Eigentlich wollte Anthony widersprechen, wollte ihr zeigen, wie gut er sich fühlte, aber stattdessen nickte er nur leicht. Erst als sie ihre Hände wieder sinken ließ und ihr Blick nicht mehr auf ihm ruhte, schien sein freier Wille zu ihm zurückzukehren.

»Mary, wie … wie hast du das geschafft? Und was hast du da unten gehört? Was ist passiert, nachdem ich das Bewusstsein verloren habe?« Er versuchte, ernst und ebenso streng wie sie zu klingen.

Vielleicht gelang es ihm sogar. Zumindest mied sie seinen

Blick. Allerdings gelang es ihr, mit ihm den Platz zu tauschen und ihn in den Sessel zu komplimentieren. Nun überragte sie ihn etwas. Keine ideale Verhörsituation für ihn. Schweigend goss sie ihm Tee ein und reichte ihm die Tasse.

»Können wir es einfach dabei belassen, dass ich mich getäuscht habe und dass Adrenalin Wunder wirkt? Ich bekam Panik und die Panik half mir, dich irgendwie bis in den Waschkeller zu schaffen. Du bist einfach nicht mehr wach geworden und warst noch blasser als sonst. Ich … hätte wirklich lieber einen Arzt gerufen.«

Anthony sah das leichte Zittern ihrer Hand, als er ihr die Tasse abnahm. Während sie sprach, sah sie ihn eindringlich an. Als wollte sie ihm ihre Antwort aufzwingen. Er hatte gar nicht mehr damit gerechnet, überhaupt eine zu bekommen. Die Wahrheit konnte er da nicht erwarten. Auch wenn er zugeben musste, dass sie ihre Lüge sehr überzeugend vorbrachte.

»Es geht mir wieder gut. Wirklich. Einen Arzt zu bemühen, wäre vollkommen unnötig gewesen.« Er genoss das herbe Aroma des Earl Grey, genoss das Gefühl der Wärme in seinem Hals und schluckte mit ihm den Wunsch hinunter, Mary die Wahrheit zu entlocken.

Er wollte wissen, was wirklich geschehen war. Er wollte wissen, ob Houston Hall noch sicher war. Aber er wusste auch, wie lange er gebraucht hatte, ihr sein Geheimnis zu erzählen. Er hatte entschieden, ihr zu vertrauen und sie hatte sein Vertrauen nicht missbraucht. Nun würde er warten müssen, bis sie ihm vertraute – auch wenn ihn seine Neugier noch wahnsinnig machte.

Duighreach. Houston Hall, den 21. März 1790.

Der Pater und Chronist Thomas MakIntosh berichtete uns am vergangenen Abend vom Eingang einer beträchtlichen Spende von achttausend Guinee für die kleine Gemeinde Duighreach, die dem bestimmten Zwecke zugeführt werden soll, die verbrannten Mauern des alten Herrensitzes Houston Hall wieder aufzurichten.
Der Ursprung des Geldes und die Motivation des unbekannten Wohltäters sind itzo nicht fatiert. Die der Spende beigefügte Depesche, welche uns in Abschrift vorliegt, verlangt einen genauen Wiederaufbau samt gleichen Materials.
Wir zweifeln an der Klugheit dieses Wunsches. Gerade all das Holz auf Houston Hall brannte dereinst rasch nieder. Es war in jenen ersten Tagen des Baus ebenso wenig eine gute Wahl wie itzo. Soll also wirklich dieser Fehler von Neuem begangen werden, wenn Houston Hall aufersteht, oder lässt der neue Laird dem Anwesen Frieden und Ruh.
Ein Presbyter der Kirk von Duighreach schwor vor uns, in den Ruinen noch heute des Nachts Schreie und Wehklagen zu vernehmen. Und ein Quidam sprach sogar von bewegten Lichtern und noch heuer züngelnden Flammen.
Wird es den schaurigen Geschichten des Ortes ein Ende bereiten, sollte Houston Hall wieder erstehen, oder wird diese Wohltat sie nur von Neuem zum Leben erwecken?

The East Lothian Gazette

Kapitel IX

Montagnachmittag, 17. Juni 1963, Houston Hall.

Anthony ließ die alte Zeitung sinken und musterte sein Arbeitszimmer. Das letzte Mal, als er hier von diesem Brand gelesen hatte, war Mary bei ihm gewesen. Sie hatte wenige Meter entfernt gesessen und die alte Chronik untersucht.

Aber diesmal hatte er sie fortgeschickt. Er wollte allein darüber nachdenken, was in dem Gang wirklich geschehen war. Diese Szene und die wenigen Fragmente, an die er sich erinnerte, ließen ihm keine Ruhe.

Konzentriert lehnte er sich zurück, rieb sich seine Schläfen und versuchte, sich zurück in den Keller zu denken. Da war diese Weggabelung gewesen: drei Gänge. Einer war anders gewesen und in den hatte sie ihn geschoben. Sie hatte ihn mit ihrem eigenen Körper gegen die kalte Wand gedrückt, daran erinnerte er sich noch ausgesprochen deutlich.

Da war kein Geräusch gewesen, kein Schatten, der sichtbar geworden wäre, kein Geruch, der ihm aufgefallen wäre. Anthony schüttelte leicht den Kopf und starrte auf den Schreibtisch vor sich. Die Chronik und alle anderen Unterlagen waren vor ihm ausgebreitet. Eigentlich hatte er vorgehabt, sich von den Geschehnissen im Keller abzulenken.

Es war ihm nicht gelungen.

Aber vielleicht sagte Mary ja doch die Wahrheit und er war nur überempfindlich und suchte einen plausiblen Grund für seine blamable Ohnmacht.

Kurz durchdrang ihn eine flüchtige Erinnerung an einen süßen Geschmack auf seinen Lippen, aber noch ehe er sie hätte fassen können, war sein Geist auch schon weiter geglitten: der feuchte, erdige Geruch, die erdrückende Dunkelheit, ein Gefühl der Enge und Gefangenschaft. Und doch bekam er nichts von all dem zu fassen.

Es war, als wäre seine Konzentrationsfähigkeit beeinträchtigt. Vielleicht ja noch in Folge seiner Ohnmacht.

Was immer er vergessen hatte, er wusste, dass sie diese drei Gänge eigentlich gerade hatten erforschen wollen. Und er wusste, dass Mary vorerst nicht wieder mit ihm in den Kellerraum gehen würde. Ihrer Meinung nach sollte er sich ausruhen. Außerdem stellte Beatrix ein gewisses Risiko dar. Noch. Es war inzwischen später Nachmittag. Es würde nicht mehr lange dauern, bis sich Beatrix verabschieden würde. Und jetzt wusste Anthony ja, wie die Türen des geheimen Raums funktionierten. Vielleicht könnte er allein einen erneuten Blick riskieren. Er musste nur seine Ausrüstung finden – und eine bessere Lichtquelle.

Denn Mary mochte recht haben. Eine Ruhepause wäre vielleicht sinnvoll. Aber sein Kopf war nicht dazu in der Lage, zur Ruhe zu kommen. Vor allem nicht, solange er nicht wusste, was wirklich da unten geschehen war und ob Mary nun jemanden bemerkt hatte oder nicht.

Wenig später entstaubte Anthony im Werkraum des Kellers triumphierend eine alte Gaslampe. Ihr Licht war sogar etwas heller als das der Taschenlampe und vor allem leuchtete sie nicht nur auf einen einzelnen Punkt. Eines dieser Dinger hatte er bei seinem zweiten Besuch im versteckten Raum versehentlich zerstört. Aber glücklicherweise gab es noch einige dieser alten Gaslampen im Keller.

Anthony spähte durch die kleine Fensterluke am anderen Ende des Raums. Mary und Beatrix waren im Garten. Letztere hatte bereits ihr Rad bei sich und würde jeden Augenblick verschwunden sein. Ein guter Zeitpunkt für ihn. Inzwischen beinah schon routiniert, öffnete er den ersten Raum – Mary hatte das Loch im Regal geschickt hinter einigen Laken verborgen –, ging neben dem zweiten Regal auf die Knie und schloss Ersteres hinter sich.

Im schwachen Licht, das durch das Loch in der Tür hineinfiel, zündete Anthony seine Lampe an und verschwand, ohne zu lange darüber nachzudenken, hinter der nächsten Regaltür. Er achtete darauf, nicht auf den anderen versteckten Schalter zu treten, machte einen großen Schritt und dann war er wieder in diesem verfluchten Gang.

Es war still hier unten. Still und kalt. Gänsehaut kroch über Anthonys Arme. Die Gaslampe war besser, aber die schwarzen Wände verschlangen auch dieses Licht beinah zur Gänze. Warum war dieser Gang schwarz angestrichen? War das Teer, so wie im Kohlenkeller? Das war ihm heute Morgen gar nicht aufgefallen.

Mit steifen Gliedern ging er weiter. Ob er nun wieder umkehrte oder dem Weg folgte, lief doch letztlich auf das Gleiche hinaus. Einige Minuten später – es waren sicher nur wenige, auch wenn sie sich in der dunklen Stille wie Stunden anfühlten – war er wieder an der Weggabelung angekommen. Seines Wissens nach hatte er den Weg hierher geschafft, ohne irgendwelche Mechanismen auszulösen. Er hatte vor jedem Schritt alles um sich herum abgeleuchtet. Nun leuchtete er nach und nach in die drei Eingänge hinein – von der Decke bis zum Boden untersuchte er jeden Zentimeter. Er hatte auf Inschriften gehofft, auf Symbole oder Hinweise. Aber da war nichts.

Nichts!

Alles, was er fand, waren alte Eisenstifte, die aus der Wand des linken Ganges ragten. Zusammen mit den Vertiefungen im steinigen Boden sah das deutlich nach einer ehemaligen Tür aus. Vielleicht war das der Gang, von dem sein Vater geschrieben hatte. Dieser Gang war also vielversprechend. Aber zuerst würde Anthony versuchen, seiner plötzlichen Ohnmacht auf die Spur zu kommen.

Anthony nickte leicht, dann wandte er sich dem Gang zu seiner Rechten zu und kniete sich dahin, wo er zusammengebrochen war. Es waren nicht einmal Schleifspuren auf dem harten Lehmboden zu erkennen. Mary konnte ihn doch aber nicht getragen haben! Vor seinem geistigen Auge tauchte eine Erinnerung auf. Mary neben den Scherben des großen Tonkrugs. Langsam schüttelte Anthony den Kopf. Er würde ihr Geheimnis schon noch erfahren. Aber jetzt war es sein Ziel, erst den vermeintlichen Eindringling und dann diese verfluchte Gruft zu finden.

»Na schön, dann eben einer nach dem anderen«, knurrte Anthony, markierte mit der Kreide den Gang, durch den er gekommen war, und den zu seiner Rechten. »Du zuerst.«

Er straffte die Schultern, verstärkte seinen Griff um die Gaslampe und machte einige Schritte in den unbefestigten Gang hinein.

Es schien augenblicklich kälter zu werden, und je weiter er lief, desto mehr glaubte er, das salzige Wasser der Nordsee zu riechen. Der Gang hatte einige Kurven, aber im Grunde verlief er dennoch klar in eine Richtung – Norden. Zumindest war sich Anthony da recht sicher. Vielleicht waren die Kurven nur dafür da, den Schall zu brechen und das nun lauter werdende Meeresrauschen zu verbergen.

Anthony wusste, dass etwa zwei Kilometer nördlich von Houston Hall bereits die Nordsee im Firth of Forth floss, aber führte dieser Gang wirklich bis zum Fjord? Wenn ja, warum? War das noch ein Fluchttunnel aus Kriegszeiten? Ein Relikt der jüngeren Geschichte? Immerhin sah dieser Tunnel auch anders aus als die anderen. Improvisierter.

Seine halbe Kindheit war von dieser dunklen Zeit der Geschichte überschattet worden. Als der Krieg begann, war er noch zu jung gewesen, aber er hatte es nur den Verbindungen seines Vaters zu verdanken, dass er später nicht an die Front geschickt wurde. Stattdessen hatte er seinen Vater in dessen Kanzlei und seiner Korrespondenz mit dem Kriegsministerium unterstützt.

Er konnte sich noch gut an die Sirenen erinnern, die neue Bomben ankündigten, an die Stunden, die sie in völliger Dunkelheit verbrachten, um kein Ziel für die feindlichen Flieger zu bieten.

Raelyn hatte oft geweint. Sie war noch zu jung, um zu begreifen. Himmel, sie alle waren noch zu jung gewesen. Ihre Mutter hatte ihr über Stunden Geschichten von Abenteurern und Helden vorgelesen. Geschichten, die aufregend genug waren, um das Donnergrollen der Flugzeuge und die Bombeneinschläge in das Donnergrollen von Piratenschiffen und feuerspeienden Drachen zu verwandeln.

Er wünschte, diese Geschichten hätten auch ihn forttragen können in eine Welt, in der die Helden immer überlebten.

Anthony blieb stehen. So deutlich ihm seine Kindheitserinnerungen vor Augen gestanden hatten, so klar sah er nun eine Wand vor sich. Es war schon eine ganze Weile immer steiler bergab gegangen, aber nun endete der Weg vor einem Haufen von Geröll. Der Gang war verschüttet. An einigen Stellen zog Wind durch die Felsbrocken und pfiff leise. Es roch stark nach Algen und Salzwasser. Anthony leuchtete gewissenhaft jeden Zentimeter des verschütteten Durchgangs ab. Er erkannte sauber behauene Steine wie von einem Torbogen und Überreste von eisernen Scharnieren. Hier wäre der Ausgang gewesen.

Mit einem Seufzen – halb Frustration, halb Erleichterung – drehte sich Anthony wieder um und machte sich auf den Rückweg.

Wofür auch immer dieser Gang gedacht gewesen war, Anthony war froh, dass er heute keine Gefahr mehr darstellte. Durch diesen Gang konnte niemand von außerhalb eindringen. Und dass dahinter die Gruft lag, bezweifelte er. Es war ja die Rede davon gewesen, dass man die Gruft unter Houston Hall angelegt bzw. Houston Hall über der Gruft errichtet hatte. Dieser Gang aber hatte Anthony offensichtlich an die Küste geführt. Das war ein Zugang gewesen. Gut möglich, dass er während einer der zwei Weltkriege gegraben worden war. Vielleicht hatte er auch zu einer geheimen Bootsanlegestelle geführt. Immerhin hatte Houston Hall damals das Kriegsministerium beherbergt.

Der Rückweg zur Kreuzung war anfangs erschreckend beschwerlich. Anthony war gar nicht aufgefallen, wie stark der Gang abgefallen war. Nun, da er die Steigung bezwingen musste, wurde ihm das deutliche Gefälle bewusst. Aber irgendwann wurde die Steigung flacher und Anthonys Schritt beschleunigte sich. Diesmal zumindest wusste er, wohin sein Weg ihn führte und wie weit es noch war. Er hatte die Kurven gezählt und wusste nun, wie viel Weg noch vor ihm lag. Elf Kurven später erleuchtete seine Gaslampe wieder die Gabelung unter dem Anwesen. Nun blieben noch die zwei gemauerten Gänge übrig. Zögernd leuchtete Anthony abwechselnd in beide. Der eine war so schwarz geteert wie der, aus dem er ursprünglich gekommen war, der andere war unbehandelt. Hier waren es graue Backsteine, die etwas mehr Licht reflektierten.

Anthony entschied sich, einfach zuerst geradeaus weiterzulaufen – in den dunklen Gang mit der verschwundenen Tür. Dann hatte er es hinter sich. Er verpasste dem Gang, aus dem er gekommen war, ein Wellenzeichen, das an das Meer erinnern sollte. Dann lief er entschlossen los.

Diesmal dauerte es nicht lange, bis Anthony das Ende des Ganges erreicht hatte. Er verlief in einer leichten Kurve und endete dann vor einer Wand. Fluchend tastete Anthony die Wand ab. Hier musste irgendwo ein Durchgang sein. Jemand hatte sich die Mühe gemacht, diesen Tunnel zu graben und zu mauern. Das war aufwändig und sicher nicht ungefährlich. Das tat man nicht, um dann eine Sackgasse zu haben. Nicht noch eine. Zumal diese nicht einfach verschüttet war, sondern bewusst verschlossen.

Anthony drückte nacheinander gegen jeden einzelnen Ziegel an der Wand vor sich – sie war nicht schwarz – und dann auch neben sich zwei Meter in den Gang hinein. Danach nahm er sich den Fußboden vor. Vielleicht war der Schalter ja wieder in den Boden eingelassen. Aber auch hier war nichts zu finden.

Die Gaslampe hatte er zu seinen Füßen abgestellt. Mit einem weiteren Fluch streckte er sich. Der Gang war bis hierher nicht sehr hoch gewesen und die etwas gebückte Haltung und die Anspannung taten ebenso wenig für seinen Rücken wie die Kälte und Feuchtigkeit. Als er seinen Kopf in den Nacken fallen ließ, erstarrte er.

»Ich Hornochse!«

Über ihm waren Holzbalken zu sehen. Einer trug einen verrosteten Eisenring. Er sah eine Falltür – von unten. Anthony streckte sich, bis seine Finger den Ring zu fassen bekamen. Warum war die Decke ausgerechnet hier höher? Er drückte gegen die Tür, so fest es ihm aus dieser Position möglich war, doch sie bewegte sich nicht mehr als ein paar Millimeter. Staub und Putzbrocken rieselten über ihn und er ließ hustend los.

Entweder klemmte die Tür oder man hatte sie bewusst von oben versperrt. Anthony versuchte sich den Grundriss des Hauses ins Gedächtnis zu rufen. Wo war er gerade? War er unter Houston Hall oder irgendwo unterhalb des Gartens?

So gut es ihm im Licht der Gaslampe möglich war, untersuchte er die Luke. Sie wies keine Spuren von Fäule oder Nässe auf. Überhaupt sah das Holz recht gut erhalten aus. Nahezu neu. Ob diese Falltür zum neu errichteten Teil Houston Halls gehörte? Nach dem großen Brand? Erst der verschüttete Fluchttunnel, dann diese Falltür und die zugemauerte Wand. Houston Hall barg mehr Geheimnisse, als ihm lieb war.

Zwei der drei Gänge stellten aber somit keine Gefahr mehr dar. Das waren eine gute und eine schlechte Nachricht zugleich. Er war froh, dass sich sein Dienstmädchen getäuscht hatte und niemand durch diese Gänge geistern konnte. Vielleicht hatte Mary das Heulen des Windes aus dem verschütteten Gang gehört und sich deshalb erschrocken.

Auf der anderen Seite führten nun zwei von drei Gängen nicht zu dieser verdammten Gruft. Wozu hatte man halb East Lothian untergraben, wenn diese Gänge alle sinnlos waren?

Es blieb jetzt nur noch ein Gang übrig, von dem aus sich ein

Eindringling Zugang verschaffen konnte oder die Houstons diese Gruft betreten konnten.

Entschlossen griff er ein weiteres Mal nach seiner Lampe und machte sich auf den Weg. An der Kreuzung markierte er den neu erschlossenen Weg mit einem Quadrat und einem kleinen Kreis darin – einem Symbol für die Falltür –, dann richtete er das Licht auf den letzten Gang.

»Na dann los. Den schaffst du auch noch!«

Nach den ersten Metern bog der Gang scharf nach links ab. Anthony wäre beinah gegen die Wand gelaufen. Er war unvorsichtig schnell gewesen. Sicher in dem Wunsch, es endlich hinter sich zu bringen, aber die Wand war ihm eine Lehre. Was, wenn er einen Schalter übersehen hatte? Er musste besser aufpassen.

Er verlangsamte seinen Schritt und begutachtete die Backsteine um sich herum. Sie schienen teilweise mit Ruß beschmiert zu sein – vielleicht noch von der Zeit des Brandes. Und in diesen Rußspuren waren Abdrücke von Händen zu sehen. Finger, die wie vorhin seine an der Wand entlang getastet hatten.

Ein eisiger Schauer überrollte ihn. Das war also der Gang, in dem sich noch jemand anderes bewegte. Oder zumindest bewegt hatte.

Anthony blieb stehen, bewegte sich keinen Millimeter mehr, und lauschte. Da war nichts. Nichts außer dieser düsteren Stille. Sein Hals fühlte sich wie zugeschnürt an und das Atmen fiel ihm plötzlich erschreckend schwer.

Hatte Mary doch etwas gehört?

Bei jedem Schritt, den Anthony nun machte, hoffte er, wirklich nur sich selbst zu hören: das leise Knirschen, das seine

Schuhe auf dem unebenen Boden verursachten; sein Atem, der ihm nun unnatürlich laut vorkam.

Er blinzelte. Dafür, dass die Wände heller waren als in den anderen beiden Gängen, war es hier merkwürdig dunkel. Lag das an seinen Augen oder an seiner Lampe?

In dem vollen Wissen, sich damit unnötig zu blenden, sah er mit zusammengekniffenen Augen ins Licht der Gaslampe. Aber sie blendete ihn nicht mehr. Vielmehr flackerte sie nur noch schwach. Es würde wohl keine Minute mehr dauern, bis sie aus war.

Nicht ausgerechnet jetzt! Dieser verdammte letzte Gang! Erst die Handabdrücke und nun die Lampe! Sein Herz schlug ihm bis zum Hals.

Er drehte sich hektisch im Kreis. Hatte dieser Gang einen Ausgang? Wo und wie weit entfernt? War es sicherer, zurückzulaufen, so schnell es ging, oder sollte er es lieber mit der Flucht nach vorn versuchen?

Er machte zwei Schritte in die eine Richtung, dann hielt er wieder inne. War das jetzt überhaupt der Rückweg? Er drehte sich um. In beiden Richtungen wartete eine Wand auf ihn. Also knickte der Gang in beide Richtungen ab.

Mit dem immer schwächer werdenden Licht der Gaslampe wurde es auch immer kälter. Zumindest kam es Anthony so vor. Die Kälte kroch zusammen mit der Dunkelheit seinen Rücken hinauf und schien ihn im Nacken zu packen. Er presste sich mit dem Rücken an die Steinmauer. Lieber die Kälte im Rücken spüren als einen Unbekannten.

Er schluckte schwer und kniff die Augen etwas zusammen. Inzwischen war der Gang vor ihm kaum noch zu erkennen. Die Lampe glühte nur noch. Er stellte sie vorsichtig auf dem

Boden ab. Wozu sollte er das klappernde Ding jetzt noch mit sich herumtragen?

Er musste an die Handabdrücke an der Wand denken. Auch dieser andere Jemand musste sich an der Wand entlang durch die Dunkelheit getastet haben. Unendlich langsam begann Anthony, es dem unbekannten Eindringling gleich zu tun. Er zog sich Meter für Meter durch die Dunkelheit.

Nach einer Ewigkeit von vielleicht zehn Minuten hatten sich seine Sinne der neuen Umgebung angepasst. Jeder seiner Schritte klang jetzt scheußlich laut und er glaubte Wasser und Gas durch Rohre rauschen zu hören. Das hieße, er wäre noch unter dem Anwesen. Eine gute Nachricht.

Er hatte den Knick am einen Ende des Gangs inzwischen hinter sich gebracht und wurde mit der nächsten Abbiegung belohnt. Und nicht nur das.

War das Licht? Vielleicht zwanzig Meter vor ihm schienen Lichtflecken auf der Wand des Gangs zu tanzen. Anthony musste sich zwingen, jetzt nicht loszurennen, sondern noch immer vorsichtig zu sein. Er tastete die Wand, an der er sich bewegte, weiter ab und kam Zentimeter für Zentimeter dem Licht näher.

Nun konnte er erkennen, dass das Licht nicht auf die Wand schien, sondern auf eine schmale Treppe, die vielleicht die Hälfte des Gangs einnahm. Hier schien der Gang sich einmal mehr aufzugabeln.

Zögernd bestieg Anthony die kleine Treppe. Sie war in etwa so hoch wie die reguläre Kellertreppe an der Küche. Als er am oberen Ende stand, sah er, woher das Licht kam. Hier oben war der Gang gerade breit genug, damit er seitlich hineinpasste. Beide Seiten des Gangs bestanden nur aus Holzbrettern – ähnlich den Paneelen im Salon und durch schmale Spalte im Holz drang Licht in den geheimen Gang, der hier oben wohl in der Wand zwischen zwei Zimmern verlief.

Er war gerettet. Er musste nur gegen die Holzbretter treten und schon wäre er wieder frei. Anthony setzte schon zum ersten Tritt an – viel Schwung konnte er nicht holen –, als ihn ein Geräusch innehalten ließ. Oder vielmehr: eine Stimme.

»Diese schreckliche Geheimnistuerei beleidigt mich. Glaubt dieser Dickschädel von einem Houston ernstlich, ich wüsste nicht, was er da im Keller versteckt? Was für ein Irrsinn. Ein Monster zu halten unter den Füßen seiner unschuldigen Kinder!«

Kinder?

Anthony hatte wie erstarrt zugehört. Es war Marys Stimme. Eindeutig. Aber wovon sprach sie da? Erst hatte er geglaubt, sie sprach über ihn. Aber jetzt?

Er beugte sich hinunter, presste sein Gesicht an eines der Holzpaneele und versuchte, durch einen Spalt in das dahinterliegende Zimmer zu sehen. Er erkannte nicht viel. Es gab nur eine Lichtquelle und das war eine Schreibtischlampe. Draußen schien es inzwischen dunkel zu sein. Im Licht der Lampe saß eine zierliche Gestalt. Mary.

»Sie wusste es. Von wegen ›Lady Houston scheint ahnungslos‹. Männer! Ihre größte Schwäche ist es, ihre Frauen zu unterschätzen. Ihre Ladyschaft wusste schon damals Bescheid!« Mary klatschte begeistert von ihrer Entdeckung in die Hände und Anthony fuhr erschrocken zusammen. Seine Schulter stieß gegen eine Paneele hinter ihm. Er konnte gerade noch so den Fluch unterdrücken, aber das leise Pochen und Knarren des Holzes blieb unüberhörbar.

Zumindest für Mary, denn sie erstarrte und schien zu lauschen. Anthony hielt die Luft an. Wieso rief er nicht einfach nach ihr? Sie könnte ihm helfen, diesen vermaledeiten, düsteren Gang zu verlassen. Stattdessen wollte ein Teil von ihm zurück in die Dunkelheit und vor ihr fliehen.

Er hatte sie doch nur zufällig entdeckt. Er hatte sie doch weder belauschen noch beobachten wollen. Aber jetzt hatte sie ihn bemerkt. Wie sollte er das erklären? Und wie würde sie erklären, was sie da tat? Was las sie da? Eine weitere Chronik? Woher hatte sie diesen Text? Und warum hatte sie ihn Anthony nicht gezeigt?

Mit einem Schlag war die Neugier größer als die Verlegenheit. Während Mary sich langsam umdrehte und ihren Blick über die Wand gleiten ließ, richtete er sich etwas auf und schlug, so kräftig er konnte, gegen die Holzwand vor sich. »Mary! Bist du hier?« Er rief, so laut er konnte. Sie brauchte doch eigentlich gar nicht zu wissen, dass er schon eine Weile hier stand. Sie musste nur wissen, dass er hinaus wollte.

»Mary! Hier, hinter der Wand!« Wieder klopfte er. Dann lauschte er auf ihre Reaktion. Ein Buch wurde zugeschlagen, ein Stuhl zurückgeschoben. Dann kamen Schritte auf ihn zu. Sie hatte den richtigen Riecher.

»Anthony?« Sie klang skeptisch.

»Ja, hier! Dieser verfluchte Gang! Er endet hier in der Wand und ich wäre verteufelt froh, nicht wieder zurückzumüssen. Hilf mir hier raus.« Er sah, wie das Licht schwächer wurde, weil ihr Schatten auf die richtige Stelle der Wand fiel.

»Na schön. Geh zur Seite! Ich hole etwas, um diese Holzdinger aufzubrechen.«

Anthony tat, wie ihm geheißen, und machte vorsichtig zwei Schritte seitwärts. Beinahe wäre er dabei die Treppe hinuntergefallen, konnte sich aber gerade noch so festhalten.

Wenige Sekunden später schoss die Klinge eines breiten

Dolches durch einen der Spalte im Holz. Es dauerte nicht lang und Mary hatte drei Paneele herausgebrochen und so genügend Platz geschaffen, um Anthony aus seinem dunklen Labyrinth zu befreien.

Wieder hatte sie ihn gerettet. Was für ein großartiger Laird er doch war. Ständig auf das Wohlwollen seines Dienstmädchens angewiesen.

Wegen der niedrigen Paneele auf allen vieren kroch Anthony hustend aus seinem Versteck. Als der Staub sich gelegt hatte, ließ er sich einfach auf den Boden fallen und drehte sich dabei auf den Rücken. Er atmete tief ein, genoss den frischen, blumigen Duft in Marys Zimmer und schloss die Augen. Sollte sie doch denken, was sie wollte. Er hatte sich sowieso schon blamiert.

Als kühle Finger über seine Stirn strichen, zuckte er leicht zusammen.

»Schon gut. Ich bin's nur«, murmelte sie.

Er konnte spüren, wie ihm die Hitze in die Wangen schoss. Wenn er jetzt die Augen öffnete, dann würde er ihre leuchtend grünen direkt über sich sehen. Sein Puls beschleunigte sich, während sie ihm eine Locke aus der Stirn strich.

»Was haben Sie sich nur dabei gedacht, Laird Houston?« Sie klang tadelnd, aber er konnte hören, dass sie dabei lächelte. Leise fügte sie hinzu: »Ich hab mir Sorgen um dich gemacht.«

Jetzt öffnete er doch die Augen. Sie kniete direkt neben ihm und ihr Gesicht war sogar noch näher, als er vermutet hatte. Der frische, blumige Duft ging von ihr aus. Wie eine Frühlingswiese … Wieder entstand dieser irritierende Sog. Er spürte ihren Atem auf seinem Gesicht und verlor sich in dem lebendigen Grün ihrer Augen. Unendlich langsam hob er eine

Hand und zog ihre damit auf seine Brust. Sein Herzschlag donnerte unter ihnen.

Er sah, wie sie sich leicht auf ihre Lippen biss, und dann wusste er, was dieser Sog war. Er hatte lange nicht mehr so gefühlt. Es hatte ihn etwas Zeit gekostet zu begreifen … nein, begriffen hatte er eigentlich schon lange … Es hatte ihn etwas Zeit gekostet, sich einzugestehen, was diese Frau mit ihm anstellte.

Dienstmädchen. Pah!

Er hatte immer gewusst, dass das die falsche Rolle für sie war. Er sah sie nun anders vor sich. Mary Hariette Houston. Wäre diese Rolle nicht passender für sie?

Anthony wusste nicht, wie lange sie sich einfach nur ansahen, bis Mary einmal mehr die Spannung zwischen ihnen aufbrach. Sie blinzelte, drückte leicht seine Hand und richtete sich dann wieder etwas auf.

»Also schön, Anthony Houston. Das war jetzt das zweite Mal, dass ich deinetwegen eine Wand aufbrechen musste. Ich hoffe, das wird nicht zur Gewohnheit. Zumindest zu keiner, die mir vom Gehalt abgezogen wird. Immerhin hast du mich beide Male darum gebeten! Es blieb mir nichts anderes übrig, als die Wand zu zerstören.«

Warum tat sie das? Warum zog sie sich zurück? Sie musste es doch auch gespürt haben. Sie war doch ebenso gebannt gewesen wie er!

Anthony brauchte einen Augenblick länger, um sich aus der Szenerie zu befreien. Er räusperte sich und stützte sich auf seine Ellenbogen, um sich etwas aufzurichten. Dann musterte er das Loch in der Wand.

»Es hätte sicher weniger schadhafte Wege gegeben …«, setzte er an. Marys Blick ließ ihn verstummen. Nun setzte er sich ganz auf, was ihn wieder auf eine Höhe mit ihr brachte.

Besser.

»Es tut mir leid, dass du meinetwegen einen Teil deines Zimmers zerstören musstest. Aber wenn man bedenkt, dass dieses Zimmer einen Zugang zum Geheimgang besitzt, ist es wohl sowieso besser, dir ein anderes zuzuweisen.« Wieder musste er sich räuspern. Sicher noch eine Spätfolge der schlechten Luft im Gang. Er starrte in das schwarze Loch. »Vielleicht eines im Haupthaus. Ich meine, es steht doch gewissermaßen leer. In der oberen Etage sind so viele ungenutzte Zimmer.« Aus dem Augenwinkel sah er Mary in die entgegengesetzte Richtung starren. »Nur, wenn du willst. Zumindest ist dieses Zimmer hier jetzt unzumutbar geworden.«

»Ich … überlege es mir«, sagte sie nach einer Weile leise.

Hoffentlich war er nicht zu weit gegangen. Er nickte und stand ganz auf. Dann reichte er ihr seine Hand und zu seiner Überraschung ergriff Mary sie sogar.

Sie zog sich an ihm hoch und ließ seine Hand dann rasch wieder los, als hätte sie sich verbrannt.

»Du willst dich sicher erst mal frisch machen. Auf deinem Kopf scheinen verschiedene, ausgestorbene Spinnenarten zu hausen. Ich werde uns solange einen Tee kochen und im Salon auf dich warten.« Mit diesen Worten eilte sie aus ihrem Zimmer.

Er sah ihr einen Augenblick nach, bevor auch Anthony sich in Bewegung setzte. Sie war regelrecht vor ihm geflohen. Er war zu weit gegangen. Dabei hatte er geglaubt, in ihren Augen das Gleiche zu sehen, was auch er fühlte. Fahrig fuhr er sich durch seine Locken. Auch in dem schwachen Licht sah er, wie verdreckt er war. Mary hatte recht: Staub und Spinnenweben.

Er musste sich dringend reinigen. Danach würden sie sprechen. Anthony sollte ihr von seinen Entdeckungen berichten. Sein Blick fiel auf den Schreibtisch. Und sie ihm von ihren.

Sie hatte das Buch zugeschlagen, aber liegen gelassen. Ein Vertrauensbeweis, oder? Also hatte sie nicht vor, ihre Entdeckung vor ihm zu verheimlichen.

Kurz war er versucht, selbst einen Blick in das Buch zu werfen. Es war in Leder eingebunden und an den Ecken mit Messing beschlagen. Ein Titel war nicht zu erkennen.

Anthony stand bereits am Schreibtisch und seine Hand lag auf dem Einband. Das Leder fühlte sich rau und alt an. Dann richtete sich sein Blick in die Ferne. Er sah durch das Fenster hinüber zum Hauptteil seines Anwesens. Gerade ging im Foyer das Licht an. Kurz darauf warfen auch die Salonfenster feine Lichtstrahlen auf das Rondell.

Nein, er würde nicht in dieses Buch sehen. Er würde darauf vertrauen, gleich von Mary zu erfahren, wo sie es gefunden und was sie darin gelesen hatte.

Mehr Sorgen machte ihm das klaffende Loch in der hinteren Wand ihres Zimmers. Anthony hatte die Handabdrücke nicht vergessen. Und Marys erschrockenes Gesicht heute Morgen auch nicht. Solange er nicht wusste, ob da unten wirklich jemand ein- und ausging, würde er das Wissen um dieses Loch nicht ertragen.

Anthony sah sich im Zimmer um. Es musste doch irgendetwas geben, mit dem sich dieses Loch fürs Erste stopfen ließ! Sein Blick blieb an einer alten Truhe hängen. Sie würde nicht reichen, aber helfen. Er lehnte die ausgebrochenen Holzbretter an das Loch und schob dann die Truhe davor.

Ein eisiger Schauer kroch über seinen Rücken. Er würde dieses Loch schnellstmöglich professionell verschließen lassen müssen. Aber eigentlich hatte er nicht vorgehabt, noch mehr Menschen in das Geheimnis um die Tunnel von Houston Hall einzuweihen.

Anthony würde nachher mit Mary gemeinsam nach einer Lösung suchen. Vielleicht hatte sie einen guten Einfall. Und vielleicht würde sie das von seinem unangemessenen Verhalten ablenken.

Mit langen Schritten verließ Anthony Marys Zimmer und schloss hinter sich ab. Das Klicken des Schlüssels im Schloss fühlte sich gut an. Es verhieß Sicherheit.

Kurz darauf stieg Anthony die Treppe zur oberen Etage des Haupthauses hoch. Der Uhr im Foyer nach lag Mitternacht bereits lange hinter ihnen. Er konnte froh sein, dass Mary noch nicht geschlafen hatte. Allein der Gedanke an eine schlafende Mary und ihn im gleichen Zimmer ließ ihm erneut das Blut in den Kopf schießen.

Donnerstag, 13. Oktober 1763, Houston Hall.

Seit heute habe ich Gewissheit. Schon seit Tagen ist Gideon ein nervliches Wrack und kaum mehr ansprechbar. Als er mich heute Morgen in meinem Bett schlafend wähnte, schlich er in die Kellergewölbe. Natürlich hat er mich wie üblich unterschätzt.
Es täte ihm gut, würde er mich mit ansatzweise so viel Aufmerksamkeit bedenken wie seine Gerichtsangelegenheiten oder gar sein obskures, verfluchtes Geheimnis.
Ich bin ihm in den Keller gefolgt. Es war eisig, aber es hat sich gelohnt. Er öffnete einen versteckten Raum. Ich schlich ihm nach und hatte vor, ihn zu stellen, doch als ich den Raum öffnete wie zuvor er, war niemand darin. Stattdessen fand ich Bücher über Bücher. Aufzeichnungen, die sogar noch aus der Zeit vor Houston Hall stammten. Ich untersuchte die Regale, bis mir eines auffiel, das nicht ganz an der Wand stand. Ich zog daran und stellte fest, dass sich dahinter ein weiterer Gang verbarg.
Ich war zugegeben hin- und hergerissen. Doch als sich die Tür hinter mir schloss, hatte ich keine andere Wahl, als voranzuschreiten. Der Gang war mit Fackeln beleuchtet und die Luft war scheußlich schlecht.
Ich gelangte an eine Weggabelung. Erst war ich verunsichert, aber dann hörte ich Gideons Stimme und wusste, was zu tun war. Ich fand ihn. Und nicht nur ihn. Diese schreckliche Geheimnistuerei beleidigt mich. Glaubt dieser Dickschädel von einem Houston ernstlich, ich wüsste nicht, was er da im Keller versteckt? Was für ein Irrsinn. Ein Monster zu halten unter den Füßen seiner unschuldigen Kinder!

H. H.

Kapitel X

Dienstag, 18. Juni 1963, Houston Hall.

Anthony ließ das alte, zerknitterte Papier sinken und starrte zu Boden. Er schluckte, aber seine Stimme kehrte nicht zu ihm zurück. Was hatte er da gerade gelesen?

Mary saß ihm gegenüber. Auch sie schwieg. Sensibel, wie sie war, hatte sie sicher gemerkt, dass das die bessere Entscheidung war. Gideon … Es gab einen Gideon Houston, der hier um 1760 herum gelebt hatte. Er war zusammen mit seiner gesamten Familie beim großen Brand von 1763 ums Leben gekommen. Das hieß, dass dieser sonderbare Text aller Wahrscheinlichkeit nach aus dem Tagebuch seiner Frau stammte.

Sie hatte genauso wie der Chronist von einem Monster gesprochen. Eine Metapher? Angst, geboren aus der Unwissenheit und dem Aberglauben der damaligen Zeit? Oder Wahrheit?

Der Rationalist in ihm schüttelte allein über diesen Gedanken den Kopf. Die Aufzeichnungen des Chronisten waren ein Jahrhundert vor diesem Tagebucheintrag entstanden. Es konnte sich kaum um den gleichen Menschen handeln. Vielmehr war denkbar, dass die Houston-Richter in der Vergangenheit ihr eigenes kleines Gefängnis errichtet hatten. Ein Gefängnis unter den Mauern ihres Anwesens. Gedacht für die Verbrecher, die entweder zu gefährlich für die regulären Unterkünfte gewesen waren – dafür spräche der Begriff ›Monster‹ – oder die durch das Gesetz nicht zu fassen waren, deren Schuld aber zweifellos feststand.

Anthony hatte solche Fälle selbst schon erlebt: ein kleiner Fehler in der Sicherung der Beweismittel, ein zu gut bezahlter

Anwalt oder ein zu schlecht bezahlter Richter, der gern die Hand aufhielt. Es gab auch für einen Schuldigen viele Wege, ein Gericht als freier Mann zu verlassen. Und auch Anthony hatte sich oft genug gewünscht, dass solche ›Monster‹ einer höheren Gewalt zum Opfer fielen.

War es möglich, dass diese ›Tradition‹ im Hause Houston bis zu seinem Vater fortbestand? Hatte er damals darüber mit Anthony reden wollen? War das vielleicht das wahre Motiv hinter dem Überfall? Verwandte oder Bandenmitglieder des aktuellen Gefangenen, die sich rächen und ihn befreien wollten?

All das feuerte den Wunsch an, diese verdammte Gruft – oder vielleicht besser: das Verlies – endlich zu finden. Anthony hatte nun die Gänge alle erkundet und letztlich blieben nicht viele Möglichkeiten: Hinter der zugemauerten Wand konnte früher ein Verlies gewesen sein. Zumindest passten die Spuren einer ehemaligen Tür in dieses Bild. Vielleicht war es ja auch ein Eisentor gewesen, das diesen Gang abgesperrt hatte, wie das, von dem sein Vater geschrieben hatte. Oder das Verlies befand sich irgendwo im dritten Gang, aus dem Anthony geflüchtet war. Leider hatte er starke Zweifel, dass Mary ihn noch mal begleiten würde. In jedem Fall mussten sie erst das Loch in der Vertäfelung flicken. Und zwar gründlich.

Irgendwann war es doch Mary, die das Schweigen brach. »Das ›Monster‹ ist sicher nur eine Metapher. Wer weiß, was ihr Mann im Keller gehalten hat. Von einem wilden Wolf bis zu einer Mätresse könnte es doch wirklich alles sein.«

»Kein Werwolf und keine Banshee?« Neugierig beobachtete er Marys Reaktion auf seine Anspielung. Schließlich war sie es, die gerade erst auf ihn eingeredet hatte, sich den Sagen und Mythen Schottlands zu öffnen.

»Werwölfe sind kein Teil der schottischen Mythologie«, erwiderte sie allerdings nur ungerührt. »Und ich versuche lediglich, alle Möglichkeiten in Betracht zu ziehen. Solange Mrs. Houston nur von einem ›Monster‹ spricht, ist jedenfalls viel denkbar. Bis hin zu einem Straftäter.«

Anthony nickte nachdenklich. Seine Augen flogen ein weiteres Mal über den in sauberster Handschrift verfassten Text. »Gut möglich. Wahrscheinlich. Interessant ist, dass ihre Wortwahl und auch die Geheimnistuerei genau zum Bericht der Chronik passen.«

»Aber die Chronik stammt aus dem 17. Jahrhundert! Sie werden kaum vom gleichen ›Monster‹ reden«, warf Mary ein und schnitt eine Grimasse.

»Ja, das verwirrt auch mich. In jedem Fall erinnert mich ihr Abenteuer sehr an unseres. Ob sie durch die gleichen Räume und Gänge geschlichen ist wie wir?«

»Das zumindest ist gut möglich«, gab sein Dienstmädchen zu. Schwieg dann aber stur.

Anthony rang mit sich. Eigentlich hatte er gehofft, Mary würde ihm von selbst berichten, woher sie diesen Text hatte. Er hatte sich doch eigentlich vorgenommen, sie nicht auszufragen, sondern darauf zu warten, dass auch sie ihm vertraute. Aber jetzt, mitten in der Nacht, nach den Erlebnissen der letzten Stunden, wollte er endlich Klarheit haben.

»Mary«, Anthony rang nach den richtigen Worten, »ich habe gesehen, dass du in einem Buch gelesen hast. Diese Seite stammt daraus, oder?« Er wollte ihre Ehrlichkeit, dann sollte er ihr auch mit Ehrlichkeit begegnen.

Sie sah ihn einen Augenblick lang schweigend an. Ihre Blicke verbanden sich einmal mehr miteinander und er spürte ein leichtes Prickeln im Nacken. Dann setzte sie sich etwas aufrechter hin und er wusste, dass sie entschieden hatte, ihm die Wahrheit zu sagen. »Ja und nein. Die Seite stammt aus dem Buch, aber ich habe sie nicht dort gefunden. Es war vielmehr andersherum: Ich fand diese Seite. Sie war offenkundig aus einem Buch herausgerissen worden. Der Text legte ein Tagebuch nahe und das Datum schränkte es ein. Also begann ich, nach dem dazugehörigen Buch zu suchen, um mehr zu erfahren. Diese eine Seite verriet ja noch nichts Neues. Aber wie du schon sagtest: Sie passte auch irgendwie zu dem, was der Chronist zu sagen hatte.«

Anthony nickte langsam. »Und? Was hast du aus dem Buch erfahren?« Er hätte auch zu gern gewusst, wo Mary die einzelne Seite und das Buch gefunden hatte, aber sein anwaltliches Gespür verriet ihm, dass seine »Zeugin« zu dieser Aussage noch nicht bereit war. Er wollte auf keinen Fall riskieren, dass sie sich gänzlich verschloss.

»Noch nicht viel. Ich habe das Buch gerade erst gefunden. Aber es scheint fast so, als hätten die Houstons geahnt, dass etwas geschehen könnte. Und gut zwei Wochen später …«

»… brannte Houston Hall bis auf seine Fundamente nieder«, ergänzte Anthony ihren Satz. Er sah sein eifriges Dienstmädchen nachdenklich an. Sie starrte auf den Boden und saß da wie versteinert. Konnte das bedeuten, dass der Brand kein tragisches Unglück, sondern ein Angriff gewesen war, ebenso wie im November des vergangenen Jahres der auf seine Familie?

»Der Brand brach in der Nacht zum ersten November aus«, spann Mary seinen unausgesprochenen Gedanken weiter.

»1763. Ein Zufall?«

Sie zuckte mit den Schultern und trank einen Schluck Tee. Ihre Augen fixierten ihn nun über den Rand der Tasse hinweg. Er wusste, wenn er jetzt ihren Blick erwiderte, dann würde erneut dieser kuriose Sog zwischen ihnen entstehen. Dieser Sog, der ihn am Denken hinderte, das Sprechen erschwerte und seinen freien Willen drastisch einschränkte – auf einen einzigen Wunsch.

Aber gerade jetzt musste er einen klaren Kopf bewahren. Mit einem unzufriedenen Brummen auf den Lippen stand er auf und lief ans Fenster. So sehr er sich auch konzentrierte: Es war zu dunkel draußen. Anstatt zu sehen, was vor ihm lag, sah er nur die durchscheinende Spiegelung seiner selbst und Marys, die regungslos hinter ihm saß.

Also gut. Er musste sich konzentrieren. Inzwischen war er sich beinah sicher, dass der Mord an seiner Familie im Zusammenhang mit der früheren Familiengeschichte der Houstons stand ... Seine Augen ruhten auf dem blassen, schönen Bildnis, das sich neben ihm spiegelte ... Das Problem war nur, dass Anthony offenkundig die falsche Familiengeschichte kannte ... Sie trug die Haare offen. Das war ihm vorher gar nicht aufgefallen ... Für Anthony bestand die Geschichte seiner Familie aus den Biografien höchst ehrenhafter Richter und Anwälte ... Sie hob gerade den Blick und nun traf sie doch den seinen – abgeschwächt, weil es nur ein Spiegelbild war, und doch durchdringend ... Was das auch immer für ein Geheimnis war, das die Houstons seit nunmehr dreihundert Jahren im Keller ihres Anwesens hüteten, es war wert, dafür zu töten. Wiederholt. Anthony liefen heiße und kalte Schauer den Rücken hinunter. Plötzlich saß sie nicht mehr im Hintergrund, sondern stand direkt neben ihm. Eine kühle Hand glitt über sein Schulterblatt.

Er schloss die Augen, um sich nicht von ihrem Blick ablenken zu lassen. Aber dafür konnte er jetzt ihre Nähe umso deutlicher spüren ... Konzentration! Er wusste, dass das Geheimnis unter Houston Hall lag. In einer Gruft oder etwas Vergleichbarem … Er konnte ihre Hand spüren. Dabei war er sich keineswegs sicher, ob sie ihn tatsächlich immer noch berührte oder ob das nur seine Erinnerung an ihre Nähe war … Er wusste, dass es um Personen oder zumindest Lebewesen ging, die im Keller gefangen gewesen waren. Im 17. und auch im 18. Jahrhundert. Vielleicht auch später noch. Diese Gefangenen wurden als Monster bezeichnet. Sowohl vom Chronisten als auch von Lady Houston hundert Jahre später. Und sie hatte gesehen, was dort gefangen gehalten wurde. Waren seine Ahnen denn wirklich Selbstjustiz übende, folternde Unmenschen, statt ehrenhafte, gerechte Richter gewesen?

Anthony durchzog ein seltsames Gefühl. Ein Drang, mit dem Nachdenken aufzuhören, die scheußlichen Erinnerungen fortzuschieben und stattdessen Mary zu … Nein, das war keine gute Idee. Das war der denkbar schlechteste Zeitpunkt und noch dazu war sie seine Angestellte! Er schüttelte leicht den Kopf. Ihre Nähe benebelte ihn. Er musste dringend Raum zwischen sie beide bringen.

»Wir sollten das Buch holen. Vielleicht finden sich darin weitere Hinweise«, hörte er sich sagen. Seine Stimme klang merkwürdig weit entfernt.

»Na schön. Aber vergiss nicht, dass auch du mir noch eine Erklärung schuldest. Und eine neue Wand.« Sie stand nun vor ihm und sah mit ihren großen, grünen Augen zu ihm auf.

»E-eins nach dem anderen. Ich habe es nicht vergessen«, versprach er. Dann richtete er seinen Blick bewusst auf einen Punkt über ihrem Kopf, um sich aus ihrem Sog zu befreien.

Aus dem Augenwinkel sah er Mary nicken. Dann drehte sie sich um und lief zur Tür. Kurz glaubte er, sie würde vor ihm davonlaufen, dann begriff er, dass sie seinen Wunsch erfüllen wollte. Ohne länger darüber nachzudenken, folgte er ihr. Sie durchquerten das Foyer, ohne extra das Licht wieder einzuschalten. Dann liefen sie den Gang entlang, der in den Nordflügel führte. Der Gang passte sich der Architektur an, hatte Knicke und Kurven.

Woran erinnerte ihn die Form des Gangs?

»Hattest du die Tür zu meinem Zimmer nicht geschlossen?« Mary riss Anthony abrupt aus seinen Gedanken.

»Natürlich. Warum fr-« Der Rest seiner Frage blieb ihm im Hals stecken. Die Tür zu Marys Zimmer stand weit offen. Hatte er sie nicht richtig verschlossen? War der offene Zugang zum Keller schuld und Zugluft hatte die Tür wieder aufgedrückt?

Der Keller.

»Das Buch!« Anthony rannte an Mary vorbei, schwang sich um den Türrahmen und blieb mitten in ihrem Zimmer stehen. Das Zimmer sah nicht nach Zugluft aus, sondern vielmehr nach einem Hurrikan. Alle Schubfächer und Türen waren aufgerissen, ihr schönes Kleid lag zwischen anderen Habseligkeiten auf dem Fußboden. Wie in Trance beugte er sich hinunter und hob es auf, während sein Blick weiterglitt – zu der Truhe an der Wand, deren Paneelen das Loch nicht mehr richtig verdeckten, zum Schreibtisch, auf dem viel verstreut lag, aber kein Buch.

Die Dielen knarrten leise, als Mary hinter ihm ins Zimmer trat. Ihr Gang hatte an Leichtigkeit verloren. Er sah zu ihr und doch durch sie hindurch. Durch die blasse Hand, die sie sich vor ihre Lippen hielt, durch die weit aufgerissenen Augen, die fassungslos über das Chaos glitten.

Houston Hall war nicht mehr sicher.

Von einer Sekunde zur anderen erwachte Anthony aus seiner Starre und verfiel in hektisches Treiben. Wahllos sammelte er Kleider von Mary ein und warf sie auf ihr Bett, das ebenso zerwühlt war. »Du wirst noch vor Sonnenaufgang das Haus verlassen haben. Ich werde im Inn anrufen und zahlen, was nötig ist, damit sie dich noch heute Nacht aufnehmen. Und bei Sonnenaufgang verschwindest du aus Dirleton.«

Als ihre rote Bluse, in der er sie das erste Mal gesehen hatte, auf dem Bett landete, schritt Mary ein. »Was? Halt, warte mal. Was redest du da?« Sie ging auf ihn zu, aber er wich ihr aus und sammelte weiter ihre Habe zusammen. In einer Ecke fand er ihre kleine Reisetasche, mit der sie vor nicht einmal einem Monat bei ihm eingezogen war. »Hey! Anthony! Hör auf!« Nun griff sie nach seinen Armen und riss ihn mit einem Ruck zu sich herum. »Anthony Houston! Was machst du da? Hör auf!«

»Ich packe«, erwiderte er knapp und versuchte sich, aus ihrem Griff zu befreien.

»Das seh ich. Ich meine: Was soll der Unfug?«

»Ich werde keine Sekunde länger zulassen, dass du dieser Gefahr ausgesetzt bist. Houston Hall ist nicht mehr sicher.« Sein Blick war durchdringend. Diesmal würde er sich nicht von ihr umstimmen lassen. Diesmal würde er das Richtige tun. Er war da. Er konnte sie retten. Er musste. Ihr durfte nichts geschehen.

»Laird Houston, ich bin noch immer eine Angestellte dieses Hauses und ich habe mich keines Vergehens schuldig gemacht, das eine so plötzliche Kündigung nach sich ziehen würde!«

»Mary, sei doch vernünftig! Hier war jemand in deinem Zimmer. Es ist komplett verwüstet. Vielleicht ist derjenige sogar noch im Haus!« Er packte ihre Schultern und sah sie eindringlich an. Panik schwang in seiner Stimme mit. Er hatte etwas ausgesprochen, das er bis eben verdrängt hatte. Vielleicht war noch jemand im Haus.

Marys Blick war ernst. Aber in ihren Augen las er weder Überraschung noch Angst. Wer war Mary Hariette Smith?

»Anthony. Ich weiß. Und gerade deshalb werde ich nicht gehen.« Nun lagen ihre Hände auf seiner Brust. Er spürte, wie ihr sein Herzschlag entgegenhämmerte. »Du lässt hier jetzt alles in Ruhe, wir schließen wieder ab und gehen gemeinsam in den Salon. Du rufst die Polizei und dann sehen wir weiter. Am besten machen wir überall Licht. Licht verjagt Einbrecher.«

Ja, es treibt sie in Verstecke. Kellergänge zum Beispiel. Verflucht. Er hatte niemandem davon erzählen wollen und nun würde die halbe Polizei von East Lothian Bescheid wissen. Aber sie hatte ja recht.

»Also schön, wir rufen die Polizei. Aber das ändert nichts an deiner morgigen Abreise.« Langsam ließ er ihre Schultern los. Er spürte, wie ihn ihre Ruhe und Bestimmtheit ansteckte.

Sie hatte recht.

»Gut. Komm mit.« Mit einem letzten Seitenblick auf das Loch hinter der nun schräg stehenden Truhe zog Mary ihren Laird aus dem Zimmer und schloss die Tür. Sie schloss ab und überreichte Anthony demonstrativ den Schlüssel.

***

Warten war schrecklich. Vor allem Warten in Angst. Wie ein eingesperrter Tiger lief Anthony im Salon im Kreis. Hinter seinem Rücken rang er seine Hände, verschränkte sie, presste sie aneinander. Der neu aufgesetzte Tee stand unberührt auf dem kleinen Beistelltisch der Sitzecke.

Er hatte nicht den Notruf gewählt, sondern direkt Inspector Abernathy angerufen. Vielleicht würde das den Kreis der Involvierten kleiner halten.

Der Inspector war nicht gerade erfreut über den nächtlichen Anruf gewesen, hatte aber die Dringlichkeit der Lage erkannt und versprochen, sich umgehend auf den Weg zu machen.

Das war jetzt vierundzwanzig Minuten her.

Als sich die Tür öffnete, fuhr Anthony herum. Halb hatte er mit dem Dieb gerechnet, halb mit dem Inspector. Dann begriff er, dass es nur Mary war, die eintrat. Er hatte gar nicht gemerkt, dass sie den Raum verlassen hatte, so sehr war er in seinen Gedanken versunken gewesen.

»Ich sagte doch, du sollst auch hier warten, Mary«, brummte er mürrisch. Er fragte sich langsam, ob sie wirklich so unbegreiflich mutig war oder einfach die Gefahr nicht begriff, in der sie schwebten.

»Und ich habe in der Zwischenzeit Kaffee gemacht«, sie zeigte auf das Service, das er fälschlicherweise für ein Teegedeck gehalten hatte, »und das Anwesen entsprechend beleuchtet.« Dann kam sie auf ihn zugeeilt und senkte die Stimme. »Anthony, wie sehr vertraust du diesem Inspector? Wird er alles erfahren oder wäre es klug, wenn wir die verbliebene Zeit nutzten, um uns … abzusprechen?« Sie musterte ihn forschend.

Er schwieg. Die Gänge im Keller, das zerstörte Regal, die Aufzeichnungen in seinem anderen Arbeitszimmer … Es gab einiges, das er nicht gedachte, mit der Polizei und ihrer korrupten Unfähigkeit zu teilen.

Anthony nickte langsam. »Du hast recht. Wir sollten wohl etwas … aufräumen und gemeinsam zusammentragen, an was wir uns erinnern können.« Er wählte seine Worte mit Bedacht.

Er wollte die Polizei weder behindern noch irreführen. Aber er traute ihnen die Lösung dieses Problems schlicht nicht zu. Und er vertraute ihr vor allem nicht.

»Also gut. Was dürfen wir nicht vergessen, dem Herrn Beamten zu berichten? Wo waren wir eigentlich und warum war ich nicht in meinem Zimmer?«

Kluge Fragen. Er wollte unbedingt vermeiden, dass der Inspector die falschen Schlüsse zog. »Nun«, Anthony begann wieder, im Kreis zu laufen, »ich habe bis weit nach Mitternacht in der Bibliothek gearbeitet. Als ich zum Nebengelass sah, fiel mir das Licht in deinem Zimmer auf. Und da du noch wach warst, rief ich nach dir, damit du mir mit der Abschrift einiger Dokumente hilfst.«

Da war es wieder. In all dem Chaos. Das spitzbübische Lächeln, das ihm so an ihr gefiel.

»Was für ein Sklaventreiber von einem Laird. Sein armes Dienstmädchen mitten in der Nacht zum Arbeiten herzuzitieren.« Sie schüttelte tadelnd den Kopf. »Also gut. Dann sollten wir besser einige passende Unterlagen bereitlegen.« Sie lief wieder zur Tür. »Ich meine, damit wir mit dem Abschreiben gleich weitermachen können.« Sie hüstelte gekünstelt und zum ersten Mal in dieser Nacht musste auch er lächeln. Wie machte sie das nur?

Eine halbe Stunde später betraten Anthony und Mary wieder den Salon. Sie hatten inzwischen alle Akten, die sie hatten finden können, in der Bibliothek verteilt; Mary hatte eine Abschrift begonnen und die Chronik und auch die einzelne Tagebuchseite waren im Tresor verschlossen und wieder unter dem Schreibtisch verborgen.

Sie hatten besprochen, dass sie zugeben würden, den Kellerraum entdeckt zu haben. Mary hätte etwas aus einem oberen Regalfach holen wollen und dabei am Regal gezogen, so dass es die verborgene Tür öffnete. Sie hatte den Laird informiert und gemeinsam hatten sie den Raum betreten. Aber sie hätten den Raum leer vorgefunden und ihn dann für einen Schutz- und Lagerraum aus Kriegszeiten gehalten. Vom Loch in der Regaltür wüssten sie nichts. Von Geheimgängen oder dem Tresor im Arbeitszimmer wäre Anthony ebenfalls nichts bekannt. Deshalb könnte er ihn auch nicht öffnen. Da der Tresor ja aber verschlossen war, hoffte er, die Polizei würde auf ein gewaltsames Öffnen ebenfalls verzichten.

Mary hatte außerdem die Staubspuren im versteckten Raum verwischt, so dass hoffentlich niemand den Schalter entdecken würde – oder das bewegliche Regal.

Die Polizei sollte das Anwesen ruhig gründlich durchsuchen. Dann würde sich Anthony vielleicht wieder etwas sicherer fühlen. Sie sollten nur nicht gründlich genug sein, um Anthonys private Ermittlungen zu entdecken.

Sie hatten sich kaum gesetzt, als ein Wagen mit sportlicher Fahrweise das Rondell umkreiste. Im nächsten Moment öffnete sich auch schon die Fahrertür. Anthony erhob sich, aber Mary warf ihm einen langen Blick zu und ging dann an seiner Stelle zur Tür. Heute Nacht würde sie ›Duncan‹ sein.

Während Mary zur Tür lief, um den Inspector einzulassen, ging Anthony zum Fenster. Nun konnte er etwas erkennen. Das einzelne Blaulicht, das auf dem Dach des Zivilwagens leuchtete, und kurz darauf einige weitere Streifenwagen. Alle hatten sie ihr Blaulicht eingeschaltet. Anthony fragte sich, wozu. Es war mitten in der Nacht außerhalb einer verschlafenen kleinen Ortschaft. Hier war kein Verkehr, durch den man sich mittels Sirenen und Blaulicht hindurchkämpfen musste.

Anthony schüttelte den Kopf in dem Versuch, die Erinnerungen an damals loszuwerden. Immerhin regnete es heute Nacht nicht.

»Laird Houston! Es ist lange her«, rief Inspector Abernathy, als er den Salon betrat. Mary hatte ihm die Tür geöffnet und sich dann respektvoll entfernt. Sie spielte wieder die Rolle des tüchtigen, schottischen Hausmädchens.

Sein nächtlicher Besucher trug seine Müdigkeit offen zur Schau. Der Schlips hing traurig und schief am Hals des Inspectors. Das breite Kinn darüber war nur ungenügend rasiert und seine Frisur vermittelte den Eindruck, es sei heute Nacht besonders stürmisch draußen. Er sah alt aus. Älter zumindest als vor einem halben Jahr. Der Fall war auch an ihm nicht spurlos vorbeigegangen.

Das war einer der Gründe, aus denen Anthony gerade ihn gerufen hatte. Bei allen Zweifeln an der Polizei hatte er bei Inspector Abernathy doch stets den Eindruck gehabt, er wollte diesen Fall wirklich lösen. Und dieser Wille war noch immer in seinen blassblauen Augen zu lesen. Sie waren erstaunlich wach, inmitten dieses müden Gesichts.

»Inspector. Ich kann nur wiederholen, wie unangenehm es mir ist, Sie zu so früher Stunde aus dem Bett gerufen zu haben. Bitte setzen Sie sich doch.« Anthony kam auf ihn zu, streckte ihm die Hand entgegen und deutete mit der anderen auf die kleine Sitzgruppe in der Ecke. »Ich habe Miss Smith gebeten, uns Kaffee zu machen. Zu dieser unflätigen Stunde ist das sicher die bessere Wahl.« Beide nahmen Platz. »Darf ich Ihnen einschenken?«

Der Inspector nahm Platz, Anthony reichte ihm eine Tasse – schwarz, nur das Wesentliche – und beide sahen sich einen Augenblick schweigend an. Damit waren alle Höflichkeiten ausgetauscht und es blieb nur noch der eigentliche Anlass von Abernathys Besuch.

»Also«, setzte der Inspector an. »Sie haben einen Einbruch zu vermelden. Sie ... wissen, dass es dafür Sergeanten gibt und ich ein Inspector bin, der sich mit Kapitalverbrechen beschäftigt. Gibt es einen Grund dafür, dass Sie *mich* angerufen haben und nicht den regulären Notruf?«

»Es gibt sogar mehrere. Zum einen ist, wie Sie sich vielleicht vorstellen können, mein Vertrauen in die Fähigkeiten der Justiz erschüttert, und wenn ich schon jemanden in mein Heim lassen muss, um Ermittlungen anzustellen, dann bevorzuge ich einen kompetenten und vor allem mir bekannten Beamten.« Ein Lächeln huschte über das Gesicht des Inspectors. Er hatte erkannt, dass Anthony ihm schmeicheln wollte, und es gefiel ihm dennoch. »Zum anderen kann ich nicht ausschließen, dass dieser Einbruch im Zusammenhang mit«, Anthony zögerte, »mit den Ereignissen von vor einem halben Jahr steht.«

Der Inspector nickte ernst. »Ich verstehe«, sagte er dann. »Was wurde denn gestohlen?«

»Nun, das ist ja das Kuriose. Wir sind uns nicht sicher, ob überhaupt etwas entwendet wurde.«

Die Brauen des Inspectors schnellten überrascht nach oben. »Es wurde nichts gestohlen?«

»Wir sind uns nicht sicher«, wiederholte Anthony. Dann läutete er nach Mary, die kurz darauf eintrat.

»Sie haben gerufen, Laird Houston?«

»Miss Smith, kommen Sie doch bitte zu uns und erläutern Sie dem Inspector, was geschehen ist.«

Sie nickte und trat dann zu den beiden Männern. Sie verschränkte die Hände und ihr Blick drückte reinste Bescheidenheit aus.

Anthony war fasziniert von ihrem Schauspiel. Er hoffte, dass Inspector Abernathy ebenso gefesselt von ihr war und deshalb Anthonys mangelhaftes Talent für Schauspielerei nicht bemerkte.

»Ich … also. Das war so: Der Laird rief mich, um ihm bei einigen Dokumenten zu helfen. Nach einer Weile sah ich aus dem Fenster und da sah ich ihn. Den Schatten«, ratterte sie herunter. Mit jedem Wort wurde sie etwas schneller.

Der Inspector sah sie mit großen Augen an. »Moment. Eins nach dem anderen. Sie arbeiten bei Nacht? Und – bitte verstehen Sie mich nicht falsch, liebe Miss Smith – Sie sind doch nur ein einfaches Dienstmädchen, oder? Wie könnten Sie dem Laird da mit seinen juristischen Unterlagen helfen?« In seinem Blick lag nun etwas Väterliches. Als müsse er einem kleinen Mädchen erklären, dass es noch nicht alt genug war, um mit den Erwachsenen zu spielen.

Anthony beobachtete neugierig Marys Reaktion. Hätte er so mit ihr gesprochen, hätte sie ihm schnell klargemacht, dass ihr sein Ton nicht passte.

Aber Mary blieb beeindruckend ruhig. Offenbar hatte sie sich nicht nur zu einem sittsamen, schottischen Hausmädchen gemacht, sondern auch zu einem schweigsamen und weniger intelligenten. Wirklich erstaunlich.

Mary nickte verlegen, rang nervös mit ihren Händen und bemühte sich dann um einen wenig Mary-haften Blick auf den Inspector. »Nun. Der Laird hatte das Licht in meinem Zimmer gesehen. Man … man kann mein Zimmer von der Bibliothek aus sehen. Und da hat er nach mir geläutet, ob ich ihm wohl noch helfen könne.« Der Inspector warf Anthony einen tadelnden Blick zu. Der tat so, als bemerkte er nichts. Der Inspector konnte von ihm ruhig halten, was er wollte. Das hatte für Anthony keine Priorität.

Abernathy nickte Mary ermutigend zu, damit sie fortfuhr. »Also schön. Sie wurden also gerufen. Und wie haben Sie dem Laird geholfen?«

»Ich sollte für ihn einige wichtige Briefe tippen. Das hab ich bei meiner letzten Anstellung bei Mrs. Anderson gelernt. Ich bin recht flink im Diktat.«

Der Inspector hatte sein Notizbuch gezückt. »Mrs. Anderson?«

»Ja, Sir. Eine recht wohlhabende Witwe, der ich in ihrer Stadtwohnung in Edinburgh zur Hand ging.« Das klang so souverän, dass selbst Anthony ihr glauben würde. Auch wenn er sich recht sicher war, dass es keine Mrs. Anderson in Edinburgh gab. Zumindest keine, die Mary kannte.

»Na schön. Und dann sahen Sie aus dem Fenster und sahen einen Schatten?« Wieder lagen deutliche Zweifel an Marys Zurechnungsfähigkeit in Abernathys Blick.

Mary nickte dennoch unbeirrt und erklärte: »Nun, Sir. Wie ich schon sagte: Man kann von der Bibliothek mein Zimmer sehen. Ich war mir sicher, das Licht gelöscht zu haben, als ich das Zimmer verlassen hatte. Aber als ich aus dem Fenster blickte, war da plötzlich mein Fenster erleuchtet. Verwirrt sah ich genauer hin und da sah ich ihn.« Mary flüsterte jetzt nur noch und der Schrecken war ihr deutlich anzusehen. »Da war ein Schatten am Fenster zu sehen. Ich schrie auf u-und-«

An dieser Stelle übernahm Anthony, während sich Mary

wirkungsvoll einige nicht vorhandene Angsttränen fortwischte. »Und da sah ich auf und folgte dem Blick von Miss Smith. Auch ich sah, wie sich ihre Gardinen bewegten und sich ein Schatten auf ihnen abzeichnete. Ich sprang auf und lief schnellstmöglich zu ihrem Zimmer. Aber ich war zu spät. Die Tür stand weit offen und … nun ja, ihr Zimmer war völlig verwüstet.«

Wieder hatte der Inspector eifrig mitgeschrieben. Anthony wusste noch vom letzten Mal, dass Inspector Abernathy viel Wert auf die korrekte chronologische Reihenfolge der Ereignisse legte. Er nickte und sah dann abwechselnd Mary und Anthony an. »Also wurde nicht etwa etwas aus dem Haupthaus gestohlen, sondern das Zimmer des einzigen Dienstmädchens verwüstet?«

Beide nickten.

Anthony fügte ernst hinzu: »Verstehen Sie jetzt, weshalb ich Sie gerufen haben? Ich halte das für einen wenig nachvollziehbaren Einbruch.« Er sah den Inspector eindringlich an.

Dieser nickte ernst. »Ja, ich verstehe.« Dann stand er auf und wandte sich Mary zu. »Miss Smith, ich denke, ich würde jetzt gern den Tatort – Verzeihung – Ihr Zimmer sehen. Würden Sie mich wohl freundlicherweise hinführen?«

***

»Also gut.« Sie standen im Türrahmen und blickten auf das Chaos im Raum. »Ihnen ist also nichts aufgefallen, das fehlt?«

Mary schüttelte niedergeschlagen und schuldbewusst den Kopf. Als sei es ihre persönliche Schuld, dass eingebrochen worden war.

»Na gut. Bei dem Chaos, das hier veranstaltet worden ist,

gehe ich davon aus, dass die Täter etwas Bestimmtes gesucht haben. Zumal nur dieser eine Raum durchsucht wurde. Wertgegenstände hätte man sicher im Haupthaus und nicht hier gesucht. Was also erwartete sich der Eindringling von einem Einbruch in das Zimmer eines Dienstmädchens?«

Abernathy hatte nicht unrecht. Was hatte der Eindringling gesucht? Das verschwundene Buch hatte ganz offen auf dem Schreibtisch gelegen. Dafür wäre dieser Aufriss nicht nötig gewesen. War das Buch am Ende nur ein zufälliger Fund und der Täter hatte es eigentlich auf etwas anderes abgesehen?

»Vielleicht … Nun ja …« Da! Mary errötete, während ihr Blick zögernd zu Anthony huschte. Sie war eine grandiose Schauspielerin. Er war sich nicht sicher, ob er diesmal ihre Lüge durchschaut hätte, wenn er nicht eingeweiht wäre. »Also … Ich möchte keinen Ärger bekommen. Ich bin ja noch nicht lange hier … Aber …«

»Miss Smith. Das ist eine ernste Situation. Wenn Sie etwas zur Klärung des Sachverhalts beitragen können, dann sprechen Sie bitte frei. Ich bin mir sicher, Laird Houston wird Ihre Ehrlichkeit zu schätzen wissen.«

Anthony nickte Mary ermutigend zu und Mary erwiderte die Geste zögerlich. Ihr Blick huschte ein letztes Mal prüfend zu Anthony, dann sah sie auf ihre verschränkten Hände und sprach leise: »Als ich mich im Mai um diese Stelle bewarb, wartete ich im Castle Inn auf die Antwort des Lairds. In dieser Zeit wurde ich von einem halben Dutzend Ansässiger angesprochen, die Stelle nicht anzunehmen. Man sagte mir, der Laird sei gefährlich oder zumindest verrückt. Er würde seinen Angestellten Übles zumuten und dass es auf Houston Hall nicht sicher wäre. Jeder – außer Beatrix – riet mir eindringlich davon ab, hier in Stellung zu gehen.«

»Beatrix MakGhie, die Haushälterin?«, warf der Inspector ein, während er sich wieder eifrig Notizen machte.

Mary nickte erneut. »Genau. Aber wie Sie sehen, habe ich mir einen anderen Eindruck vom Laird machen können und bin auf die Zusage und freundliche Einladung des Lairds hin hierhergezogen.«

»Und weiter?«, fragte der Inspector ungeduldig.

»Nun, ich übernahm die Stelle einer gewissen Claire Rutherford. Sie war hier vorher Dienstmädchen.« Mary blickte scheu zur Seite und schlang schützend die Arme um ihren Oberkörper. Am liebsten hätte sich Anthony neben sie gestellt und sie so fest gehalten wie nur möglich. »Wie mir Beatrix berichtete, war sie sehr wütend über Laird Houstons Kündigung. Sie hat im Ort Gerüchte verbreitet – nicht nur über den Laird, sondern auch über mich. Oder vielmehr … uns.« Sie errötete erneut und die Absurdität dieser Anschuldigung strahlte aus jedem Zentimeter des braven Dienstmädchens.

Die Augen des Inspectors weiteten sich. »Dass Sie und Laird Houston …?« Er beendete den Satz nicht, aber sein Blick war eindeutig. Mary nickte.

»Das hast- das haben Sie mir nie gesagt, Miss Smith!«, rief Anthony ehrlich schockiert. War das jetzt noch Teil des Schauspiels oder die Wahrheit? Anthony konnte es plötzlich nicht mehr sagen. Dieser Teil der Aussage war nicht abgesprochen. Aber er funktionierte gut.

»Verzeihung, Laird Houston«, Mary knickste leicht und hielt den Kopf weiter gesenkt, »ich wollte Sie nicht mit belanglosem Dorftratsch belästigen.«

»Aber Ma-Miss Smith, wenn Sie jemand belästigt, dann sagen Sie mir das zukünftig! Das heißt: Wenn Sie nach diesen

Vorkommnissen überhaupt noch hier wohnen und arbeiten möchten.«

Jetzt hob Mary den Kopf. Sie sah Anthony erschrocken an. Es wirkte so echt, dass er einen Schritt zurückwich. »Aber nein, Laird Houston, ich möchte unbedingt hier bleiben! Sie mögen vergrämt und schweigsam sein, aber ich schätze diese Stelle. Ich mag das Anwesen, den Garten, Beatrix u-und Elvis!«

Anthony hob beschwichtigend die Hände und Inspector Abernathy hakte nach: »Elvis?«

»Eine kleine Meise, die Miss Smith vor einiger Zeit verletzt im Garten fand. Sie hat sich rührend um den Vogel gekümmert und ihn wieder aufgepäppelt. Die Voliere steht inzwischen offen, aber der Kleine ist noch immer bei uns«, warf Anthony zur Erklärung ein. »Und Miss Smith, keine Sorge. Wenn Sie bleiben möchten, dann können Sie das natürlich gern tun.«

In Gedanken war Anthony immer noch bei Marys kleinem Schauspiel. Er hatte bisher nie gesehen, wie sich ihre Wangen röteten. Und wenn er bedachte, dass sie ihre Verlegenheit diesmal nur spielte, war er froh, dass ihr Gesicht bei ihm stets blass geblieben war. Auch wenn ihr der leichte Schimmer von Rosé auf den Wangen wirklich ausgezeichnet stand.

Der Inspector räusperte sich und holte ihn damit aus seinem Tagtraum. »Also gut. Ich habe ein paar Leute dabei, die draußen warten. Wir werden das Gelände durchkämmen und auch das Anwesen.« Er sah Anthony lang und eindringlich an.

Anthony bemühte sich um eine steinerne Miene. »Sie müssen tun, was nötig ist. Das ist mir klar.«

Der Inspector nickte. Er sah nachdenklich aus. »Laird Houston. Ich weiß, ich verlange viel von Ihnen, aber ich möchte Sie zu Ihrer eigenen Sicherheit bitten, für diese Nacht – oder das, was noch davon übrig ist – Houston Hall zu verlassen. Wir können nicht mit Sicherheit ausschließen, dass sich der Täter noch hier auf dem Gelände befindet. Und wir wissen nicht, was er wollte.« Sein Blick fiel auf Mary. »Das gilt auch für Sie, Miss Smith.«

Anthony setzte an, zu widersprechen, aber Mary war schneller. »Beatrix weiß noch nicht, was geschehen ist. Wir sollten ihr sowieso Bescheid geben. Sie nimmt uns sicher für den Rest der Nacht auf.«

Abernathy nickte. »Das halte ich für eine gute Idee. Ein Constable wird Sie hinbringen. Bitte packen Sie alles Nötige ein. Er wird vor dem Eingang warten.« Sein Blick glitt erneut über das Chaos in Marys Zimmer. Dann machte er zwei Schritte auf das Bett zu und musterte den Kleiderhaufen, den Anthony dort hinterlassen hatte. Fragend zog der Inspector eine Braue hoch.

»Ich … ich konnte die Sachen doch nicht einfach auf dem Boden liegen lassen!«, rief Mary schnell. »Das ist alles, was ich besitze. Ich kann mir nichts Neues leisten.« Sie eilte an Inspector Abernathy vorbei und fischte zwei Blusen und eine Jeans von ihrem Bett. »Darf ich das mitnehmen?« Ihre Augen wurden groß. »Oder sind das jetzt alles Beweismittel?«

Der Inspector lächelte nachsichtig. »Nein, nein, schon gut. Nehmen Sie sich etwas Alltagskleidung mit. Sie können ja nicht die ganze Zeit in Ihrer Dienstkleidung herumlaufen. Und ich bin mir sicher, dass Laird Houston Ihnen einen freien Tag einräumen wird. Sie sollten sich erst einmal von diesem Schreck erholen.«

Anthony stimmte eilig zu und murmelte etwas davon, dass er auch rasch das Wichtigste zusammensuchen würde. Dann verließ er Marys Zimmer. Sie war die bessere Schauspielerin. Er würde ihr den Rest überlassen.

Keine zehn Minuten später schob der Inspector beide aus der Eingangstür. Als sich die Tür hinter ihnen schloss, kicherte Mary leise. Sie drehte sich schwungvoll zu Anthony um und kam ihm dabei gefährlich nah. Einer Tigerin kam man besser nicht so nah. Und sie hatte wieder dieses Raubkatzenlächeln aufgesetzt. »Ich darf also gern bleiben? Das freut mich. Ich lasse mich nämlich nicht gern fortschicken.«

Anthony schüttelte nur ungläubig den Kopf. »Das war bühnenreif. Wirklich beeindruckend.«

Mary winkte mit einem süffisanten Grinsen ab. Auch sie war zufrieden mit ihrer Aufführung gewesen. Langsam, aber unnachgiebig zog sie nun an Anthonys Hand, bis er zögerlich die Stufen des Eingangs hinabstieg. Das Knirschen der Kieselsteine unter seinen Füßen verschaffte ihm eine Gänsehaut. Am liebsten wäre er direkt wieder umgekehrt. Jetzt im Dunkeln und nach diesem Einbruch hier draußen zu sein, schien ihm grundfalsch. Das konnte nicht gut sein. Er fühlte tausend Augen auf sich gerichtet, tausend Hände, die sich nach ihm ausstreckten.

Mit jedem weiteren Schritt, den er sich vom Haus entfernte, zitterte er mehr. Mary hatte ihn nun schon mehrmals aus dem Haus locken können. Aber wenigstens war es immer am helllichten Tag gewesen.

»Du hast es gleich geschafft. Dort drüben wartet Constable Williams. Inspector Abernathy hat mir glaubhaft versichert, dass er ein vertrauenswürdiger Mann ist.«

Anthony nickte stockend. Er fixierte den Streifenwagen, der auf der anderen Seite des Rondells schon nah an der Ausfahrt stand. Ein Daumen strich beruhigend über seinen Handrücken.

»Lenk dich ab. Denke nicht so sehr darüber nach, wo du gerade bist«, flüsterte sie.

Das war leichter gesagt als getan. Wie lenkte man sich von einer ausgewachsenen Todesangst ab? Er sah auf Mary hinab, die ihn stur weiter mit sich zog.

»Stimmt es?«

»Was?«

»Dass Claire Rutherford dir die Stellung neidet und dass das Dorf über uns tratscht?«

»Was glaubst du?«

Anthony antwortete nicht gleich. Was glaubte er und wichtiger noch: Was sollte er ihr gegenüber sagen? »Ich denke, es ist nicht unwahrscheinlich, dass es Lästereien und Tratsch gibt«, erwiderte er dann.

»Diplomatisch-unpräzise. Ein Anwalt, wie er im Buche steht.«

***

»Laird Houston!« Aus Beatrix' Augen war von einer Sekunde zur nächsten alle Müdigkeit gewichen. »Und Mary! Ja, was macht ihr denn hier?« Sie sah an ihnen vorbei zum Polizeiwagen, der noch immer vor dem Gartentor stand. Wahrscheinlich war der Constable angewiesen, zu warten, bis sie das Haus betreten hätten.

»Können wir Ihnen das drinnen berichten?«, fragte Anthony deshalb.

»Aber natürlich!« Beatrix trat zur Seite und gab den Blick auf einen kleinen Flur frei, den sie in der Breite fast vollständig ausfüllte.

Anthony war noch nie hier gewesen, das wurde ihm erst

jetzt bewusst. »Danke«, murmelte er und schob sich an ihr vorbei. Mary folgte ihm, und als sich die drei wenig später in Beatrix' Küche eingefunden hatten und jeder eine Tasse Tee in seinen Händen hielt, fühlte Anthony zum ersten Mal seit Langem, wie die Anspannung, die ihm täglich im Nacken saß, etwas nachließ. Er starrte auf den Tee vor sich, der kleine Wellen schlug, während er die Tasse im Kreis drehte.

Er hatte noch immer Angst vor dem, was die Polizei finden oder nicht finden würde. Er hatte Angst, weil er nicht wusste, wer da eingebrochen war und warum. Aber die Angst um das eigene, verfluchte Leben hatte sich etwas gelegt.

Es war, als hätte er die Geschichte gewechselt: von der Hauptfigur in einer Schauer-Krimi-Mélange zur Nebenfigur in einem netten kleinen Heimatfilm. Beatrix' Cottage – und vor allem ihre kleine, freundliche Küche – erfüllten jedes Klischee britischer Gemütlichkeit. Beatrix, die in ihrem roséfarbenen Morgenrock genau in dieses Bild passte, stellte noch einige Sandwiches auf den Tisch, bevor sie sich ebenfalls setzte und abwartend von Mary zu Anthony sah.

Da Anthony keine Anstalten machte zu sprechen, begann Mary leise zu erklären, was vorgefallen war. Beatrix lauschte gebannt, bis sie geendet hatte. »Aber Kind! Das ist ja fürchterlich!« Sie nahm einen Schluck ihres Tees. »Und es wurde nichts gestohlen?«

Mary schüttelte den Kopf. Anthony starrte weiter seinen Tee an. Beatrix beugte sich etwas zu Mary und sprach leiser: »Glaubst du wirklich, Claire könnte etwas damit zu tun haben?« Während sie zu ihrer Kollegin sprach, musterte sie Anthony.

»Es ist die einzige Vermutung, die wir haben. Wir werden abwarten müssen, was die Polizei findet«, erwiderte Mary.

Beatrix nickte und wieder verfielen alle in ein ausgedehntes Schweigen.

Als es draußen zu dämmern begann, entschuldigte sich Anthony und fragte nach dem Badezimmer. Er hatte die Blicke seiner beiden Damen bemerkt. Sie hätten sich gern unterhalten, wagten es aber nicht in seiner Anwesenheit. Also stieg er die schmale Holztreppe hinauf und verschwand im Bad. Er würde sich Zeit lassen. Das kam ihnen allen entgegen.

Erst wusch er sein Gesicht, um wach zu werden, und starrte dann sein nasses Spiegelbild an. Er sah verflucht müde aus und stellte fest, dass ihm ein Dreitagebart nicht stand. Beides würde er erst später ändern können. Aber eine erneute Dusche würde ihm sicher nicht schaden.

Er drehte den alten Messinghahn auf und zwei Minuten später genoss er das Gefühl, von heißem Dampf und Wasser eingehüllt zu sein. Er schloss die Augen und konzentrierte sich ganz auf die Wassertropfen, die über seinen Körper liefen.

Wie von selbst glitten seine Gedanken zu Mary, zu der Art, wie sie ihn ab und an berührt hatte. Er konnte ihre Hand auf seiner Schulter spüren, ihre Fingerspitzen, die über seinen Handrücken kreisten oder durch sein Haar strichen. Für einen Augenblick genoss er die Erinnerung an ihre Nähe, dann drehte er mit einem leisen Seufzen das Wasser ab und verließ die Dusche.

Er war übermüdet und die vergangene Nacht war eine Gefühlsachterbahn gewesen. Kein Wunder also, dass er sich zu solchen Tagträumereien hinreißen ließ. Aber er brauchte einen klaren Kopf. Gerade jetzt konnte er sich solche Gefühle nicht leisten. Wer auch immer in der vergangenen Nacht im Haus gewesen war, wusste um seine Nachforschungen und noch schlimmer: wusste, dass Mary ihm half. Er würde nicht riskieren, dass ihr etwas passierte. Seine Bitte, Houston Hall und Dirleton zu verlassen, hatte sie strikt abgelehnt. Aber vielleicht konnte er sie ja davon überzeugen, hier bei Beatrix zu wohnen. Natürlich würde er seine Haushälterin dafür entschädigen.

Er tastete nach dem Handtuch, das neben der Dusche hing – genauso beige wie die Einrichtung des Bades – und begriff erst jetzt, dass die Reisetasche mit seinen Wechselsachen noch im Gästezimmer nebenan stand. Beatrix hatte ihre Taschen vorhin hinaufgebracht. Mit einem ärgerlichen Brummen band er sich das Handtuch um und schlich zur Tür. Er öffnete sie erst nur einen Spalt breit und sah hinaus. Aber bis auf den Wasserdampf, der nun in den Flur drängte, waren nichts und niemand zu sehen.

Schnell lief er ins Gästezimmer und durchwühlte seine Tasche auf der Suche nach passender Ersatzkleidung. Er hatte sich zwar nach seinem Kellerabenteuer frisch eingekleidet, aber auch der Einbruch war nicht spurlos an ihm vorbeigegangen. Ebenso wenig wie seine und Marys … Vertuschungsaktion.

Als sich Anthony gerade wieder der Tür zuwandte, hörte er leise Schritte auf der Treppe, gefolgt von einem Klopfen an der Badezimmertür.

»Laird Houston?«

Mary.

Er räusperte sich und antworte dann hinter der Tür des Gästezimmers: »Ja, Miss Smith?«

»Constable Williams klingelte soeben. Wir sollen –« Mary war automatisch seiner Stimme gefolgt und hatte die nur angelehnte Tür geöffnet, um direkt mit ihm zu sprechen. Ihre Augen weiteten sich, bevor sie rasch herumwirbelte und ihm den Rücken zudrehte. Ihr Pferdeschwanz strich dabei schwungvoll über seine Brust, so nah war sie ihm. »V-Verzeihung L-Laird Houston. Ich hatte keine Ahnung, dass Sie …« Sie brach wieder ab und er konnte sehen, dass sie sich vor Scham die Hände vors Gesicht hielt.

Sein Herz raste. Er fragte sich, ob es ihr genauso ging. »M-Miss Smith!« Seine Stimme klang lange nicht so ruhig, wie sie sollte. Beatrix konnte sie sicher hören, sonst hätte Mary ihn beim Vornamen angesprochen. Sein Blick hing an ihren zierlichen Schultern und den Haarsträhnen, die sich aus ihrem Zopf befreit hatten und sich nun stattdessen an ihrem Nacken kräuselten. »Wa… Was wollten Sie mir gerade berichten?«

»C-Constable Williams brachte uns eine Nachricht von Inspector Abernathy. Wir sollen bis morgen früh hierbleiben, damit seine Leute genug Zeit haben, alles zu durchsuchen. Sie hätten einen unterirdischen Zugang zum Haus entdeckt und empfehlen uns dringend, vorerst Abstand zu Houston Hall zu halten.« Sie sprach schnell. Sicher wollte sie diese peinliche Situation so rasch wie möglich hinter sich bringen.

»Verständlich«, brummte er. Erst etwas verzögert begriff Anthony, was sie da gerade gesagt hatte. »Moment. Wir sollen bis morgen früh hierbleiben?«

Der Pferdeschwanz vor ihm wippte auf und ab und signalisierte ein Nicken. Frustriert fuhr er sich durchs Haar. So genau sollte Abernathy gar nicht suchen. Es hätte Anthony gereicht, wenn seine Beamten das Gelände nach verdächtigen Personen abgesucht hätten.

»I-Ich geh dann mal wieder runter u-und warte da auf Sie, Laird Houston.« Ohne sich noch mal umzudrehen oder seine Antwort abzuwarten, flüchtete sie die Treppe hinunter. Anthony lehnte sich für einen Moment gegen den Türrahmen und schloss die Augen. Warum ärgerte er sich gerade vor allen Dingen über sein müdes, ungepflegtes Aussehen?

Dirleton Castle

Wahrzeichen Dirletons für nunmehr fast achthundert Jahre

Besuchen Sie Dirleton Castle mit seiner einzigartigen Historie. Seine Ruinen erzählen von den Leben dreier großer Familien und der Architektur und Geschichte fast eines Jahrtausends. Erfahren Sie mehr über das ursprüngliche Castle der de-Vaux-Familie auf der Insel Fidra und das spätere Erwachen des Ortes mit dem neuen Castle im Zentrum Dirletons im 12. Jahrhundert. Erfahren Sie mehr über die Belagerungen Dirletons, den ersten großen Wiederaufbau unter den Haliburtons und den traurigen Verfall des Castles nach dem Verrat der Ruthven-Familie an King James VI.
Flanieren Sie durch die großzügige Gartenanlage mit seinem besonders gut erhaltenen Doocot, dem Taubenhaus; wagen Sie es, unter dem Murder Hole hindurchzulaufen, und entdecken Sie das alte Verließ unter der Privatkapelle der Lords von Dirleton. Werfen Sie einen Blick in das Pit Prison, ein düsteres Kerkerloch, in das man nur die gefährlichsten Monster sperrte: Mitte des 17. Jahrhunderts ist von einer ganzen Gruppe von Hexen die Rede, die man dort mehr begrub als inhaftierte.
Von jeher war Dirleton Castle Ort des Lebens, aber auch des Kampfes. Mit seinen massiven Mauern und Türmen war es eine Trutzburg der Verteidigung. Und doch war sein Innenleben geprägt von Festen, Feiern und Vergnügungen.
Besuchen Sie Dirleton Castle und lassen Sie seine Geschichte vor Ihren Augen lebendig werden.

Werbeblatt Dirleton Castle

Kapitel XI

Dienstag, 18. Juni 1963, Cottage MakGhie.

Anthony ließ langsam das Faltblatt sinken. Eigentlich hatte er im Gästezimmer nur nach einem Grund gesucht, nicht gleich wieder hinunterzugehen. Er war sich sicher, dass es keine gute Idee wäre, Mary und Beatrix jetzt unter die Augen zu treten.

Er hatte aus dem Fenster gesehen und die Ruinen des Castles gemustert, als ihm die Broschüre auf dem Fensterbrett aufgefallen war. Offenkundig vermietete Beatrix ihr Gästezimmer ab und an, wenn sie solche Werbeblätter bereitlegte.

Nachdenklich schob er seine Lesebrille ins Haar und tippte mit dem Finger auf das Papier. In den ersten Chronikeinträgen war noch vom Kerker im Castle die Rede. Erst mit der Ankunft seiner Familie in Dirleton wurde Houston Hall gebaut und die Gefangene – ›verlegt‹. Wenn er schon dazu gezwungen war, Houston Hall zu verlassen, vielleicht sollte er dann …

Mit der Broschüre in der Hand – und inzwischen angekleidet – lief Anthony die Treppe hinunter und in die Küche, wo Mary und Beatrix gerade die Teetassen ausspülten.

»Mary? Ich muss mit dir sprechen. Ich habe da eine Idee!«

Mary und Beatrix drehten sich synchron zu ihm um und an Beatrix' großen Augen und Marys irritiertem Blinzeln erkannte er nachträglich seinen Fehler. Er hustete, fuhr sich durchs Haar und warf dabei seine Lesebrille hinunter.

Mary huschte schnell herbei, um sie aufzuheben, während er sich bereits bückte. »Ähm, ich meine, Miss Smith, ich muss Sie dringend sprechen!«

Gleichzeitig griffen sie nach der Brille, und während ihre kühlen Finger über seine Hand strichen, sah Mary ihn vorwurfsvoll an. Laut sagte sie mit einem kleinen Seufzen: »Laird Houston, Sie haben wirklich keine Kinderstube genossen. Sie bringen mich heute nun schon zum zweiten Mal in Verlegenheit und die Sonne ist gerade erst aufgegangen.«

Während sie sich wie immer elegant erhob und er vom anderen Ende der Küche ein leises Glucksen hörte, stieß er sich beim Aufstehen den Kopf.

»Also gut. Was wollten Sie denn mit mir besprechen?«, fragte Mary neugierig, als er sich wieder gefangen hatte.

»Schon gut. Hat sich erledigt. Wenn ich schon nicht nach Houston Hall kann, werde ich mir etwas die Beine vertreten. Hier störe ich nur. Beatrix, wie Sie sich denken können, haben Sie heute frei. Bitte beachten Sie Miss Smith und mich gar nicht. Ich werde Sie selbstverständlich für unsere Anwesenheit entschädigen.« Mit diesen Worten legte er wie zufällig das Werbeblatt des Castle auf den Tisch und verließ die Küche.

Was für ein scheußlich peinlicher Auftritt. Vielleicht sollte er hoffen, dass Mary seinen Hinweis nicht verstand und ihm nicht folgte.

Noch immer schlecht gelaunt zog Anthony sich Hut und Mantel an und verließ das Cottage. Am Gartentor sah er, dass in Sichtweite noch immer Constable Williams stand und auffällig unauffällig das Haus beobachtete. Anthony tippte sich zum Gruß an seinen Hut und überquerte die Straße in Richtung Castle.

Wie ein Mantra wiederholte er im Geist, dass alles in Ordnung war, dass ein Polizist in seiner Nähe war und ganze Heerscharen an Beamten Houston Hall bevölkerten. Weder er noch das Anwesen könnten sicherer sein als heute.

Als Anthony das Gelände des Castles endlich betreten hatte, verlangsamte er seinen Schritt. Direkt neben den mächtigen, alten Sandsteinmauern fühlte er sich tatsächlich sicher. Auch wenn das Castle inzwischen nur noch eine Ruine war. Er fragte sich, weshalb seine Familie nicht versucht hatte, das Castle wiederaufzubauen, so wie es die Haliburtons vor gut fünfhundert Jahren getan hatten.

Was auch immer sein Ahn mit dem Medicus und dem Geistlichen getrieben hatte: Ein Castle wie dieses hätte doch viel mehr Schutz geboten als Houston Hall. Und ob man nun das eine wiederaufbaute oder das andere völlig neu errichtete, lief doch sicher auf einen vergleichbaren Aufwand hinaus.

Inzwischen war Anthony an der Holzbrücke über den früheren Burggraben angelangt. Die Bretter knarrten leise unter ihm. Wie wohl die alte Zugbrücke ausgesehen hatte, die hier einst herabgelassen wurde?

Anthony verschränkte die Hände hinter dem Rücken und sah zu den oberen Rändern der Ruine. Das Eingangsportal war heute noch beeindruckend. Wenige Schritte weiter sah er über sich ein Loch im Torbogen.

»Vorsicht. Hier sollte man nicht zu lange stehen. Wer weiß, was von oben kommt. Teer, Steine, Pfeile, faule Eier …«

Sie war also gekommen.

»Nein, das Murder Hole ist wirklich kein Ort zum Verweilen«, bestätigte Anthony und ging weiter, ohne sich umzusehen. Sie hatte den Wink also verstanden und ihn eingeholt. Und wenn er sie richtig einschätzte, dann hatte sie vorher noch Beatrix' Verwirrung bereinigt und ihr eine Geschichte aufgetischt, die von der Wahrheit ablenkte.

Anthony mochte gut darin sein, die Lügen anderer zu durchschauen. Aber selbst lügen lag ihm nicht. Es war ihm schon schwer genug gefallen, seine Nachforschungen vor Beatrix zu verheimlichen.

Im Innenhof der Ruine blieb er stehen und sah sich um. Sein Blick glitt über die niedrigeren Mauern im Hof, die Reste, die noch übrig waren.

Lassen Sie die Geschichte vor Ihren Augen lebendig werden. Dass er nicht lachte. Ein Archäologe könnte das. Sein Vater hätte es vielleicht gekonnt. Aber er? Anthony hatte nie die Fantasie seines Vaters gehabt. Jetzt und hier störte es ihn zum ersten Mal. Er sah die alten, unebenen Mauern; er konnte regelrecht spüren, dass dieser Ort besonders war; aber es gelang ihm nicht, ihn mit Leben zu füllen. Aber dafür war Anthony ja auch nicht gekommen.

Er wollte mehr erfahren. Was war das für eine Geschichte mit den Hexen, die mehr begraben als inhaftiert gewesen waren? Stand das vielleicht im Zusammenhang mit dem, was er in der Chronik gelesen hatte?

»Es ist beeindruckend, oder?« Mary riss ihn aus seinen Gedanken. Es blieb abzuwarten, ob ihre Begleitung eine Bereicherung sein würde oder ihn nur ablenkte.

»Hm«, brummte er nur. Ja, die Mauern waren imposant. Aber sie hatten offenkundig nicht ausgereicht, um ihre Besitzer zu schützen.

»Jetzt schauen Sie nicht so mürrisch, Laird Houston. Sie stehen gerade mitten im Castle. Hier im Innenhof war immer viel los. Das Leben. Händler boten hier vorn ihre Waren an, Kinder spielten dort weiter hinten gemeinsam unter einem Apfelbaum. Da vorn aus dem Turm duftete es himmlisch nach vielen Köstlichkeiten und dort, sehen Sie die Tür?« Mary ergriff seine Hand und zog ihn zu einem halb vom Erdboden verschluckten Durchgang, der in ein Kellergewölbe führte. »Hier wurde täglich Brot gebacken. Ich wette, die Kinder der Lairds kamen oft in die Küche und hier an den Backofen geschlichen, um sich ein Stück warmes Brot oder etwas Pudding zu ergaunern. Dann liefen sie lachend mit ihrer Beute wieder hinaus in den Hof, suchten sich ein gutes Versteck und machten sich dann darüber her.« Marys Augen leuchteten, als spräche sie von ihrer eigenen Kindheit.

Schweigend ließ er sich von ihr weiterziehen. Sein Dienstmädchen wurde zum Burgfräulein und war ganz in ihrem Element. Kaum hatten sie den Keller verlassen – Anthony fühlte sich schlagartig besser, jetzt wo keine Ruine mehr über ihm auf ihren Einsturz wartete –, zog ihn Mary auch schon eine neuere Holztreppe hinauf. Nun stand er auf der Ruine. Großartig. Das war kein Stück besser.

Zumindest nicht, bis er die Ruine vergaß, weil Mary daraus eine lebendige Burg machte: »Sehen Sie nur, Laird Houston!«, rief sie lachend, ließ ihn los und rannte über eine große, ebene Fläche. »Hier wurde getanzt, gefeiert und gegessen. Die Menschen kamen hier zusammen, um fröhlich zu sein.« Sie machte ein paar tänzelnde Schritte, die wie eine Mischung aus Walzer und Ballett aussahen. »Dort drüben haben die Lairds die wichtigsten Persönlichkeiten des Ortes versammelt, um Politik zu besprechen, an einem großen, massiven Eichentisch.« Sie fuhr mit der Hand neben sich durch die Luft, als würde sie über einen Tisch streichen. »Und an diesem Tisch hier in der Halle wurde am Abend zünftig gegessen. Und wenn man dann satt und zufrieden war«, sie rannte wieder auf ihn zu und blieb direkt vor ihm stehen, »dann forderten die Gentlemen des Hauses ihre Angebeteten zum Tanz auf …«, sie griff nach seiner Hand, hob sie über ihren Kopf und drehte sich darunter lächelnd, »oder baten sie um einen Spaziergang im Garten bei Nacht …« Langsam ließ sie seine Hand wieder sinken. Erst als sich ihr Griff lockerte, merkte er, dass auch er sie festhielt. Sein Herz raste – so wie immer, wenn sie ihm plötzlich so nah kam.

Er konnte sogar sehen, wie sich das Grün ihrer Iris bewegte, so nah war sie ihm diesmal. Er ließ sich aus freien Stücken wieder in diesen Sog ziehen, der jedes Mal entstand, wenn sie sich einen Moment zu lange ansahen. Doch auch diesmal unterbrach Mary ihre Nähe zueinander.

Das sanfte Lächeln, das auf ihren Lippen lag, sagte ihm, dass auch sie diese Augenblicke genoss. Aber der traurige Blick, den sie zugleich zur Schau trug, ließ sein Herz gefrieren. Warum zog sie sich immer wieder zurück? Litt sie unter seiner Nähe oder litt sie darunter, ihn immer wieder fortzustoßen? Warum tat sie es dann?

Gab es denn wirklich nichts an dieser Frau, das er verstand? Ihr Optimismus und ihre Lebensfreude waren berauschend. Ihr Mut beeindruckend und die Leidenschaft, die so oft in ihren Augen funkelte, hatte irgendwas in ihm entfacht.

Auch wenn Mary jetzt den Blick wieder abgewandt hatte und sich fortdrehte, ließ er sie nicht los. Diesmal nicht. Er sah, wie sich ihre Schultern hoben, als sie tief einatmeten. Dann veränderte sich ihre Haltung etwas und sie drehte sich mit ihrem charmanten Dienstmädchenlächeln wieder zu ihm um. »Wir sind noch lange nicht am Ende unserer Besichtigung angelangt«, sagte sie dann leichthin und zog ihn weiter durch die Ruine.

Am anderen Ende des ›Raums‹ blieb sie wieder stehen. »Sieh nur, dieses wunderschöne Steinbuffet. Wie detailliert das ausgearbeitet wurde.« Ihre Finger der einen Hand strichen über die steinernen Ornamente vor ihnen, die der anderen verschränkten sich wieder fester mit seinen. Und obwohl ihre Hände eigentlich immer kühl waren, wurde ihm heiß durch die Art, wie sie ihn festhielt.

Sie wollte seine Nähe auch. Daran sollte er nicht zweifeln. Aber genaugenommen sollte er darüber nicht einmal nachdenken. Ablenkung war gefährlich. Er sah sich prüfend um, doch so früh am Morgen waren sie die Einzigen, die sich in der Ruine aufhielten. Nur, warum nannte sie ihn dann ›Laird Houston‹?

»Anthony«, flüsterte sie ihm nun leise zu. »Ich komme mir langsam lächerlich vor. Wie wäre es mit einem Dialog, anstelle meines Monologs?«

»Du lässt mich ja nicht zu Wort kommen«, brummte er und musterte interessiert ein Loch in der Wand, durch das man ein Stück der gegenüberliegenden Gebäude sehen konnte. Mary hob nur eine Braue und sah ihn nachdenklich an. Er konnte ihren Blick aus dem Augenwinkel sehen und überall spüren. »Ist ja gut!« Er sah sie an. Kurz. Damit er sich nicht wieder ablenken ließ. »Wo ist denn dieser Kerker mit dem Loch, in das die Hexen gesteckt wurden?«

»Oh! Sie meinen das Gefängnis unter der Kapelle! Kommen Sie, Laird Houston!«

Wie in drei Teufels Namen konnte sie so schnell zwischen vertraulich und förmlich wechseln? Und warum tat sie das überhaupt?

Mary zog ihn die Holztreppe hinunter und über den Innenhof, um ein paar Mauerreste herum, durch ein ehemaliges tiefes Fenster und bis zu einem anderen nur schlecht als solchen erkennbaren Eingang. Er musste sich bücken, um den Raum dahinter zu betreten. Die Decke war gewölbt, und als sich seine Augen an das Licht gewöhnt hatten, war er überrascht, wie hell es hier doch war.

»Das ist die Kapelle«, erklärte Mary flüsternd. »Dort hinten war die Sakristei, in der der Priester alles Wichtige aufbewahrte. Hier in der Ecke wurde gebetet. Da war der Altar und dort, am anderen Ende, geht es hinunter in das Gefängnis.«

Anthony folgte ihren Ausführungen und murmelte verwirrt: »Woher weißt … wissen Sie das alles, Miss Smith?«

Mary drehte sich strahlend zu ihm um. »Sie haben mich ganze zweieinhalb Tage auf Ihre Antwort warten lassen, erinnern Sie sich? Und Ihr Rat lautete, sich die Umgebung anzusehen. Das tat ich.« Sie ergriff seine Hand und zog ihn in Richtung einer Treppe. »Finden Sie es nicht bezeichnend, dass das Gefängnis direkt unter der Kapelle zu finden ist?«

»Sie meinen, dass sich frühere Lairds hier gleichermaßen an ihre Liebschaften gebunden als auch sich ihrer entledigt haben?« Er hatte davon gelesen, dass man zu einer Zeit, zu der eine Ehe noch auf Lebenszeit geschlossen wurde, sein ›Eheweib‹ kurzerhand eines Verbrechens anklagte, um sie inhaftieren oder gar hinrichten zu lassen und sich ihrer so zu entledigen.

Mary lachte kopfschüttelnd. Ihr Blick war wenig amüsiert. »Nein, ich dachte an Fesseln, die einem in beiden Räumen angelegt wurden.« Mit einem Ruck zog sie ihn die Treppe hinunter und er musste ihrem Pferdeschwanz ausweichen.

Im Gefängnis war es dunkel. Das wenige Licht kam von der Treppe, einer kleinen Nische in der Wand und zwei in heutiger Zeit aufgestellten Leuchten. Die Gefangenen hatten diesen Luxus früher nicht gehabt, aber immerhin ein Kaminfeuer. Die Überreste der Feuerstelle waren noch deutlich zu erkennen.

Wie viele wohl der Idee verfallen waren, sich oder andere mit dem Feuer daraus anzugreifen?

Die Decke war niedrig und genauso gewölbt wie die der Kapelle über ihnen. Während Mary keine Probleme damit hatte, musste er gebeugt gehen.

Dennoch dauerte es nicht lange, bis Anthony es gefunden hatte: Das ›Pit‹. Das Loch im Boden, für das eine kleine Nische in die Wand geschlagen worden war. Man hatte eine Leiter hineingelehnt und von unten leuchtete ihm ein schwaches Licht entgegen. Er beugte sich über das Loch und starrte hinab. Die Worte des Chronisten – wie oft hatte er sie inzwischen gelesen? – hallten durch seinen Kopf.

›Niemand hat je von einem so mächtigen Exemplar berichtet, wie wir es nun im Kerker unter der Kapelle des Castle gefangen halten. Wir mussten sie mit Eisenfesseln binden und mit Weißdorn knebeln …‹

Hier also hatte man sie anfänglich gefangen gehalten. Er ging in die Knie und seine Finger glitten über den kalten, erstaunlich glatten Stein der Öffnung.

›Unsterbliche wurden sie genannt … Übernatürliche. Hexen. Von Menschen gleichwohl zu Göttern und Dämonen erkoren. Ihre Hülle täuschend menschlich, ist ihre Seele doch verkommen bis ins Mark‹, sprach der Chronist in seinem Kopf weiter.

Ohne länger darüber nachzudenken, stieg Anthony die kleine Leiter hinunter in das Loch. Die Sprossen knarrten unter seinem Gewicht und ließen einen Schauer über seinen Rücken laufen. Was, wenn er nicht mehr hinauskam? Warum war diese verfluchte Leiter nicht aus Metall?

Sein Blick richtete sich nach oben, wo just eine verblüffte Mary zu ihm hinunterschaute. Mary war bei ihm. Sie würde einen Weg finden, ihn wieder aus dem Pit zu holen. Komme, was da wolle.

Er ließ die Leiter los und drehte sich langsam im Kreis. Das Loch war nicht größer als eine kleine Abstellkammer. Wenn er sich vorstellte, dass anstelle der Leiter das Loch über ihm mit einem Eisengitter verschlossen wäre und das Licht der kleinen Gaslaterne nicht existierte … In völliger Dunkelheit … ohne zu wissen, ob es Tag oder Nacht ist, ob man Tage oder Monate hier verbracht hatte … kaum in der Lage, aufrecht zu stehen oder zu liegen … das musste grausam sein. Es war tatsächlich, als wäre man lebendig begraben. Langsam ging er auf die Wand zu, auf die er selbst gerade einen Schatten warf.

Wieder ging er in die Knie und wieder tastete er über den unebenen Stein. Da waren Rillen. Wie Risse. Nein, als hätte jemand … Er spreizte seine Hand und jeder seiner Finger glitt in eine der Rillen. Als hätte jemand mit seinen Fingern den Stein zerkratzt.

›Sie sind übermächtig. So viele tapfere Männer haben sich ihnen schon in den Weg gestellt. Vergeblich. Allein hat niemand von uns eine Chance, gegen sie zu bestehen.‹

Erschrocken wich Anthony zurück, stolperte und landete auf dem Rücken. Er hatte gebannt die Luft angehalten, als er die Kratzer ertastet hatte. Jetzt ging sein Atem stoßweise. Er starrte an die Decke, suchte das Loch, den Ausgang aus all dem.

In diesem Augenblick kletterte Mary die Leiter zu ihm hinunter. Hätte sie jetzt ihr weißes Sonntagskleid getragen, wäre es so gewesen, als wäre ein Engel zu ihm herabgestiegen. Einerseits war er unendlich erleichtert, ihr freundliches, jetzt eher besorgtes Gesicht zu sehen. Aber andererseits war so die Sicherheit fort, dass da oben jemand war, der ihn hier heraus-holen konnte, sollte die Leiter ihm ihren Dienst versagen.

»Anthony«, flüsterte sie und ihre Stimme klang seltsam dumpf in diesem Loch. Sie kniete sich neben ihn und bot ihm ihre Hand, damit er sich wieder etwas aufrichtete. Diesmal fühlte sich seine Hand beinah kälter an als ihre.

›*Sie gieren nach dem warmen, Leben spendenden Saft, der unsereins von den Toten unterscheidet. In den Highlands nennt man sie von jeher Baobhan Sith.*‹

»Baobhan Sith«, murmelte er.

»Was?« Mary blinzelte irritiert und wich etwas zurück.

»Hier unten. Hier hatten mein Ahn, der Medicus und dieser Chronist sie anfangs gefangen gehalten. Bevor sie die arme Frau unter Houston Hall …« Er brach ab. Mary wusste auch so, was er meinte.

Sie nickte zögerlich. »Komm. Lass uns hier verschwinden. Mir gefällt dieser Ort nicht.« Sie richtete sich auf, klopfte den Schmutz von ihren Jeans und reichte ihm erneut die Hand.

Ohne zu zögern, ergriff er sie, und als er einmal mehr so nah vor ihr stand, war für einen kurzen Augenblick das Pit vergessen. Ihre Augen schienen dunkler als sonst. Aber bei dem schlechten Licht war das auch kein Wunder. Er strich ihr eine widerspenstige Locke aus der Stirn und beobachtete gebannt, wie sich ihre Lippen leicht öffneten. Er sah, wie auch ihr Blick kurz zu seinen Lippen flimmerte, und spürte ihre Hand leicht über seinen Oberkörper streichen.

Plötzlich war sein Mund schrecklich trocken. Er schluckte schwer und mit jedem pochenden Herzschlag an seinem Hals beugte er sich ein Stück weiter zu ihr.

Mit einem leisen Seufzen beugte sich Mary vor, doch ihr Kopf lehnte damit an seiner Brust. Ihr Haar kitzelte ihn am Hals und ihr Atem hinterließ eine Gänsehaut auf seinem Oberkörper. Wie von selbst glitten seine Hände auf ihren Rücken. Er hielt sie fest, als könnte sie sich jeden Augenblick in Luft auflösen. Wie lange sie so standen, wusste er nicht. Und es war ihm auch egal.

»Wir sollten hier wirklich raus. Die … die schlechte Luft hier unten vernebelt den Verstand«, murmelte Mary an seinem Hals. Sie hatte das Gesicht etwas angehoben und ihre Nasenspitze strich über sein Schlüsselbein.

Sein Verstand war nicht nur vernebelt. Er hatte sich in Luft aufgelöst. Langsam und stockend nickte er und lockerte seinen Griff um ihre Hüfte.

***

Den Rest des Tages verbrachten sie mehr oder minder schweigend in Beatrix' Küche. Anthony wusste nicht genau, wie sie wieder hierhergekommen waren. Er hatte sich wie in Trance bewegt. Er erinnerte sich nur noch daran, dass Beatrix sie beide seltsam angesehen hatte, als sie ihnen die Tür geöffnet hatte.

Nun saß er mit einer Tageszeitung in der Hand am Küchentisch und gab vor, konzentriert zu lesen. Mary saß am anderen Ende des Tisches und blätterte in einem alten Buch. Seine Haushälterin hingegen hatte sich aus dem Staub gemacht. Angeblich hätte sie ein paar Besorgungen zu erledigen. Anthony war sich jedoch sicher, dass seine Anwesenheit sie verjagt hatte.

Er beobachtete Mary über den Rand der Zeitung hinweg. Als sie aufblickte, hob er rasch die Zeitung ein Stück an und verschwand wieder dahinter. Das Spiel wiederholte sich zwei, drei Mal, bis Mary die Geduld verlor. Als er das nächste Mal die Zeitung etwas sinken ließ, war ihr Gesicht direkt vor ihm.

Erschrocken ließ er die Zeitung fallen und rutschte ein Stück mit dem Stuhl zurück. Sie lag halb auf dem Küchentisch für dieses Kunststück. Er presste eine Hand auf sein hämmerndes Herz. »Mary! Willst du mich umbringen?«

»Hab dich nicht so. *Du* starrst doch die ganze Zeit. Selbst schuld.«

»I-Ich starre nicht!« Er konzentrierte sich auf die Zeitung in seinem Schoß, die er nun sorgfältig sortierte, zusammenfaltete und immer wieder glattstrich.

»Doch«, sie legte den Kopf schief und musterte ihn nachdenklich. »Die Frage ist: warum?«

»Ich …«, er suchte nach einer halbwegs glaubwürdigen Erklärung, die ihn nicht in noch größere Verlegenheit stürzte. Sein Blick fiel auf das Buch, das Mary nun achtlos auf die andere Seite des Küchentischs gelegt hatte. Der Buchrücken war ihm abgewandt. »W-Was liest du da? Ich meine, ich wollte wissen, was du da liest.«

Mary verzog amüsiert das Gesicht. »Ich hoffe, du glaubst nicht, dass ich dir diese lausige Erklärung abnehme.« Ohne den Blick von ihm abzuwenden, tastete sie zielsicher nach dem Buch und hielt es ihm vors Gesicht. »Einen alten Reiseführer der Gegend. Es sind viele interessante Legenden und Orte verzeichnet. Wusstest du zum Beispiel, dass die ursprüngliche Kirche der Gegend in Gullane steht – zumindest das, was von ihr übrig ist? Erst 1612 beschloss Sir Thomas Erskine, Baron von Dirleton, hier eine Kirche zu errichten. Es gibt so einige Skandale um die Geistlichen dieser Gegend. Der Vorgänger unseres Chronisten, Pater MakGhie«, sie zog den Namen künstlich in die Länge, »war beispielsweise ein glühender Verfolger von Hexen und anderem übernatürlichen Gesinde.«

Anthonys Verlegenheit war vergessen. Während er versucht hatte, sich abzulenken, und doch nur über Mary nachgedacht hatte, hatte sie effektiv an ihrer beider Geheimnis geforscht.

Jetzt nahm er ihr das kleine Buch ab, legte es vor sich auf den Tisch und begann, darin zu blättern.

Mary dauerte sein zielloses Suchen eindeutig zu lang, denn ihre Finger glitten zwischen seine und so schlug sie nach und nach verschiedene Seiten auf. Einige davon waren Gosford Estate gewidmet, einem imposanten Anwesen von 1800, das ein eigenes, pyramidenförmiges Mausoleum hatte. Dann war die Rede von verschiedenen alten Castles in East Lothian und Wegen durch Wälder oder an der Küste entlang, wo Caith Sith, Banshee und andere Feenwesen hausen sollten. Fidra wurde ebenfalls erwähnt. Eine felsige, unbewohnte Insel, deren Leuchtturm seit Jahren automatisiert werden sollte. Dort soll ein de Vaux im 12. Jahrhundert das erste Dirleton Castle – ›Tarbet Castle‹ – errichtet haben, bevor sein Nachfahre es Mönchen stiftete und beschloss, sich lieber im Ort selbst niederzulassen.

»Das Castle ist heute nicht mehr zu sehen und auch von der Kapelle der Mönche steht wohl nur noch eine einzige Wand«, murmelte Mary leise. »Bis auf den Leuchtturm gibt es dort nichts mehr.«

»Ganz im Gegensatz zu meinem Küchentisch. Auf dem gibt es entschieden zu viel zu sehen, Mary!« Sie schraken zusammen und Mary fiel fast vom Tisch, als Beatrix' Stimme ihre ruhige Zweisamkeit durchbrach. Schnell glitt Mary auf ihre Füße und sah angemessen verlegen zu Boden.

»Verzeihung, Beatrix. Ich … ich war so abgelenkt. Ich merkte gar nicht, wie weit ich mich über den Tisch gebeugt hatte.«

»Über den Tisch gebeugt. So kann man es natürlich auch nennen. Andere würden meinen, ›bäuchlings quer auf dem Tisch liegen‹ träfe es eher.«

Sie trug einen Korb mit verschiedensten Lebensmitteln in

die Küche und lud ihn genau da ab, wo eben noch Mary gelegen hatte. Anthony wich zurück und rettete gerade noch so den alten Reiseführer.

Statt Mary noch mehr Aufmerksamkeit zu schenken, wandte sich Beatrix Anthony zu. »Wie war Ihr Ausflug, Laird Houston? Hat es Ihnen gefallen, Dirleton nach so langer Zeit wiederzusehen?«

»Ich …«, er sah zu Mary, die noch immer bescheiden und schweigend in der Ecke stand und ihm damit keine große Hilfe war. Sollte er sagen, dass sie ihm gefolgt war? »Ich habe nicht viel gesehen. Es war nur ein kleiner Ausflug zum Castle. Ich hatte eine Broschüre im Gästezimmer gefunden, die mich neugierig gemacht hat. Vater hat nicht viel von der Ruine gesprochen und sie früher nur selten mit uns besucht. Wir waren eigentlich immer nur in den Gärten und auf dem Grün.«

»Oh! Aber jetzt haben Sie alles gesehen? Auch das Murder Hole und das Pit? Ich habe als Kind all die Geschichten, die sich um das Castle ranken, geliebt.«

»Welche Geschichten meinen Sie, Beatrix?« Anthony merkte, wie jetzt auch wieder Leben in Mary kam. Er sah aus dem Augenwinkel, wie sie langsam näher schlich.

»Oh, es gibt viele. Die meisten lange bevor die Houstons das Castle kauften und es dann durch Houston Hall als Landsitz ersetzten. Da war zum Beispiel die Geschichte um die drei Hexen, die im 17. Jahrhundert durch Pater MakGhie überführt wurden. Einer der Kincaids – die Familie lebt auch heute noch hier – hatte sie dabei erwischt, wie sie den Teufel anbeteten und sich mit ihm vereinigten. Direkt vor dem Castle! Nachdem sie gestanden hatten, wahrhaft Hexen zu sein, wurden sie genau an der Stelle verbrannt, an der sie zuvor gesündigt hatten. Aber alle hundert Jahre soll man sie hören können und Schatten über die Grünflächen huschen sehen. Sie lachen, stöhnen und schreien und verfluchen jeden, der sie hört.« Beatrix hatte inzwischen sichtlich Gefallen an ihrer Erzählerrolle gefunden. Ihre Augen waren geweitet und sie gestikulierte ausschweifend, während sie sprach. »Es heißt, wann immer etwas Böses in Dirleton geschieht, sind die Urheber beseelt von einer der Hexen. Auch damals beim großen Brand von Houston Hall soll man sie lachen und jubeln gehört haben. Es soll sogar Rauch aus dem Castle aufgestiegen sein und einige Bewohner Dirletons schworen auf das Leben ihrer Kinder, dass sie Licht in den Ruinen gesehen hatten. Die Hexen wären zurückgekehrt, um sich am Lord von Dirleton zu rächen – auch wenn das inzwischen ein gänzlich anderer war und die Houstons nichts mit den Skandalen der Ruthvens zu tun hatten. Die drei Hexen sollen in der Küche im de-Vaux-Tower den Hexensabbat gefeiert und einen Fluch verhängt haben, der seither über den Houstons hängt und sie immer wieder mit Schrecken peinigt.« Jetzt flüsterte Beatrix nur noch und verstummte dann ganz. Eben noch ganz und gar gefesselt von ihrer eigenen Geschichte, bemerkte sie nun Anthonys konzentrierten Gesichtsausdruck.

Sie hatte sich gesetzt, während sie erzählt hatte. Nun stand sie hastig auf und verfiel in ein geschäftiges Auspacken ihrer Einkäufe. Sie plapperte über die überteuerten Preise des Gemüsehändlers und die Probleme, die die Fischhändlerin mit ihrer Arthritis hatte.

Anthony hörte ihr nicht mehr zu. Wenn auch nur ein Funken Wahrheit an dieser Geschichte war, dann waren diese Hexen vielleicht wie die Monster, von denen der Chronist berichtet hatte. Vielleicht waren es vier ›Hexen‹ gewesen und die eine, die überlebt hatte, war später gekommen, um sich zu rächen. War das die Erklärung? Eine Sekte? Irgendein kurioser Kult?

Das Abendessen verlief klösterlich schweigend. Jeder hing seinen eigenen Gedanken nach. Anthony war tief versunken in all die unterschiedlichen Legenden und Geschichten, die er inzwischen gelesen und gehört hatte. Mary und Beatrix schwiegen in seiner Gegenwart, als hätte er ihnen zuvor gedroht, ihnen wegen Geschwätzigkeit die Zunge herauszuschneiden. Die düsteren Geschichten hatten sich wohl in ihrer aller Gedanken geschlichen.

Als Beatrix und Mary den Tisch abräumten – Anthony hatte helfen wollen, wurde jedoch mit strengen Blicken davon abgehalten –, wollte Anthony nur noch eins: Abstand zwischen sich und seine Damen bringen.

Er stand auf und verabschiedete sich. »Ich schlafe selbstverständlich im Wohnraum auf dem Sofa. Sicher bin ich sowieso die halbe Nacht auf«, ergänzte er noch, während er die Küche schon halb verlassen hatte.

»A-Aber Laird Houston!« Beatrix schien ehrlich schockiert. »D-Das geht doch nicht!«

»Ich werde hier unten bleiben. Laird, Sie nehmen das Gästezimmer«, ergänzte Mary bestimmt. »Immerhin sind wir Ihre Angestellten, vergessen Sie das nicht!« Sie sah ihn durchdringend an. Das Wort ›Angestellten‹ hatte sie besonders betont. Ob das ihr Problem war? Ließ sie deshalb seine Nähe nicht zu?

Für einen Augenblick schwieg er. Er würde sich nicht wieder von den beiden übertölpeln lassen. »Sie sagen es, Miss Smith. Sie sind meine Angestellten. Und als solche werden Sie meine Entscheidung mit Sicherheit akzeptieren. Ich wünsche im Wohnraum des Cottage zu nächtigen.« Als Beatrix widersprechen wollte, setzte er noch hinzu: »Und jetzt entschuldigen Sie mich bitte. Der Spaziergang hat mich ermüdet und mit etwas Glück werde ich schnell in den Schlaf finden.«

***

Anthony starrte an die Decke. Künstlicher Stuck verzierte den Ansatz der Lampe und die Ränder des Raums. Das Weiß der Decke war schon leicht vergilbt. Er sollte Beatrix mehr Gehalt zahlen, damit sie sich eine Renovierung leisten konnte.

Er vermisste seine Bibliothek. Ein gutes Buch wäre jetzt genau das Richtige, um ihn von seiner Schlaflosigkeit zu heilen.

Nach einer Weile richtete sich Anthony etwas auf und sah zum Fenster. Die schmale Mondsichel schien überraschend hell und er konnte den Vorgarten gut erkennen. Die Blüten der kleinen Rhododendronbüsche leuchteten in seinem kalten Licht. Es schien nicht eine Wolke am Himmel zu sein. Ein seltenes Schauspiel. Wäre er jetzt auf Houston Hall, so könnte er von der Bibliothek aus die Buchenallee im Mondlicht leuchten sehen.

Ob das Anwesen wohl auch jetzt noch von Polizisten bewacht wurde? Man hatte sein Heim doch hoffentlich nicht schutzlos zurückgelassen. Wäre die Polizei mit ihren Untersuchungen fertig, dann hätte man ihn sicher informiert; dann hätte er schon heute Abend zurückkehren können.

Es war kurios. Bisher glaubte er immer, draußen in Gefahr zu sein, und suchte daher Schutz in seinem Anwesen. Gerade jetzt aber fühlte er sich eher, als müsste er das Anwesen schützen. Das ergab doch keinen Sinn …

In seinem Kopf wirbelten Tausende von Gedanken wild

durcheinander. Da waren seine neuen Entdeckungen von den Kellergängen und dem Gefängnis im Castle; da war der Einbruch, und dann dieses Tagebuch, das Mary gefunden hatte. Und letztlich war da Mary selbst. Wann immer er die Augen schloss, konnte er sie an sich spüren. Ihre Nähe, ihren Atem. Er konnte sie sogar riechen. Ihr Haar roch wie eine Frühlingswiese, auf die nach langem Regen wieder die Sonne schien. Zumindest war es dieses Gefühl, das er mit ihrem Duft verband.

Ein ersticktes Lachen kam über seine Lippen. Dass sein Verstand vernebelt war, hatte rein gar nichts mit der schlechten Luft im Pit zu tun gehabt. Er war vernebelt, sobald Mary Hariette Smith ihn auf eine bestimmte Weise ansah und ihm dafür etwas zu nah kam.

Mit einem leisen Stöhnen stand Anthony auf. Es hatte keinen Sinn. Müdigkeit allein reichte noch immer nicht, um ihn schlafen zu lassen. Und Beatrix' ›Bibliothek‹ bestand aus einem Regal, deren Bücher der Kategorie ›Jane Austen‹ angehörten. Wenig hilfreich. Er würde eine andere Beschäftigung finden müssen. Sein Fleisch war willig, aber sein Geist war wach.

Er lehnte sich an den Fensterrahmen und beobachtete eine einzelne, kleine Wolke dabei, wie sie sich in Richtung Mond vorankämpfte. Als sie ihn erreichte, fiel ihr durchscheinender Schatten für wenige Sekunden auf das Cottage.

›Für mich sind Schatten ein Zeichen der Hoffnung. Ohne Licht gäbe es keine Schatten. Nur Dunkelheit. Schatten sind nichts Böses. Sie sind ein Versprechen. Das Versprechen, dass da nicht nur Dunkelheit ist, sondern auch Licht.‹

Marys Worte hatten sich ihm damals gut eingeprägt. Er hatte

es nicht wahrhaben wollen, aber doch glaubte er, nun langsam zu verstehen, was sie gemeint hatte.

»Ich glaube, ich habe herausgefunden, wer mir im Licht steht, Mary«, murmelte er leise, »Laird Houston höchstselbst.«

Die Ceasg

Eine weniger bekannte Gestalt der schottischen Mythen und Legenden ist die Ceasg, maighdean na tuinne (Maid der Wellen) oder maighdean mhara (Maid des Meeres). Eine Art Meerjungfrau:
Ein Wesen halb Frau, halb Fisch, das der Ewigkeit trotzt und jedem, der es vermag, sie zu fangen, drei Wünsche gewährt. Es wird berichtet, dass ihren Augen ein unnatürliches grünes Leuchten innewohnt und ihre Haut so glatt und kalt wie die eines Fisches ist.
Sie kann jeden Wunsch erfüllen, den der Fänger von Herzen begehrt, von unendlichem Reichtum bis hin zu glückseligem Leben. Die Ceasg ist eine Bewahrerin des Lebens. Sollte ein Wunsch die Grenzen des Lebens überschreiten, sollte ein Wunsch also Leben fordern, so wird sie ihn nicht erfüllen selbst wenn es das Ende des eigenen Lebens ist, um das man bittet.
Und doch verloren viele ihr Leben in den Fluten auf der irrwitzigen Suche nach diesem Wesen. Die letzten Quellen, die von ihrer Sichtung sprechen, stammen aus dem 18. Jahrhundert.
Es ist anzunehmen, dass es sich lediglich um Legenden der Seeleute handelt, die mit dem Voranschreiten von Forschung und Wissenschaft an Bedeutung verloren. Dennoch bleibt die Hoffnung auf ein Wesen, das das Leben bewahrt und Wünsche erfüllt. Eine Hoffnung, die vielerorts ihre Spuren hinterlassen hat – unter anderem auf Grabsteinen und Kirchenfenstern.

East Lothian. Wo Legenden lebendig werden, 1952

Kapitel XII

Mittwoch, 19. Juni 1963, Cottage MakGhie.

Anthony wachte auf, als ihn die Morgensonne blendete. Er blinzelte gegen das Licht an und brauchte einen Augenblick, um zu begreifen, dass er sich nicht auf Houston Hall befand.

Der alte Reiseführer lag aufgeschlagen auf seiner Brust und Anthonys Lesebrille saß noch immer – wenn auch etwas schief – auf seiner Nase.

Er warf sie auf den kleinen Couchtisch, klappte das Buch zusammen und legte es daneben. ›*East Lothian. Wo Legenden lebendig werden*‹. Der Schreiber hatte ja keine Ahnung, wie unerfreulich dieser Titel unter den gegebenen Umständen klang.

Es war das Buch, in dem Mary gestern gelesen hatte. Seine Wahl war Notwehr gewesen – in Ermangelung seiner Bibliothek. Anthony fragte sich, ob Mary den gleichen Artikel gelesen hatte wie er in der vergangenen Nacht. Eine Meerjungfrau, die Wünsche erfüllte … mit kalter Haut und leuchtend grünen Augen. Er sah seine Mary vor sich, sah, wie sich die leuchtend grüne Iris ihrer Augen bewegte. Und er dachte daran, wie kalt ihre Haut immer war … Beruhigenderweise lebte sie an Land und nicht im Firth of Forth.

Allerdings hatte Mary ihm ja selbst davon berichtet, wie viele Wesen es in der keltischen Mythologie gab. Woran man wohl die ›Monster‹ des Chronisten, diese Baobhan Sith, erkannte?

Anthony schüttelte den Kopf, rieb über seine Augen und machte sich auf den Weg ins Badezimmer. Wenn er in Marys

Gegenwart ernsthaft an Baobhan Sith und diese Ceasg dachte, dann hatte er sich in letzter Zeit definitiv zu viel mit Mythologie und alten Geschichten auseinandergesetzt. Schottland war voll von diesen mythischen Figuren. Es gab unzählige Geschichten über sie, aber genau das war der Punkt: Es waren Geschichten. Legenden. Sagen. Kein halbwegs aufgeklärter Mensch konnte ernsthaft in Erwägung ziehen, dass irgendeines dieser Wesen existierte. In seiner nächtlichen Lektüre waren noch so einige andere Wesen aufgezählt. Wesen, deren Namen auch Mary schon erwähnt hatte. Selkies. Junge Frauen, die im Wasser Robben waren. Kelpies. Monster, die halb Pferd, halb Fisch waren und Menschen fraßen. Die Banshee oder auch bean-nighe, die wie eine Todesgöttin jeden Sterbenden betrauert. Er schüttelte den Kopf und spritzte sich dann Wasser ins Gesicht. Wie konnte man solche Schauermärchen nur für bare Münze nehmen?

Als Anthony aufgewacht war, schien es noch völlig ruhig im Haus zu sein, doch als er schließlich die Küche betrat, wirbelten Beatrix und Mary schon herum, um das Frühstück vorzubereiten.

Noch ehe sie ihn bemerkten, machte er auf dem Absatz kehrt und verließ das Haus durch die Hintertür. Beatrix' kleiner Garten war reizend. Nicht nur der Vorgarten war voller Rhododendron, auch hinter dem Cottage blühte alles in Rosé, Beere und Weiß. Zwischen den Büschen waren kleine Wege, auf denen feiner Kies lag; aber jetzt, wo alles in voller Blüte stand, waren sie kaum noch zu sehen.

Anthony atmete tief ein, schloss die Augen und genoss den Duft der Pflanzen. Dieser blühende, verträumte Garten strahlte unglaublich viel Frieden aus. Er genoss die morgendliche

Stille. Vielleicht sollte er sich häufiger in seinen Garten trauen. Mary hatte ihn recht ansehnlich hergerichtet.

Es war erstaunlich, wie ruhig er sich gerade bewegte, wie langsam sein Puls schlug. Er musste nicht lange darüber nachdenken, wer dafür verantwortlich war, dass er sich auch außerhalb von Houston Hall sicher fühlte. So zierlich Mary auch sein mochte, sie hatte ihn in den vergangenen Wochen nicht nur aus dem Haus gelockt, sondern ihm auch jedes Mal geholfen, wenn er sich auf eigene Faust in Gefahr gebracht hatte.

Es grenzte an ein Wunder, dass Mary ihr Weg nach Houston Hall geführt hatte. Ein Wunder, für das er mit jedem Tag dankbarer war. Er hatte seinen Mut wiederentdeckt – und seine Neugier.

Von letzterer getrieben, betrat Anthony einen der Kieswege und glitt zwischen den duftenden Büschen hindurch. Es war, als würde er eine verzauberte, fremde Welt betreten. Als er am Ende dieser Welt angelangt war, standen vor ihm die Reste einer von Efeu überwucherten Mauer. Sie war teilweise sogar niedergedrückt und zerbrochen worden. Zwischen dem Grün leuchtete an einer Stelle ein hellerer Stein hervor und Anthony ging in die Knie, um den Efeu zur Seite zu schieben.

Dahinter kam eine kleine Tafel an der Wand zum Vorschein. Eine Gedenk- oder sogar eine alte Grabtafel. Da war er sich nicht sicher. Viel war nicht mehr zu lesen, aber der am deutlichsten erkennbare Schriftzug war ein Name: ›John MakGhie‹. Der Priester, der damals die Hexenjagd eröffnet hatte und seines Amtes enthoben worden war.

War das sein Grab? Hatte man ihn seiner Taten wegen nicht auf dem regulären Friedhof bestattet? Zumindest eine unausgesprochene Frage war damit wohl geklärt: Beatrix war eine Nachfahrin dieses Geistlichen. Zum Glück hatte sie bei all ihrem überschäumenden Temperament nicht die Leidenschaften ihres Vorfahren geerbt. Allerdings fragte Anthony sich, ob das bedeuten konnte, dass Beatrix mehr wusste, als er bisher vermutet hatte.

»Laird Houston?« Es war Marys Stimme, die vom Cottage her zu ihm herüberwehte.

Er richtete sich rasch wieder auf und zog den Efeu zurück über den Stein. Er wusste auch nicht genau, weshalb. »Bin schon da«, rief er, während er sich einen Weg zurück durch die Büsche bahnte.

Als er an der Tür angekommen war, sah er Mary, die ihn schweigend beobachtete. Ihre Augen waren leicht geweitet und ihre ganze Haltung war wie erstarrt. Als hätte sie vergessen, wo sie war und dass sie sich bewegen musste – und wenn es nur zum Atmen wäre.

Er blieb direkt vor ihr stehen. »Mary?«, flüsterte er zögernd. Sie antwortete nicht, sondern starrte weiter durch ihn hindurch. Ein eisiger Schauer kroch über seinen Rücken. War etwas geschehen? Hatte sie schlechte Nachrichten für ihn? Oder hatte sie wieder etwas gesehen? Je länger sie so erstarrt vor ihm stand, desto nervöser wurde er. »Mary!«, flüsterte er erneut – diesmal etwas energischer. Nach kurzem Zögern streckte er eine Hand aus und strich über ihre Wange. Sie war eisig kalt. Nun ergriff ihn Panik. »Mary, verflucht! Was ist los mit dir?!« Er konnte den Drang, sie laut anzuschreien, kaum noch unterdrücken. Mit beiden Händen ergriff er jetzt ihre Schultern und schüttelte sie leicht.

So etwas hatte er noch nie gesehen. Sie war nicht ohnmächtig. Sie stand aufrecht. Sie hatte auch keinen Anfall. Sie war ganz ruhig. Sie war einfach nur … nicht da.

Anthony strich durch ihr Haar, rüttelte immer wieder sanft

an ihr, drückte ihre Hände, versuchte panisch einen Puls zu fühlen und fand in seinem Dilettantismus natürlich keinen. Er hätte nicht mal seinen eigenen gefunden, wenn der nicht gerade wie verrückt gegen seinen Hals gehämmert hätte.

Gerade hatte er sich durchgerungen, doch Beatrix um Hilfe zu bitten, als ein leichtes Zittern durch ihren Körper ging. Sie schnappte nach Luft, blinzelte und starrte dann Anthony an. Ihre Brust hob und senkte sich wieder – sogar recht schnell – und insgesamt wirkte sie nicht mehr wie eine starre Puppe, sondern wieder wie ein lebendiges Wesen.

»Gott sei Dank! Mary, was um Himmelswillen war das? Hattest du solche Ausfälle schon öfter?« Sie schwankte ihm leicht entgegen, und ohne zu zögern fing er sie auf und hielt sie fest. »Ist ja gut. Komm, ich bring dich rein. Du solltest dich ausruhen. Ich werde Beatrix bitten, dir einen Tee zu machen. Etwas Flüssigkeit hilft Wunder bei einem angeschlagenen Kreislauf.« Anthony redete einfach weiter, solange sie schwieg. Er war erleichtert, dass sie wieder da war. Aber ihre plötzliche Schwäche machte ihm Angst.

Sie schmiegte sich an ihn. Ihre Arme glitten um seine Mitte und ihr Gesicht vergrub sie an seiner Halsbeuge. Die plötzliche Intensität ihrer Nähe überforderte ihn.

»M-Mary, i-ich weiß nicht, ob …«, stotterte er, »ich meine, du solltest nicht …« Ihre Lippen streiften seinen Hals und sorgten dafür, dass er in die gleiche Starre verfiel, wie sie zuvor. »Es g-geht dir nicht gut«, machte er einen letzten Versuch. »Ich w-will das nicht … a-ausnutzen.«

Ihre Hände gruben sich in seine Seite. Sie hatte verblüffend viel Kraft, dafür dass sie eben noch der Ohnmacht nah war. Anthony schloss die Augen und strich abwesend durch ihr Haar. Das war alles so unwirklich.

»Mary?«, schreckte Beatrix' Stimme beide aus ihrer Apathie. »Hast du den Laird gefunden?« Die Stimme wurde immer lauter. Sie kam her. Auch bei Mary schien diese Erkenntnis anzukommen. Sie keuchte leicht auf und ihr Kopf zuckte zurück. Sofort lockerte sich ihr Griff und als direkte Folge davon schwankte sie wieder.

Sie sah zu ihm auf und ihre Augen waren noch größer als sonst. Schrecken sprach aus ihrem Gesicht. Schrecken und Scham. »Ist schon gut«, murmelte Anthony und hielt sie weiter fest. Sie wirkte nicht so, als könne sie alleine stehen. Dann richtete er sich etwas auf und rief über ihren Kopf hinweg: »Ja, hat sie, Beatrix. Wir kommen gleich! Ma-Miss Smith hatte nur gerade – au!« Er sah zu Mary, die ihn eindringlich anstarrte und leicht den Kopf schüttelte.

»Alles in Ordnung?« Beatrix' Stimme war zum Glück nicht nähergekommen.

»Ja, alles bestens. Wir sind gleich bei Ihnen, Beatrix«, rief er in ihre Richtung. Dann musterte er prüfend sein geschwächtes Dienstmädchen. »Ich sag ihr nichts. Ist ja gut. Aber was war das? Geht es dir wieder besser?« Mary nickte leicht. Sprach aber immer noch nicht mit ihm. Stattdessen hielt sie sich eine Hand vor den Mund. Für ihn ein klares Zeichen, dass es ihr nicht besser ging. »Das gefällt mir nicht! Ich werde einen Arzt r-fhm!« Das Wort ›Arzt‹ sorgte dafür, dass Mary ihre andere Hand auf seinen Mund presste und ihn finster anstarrte. So kannte er sie gar nicht.

Er seufzte leise und dachte an seine eigene Aversion. Sie und dann auch Beatrix hatten ihn gerade erst durch das halbe Anwesen getragen, weil sie seinen Wunsch respektierten. Also würde er Marys Wunsch auch respektieren. Auch wenn ihn der Gedanke, ihr nicht helfen zu können, wahnsinnig machte.

Der Druck ihrer Hand ließ nach und ihr Schwanken wurde wieder stärker.

Kurzerhand beugte er sich etwas vor und hob diese Elfe von einem Fliegengewicht hoch auf seine Arme. »Keine Widerrede«, brummte er, »halt dich gut fest.«

Sobald sich ihre Arme zögerlich um seinen Hals gelegt hatten, lief er los. Er brachte sie nach oben ins Gästezimmer. Je höher er sie trug, desto mehr schmiegte sie sich an ihn.

Beinah schon war Anthony froh, dass ihn seine Sorge um ihr Wohlbefinden genug ablenkte, um ihre Situation nicht auszunutzen. Er stieß die Tür möglichst leise mit dem Fuß auf und trug sie direkt aufs Bett.

Als er sich wieder aufrichten wollte, klammerten sich ihre Arme noch immer an ihn. Mit sanfter Gewalt löste er sie aus seinem Nacken und strich ihr ein paar Locken aus dem Gesicht. »Ruh dich aus. Schlaf.«

Er sah sie eindringlich an, bis sie mit einem leisen Seufzen die Augen schloss. Anthony zog die leichte Tagesdecke über sie und verschwand dann aus dem Zimmer.

Unten in der Küche erwartete ihn schon eine reichlich verwirrte Beatrix. »Wo haben Sie denn Mary gelassen?« Sie sah ihn misstrauisch an. Langsam kam sie auf ihn zu und drückte die Fäuste in ihre Hüften. »Sie haben das arme Kind doch nicht etwa schon wieder geärgert!«

Abwehrend hob Anthony die Hände. »Nichts dergleichen! Ganz im Gegenteil.« Er ging an Beatrix vorbei und brachte so etwas Sicherheitsabstand zwischen sich und seine Haushälterin. »Ihre Mary fühlte sich nicht wohl. Ich habe ihr zurück ins Gästezimmer geholfen und ihr Bettruhe verordnet.« Als er Beatrix' erschrockenes Gesicht sah, fügte er rasch hinzu: »Nur ein kleiner Schwindelanfall. Es geht ihr schon besser. Aber da sie sich ebenso renitent gegen eine ärztliche Konsultation wehrt wie zuvor ich, habe ich zumindest darauf bestanden, dass sie sich noch etwas ausruht. Da sie mich ebenfalls neulich dazu gezwungen hatte, konnte sie dagegen keine Einwände erheben.«

Anthony war sichtlich zufrieden mit seiner Erklärung. Beatrix war relativ beruhigt und nicht einmal verärgert mit ihm. Während er sich einen Tee eingoss und sich setzte, schlug er ihr vor, Mary später auch etwas Tee und Gebäck zu bringen. Erst hatte er das selbst erledigen wollen, aber es war wohl angemessener, wenn Beatrix das tat. Solange sie unter ihrem Dach und ihren wachsamen Augen weilten, sollte er Mary gegenüber etwas Zurückhaltung zeigen.

***

Anthony saß in Beatrix' Wohnraum vor einem Stapel neuer Fallakten der Kanzlei – er hatte inzwischen über die veränderte Wohnsituation Bericht erstattet –, als sie ins Zimmer und damit auch in seine Gedanken platzte: »Laird Houston! Mary ist weg!«

Als er sie hatte hereintrampeln hören, wollte er sie noch zurechtweisen, doch ihre Worte ließen seinen Mund wieder zuklappen. Die Akte glitt aus seinen Händen auf den Couchtisch und im nächsten Augenblick lief er ihr auch schon entgegen. »Was sagen Sie da, Beatrix?! Das kann doch gar nicht sein! Es ist keine Stunde her, dass ich sie ins Bett … ich meine, ins Gästezimmer gebracht habe. Sie konnte sich kaum auf den Beinen halten!«

»Wenn ich es doch sagen!«, rief sie aufgeregt, »die Kleine ist einfach verschwunden! In ihrem Zustand! Was machen wir denn jetzt?«

»Sie suchen natürlich!« Anthony schob sich an Beatrix vorbei in den Flur, griff nach seinem Hut und war zur Haustür hinaus, ehe seine Haushälterin noch irgendwas hätte erwidern können.

Sein Geist zeigte ihm Bilder einer am Boden liegenden Mary, die im Delirium das Haus verlassen hatte und dann zusammengebrochen war wie zuvor in seinen Armen.

Nur mit Mühe konnte er sich davon abhalten, kopflos durch die Straßen zu laufen und ihren Namen zu schreien. Stattdessen lief er zu Constable Williams, der noch immer in seinem Streifenwagen saß und das Cottage observierte.

Er klopfte an die Scheibe, und nachdem der Constable ihn endlich bemerkte, rief er ungeduldig: »Haben Sie Miss Smith, mein Hausmädchen gesehen?«

Der Constable richtete sich sofort kerzengerade auf. »Stimmt etwas nicht, Sir? Was ist mit Ihrem Hausmädchen? Hat sie Sie bestohlen?«

»Unfug! Es ging ihr nicht gut und nun ist sie nicht mehr auf ihrem Zimmer. Wir machen uns Sorgen. Haben Sie das Mädchen gesehen?«

Der Constable schüttelte den Kopf. Zögernd fügte er hinzu: »Ich könnte eine Suche veranlassen, wenn Sie das wünschen, Laird Houston.«

Für einen Augenblick dachte Anthony über das Angebot nach. Dann schüttelte er entschieden den Kopf. »Nein, dafür ist es noch zu früh. Vielleicht musste sie nur an die frische Luft. Meine Haushälterin und ich werden nach ihr suchen. Bitte halten Sie nur die Augen offen und geben Sie mir Bescheid, wenn Sie die junge Dame entdecken. Schwarzes, lockiges Haar im Pferdeschwanz, blass, im Alltag meistens mit Jeans und bunten Blusen bekleidet«, rasselte er ihre Beschreibung herunter.

Der Constable nickte. Dann legte er den Kopf schräg und deutete an Anthony vorbei durch die Windschutzscheibe. »So wie die da, oder?« Er hatte Mary nur einmal im Dunkeln gesehen. Seine Zweifel waren also verzeihbar.

Anthony drehte sich langsam in die Richtung, in die der Beamte zeigte, und tatsächlich. Da lief Mary. Sie sah wieder aus wie immer. Die Erschöpfung und Abwesenheit waren aus ihrem Blick gewichen.

Als sie Anthony entdeckte, lief sie lächelnd auf ihn zu. Der stieß sich vom Wagen ab, murmelte dem Constable seinen Dank zu und ging ihr entgegen. »Mary! Wir haben uns Sorgen um dich, um Sie gemacht. Sie können doch nicht einfach fortlaufen in Ihrem Zustand!«

»Ach was! Welcher Zustand denn? Mir war nicht ganz wohl. Als Sie fort waren, habe ich mir etwas Wasser ins Gesicht gespritzt und beschlossen, an die frische Luft zu gehen.« Sie knickste leicht vor ihm. »Wie Sie sehen, hat das Wunder gewirkt. Es geht mir wieder ausgezeichnet. Es war sicher nur eine Spätfolge der Aufregung der letzten Tage.« Nun hakte sie sich bei Anthony unter und zog ihn zurück in Richtung Cottage. »Lassen Sie uns wieder reingehen. Es sieht ganz danach aus, als würde dieser Tag nicht ganz so schön werden wie der gestrige.«

Anthony wusste, dass sie log. Hinter ihrem merkwürdigen Verhalten steckte mehr. Oberflächlich betrachtet, war sie wieder die alte. Aber er konnte sich des Eindrucks nicht erwehren, dass dem eben nicht so war. Eigentlich hatte sie begonnen, sich in seiner Nähe echter zu verhalten, mehr ihrer Natur entsprechend. Jetzt wirkte sie erneut wie eine Schauspielerin auf ihn. Aber zumindest schien es ihr wirklich wieder besser zu gehen. Also akzeptierte er ihre Ausrede fürs Erste. Schon allein, damit auch Beatrix sich wieder beruhigte. Sie würde Mary den Rest des Tages nicht aus den Augen lassen.

Anthony blieb dieser Luxus vorenthalten. Welchen Grund hätte er auch nennen können, am Bett seiner Angestellten zu wachen? Es musste ihm reichen, dass Beatrix darauf bestehen würde, dass Mary das Bett die nächsten Stunden nicht verließ.

Am Abend erhielten sie endlich Nachricht von Inspector Abernathy. Er hatte sich dazu herabgelassen, persönlich in Beatrix' Cottage aufzutauchen, um von seinen Ermittlungsergebnissen zu berichten und um weitere Tage auf Houston Hall zu bitten.

Mary und Beatrix hatten sich in die Küche zurückgezogen, während Abernathy mit Anthony ins Wohnzimmer gegangen war.

»Laird Houston, ich möchte offen sprechen. Wir sind da auf ein paar unschöne Dinge gestoßen.« Anthonys Magen zog sich zusammen. Er musste die Tunnel meinen. Oder war da etwa noch mehr? »Der Eindringling scheint nicht durch Türen oder Fenster ins Haus gekommen zu sein, sondern durch einen unterirdischen, versteckten Zugang zum Anwesen. Unter Houston Hall verlaufen verschiedene alte Tunnelsysteme. Die meisten endeten in Sackgassen – teils sind sie eingestürzt, teils zugemauert. Aber zwei Zugänge sind noch immer begehbar. Der eine führt zu Miss Smiths Zimmer, der andere zu einer verborgenen Luke im Kohlenkeller. Das andere Ende des einen Tunnels liegt im nördlich gelegenen Waldgebiet. Der andere

Gang führt in Richtung Dirleton. Wir gehen davon aus, dass diese Tunnel zu Kriegszeiten angelegt wurden, um im Angriffsfall fliehen zu können. In früherer Zeit könnten diese Tunnel sogar bis zur Ruine des Castle geführt haben.« Anthony verzog keine Miene. Er war ein miserabler Schauspieler und so verlegte er sich darauf, einfach nichts zu sagen oder zu tun, außer ab und an nachdenklich zu nicken. »Waren Ihnen diese Gänge bekannt, Laird Houston?«

Jetzt schüttelte Anthony den Kopf.

»Wäre es möglich, dass einer Ihrer Angestellten etwas von diesen Gängen gewusst hat?«

Wieder schüttelte er den Kopf. »Nein, das kann ich mir nicht vorstellen.« Anthony legte so viel Überzeugungskraft wie möglich in seine Worte.

»Und wie sieht es mit den ehemaligen Angestellten aus? Sie erinnern sich doch sicher an die Aussage von Miss Smith bezüglich einer …«, der Inspector blätterte in seinem Notizbuch, »Claire Rutherford.«

Anthony rieb sich nachdenklich über sein Kinn. Die Bartstoppeln kratzten ihn leicht. »Ich erinnere mich. Aber ich kann es mir eigentlich nicht vorstellen. Aber befragen Sie sie ruhig. Sicher ist sicher.«

Ob dem Inspector auffiel, dass Anthony nicht vorgeschlagen hatte, Mary und Beatrix zu befragen?

Abernathy seufzte schwer. In seinem Seufzen schwang die ganze Frustration seiner momentanen Situation mit. »Hören Sie, Laird Houston. Ich weiß, Sie erwarten, heute Abend wieder nach Houston Hall zurückkehren zu können. Ich würde Sie jedoch bitten wollen, noch einige Tage hierzubleiben. Natürlich stehen Sie und Ihre Angestellten in dieser Zeit weiterhin unter Polizeischutz.« Anthony öffnete den Mund, um zu widersprechen, aber der Inspector war schneller. »Bitte, lassen Sie mich ausreden. Im Haus haben wir unsere Untersuchungen weitestgehend abgeschlossen. Aber wir würden die Zeit gern nutzen, um von dem im Wald gelegenen Tunnelausgang aus unsere Edinburgher Hundestaffel loszuschicken. In dieser Zeit sollten sich so wenige Personen wie möglich auf dem Anwesen befinden. Zum einen könnten die Täter aufgeschreckt werden, zum anderen –«

»Moment. Was heißt ›die Täter‹? Gehen Sie auch diesmal von mehreren Personen aus?«

Abernathy nickte. »Die Geschwindigkeit, mit der die Täter zu Werke gegangen sind, spricht für mehrere Personen. Wenn Ihre Angaben zum Tathergang stimmen, dann hätte eine Person allein nicht die Zeit gehabt, das Zimmer derart zu verwüsten oder die Paneele aus der Wand zu reißen. Unsere Leute haben versucht, den Tathergang nachzuvollziehen, und brauchten zu zweit schon allein für das Herausbrechen der Holzvertäfelung eine halbe Stunde. Man muss bedenken, dass die Täter möglichst leise vorgehen mussten, um Ihre Aufmerksamkeit nicht zu erregen.«

Mit jedem Satz fiel es Anthony schwerer, ruhig zu bleiben. Er nickte mechanisch und hoffte inständig, der Inspector würde sein verändertes Verhalten dem Schock zuschreiben. »Haben Sie denn Fingerabdrücke finden können?«

Der Inspector schüttelte niedergeschlagen den Kopf und fuhr sich durchs Haar. War das Verlegenheit? »In den Gängen gibt es sicher welche, aber dafür reichen unsere technischen Möglichkeiten nicht aus. Irgendwann wird die Forensik weit genug vorangeschritten sein, um auch von so unebenen Flächen Fingerabdrücke nehmen zu können, aber heute ist das leider noch Zukunftsmusik. Im Zimmer von Miss Smith haben wir neben Ihren und Beatrix' Fingerabdrücken nur die einer einzigen weiteren Person gefunden. Wir gehen davon aus, dass das die von Ihrem Dienstmädchen selbst sind. Natürlich müssen wir uns dessen noch versichern und würden das Mädchen um eine Probe ihrer Fingerabdrücke bitten.«

»Selbstverständlich. Alles, was Ihnen hilft, Inspector.«

Er nickte und nahm einen Schluck Tee. »Constable Williams wird sich morgen darum kümmern.« Betont langsam stellte er dann seine Teetasse wieder ab. »Darf ich aus Ihrem offenen Entgegenkommen schließen, dass Sie bereit sind, noch etwas länger hierzubleiben?«

»Wie viel länger?«

»Sagen wir bis zum Wochenende?«

»Habe ich denn eine Wahl?«

Der Inspector schnitt eine Grimasse. »Wollen Sie sich wieder sicher fühlen?«

»Natürlich«, antwortete Anthony sofort. Nicht, dass er sich im vergangenen halben Jahr jemals sicher gefühlt hätte.

»Dann sind Ihre Wahlmöglichkeiten … begrenzt.«

»Na schön. Bis zum Wochenende.«

Erleichtert erhob sich der Inspector. »Puh, das war leichter, als ich erwartet hatte.«

Anthony stellte seinen Tee ab – bemüht, sein Zittern zu verbergen – und stand ebenfalls auf. »Inspector Abernathy. Glauben Sie nicht, dass ich es gutheiße, meinem Familiensitz fernzubleiben. Sie verlangen hier etwas von mir, das für mich ein großes Opfer darstellt. Ich kann nur hoffen, dass Ihre weiteren Nachforschungen Ergebnisse bringen. Konkretere Ergebnisse als ›es gibt mehrere, nicht näher zu bestimmende Täter‹. Das ist doch erstaunlich dünn, finden Sie nicht?«

Der Inspector räusperte sich und musterte interessiert Beatrix' Wohnzimmerteppich. Ein alter Perser. »Wir werden unser Möglichstes tun.« Dann sah er wieder Anthony an. »Und nun möchte ich Sie nicht länger aufhalten. Übermorgen sollten die Tiere eintreffen. Bis dahin werden wir die Tunnelzugänge mit Ihrer Erlaubnis versiegeln und den Tatort absichern. Sie finden doch sicher eine andere Möglichkeit der Unterkunft für Miss Smith?«

Anthony nickte. »Das Anwesen ist groß genug. Ich hatte ihr bereits vorgeschlagen, ein anderes Zimmer zu beziehen.« Sie würden die Gänge also verschließen. Die Frage war: Hatte die Polizei auch den geheimen Zugang durch die Waschküche gefunden? Und bedeutete ›versiegeln‹ das zugangssichere Verschließen oder flatterte lediglich ein wenig Polizeiband um die Tunneleingänge?

Statt seine Fragen dem Inspector zu stellen, begleitete er diesen zur Tür. Er rief nicht extra nach seinen Damen. Das war Beatrix' Wohnung und Mary war sein Dienstmädchen und kein Butler.

Als sich die Tür hinter dem Inspector schloss, drehte sich Anthony zu seinen Hausdamen um, die bereits hinter ihm standen. »Haben Sie alles gehört oder soll ich Ihnen noch einmal erzählen, was es Neues gibt?«

***

Auch an diesem Abend konnte Anthony nicht schlafen. Die Nachrichten des Inspectors hatten ihn ebenso aufgewühlt wie Marys merkwürdige Apathie. Er konnte den Schock noch immer spüren, den ihre plötzliche Abwesenheit in ihm ausgelöst hatte. War sie ihm tatsächlich so schnell so wichtig geworden?

»Laufe bitte nie wieder einfach so fort«, murmelte er und

starrte aus dem Fenster. Es war inzwischen fast Neumond, und doch war der Garten gut beleuchtet – dank zweier halb zugewachsener Gartenlaternen, wie Anthony inzwischen wusste. »Wie soll ich dich so beschützen? Dir darf nichts geschehen. Nicht auch noch dir.«

»Ich bin doch gar nicht Teil deiner Familie«, flüsterte eine ihm nunmehr sehr vertraute Stimme. Trotzdem zuckte er leicht zusammen. Er hatte geglaubt, allein zu sein.

Anthony richtete sich auf und drehte sich langsam um, während seine Augen den Raum absuchten. Sie stand in den Türrahmen gelehnt da, nur mit einem Morgenmantel bekleidet – und der Himmel wusste wie wenig darunter. Ihre Locken hingen ihr wirr ins Gesicht. Ihr Blick war verschleiert, müde. Für Anthony hatte sie nie schöner ausgesehen. Als sie sich vom Rahmen abstieß und das Wohnzimmer betrat, setzte sein Herz für einen Schlag aus. Danach bemühte es sich, den verlorenen Schlag wieder einzuholen, und begann zu rasen.

»Du bist noch wach« war alles, was sein trockener Mund zustande brachte.

»Ich konnte nicht schlafen und fragte mich, ob ich die Einzige bin. Wie geht es dir?«

Sie machte sich Sorgen um ihn? Er war nicht zusammengebrochen. Aber er wusste, worauf sie hinaus wollte. Er verkraftete die Abwesenheit von Houston Hall verblüffend gut. Noch. Wahrscheinlich, weil er bisher gut abgelenkt worden war. Er hatte einfach noch nicht genug Zeit gehabt, um über seine Abwesenheit vom Anwesen nachzudenken. »Es geht. Es ist nur …«, er drehte sich wieder um und sah aus dem Fenster. Es war wirklich merkwürdig. Vielleicht lag es an Mary, dass er so ruhig bleiben konnte. »Ich spüre eine merkwürdige Unruhe. Als sollte ich eigentlich dort sein und nicht hier. Als wäre

Houston Hall ohne mich nicht sicher.« Er lachte leise, ohne jede Freude. »So ein Unsinn. Was kann ich schon tun? Dem Anwesen wurde ja nichts getan, sondern meiner Familie.« Und die konnte er nicht mehr beschützen.

Eine kühle Hand strich über seine Schultern. »Das ist kein Unsinn. Du bist eben ein wahrer Houston. Gerechtigkeit und der Schutz anderer stehen für dich an erster Stelle. Das ist nichts, das du verlachen solltest.« Mary klang ernst. Diesen Klang hatte ihre Stimme selten, aber er stand ihr gut. Anthony schloss die Augen.

»Ein wahrer Houston? Vor einem halben Jahr wäre ich stolz gewesen, hätte mich jemand so genannt. Aber ich weiß nicht, ob ich es heute immer noch sein kann.« Er schüttelte leicht den Kopf und starrte auf den Fußboden vor sich. »Bei all dem, was ich über die Geschichte meiner Familie herausgefunden habe, bin ich erschrocken von ›unserer‹ Definition von Gerechtigkeit.«

»Urteile nicht zu vorschnell über deine Ahnen. Du weißt nicht genug, um dir ein umfassendes Bild machen zu können.« Der seidige Stoff ihres Morgenmantels raschelte leise, als ihre Hand seinen Rücken hinabglitt. Jetzt drehte er sich etwas zu ihr um. Sie saß halb auf der Sofalehne hinter ihm.

»Gibt es denn irgendetwas, das dieses Verhalten erklären oder sogar rechtfertigen könnte? Und bitte fang jetzt nicht wieder von irgendwelchen Tiefseemonstern und Totengöttern an.«

»Heißt es nicht ›unschuldig bis zum Beweis des Gegenteils‹, Herr Anwalt? Diese alte Chronik, von einem abergläubischen Geistlichen verfasst, ist alles, auf das du deine Anklagen fußen lässt. In meinen Augen bist es eher du, der sich von Legenden beeindrucken lässt. Ich lasse mich gern überzeugen, aber findest du nicht, dass deine Beweislage etwas dünn ist? Deine Ahnen wären im Nu freigesprochen.«

Anthony musste lachen. Sie hatte recht. Wenn er Fremde verteidigte, dann war er wesentlich vorsichtiger mit dem Verurteilen von Beschuldigten. »Sie haben recht, Euer Ehren, Lady Smith.«

»Oh, ich bin kein Richter. Das will ich gar nicht sein.« Ihr Blick ruhte auf ihm und in ihm las Anthony den Zusatz ›im Gegensatz zu dir‹.

»Wer weiß, diese Rolle würde dir vielleicht besser stehen als die des Dienstmädchens.«

Nun war es an Mary, leise zu lachen. »Meine Rolle? Ich muss doch sehr bitten. Soweit ich weiß, wurde ich tatsächlich eingestellt. Gab ich Eurer Lairdship Grund, an meiner Kompetenz und Befähigung zu zweifeln?«

»Ganz und gar nicht«, Anthony schüttelte entschieden den Kopf, »aber diese Rolle füllt Euch nicht aus, Lady Smith.« Merkwürdigerweise störte Anthony bei dieser Anrede nicht das ›Lady‹, aber das ›Smith‹. Es klang falsch.

Lady Houston … klang das besser?

Schon wieder dieser Gedanke. Blut schoss in seine Wangen und er war froh über die Dunkelheit im Zimmer.

»Ich sagte doch schon: Ich bin kein Teil deiner Familie, Anthony. Also bin ich auch keine Lady.«

Noch nicht, schoss es ihm durch den Kopf. War es das, was ihm sein Unterbewusstsein sagen wollte?

»Mary, würdest du einen kleinen Ausflug mit mir unternehmen, wenn wir zurück auf Houston Hall sind? Einen, zu dem wir nicht gezwungen werden? Einen freiwilligen?« Er hatte seine Frage ausgesprochen, ohne darüber nachzudenken. Im Nachhinein fielen ihm Dutzende von Gründen ein, die dagegensprachen. Aber nun konnte er das Angebot schlecht zurücknehmen.

»Ein Ausflug? Du?« Ihre Brauen huschten nach oben.

Anthony nickte und starrte sie ungeduldig an. Er konnte keine Abneigung sehen. Das war gut. Also empfand sie seinen Vorschlag nicht als unangemessen.

»Na gut. Unter einer Bedingung.«

Er sah sie abwartend an.

»Du gewöhnst es dir an, ab und an den Garten zu betreten. Er ist wirklich schön geworden. Und ich möchte keinen ohnmächtigen Laird durch Dirleton oder gar halb East Lothian tragen. Ich will mir sicher sein, dass dein Kreislauf mitspielt.«

»Wer von uns beiden ist denn heute –« Weiter kam er nicht. Marys Finger lag auf seinen Lippen und ließ ihn augenblicklich verstummen.

»Ah, ah, ah. Lenk nicht ab. Und wir bleiben in der Nähe.«

»Das sind zwei Bedingungen«, murmelte er nun gegen ihren Finger.

»Ganz genau. Und wenn du sie nicht beachtest, dann kommen noch mehr dazu.« Ihr Finger verschwand von seinen Lippen und strich stattdessen eine Locke von seiner Schläfe.

Dann brachte sie etwas Abstand zwischen sich und ihren Laird und gähnte herzhaft. »Ich denke, ich sollte nun zu Bett gehen. Du bist doch bestimmt auch müde, oder?«

Eigentlich war er hellwach. Nicht zuletzt ihretwegen. Doch als Mary gähnte, spürt auch er plötzlich die Erschöpfung in seinen Knochen. Er kreiste mit den Schultern, atmete tief durch und schloss für einen Moment die Augen. Als er sie wieder öffnete und nickte, stand Mary bereits im Türrahmen.

»Schlaf gut«, sagte sie leise. Dann war er wieder allein und konnte sich den Folgen seines spontanen Vorschlags stellen. Er konnte es nicht bereuen, seine Idee ausgesprochen zu haben. Vielleicht war es die Abwesenheit vom Anwesen, vielleicht auch Marys Wesen, aber er fühlte sich mutiger als noch vor wenigen Wochen.

Was nützte Sicherheit, wenn sie darin endete, dass man sein eigener Gefangener wurde und kein Leben mehr hatte, das es zu schützen galt?

***

Die nächsten Tage verliefen ereignislos. Constable Williams kam, um von Mary Fingerabdrücke zu nehmen. Das kannte Anthony noch vom letzten Mal. Beatrix und Mary waren ab und an fort gewesen, um Einkäufe zu erledigen. Beide achteten akribisch darauf, ihn zu benachrichtigen, wenn sie das Cottage verließen.

Er selbst hatte sich in die Bearbeitung der liegengebliebenen Akten gestürzt. Nicht optimal, um sich abzulenken, aber er war sich nicht sicher, ob ihm eine weitere Lektüre von ›*East Lothian. Wo Legenden lebendig werden*‹ zuträglicher wäre. Menschenfressende Wasserpferde, zu Frauen werdende Robben und Wünsche erfüllende Meerjungfrauen reichten ihm fürs Erste.

Noch immer versuchte er den Gedanken an Mary mit einer schimmernden Meerjungfrauenflosse loszuwerden. Diese Ceasg-Fischwesen schienen die einzig freundlichen Gestalten der Tiefsee zu sein.

Ein paar Mal hatte Anthony überlegt, nochmals die Ruine zu begutachten. Aber auch dagegen hatte er sich entschieden. Eigentlich hatte er alles gesehen. Die Gärten fehlten noch mit diesem seltsam eiförmigen Taubenhaus und dem Pavillon. Aber was sollte sich unter ein paar Blumen schon verstecken? Was auch immer die Houstons und ihre Vorgänger in Dirleton Castle getrieben hatten, es hatte mit Sicherheit gut verborgen hinter den dicken Mauern des Castle stattgefunden und nicht zwischen Rabatten und Zierbüschen.

Am Samstagnachmittag war es Beatrix, die ihn aus seinen Gedanken riss. Er hatte ihr leises Klopfen erst gar nicht gehört. So viel Vorsicht war er von ihr gar nicht gewohnt.

»Laird Houston? Es hat draußen aufgeklart und nun ja. Ich würde gern …«

Anthony nahm seine Lesebrille ab, über die er sie bis eben noch gemustert hatte. »Was möchten Sie, Beatrix?«

»Nun, normalerweise steht samstags immer mein Hausputz an. Der Sonntag ist der Tag des Herrn. Da sollte man solchen Arbeiten nicht nachgehen und in der Woche kümmere ich mich ja eher um Ihre Räumlichkeiten.«

Anthony nickte zustimmend und wartete auf weitere Ausführungen. Beatrix hingegen schien zu hoffen, er würde schon jetzt begreifen, worauf sie hinauswollte. »Beatrix, tut mir leid. Ich verstehe nicht, worum es Ihnen geht. Sie müssen sich doch um Himmelswillen in Ihrem eigenen Haus keine Einwilligung von mir holen, um putzen zu können.«

Mit einem deutlich genervten Seufzen sah Mary hinter Beatrix' Schulter hervor. »Laird Houston, Sie sitzen im Weg.«

»Oh« war alles, was Anthony im ersten Moment herausbrachte. »Oh!« Dann sprang er auf, sammelte hektisch seine Unterlagen zusammen und schob sie auf einen Haufen in einer Ecke des Couchtisches. »Geht das so?«

Beatrix nickte erleichtert. Mary hingegen kam auf ihn zu.

»Fast«, sagte sie schlicht, hakte sich bei ihm unter und zog ihn aus dem Wohnzimmer. Sie hatte wieder ihre Jeans mit der roten Bluse an. Ob sie morgen ihr Sonntagskleid tragen würde?

Während ihm Beatrix mit einem entschuldigenden Blick nachsah, zog ihn Mary unerbittlich weiter zur Haustür.

»M-Moment!« Im Gehen angelte er nach seinem Mantel, während Mary ihm seinen Hut aufsetzte. »Mary, ich finde wirklich, es würde reichen, sich einen Augenblick im Garten aufzuhalten«, murmelte Anthony in einem kläglichen Protestversuch.

Sie ließ ihn nur los, damit er den Mantel richtig anziehen konnte, danach schnappte sie sich wieder seinen Arm und zog ihn unerbittlich zu den Gärten des Castle.

Als sie wenig später zwischen den Beeten auf und ab liefen, fühlte sich Anthony wie in einer anderen Zeit. Er stellte sich vor, wie Mary ihr weißes Kleid trug, dazu ein paar passende Netzhandschuhe und einen Sonnenschirm. Die Art, wie sie neben ihm lief, hatte etwas Ehrwürdiges, Altes. Er konnte es nicht genau fassen, aber es bestätigte seine Theorie, dass er definitiv eher neben einer Lady als neben einem Dienstmädchen lief.

Anthony beugte sich leicht zu ihr hinunter und flüsterte: »Mary, was tun wir hier?«

»Was meinen Sie, Laird Houston?«, erwiderte sie mit einem strahlenden Lächeln. »Wir lustwandeln in den herrlichen Gärten des Castles. So etwas tun Menschen doch an Wochenenden mit angenehmem Wetter, oder etwa nicht?« Ihr Griff um seinen Arm wurde noch etwas fester.

»Sch-Schon. Aber … also …« Schon wieder! Ihre Nähe ließ ihn schon wieder kläglich an ihrer Konversation scheitern. »Ist das hier einfach nur ein Spaziergang oder …« Er hoffte, sein Blick würde ihr erklären, worauf er hinauswollte.

»Aber Laird Houston! Machen Sie mir etwa Avancen?« In einer Geste der Verlegenheit hielt sich Mary ihre freie Hand vor den Mund und sah ihn mit großen Augen an.« Sein Blick hatte also nichts erklärt.

Er verdrehte die Augen und richtete sich wieder auf. »Kein Grund, in meine Frage gleich Dinge hineinzuinterpretieren«, erwiderte er so würdevoll wie möglich. Einmal mehr ließ sie sein Herz bis zum Hals schlagen. Sie beide bei einem Rendezvous? Würde sie das denn wollen? Jetzt zog sie ihn doch nur auf, oder?

Mary blieb vor dem Doocot stehen und drehte sich schwungvoll zu ihm um, so dass er halb in sie hineinlief. »Vorsicht!« Wie von selbst legte er einen Arm um ihre Hüften, um sie am Stolpern zu hindern.

Noch näher und er würde das Sprechen völlig verlernen.

Als hätte sie seine unausgesprochenen Gedanken erahnt, zog sie ihn an seinem Mantelkragen tiefer. Sofort beschleunigte sich sein Atem.

Hatte diese unberechenbare Frau etwa vor, ihn hier in aller Öffentlichkeit zu …

»Gib den Leuten etwas zu tratschen und sie vergessen, die wahren Geheimnisse zu erfragen«, murmelte sie leise, während sich ihre Gesichter immer näher kamen. »Ich dachte mir, dass wir unseren Erkundungsrundgang noch etwas fortsetzen sollten. Immerhin ist dort drüben der Platz, an dem die Hexen verbrannt wurden, und dieses Taubenhaus hier erinnert an das antike Pantheon in Rom. Vor allem das Loch in der Decke. Was, wenn das Licht zu einer bestimmten Zeit einen verborgenen Schalter beleuchtet?«

Es fiel Anthony sichtlich schwer, Marys Ausführungen zu folgen. Während ihre Nähe ihn schlicht überforderte, versuchte er zu begreifen, dass sie seine Nähe nur nutzte, um neugierige Augen von ihren eigentlichen Plänen abzulenken.

Die Enttäuschung lag ihm schwer im Magen. Er lockerte seinen Griff um ihre Hüfte und gab sein Bestes, möglichst unauffällig seine Atmung und seinen Herzschlag in den Griff zu kriegen.

»Anthony«, hauchte Mary jetzt noch leiser. Eine Hand löste sich von seinem Mantel, strich stattdessen über seine Wange und seinen inzwischen beachtlichen Bart. Ihre Augen leuchteten mehr denn je. »Du bist Schachspieler. Wie ich. Du weißt, was ein doppelter Bluff ist.«

Er erstarrte. Wie sollte er diese Anspielung jetzt wieder verstehen?!

Was auch immer Mary im Folgenden noch über das Doocot sagte oder während ihrer Wanderung über die Grünflächen, Anthony hörte es nicht mehr. Das Blut rauschte ihm in den Ohren.

Er musste daran denken, wie er ihr vor ein paar Nächten das Versprechen abgerungen hatte, mit ihm einen Ausflug zu unternehmen. Langsam konkretisierte sich sein Wunsch. Er hatte recht genaue Vorstellungen, wo er seine Meerjungfrau hinführen würde und wie. Lächelnd folgte er Mary durch Dirleton, bis sie ihn wieder in Beatrix' Wohnzimmer absetzte.

***

»Laird Houston, auf ein Wort. Es dauert nur einen Moment.« Beatrix hatte seinen Arm ergriffen und hielt ihn auf der Schwelle zurück.

Mary reagierte schneller als er. Mit einem »Ich nehme das« war sie mitsamt seiner Reisetasche und dem Aktenkoffer in Richtung Streifenwagen verschwunden. Constable Williams war am Sonntagmorgen aufgetaucht, um ihm die frohe Botschaft zu verkünden: Sie hätten niemanden finden können, die Fährte führe aber nach North Berwick und damit weg von Dirleton. Alle Zugänge wären verschlossen und Anthony könne heimkehren.

Nun stand Anthony in der offenen Haustür des Cottage und sah seine Haushälterin erwartungsvoll an. Die Ungeduld zog ihn voran. Er wollte zurück nach Houston Hall und jede weitere Verzögerung missfiel ihm.

»Beatrix. Wir sehen uns doch morgen auf dem Anwesen. Wenn es nicht so wichtig ist, dann können wir auch gern in meiner Bibliothek sprechen.« Er hoffte, dass er nicht zu unhöflich klang, nachdem sie ihn für beinah eine Woche beherbergt hatte.

»Nein, nein, das ist nicht nötig. Ich wollte nur … Ich meine …«, sie sprach schnell, zögerte, atmete tief durch und fand dann endlich die Worte, die ihr passend erschienen: »Bitte, bleiben Sie so, ja? Ich glaube, Mary … Miss Smith hat *den* Anthony gefunden, den Sie verloren glaubten.« Ihre Wangen erröteten. Und der Hitze nach, die er jetzt in seinem Gesicht spürte, ging es ihm nicht anders. »Sie tut Ihnen gut.« Ihre Hände ergriffen seine und drückten sie leicht. »Das ist gut. Zweifeln Sie nicht daran, dass sie Ihnen guttut!« Dann ließ Beatrix ihn schnell wieder los, blinzelte und schlug ihm die Tür vor der Nase zu.

Er glaubte, ein leises Schniefen zu hören, bevor er sich kopfschüttelnd auf den Weg zum Wagen machte.

»Was wollte Beatrix?«, fragte Mary, während sie zum Anwesen fuhren.

Sofort schoss Anthony von Neuem das Blut in die Wangen. »N-Nichts weiter. Nur einige sentimentale Beteuerungen.« Er sah Mary nicht an. Der Constable musste nicht wissen, was gerade in ihm vorging. Und Mary auch nicht.

Noch nicht.

Zuerst würde er sie dazu bringen müssen, ins Haupthaus zu ziehen. Das würde entweder sehr leicht oder sehr schwer werden. Abhängig von seiner Fähigkeit, in ihrer Gegenwart in zusammenhängenden Sätzen zu sprechen, und abhängig von ihrem Willen, es ihm schwer oder leicht zu machen.

***

»Mach es mir doch nicht so schwer, Mary!« Sie standen beide im Foyer. Constable Williams hatte sich diskret zurückgezogen und in seinem Streifenwagen vor dem Rondell Stellung bezogen.

Auch wenn Inspector Abernathy keinen Grund zur Sorge sah, sah er offenkundig zumindest einen Grund für Polizeischutz. Diese Widersprüchlichkeit beruhigte nicht gerade, war aber in Anthonys Geist inzwischen zweitrangig.

»Anthony Houston, Laird of Dirleton, ich mache es dir nicht schwer! Im Nordflügel gibt es noch jede Menge weiterer Zimmer. Dass ich im Haupthaus wohne, wäre nicht angemessen.«

»Hör auf, dich ständig herabzuwürdigen oder muss ich dich

erst hei-« Er presste die Lippen fest zusammen, um sich am Weitersprechen zu hindern. Verflucht, was hatte er da gerade sagen wollen?!

»Oder musst du mich erst was?«, fragte nun Mary mit Augen, die vor Neugier funkelten.

»Oder muss ich dich erst rausschmeißen?«, platzte es nach einigem Zögern aus Anthony heraus. Das klang doch schon beinah wie früher. Nur nicht ganz so unterkühlt.

Während ihres kleinen Wortgefechts waren sie immer weiter aufeinander zugegangen. Die beiden Reisetaschen, die einige Meter auseinander standen, zeugten von ihrer Ausgangsposition. Inzwischen berührten sich ihre Nasenspitzen beinah. Er atmete schnell und heftig, aufgeregt von dieser sinnlosen Diskussion.

»Nicht, wenn ich zuerst kündige!«, konterte sie dann nach einem längeren Zögern. Sie war auch schon schlagfertiger gewesen …

Du bist Schachspieler. Wie ich.

Ein doppelter Bluff?

Anthony änderte seine Haltung, sah ihr so fest er konnte in die Augen und setzte alles auf eine Karte: »Mary, bitte. Sei in meiner Nähe. Es ist mir egal, was Dirletons Dörfler denken.« Er schloss die Augen und lehnte seine Stirn gegen ihre.

Er konnte hören, wie sie nach Luft schnappte. Er spürte, wie sich auch ihre Haltung veränderte. Und er lauschte gespannt auf ihre Antwort.

»Du weißt, dass ich jetzt nicht mehr ›nein‹ sagen kann …«, flüsterte sie und ihr Atem streifte sein Gesicht.

Ein Lächeln schlich sich auf seine Lippen. Er öffnete seine Augen und sah leuchtendes Grün direkt vor sich. Doch bevor er sich hätte hinreißen lassen können, machte Mary einen Schritt zurück.

»Also schön. Dann stelle ich meine Reisetasche eben in eins der oberen Schlafzimmer.« Sie lief einen Haken, um ihre Tasche aufzulesen, und ging dann direkt auf die große Treppe zu, ohne Anthony noch eines weiteren Blickes zu würdigen. Er lächelte trotzdem weiter.

Am oberen Ende ging sie demonstrativ nach rechts – weg von seinem Zimmer, öffnete die erstbeste Tür und war verschwunden. Für den Moment war das alles, was sich Anthony gewünscht hatte. Sie war eine schlechte Verliererin und dieses Duell hatte er gewonnen. Er würde ihr Zeit zum Schmollen lassen und sich wie so oft in seine geliebte Bibliothek zurückziehen; den Ort, den er am meisten vermisst hatte.

Er schritt jedes Regal beider Etagen ab, genoss das Gefühl der Buchrücken unter seinen Fingerspitzen und atmete tief den Duft der alten Bücher ein. Es gab nichts Besseres als den Duft alter Bücher.

Außer vielleicht den Duft einer übervollen Frühlingswiese nach dem Regen, wenn die Sonne wieder schien.

***

Eine Woche später war in Houston Hall beinah so etwas wie Alltag eingekehrt. So alltäglich es auf diesem Anwesen werden konnte.

Beatrix hatte sich am Montag über die Unordnung aufgeregt, die die Polizei hinterlassen hatte. Am Dienstag hatte alles wieder seinen rechtmäßigen Platz und seine Ordnung gehabt. Außer Marys altes Zimmer – das war noch immer mit einem polizeilichen Siegel versehen.

Wie Anthony es Mary versprochen hatte, war er täglich für ein paar Minuten in den Garten gegangen. Er hatte jedes Mal sichergestellt, dass sie ihn sah, hatte ihr zugelächelt und war dann wieder in seinem Büchergarten verschwunden.

Gleich zu Beginn der Woche hatte er in Marys Begleitung die verschiedenen Tunnelzugänge innerhalb des Kellers untersucht. Die Polizei hatte tatsächlich Eisengitter eingesetzt beziehungsweise einsetzen lassen. Sie machten einen beruhigend massiven Eindruck. Die Geheimtür im verborgenen Raum hinter dem Wäschekeller war unentdeckt geblieben und der Tresor unter dem Schreibtisch auch. Die Falltür des kurzen Gangs endete direkt hinter der Eingangstür unter dem Foyer. Vielleicht war sie einst dafür gedacht gewesen, ungebetene Besucher schnellstmöglich wieder loszuwerden.

Anthony gefiel es nicht, dass die Polizei nun einen Großteil der Geheimnisse von Houston Hall kannte. Aber wenigstens hatten sie ihre Einblicke genutzt, um die Kellerzugänge abzusichern und weitere Informationen mit ihm zu teilen. Vom Einbrecher oder den Einbrechern fehlte jedoch weiterhin jede Spur. Anthony hatte im Grunde nichts anderes erwartet. Er hoffte nur, dass derjenige gefunden hatte, was er gesucht hatte, und nicht wiederkommen würde. Und er hoffte, dass das Gefundene keine Gefahr für Houston Hall und seine Bewohner bedeutete.

Dass das Tagebuch gestohlen worden war, machte ihm Sorgen. Was auch immer darin stand, war sicher keine Bedrohung für sein Leben, wohl aber für den Ruf und Stand seiner Familie. Was, wenn jemand die dunklen Familiengeheimnisse veröffentlichte? Oder ihn in nächster Zeit der Brief eines Erpressers erreichen würde?

Aber daran ließ sich momentan nichts ändern. Er würde

wachsam sein und mit Mary gemeinsam nach weiteren Tagebüchern suchen, sobald Constable Williams abgezogen sein würde.

Inspector Abernathy hatte von Polizeischutz gesprochen. Es fühlte sich allerdings eher wie eine unautorisierte Beschattung an. Der Constable tauchte ständig im Anwesen auf, glaubte etwas gesehen oder gehört zu haben, und verschwand dann wieder.

Anthony hatte es die ganze Woche über nicht mehr gewagt, in sein zweites Arbeitszimmer zu gehen oder mit Mary über die Geschehnisse zu reden.

Inzwischen war es Sonntagmittag. Während der Morgen noch grau und wolkenverhangen gewesen war, riss nun der Himmel auf und ließ auf einen sonnigen Nachmittag schließen. Das war Anthonys Chance.

Beatrix war in ihrem Cottage und Mary saß in ihrem Zimmer und las. Er räumte seine Unterlagen zusammen, verschloss sie – für den Fall, dass Constable Williams nicht gut genug bezahlt wurde, um ein loyaler Fußsoldat zu sein – und machte sich auf den Weg zur Haustür.

Bis hierhin funktionierte sein Plan reibungslos. Aber auch, wenn er in der vergangenen Woche wie versprochen regelmäßig den Garten betreten hatte, fiel es ihm noch immer schwer, die Haustür zu öffnen und hinter sich zu schließen.

Das Gefühl war noch deutlicher, seit er nahezu eine Woche außerhalb von Houston Hall zugebracht hatte. Doch inzwischen ließ sich Anthony durch das beklemmende Gefühl in der Magengegend nicht mehr aufhalten. Mit einem verhältnismäßig leisen Geräusch schloss sich die Eingangstür hinter ihm. Anthony grüßte seinen Beobachter und lief quer über den

Vorplatz. Er umrundete schnellen Schrittes den Nordflügel und dann stand er vor den Ställen.

Er hatte Black Coel Hen schon gestern aus Houston Walled Garden herbringen lassen. Nur hatte das Wetter gestern noch nicht mitgespielt. In der Box neben seinem Rappen stand Queen. Queen war das Pferd des Gärtners, der sich in den Gardens auch um Coel Hen gekümmert hatte. Es hatte ein wunderschönes, goldbraunes Fell, das in der Sonne schimmerte, und einen einzelnen weißen Fleck auf der Stirn – wie eine Krone.

Queen war das gutmütigste Pferd, das Anthony kannte, und damit perfekt für sein Vorhaben. Er führte beide Tiere aus ihren Boxen und auf den Vorplatz. Dann suchte er Sattel und Zaumzeug, um beide Tiere auf einen Ausritt vorzubereiten.

Als er im hinteren Teil der Stallung den zweiten Sattel holte, hörte er Queen aufgeregt wiehern und kurz darauf verfiel Coel Hen auf die gleiche Idee. Irgendjemand musste vor den Stallungen sein. Jemand, den beide Tiere ganz entschieden ablehnten.

Schnellen Schrittes lief Anthony aus dem Stall. Den Sattel hatte er zurückgelassen, um notfalls die Hände gebrauchen zu können. Doch als er Queen und Coel Hen erreichte, waren beide Tiere wieder ruhig. Und sie waren tatsächlich nicht allein. Mary stand bei ihnen, und während Queen noch aufgeregt schnaubte, hatte sich Anthonys Rappe bereits beruhigt. Marys Kopf war hinter dem von Queen verschwunden und ihre Hände strichen beruhigend über den langen Nasenrücken. Sie schien der Stute etwas zuzuflüstern. Queen nickte überschwänglich, als Mary sie losließ.

»Ihr habt euch schon bekannt gemacht?«

»Ja, durchaus. Nur ihre Namen haben mir die beiden noch nicht verraten.«

»Das ist Black Coel Hen«, sagte Anthony prompt und tätschelte dessen Hals. »Und die Dame vor dir ist Queen.«

Sie musterte den schwarzen Hengst und das weiße Mal von Queen mit einem wissenden Lächeln auf den Lippen. »Und die beiden stehen hier draußen, weil …?« Sie ließ den Satz offen und sah Anthony erwartungsvoll an.

»Weil ich einen kleinen Ausritt plane. Ich … würde mich freuen, wenn du uns begleiten würdest.« Während er sprach, begann Coel Hen an seinem Ohr zu knabbern. »Lass das!« Anthony legte dem Rappen eine Hand auf die Nüstern und schob ihn mit sanfter Gewalt ein Stück weg. Das Pferd schnaubte nur beleidigt und gab ihm einen Stubser.

»Oh. Reiten. Ich … bin ewig nicht mehr geritten.« Mary sah ihn nicht an. Stattdessen konzentrierte sie sich auf Queen. Die Stute machte immer noch einen recht unruhigen Eindruck.

»Mach dir keine Sorgen: Ich war gerade dabei, einen bequemen Sattel zu holen, und Queen ist das friedfertigste Pferd, das ich kenne. Sie ist sicher nur etwas aufgeregt, ein neues Gesicht zu sehen.«

Bevor Mary ihn hätte aufhalten können, lief Anthony zurück zum Stalltor, um den zweiten Sattel zu holen. Doch als er Queen satteln wollte, hielt Mary ihn auf.

»Warte. Ich … ich würde gern ohne Sattel reiten. Wäre das okay?«

Anthony zog irritiert die Brauen zusammen. »Mary, wenn du lange nicht mehr geritten bist, solltest du unbedingt einen Sattel nutzen.«

»Ich … Ich hab das Reiten aber ohne Sattel gelernt«, sagte

sie dann schnell. Wieder eine Lüge. Und nicht einmal eine besonders gute.

Er seufzte leise und ließ den Sattel sinken. Wann würde sie ihm endlich vertrauen? Er wollte nicht mehr warten. Er wollte, dass sie genauso ehrlich mit ihm war, wie er inzwischen mit ihr. Es gab nur noch eine Sache, die sie nicht von ihm wusste. Und die hing von ihrem Vertrauen in ihn ab.

Anthony setzte den Sattel am Rand des Stalls ab und kam wieder zurück. »Na schön. Wenn du meinst, dass du ohne Sattel besser reiten kannst. Nur zu. Solange du mich begleitest …«

Mary warf dem Sattel einen finsteren Blick zu, musterte nacheinander Coel Hen und Queen und nickte schließlich langsam. »Wenn die beiden es zulassen, will ich es versuchen.«

Anthony erinnerte sich an das aufgeregte Wiehern, das er vom Stall aus gehört hatte. Hatten sich die Tiere vor Mary so sehr erschreckt? Sie strahlte doch pure Harmlosigkeit aus. Wie konnte so eine zierliche Frau zwei so stattliche Pferde erschrecken?

»Sag mal, hast du die zwei auch wiehern gehört?«

»Eben, meinst du? Ja, daraufhin kam ich ja her. Ich habe mich gewundert. Mir war nicht bewusst, dass die Stallungen besetzt sind.«

»Erst seit gestern. Eigentlich leben die beiden zurzeit auf Houston Walled Garden.«

Also war es nicht Mary gewesen. Das hätte auch wenig Sinn ergeben. Vielleicht hatte Constable Williams hinter Anthony her geschnüffelt. Dass die Tiere ihn nicht leiden konnten, war gut möglich. Dann ging es ihnen ganz genauso wie Anthony.

»Na schön! Dann mal los!«, rief Mary, glitt aus ihren Sandalen und saß einen Moment später bereits auf Queen.

Einen Augenblick lang starrte Anthony sie nur an. Sie war also lange nicht mehr geritten. Queen trippelte ungeduldig hin und her, aber Mary saß auf ihrem Rücken, als stünde sie still. Schade, dass sie nicht ihr weißes Sonntagskleid trug. Wobei … Es war sicher besser so. Die mintgrüne, dünne Bluse ließ sie ebenso elfenhaft erscheinen und die Jeans war um einiges praktischer zum Reiten.

So schnell und gekonnt wie möglich bestieg auch Anthony sein Pferd. Für ihn war es ebenfalls eine Weile her. Er streichelte Coel Hens Hals und wenige Minuten später ließen sie auch schon das Anwesen hinter sich.

Anthony hatte ganz vergessen, wie sehr er es geliebt hatte, über die Felder und durch die Wälder nördlich von Houston Hall zu reiten. Vorbei am Golfplatz und den kleinen Cottages, die auf dem Anwesen verstreut standen.

Der Jaguar war sein Ersatz gewesen. Viele Pferdestärken, aber kein Vergleich zu seinem Rappen. Der Wind zerrte an seinem Haar und der schwarzen Mähne vor sich, der gleichmäßige Galopp des Pferdes ließ ihn springen und fliegen. Beim Reiten spürte Anthony eine andere Verbundenheit mit seiner Umgebung, mit der Natur. Er fühlte sich nicht als Zuschauer hinter einer Windschutzscheibe, sondern als Teil dieser unendlichen Weite.

Er genoss den Ritt so sehr, dass es eine ganze Weile dauerte, bis er Mary neben sich bemerkte. Obwohl sie ohne Sattel ritt, hielt sie sich problemlos auf Queen und mit ihm und Black Coel Hen Schritt.

Am Feldrand vor dem Wald zügelte er das Tempo und beobachtete Mary neugierig. »Du bist also lange nicht mehr geritten, ja?« Anthony schüttelte lachend den Kopf.

»Tja, ist offenbar wie Fahrradfahren. Man verlernt es nie.« Ihre Hände lagen ruhig auf Queens Rücken. Fast so, als steuerte sie das Tier ausschließlich mit ihren Oberschenkeln und den bloßen Füßen. »Gibt es eigentlich ein bestimmtes Ziel?«

»Durchaus. Wir sind bald da. Lass dich überraschen«, erwiderte Anthony, sichtlich zufrieden mit seinem Plan, und trieb Coel Hen in den Wald hinein. Der kleine Forstweg ließ beide gerade so nebeneinander reiten.

Über ihnen blühten die Bäume und ihr Duft war berauschend. Der Wald roch beinah genauso wie Mary. Anthony atmete tief ein und schloss die Augen.

Eine Windböe rauschte durch die Äste und wirbelte Blütenblätter und Pollen durch die Luft. Sie leuchteten wie verzaubert im Licht der Nachmittagssonne. Je näher sie der Küste kamen, desto mehr mischte sich das Rauschen des Waldes mit dem des Meeres. Der Wind nahm zu, wurde energischer. Aber Anthony wollte Mary unbedingt den Blick auf den Firth of Forth ermöglichen. Er hatte es sich in den Kopf gesetzt, seine Ceasg ans Meer zu bringen.

Es dauerte nicht lang, da übertönte das Rauschen der Wellen das der Bäume, und wenige Augenblicke später war es unübersehbar. Nun trennten sie nur noch einige wenige Meter von der Nordsee. Die meisten Wellen brachen kraftvoll, bevor sie das Ufer erreichten, und klangen, als entlüde sich unter Donnergrollen ein Gewitter. Anthony genoss die kalte, saubere Meeresluft und das Gefühl der Freiheit und unbändigen Kraft, das ihm mit jeder Böe entgegenwehte.

»Sieh nur, da vorn ist Fidra!«, schrie er gegen den Wind an.

Dann sah er zu Mary und vergaß die beeindruckende Szenerie. Sie saß aufrecht auf Queen, ihr Haar war durch den Wind offen und wirbelte um ihren Kopf. Ihre Augen strahlten ihm entgegen und ihre Lippen formten stumm ein ›Danke‹.

Es war alles perfekt. Genauso hatte er sich diesen Ausflug vorgestellt. Mit Schwung stieg Anthony ab, führte Coel Hen zu einem Futterunterstand und hielt dann Mary seine Hand entgegen. »Komm!«

Sie schüttelte lachend den Kopf, glitt dann aber doch von Queen herunter und damit halb in seine Arme. Sie lehnte sich an ihn. »Aber ich bin doch barfuß!«

»Das ist dem Strand egal!«

Auch Queen war schnell zum Unterstand geführt. Er wusste, die Tiere würden warten und im Notfall den Weg nach Hause finden. Dann nahm Anthony wieder Marys Hand und führte sie zu dem, was Dirleton einen ›Strand‹ nannte. Während sie am Wasser entlangliefen, überlegte Anthony die ganze Zeit über, was er sagen sollte. Er wollte nicht von düsteren Legenden sprechen und nicht an die Gefahren denken, die auf ihn – auf sie beide – warteten. Er wollte schlicht nicht diesen Moment ruinieren. Gab es denn nichts, das er herausgefunden hatte, das nicht nach böser Sage und Unglück klang?

»Kennst du die Legende der Ceasg?« Mary sah ihn überrascht an und schüttelte dann zögernd den Kopf. »Schöne, unsterbliche Meerjungfrauen, die ihren Findern drei Wünsche erfüllen. Wesen, die das Leben bewahren und von unendlicher Seltenheit sind.«

»Das klingt zu gut, um wahr zu sein«, rief Mary und starrte auf ihre Füße.

»Du hast mich gebeten, offen gegenüber den Geschichten dieser Gegend zu sein. Ich glaube, jede Legende hat ihren wahren Kern«, setzte Anthony dann an. Jetzt blieb er stehen und drehte Mary zu sich um. »Es mag keine Elfen oder Meerjungfrauen geben, ebenso wenig wie Hexen und Monster. Aber ich habe eine Frau kennengelernt, die so leuchtend grüne Augen hat, wie sie nur eine Ceasg haben kann; die überirdisch schön ist und die Weisheit und Würde einer anderen Zeit in sich trägt; eine Frau, die mir meine Wünsche erfüllt, ehe ich sie kenne, und die immer wieder mein Leben und das anderer bewahrt hat.« Er ignorierte die Locken, die ihm selbst ins Gesicht flogen, und widmete sich lieber Marys Mähne.

»Ich soll eine Ceasg sein?«

»Ich finde, die Eckdaten stimmen.« Anthony musste über Marys ernstes Gesicht lachen.

Sie sah verlegen zu Boden. »Eine Ceasg ist ein so reines und wahres Wesen. Es ist, als würdest du mich mit einem Engel oder einer Göttin vergleichen«, sagte sie leise. Das klang plötzlich nicht mehr so, als kannte sie die Legende nicht. »Eine grausame Göttin, die alle Wünsche erfüllt, nur nicht den einen, den man vor allem anderen in sich trägt.«

Mary hob den Kopf und das leuchtende Grün ihrer Iris strahlte ihm entgegen. Anthony konnte nicht anders, als seine Hand auszustrecken und über ihre Wange zu streichen. Sie war nass vom Wasser der Gischt, das zu ihnen herüberspritzte.

»Sie sind so unendlich schön …«, murmelte Anthony abwesend. »Als würden sie direkt bis in meine Seele sehen können.«

Sie schloss ihre Augen und für einen kurzen Moment lag Schmerz auf ihrem Gesicht und er fragte sich, ob wirklich die Gischt schuld an der Nässe auf ihren Wangen war.

Vorsichtig, als hätte er ein scheues Reh vor sich, versuchte er, ihr Gesicht zu trocknen und ihre Trauer mit dem Wasser fortzuwischen.

»Es tut mir leid. Es lag nicht in meiner Absicht, dich traurig zu machen. Eigentlich eher das Gegenteil …« Ihre Traurigkeit steckte an. Sie war nicht gespielt. Im Gegenteil. Mary versuchte, das aufkommende Gefühl zu unterdrücken. Das konnte er ihr ansehen.

Sie schüttelte leicht den Kopf, ohne den Kontakt zu seiner Hand zu verlieren. Ihre legte sich auf seine. »Das ist es nicht. Mir tut es leid. Ich bin nicht so edel und schön, wie du glaubst. Du hältst zu viel von mir.« Jetzt sprach sie so leise, dass er sie über das Meeresrauschen kaum verstand. Automatisch lehnte er sich weiter zu ihr, und sofort war der Sog wieder da. Der, den sie immer wieder zu unterdrücken versuchte.

Es musste ihr doch genauso gehen!

»Mary, ich – AH!« Plötzlich war es, als leerte Manannân selbst über ihnen die Nordsee aus. Anthony sah blinzelnd in den nun mit dunklen Wolken verhangenen Himmel, der sich über ihnen ergoss. Er hatte seine Ceasg schützend an sich gezogen und rannte mit ihr zurück zum Unterstand. Noch bevor sie ihn erreichten, schlugen die ersten Blitze ein. Er hatte sich geirrt: Die brechenden Wellen waren nicht ansatzweise so laut wie der Donner.

Ein Wiehern in der Ferne machte ihnen klar, dass sie zu Fuß nach Hause kommen müssten. Coel Hen und Queen hatten es vorgezogen, den geordneten Rückzug ohne ihre Reiter anzutreten.

Schwer atmend kam Anthony unter dem Unterstand an. Mary schmiegte sich noch immer an ihn, ihr Gesicht an seinem Hals vergraben. Beide waren nass bis auf die Knochen. Und der Wind, der an ihren Kleidern riss, ließ sie zittern vor Kälte.

Anthony schälte sich aus seinem nassen Mantel und legte ihn Mary über die Schultern. Weste und Hemd waren immer noch besser als ihre dünne Bluse.

Als ihre Hände Wärme suchend unter seine Weste glitten, wurde ihm schlagartig heiß. Der Wind trat in seiner Wahrnehmung zurück und alles, was er noch spürte, waren Marys *warme* Lippen an seinem Hals und ihre Hände auf seinem Bauch. Wie von selbst zog er sie enger an sich und vergrub sein Gesicht in ihrem Haar. Die Blumenwiese hatte sich mit dem salzigen Geruch des Meeres verbunden.

»Mary, bitte verlass mich niemals«, murmelte er mit geschlossenen Augen. Er glaubte nicht, dass sie ihn hören konnte, aber er wollte es aussprechen. Er wollte dem drängenden Gefühl in seiner Brust Ausdruck verleihen, solange er noch mutig genug war.

Unendlich langsam brachte er sie dazu, den Kopf zu heben und ihn anzusehen. Wieder und wieder strich er ihr die schwarzen Locken aus dem Gesicht, drehte sich mit dem Rücken zum Wind, um sie zu schützen. Diesmal würde er sie nicht flüchten lassen. Diesmal würde er nicht zulassen, dass sie unterbrach, was da zwischen ihnen entstand.

Nicht, solange sie sich selbst an ihm festhielt. Und gerade glitten ihre Hände unter seiner Weste auf seinen Rücken und zogen ihn noch enger an sie. Vorsichtig, als wäre es aus zerbrechlichem chinesischem Porzellan, nahm er ihr Gesicht in seine Hände und beugte sich zu ihr hinunter.

Er konnte ihren Atem schmecken, als ihre Lippen seine streiften und er die Augen schloss. Die Zeit blieb stehen, das Unwetter verstummte. Da waren nur ihre weichen Lippen und ihr leises Seufzen, das in seinen Ohren lauter klang als Wind, Wellen und Donner.

Die Erfahrungen mit Mary hatten Anthony gelehrt, sie nicht zu überrumpeln. Aber es war Mary, die ihn überrumpelte, und nicht umgekehrt. Er spürte sie an jedem Zentimeter seines Körpers, als sie ihn gegen den Futtertrog des Unterstands drängte.

Als ihre Lippen sich dennoch nicht auf seine legten, wollte er schon protestieren, doch dann glitten sie über seinen Hals und die Hitze, die ihn überrollte, ließ jeden Willen zu sprechen oder auch nur zu denken erlöschen.

Genauso plötzlich, wie Marys Nähe ihn ergriffen hatte, war sie auch verschwunden. Er hörte sie aufschreien, riss die Augen auf und im nächsten Augenblick sah er sie in den Regenschleiern der Küste verschwinden. Sein Puls rauschte noch immer in seinen Ohren und sein Atem dachte nicht daran, sich zu beruhigen. Aber der Rest seines Körpers war wie erstarrt. Wie ein Baum, an dem ein Unwetter riss, das drohte, ihn zu entwurzeln.

Was hatte er falsch gemacht? Was hatte sie verjagt? Hatte er ihr Verhalten missdeutet? Vielleicht war ihr nur kalt gewesen und sie hatte ihm vertraut. Und er Idiot hatte ihr frisch gewonnenes Vertrauen ausgenutzt.

Wie sollte er sie in diesem Unwetter wiederfinden?

»MARY! ES TUT MIR LEID!«, schrie er, so laut er konnte.

Die Baobhan Sith

Eine der wohl bekanntesten, düstersten Figuren der Highlands ist die Baobhan Sith. Doch nur wenigen ist bekannt, dass es diese gefährlichen Wesen auch in den Lowlands gegeben haben soll. Ein Clan soll im Mittelalter in den Wäldern nördlich von Dirleton und westlich von North Berwick ›gelebt‹ haben:
Es heißt, eine Baobhan Sith kann sich nur einmal im Jahr aus ihrem Grab erheben und ihren Durst stillen. Sie lebt vom Leben anderer und so lebt sie für die Ewigkeit. Wenn sie sich auf die Jagd begibt, dann selten allein. Es war stets die Anführerin, die Mutter des Clans, die ihre männlichen Gäste auswählte, bevor sie ihre Töchter in grünen Gewändern zum Mahl lud. Grün, die Farbe des Lebens und des Waldes, der Magie und der Natur, wurde zum Zeichen derer, die Leben aus ihren wehrlosen Opfern saugten.
Immer in der Nacht zum Mondfest, zum Ersten des Novembers, entstiegen sie ihren Gräbern und feierten den Tod, indem sie das Leben opferten. Die Schönheit dieser Frauen ist derart berauschend, dass kein Mann dem widerstehen kann. Er lässt sich von ihnen in einen Tanz in den Tod führen. Jedes Fest der Baobhan Sith endet mit blutleeren, jungen Männern, die mit Freude Leidenschaft suchten und bitteren, schmerzvollen Tod fanden.
Die Morgensonne meiden sie, denn das Licht der Sonne würde die Dunkelheit in ihren Herzen verbrennen und sie so vernichten. Einzelne Chroniken berichten, dass neben der Morgensonne Feuer und Eisen das Einzige wären, das einen Mann vor diesen Sirenen der Anderwelt retten könnte.

East Lothian. Wo Legenden lebendig werden, 1952

Teil II

Vergangenheit in Schatten

Prolog

Dienstag, 01. November 1763, Houston Hall.

Wasser. Ich brauche dringend Wasser. Niemand kann je einen solch verzweifelten Wunsch nach Wasser empfunden haben wie ich in diesem Augenblick. Meine Kehle brennt, meine Lippen reißen, meine Augen scheinen in Flammen zu stehen.
Flammen. In der Luft liegt ein Gestank von verbranntem Holz, schmelzender Haut und versengten Haaren. Es ist tiefste Nacht und die traurigen Überreste meines Zuhauses werfen im Schein der erlöschenden Flammen skurrile Schatten. Schwarze Asche und weißer Schnee bedecken die Erde zu gleichen Teilen.
Erde, in die ich mich am liebsten verkrochen hätte. Aus der ich aber hervorgekrochen bin. Lass es vorbei sein! Lass es auch für mich vorbei sein! Wie kannst Du sie alle holen und mich zurücklassen? Muss ich denn überleben? Ist weder im Himmel noch in der Hölle Platz für mich?
Mein Geist schreit gen Himmel. Doch kein Laut kommt über meine Lippen. Zu groß ist die Angst, zu übermächtig der Schmerz in meiner trockenen Kehle. Mein Zuhause hätte mein Grab sein sollen, doch ich war zu lebendig, um tot zu sein. Die große, mächtige Eingangstür hat mich unter sich begraben und so gerettet. Ich habe die handgeschnitzte Tür immer geliebt. Aber dafür hasse ich sie.

M. H. Hamilton Houston

Kapitel I

Sonntag, 30. Juni 1963, Wälder nördlich von Dirleton.

Oh, du verdammter Idiot!

Sie rannte schon seit einer Ewigkeit. Ihre Füße waren taub, ihr Körper noch eisiger als sonst. Salzige Gischt und Regen ersetzten ihr die Tränen, die sie nicht weinen konnte. Erst als sich – allen Reflexen und Instinkten zum Trotz – ihr Fuß in einer Alge verfing und sie zu Fall brachte, war ihre Flucht beendet.

Regungslos blieb Mary am Boden liegen. Immer wieder ballte sie ihre Fäuste und hieb auf den Strand ein, als trüge der irgendeine Schuld an den vergangenen Minuten. Sie schmeckte Salz und Sand auf ihren Lippen, bemühte sich aber nicht, ihr Gesicht vom Schmutz zu reinigen. Stattdessen wurde sie mehr und mehr zu einem eisigen Felsen, der unbeweglich dem Unwetter trotzte. Ihr Atem wurde langsamer und langsamer, bevor sie diese unnütze Tätigkeit gänzlich einstellte. Ihr Blick war starr auf das Meer gerichtet. Ihr Geist wollte mit dem Tosen der Wellen davongetrieben werden. Doch es gelang ihr nicht. Er war fest mit diesem einen verfluchten Mann verbunden.

Sie hatte herausfinden wollen, was er wusste; ob er sich selbst und das Geheimnis von Houston Hall bewahren konnte. Sie hatte wissen wollen, warum sie sich so sehr mit ihm verbunden fühlte und welche Rolle er für den weiteren Verlauf der Geschichte spielen würde.

Sicher war sie damals froh gewesen, dass wenigstens er überlebt hatte. Sie hatte sich zu seinem Dienstmädchen erklärt, um wenigstens den letzten Houston beschützen zu können.

Aber was sie jetzt für ihren fernen Anverwandten empfand, hatte sie nicht geplant und nicht gewollt.

Sie hatte ihn beeinflussen wollen. Doch er war es gewesen, der sie verändert hatte. Wie oft schon hatte sie versucht, ihrem Leben ein Ende zu setzen. Bis sie vor ein paar Wochen einmal mehr auf der Pforte von Houston Hall gestanden und er ihr die Tür geöffnet hatte. Sie hatte ihn sofort aus ihren Visionen wiedererkannt. Und dann wusste sie, weshalb sie hatte überleben müssen. Sie wusste, was ihre Aufgabe war. Weshalb sie Anthony gesehen hatte.

Aber jetzt, in diesem Augenblick, schien dieses Wissen schrecklich unwichtig geworden zu sein.

Oh, du verdammter Idiot!

Sie hatte den Geruch seiner nassen Haare noch immer in der Nase. Ihre Lippen prickelten vom Gefühl seines Herzschlags unter seiner Haut. Es hatte nicht mehr viel gefehlt, bevor sie die Beherrschung verloren hätte. Angewidert von sich selbst presste Mary die sandige Faust gegen ihre Lippen. Ihre Augen brannten von ungeweinten Tränen.

Sie hatte nur helfen wollen. Ob ihm oder sich selbst, das wusste sie nicht genau. Aber nun hatte sie angefangen, sich auf Houston Hall wieder zu Hause zu fühlen – und das als Dienstmädchen! Teufel noch eins! Sie hatte das Leben von Mary Hariette Smith lieben gelernt. Sie hatte *ihn* lieben gelernt.

Solange er das nicht begriffen hatte, war sie sicher gewesen. Aber nun … nun war alles anders. Sie wusste, was er wollte, und – verflucht noch mal – sie wusste, sie wollte das Gleiche. Aber ihre Nähe war jetzt kein Schutz mehr für ihn, sondern eine Gefahr. Die Szene eben neben der Futterstelle hatte das bewiesen. Wie sollte sie ihn und das Anwesen vor diesen Monstern schützen, wenn sie selbst zu einem wurde?

Zwei Jahrhunderte hatte sie gekämpft, um sich wieder wie ein Mensch zu fühlen. Und als es ihr endlich gelang, brach das Monster wieder aus ihr hervor.

Wieder glitt ihr Blick in die Ferne. Das ungestüme Grau des Meeres erinnerte sie an seine Augen. An das stechende Funkeln, wenn sie ihn provozierte. Daran, wie es sich verdunkelte, wenn er die Contenance verlor. Spitze Zähne kratzten über ihre Lippen. Nein, sie war ganz gewiss nicht so edel und schön wie eine Ceasg.

Mary kniff die Augen fest zusammen, doch das Bild von Anthony verschwand nicht. Sie sah ihn, wie er steif im Foyer stand – die Hände hinter dem Rücken verschränkt, wie er in der Bibliothek mit seiner Lesebrille eingeschlafen war, wie er ölverschmiert unter ihrem Käfer lag. Und dann riss sie die Augen auf.

Ich war der Idiot! Ich ganz allein!

Sie hatte nicht vorgehabt, ihn so nah an sich heranzulassen, ja. Doch nun war es geschehen. Und sie hatte nichts Besseres zu tun, als seinen neu gewonnenen Mut, seine Offenheit im Keim zu ersticken.

Noch ehe sie den Gedanken richtig gefasst hatte, stand sie wieder aufrecht. Für einen Augenblick gruben sich ihre Zehen in den kalten Sand. Dann rannte sie los – diesmal noch schneller als zuvor, denn jetzt rannte sie nicht einfach davon, jetzt hatte sie ein Ziel.

Sie musste zurück zu ihm.

Sofort.

***

Sie rannte in den Wald, spürte weder Steine noch Wurzeln. Wenn sie sich beeilte, dann war er vielleicht noch da. Wartete unter dem Unterstand. Sie konnte ihn im Geist vor sich sehen, wie er mit seinem melancholischen, leeren Blick zum Meer starrte, die Kleider durchnässt, die feuerroten Locken vom Regen in die Stirn gewaschen. Wie hatte sie ihm das nur antun können?

Sie war aus Angst vor diesem Anblick fortgelaufen, vor seinem Duft, vor seinem Geschmack, vor seiner Nähe. Jetzt war ihre größte Angst, dass sie ihm nie wieder so nah sein würde.

»Anthony!«, schrie Mary durch den Regen, als sie dem Unterstand näherkam. Doch sie hatte es schon vorher gewusst: Er war nicht mehr da. Da war kein donnernder Herzschlag, den sie über das Gewitter hinweg hätte hören können. Sein Duft verflüchtigte sich bereits. Hinfortgespült vom Regen.

Er war gegangen.

Mist! Mist! Mist!

Dennoch rannte sie weiter, bis sie selbst neben der Futterstelle stand. Sie sah die Abdrücke ihrer eigenen Füße im aufgeweichten Boden. Und seine Schuhabdrücke daneben. Sie sah seinen Mantel, der sorgfältig über das Geländer des Trogs gehängt war. Der Mantel, den er ihr umgelegt hatte. Was hatte sie nur getan?

Nun würde er ein noch größeres Ekel werden. Noch kälter und verschlossener als zuvor. Am Anfang war sie froh darüber gewesen. Weil er sie so nicht von ihrer Aufgabe hatte ablenken können, aber jetzt … Ihre Augen starrten ins Leere. Das war alles ihre Schuld. Sie war hin- und hergerissen. Ihr Mut hatte nur bis hierher gereicht. Würde sie sich auch überwinden können, jetzt nach Houston Hall zurückzukehren?

Wie viel Zeit war inzwischen verstrichen? Wie lange hatte sie selbstverloren aufs Meer gestarrt?

Langsam ließ Mary ihre Fingerspitzen über das spröde Holz der Futterstelle gleiten. Als sie den Stoff des Mantels berührte, begann es. Ein Blitz durchfuhr sie, ließ sie erstarren und allen Kontakt zur Gegenwart verlieren. Sie verschwand, flog durch einen Wirbel aus Worten und Gesichtern. Hilflos schleuderte sie zwischen den Ideen und Vermutungen des Zukünftigen hindurch, bis sie Anthonys Stimme wahrnahm und sich mit ihrem Geist daran festhielt.

»Wer ist da?«, rief er gerade. Jetzt konnte sie auch sein Gesicht sehen. Sein Blick verriet Anspannung und Wachsamkeit – und den Schmerz, den sie ihm zugefügt hatte. Unruhig glitten seine Augen hin und her. »Hallo?« Seine Stimme hallte etwas. Er schien im Foyer zu sein.

Mit viel Konzentration gelang es Mary, ihren Blick auf Anthonys Umgebung auszuweiten. Die Szenerie wurde größer. Er schloss gerade die alte Haustür hinter sich. Seine Finger umfassten die Klinke weiterhin, auch als die Tür schon geschlossen war. Sie konnte sehen, wie seine Fingerknöchel weiß hervortraten.

Mary wusste, wie heftig sein Herz schlug, wenn er sich in Gefahr wähnte, und jetzt schlug es noch wilder. Sein Herzschlag war beinah lauter als seine Stimme. Zumindest in ihrer Wahrnehmung.

Anthonys Blick hob sich. Wahrscheinlich sah er gerade die Treppe hinauf. Mary wagte es nicht, den Blick zu wenden. Zu groß war die Gefahr, den Kontakt zu dieser Vision zu verlieren. Sie musste sich weiter auf Anthony konzentrieren. Anthony, der wie in Zeitlupe alle Stadien des Schocks durchlebte. Seine

Augen waren weit aufgerissen, der Mund stand offen. War das Angst in seinem Blick?

Verflucht! Mary musste wissen, was er da sah. Oder vielmehr *wen*. Zögerlich drehte sie sich um, aber als Anthony aus ihrem Blickfeld verschwand, schien die Welt zu kippen. Gerade noch hörte sie Anthony erstickt flüstern: »Das kann doch nicht wahr sein … Du?«

Dann wurde sie wieder in den Strudel aus Stimmen und Schemen gerissen. Mit einem Aufschrei landete Mary auf dem aufgeweichten Waldboden und damit wieder im Hier und Jetzt.

In tiefen Zügen sog sie die frische Luft ein, während ihr Körper gegen die scheußliche Übelkeit und den Schwindel anzukämpfen versuchte.

Es dauerte eine Weile, bis sich die Welt um sie herum aufgehört hatte zu drehen. Erleichtert richtete sich Mary etwas auf und rieb sich die Schläfen. Warum? Wozu waren diese Bilder gut, wenn sie die Seherin dermaßen schwächten? Wozu, wenn sie dabei den entscheidenden Hinweis nicht sah?!

Konzentrier dich!

Was wusste sie? Anthony war zu Hause gewesen. Gut. Das hieß, es war tatsächlich die Zukunft gewesen, denn so schnell konnte er Houston Hall zu Fuß auf keinen Fall erreicht haben. Was war da noch gewesen? Rauschen. Der Regen hatte gerauscht. Das grenzte den Zeitpunkt kaum ein. Was noch?

Mary schloss die Augen und umklammerte seinen Mantel, versuchte zu den Bildern von eben zurückzukehren, doch die Vision kam nicht wieder. Nur Anthonys Gesicht brannte sich ihr ein. Der Schrecken, die Angst, die Verwirrung. Dann sah sie, was er getragen hatte. Das weiße Hemd, das an ihm geklebt hatte; die Weste, die das Grau seiner Augen widerspiegelte und ihm so verflucht gut stand – auch wenn sie vom Regen beinah schwarz gewesen war.

Sie musste zu ihm. Sofort: Das Gleiche hatte er auch eben getragen. Die Vision hatte kaum in die Zukunft gesehen.

Beim Versuch, sich ganz aufzurichten, fiel sie jedoch erneut. Der Durst war entsetzlich. Wie seit einiger Zeit nach jeder Vision. Sie fühlte sich mehr denn je tot.

Nicht jetzt. Sie konnte es sich nicht leisten, jetzt noch mehr Zeit zu verlieren. Mit eisernem Willen zog sie sich an der Futterstelle empor. Ihre Zähne kratzten über ihre eigenen Lippen, rissen sie auf. Sie merkte, wie ihre Sicht verschwamm und ihre Beine taub wurden.

Sie hatte keine Wahl. Mary schloss die Augen und atmete tief ein. Immer wieder. Bis sie *es* fand. Ihre Augen aufgerissen, die Pupillen geweitet, bis das Grün beinah zur Gänze verschwunden war, sprang sie los. Die Schwäche des Moments war vergessen. Nur noch Instinkt und Reflex steuerten sie, bis sie es endlich nicht nur spürte, roch, sondern auch schmeckte. Heiß und süß floss es ihre Kehle hinab.

Erst als ihre Kraft regeneriert war, tauchte auch ihr Geist wieder auf, verschwand das Monster. Sie keuchte auf und warf den leblosen Kadaver von sich. Einmal mehr entsetzt von sich selbst, ließ sie ihren Kopf in den Nacken fallen, riss die Hände empor und wartete darauf, dass der Regen die Sünde von ihrer Haut wusch.

Zögernd besah sie nach einer Weile ihre Hände. Das Zittern hatte nachgelassen. Das Blut war verschwunden. Zumindest äußerlich. Aber was nun? Sie hatte viel Zeit verloren. Und ihren Mut. Einmal mehr.

Was, wenn die Person, vor der Anthony sich so erschrocken

hatte, sie selbst gewesen war? Was, wenn die Angst und Verwirrung ihretwegen sein Gesicht geprägt hatte? Sie musste aussehen wie ein blutrünstiger Waldgeist – all der Dreck, das Wasser … und das Blut …

Langsam stand sie auf. Sollte sie weiterlaufen? Zum Anwesen? Würde er sie überhaupt einlassen?

Es ging hier um so viel mehr als nur sie beide. Mary musste ihm alles erklären, sie musste ihm ihr Geheimnis offenbaren. Dann konnten sie gemeinsam überlegen, was zu tun war. Er war der letzte Lebende der Blutlinie.

Sie hatte geglaubt, es wäre noch Zeit bis zum ersten November. Sie hatte geglaubt, sie könnte ihm die Zeit gewähren, um selbst alles aufzudecken. Aber der Einbruch und das verschwundene Tagebuch ließen sie zweifeln. Hatten sie etwa einen Weg gefunden, auch jenseits des Totenfestes, umzugehen? Vielleicht hatten sie eine der anderen Zeiten, in denen diese Welt mit der Anderwelt verbunden war, genutzt, um sich eine Marionette zu schaffen, etwas, das für sie bei Tag umhergehen konnte, um … Anthony war in höchster Gefahr und mit ihm so viele Menschen.

Sie straffte die Schultern und ihr Blick gewann an Entschlossenheit. Sie musste zu ihm und er musste ihr zuhören. Alle Gefühle und Gedanken darüber hinaus musste sie unterdrücken. Sie waren sowieso sinnlos.

***

Es dauerte nicht lange, bis das Anwesen in Sicht kam. Unter den grauen Regenschleiern wirkte es düster und unnahbar wie sein Herr.

Heute Mittag noch hatte es sich so angefühlt, als sei die Wärme und Geborgenheit aus ihren Kindertagen in das Anwesen zurückgekehrt. Und jetzt … – sie erstarrte. Jetzt war da jemand, der nicht hierhergehörte. Sie hörte ihn nicht, sah ihn nicht, roch ihn nicht, aber sie konnte ihn deutlich spüren.

Ein Fremder.

Also war Anthony in ihrer Vision jemand anderem begegnet. Sie waren nicht mehr allein. Mary musste sich beeilen. Leise schlich sie näher an den Eingang. Keine Spuren eines gewaltsamen Eindringens. Die handgeschnitzte, alte Eingangstür war unversehrt. Mary strich beinah sanft über ihr Holz. »Es hat einen Grund, dass du mich damals gerettet hast, und niemand kann dem Grund für sein Dasein entkommen«, flüsterte sie, bevor sie die Tür vorsichtig einen Spalt breit öffnete.

Alles schien ruhig, als sie das Foyer betrat. Zu ruhig. Die Vögel waren verstummt. Selbst Elvis schwieg. An Mary hatte er sich inzwischen gewöhnt. Es gab nur eine Möglichkeit: Jemand von ihresgleichen war hier – oder würde kommen.

Wieder lauschte sie. Darauf bedacht, nichts zu überhören. Da waren Anthonys kräftig schlagendes Herz und das schnelle, helle Pochen von Elvis, irgendwo im Haus rauschte Wasser. Der Klang vermischte sich mit dem Rauschen des Regens. Ansonsten herrschte Stille.

Wie von selbst folgte Mary dem Schlagen von Anthonys Herzen. Dem Himmel sei Dank: Es klang ganz so, als sei er wohlauf. Vorsichtig hängte sie seinen Mantel auf und schlich in die Bibliothek und plötzlich waren ihre Gedanken zurück beim Unterstand. Erleichterung durchflutete sie. Anthony stand am Fenster. Sein Blick war weit in die Ferne gerichtet; seine Kleider noch immer nass, ebenso wie sein Haar. Aber er war wohlauf und sie rechtzeitig. Das war es, was zählte.

Glück. Sie fühlte pures Glück.

Dieses Mal würde sie nicht weglaufen. Stattdessen lief sie auf ihn zu. Bevor sie es sich wieder anders überlegen konnte, schloss sie ihre Arme fest um ihn und schmiegte sich an seinen breiten Rücken. Sie atmete tief ein, genoss seinen Duft, genoss es, diesmal gesättigt zu sein.

Anthonys Puls beschleunigte sich, aber er sagte nichts. Vielleicht hatte sie einen Fehler begangen. Vielleicht hätte sie sich ihm nicht jetzt – und nicht so plötzlich – nähern sollen. Vielleicht war es auch einfach zu spät.

»Ich habe dich gesucht, weißt du?« Er klang weit weg. »Ich hatte gehofft, du wärst noch da …«

Marys Gedanken glitten zurück zu ihrem letzten Zusammentreffen. Sie hatte ihn gehört. Seine leise Bitte, ihn nie zu verlassen. Schuld ballte sich in ihr zu einem schweren, dunklen Klumpen zusammen. »Ich hätte nicht fortlaufen sollen …« Er zuckte zusammen und für einen Augenblick setzte sein Herz aus. »Es war feige …«

»MARY?« Er klang ungläubig und sie konnte spüren, wie sich sein Körper noch mehr anspannte. »Du … bist zurückgekommen?«

Hatte er jemand anderes erwartet? Plötzlich fiel ihr das Wasserrauschen wieder ein. Er selbst war nass und schmutzig wegen des Unwetters. Erneut blitzten Bilder vor ihr auf. Kürzer, weniger erschöpfend. Es waren nur Streiflichter. Erkenntnisse. Er hatte wirklich jemand anderes erwartet, *eine* andere. Sie sah ihr Gesicht nicht, aber sie sah das glückliche Lächeln in Anthonys Gesicht, als er die Fremde umarmte. Langsam sanken Marys Arme und sofort nutzte er seine neugewonnene Freiheit, um Platz zwischen sich und sie zu bringen. Vielleicht bedeuteten die Bilder gar nicht Gefahr, sondern einfach nur ein Ende. Jemand anderes musste sich von Mary unbemerkt an seine Seite geschlichen haben.

»Ich meine«, er räusperte sich, »Miss Smith, ich habe nicht erwartet, Sie hier noch einmal anzutreffen. Es ist wohl das Beste, wenn Sie Ihr Dienstverhältnis als beendet ansehen.«

Er war zurück. Der kalte Laird Houston. Sie hatte es nicht anders erwartet. Langsam sah Mary zu ihm auf. Er hatte sich inzwischen zu ihr umgedreht, aber sein Blick war auf irgendeinen Punkt über ihr gerichtet. Dieser Stich in ihrem stillen Herzen … War das Eifersucht? Was auch immer es war, es tat weh. Sie sah im Schnelldurchlauf all die Momente vor sich, in denen seine Augen nur auf sie gerichtet waren. Sie hatte es jedes Mal gespürt – auch wenn seine Worte am Anfang abweisend gewesen waren –, sie hatte gespürt, wie sehr er sich von ihr angezogen gefühlt hatte. Aber jetzt war auch dieses Gefühl fort. Wie eine kleine Flamme, die er ausgehaucht hatte, um sich wieder in seiner Dunkelheit zu verkriechen – mit der Fremden im Badezimmer.

Und plötzlich war da noch etwas anderes, Lebendigeres in Mary. Ja, so musste sich Eifersucht anfühlen. Sie hatte es satt abzuwarten, vorsichtig zu sein, sich zurückzuhalten. Sie war aus einem Impuls fortgelaufen und hatte alles ruiniert; sie hatte ihn spontan umarmt und das hatte es nicht besser gemacht. Jetzt kam es nicht mehr darauf an. Entweder würde sie ihn ganz verlieren oder … Aber das wagte sie nicht zu hoffen. Mit einem Ruck an seiner nassen Weste zog sie ihn zu sich herunter. Seine Hände suchten wie von selbst Halt an ihrer Hüfte und sein Blick war nun wieder auf sie gerichtet. *Viel besser.* Er starrte sie vollkommen perplex an. Für einen Augenblick war die Kälte aus seinen Augen verschwunden und sie gedachte, diesen Augenblick zu nutzen.

»Seien Sie nicht so störrisch, Laird Houston«, murmelte sie, bevor sich ihre Lippen auf seine legten.

Hitze, wie sie sie seit fast zwei Jahrhunderten nicht mehr kannte, stieg in ihr auf, als sie mit Genugtuung und einem Anflug von Glückseligkeit feststellte, dass sich sein Griff verstärkte und er ihren Kuss von Sekunde zu Sekunde entschiedener erwiderte.

Es war leichter, als sie gedacht hatte. Sie konnte sich gut beherrschen. Ab und an flammte der Durst auf, aber solange sie sich auf den anderen Durst nach ihm konzentrierte, war alles unter ihrer Kontrolle; und solange er sie festhalten würde wie jetzt, wäre das ein Leichtes. Sie genoss seine Wärme, seine Hitze. Er glühte und erwärmte jeden Zentimeter ihres Körpers.

Als ein leises Räuspern hinter ihr erklang, verfluchte sich Mary für ihre ›Konzentration‹. Sie hatte gar nicht bemerkt, wie jemand anderes das Zimmer betreten hatte.

»Tony?!« Eine zarte, liebliche Stimme. Die Fremde aus ihrer Vision von eben? Sie hatte sie nicht von vorn gesehen. In jedem Fall aber war sie die Frau aus dem Badezimmer. Ein Hauch von Wildblumen und Seife wehte herüber. *Dieses Weib hatte ihre Seife benutzt.* ›Tony‹ wurde Marys Nähe nun sichtlich unangenehm und so schob er sie möglichst unauffällig von sich.

Nicht, dass er damit irgendjemanden hätte täuschen können. Jetzt fiel es Mary schwer, sich zu beherrschen. Endlich, endlich war das passiert, was sie so gar nicht geplant, aber offenbar schon lange gewollt hatte. Zumindest hatte es sich so angefühlt. Und dann störte dieses dahergelaufene … Er konnte doch kaum etwas für sie … Wie alt war sie überhaupt? Und vor allem: *Wer* war sie?

Mary musterte die Fremde. Ein naiver, unschuldiger Blick

zierte ihr vollkommenes, noch etwas kindliches Gesicht. Sie kam ihr bekannt vor.

Mary hatte sie gerade auf maximal achtzehn geschätzt, als ihr etwas auffiel. Noch immer waren da nur die Herzen von Elvis und Anthony, die lauthals vor sich hin schlugen – diesmal war Anthonys Rhythmus beinah genauso schnell wie der von Elvis.

Dieses Mädchen war nicht nur die Fremde aus dem Badezimmer, sie war der Grund dafür, dass die Vögel verstummt waren.

Anthonys Stimme klang rau, als er sie vorstellte. »Raelyn, das ist Mary. Das, ähm, Dienstmädchen. Mary, das ist Raelyn. Meine Schwester.«

»Das … Dienstmädchen?« Der ungebetene Gast verzog spöttisch die Lippen. »Und sie bietet, wie ich sehe, einen wahren Rundumservice.«

Mary schwieg.

Es war lange her, dass sie so gedemütigt worden war. In ihr rasten die Gedanken. Was sollte sie tun? Wieder fortlaufen? Nein. Das würde sie Anthony nicht noch einmal antun. Und vor allem: Sie würde ihn nicht mit seiner Schwester – oder dem, was noch von ihr übrig war – allein lassen.

Er hatte ja keine Ahnung, wie groß die Gefahr war, in der er gerade schwebte. Raelyn hatte keinen Puls und dafür konnte es nur einen Grund geben: Sie war genauso wie Mary. Aber sie war erst seit einem guten halben Jahr so und nicht seit Jahrhunderten!

Mary konnte dem Mädchen ihren Durst und ihre Gier ansehen. Und vor allem den Rausch von Macht. Sie kannte dieses Gefühl noch sehr gut. Nachdem die Verzweiflung gewichen war, hatte auch Mary damals begriffen, wie viel Macht ihr gegeben war. Erst hatten ihr die Visionen Angst gemacht. Dann hatte sie sie zu nutzen gelernt. Erst hatte sie nicht begriffen, warum alles so viel lauter und heller war, warum sie Tiere hören konnte, die noch weit entfernt waren. Ihre Geschwindigkeit und Kraft hatten sie überfordert. Aber mit der Zeit hatte sie gelernt, ihre neuen Fähigkeiten zu nutzen. In dieser Zeit war das Gefühl von Macht so berauschend gewesen, dass sie beinah den Schmerz, den Zorn und die Trauer vergessen hätte.

Diese Gefühle waren es dann aber gewesen, die ihre Menschlichkeit gerettet hatten. Hatte Raelyn auch etwas, das ihre Menschlichkeit retten konnte? War sie deswegen wieder hier? Nachdenklich musterte Mary das Mädchen. Ihre Haare waren schwarz wie die der meisten Houston-Frauen, aber ihre Locken waren eher leichte Wellen – zumindest jetzt, da sie noch nass waren. Ihre Haut war genauso blass wie die von Mary und wurde nur spärlich von einem grünen Kleid bedeckt. Aber das hervorstechendste Merkmal waren ihre Augen. Oder vielmehr ihr Blick. Dunkle Augen – welche Farbe genau sie hatten, konnte Mary nicht sagen – durchbohrten sie mit einer Intensität, mit der nur ein Jäger seinen Rivalen musterte.

Die Frage war nur: Sah Raelyn Mary auf diese Weise an, weil sie ihren Bruder beschützen wollte oder weil sie ihn als Beute sah?

Als Mary aus ihren Gedanken wieder auftauchte, kam Raelyn langsam auf sie zu. Sie musterte sie kühl und abschätzend. »Sieh nur, was du angerichtet hast, Mary! Die Bibliothek ist voller Wasser und Dreck.« Sie verzog das Gesicht in gespielter Bestürzung und deutete auf ihre und Anthonys Fußspuren. »Du solltest dich neu ankleiden und dann dieses … Desaster beseitigen.« Mit diesen Worten schien Raelyn Mary aus ihren

Gedanken eliminiert zu haben, denn nun stellte sie sich vor Anthony und damit zwischen sie beide. Ihr Blick spiegelte Bestürzung und Mitleid, während sie ihm die nassen Locken aus dem Gesicht strich. »Du Ärmster. Erst dieses scheußliche Wetter und dann so ein Schock. Es tut mir unendlich leid, dass ich dir so sehr wehgetan habe. Glaube mir bitte. Sobald meine Erinnerungen zurückkehrten, habe ich mich auf den Weg zu dir gemacht.«

Mary war hin- und hergerissen. Sie wollte Anthony nicht mit ihr allein lassen. Aber sie spürte, dass er sie gerade weder wahrnahm noch vermisste. Seine Aufmerksamkeit hing ganz und gar an seiner totgeglaubten Schwester, und wer konnte es ihm verübeln? Ganz sicher würde er es jetzt nicht gut aufnehmen, wenn Mary seine reizende Schwester zum Monster erklären würde.

»Du solltest dir etwas Trockenes anziehen. So holst du dir noch den Tod! Was ließ dich nur auf die närrische Idee verfallen, bei diesem Wetter hinauszugehen?«

Was ihm wohl durch den Kopf ging? War es ein gutes oder ein schlechtes Zeichen, dass er nicht auf sie einging? Zweifelte er daran, dass sie wirklich seine Schwester war? Versuchte er, eine Erklärung für ihre Abwesenheit oder für das Blut am Tatort zu finden? Spürte er, dass sie *anders* war?

Wenn Mary ihm doch nur schon von den Baobhan Sith berichtet hätte. Dann würde er die Zeichen erkennen, dann wüsste er, was er da vor sich hatte.

Langsam zog sich Mary zurück in Richtung Tür. Jetzt war sie froh, dass er ihr ein Zimmer im Haupthaus gegeben hatte. So wäre sie eher in der Lage, ihn und seine Schwester im Auge zu behalten.

»Du bist so schweigsam. Bitte sag mir, dass du nicht böse

auf mich bist. Ich bin doch so froh, endlich meine Familie gefunden zu haben. Mein Zuhause!« Ihre Hände strichen über seine Wangen und ihr Blick war flehentlicher, als Mary es je gesehen hatte. »Wir haben doch nur noch uns.« Raelyn gab wirklich eine ausgezeichnete Schauspielerin ab.

Anthony schien wie hypnotisiert. Sein Blick hing an ihrem Gesicht, als löste es sich in Luft auf, wenn er auch nur blinzelte.

»Wir sollten in Ruhe sprechen. Allein. Mary … Smith, würden Sie bitte das Zimmer meiner Schwester herrichten? Ich weiß, es ist Sonntag, aber Sie verstehen sicher die Dringlichkeit dieser außergewöhnlichen Situation.«

Mary nickte mechanisch und wandte sich nun der Tür zu, vor der sie stehengeblieben war. Im Hinausgehen hörte sie noch Raelyns Erwiderung. »Du hast ja so recht. Wir sollten nicht vor Bediensteten sprechen. Wer weiß schon, wem sie ihr frisch errungenes Wissen weitertratschen.«

Anthony erwiderte nichts. Er stimmte ihr nicht zu. Aber er widersprach ihr auch nicht. Der Gedanke, dass er Mary so gar nicht vor diesem Biest verteidigte, kränkte sie noch mehr als Raelyns Sticheleien.

Sie verbot sich, dem Gespräch weiter zuzuhören. Der Lauscher an der Wand hörte nur seine eigene Schand'. Wenn Anthony etwas Freundliches hätte sagen wollen, dann hätte er dies gewiss in Marys Beisein getan und nicht erst nach ihrem Verschwinden.

Stattdessen lief Mary in ihr neues Zimmer, um sich saubere Kleider zu suchen. Ihr erster Blick fiel auf ihr weißes Sommerkleid, das seit heute Morgen auf dem Bett lag. Eigentlich hatte sie es wie jeden Sonntag anziehen wollen, doch als sie bemerkt hatte, was Anthony vorhatte, war ihre Wahl auf reittauglichere Kleidung gefallen.

Nun, warum eigentlich nicht? Das Zimmer herzurichten, würde sie nicht viel Zeit und Mühe kosten. Das gelang ihr auch in ihrem Kleid. Und wenn *dieser* Anblick Anthony keine Reaktion entlockte, dann wusste sie auch nicht, was sie noch tun sollte.

Sie legte das Kleid und saubere Wäsche vorsichtig zusammen und trug alles ins Badezimmer. Dort angekommen, mied sie den Blick auf ihr Spiegelbild. Ob Anthony bemerkt hatte, dass sie nicht nur Dreck, sondern auch etwas Blut im Gesicht hatte?

Als sie sich der Schmutzwäsche entledigt hatte, drehte sie das Wasser der Dusche auf. Eine Dusche wäre jetzt genau das Richtige. Es würde ihr helfen, wieder einen klaren Kopf zu bekommen. Und den brauchte sie jetzt dringender denn je.

Raelyn war also zurück. Automatisch verglich Mary ihre eigene Geschichte mit Raelyns. Ein halbes Jahr. Was konnte das Mädchen in dieser Zeit erlebt haben? Wahrscheinlich war sie ebenfalls in die Wälder geflohen, hatte nicht verstanden, was geschehen war, hatte Angst gehabt und sich allein gefühlt. Und dann? Weshalb war sie nicht nach Houston Hall zurückgekehrt? Zu Marys Zeiten war das Anwesen bis auf die Grundmauern niedergebrannt gewesen. Aber Raelyn hatte ein Zuhause gehabt, in das sie hätte zurückkehren können.

Warum also hatte es sie mehr als ein halbes Jahr gekostet, bis sie ihren Bruder mit ihrem Überleben konfrontierte? Sie hätte doch wissen müssen, wie sehr ihm der Tod seiner Familie zu schaffen machte.

Eben hatte Raelyn etwas von zurückgekehrten Erinnerungen gesagt. Hatte sie Anthony etwa erzählt, dass sie das Gedächtnis verloren hatte? Diese Ausrede glaubte Mary ihr keine

Sekunde. Dieser besondere ›Tod‹ löste viel aus, aber er löschte ganz sicher nicht das Gedächtnis. Ganz im Gegenteil. Mary schien heute auf jeden einzelnen Tag ihrer Existenz zurückblicken zu können, als sei er erst wenige Minuten her.

Sie stellte das Wasser ab und wickelte sich in ein großes Handtuch. Warum hatte Raelyn mit ihrer Rückkehrt gewartet? Was hatte sie in dem halben Jahr getan und vor allem: Wieso war sie ausgerechnet jetzt zurückgekehrt? Und warum war Raelyn ihr gegenüber so abfällig? War das einfach ihre *Art?* Eifersucht? Eine Verteidigungsstrategie? Empfand Raelyn sie als Bedrohung? So wie sie Raelyn … Ohne, dass sie genau erklären konnte warum. Ihr Instinkt warnte sie, auch wenn es der Instinkt eines blutdürstigen Monsters war … Aber sollte sie sich Raelyn gegenüber nicht auch verbunden fühlen, sie gar als *Schwester* sehen?

Mary hatte gerade ihr Kleid halb übergeworfen, da öffnete sich die Tür zum Badezimmer und Anthony trat rücklings ein. Sie hatte ihn nicht kommen hören. Das war nicht gut. Sie musste dringend ihre Konzentration zurückgewinnen. Hektisch zupfte sie an ihrem Kleid, damit es sie halbwegs bedeckte. Aber sie gab keinen Laut von sich.

Er hatte bereits seine frischen Kleider abgelegt und begonnen sein Hemd aufzuknöpfen, bevor er sich zu ihr umdrehte.

Anthony schnappte nach Luft und das Blut schoss ihm augenblicklich in die Wangen. »M-Mary! Was … ich wusste nicht«, stammelte er, bis er bemerkte, dass sie immerhin halbwegs bekleidet war. »Verzeihung. Ich wusste nicht, dass das Badezimmer besetzt ist. Ich werde draußen warten.«

Seine Hand tastete hinter ihm bereits nach der Türklinke, als Mary ihn festhielt. »Anthony, warte«, hauchte sie. »Ich weiß, dass das alles gerade etwas viel ist.« Sie wagte es nicht, ihn anzusehen. »Wenn du … wenn du noch immer wünschst, dass ich verschwinde, werde ich mich deinem Wunsch beugen. Versprich mir nur, dass du vorsichtig bist und deinen Blick für Lügen nicht verlierst.«

Sie merkte erst jetzt, wie sehr sich ihre Hand in den Stoff seines Hemdes gekrallt hatte. Langsam lockerte sie ihren Griff. Genauso langsam, wie Anthonys Hand von der Türklinke abließ und stattdessen über ihren nackten Arm strich.

»Mary. Es … Es tut mir leid. Ich …« Abwesend begann er, Muster auf ihren Arm zu malen, und lenkte damit nicht nur sich selbst ab.

»Du …?«, versuchte sie ihn nach einer Weile zum Weitersprechen zu bewegen. *Bitte sag, ich soll bleiben*, flüsterte sie ihm in Gedanken zu. Ihr Blick bohrte sich in seinen und das Grau seiner Augen wirkte eine Nuance dunkler als sonst, während er ihren Blick erwiderte.

»Ich weiß nicht, was ich jetzt tun soll. Ich … versteh mich selbst nicht … weiß nicht mehr, was richtig ist.«

Zögernd strich ihm Mary ein paar Locken hinters Ohr und ließ ihre Hand dann weitergleiten, seinen Hals entlang und bis auf seine Brust. »Du hast ein gutes Herz. Ein kluges. Ich weiß, dass Raelyn jetzt wichtiger ist. Mach dir keine Gedanken.«

Was sie sagte, war richtig. Das wusste sie. Natürlich waren seine Gedanken jetzt bei seiner Schwester. Und doch schmerzte es sie, ihr gegenüber nach ihrer ›Begrüßung‹ so großzügig sein zu müssen. Hätte Anthony es doch nur früher gewagt, ihr näher zu kommen. Hätte Raelyn doch nur noch ein oder zwei Tage gewartet. Das hätte vieles einfacher gemacht. Oder?

Mit einem leisen Seufzen zog Anthony Mary in seine Arme. Sie spürte seinen Atem in ihrem Haar, als er sein Gesicht darin vergrub. »Ich danke dir.« Seine Hände glitten über ihren noch nackten Rücken. »Bitte sei Raelyn gegenüber ebenso großzügig, wie du es mir gegenüber bist. Sie ist eigentlich ganz anders.«

Da war sich Mary nicht so sicher. Wenn sie eins im Laufe der Zeit gelernt hatte, dann, dass Macht, Stärke und Unsterblichkeit das Wesen eines Menschen ebenso wenig veränderten wie Geld und Besitz. All diese Attribute verstärkten den Charakter nur. Sie brachten das zum Vorschein, was zuvor durch Erziehung und Moral verdeckt worden war. Das wahre Wesen.

Mary konnte nur hoffen, dass Raelyns Verhalten andere Ursachen hatte. Misstrauen, denn Anthonys Schwester musste schließlich auch bemerkt haben, dass Mary wie sie war. Vielleicht hatte sie nur Angst um ihren Bruder. Mit diesem Grund könnte Mary leben. Dann würde sie ihr einfach beweisen, dass sie keine Gefahr für ihn war.

»Ich bin froh, dass du zurückgekommen bist. Ich … wollte dich nicht verjagen …«, murmelte Anthony nach einer Weile in die Stille hinein.

Mary schüttelte leicht den Kopf. »Ich hab mich selbst verjagt. Es war feige und falsch. Aber als ich das begriff, warst du schon fort.« Sie schmiegte sich noch etwas stärker an ihn und ließ ihre Hände hinauf in seinen Nacken gleiten. Sie konnte hören, wie er scharf die Luft einsog, und sein Herzschlag dröhnte in ihren Ohren, schlug für ihr stilles Herz mit.

Als sie den Kopf leicht anhob, um Anthony ansehen zu können, war da sofort wieder dieser Sog, diese Kraft, die sie zueinander zog. Wie lang hatte sie sich dagegen gewehrt. Ihr Blick flatterte wie von selbst zu seinen Lippen, als sie ihren immer näher kamen.

»Tony? Mary hat mein Zimmer immer noch nicht angerührt. Sie nimmt ihre Pflichten offensichtlich nicht ernst. Wo ist Claire?«

›Tony‹ zuckte leicht zusammen und schloss für einen Moment die Augen. »Wolltest du nicht in der Bibliothek warten, Lyn? Ich bin gleich wieder da.« An Mary gewandt fügte er flüsternd hinzu: »Sie war schon immer ungeduldig und ein wenig … fordernd. Nimm es nicht persönlich.«

Mary seufzte leise. Als Raelyns Schritte sich entfernten, löste sie sich von Anthony und drehte sich mit ihm, um nun der Tür näher zu sein und aus dem Badezimmer flüchten zu können.

»Warte!« Eine warme Hand legte sich auf ihre Schulter und ließ einen heißen Schauer über ihren Rücken laufen. »Dein Kleid ist noch offen.«

Das war ihr bewusst, aber sie hatte nicht vorgehabt, sich vor ihm anzukleiden. Zu dieser Art Frau gehörte sie nicht. Sie hatte diese entwaffnende Situation nicht geplant. Ihrem Laird schien das egal zu sein. Sobald sie angehalten hatte, spürte sie Fingerspitzen über ihre Wirbelsäule streifen, während sich der Stoff ihres Kleides enger an ihren Körper schmiegte.

Mary blieb ganz ruhig stehen, bis seine Finger ihre Schulterblätter erreichten und nur noch sanft über ihre Haut strichen. Ihr »Danke« war kaum zu hören.

»Das Kleid steht dir ganz ausgezeichnet. Ich hoffe, ich habe es nicht beschmutzt …«

Wenn er wüsste, wie egal ihr das war. Ein Lächeln stahl sich auf ihr Gesicht. »Nichts, das sich nicht reinigen ließe. Und jetzt werde ich mich besser um das Zimmer deines Schwesterchens kümmern.«

Bevor er sie noch mehr aus der Fassung bringen konnte,

flüchtete sie auf den Gang hinaus. Sie lehnte sich für einen Moment gegen die Tür und schloss die Augen. Im Bad war es stickig gewesen. Ihr schwirrte der Kopf. Anthony mochte sich gegen Raelyn nicht durchsetzen können, aber wenigstens ließ er sich – bisher – nicht von ihr gegen Mary einnehmen.

Freitag, 18. November 1763, Wälder nördlich von Dirlington.

Der Durst wird immer schlimmer. Ich habe Schnee gegessen und Wasser aus dem Bach getrunken, aber es hilft nicht. Ich fühle mich mit jeder Stunde schwächer.
In meinem Inneren scheinen zwei Stimmen miteinander zu streiten: Die eine ruft mich tiefer in den Wald hinein, die andere will mich in den Ort führen. Beide Stimmen versprechen mir Hilfe und Linderung. Und doch traue ich ihnen nicht.
Seit dem Unglück spielen meine Sinne verrückt und ich glaube, ich verliere langsam den Verstand. Was, wenn man mich in eine Anstalt steckte? Ich habe fürchterliche Geschichten darüber gehört, wo man Irre hinbringt. Dass sie leben wie Tiere in einem Zoo. Begafft und weggeschlossen. Ich will frei sein. Und am liebsten will ich tot sein.
Ich habe es versucht. Mehrfach. Diese große Sünde des Freitods. Aber der Herr ließ mich nicht gehen. So sehr ich auch in Gebeten darum gefleht habe.
Etwas ist mit mir geschehen und ich weiß nicht was. Ich habe Angst vor mir selbst. Vor dem, was ich sehe und höre und tue.
Ich habe den ersten Morgen herbeigesehnt, aber die Sonne hat mich so sehr geblendet, dass ich seither nur noch bei Dunkelheit umhergegangen bin. Ich habe einem Bauern etwas Nahrung gestohlen, aber sie schmeckt wie Asche und Dreck. Und egal, wie viel Wasser ich trinke: Der verfluchte Durst bleibt.
Was soll ich nur tun?

M. H. Hamilton Houston

Kapitel II

Freitag, 05. Juli 1963, Houston Hall.

»Himmelherrgottnochmal!« Schwungvoll flog die Küchentür auf und Beatrix kam herein. Vor sich her trug sie ein prall gefülltes Tablett. Neben Venison Stew und Shortbread schwappte Tee aus seiner Tasse, als sie alles unsanft auf dem Küchentisch absetzte.

Mit einem frustrierten Seufzen ließ sie sich neben Mary auf die Holzbank fallen und starrte auf die duftenden Köstlichkeiten. »Es grenzt an ein Wunder, dass das Fräulein wieder da ist und ich freue mich wirklich über die Maßen, dass ihr nicht das gleiche Unglück widerfahren ist wie ihren Eltern, Gott hab sie selig.«

»Aber?«, fragte Mary leise, auch wenn sie die Antwort schon kannte. Denn dieser Dialog fand nicht zum ersten Mal in dieser Woche statt.

»Das Fräulein macht mich wahnsinnig«, gab sie nach einem Augenblick des Schweigens zu, das Gesicht in ihren Händen verborgen. »Bin ich ein schlechter Mensch?«

»Aber nein, Beatrix. Wie kommst du darauf?«

»Ein gutes halbes Jahr lang glaubten wir, sie sei mausetot. Ich sollte mich einfach glücklich schätzen, dass sie zurück ist, und nicht über sie fluchen.« Sie seufzte schwer. »Heute habe ich ihr Venison Stew gekocht. So gutes Wild zu bekommen, ist nicht einfach! Und sie? Sie hat es nicht einmal angerührt und behauptet, es stinkt.« Beatrix war tatsächlich beinah den Tränen nahe. »Das war ihr Leibgericht! Das gab es immer am Heiligen Abend und an ihrem Geburtstag. Ich wollte dem Kind doch nur eine Freude machen.«

Mary tätschelte Beatrix' Schulter und wählte ihre Worte mit Bedacht. »Raelyn hat viel durchgemacht. Es ist sicher nicht einfach, sich wieder ins alltägliche Leben einzufinden. Gib ihr etwas Zeit. Sie wird sich schon wieder fangen.« Zumindest hoffte Mary das.

Die Woche war bisher eine Qual gewesen. Wann immer sie Anthony allein vorfand und ein Gespräch mit ihm begann, platzte das Mädchen keine fünf Minuten später mit irgendeiner Lappalie hinein und beanspruchte ihn für sich. Es war beinah, als wäre sie eifersüchtig, aber das ergab keinen Sinn. Sie war seine Schwester!

Am ärgerlichsten war es, dass sie natürlich ihr altes Zimmer bezog und sich dieses direkt gegenüber von Anthonys Arbeitszimmer befand. Dementsprechend waren sie nicht ein einziges Mal gemeinsam dort gewesen, um weiter zu ermitteln. Mary hatte auch kaum versucht, die Tunnel erneut zu untersuchen. Denn dummerweise schien Raelyn ihr ebenso wenig zu trauen wie Mary dem Mädchen. Sie stand unter ständiger Beobachtung.

»Ich hoffe, du hast recht, Mary.«

»Aber natürlich. Vertrau mir. Sie braucht nur etwas Zeit. Und Menschen, die ihr zeigen, dass sie sie vermisst haben.«

Raelyn musste irgendwie verschwinden. Wenigstens für ein paar Stunden. Anthony würde noch eine Weile brauchen, bis er hinter das vollständige Geheimnis hinter Houston Hall kam, und skeptisch, wie er war, musste er es selbst entdecken. Aber bis dahin waren das Anwesen und die Gruft ungeschützt. Das war unhaltbar. Vor allem mit seiner Schwester im Haus, von der keiner wusste, welche Pläne sie verfolgte, denn so bemüht sie darum war, die Zweisamkeit von Mary und Anthony zu stören, so beharrlich schwieg sie darüber, was ihr widerfahren war.

Mary musste sich frei bewegen können, um die verschiedenen Sicherheitsvorkehrungen zu überprüfen und notfalls zu erneuern. Sie musste die Tunnel überprüfen, die weder Anthony noch die Polizei kannten. Und sie musste herausfinden, wer in ihr Zimmer eingebrochen war und wo das Tagebuch steckte. Wer wusste schon, worauf es der Dieb abgesehen hatte und was er darüber hinaus finden würde?

Aber wie wurde sie Raelyn möglichst unauffällig los? »Beatrix. Sag, gibt es vielleicht etwas, das Raelyn immer gern gemacht hat? Ausreiten? Einkaufen? Spazierengehen?«

»O, sie spielt gern Golf. Wir haben sogar einen kleinen Golfplatz auf dem Anwesen. Vielleicht ist er dir schon aufgefallen.«

Oh ja, das war er. Und sie hatte ihn ganz bewusst nicht wieder instand gesetzt. Zum Glück war auch Anthony offenkundig kein großer Golf-Sympathisant. Welchen Sinn ergab es, einen kleinen Ball über eine Wiese zu prügeln, um ihn dann in einem Mauseloch zu versenken? »Tatsächlich? Ist sie denn gut?«

»Und wie, Mary! Sie spielt so manchen Laird an die Wand.« Beatrix lachte. Nun war die Schmach vergessen. Stattdessen klang jener Stolz in ihrer Stimme mit, den Bedienstete an den Tag legten, wenn sie mit ihren Herren prahlten. »Sie hat eine ganz und gar einmalige Art, das Eisen zu schwingen. Früher wurde sie dafür belächelt. Heute wird sie dafür gefürchtet.«

»Was meinst du? Wäre es nicht eine Idee, sie zu einer Partie Golf einzuladen? Vielleicht erinnert sie das an ihr Leben vor all dem. Vielleicht kann sie das genießen und wird wieder etwas ... umgänglicher.« Mary setzte ein möglichst begeistertes Lächeln auf.

»Keine schlechte Idee. Aber wer sollte mit ihr spielen? Der Laird kann Golf nicht ausstehen.«

Marys Grinsen wurde breiter. »Umso geschmeichelter sollte sie sich fühlen, wenn er sie zu einer Partie einlädt, oder?«

Beatrix stimmte in Marys seliges Grinsen ein. »Also gut. Und wie überzeugen wir den Laird davon, dass das eine gute Idee wäre?«

»Zuallererst brauche ich fünf Minuten allein mit Laird Houston, um ihn von unserer Idee zu überzeugen. Kannst du das Mädchen solange ablenken?«

»Ich denke, das bekomme ich hin. Aber sind fünf Minuten realistisch?«

»Ich denke, ich brauche nur eine. Aber sicher ist sicher«, erwiderte Mary mit einem Zwinkern und stand auf. »Iss du dein Venison Stew. Es wäre schade um das gute Fleisch. Und dann schnapp dir Raelyn.«

Beide warfen sich einen hoch zufriedenen, verschwörerischen Blick zu, dann verschwand Mary aus der Küche und ließ ihre Verbündete allein zurück. Beatrix tat ihr leid. Raelyn hatte sich bisher wirklich nicht gerade von ihrer besten Seite gezeigt. Zumindest hoffte Mary, dass das nicht ihre beste Seite war.

Das Gör ließ keine Gelegenheit aus, um Mary vor Anthony zu diskreditieren, und die arme Beatrix litt darunter beinah mehr als Mary selbst. Für die alte Frau musste es noch schwerer sein. Sie kannte Raelyn, wie sie früher als Mensch gewesen war. Es fiel ihr sicher schwer, das alte und das neue Bild der Raelyn Houston miteinander in Einklang zu bringen.

Diesmal war es Mary, die Bruder und Schwester belauschte, um im richtigen Moment in die Unterhaltung zu platzen. Sie hatte sich einen guten Plan zurechtgelegt und hoffte darauf, dass Beatrix ihren Teil ebenso erfolgreich absolvierte.

Wie üblich waren die beiden Houstons in der Bibliothek. Mary fütterte Elvis und konzentrierte sich dabei auf die beiden leisen Stimmen auf der anderen Seite der schweren Eichentür.

»Ich bitte dich, Tony. Es gibt hunderte wie sie. Ich traue ihr nicht. Sie hat die listigen Augen einer Katze.«

»Lyn, ich bin es müde, mit dir darüber zu streiten. Miss Smith bleibt und basta. Ich habe nicht *einmal* erlebt, dass sie dich schlecht behandelt hätte. Was im Übrigen nicht auf Gegenseitigkeit beruht, meine Liebe. Dein Verhalten ihr gegenüber ist absolut nicht angemessen. Sie mag unsere Angestellte sein, aber das macht sie nicht zu einem Menschen zweiter Klasse. Sie ist älter als du und verdient ebenso Respekt wie jeder andere Mensch.«

Mary lächelte leicht. Er verteidigte sie also doch.

»Bist du dir da sicher? Dass sie das gleiche Verhalten verdient wie jeder Mensch?« Jetzt erstarrte Mary. Dieses Gör würde doch nicht ernsthaft …? Sie strich ihr Dienstmädchenoutfit glatt und lief zur Tür. »Hat sie dir mal erzählt, woher sie kommt und wie alt sie ist? Du bist doch so gut im Lügen Durchschauen.«

Das reichte! Dieses Gespräch musste ein Ende finden. Jetzt. Entschieden klopfte Mary an die Tür und trat ohne zu zögern ein. »Verzeihung, Laird Houston. Ich habe hier ein wichtiges Schreiben von der Kanzlei. Gerade eingetroffen.«

»Ist das so? Es hat doch gar nicht geläutet«, fiel Raelyn Anthony ins Wort, als dieser sie begrüßen wollte.

»Dem ist so«, erwiderte Mary kühl. »Ich traf den Boten im

Vorgarten. Sollten Sie mir nicht glauben, empfehle ich Ihnen einen kurzen Austritt an die frische Luft. Wenn Sie sich beeilen, sehen Sie ihn noch.«

Raelyn starrte Mary erst perplex an, blinzelte dann und wollte schon etwas erwidern. Aber diesmal war Anthony schneller. »Na schön. Hat der Bote erwähnt, worum es geht?« Er kam auf Mary zu und – was noch wichtiger war – er trug ein Lächeln zur Schau wie nur selten. Ihm gefiel es also, wenn sie sich gegen Raelyn wehrte. Vielleicht hatte er sogar schon darauf gewartet. Das konnte er haben.

»Nun. Erinnern Sie sich an den Fall, zu dem Sie mir neulich Abend einige Zeilen diktierten? Als Sie noch Licht in meinem Zimmer sahen und mich spät zu sich riefen?«

Anthony zögerte einen Augenblick. Dann hellte sich seine Miene auf. »Oh! Ja, ich erinnere mich.«

Mary reichte ihm einen prall gefüllten Umschlag. »Wünschen Sie, dass ich gleich für die Rückantwort bleibe?«

»Hm …« Er strich sich nachdenklich über das Kinn und setzte dann seine Lesebrille auf, während er zurück zum Schreibtisch lief. »Ja, das ist eine gute Idee. Das wird die Sache vereinfachen. Und wenn der Fall so dringend ist, sollten wir keine Zeit verlieren.« Während er den Umschlag aufriss, sah er über seine Brille hinweg Raelyn an, die wie versteinert zwischen ihnen stand. »Lyn, meine Liebe, das wird nur einen Moment dauern. Wenn du uns solange bitte entschuldigen würdest. Ich bin mir sicher, all die juristischen Floskeln würden dich sowieso nur langweilen.«

Es fiel Mary unheimlich schwer, weder herablassend noch *zu* selbstzufrieden dreinzuschauen, während Raelyn wortlos den Raum verließ. Sie hatte sich von diesem Gör eindeutig zu viel gefallen lassen. Sie war nur ein Kind. Es gab keinen Grund, sich von ihr einschüchtern zu lassen.

Als sich die Tür hinter ihr schloss, trat Anthony auf sie zu. Sie sah den fragenden Ausdruck in seinem Gesicht, die leicht geöffneten Lippen. Natürlich hatte er begriffen, dass der Brief nur ein Vorwand war – spätestens, als er die leeren Blätter im Umschlag gesehen hatte. Er war klug genug, um einen Plan dahinter zu erahnen – darauf hatte Mary gehofft. Aber noch konnten sie nicht frei sprechen. Er würde sich noch etwas gedulden müssen. Mary schüttelte leicht den Kopf und drückte ihm einen Finger auf die Lippen. Auf seine warmen, weichen Lippen, die sich schrecklich gut anfühlten.

Erst als Mary Beatrix im Foyer mit dröhnender Stimme auf Raelyn zustampfen hörte, entspannte sie sich. »Raelyn, wie schön, dass ich dich sehe! Ich kann Mary nirgends finden. Würdest du mir einen Moment im Garten helfen? Bei den Küchenkräutern. Das hast du doch früher immer so gern gemacht.«

Raelyns Antwort war ein abwehrendes Gestammel; aber sie ließ sich – vielleicht noch immer irritiert durch Marys Gegenwehr – hinaus in den Garten komplimentieren.

Nun begannen Marys fünf Minuten. Sie löste ihren Finger von seinen Lippen, und noch bevor sie etwas sagen konnte, zog Anthony sie zu sich. Er beugte sich zu ihr hinunter, und als sein Atem ihre Haut streifte, vergaß sie für einen Augenblick, was ihr eigentlicher Plan gewesen war. Er brachte seine Lippen an ihr Ohr, bevor er sie leise fragte: »Was also ist wirklich so wichtig?«

Sie konnte ein leises Seufzen nicht unterdrücken. Seit wann konnte er so was? »D-Das jedenfalls nicht«, brachte sie unter Aufbietung aller Kräfte hervor und schob ihn etwas von sich.

Ein leichtes Lächeln lag auf seinen Lippen. Es stand ihm verteufelt gut. »Also gut. Ich höre?« Er sollte öfter so lächeln.

»Ich freue mich wirklich sehr, dass deine Schwester wieder da ist«, den Terminus ›am Leben‹ vermied Mary ganz bewusst, »aber das ändert leider nichts daran, dass jemand in das Anwesen eingebrochen ist und das Tagebuch gestohlen hat. Ich möchte euer Familienglück nicht trüben, aber auch Raelyn ist in Gefahr. Immerhin ist sie damals dabei gewesen. Was, wenn die Täter zurückkommen, um die einzige Zeugin zu eliminieren?« Mary atmete tief durch. »Wenn sich herumspricht, dass sie noch lebt …« Mary ließ den Satz unvollendet. »Und dann ist da noch etwas. Vielleicht hat die Polizei nicht alle Gänge gefunden und verschlossen. Was, wenn es noch immer Schwachstellen gibt? Erinnerst du dich an Beatrix' Geschichte? Sie hatte erzählt, dass das Castle rauchte, als Houston Hall brannte. Es muss noch weitere Tunnel geben und einer muss zum Castle führen.«

Anthony hatte geschwiegen. Aber sein leichtes Nicken zeigte ihr, dass ihre Worte auf fruchtbaren Boden fielen.

»Anthony, ich glaube nicht, dass wir nach allem, was ihr widerfahren ist, Raelyn mit Informationen über den Einbruch oder die Chronik belasten sollten. Aber es wäre gut zu erfahren, ob sie sich – nun da ihre Erinnerungen ja offenkundig zurückgekehrt sind – an Details des Überfalls erinnert. Vielleicht könntest du am Wochenende mit ihr einen Ausflug in einen benachbarten Golfclub machen und ganz ungezwungen mit ihr plaudern. Euer Vertrauensverhältnis wieder herstellen. In der Zwischenzeit würde ich die Kellereingänge und das Arbeitszimmer noch mal überprüfen.«

Mary sah gespannt zu Anthony, der seine Lesebrille zurück in sein Haar geschoben hatte und neben ihr nickend auf und ab ging. Sie war durchaus zufrieden mit ihrer Argumentation. Nun lag es an ihm. Sie wollte ihn nicht drängen, aber Raelyn würde jeden Augenblick zurück sein und langsam fiel es ihr schwer, äußerlich Ruhe zu bewahren.

Zur Sicherheit setzte sich Mary vor den Schreibtisch und schnappte sich Papier und Füller. Sollte Raelyn sie erwischen, mussten ihre Alibis stimmen.

»Also gut. Du hast recht«, murmelte er hinter ihr, während sich die Rückenlehne ihres Stuhls leicht neigte. Mary konnte seine Wärme spüren, so nah war er ihr. Sie erlaubte sich, diesen Moment einfach zu genießen – egal, wie sehr die Zeit drängte. Er suchte ihre Nähe. Und Raelyns Geplapper konnte daran nichts ändern.

Mit einem leisen Seufzen nickte Mary erleichtert, während Anthonys Atem ihr kleine Schauer über den Rücken jagte. »Das habe ich immer. Also. Was gedenkst du, mit ihr zu unternehmen? Eine Runde Golf vielleicht?«

Mit einem frustrierten Schnauben stieß sich Anthony von der Lehne ab und lief wieder durch den Raum. »Ich versteh es nicht. Was liebt alle Welt so an diesem ›Sport‹? Was liebt Raelyn so sehr daran?«

Mary musste sich nicht umdrehen, um genau zu wissen, dass er sich jetzt mit den Händen durch seine roten Locken fuhr und dabei seine Brille noch tiefer darin vergrub. Sie liebte diese Geste an ihm.

»Dieses Wochenende. Denk dran. Beatrix sollte auch nicht dabei sein. Sie denkt, wir machen das, um Raelyn endlich auf andere Gedanken und in bessere Stimmung zu bringen«, fügte Mary schnell und leise hinzu, »und natürlich stimmt das auch. Es ist nur nicht der einzige Grund.«

»Ja, das ist mir schon klar. Ich hab da bereits eine Idee.«

Anthony machte eine kleine Pause und fuhr dann in gänzlich verändertem Ton fort: »Wie ich in den Paragraphen sieben bis zwölf bereits ausgeführt habe. Und bitte zögern Sie nicht, mich jederzeit wieder zu kontaktieren, sollten noch immer Unklarheiten bezüglich des Sachverhalts bestehen. Mit freundlichen Grüßen, et cetera, pp, und so weiter.«

Mary hatte das leise Rascheln von Stoff vor der Tür bemerkt und Anthony gerade warnen wollen, als er selbst das weitere Paar Ohren erahnt hatte und in den Diktiermodus gewechselt war. Beeindruckend für einen Menschen. Er hatte wirklich außergewöhnlich gute Sinne. Hätte man ihn auf seine Aufgabe anständig vorbereitet, wäre er ein ausgezeichneter Bewahrer von Houston Hall geworden. Mary hoffte inständig, dass er noch genug Zeit haben würde, um in diese Rolle hineinzuwachsen.

Nun gab sie sich Mühe, den Papierbogen mit Text zu füllen und mit Anthonys Worten enden zu lassen. »Okay, ich hab alles«, sagte sie dann, legte den Füller auf den Schreibtisch und drehte sich halb zu Anthony um.

Der musterte kritisch die Tür. An einer Stelle war das Licht, das unter ihr hindurchschien, unterbrochen. Das also war ihm aufgefallen.

Den Blick weiterhin auf die Tür gerichtet, ging er langsam auf Mary zu. Erst als er leicht gegen die Stuhllehne stieß, hielt er inne und sah auf Mary hinab. Eigentlich widerstrebte es ihr, dass sie nicht auf Augenhöhe mit ihm war, aber als sie seine warme Hand an ihrer Wange spürte, beschloss sie, heute damit leben zu können.

»Vielen Dank für Ihre Hilfe, Miss Smith«, sagte Anthony geschäftsmäßig, während er sich gleichzeitig zu ihr hinunterbeugte und ihre Stirn und Schläfen küsste.

Als er sich langsam zu ihren Lippen vorbeugte, erwiderte Mary leise: »Das willst du also auch vor ihr geheim halten?«

Zur Antwort hob er sanft ihr Kinn an und legte seine Lippen auf ihre. Mary musste den Drang unterdrücken, ihre Hände in seinen Haaren zu vergraben und ihn weiter zu sich hinunterzuziehen. Stattdessen verlegte sie sich darauf, seine Lippen so lange wie möglich zu beschäftigen.

»War mir ein Vergnügen«, sagte sie mit einem leisen Keuchen, als er von ihr abließ. Seine grauen Augen waren dunkler denn je und sein Blick weckte Ahnungen in ihr, ließ Bilder vor ihrem inneren Auge entstehen, von denen sie nicht sicher war, ob es Visionen waren oder Fantasien, Zukunft oder Wunschdenken.

Seit dem Ausritt – oder genauer gesagt: seit Raelyns Rückkehr – war Anthony wie ausgewechselt. Mary war sich noch nicht sicher, welche Version seiner selbst sie mehr mochte. Der unsichere, nach Worten suchende Laird hatte ihr gefallen. Diese erste Entwicklung war schön anzusehen gewesen. Vor allem, weil der mürrische, kalte Schutzpanzer verschwunden war. Aber der Sprung hin zum selbstbewussten Romantiker? In jedem Fall lenkte er sie damit ab und störte erheblich ihre Konzentration. Und das war augenblicklich nicht gut.

Mary zwang ihren Blick auf das Papier vor sich und faltete es langsam zusammen, um sich aus seinem Sog zu befreien. Als es Sekunden später klopfte, hatte Anthony sich wieder aufgerichtet, während Mary gerade aufstand und ihre Kleider glattstrich.

»Ich denke, das wäre dann alles, Mary. Bitte sorgen Sie dafür, dass die Kanzlei meine Antwort noch heute erhält. Den Rest des Wochenendes können Sie sich gern frei nehmen. Ich gedenke, die Zeit mit meiner Schwester zu verbringen. Es ist wie ein Wunder, dass sie wieder bei uns ist.« Er räusperte sich und rief dann etwas lauter als nötig: »Herein!«

Mary nickte brav und bescheiden. »Natürlich. Danke. Dann also bis Montag.« Auf halbem Weg zur Tür streifte Marys Schulter die von Raelyn, so nah gingen sie aneinander vorbei. Keine war gewillt, auch nur einen Zentimeter für die andere zu weichen.

»Was höre ich da? Du hast dir das ganze Wochenende für mich frei genommen?« Raelyn strahlte über das ganze Gesicht. Mary verdrehte die Augen, als sie aus ihrem Gesichtsfeld verschwunden war.

»Selbstverständlich. Was dachtest du denn? Du bist gewissermaßen von den Toten zurückgekehrt. Wie heißt es in der Bibel so schön? ›Ich war tot, und siehe, ich bin lebendig‹! Solcherlei Wunder wollen gefeiert werden.«

Als sich Mary an der Tür noch einmal zu den beiden umdrehte, fiel Raelyn ihm gerade in die Arme. Sie verstand nicht, weshalb diese geschwisterliche Geste sie so maßlos ärgerte.

Das konnte doch keine Eifersucht sein. Oder doch?

Sie musterte die beiden. Glücklich wiedervereint. Das ehrliche Lachen ließ kleine Fältchen um Anthonys Augen herum entstehen. Das stand ihm so viel besser als der grimmige, ernste Blick, den er noch immer viel zu oft zur Schau trug. Und auch Raelyns Lächeln war beinah schon glaubwürdig.

Vielleicht war es ja weniger die brüderliche Liebe Anthonys, auf die Mary eifersüchtig war, sondern mehr die Art, wie er seine Schwester so offen damit beschenkte.

Marys ganze Existenz war durchwirkt von Geheimnissen und Lügen. Ja, vielleicht war es wirklich das. Sie wollte, dass das, was Anthony und sie hatten, weder ein Geheimnis noch eine Lüge war.

***

Am nächsten Morgen tönte ein Grollen vom Rondell her ins Haus. Ein Blick aus dem Fenster verriet Mary, dass Anthony seinen Jag aus der Garage geholt hatte. Der knallrote Roadster hatte Mary schon vor Wochen in seinen Bann gezogen. Überhaupt war sie bisher vor allem für eine Sache während ihrer langen Existenz dankbar gewesen: dafür, dass sie die Erfindung des Automobils miterlebt hatte.

Gerade belud Anthony den Wagen mit einem Korb, der verdächtig nach einem Picknick aussah, sowie mehreren Decken. Es war ihm also tatsächlich gelungen, Raelyn zu einem Ausflug zu überreden – und das ganz ohne Golf.

»Raelyn, nun komm endlich. Wir haben ein Stück Weg vor uns und ich werde nicht rasen, wenn du im Wagen sitzt.«

Mary stand auf der Galerie der Bibliothek. Gleich wäre sie allein. Und Anthony wäre mit seiner Schwester allein. Plötzlich machte sich ein ungutes Gefühl in ihr breit. War es wirklich gut, ihn mit Raelyn allein zu lassen? In der vergangenen Woche hatte sie zwar keine Anstalten gemacht, ihn anzugreifen. Im Gegenteil. Aber er wusste nicht, auf was er sich einließ. Im Jaguar würden sie eng beieinandersitzen und er musste sich auf das Fahren konzentrieren. Wenn die Kleine Durst bekäme, hätte sie kaum eine andere Wahl, als ihn anzugreifen und damit auf vielfältige Weise seinen Tod zu riskieren.

Mary wurde schlecht bei dem Gedanken. Sie musste ihn warnen. Irgendwie musste sie ihn warnen, ohne zu viel zu verraten. So schnell es einem Menschen möglich wäre, lief sie ins Foyer, die Treppe hinunter und hinaus zu Anthony.

»Da bist du j… o, Mary, du bist es!« Anthony zog gerade den Kopf aus dem Wagen und ein Lächeln huschte über sein Gesicht. »Schön, dich noch mal zu sehen.« Ob sein Herzschlag wohl ihretwegen so schnell schlug oder weil er einmal mehr das Anwesen verlassen musste?

»Versprich mir, dass du auf dich aufpasst. Sei vorsichtig. Und wachsam.«

Erst hob er überrascht seine Brauen, dann wurde sein Blick ernst und er nickte knapp. »Ich weiß. Raelyn ist in großer Gefahr. Ich habe sie gebeten, sich etwas zu verhüllen, damit man sie nicht auf den ersten Blick erkennt. Wir werden nur aufs Land fahren und auch nicht zu lang fortbleiben. Ich weiß nicht warum – zumal ja hier der Überfall stattfand –, aber ich halte das Anwesen noch immer für den sichersten Ort für uns.«

Er hatte ja keine Ahnung. *Er* war es, um den sie Angst hatte. Raelyn würde nichts passieren. Man müsste sie schon enthaupten oder verbrennen, um ihr ein Ende zu bereiten. Etwas, das Mary nie über sich gebracht hatte …

»Houston Hall ist dein Zuhause. Diese Mauern werden dich immer beschützen. Aber ein noch größerer Schutz ist ein klarer Geist. Also bleib wachsam – *jedem* gegenüber.« Sie sah ihn eindringlich an und hoffte inständig, dass Raelyn bei aller Verschlagenheit ihrem Bruder nur Liebe entgegenbrachte. »Versprich es.«

»Wie rührend. Wir haben ein Abschiedskomitee!«, rief Raelyn, während sie die Stufen am Eingang hinuntertänzelte. »Genießen Sie Ihren freien Tag, Mary. Wir werden sicher erst spät zurück sein.« Sie tätschelte Marys Schulter – was ihr einen eisigen Schauer verschaffte – und umrundete dann mit der ihr gegebenen Eleganz das Auto. Als sie die Beifahrertür schon geöffnet hatte, legte sie den Kopf schräg und sah erwartungsvoll zu Anthony herüber. »Na komm schon. Warst du es nicht, der eben noch gedrängelt hat?«

»J-Ja. Verzeih.« Raelyn glitt zufrieden auf ihren Sitz und diesen Moment nutzte Anthony, um Marys Hand fest zu drücken, sich zu ihr zu beugen und ihre Wange zu küssen. »Versprochen.«

Mary sah dem Jaguar nach, als er schwungvoll das Rondell umkreiste und dann in Richtung Buchenallee verschwand. Dann wandte sie sich um und lief eiligen Schrittes ins Haus.

Sie wusste nicht, wie viel Zeit ihr blieb, also musste sie sich beeilen. Zuerst überprüfte sie die Zugänge, die auch Anthony inzwischen kannte. Sie hatten die Gänge auch gemeinsam kontrolliert, aber da hatte Mary die Zugänge nicht so prüfen können wie jetzt allein.

Die Polizei hatte ein Schlachtfeld hinterlassen, aber Beatrix war wie ein Derwisch über das Anwesen gejagt und hatte beinah alles wieder hergerichtet. Nur den Keller hatte Mary ihr ausreden können. Um den wollte sie sich kümmern. Ein Angebot, das Beatrix dankend angenommen hatte. Zum Glück.

Mary stieg über die Reste von Baumaterialien, die nach dem Verschließen der Tunneleingänge hier unten zurückgelassen worden waren. Dann betrat sie den Raum hinter dem Regal im Wäschekeller. Glücklicherweise hatte sie ihn damals vor Anthony durchsucht und alles entfernen können, was ihren kriminalistischen Laird gegen sie hätte einnehmen können.

Das Problem war nur, dass nun jemand anderes mindestens ein Tagebuch hatte. Und wer auch immer es war: Sie musste es zurückbekommen.

Sie ging vor dem verborgenen Schalter in die Knie und tastete unter dem Regalbrett danach. Als sich die Tür zum Wäschekeller schloss, rollte ihr ein eisiger Schauer über den Rücken. Sie würde nie vergessen, wie sie *ihn* hier gefunden hatte. Geheimnisse waren nie gut. Hätte sie ihm damals von der Geheimtür erzählt, dann hätte er sich nicht verletzt und erst recht nicht in diesem Loch eingeschlossen. Hatte sie doch haargenau die gleiche Erfahrung wenige Stunden zuvor gemacht und sich nur dank ihrer übermenschlichen Geschwindigkeit aus dem Raum retten können.

Mit einem schweren Seufzen schob sie das andere Regal beiseite und betrat den ersten Gang. Glücklicherweise dauerte es nicht lang, bis sie die Kreuzung erreichte. Die Male mit Anthony hatten die Lampen sie scheußlich geblendet, jetzt konnte sie in aller Ruhe ihre Sinne ausstrecken und die dunklen Gänge mit einer gänzlich anderen Sicherheit durchqueren.

Mit einem Schmunzeln begutachtete sie die Kreidezeichen an den Eingängen der Tunnel. Sie mussten von Anthony stammen. Wahrscheinlich von seinem Alleingang, der in ihrer Wand geendet hatte. Nicht auszudenken, was passiert wäre, wenn er sich etwas länger dort aufgehalten hätte und in der Dunkelheit auf den Eindringling gestoßen wäre.

Mary schüttelte den Gedanken ab und wandte sich dann zuerst nach rechts. Den verschütteten Gang hatte die Polizei unberührt gelassen. Natürlich. Schließlich war er sowieso bereits unzugänglich. Als Mary den Zugang damals zerstört hatte, hätte sie sich um ein Haar selbst lebendig begraben. Hier kam so schnell niemand mehr herein.

Als Nächstes nahm sie sich den Gang vor, durch den der Einbrecher gekommen war. Sie hatte auf eine Spur gehofft, aber inzwischen waren so viele Menschen durch die Gänge gelaufen, dass es schwer war, noch irgendeinen spezifischen Geruch wahrzunehmen.

Hinter ihrem Zimmer gabelte sich der Gang weiter auf. Wie sie wusste, führte ein Gang zu den Stallungen und einer in den Wald. Der Hauptgang führte auch an allen anderen Bedienstetenzimmern vorbei. Mary wollte gar nicht so genau wissen, wozu ihre Vorfahren glaubten, diesen Gang nutzen zu müssen.

Die beiden Gänge, die aus dem Haus führten, waren erfreulicherweise durch Gitter von der Polizei verschlossen worden. Die Konstruktionen machten einen relativ robusten Eindruck. Vor allem die Tatsache, dass Eisen genutzt worden war, beruhigte Mary.

Sie überwand ihre Aversion gegen Eisen, ignorierte das Brennen an ihren Handflächen und rüttelte und zog, so fest sie konnte, an den Gittern. Wirklich robust. Und sicher. Vor allem, wenn man bedachte, dass eine vollwertige Baobhan Sith wesentlich stärker auf Eisen reagierte als Mary. Am Anfang war auch sie empfindlich gewesen. Bestimmte Metalle und Holze verbrannten ihre Haut ebenso wie die Sonne. Doch mit den Jahren hatte sich diese ›Allergie‹ gebessert.

Der letzte Gang war kurz. Er führte heute nur noch zu der Falltür, die ihr einst das unliebsame Leben gerettet hatte. Da die Tür nur ins Foyer führte, hatte sich die Polizei damit begnügt, sie mit einigen zusätzlichen Brettern zu stabilisieren.

Ihre Hände glitten über die Backsteinmauer am Ende des Gangs. Irgendwann würde sie Anthony zeigen müssen, wo die Gruft war. Irgendwann würde er diese Wand einreißen, im Glauben, so das Geheimnis zu lüften.

Aber noch war es zu früh dafür. Und sie hatte Besseres zu tun, als hier unten Sentimentalitäten zu verfallen. Raschen Schrittes machte sie kehrt und lief zurück in den regulären

Keller. Alle Fenster und Türen schienen intakt zu sein. Zum Glück hatte Anthonys Vater bei den Restaurierungsarbeiten zu seinem Einzug darauf geachtet, alles so originalgetreu wie möglich zu belassen. Die ›Bleiglasfenster‹ bestanden überall mehr aus Eisen und Silber als aus Blei. Die Türen waren aus Eiche und alle Verzierungen darauf aus Eibe. Unter den Türschwellen lagen getrocknete Mistelzweige. Mehr Schutz war vor diesen Monstern nicht denkbar.

Anthony würde sicher mit Unglauben und Sarkasmus reagieren, wenn sie ihm sagte, dass diese Holze und Metalle dafür verantwortlich waren, dass er sich auf Houston Hall so sicher fühlte. Aber es waren eben diese Materialien, die das Haupthaus des Anwesens in so eine Festung verwandelten. Keine vollwertige Baobhan Sith und auch kaum ein anderes nicht menschliches Wesen wäre in der Lage dazu, hier einzudringen. Und das machte Houston Hall zu einer unschätzbaren Bastion East Lothians gegen das Böse aus der Anderwelt.

Aber sie musste sich beeilen. Bevor Raelyn und Anthony zurück sein würden, stand noch ein weiterer Punkt auf ihrer Liste. Eine Theorie, die sie dringend überprüfen musste.

Vom Keller lief sie hinauf in das Obergeschoss und in den hinteren Teil des Hauses. Vor Anthonys Arbeitszimmer machte sie halt und wandte sich der gegenüberliegenden Tür zu.

Ihre Hand schwebte über dem Türknauf. Raelyn würde wissen, dass sie in ihrem Zimmer gewesen war. Das Kind würde es riechen. Vielleicht sogar, was genau sie berührt hatte. Mary musste dafür sorgen, dass es einen guten, harmlosen Grund für ihre Anwesenheit gab. In der Woche hätte sie einen Großputz vorschieben können. Aber jetzt am Wochenende? Offiziell hatte Mary heute frei. Das hatte Anthony in Raelyns Beisein betont vor ihrem Ausflug. Dem Nicht-Golf-Ausflug.

Das brachte Mary auf eine Idee. Rasch öffnete sie die Tür und lief geradewegs auf das große Sprossenfenster am anderen Ende des Raums zu. Ohne lange darüber nachzudenken, rammte sie ihre Faust in eines der kleinen Glasfelder. Unter Klirren rieselten Glassplitter aus dem Rahmen und das Dach hinunter. Marys Hand hatte nicht einen Kratzer.

Rasch stopfte sie das Loch notdürftig, um danach eines von Raelyns Taschentüchern aufzufalten und damit nacheinander jedes Schubfach und jede Tür im Zimmer zu öffnen.

Anthony hatte wirklich nichts weggeworfen. Es war alles noch da: Kleider, Schmuck, Bücher, eine Geige. Den Schreibtisch untersuchte Mary besonders gründlich. Sicher gab es irgendwo ein verfluchtes Geheimfach.

Mary schob gerade die letzte Schublade wieder zu, als sie innehielt. War das vorige Fach nicht flacher gewesen? Sie zog die flachere Lade erneut auf, legte vorsichtig die Papiere und Schreibutensilien daraus auf den Tisch und tastete den Boden des Fachs ab. Da! Ein kleines Loch, kaum zu sehen. Sie zog eine Haarnadel aus ihrem Dutt, steckte sie schräg in das Loch und zog daran.

Mit einem triumphierenden Grinsen hob sie den zweiten Boden aus der Schublade. »Also wirklich. Der Trick ist älter als ich. Damit willst du mich täuschen?«

Als Mary jedoch in das Fach sah, verstummte sie. Darin lag ein altes, in Leder eingebundenes Buch. Das Tagebuch. Vorsichtig nahm sie es aus dem Versteck und strich sanft über den Einband.

»Mutter …«, entwich es ihr leise. Ein schwaches Lächeln schlich sich auf ihr Gesicht. Sie hatte das Tagebuch gefunden und es war Raelyn gewesen, die eingebrochen war. Das bestätigte einerseits ihre Theorie – und es war andererseits gewissermaßen beruhigend. Denn Anthonys Schwester war die Gefahrenquelle, ihr Instinkt hatte sie nicht getäuscht. Und nun wusste Mary, dass es wahrscheinlich keine weitere gab. Zumindest nicht vor dem ersten November dieses Jahres.

Nun war nur die Frage: Warum hatte sie dieses Buch gesucht? Was versprach sie sich davon? Und wer hatte ihr davon erzählt? Was plante sie? Das war nicht ein Frage, es waren erschreckend viele. Hatte das Gör überhaupt schon darin gelesen? Wenn ja, dann ergab es wenig Sinn, es zurückzustehlen und Raelyn damit die Information zuzuspielen, dass Mary von ihrem Diebstahl wusste. Wenn nicht, dann war es durchaus gut, sie nicht darin lesen zu lassen. Denn zwei Kapitel dieses Tagebuchs würden ihr verraten, wo sich unter Houston Hall die Gruft befand, die sie höchstwahrscheinlich suchte, und das durfte sie unter keinen Umständen erfahren. Das eine Kapitel stand auf der herausgerissenen Seite, die Mary stets bei sich trug. Das andere befand sich am Ende des Buches.

Kurzerhand blätterte sie bis zu besagter Stelle vor und riss zwei weitere Seiten aus dem Tagebuch. Nun enthielt es nur noch die Mutmaßungen einer vernachlässigten Ehefrau und die Gerüchte des Personals. Weitestgehend ungefährlich. Aber unterhaltsam genug, um Raelyn eine Weile abzulenken. Mit etwas Glück hatte das Mädchen noch nicht bis zum Ende gelesen, wohl aber weit genug, um sich nicht über fehlende Seiten zu wundern.

Nachdem sie die Seiten in ihre Jeans geschoben und die Schublade wieder korrekt gefüllt hatte, verließ Mary Raelyns Zimmer und ließ das Taschentuch in der Wäsche verschwinden. Als sie gerade wieder auf dem Weg ins Foyer war, einen ausladenden, zerschlissenen Sack auf ihrem Rücken, riss sie eine neue Vision von ihren Füßen.

Unter ihr vibrierte der Boden vom tiefen Grollen eines Sechszylinders. Sie war im Jag! Krampfhaft hielt sie sich an den ihr vertrauten Geräuschen fest, um sich weiter in die Vision hineinzuziehen.

»Lyn, wenn wir nicht bald anhalten, dann wird das mit dem Picknick heute nichts mehr. Hast du dir mal den Himmel angeschaut?«

»Also bitte. So schnell kommt das schon nicht.« Das unbekümmerte, unschuldige Lachen dieses Mädchens jagte Mary eisige Schauer über den Rücken.

Sie war selbst eine gute Lügnerin, aber Raelyn übertraf Mary noch. Anthony war in der Lage gewesen, *ihre* Lügen zu durchschauen, aber war er auch bei seiner Schwester objektiv und wach genug, um zu erkennen, was an ihr falsch war?

Anthony fuhr gerade in einen Feldweg und wurde langsamer, als Mary die kalten Fliesen des Foyers wieder spürte und die Vision ihr zu entgleiten drohte. Aber sie wehrte sich dagegen. Sie wollte wissen, wo die beiden waren, und sie wollte wissen, ob Anthony in Gefahr schwebte.

Die Vision zog und zerrte an Mary. Einmal mehr schien sie vom Strom der Zeit herumgewirbelt zu werden wie eine hilflose Puppe, dann erhaschte sie einen Blick auf eine Picknickdecke und einen roten Jaguar im Hintergrund. Sie legte all ihre Kraft und Konzentration in das eine Bild, dann stand sie unter einer Eiche in der Nähe der Picknickdecke. Anthony lehnte neben ihr und sah – völlig in Gedanken versunken – auf die umliegenden Felder hinaus. Seine Schwester saß auf der Decke und aß mit so viel Genuss Trauben, dass man meinen könnte, sie schmeckten ihr wirklich.

»Was hast du? Setz dich doch zu mir!«

Marys Blick hing an Anthony. Er stand so nah neben ihr,

dass sie ihn hätte berühren können, wäre sie wirklich dort gewesen. Sie konnte ihn riechen und ein immer durstiger werdender Teil wollte ihn schmecken. Gegen sich selbst und um die Vision kämpfend vergrub Mary ihre Hände in der Rinde der Eiche, während Anthony sich neben ihr abstieß und sich zu Raelyn begab.

Selbst zum formlosen Picknick mit seiner Schwester trug er ein weißes Hemd und seine graue Weste. Man sollte meinen, *er* sei derjenige, der aus einer anderen Zeit stammte – und nicht sie. Aber er hatte auch nie eine Korsage tragen müssen.

»Es ist nichts. Ich habe nur nachgedacht. Es ist wie ein Traum. Ich kann noch immer nicht glauben, dass ich dich wiederhabe, dass du diese Nacht tatsächlich überlebt hast.«

Sie senkte brav den Blick und starrte auf den Teller mit Trauben vor sich. »Ich kann es auch nicht glauben. Es ist, als wäre ich endlich aus diesem grässlichen Albtraum aufgewacht.«

»Weißt du … also, ich meine, kannst du …«, Anthony kämpfte um die richtigen Worte, »erinnerst du dich wieder an die Nacht?« Er versuchte also wirklich, seine Schwester zu befragen. Aber es war deutlich, wie viel Unbehagen es ihm bereitete. Er mied ihren Blick und seine Haltung war noch steifer als sonst.

Und jetzt war es auch an Raelyn, zu erstarren. Ihr Blick verlor sich irgendwo hinter der Eiche. Sie schien direkt durch Mary hindurchzustarren. Der Schmerz, den sie in den Augen des Mädchens sah, war echt. Egal, was sie sonst spielte.

Natürlich war er echt. Mary erinnerte sich noch überdeutlich an ihre erste Nacht. An die Schmerzen, die überwältigenden Gefühle und Eindrücke, an den Durst. Was auch immer

Raelyn vorhatte, wie kompliziert ihr Charakter auch war: Diesen Schmerz, dieses Leid hatte sie nicht verdient.

»Ich … ich weiß nicht mehr. Ich erinnere mich, dass Mama und Papa draußen gewesen waren und ich mich wunderte, weshalb sie nicht wieder hereinkamen. Die Gäste der Halloweenparty waren bereits gegangen und überall lagen Reste der Feierlichkeiten. Ich erinnere mich, dass Vater wollte, dass ich beim Aufräumen half, und als ich hinaussah, um ihn zu suchen …« Raelyn brach ab, schlug sich die Hände vors Gesicht und schluchzte theatralisch.

Mary konnte Anthony das schlechte Gewissen deutlich ansehen. Seine Schwester so leiden zu lassen, musste Folter für ihn sein.

Während er seinen Blick abwandte, hob Raelyn ihren Kopf ein winziges Stück und der Blick, mit dem sie nun in Marys Richtung sah, ließ ihr das erstarrte Blut in den Adern gefrieren. Da war nichts als berechnende Kälte.

Bis zu diesem Augenblick schien Mary fest in der Vision verankert zu sein. Sie hatte völlig vergessen, dass sie nicht wirklich Teil dieser Szenerie gewesen war. Nun aber riss die Realität an ihr und zerrte sie weg von Anthony und Raelyn und zurück ins Foyer von Houston Hall.

Mit einem kraftlosen Keuchen sank sie auf die Fliesen und für ein paar Minuten blieb sie einfach liegen, hielt die Augen geschlossen und wartete darauf, dass die Welt aufhörte, sich zu drehen. Bevor sie nach Houston Hall zurückgekehrt war, waren Monate vergangen, in denen sie nicht eine Vision gehabt hatte. Und nun sah sie beinah täglich Bilder. Nicht allen konnte sie einen Nutzen abgewinnen. Außerdem fühlte sie sich gerade Anthony gegenüber, als würde sie seine Privatsphäre verletzen. Dabei suchte sie ja nicht bewusst nach Visionen von ihm. Es passierte einfach.

Und danach war es der Durst, der einfach passierte. Er war beinah unerträglich. Während Mary sich dazu zwang, sich aufzurichten, sah sie noch immer Raelyns eisigen Blick auf sich ruhen. Er hatte sich ihr regelrecht eingebrannt. Ob das Mädchen gemerkt hatte, dass sie beobachtet worden war? So sah man doch nicht ziellos in die Ferne. Wenn Raelyn Anthony mit diesem Blick bedacht hätte, hätte das weitaus mehr Sinn ergeben.

Je länger Mary darüber nachdachte, desto mehr war sie davon überzeugt, von Raelyn bemerkt und hinausgeworfen worden zu sein. Aber wie war das möglich? Weil sie auch eine halbe Baobhan Sith war?

Eine Tatsache, die Mary nur noch mehr irritierte. Wenn Raelyn so war wie sie, weshalb waren sie dann nicht *so* miteinander verbunden? Warum konnte sie Raelyns Gedanken und Gefühle nicht so wahrnehmen wie bei den *anderen?* Und speziell *ihr?* Mary hatte Jahrzehnte gebraucht, um sich von der Telepathie des Clans und dessen Mutter zu befreien. Hätte Mary ihre Anwesenheit viel früher spüren müssen? Aber schließlich waren sie beide keine vollwertigen Baobhan Sith; in ihren Adern floss immer noch Houston-Blut. Diese Mixtur musste seltsame Blüten treiben und nicht alles, was sie meinte, über die Baobhan Sith herausgefunden zu haben, konnte sie ohne Weiteres auf ihre Verbindung zu Raelyn übertragen. Und wer weiß, ob ihre Nachforschungen überhaupt stimmten. Vielleicht wusste sie auch nur genau das, was sie wissen durfte …

Die Augen fest zusammengepresst, schob sie sich an der Wand entlang durch das Foyer. Eine Tür, zwei Türen, drei …

dann war sie am Wohnzimmer. Der Durst ließ sie selbst bei geschlossenen Augen noch rote Schlieren sehen. Sie musste dringend etwas finden, um diesen elenden Durst zu stillen. Vielleicht war es ihr dann möglich, Raelyns Auftauchen zu verstehen.

Als sie die Terrasse hinter sich ließ und ein Stück in Richtung des kleinen Golfplatzes gelaufen war, ließ sie den unförmigen Sack fallen und rannte los. Erst war es eher wie eine Flucht. Nur dass man nicht vor sich selbst davonrennen konnte. Dann nahmen ihre Sinne etwas wahr, ein Tier. Sie wusste, dass Tiere nicht reichten, um sie satt zu machen, aber sie war lieber hungrig, als zur Mörderin zu werden.

Als sie den ersten Donner hörte, packte sie das vor Schreck erstarrte Reh. Marys Augen brannten von Tränen, die sie nicht weinen konnte, während das Leben des Tiers auf sie überging.

Es ist wider die Natur.

Du hast lang genug gelebt.

Geh!

Sie wusste es, sie hatte lange genug sterben wollen. Aber nicht so. Sie hatte bereits versucht, sich zu Tode zu hungern. Doch das einzige Resultat war ein animalisches Selbst gewesen. Sie hatte keinerlei Kontrolle mehr, sah aus der Ferne zu, wie sie alles angriff und zerriss, das ihr in die Quere kam.

So sehr sie es auch anders wollte. Das Einzige, das sie umbringen konnte, war der Mensch in ihr, ihre Seele. Das Tier – oder vielmehr: das Monster – würde einen Weg finden zu überleben.

Als Mary wieder zu sich kam, trommelte ein seichter Regen auf das Blätterdach über ihr. Das Gewitter war kaum noch zu hören. Sie strich sich das nasse Haar aus dem Gesicht und atmete tief und konzentriert ein und aus, um den Geruch von

Blut und Tod loszuwerden. Es gelang ihr mehr schlecht als recht. Aber wenigstens würde ihr der Regen auch dieses Mal das Blut abwaschen, nicht aber Verzweiflung und Schuld.

Niedergeschlagen, aber wieder bei Kräften lief sie langsam zurück nach Houston Hall. Sie hatte den Wald gerade hinter sich gelassen, als das Dröhnen eines Sechszylindermotors in ihr Bewusstsein drang. Es wurde stetig lauter, bis es plötzlich erstarb. Anthony und Raelyn waren zurück. Das Gewitter musste ihrem Picknick ein jähes Ende bereitet haben. Obwohl Mary dank der Vision und der darauffolgenden Schwäche nicht annähernd das geschafft hatte, was sie sich vorgenommen hatte, war sie erleichtert, dass die beiden wieder zurück waren; dass er wieder zurück war.

Rasch lehnte sie den alten Sack mit den Golfschlägern – ihr Alibi – an die Terrassenwand und verschwand im Keller. Sie hatte sich im Wäschekeller gerade etwas Frisches angezogen, als ein gellender Schrei durch das Anwesen hallte.

***

»Also bitte, Raelyn! Das kann doch mal passieren. Ich will dich nicht daran erinnern müssen, wie viele Golfbälle du in die Wohnzimmerfenster geschossen hast, bevor du anständig zielen konntest.« Anthony lachte. Als Einziger.

Raelyns Augen verengten sich. »Das ist wohl kaum ein angemessener Vergleich! Das ist mein Haus. Ich kann hier tun und lassen, was ich will. *SIE* ist nur eine Angestellte.«

»Zuallererst einmal: Es ist mein Haus.« Anthony seufzte leise, schloss die Augen und rieb sich über seinen Nasenrücken. Er sah müde aus. »Zum anderen verlange ich etwas Respekt.

Mary ist mir eine große Hilfe und sie darf in ihrer Freizeit die gleichen Hobbys ausüben wie du.«

Mary kam sich bei dieser Unterhaltung langsam vor wie ein heimlicher Zuhörer. Dabei stand sie direkt neben den Geschwistern. Aber sie konnte sich einfach nicht dazu durchringen, sich in das ›Gespräch‹ einzumischen.

»Das ist doch nicht dein Ernst! Sie hat mein Fenster zerstört! Und während wir morgen in North Berwick abschlagen, zerlegt sie dann mit deinem Wohlwollen hier das ganze Anwesen oder wie soll ich das verstehen?«

In diesem Moment blitzte etwas in Anthonys Augen auf. Mary wusste schon in dieser Sekunde, dass ihr seine Idee nicht gefallen würde. »Ich habe eine ausgezeichnete Idee! Wir werden Mary mitnehmen. Sie kann Golfstunden nehmen. Dann gibt es hier keine weiteren Schäden und wir verbringen den Tag außerhalb von Houston Hall *gemeinsam.*«

»Wie bitte?!«, kam es von beiden Frauen wie aus einem Mund. Dann war es wieder Raelyn, die sprach, während Mary versuchte, Anthonys Logik nachzuvollziehen. »Das kann nicht dein Ernst sein. Ich dachte, das Golfspiel morgen sei etwas nur für uns beide. Ein Familienausflug. Eine Wiedergutmachung für die verlorene Zeit. Mit einer Angestellten Golf zu spielen ist ja wohl eher eine Strafe als Wiedergutmachung!«

Mary starrte Anthony verständnislos an. Was hatte er sich bei diesem Vorschlag gedacht?! Hatte er überhaupt etwas gedacht? Sie brauchte mehr Zeit allein im Anwesen. Hatte er ihren gemeinsamen Plan vergessen? Er musste doch wissen, dass der kurze Ausflug nicht gereicht hatte.

»Ihr werdet schon sehen. Es wird schön.« Als Raelyn zu einer erneuten Tirade ansetzte, schnitt ihr Anthony mit einer deutlichen Geste das Wort ab. »Keine weiteren Widerworte.

Ihr werdet euch besser kennenlernen. Ich habe kein Interesse daran, weiterhin zwischen euch zu stehen.«

Mit einem wütenden Funkeln in den Augen drehte sich Raelyn schwungvoll um, so dass ihre Haare Anthony ins Gesicht peitschten, und verließ wenig damenhaft die Bibliothek.

Mary wartete noch einen Moment, lauschte auf Raelyns Schritte und wandte sich dann Anthony zu. Sie sagte nichts, aber sie hoffte, dass ihr Blick Bände sprach. Was bezweckte er mit dieser Aktion? Er konnte doch nicht ernsthaft glauben, dass ein gemeinsames Golfspiel Raelyn und sie zu Freundinnen machte.

Anstatt auf ihre unausgesprochenen Fragen zu antworten, strich er sanft über ihre Schulter und zog sie näher. Sein Blick glitt von ihren Augen zu ihren Lippen und wieder zurück und sein fester, schneller Herzschlag verriet ihr, dass er genauso plötzlich wieder von diesem Sog gefangen war wie sie.

Mary konnte die Hitze spüren, die sein Körper abstrahlte. Wie von selbst huschte ihr Blick immer wieder zu seiner Halsbeuge. Anthony merkte nichts von ihrem widersprüchlichen Verlangen. Seine Hand glitt langsam tiefer und ließ Mary alle Vorwürfe und Fragen vergessen. Selbst ihr Durst schien in den Hintergrund zu treten. Als sich ihre Oberkörper fest aneinanderpressten, hob er ihr Kinn und küsste sie mit einer Leidenschaft, die sie von ihm bisher nicht kannte. Wie von selbst vergruben sich ihre Hände in seinen Locken, zogen an seinem Kragen und seiner verfluchten Weste.

Erst als eine Teetasse klirrend zu Boden fiel, merkte Mary, dass sie sich gedreht hatten und er sie gegen seinen Schreibtisch drängte. Während er ihren Hals mit Küssen bedeckte, hörte sie ihn leise murmeln: »Du musst mit mir kommen. Lass mich nicht allein. Ich hatte solche Angst um dich.« Sein Atem an ihrem Ohr ließ sie erschaudern. »Einzig, weil du allein zurückgeblieben bist … und allein die Gänge erkunden wolltest.« Das war also der Grund? Ein leichtes Zittern ging durch seinen Körper. Er versuchte ein Lachen zu unterdrücken. »Ich Narr dachte so sehr an dich, ich hätte schwören können, du wärst bei uns gewesen. Ich konnte dich neben mir spüren.« Seine Wange rieb sich leicht an ihrer, sein Duft vernebelte ihre Sinne. »Beinah so wie jetzt.«

Sie schmiegte sich mit einem leisen Stöhnen an ihn. Er wollte sie nicht zu Freundinnen machen. Er hatte schlicht und ergreifend Angst um Mary gehabt.

»Also gut. Ich werde mitkommen. Aber erwarte keine Wunder«, murmelte sie leise an sein Ohr.

Sonntag, 09. Dezember 1763, Küste nördlich von Dirlington.

Heute habe ich versucht, mich umzubringen. Ich bin ins Wasser gegangen. Es war eisig und die Wellen drängten mich immer wieder zurück. Doch ich lief weiter. Zuvor hatte ich ein Messer benutzt, aber die Klinge brach an meiner Haut, als sei sie aus Stein. Dabei fühlt sie sich doch normal an.

Ich bin zu einem Monster geworden. Einem Monster wie aus Mutters Tagebüchern. Ob es das ist, was Vater im Keller vor uns versteckt? So jemanden wie mich? Dann wollte ich lieber sterben, als eingesperrt zu werden. Aber ich bin nicht zum Sterben gemacht. Nicht einmal ertrinken kann ich. Als mich die Wellen schon zur Gänze verschluckt hatten, lief ich noch immer weiter, als bräuchte ich keine Luft.

Und dann war da plötzlich dieses Leuchten. Es kam immer näher, und auch wenn ich zuerst flüchten wollte und mich das Licht fürchterlich blendete, lief ich doch darauf zu. Es zog mich an wie das Licht die Motten. Je näher ich kam, desto deutlicher erkannte ich, dass es kein Licht war, sondern ein beinah menschliches Wesen. Seine Haut leuchtete und schillerte in den Farben des Regenbogens, seine Augen waren von einem leuchtenden Grün und vom Bauchnabel abwärts war es ein Fisch. Als es mich erkannte, wollte es flüchten, doch schneller als ich denken konnte, hatte ich es eingeholt und ergriffen.

Es sprach mir drei Wünsche zu, doch ich hatte nur den einen: zu sterben. Ich werde nie die Antwort des Wesens vergessen. »Ich bin eine Ceasg. Bewahrerin des Lebens. Wohl kann ich dir zusagen, dass der Tag kommen wird, an dem du dein Blut erkennst und dein Leben zurückerhältst. Doch den Tod werde ich dir nicht geben.«

M. H. Hamilton Houston

Kapitel III

Sonntag, 07. Juli 1963, North Berwick Links.

Mary starrte auf die schier unendlichen Weiten an gestutztem Rasen und bunten Fähnchen. Sie konnte diesem Spiel wirklich nichts abgewinnen. Zu ihren Füßen lag der abgenutzte Sack mit ihren alten Golfutensilien. Sie hatte immer gehofft, Golf sei nur eine vorübergehende Modeerscheinung. Nichts, das sich auf Dauer neben richtigen Sportarten halten konnte. Lange vor ihrer Zeit hatten King James II und seine Nachfolger das Golfspiel sogar verboten. Heute hingegen schien alle Welt Golf zu spielen.

Die Rufe anderer Golfer mischten sich mit dem Rauschen der Wellen. Wenigstens hatten sie sich für einen Golfplatz an der Küste entschieden. Sah man von den Golfern in ihren lächerlichen Aufzügen, den Golfbällen und dem gestutzten Rasen ab, konnte man von einer schönen Landschaft sprechen.

Mary seufzte leise und stemmte ihre Fäuste in die Hüften. Hätte es nicht gereicht, wenn sie den Houston-Geschwistern ihre Golfbags hinterhergetragen hätte, wie es sich für eine Angestellte gehörte?

Überhaupt war das ganze Unterfangen reichlich waghalsig. Raelyn galt noch immer als tot und das sollte schließlich auch noch so bleiben. Totgeglaubte lebten länger. Mary konnte sich nicht vorstellen, dass Sonnenbrillen und Golfcaps Verkleidung genug waren. Aber immerhin bedeutete ein Ausflug auf den Golfplatz, dass Raelyn keine Zeit zum Lesen hatte und vor allem auch keine Zeit, in den unterirdischen Gängen von Houston Hall herumzuschnüffeln. Wenn zur Geheimniswahrung eine Partie Golf beitragen konnte, dann war das wohl das kleinere Übel …

Anthonys Schwester war nun schon seit über einer halben Stunde verschwunden, um sich umzuziehen. Mary konnte nur hoffen, dass das Mädchen in der Zwischenzeit nicht noch einen kleinen ›Imbiss‹ zu sich genommen hatte.

»Das steht dir gut«, murmelte Anthony leise hinter ihr und riss sie aus ihren Gedanken. Sie bezweifelte, dass diese weiten, grünkarierten Hosen ihre Figur betonten. Aber immerhin hatte man sie nicht zu einem dieser scheußlichen Röcke in Kombination mit Kniestrümpfen gezwungen. Und auch die Pullunder mit Karomuster zierten ausschließlich Anthony und Raelyn. Mary hatte behauptet, das Material nicht zu vertragen.

»Du lügst schamlos. Ich kann nicht behaupten, dass auf Erden auch nur ein Wesen wandelt, dem diese lächerliche Kleidung gut zu Gesicht stünde.« Mary bemühte sich wirklich, möglichst freundlich und höflich zu klingen. Aber es fiel ihr schwer. Sie drehte sich zu Anthony um und musste sich nach einer kurzen Musterung eingestehen, dass er nicht ganz so lächerlich aussah, wie sie befürchtet hatte.

»So schlimm?«, fragte er mit einer hochgezogenen Braue, die nun gerade so über seine große Sonnenbrille ragte.

Der skeptische Blick stand ihm viel zu gut. Darüber verdrängte sie sogar die Golfhosen und den Pullunder. Mary atmete tief durch, zupfte an seinem Golfcap und versuchte sich an einem Lächeln.

»Da seid ihr ja! Darf ich vorstellen?« Raelyn kam fröhlich auf Anthony und Mary zugetanzt – zu fröhlich. Sie hatte doch nicht wirklich jemanden gebissen? Hinter ihr lief ein Hüne von einem Mann, der sich glücklicherweise noch bester Gesundheit erfreute. »Das ist Pascal. Er ist Golflehrer und hat sich bereiterklärt, unserer lieben Mary Unterricht zu erteilen, während wir uns an die schwierigeren Bahnen wagen.«

Während Pascal in die Runde strahlte in seinem lächerlich schottischen Golfoutfit und Hände schüttelte, fragte sich Mary, wie sie ihn am schnellsten loswerden könnte. Aber noch bevor Anthony oder Mary hätten protestieren können, hatte sich Raelyn auch schon bei ihrem Bruder untergehakt und zog ihn nun in Richtung der ersten Bahn. Mary blieb mit Pascal zurück.

Ihr einziger Trost war Anthonys Blick gewesen. Sie hatte ihn durch seine Sonnenbrille hindurch spüren können. Eifersucht.

»Sie wollen also das Golfspiel erlernen?«, fragte er höflich, um das peinliche Schweigen zu überbrücken.

»Nein. Aber mir bleibt wohl nichts anderes übrig.« Mit einem Seufzen hob sie ihren Golfbag auf, und noch bevor sie sich ganz aufgerichtet hatte, griff Pascal schon danach.

»Aber bitte, lassen Sie mich das tragen. Dafür bin ich doch da.« Nach einem prüfenden Blick auf seine breiten Schultern und seine sportliche Statur ließ sie den Sack los und überließ Pascal das Tragen.

Er trug nur eine Art Shirt mit dem Logo des Golfclubs und seinen Oberarmen und Schultern nach sollten ihm zwei Golfbags keine Schwierigkeiten machen. Er hatte einen gesunden, für Schottland erstaunlich dunklen Teint, der sie daneben noch toter aussehen lassen musste.

»Sie sind doch mein Lehrer und nicht mein Caddy, wenn ich das richtig verstanden habe. Aber gut, wie Sie wünschen. Wo fangen wir an?« Während sie zu Pascal sprach, flog ihr Blick immer wieder zu Anthony. Sie konnte ihm ansehen, dass er ebenso wenig Begeisterung wie sie für diesen Sport zeigte - oder für Pascal.

Raelyn hingegen hatte sichtlich Spaß – was mit Sicherheit nicht zuletzt Marys Abwesenheit zu verdanken war.

»Für Sie gern beides, Miss Smith«, erwiderte Pascal dienstbeflissen. »Wir sollten mit dem Üben des korrekten Abschlags beginnen.« Er lief nicht voraus. Stattdessen zeigte er ihr die Richtung und lief neben ihr. Sie konnte seine Blicke spüren und wusste, dass sie ihn bereits in ihren Bann gezogen hatte.

Das geschah immer, wenn sie sich mit Menschen umgab. Sie zog sie an. Man konnte Mary schon fast als Venusfalle bezeichnen. Sie wusste nicht, woran es lag, was genau sie ausstrahlte, seit sie eine Baobhan Sith war. Auch Anthony hatte bei ihrer ersten Begegnung die typischen Symptome gezeigt. Allerdings hatte sie sich ihm gegenüber bemüht, ihre Wirkung etwas … herabzusetzen.

Manchmal fragte sie sich, ob es sein freier Wille war, wenn er sie küsste. Sie hoffte es von Herzen.

Auf einem freien Stück Rasen, das etwas abgelegen lag, hielten sie an und Pascal platzierte den ersten Ball auf dem Tee, das er zuvor in den Boden gebohrt hatte.

»Also gut. Zum Abschlag nehmen wir am besten ein Holz Eins. Dieser Schläger hat den längsten Schaft und den größten Kopf. Ideal, um den Ball möglichst schnell möglichst weit voranzubringen.« Er zog den passenden Schläger aus Marys Tasche und streckte ihn ihr entgegen. Erst hielt sie ihn automatisch richtig, dann erinnerte sie sich, offiziell eine Anfängerin zu sein, und veränderte rasch ihren Griff.

»Fast, aber schon sehr gut!« Pascal trat allzu eifrig hinter Mary, um ihre Haltung und ihren Griff zu korrigieren. Er umfasste ihre Hände und schob sie etwas höher, während sein Atem ihr Ohr streifte. »Die richtige Haltung ist entscheidend für einen erfolgreichen Schlag.« Die Hitze, die er ausstrahlte, schien ihren Rücken zu verbrennen und ihr Kiefer begann zu stechen vor Schmerz.

Um Fassung ringend schloss sie die Augen, aber das verstärkte ihre anderen Sinne nur. Sie konnte seine plumpen Annäherungsversuche deutlich spüren und bereute, den Schläger nicht doch gleich richtig gehalten zu haben.

Seine Hände glitten über ihre Arme und legten sich auf ihre Hüften. »Die Füße müssen etwas versetzt stehen. Dann können Sie den Schwung Ihrer Hüfte für den Schlag mitnutzen.« Zur Untermalung seiner Erklärung drehte er ihre Hüfte etwas zu sich und schob mit seinem Bein ihre Beine weiter auseinander.

Das war der Moment, in dem in Mary etwas riss. Vielleicht der Geduldsfaden, vielleicht die Selbstbeherrschung. Sie öffnete die Augen, stellte zufrieden fest, dass niemand zu ihnen sah – vor allem nicht Anthony –, und drehte sich dann langsam um.

Pascal, der diese Geste offenkundig für eine Erwiderung seiner Balz hielt, lächelte sie hocherfreut aus seinen dunklen Augen an. Seine Griffel lagen noch immer auf ihrer Hüfte. Aber jetzt war es ihr egal. Er würde in Kürze Buße tun.

Sie konzentrierte sich auf ihre Wangen, um das wenige Blut, das sie besaß, dorthin zu schicken, schlug die Augen nieder und flüsterte: »Doch nicht hier! Was, wenn uns jemand sieht?«

Als sie – die Bescheidenheit und Verlegenheit in Person – langsam wieder aufsah, wusste sie, dass er angebissen hatte. »Aber natürlich, wie ungestüm von mir«, murmelte er, während sein Blick fest an ihrem Dekolleté hing.

Mit langen Schritten zog er sie einige Meter weiter zu einem kleinen Hain, der den Golfern wohl das Gefühl vermitteln sollte, in der freien, wilden Natur zu sein.

Gierig drängte er sie gegen den erstbesten Baum. Seine widerlichen Finger waren überall, aber einen Sekundenbruchteil später war er es, der gegen die rissige Rinde gedrückt wurde. Seine großen, schwieligen Hände presste sie zu beiden Seiten seines Kopfes gegen den Stamm. »Schon wieder so ungestüm. Machen Sie so was öfter, Pascal?« Sie legte den Kopf schräg und gab sich alle Mühe, den Hass und Ekel noch einen Moment zu verbergen. Sie wollte wissen, was für einen Mann sie da vor sich hatte. Hatte er – willensschwach, wie er war – nur dem nachgegeben, was die Menschen alle zu ihr zog? Oder legte er dieses ordinäre, widerliche Verhalten regelmäßig an den Tag?

»Aber nein, Ma-Miss Smith! Es ist nur Ihre Schönheit, die mich völlig in Ihren Bahn gez-« Mit einem eisigen Blick ließ sie ihn verstummen. Der Hohn in seiner Stimme war zu deutlich gewesen.

Es war unpraktisch, dass er größer war als sie. Natürlich war er nicht stärker. Sie hatte zumindest in zweihundert Jahren noch keinen Menschen getroffen, der es je gewesen wäre. Aber der Größenunterschied machte das kleine Verhör unnötig schwierig.

»Du bist mir zu groß. Setz dich hin!«

Ein wissendes, anzügliches Lächeln huschte über sein eigentlich recht hübsches Gesicht, als sie seine Arme losließ.

Ohne den Blick von ihr zu lassen, sank er am Baum zu Boden, und kaum saß er, griff er nach ihren Knien und zog, so dass sie auf seinen Schoß fiel.

Mary war immer stolz auf ihre Selbstbeherrschung gewesen.

Es hatte Menschen gegeben, deren Leben sie beendet hatte. Aber es waren immer solche gewesen, die es verdient hatten. Dieser hier gehörte in die gleiche Kategorie, das konnte sie riechen.

»Wie heißt du?«, fragte sie ungerührt.

»Pascal, das weißt du doch, Liebchen.«

»Pascal und weiter?«

»Mein Nachname spielt keine Rolle. Du wirst ihn nie tragen. Die Spende deiner Jungfräulichkeit geht nicht automatisch mit unserer Heirat einher«, äffte er die gehobenere Sprache nach, die aus seinem Mund nur wie Spott und Hohn klang, und lachte.

Er griff nach ihren Schultern und wollte sie zu sich ziehen. Offenbar glaubte er in einem Anflug grenzenloser Selbstüberschätzung immer noch, er habe die Oberhand in diesem Spiel.

Oh, wie er sie anwiderte. Sie hatte seinen vollen Namen wissen wollen. Sie kannte alle Namen ihrer Opfer. Aber dieses Opfer strapazierte ihre Geduld nun schon zu lange. Er widerte sie an. Es war wie damals. Sie hatte sich so einsam und verloren gefühlt und die Jagd nach solchem Abschaum hatte sich richtig angefühlt. Genau wie jetzt.

»Ich bin keine Jungfrau mehr. Ich bin Witwe.« Ihre Stimme hatte plötzlich einen gänzlich anderen Klang.

Sein verdutzter Gesichtsausdruck wich dem leeren Blick der Bewusstlosigkeit, nachdem ihn ein gezielter Schlag in den Nacken ins Reich seiner schlüpfrigen Träume geschickt hatte.

Dann zog Mary seinen Kopf zur Seite und biss zu. Sie trank wie eine Verdurstende. Es war beinah zehn Jahre her, dass sie das letzte Mal von einem Menschen getrunken hatte.

Und es war das erste Mal, dass sie das Blut eines Mannes trank, der zwar regelmäßig dem Alkohol zusprach und sich an jungen Frauen vergriff, aber sich zumindest pflegte. Ihre bisherigen Opfer waren üble Halunken gewesen, Verbrecher, die davonkamen, Trunkenbolde … einer stank übler als der andere.

Mary musste sich bei Raelyn für ihre kleine Spende bedanken …

Raelyn!

Sie musste gewusst haben, wen sie Mary da zur Seite stellte. Sie musste gewusst haben, was für ein Widerling er war. Erschrocken riss sich Mary los. Das war eine Falle! Es musste so sein!

Was hatte sie vor? Dafür sorgen, dass die Polizei seine Leiche fand, und dann Anthony einreden, dass Mary das Monster war, das er seit einem halben Jahr jagte?

Die Wahrheit ließ Mary erbleichen. Gerade war sie zu diesem Monster geworden. Selbst ein kurzer Biss reichte, um einen Mann zu töten. Ein Biss einer Baobhan Sith war wie der Stich einer Wespe. Sie trank nicht nur. Sie gab auch etwas zurück: ihr Gift. Frauen nahm es den Tod, Männern das Leben.

Zögernd beugte sie sich erneut über den Hals. Diesmal, um die noch immer pulsierende, blutende Wunde vom Gift zu befreien und dann zu verschließen. Sie wusste, dass ihr Speichel durchaus heilende Wirkung hatte. Aber sie wusste nicht, ob sie sich bei einem erneuten Biss würde beherrschen können. Der Mann war Abschaum und sie müsste ihr eigenes Gift trinken anstelle seines Blutes.

Alles in ihr widerstrebte dem. Sie wollte diesem Widerling nicht das Leben retten und sie wollte nicht noch einmal sein Blut schmecken, wollte sich kein zweites Mal dieser Versuchung aussetzen.

Wenn man Blut schmeckte, dann war es beinah unmöglich,

aufzuhören. Es war zu wohltuend, zu belebend, zu leicht zu nehmen.

Dennoch folgte Mary ihrem Plan. Mit ungekannter Selbstbeherrschung sog sie ihr Gift aus seinen Venen und verschloss die Wunde notdürftig. Nach einer hektischen Suche in seinen Taschen fand sie auch ein dunkles Taschentuch mit dem Clublogo darauf. Genau das, was sie jetzt brauchte. Sie band es ihm als Halstuch um und versteckte so die Reste der Wunde. Dann sorgte sie dafür, dass er so aussah, als sei er in seliger Erschöpfung weggetreten, indem sie ihn von einigen seiner Kleider befreite, die sie ringsum verteilte. Einen Teil davon würde er wohl so schnell nicht wiederfinden.

Das war das Mindeste, das er verdiente: Erniedrigung.

Mit etwas Glück war es ihm zu peinlich, sie anzuzeigen, weil er dann zugeben müsste, von einer kleinen, zierlichen Frau niedergerungen worden zu sein. Das würde ihn wohl mehr in Schwierigkeiten bringen als sie.

***

»Das war ein Birdie, Brüderchen! Das hätte ich dir gar nicht zugetraut! Ich dachte immer, du spielst nicht gern.«

»Dass ich nicht gern spiele, bedeutet nicht, dass ich nicht gut spiele«, brummte Anthony. Aber das kleine Lächeln des Triumphs konnte er nicht verbergen.

Dieses kleine Lächeln sorgte dafür, dass es Mary schlagartig besser ging. Die beiden Houston-Geschwister waren inzwischen schon am vorletzten Loch angelangt. Es fehlte also nur noch eine Partie, dann war dieser furchtbare Ausflug endlich vorüber.

Raelyn entdeckte Mary als Erstes – gerade als sie zu ihrem

Schlag ausholte. Die Folge waren ein überraschtes Gesicht und ein völlig missglückter Schlag.

Allerdings fing sich Anthonys Schwester verblüffend schnell wieder. »Sieh mal, wer endlich zu uns stößt, Tony!«

›Tony‹ war Raelyns Blick allerdings schon gefolgt, als diese ihren Schlag im wahrsten Sinne des Wortes in den Sand setzte. Seine Miene hellte sich augenblicklich auf. Zumindest, bis Mary näher kam.

»Hallo ihr beiden. Entschuldigt bitte, dass ich euch warten ließ. Schneller ließ sich der«, sie bedachte Raelyn mit einem langen Blick, »Einsteigerkurs nicht beenden.«

Sie ließ ihren Golfbag zu Boden gleiten und zog prompt alle Blicke auf sich.

»Mary! Bist du verletzt?«

Sie erstarrte, während Anthony sich zwischen sie und Raelyn stellte. Was hatte sie übersehen? Im Gesicht hatte sie kein Blut und auch ihre Bluse hatte sauber gewirkt.

Vorsichtig betastete Anthony ihre Schulter. »Tut das weh?«

Irritiert schüttelte Mary den Kopf und warf dabei auch einen Blick auf ihre Schulter. Der Ärmel ihrer Bluse war eingerissen. Von vorn war es kaum zu sehen, aber als sie die Tasche von der Schulter gezogen hatte, musste der Riss aufgeklafft sein.

Zum Glück war nur etwas Schmutz an der Bluse und kein Blut. In ihrer Erleichterung fiel es ihr nicht schwer, eine Ausrede zurechtzulegen.

»Oh! Das! Das habe ich gar nicht bemerkt. Herrje! Die schöne Bluse!« Sie zupfte prüfend am Stoff und strich dabei leicht über Anthonys Hand, die noch immer auf ihrem Arm ruhte. »Das muss passiert sein, als ich vorhin dort drüben in die Büsche gehuscht bin, um meinen Ball zurückzuholen.« Sie senkte verlegen den Blick – diesmal ohne zu erröten, denn Anthony würde gerade das als Zeichen für eine Lüge deuten – und knetete ihre Hände. »Ich habe ein paar Schläge gebraucht, bis ich es richtig hinbekam.«

Sie sah, wie sich hinter Anthonys Rücken Raelyns Miene zu einem spöttischen Grinsen verzog. »Willst du uns dann nicht zeigen, was du gelernt hast, Mary? Diese Runde habe ich sowieso schon verloren. Mach du doch den letzten Schlag, ja? Ich geh mich solange etwas frisch machen.«

Den Teufel würde sie tun. Raelyn musste ein Ziel mit diesem Ausflug verfolgen. Offensichtlich war keiner von ihnen nur zum Golf spielen hier …. Ein Ziel, das sie schon hatte, bevor Anthony Mary zum Spiel eingeladen hatte. »Was? Du willst gar nicht zusehen? Ich bitte dich. Dann macht es doch keinen Spaß. Wir warten danach gern auf dich.« Mary würde ihr garantiert keine Chance geben, um weiter ihren manipulativen Spielchen nachzugehen.

»Na gut. Wenn du so viel Wert auf meine Anwesenheit legst, dann bleibe ich natürlich gern. Der Ball ist irgendwo da drüben.« Raelyn zeigte auf den Sandbunker, verschränkte dann die Arme und stellte sich neben Anthony.

»Wie schön!« Mary setzte ihr strahlendstes Lächeln auf und suchte in ihrer Tasche nach dem passenden Schläger. Mit dem Sand Wedge bewaffnet machte sie sich auf den Weg zum Ball.

Raelyn hätte kaum schlechter schlagen können. Dennoch traf Mary mit nur zwei weiteren Schlägen das verfluchte Loch im Grün.

»Ein Double Bogey, immerhin!« Raelyn und Anthony kamen gemächlich näher, während Raelyn euphorisch in die Hände klatschte.

Glücklicherweise kaufte nicht einmal Anthony seiner

Schwester diese Euphorie ab. Er schüttelte leicht den Kopf und warf Mary einen entschuldigenden Blick zu.

***

Sie hatten gerade den letzten Abschlag erreicht, als ein Caddy auf sie zu lief. »Entschuldigen Sie, Sir, sind Sie zufällig Arzt?«

Anthony zog sein Golfcap tiefer ins Gesicht und senkte den Blick, während er seine Verneinung murmelte.

»Ach so, kann man nichts machen, Sir. Da is einer zusammengeklappt. Drüben im Wäldchen. Ich sag ja, ein Whiskey wird dem guten Pascal wieder auf die Sprünge helfen. Aber der Chef hat gesagt, wir brauchen 'nen Arzt.« Der Bursche schnitt eine Grimasse.

»Oh! Pascal, sagen Sie?«, schaltete sich nun Raelyn übertrieben interessiert ein. Dann warf sie Mary einen schrecklich schlecht gespielten fragenden Blick zu. »Hieß so nicht dein Golflehrer von vorhin? Ihm wird doch hoffentlich nichts passiert sein?«

»Oh, Sie kenn' Pascal, Miss?« Er musterte erst Raelyn und dann Mary mit unverhohlenem Interesse. »Das tut mir jetz leid. Ich hoff', er is Ihnen nich näher gekomm', als Sie wollten, Miss.«

»Ich verbitte mir solche Andeutungen. Sie sprechen hier mit meiner …«, brauste Anthony auf, um sich dann an seiner eigenen Courage zu verschlucken. »Sie sprechen hier mit meiner … Cousine.«

»Aber natürlich, Sir, und Ihre ›*Cousine*‹ hatte selbstverständlich nichts anderes als 'ne Golfstunde mit Pascal. Seien Sie dessen versichert.« Die Art, wie dieser Taugenichts das

Wort ›Cousine‹ aussprach, machte mehr als deutlich, wofür er Mary in Wirklichkeit hielt.

»Das hat sie in der Tat nicht. Und jetzt entschuldigen Sie uns bitte, Mister …«

»Rooney, mein Name, Sir. Verzeihen Sie die Störung. Ich such mal weiter nach ’nem Arzt.«

Einige Sekunden lang herrschte Schweigen, als der Caddy verschwunden war. Dann fing Raelyn auch schon an mit ihrem kleinen Plan: »Tony, stell dir vor! Eben noch haben Mary und er Golf gespielt und nun braucht der arme Mann einen Arzt! Wir sollten nach ihm sehen, findest du nicht?«

»Lyn, wir sollten uns da nicht einmischen. Was geht uns dieser Fremde an? Denk dran, dass wir nicht erkannt werden sollen.« Er schob ihr das Cap tiefer ins Gesicht. »Ich habe nicht umsonst den Club bestochen, um unter falschem Namen mit euch zu spielen, liebe *Cousinen*.« Er sah Raelyn eindringlich an und Mary wusste, dass Anthony sie mit diesem Blick zu verflucht vielen Dingen hätte überreden können; aber auf seine Schwester machten seine silbergrauen Augen keinen Eindruck.

Sie schob ihre Sonnenbrille ein Stück von der Nasenspitze und sah Anthony über den Brillenrand hinweg an. »Ich bitte dich. Wer sollte mich erkennen? Mit dieser Brille und dem dummen Cap habe ich das gleiche Allerweltsgesicht wie jede andere.« Ihr Blick glitt kurz abschätzend über Mary. »Also los, gib dir einen Ruck!« Mary konnte regelrecht spüren, wie Anthonys Gegenwehr bröckelte. »Ich mach mir doch nur Sorgen um den Mann. Was, wenn er ernstlich verletzt ist? Ich halte den Gedanken an Verletzungen und Tod einfach nicht mehr aus.« Ihre Stimme klang merkwürdig gebrochen und sie schob rasch wieder ihre Sonnenbrille vor die Augen. Anthony würde glauben, dass sie so ihre Trauer und ihre Tränen versteckte.

Mary wusste es besser. Das Gegenteil war der Fall. »Bitte«, legte Raelyn noch einmal nach und zuckte mit den Schultern, als würde sie ein Schluchzen unterdrücken.

Anthony atmete mit einem gequälten Seufzen aus, hob sein Cap an und fuhr sich durch die Haare, bevor er es wieder aufsetzte. »Schwesterchen, das ist wirklich keine gute Idee.« Er schüttelte den Kopf, aber so wenig er auch überzeugt schien, so sehr wusste Mary, dass Raelyn ihren Willen wieder bekommen würde.

Raelyn wusste das auch, denn sie fiel ihrem Bruder mit einem unangemessen glücklichen Lachen um den Hals, küsste seine Wange und warf Mary einen siegesgewissen, höchst zufriedenen Blick zu.

Als sie gemeinsam zurück in Richtung Clubhaus liefen, entdeckten sie schnell die kleine Ansammlung an Menschen vor dem ›Wäldchen‹, von dem Rooney gesprochen hatte.

Während sie näherkamen, hörten sie Pascal schon wieder lauthals tönen: »Was wollt'n ihr alle hier? Mir geht's gut! Hier gibt's nix zu seh'n!«

Das Gelächter mancher machte Mary deutlich, dass es Pascal noch nicht geschafft hatte, sich wieder vollständig zu bekleiden.

Raelyn wollte ihren Ohren nicht trauen. Sie zog Anthony und Mary mit sich bis nach ganz vorn – sehr zum Missfallen von Anthony, der sich zunehmend versuchte, gegen sie zu wehren.

»Lyn, doch nicht nach ganz vorn, bist du verrückt geworden?«, zischte er ihr gereizt zu, aber da war es schon zu spät.

»Na so was! Wenn das nich' Laird Houston mit seinem

kleinen Hofstaat ist! Sieht gar nicht so gefährlich aus, wie alle sagen. Eher etwas schwach auf der Brust, oder?«

Anthony war wie erstarrt. Er sagte nichts, er tat nichts, während rings um ihn und seinen ›Hofstaat‹ das Gemurmel und Getuschel begann.

»Aber Moment mal! Das ist doch nicht die alte Beatrix! Wer ist denn die andere Kleine da? Kommt mir irgendwie bekannt vor …«

Mary verstand alles davon, und wenn Anthony nur einen Bruchteil davon ebenfalls hörte, dann musste sie ihn schleunigst von hier fortbringen. Nicht nur, weil immer häufiger auch Raelyns Name fiel.

»Komm!« Mary hatte die Nase voll von Raelyns kleinen Intrigen. Solange sie sich gegen Mary richteten, kam sie damit zurecht. Aber während sich Mary aus Raelyns Falle hatte befreien können, hatte sie Anthony zu Fall gebracht. Das würde sie seiner Schwester so schnell nicht verzeihen.

Als sie den Jag erreicht hatten, lehnte Mary Anthony gegen seinen Wagen wie eine lebensgroße Puppe und durchsuchte seine Taschen nach dem Autoschlüssel.

Raelyn wollte etwas sagen, aber dieses eine Mal ließ ein Blick auf Mary sie verstummen und brav einsteigen. Anthony machte keine Anstalten, sich zu wehren. Nicht einmal, als sie in seine Hosentasche griff oder ihn danach zur Beifahrertür schob.

Seine Schwester war immerhin klug genug gewesen, auf die Rückbank zu klettern. Und sie war klug genug, die Fahrt über zu schweigen.

Zurück auf Houston Hall verschwand Anthony wortlos in der Bibliothek. Mary fuhr seinen Wagen in die Garage und ging dann in die Küche. Sie würde Anthony einen kleinen Snack zubereiten. Und einen Tee. Sein Earl Grey war jetzt der Einzige, der vielleicht zu ihm durchdringen konnte.

Als Mary mit dem Tablett ins Foyer trat, stutzte sie. Elvis schwieg sich aus, statt ihr entgegenzuträllern. Das konnte eigentlich nur eins bedeuten. Mary konzentrierte sich mehr auf ihr Gehör und filterte alle unwichtigen Geräusche heraus. Dann gelang es ihr, Raelyns Worte zu hören: »… sage dir, es gibt nur einen Weg, dem entgegenzuwirken. Ob dir das gefällt oder nicht. Sie wissen jetzt ja sowieso schon von mir, oder nicht? Mindestens das Gerücht existiert nun.«

Etwas klapperte. Dann hörte Mary Schritte, die auf die Tür zugingen. Sie lief ein Stück zurück, um nicht zu auffällig gelauscht zu haben, und so erreichte sie gerade zum zweiten Mal Elvis' Käfig, als sich die Tür öffnete.

Raelyns Blick durchbohrte Mary sofort. Als beide gleichzeitig am unteren Treppenabsatz ankamen, zischte Raelyn ihr leise zu: »Lass meinen Bruder in Ruhe und halt dich aus unseren Angelegenheiten heraus! Ich weiß, was du bist, und ich werde nicht zulassen, dass er ausgerechnet *dir* vertraut!«

Marys Hände umschlossen die Griffe des Tabletts etwas fester. Sie sah Raelyn mit stolz gerecktem Kinn und festem Blick entgegen. »Ich weiß nicht, aus was ich mich deiner Meinung nach heraushalten sollte. Aber wenn du glaubst, dass ich die größere Gefahr für ihn bin, kann ich das nur einer hochgradig fehlgeleiteten Selbsteinschätzung oder grenzenloser Naivität zurechnen. Egal, was du planst: Ich werde ihn vor dir schützen.«

Mit diesen Worten drehte Mary ihr den Rücken zu und

steuerte auf die Tür zur Bibliothek zu. Ihre Sinne konzentrierten sich weiter auf Raelyn. Man drehte seinem Feind nicht einfach den ungeschützten Rücken zu.

Erst als Mary die Bibliothek betreten hatte und die Eichentür hinter ihr ins Schloss gefallen war, hörte sie, wie Raelyn die Treppe hinaufstieg. Da die Bibliothek allerdings eine Galerie besaß, war das allein noch kein Zeichen für Sicherheit. Mary würde ihre Worte weise wählen müssen, wenn sie Anthony ausfragen wollte.

Er saß vor dem Schachspiel. Es war wieder in seine Ausgangsform versetzt worden. Mary stellte leise das Tablett ab und setzte sich ihm gegenüber.

Als Anthony auch nach Minuten keine Anstalten machte zu sprechen, schob sie einen Bauern vor, um ihn aus seinen Gedanken reißen zu können. »Du bist am Zug«, sagte sie leise.

Anthony zuckte leicht zusammen, blinzelte und starrte dann erst auf das Spielfeld und dann auf Mary. Er schien sie zu analysieren. Jeden Zentimeter von ihr. Also wollte er etwas von ihr erfahren. Eigentlich war das Gegenteil ihr Ziel gewesen, aber sie würde wohl oder übel ehrlich antworten müssen, wenn sie sein Vertrauen weiterhin genießen wollte.

Seine Hand schwebte über den Figuren, und als er seinen Bauern gesetzt hatte, lag sein Blick noch immer auf ihr.

»Warum wolltest du so unbedingt hier arbeiten?«

»Was meinst du?« Die Frage hatte sie nicht erwartet.

»Du hast sie vorhin doch auch gehört. All das Gerede über mich und das Anwesen. Du hast mir selbst erzählt, dass dich die Bewohner des Ortes davon abbringen wollten, hier zu arbeiten. Warum bist du trotzdem geblieben?«

Deshalb fragte er also. Das machte ihm so zu schaffen. Nicht so sehr das Gerede der Leute als mehr die Tatsache, dass Mary dennoch geblieben war. Er zweifelte womöglich an ihren Absichten. Das durfte sie nicht zulassen. Sie brauchte sein Vertrauen. Und sie hatte es sich hart erarbeitet.

Mary schluckte. Wie viel Wahrheit würde er heute vertragen? Sie setzte ihren rechten Springer und konzentrierte sich weiter auf das Schachspiel, während sie sprach. »Ich kam hierher, weil ich das Gefühl hatte, hier richtig zu sein, gebraucht zu werden. Ich kann dir nicht erklären, woher ich das zu wissen glaubte. Aber es fühlte sich richtig an. Und im Leben gibt es nur selten Momente, die sich so richtig anfühlen – man merkt, wenn man einen solchen Moment durchlebt.« Sie stützte sich auf ihre Ellenbogen, verschränkte ihre Hände und legte ihr Kinn auf ihnen ab. Aber ihr Blick mied ihn auch weiterhin. »Das Gerede der Leute hat irgendwie das Gegenteil bewirkt. Ich habe noch nie viel darauf gegeben, was andere sagen. Und zu hören, wie dringend sie mir von dieser Anstellung abrieten, machte mich vor allem eins«, nun sah sie ihn doch an, »neugierig.«

Er lachte leise auf. »Du warst neugierig?!« Er klang weder erfreut noch beruhigt. »Wolltest du den verrückten Mann kennenlernen, über den sie sich das Maul zerreißen?! Wie über eine verstörende Zirkusattraktion?« Frustriert setzte auch er seinen Springer und starrte ins Leere.

»Aber nein! Du verstehst mich falsch! Sieh mich an, Anthony!« Langsam hob er den Blick. Sie schwieg, bis er ihr in die Augen sah. »Anthony Houston. Ich blieb, weil ich den Mann kennenlernen wollte, der einen ganzen Ort so sehr beschäftigte. Es gibt für ganz Dirleton – und offenbar auch darüber hinaus für viele – kaum ein anderes Thema als dich. Und dann traf ich dich und merkte, dass du selbst am strengsten mit dir ins Gericht gehst. Ich sah all die Mauern, die du um dich herum errichtet hattest, und ich sah das Portrait deines kindlichen Selbst. Ich sah, wie glücklich und unbeschwert du warst.« Mary warf einen ihrer Bauern seinem Springer zum Fraß vor. »Und dann beschloss ich, dass ich alles tun will, um dich wieder so glücklich zu sehen.«

Mit diesen Worten hatte sie ihn schachmatt gesetzt. Und sich selbst auch. Denn wie wahr sie waren, wurde ihr erst klar, als sie ihre Lippen verlassen hatten.

Das Resultat war Schweigen. Aber es war kein unangenehmes Schweigen. Zumindest kein bedrückendes. Sie wusste, dass ihre Worte ihn bewegt hatten. Das zählte. In diesem Wissen fiel es ihr leichter, zu warten.

»Diese Andeutungen des Caddy … Hat dieser Pascal …« Anthony presste seine Lippen zusammen und massierte seinen Nasenrücken. Er konnte ihr nicht in die Augen sehen, als er weitersprach. »Hat er dir … ist er dir zu nah gekommen?« Jetzt huschte sein Blick doch zu ihr, kurz und verstohlen.

Mary streckte ihre Hand nach seiner aus. Eine Welle der Wärme breitete sich in ihr aus. »Das hättest du gemerkt, glaub mir.« Ein Lächeln huschte über ihr Gesicht. »An seinem Schreien und Winseln um Gnade.«

Anthony lachte und schüttelte den Kopf. Sie konnte seine Erleichterung beinah am eigenen Leib spüren. »Die schottische Partie?«, fragte er dann nach kurzem Schweigen. Er hatte ihre Eröffnung also erkannt.

»Überrascht?«

Er zog die Brauen zusammen und überlegte. Sie fragte sich, was ihn mehr zum Grübeln brachte, das Spiel oder ihre Antwort. »Ich glaube, du kannst mich nicht mehr überraschen. Bei dir rechne ich grundsätzlich mit allem«, erwiderte er endlich und schlug ihren Bauern mit seinem.

***

Mary starrte aus dem Fenster. Seit drei Stunden saß sie in ihrem Zimmer am Fenster und ließ ihren Blick ins Leere laufen.

Dieses Schachspiel war merkwürdig gewesen. Sie hatte gewonnen, und doch hatte es sich so angefühlt, als hätte er sie gewinnen lassen, als hätte sie eigentlich verloren.

Er hatte von ihr die Wahrheit gehört, aber sie hatte es nicht mehr fertiggebracht, ihn ebenfalls auszufragen. Was hatte Raelyn ihm erzählt? Und noch wichtiger: Hatte es gefruchtet?

Eine plötzliche Bewegung unten im Garten ließ Mary aus ihren Gedanken schrecken. Da war ein Schatten gewesen, oder? Ein Schatten, der sich falsch bewegt hatte.

Im Nu hatte Mary das Fenster geöffnet und war in einem weiten Satz vor die Terrasse gesprungen. Sie war direkt in einem Schatten gelandet, aber sie wusste, dass weder ihre blasse Haut noch ihre hellen Nachtkleider eine gute Tarnung boten.

Sie drückte sich in einige Büsche vor der Terrasse und lauschte. Mit tiefen Zügen atmete sie die Nachtluft ein. Wenn ein Fremder hier wäre, würde sie es merken.

»Ist es nicht etwas spät für Gartenarbeit?«, bemerkte spitz eine Stimme hinter ihr.

Mary erstarrte. Also war *sie* es gewesen. So erhaben wie möglich glitt Mary aus ihrem Versteck und richtete sich auf. »Ich konnte nicht schlafen. Solltest du nicht schon längst im Bett sein und Wölfe zählen?«

Raelyn kicherte leise und kam von der Terrasse herunter. Sie war ganz und gar in Schwarz gekleidet und an ihren Lippen waren noch Reste von Blut zu sehen. Sie war also jagen gewesen. »Ach nein, ich gehöre eher zur nachtaktiven Sorte.« Sie zuckte mit den Schultern und leckte die letzten Blutspuren aus ihrem Gesicht. »So wie du.«

»Tja. Nachts ist es so schön ruhig. Man kann allein sein. So ein nächtlicher Spaziergang hat viel für sich.«

Raelyn hob eine Braue – und sah dabei ihrem Bruder plötzlich verblüffend ähnlich. »Barfuß?«

Mary seufzte leise. »Was willst du von mir, Raelyn?«, fragte sie müde.

»Dass du verschwindest – falls ich da neulich für deinen Intellekt nicht deutlich genug gewesen sein sollte.«

»Oh, das hat mein bescheidener Intellekt schon verstanden. Ich wusste nur nicht, dass du ernsthaft erwartest, ich würde deinem lächerlichen Wunsch Bedeutung beimessen, Mädchen.«

Raelyns Augen funkelten gefährlich und sie bleckte die Zähne, während sie langsam auf Mary zuging.

Die musterte sie interessiert. Ohne zu zögern machte auch sie ein paar Schritte auf Raelyn zu. Dann berührten sich ihre Nasenspitzen fast, so nah waren sie sich.

»Du erinnerst dich schon daran, dass ich so bin wie du, oder?« Glaubte dieses Gör ernsthaft, ihr Fauchen würde Mary Angst machen? »Ich wiederhole also meine Frage noch mal etwas verständlicher: Warum sollte es mich interessieren, was du willst?«

»Weil du es bereuen wirst, dich mir in den Weg zu stellen. Ist dir das heute nicht bewusst geworden? Ich war wirklich traurig, dass du mein Geschenk ausgeschlagen hast. Aber ich werde einen anderen Weg finden, Anthony von deinem Einfluss zu befreien.«

»Ihn befreien? Ich habe ihn aus seinem Käfig befreit. Er ist so frei wie seit einem halben Jahr nicht mehr.« Wieso – die Frage lag Mary auf der Zunge, aber sie hielt sich noch zurück – wieso hatte Raelyn ihren Bruder so lange im Ungewissen gelassen, wieso hatte sie ihn so lange leiden lassen?

»Er ist nicht frei. Nicht, solange er an Houston Hall gebunden ist wie ein Wachhund an seine Hütte. Aber das wird sich ändern. Bald.«

»Und wieso glaubst du, dass er auf dich hören wird? Laut Beatrix hast du dich sehr verändert. Das wird auch ihm aufgefallen sein. Er wird Zweifel an deiner Glaubwürdigkeit haben.«

Nun versuchte Raelyn es anders. Sie machte einen Schritt zurück und setzte wieder ihr unschuldiges, angreifbares Gesicht auf. »Schon möglich. Aber am Ende wird er dennoch auf mich hören … Weil mein lieber Bruder seiner totgeglaubten Schwester jeden Wunsch erfüllen wird. Jeden.«

Mary schwieg daraufhin. Was sollte sie auch dazu sagen? Mit ihr streiten? Nein. Sollte das Gör ruhig glauben, dass dem so war. Allerdings hoffte Mary, dass Anthony noch immer auch selbst dachte und sich seine eigene Meinung bildete.

»Nun. Ich werde dann besser zu Bett gehen. Morgen wird ein anstrengender Tag und hier draußen holt man sich nachts den Tod. Das sieht man ja an dir.«

Raelyns Blick glitt noch einmal abschätzend über Mary, dann war sie es, die ihr den Rücken zuwandte. Das Gör lernte von ihr. Das war nicht gut.

Mary wartete ein paar Minuten, bevor auch sie wieder auf ihr Zimmer verschwand. Sie würde eine Weile nicht mehr jagen müssen. Aber dafür war sie beinah erneut zur Mörderin geworden – Raelyn sei Dank. Sie würde sich vor dem Mädchen hüten müssen.

Mary musste dringend einen Weg finden, Raelyns Beweggründe zu erfahren. Sie musste wissen, was das Mädchen antrieb. Mit einem leisen Seufzen rieb sie sich die Augen. Obwohl sie so viel und gut wie lange nicht mehr getrunken hatte, fühlte sie sich erschöpft.

Diese plötzliche Fülle an Gefühlen in ihr überforderte sie. Als sie sich auf ihr Bett fallen ließ, waren es Anthonys graue Augen, die sie vor sich sah.

Sicher, er war nun vollauf mit dem plötzlichen Auftauchen seiner Schwester beschäftigt – oder eher überfordert. Aber dennoch fiel es ihr von Stunde zu Stunde schwerer, geduldig zu warten. Es gefiel ihr zu gut, nicht mehr allein zu sein.

Sonntag, 23. Dezember 1763, Ruinen von Houston Hall.

Übermorgen ist Weihnachten. Das Fest der Familie, der Liebe, der Zuversicht, des Glaubens an das Gute und Gottes Allmacht und Güte. Seine Menschwerdung. Ich bin wieder zurückgelaufen. Nach Hause. Aber was ist das schon für ein Zuhause? Und wie kann ein Gott, der solche Monster walten lässt, gut sein? Ich sitze in der Asche meiner Vergangenheit und schreibe meine Gedanken auf – in der Angst, sonst meinen Verstand zu verlieren. Früher habe ich Mutter immer für diese Angewohnheit belächelt. Aber jetzt, in dieser finsteren Einsamkeit lerne ich das geschriebene Wort zu schätzen.
Ich habe sogar versucht, einige von Mutters alten Tagebüchern zu retten. Das meiste ist verbrannt, aber ein paar wenige, ältere hat sie im Keller untergebracht, versteckt unter der Kohlenkammer. Dort muss das Feuer besonders heiß gewütet haben, und doch war das Versteck unversehrt.
Es ist eisig hier draußen. Das weiß ich. Der Schnee bedeckt inzwischen einen Großteil der Asche. Aber ich friere nicht. Ich sitze hier in den Resten von Vaters Bibliothek und lese Mutters Gedanken. Mehr Familie werde ich wohl nie wieder haben. Näher kann ich ihnen nicht mehr kommen.
Das Merkwürdige ist: Je mehr Gedanken ich lese, umso fremder werden mir meine geliebten Eltern. Mutter scheint von diesen Monstern, die uns das angetan haben, gewusst zu haben. Und Vater hat offenbar eines davon im Keller gefangen gehalten. Im Keller. Hier, gleich unter mir. Die Angst schnürt mir die Kehle zu und ich wage es nicht mehr, mich zu bewegen.

M. H. Hamilton Houston

Kapitel IV

Montag, 08. Juli 1963, Houston Hall.

Guten Morgen, Beatrix. Mary.« Anthony nickte seinen beiden Damen knapp zu. Wie er in der Küchentür stand, erinnerte er Mary an einen Vater, der seinen Kindern Hausarrest und Lebertran schmackhaft machen wollte. Er wippte auf seinen Füßen unruhig auf und ab, hielt die Hände auf dem Rücken verschränkt und gab sich die größte Mühe, aufrechter und größer zu wirken, als er war.

»Guten Morgen, Laird Houston«, erwiderte Beatrix seinen Gruß und trocknete sich ihre Hände an der Schütze ab. Seine Anspannung übertrug sich wie von selbst auf sie. »Was können wir für Sie tun?«

»Nun. Ursprünglich wollte ich die Existenz meiner Schwester möglichst lange verheimlichen. Aber, nun ja, Beatrix, Sie kennen meine Schwester. Sie zu verstecken ist schlichtweg unmöglich.« Inzwischen starrte Anthony auf den Fliesenboden vor sich. »Jetzt, da sie wieder hier ist und sich erinnert, wer sie ist, möchte sie wieder ›leben und das Leben genießen‹, wie sie sich ausdrückte. Ich dachte, ein Picknick in der Natur würde ihr reichen. Dann hoffte ich, unser Ausflug zum Golfplatz unter falschem Namen wäre genügend Ablenkung.« Statt weiterzusprechen, seufzte Anthony nur und massierte seinen Nasenrücken. Die roten Stellen darauf verrieten Mary, dass er die ganze Nacht wachgelegen und gelesen hatte. Wozu hatte Raelyn ihn nun wieder überredet? Ob sie ihre Drohung Mary gegenüber so schnell wahr gemacht hatte?

Mary ging langsam auf ihren Laird zu und legte ihre Hand

auf seinen Arm. »Nun verrate uns schon, was sie will«, murmelte sie leise. Ihr Blick bohrte sich in seinen.

»Sie will ihren Geburtstag nachfeiern. So, wie wir es früher immer gemacht haben. Mit einem Ball. Der ganze Ort soll eingeladen werden.« Er rasselte seine Beichte herunter und die Erleichterung war ihm deutlich anzusehen, jetzt, da er es endlich ausgesprochen hatte.

Nach einer Minute des Schweigens war Beatrix' »Oh!« alles, was Anthony zur Antwort bekam. Mechanisch machte er zwei Schritte auf den Küchentisch zu und ließ sich auf die Bank davor sinken.

»Ja, ›oh‹. Ich bin glücklich, dass sie wieder da ist und ich täte nichts lieber, als mein Glück mit der ganzen Welt zu teilen.«

»Aber die Folgen dieses Balls könnten katastrophal sein«, ergänzte Mary leise. Anthony nickte.

»Wir haben keine Möglichkeiten, jeden Gast zu überprüfen. Und wir können nicht das Gelände absichern, wenn überall Fremde sind.«

»Inspector Abernathy wird auch nicht gerade begeistert sein.«

Anthony lachte trocken. »Nein, das wird er ganz sicher nicht. Vor allem nicht, wenn er begreift, dass ich schon seit einer guten Woche von Raelyn weiß und ihm nichts gesagt habe.«

»Du solltest ihn kontaktieren. Das ist wichtig. Er sollte es nicht durch den Dorftratsch erfahren und erst recht nicht durch eine Einladung zum Ball, sondern durch dich.« Mary war vor ihm stehengeblieben, nah vor ihm, und strich ihm die widerspenstigen Locken aus der Stirn.

Anthony sah zu Mary auf und starrte sie erschrocken an, bis er begriff, dass sie schon längst allein waren. Beatrix hatte recht schnell verstanden, dass dieses Gespräch ohne sie besser verlaufen würde.

Ohne länger darüber nachzudenken, zog er Mary noch etwas näher zu sich und lehnte sich an sie. Mit einem milden Lächeln auf den Lippen beugte sie sich zu ihm hinab und küsste sein Haar.

»Wenn du ihr nachgeben solltest: Wie lang ist deine Gnadenfrist?«

»Keine zwei Wochen. Woher soll ich in dieser kurzen Zeit denn zusätzliches Personal, Musiker und Gäste, Dinner und Dekoration und der Himmel weiß, was noch alles, bekommen?«

»Nun. Dann haben wir wohl keine Zeit zu verlieren. Um das Essen wird sich Beatrix kümmern und ich bin mir sicher, sie findet auch ein paar helfende Hände.«

»Helfende Hände wofür? Selbst wenn wir alles rechtzeitig arrangieren könnten … Wie viele Gäste erwartest du?« Er seufzte leise. »Du hast sie doch auf dem Golfplatz gehört.«

»Du vergisst eine der wichtigsten Eigenschaften der Bewohner eines kleinen Ortes wie Dirleton.«

»Die da wäre? Neid? Missgunst? Aberglaube?«

Mary schüttelte lächelnd den Kopf. »Neugier.« Sie klopfte ihm auf die Schulter und zog ihn dann wieder auf die Beine. »Egal, wie sehr sie sich das Maul vorher zerreißen. Egal, ob sie Angst haben, dass ihr Geschwätz einen wahren Kern hat. Die Neugier wird sie herbringen und dann muss dieser Ball so großartig sein, dass ihnen ihr Aberglaube im Hals stecken bleibt und ihnen der Neid zu den Ohren herausquillt. Aber das bedarf jetzt einiger Anstrengungen. Wie lief das denn in den Jahren zuvor?«

»Ich habe nicht die geringste Ahnung. Bis zum vergangenen

Jahr war es stets meine Mutter, die unsere Familienfeste organisierte. Sie hätte Vater oder mich nicht einmal helfen lassen, wenn wir es gewollt hätten.«

»Na schön. Dann will ich jetzt eine klare Antwort: Soll dieser Ball stattfinden? Allen Gefahren und Unwegsamkeiten zum Trotz? Oder kannst du deiner Schwester vermitteln, damit noch zu warten?«

»Ich hab es ihr im Zustand völliger Übermüdung bereits versprochen«, brummte er resigniert.

Raelyn hatte in der vergangenen Nacht also recht gehabt. Sie bekam alles, was sie wollte. Egal, ob es klug war oder nicht.

»Na schön. Dann sollte deine erste Aufgabe darin bestehen, dem Inspector Bescheid zu geben. Danach solltest du dir gemeinsam mit deiner Schwester Gedanken über die Gästeliste machen. Ich werde in der Zwischenzeit mit Beatrix über eine mögliche Speisenfolge und helfende Hände sprechen. Dann solltest du entscheiden, in welchen Räumlichkeiten gefeiert werden soll, Raelyns Lieblingsblumen sollten zur Dekoration bestellt werden. Der Garten braucht etwas Beachtung. Darum werde ich mich kümmern. Und dann wäre da natürlich noch das Wichtigste …«

»Die Garderobe.« Anthony nickte. »Raelyn hat bereits angekündigt, dass sie mit mir in die Stadt will, um sich neue Kleider auszusuchen. Noch so ein Wunsch, der mich an ihrer Vernunft zweifeln lässt.«

›*Warum untersagst du ihr das dann nicht?*‹, hätte Mary am liebsten gefragt. Aber diese Provokation verkniff sie sich lieber. Sie war sich recht sicher, dass Anthony – was seine Schwester anging – nicht sehr kritikfähig war. Stattdessen kam ihr eine andere Idee. »Warum schlägst du ihr nicht einen Kompromiss vor? Sie soll sich einige Kleider bei Bartholomew in Edinburgh bestellen und liefern lassen. Sie kann sie hier in Ruhe anprobieren und vorführen. Das schönste – oder meinetwegen die schönsten – kann sie dann behalten.«

Anthony nickte nachdenklich. »Ich habe keine großen Hoffnungen, dass sie sich darauf einlassen wird. Sie will unbedingt nach Edinburgh. Aber du hast recht. Ich sollte es zumindest versuchen.«

Sein Blick ruhte auf Mary und allein diese Tatsache ließ sie für den Moment vergessen, in welcher Gefahr sie schwebten. Für den Moment erlaubte sie sich diese Unaufmerksamkeit und erwiderte seinen Blick.

Sie hatten viel zu wenig Zeit für sich. Wann immer sie sich im Laufe ihrer Existenz das Leben mit einem Gefährten erträumt hatte, waren ihre Fantasien wesentlich ... ereignisreicher gewesen.

Seine Augen wirkten müde und doch leuchteten Wissbegier und Leidenschaft in ihnen. Sanft strich sie mit den Fingerspitzen über seine Lippen. Sie hatte das Versteckspiel satt, sie hatte all die Geheimnisse und Lügen satt. Sie versteckten sich vor Beatrix, vor Raelyn, vor der ganzen Welt. Und doch stand es ihr nicht zu, ihn zu kritisieren. Nicht, solange sie ihm selbst so viel vorenthielt.

Als er seine Lippen leicht öffnete und seine Hände sie noch enger an sich zogen, war der Drang, ihm alles zu sagen, unsagbar groß. Als er begann, sie zärtlich zu küssen, hätte sie am liebsten geweint.

Er würde Angst vor ihr haben. Schlimmer noch: Er würde sie hassen für das, was sie war. Er würde all sein Vertrauen verlieren – nicht nur in sie, sondern in alle Menschen, denen er begonnen hatte, zu vertrauen. Wenn er begriff, wie sehr sie ihn hinters Licht geführt hatte, dann würde er jedem zutrauen, ein Lügner und Monster zu sein. Er würde seine Wärme und seine Leidenschaft verlieren. Und das durfte sie nicht riskieren. Egal, wie sehr sie sich selbst für ihr Geheimnis hasste.

Sie krallte sich regelrecht in den Kragen seines Hemdes und erwiderte seinen Kuss mit solcher Verzweiflung und Intensität, dass es sie erschreckte.

Als sie sich endlich wieder voneinander lösten, atmete Anthony schwer und seine Wangen waren so wunderschön gerötet. Sie wollte auch so schwer atmen! Sie wollte auch erröten aus Ekstase und Scham. Für einen kurzen Moment drückte sie ihre Lippen erneut auf seine, um sich dann wieder ganz von ihm zu lösen. Sie atmete einmal tief durch, um wieder zu sich zu kommen. Dann sah sie ihn entschlossen an.

»Also gut. Wir haben viel zu tun. Ich muss jetzt Beatrix suchen. Sie ist sicher in den Kräutergarten geflüchtet.«

Ohne ihm die Chance zu geben, sie festzuhalten oder zu fragen, was dieser Moment gerade bedeutete, drehte sie sich um und verließ die Küche. Während sie durch das Wohnzimmer auf die Terrasse und hinaus in den Garten lief, sah sie ihn noch immer im Geiste vor sich. Das derangierte Haar, das gerötete Gesicht, die funkelnden grauen Augen, das Hemd, dessen Knöpfe zur Hälfte geöffnet waren. Sie konnte sich gar nicht daran erinnern, sich daran zu schaffen gemacht zu haben. Aber ja, sie erinnerte sich an das Gefühl seiner Haut unter ihren Fingern – jetzt, da sie darüber nachdachte.

»Huch! Pass doch auf, Kind!«

»B-Beatrix. Verzeihung!« Mary hatte gar nicht gemerkt, dass ihr Körper weiter nach Beatrix gesucht hatte, während ihr Geist noch bei Anthony verweilt hatte.

»Du bist ja ganz aufgelöst! Ist alles in Ordnung?« Ohne ihr

auch nur die Chance zur Widerrede zu lassen, zog die ältere Dame sie zur nächsten Bank und setzte sich mit ihr. »Erzähl mir alles.«

Mary lachte leise, verlegen, und überprüfte ihren Dutt. Beatrix war nicht dumm. Wahrscheinlich hatte sie schon längst gemerkt, dass Anthony und sie sich inzwischen anders zueinander verhielten. Aber dennoch. Sie wollte Anthony nicht hintergehen.

»Es ist nichts. Ich war nur ganz in Gedanken. Dieser Ball wird eine Herausforderung. Wir haben keine zwei Wochen mehr, um alles vorzubereiten.«

»Zwei Wochen? Was denkt sich das Kind dabei?« Zum Glück sprang Beatrix auf das Thema an und ließ Marys Gefühlswelt unausgesprochen.

Und genau diese Frage stellte sich Mary auch. Was dachte sich Raelyn dabei? Was war der wahre Grund für diesen Ball? »Sie möchte ihren Geburtstag so feiern, wie sie es ihr Leben lang erfahren hat. Aus psychologischer Sicht ist das vielleicht gar nicht so verkehrt.« Dass es aus vielerlei Gründen sowohl für Raelyn als auch für jeden menschlichen, anwesenden Gast lebensgefährlich war, sprach sie nicht aus. Um dieses ›Problem‹ würde sich Mary allein kümmern müssen. Sie würde irgendwie dafür sorgen, dass Anthonys Schwester vor dem Ball genug trank. Sie würde sie permanent im Auge behalten und notfalls außer Gefecht setzen. In ihrem Besitz befand sich noch immer ein kleiner Dolch, der mit Eisen und Silber bewährt war. Es würde sie nicht umbringen, aber genug schwächen, um die Festgemeinde zu schützen. Und er ließ sich gut in ihrer Garderobe verstecken.

»Nun, für ihre Seele mag es gut sein. Aber was ist mit ihrem

Leib? Was, wenn die Täter sich unter die Gäste mischen und versuchen, die einzige Zeugin zu töten?«

»Antho-« Mary versuchte, ihren Schnitzer durch ein Husten zu verstecken. »Laird Houston wird noch heute Inspector Abernathy informieren. Ein paar zivile Polizisten werden hoffentlich als Schutz reichen.«

»Das hoffe ich auch.« Beatrix nickte, doch ihr Blick blieb sorgenverhangen, während sie auf ihre Hände starrte. »Mary, Liebes, es liegt mir fern, dich zu verletzen … oder mich einzumischen …«

»Aber?« Mary hatte gleich gewusst, dass sich Beatrix nicht so leicht würde ablenken lassen. Innerlich wappnete sie sich gegen alle ›gut gemeinten Ratschläge‹ und Warnungen.

»Du gehörst nach Houston Hall. Das habe ich vom ersten Tag an gewusst.«

»Aber?«, wiederholte Mary und biss auf ihre Unterlippe.

Beatrix atmete tief ein und seufzte dann leise. »Sei einfach vorsichtig, Liebes. Ja? Versprich mir, dass du keine voreiligen Entscheidungen triffst.«

***

Die folgenden Tage vergingen wie im Flug. Mary wirbelte im Anwesen und im Garten herum, kontaktierte für Beatrix Fleischer und Bäcker, Floristen und Braumeister. Sie trieb Anthony an und diskutierte mit Beatrix über den Nutzen von Stehtischen.

Ein negativer Nebeneffekt war ihre Abwesenheit in Arbeitszimmer und Bibliothek. Nicht eine Stunde hatte sie Anthony bei seiner Reise in die Untiefen der houstonschen Geschichte begleiten können. Sie fragte sich, ob er allein weiterrecherchiert und einen Hinweis auf den Zugang zur Gruft gefunden hatte. Er hatte mehr Zeit als Mary. Sein einziger großer Auftrag waren das Zusammenstellen der Gästeliste und das Signieren der Einladungen.

Aber mehr noch fragte sie sich, ob er sie ebenso sehr vermisste wie sie ihn. Egal was sie plante und vorbereitete, es trieb ihre Fantasie an: Wie sie mit ihm tanzte, lachte, sich vom Fest zurückzog … alles war besser, als das Dienstmädchen zu spielen.

Am Freitag wurde einer ihrer Tagträume gegen Mittag durch das Läuten der Klingel unterbrochen. Mary erwartete eigentlich die Getränkelieferung. Stattdessen aber stand Inspector Abernathy vor der Tür. Verblüfft trat sie zurück und ließ ihn ein.

»Inspector, wir haben Sie nicht erwartet. Anth-, Laird Houston ist nicht da.«

Der Beamte drehte sich langsam zu ihr um. Verwirrung und Zweifel standen ihm deutlich ins Gesicht geschrieben. »Der Laird hat das Anwesen verlassen? Freiwillig?«

Mary lächelte zerknirscht. »Mehr oder weniger freiwillig, Sir. Bitte folgen Sie mir doch in den Salon. Er wird sicher bald zurück sein.« Sie öffnete die Salontür und trat mit gesenktem Blick zur Seite. »Darf ich Ihnen in der Zwischenzeit eine Erfrischung anbieten?«

Inspector Abernathy schritt langsam den Raum ab. Sein Blick blieb an verschiedenen Einrichtungsgegenständen hängen, als versuchte er, Unterschiede zu seinem letzten Besuch ausfindig zu machen. »Machen Sie sich meinetwegen bitte keine Umstände, Miss Smith.« Sie nickte und wollte sich schon zurückziehen, als er ergänzte: »Sie haben sicherlich genug mit der Vorbereitung des Balls für die tote Miss Houston zu tun. Sie wissen schon … Die verschollene Tochter des Hauses, die noch immer für tot gehalten wird.«

Mary kniff die Augen zusammen und musterte die Miene des Inspectors. Er sah alles andere als gut gelaunt aus. *Dieser Dummkopf! Dieser elende Dummkopf!* Hatte Anthony den Inspector etwa nicht informiert?! Was hatte er sich dabei gedacht?

»Sie … Woher …«, stotterte sie ungewohnt unsicher.

»Woher ich vom Ball weiß? Ist das Ihr Ernst?! Halb East Lothian weiß davon. Was glauben Sie, wie lange die Polizei braucht, um zu erfahren, dass jemand von den Toten auferstanden ist?« Nun drehte er sich zu Mary um und fixierte sie mit seinem Blick. Genau wie Anthony, wenn er mehr Autorität ausstrahlen wollte, hielt er seine Hände hinter seinem Rücken verschränkt und straffte die Schultern. Allerdings war der Inspector größer und stämmiger als Anthony und so wirkte die Geste bei ihm weniger erhaben als eher bedrohlich. »Unterschätzen Sie die Polizei nicht. Wir sind nicht so dumm, wie Sie vielleicht glauben.«

Mary schüttelte bestürzt den Kopf. »Ich weiß, dass Laird Houston bereits am Montag eine Nachricht für Sie losschickte. Ich kann mir nicht erklären, weshalb diese Sie nicht erreicht hat. Seine Lairdship wird untröstlich sein, da bin ich mir sicher.«

»Da bin ich mir auch sicher.« Er gab sich Mühe, neutral zu klingen, aber Mary konnte den Zynismus aus seinen Worten heraushören. »Und kaum ist das Fräulein Schwester im Haus, flüchtet der Laird? Nun. Dann kann ich vielleicht bis zu seinem Erscheinen mit ihr sprechen? Ich würde es sowieso begrüßen, sie allein …« Er brach ab, als er Marys Blick bemerkte.

»Moment. Er ist *mit* seiner Schwester außer Haus?« Die Augen des Inspectors wurden immer größer. Dann ließ er sich auf einen der Sessel fallen und murmelte nur: »Ich hätte jetzt dann doch gern eine Erfrischung. Eine hochprozentige nach Möglichkeit.«

Mary nickte, froh, das Zimmer für einen Augenblick verlassen zu können. Vom Foyer her hörte sie ihn noch murmeln: »Ich hätte den Jungen für klüger gehalten.«

Sie ließ sich Zeit für ihre Aufgabe. Was sollte sie dem Inspector erzählen? Wie viel sollte er erfahren? Würde Anthony es ihr verübeln, wenn sie den Inspector bat, auf den Ball zu kommen?

Sie war in die Bibliothek gegangen und goss ihm drei Finger breit vom 1925er Glenkinchie aus Anthonys Geheimversteck ein. Damit würde der edle Laird leben müssen. Der Inspector brauchte jetzt genau das. Und Mary brauchte einen etwas unaufmerksameren Inspector.

Sie wünschte sich, der Ermittler, der damals den Brand an ihrem Zuhause untersucht hatte, wäre auch nur annähernd so aufmerksam und gründlich gewesen. Vielleicht wäre dann alles anders gekommen. Aber zu dieser Zeit konnte man noch nicht von einem ›Justizsystem‹ reden. Schon gar nicht von einem unparteiischen und kompetenten.

»Bitte entschuldigen Sie, dass ich Sie warten ließ, Inspector. Bitte sehr.« Mary reichte ihm das Glas, und während er die goldene Flüssigkeit in einem einzigen Zug herunterstürzte, wäre sie am liebsten gleich wieder aus dem Raum geflüchtet. Doch das wäre für niemanden eine Hilfe. Am wenigsten für

Anthony. Also straffte sie die Schultern und setzte sich ihm gegenüber.

»Ja, Miss Smith?«

»Da Sie Laird Houstons Nachricht nicht erhalten haben, wollte ich Ihnen anbieten, Ihnen deren Inhalt mitzuteilen.«

Er nickte, stellte das Glas ab und zückte sein kleines, schwarzes Notizbuch. »Ich bin ganz Ohr.«

Mary war nun in ihrer Rolle. Wenn sie eine Rolle spielte, dann fühlte sie sich sicher. Selbst, wenn sie Nervosität und Unsicherheit verkörperte – so wie jetzt. Sie zupfte an ihrer Kleidung, besah sich ihre Hände, die sie in ihrem Schoß fest verschränkt hielt.

»Nun, der Laird wollte Sie informieren, dass seine Schwester plötzlich wieder aufgetaucht sei. Das vergangene halbe Jahr habe sie einige Kilometer von hier gelebt. Sie hatte das Gedächtnis verloren und erst vor einigen Tagen begannen die Erinnerungen zurückzukehren. Laird Houston konnte sein Glück kaum fassen. Und auch wenn er große Bedenken hegt, so hat er ihrem Wunsch, ihren Geburtstag nachzufeiern, entsprochen.« Mary nestelte am Saum ihres Rockes herum. »Wenn Sie mir die Bemerkung erlauben, Sir: Der Laird liebt seine Schwester, und sie nun wieder zu haben macht ihn für jede ihrer Bitten empfänglich. Und … das ist ja auch irgendwie verständlich, oder?« Sie sprach nun leiser, unsicherer. Als würde sie mit dieser persönlichen Meinung zu ihrem Arbeitgeber sämtliche Befugnisse überschreiten. Es gelang ihr sogar unter Aufbietung ihrer ganzen Willensstärke, wieder etwas Röte in ihre Wangen zu bringen.

Der Inspector brummte zustimmend. Er musterte Mary eine Weile, bevor er zu sprechen begann. »Sagen Sie, Miss Smith, Sie sind noch nicht lange auf Houston Hall, aber es scheint mir, als hätten Sie den Laird in dieser Zeit recht gut kennenlernen können.« Er lehnte sich zurück und legte den Kopf schräg. Seine blauen Augen fixierten sie besser, als eine Baobhan Sith es gekonnt hätte. »Was halten Sie von Ihrem Arbeitgeber?«

»Sir?« Mary weitete erschrocken die Augen und wich in ihrem Sessel ein Stück zurück. In Wahrheit aber hatte sie damit gerechnet, dass der Inspector es ausnutzen würde, allein mit ihr zu sprechen.

»Nun kommen Sie schon, Miss Smith. Nur eine klitzekleine Indiskretion. Ich mach mir doch nur Sorgen um den Knaben. Wie verkraftet er das alles?« Er beugte sich etwas zu ihr vor und zwinkerte verschwörerisch. »Es war doch sicher nicht leicht mit ihm. Wie hat er so ein reizendes Geschöpf wie Sie dazu gebracht, hier auf diesem Friedhof zu bleiben?«

Für einen Augenblick bekam ihre Fassade Risse und sie fragte sich, was der Inspector in diesen Sekunden sah. Bei einem gewöhnlichen Dienstmädchen funktionierte diese Taktik sicher gut. Eine Prise Schmeichelei, etwas geheucheltes Mitgefühl und die Suggestion, sie sei nicht die Erste, die etwas Schlechtes über das Anwesen oder ihren Herrn sagte. Bei einem gewöhnlichen Dienstmädchen. Sie hingegen nahm Kritik an diesem Anwesen sehr persönlich. Und solche an Anthony auch.

Aber vor dem Inspector musste sie gewöhnlich sein. Also kämpfte sie ihre Gefühle nieder und kehrte zurück in ihre Rolle. Sie senkte voller Scham und Verlegenheit den Blick, strich ihren Rock glatt und murmelte dann leise: »Nun, ich habe mir – wie ich Ihnen bereits bei unserem letzten Treffen sagte – einen gänzlich anderen Eindruck von Laird Houston machen können. Er war sehr freundlich und nachsichtig mir gegenüber. Und seit seine Schwester wieder bei ihm ist, lächelt er auch wieder häufiger. Das werden Sie sicher auch gleich bemerken.«

»Nun gut. Da Sie es gerade erwähnen. Welchen Eindruck macht die Schwester auf Sie?«

»Nun.« Mary legte eine Pause ein. Sie war für einen Augenblick versucht, sie schlecht zu machen und den Inspector gegen sie einzunehmen, aber das erschien ihr unklug. Der Inspector wäre gegen Raelyn keine Hilfe. »Der Gedächtnisverlust macht ihr noch immer zu schaffen. Und sicherlich auch die Erinnerungen, die bereits zurückgekehrt sind. Was sie durchlebt hat, muss schrecklich gewesen sein.« Mary wandte den Blick ab und starrte aus dem Fenster. Bilder ihrer eigenen Vergangenheit blitzten vor ihr auf. Ja, es war schrecklich gewesen. Und wenn sie sich in Raelyn hineinversetzte, dann verstand sie auch deren Verhalten. Zumindest teilweise. Denn da war auch noch der andere Teil von Raelyn, der das gestohlene Tagebuch versteckte … »Sie hat ein sehr … einnehmendes Wesen und möchte nachholen, was ihr genommen wurde. So gefährlich dieser Ball auch ist. Ich nehme an, er wird ihr guttun. Vielleicht kann sie dadurch wieder etwas mehr in ihrem alten Leben ankommen.«

Sie sah den Inspector aus den Augenwinkeln nicken, während er eifrig mitschrieb. Aber sie mied weiterhin den direkten Blickkontakt.

»Sie finden also an ihrem plötzlichen Auftauchen nichts Verdächtiges, Miss Smith? Sie hat sich nicht seltsam verhalten?«

Jetzt sah sie ruckartig zum Inspector. »Wollen Sie damit sagen, Raelyn hätte etwas mit den fürchterlichen Geschehnissen zu tun?« Er verdächtigte das Mädchen … Und nicht zu Unrecht. Obwohl er nicht dasselbe wissen konnte wie Mary. Woher hatte er diese Ahnung? Denn mehr als eine Ahnung konnte es nicht sein. »Was bringt Sie auf diesen Gedanken?«

»Nun, die Menge an Blut, die wir gefunden haben, kann niemand überleben. Deshalb wurde das Mädchen ja für tot erklärt. Ohne zu sterben kann man so viel Blut nur zurücklassen, wenn man es sich vorher über Wochen abgenommen hat. Das geht nicht, ohne dass es die betreffende Person bemerkt.«

Nein, da hatte er recht. Aber Raelyn *war* gestorben. Auch wenn es tatsächlich interessant war, dass die Baobhan Sith sie nicht einfach komplett ausgesaugt hatten, sondern sie nur bissen und dann ausbluten ließen. Ein höchst ungewöhnliches Vorgehen.

Mary nickte langsam. »Das klingt logisch. Und doch kann ich mir nicht vorstellen, dass die junge Lady etwas damit zu tun hat. Es muss eine andere Erklärung geben.«

Der Inspector setzte gerade zu einer Erwiderung an, als Motorendonnern vom Rondell her in den Salon hallte. Erleichtert sprang Mary auf. »Das muss Laird Houston sein! Nur einen Augenblick. Ich werde ihn sofort zu Ihnen schicken, Inspector Abernathy.« Sie eilte aus dem Raum und öffnete die Haustür, als Raelyn gerade die Stufen hinauftänzelte.

»Wir haben Besuch?«, fragte sie mit einem strahlenden Lächeln im Gesicht. Anthony hing noch halb in seinem Wagen und kämpfte gerade mit einigen größeren Tüten, die sich hinter dem Fahrersitz verhakt hatten. Er sah nicht ganz so glücklich aus.

»Ja, Inspector Abernathy. Er hat einige Fragen an Anthony und auch an dich«, murmelte Mary tonlos, während sie zur Seite trat und ihre Augen weiter an Anthony hingen.

»Oh!« Raelyn drückte Mary Mantel und Handtasche in den

Arm und lief ins Foyer. »Wo ist er denn, im Salon?«, rief sie, als sie bereits vor der richtigen Tür stand. Natürlich wusste Raelyn, wo sich der Gast befand. Im Salon war der einzige menschliche Herzschlag außerhalb der Küche. Mary antwortete also nicht, sondern lief lieber Anthony entgegen.

Sie wusste, dass der Inspector durchaus zusehen konnte. Also blieb sie in der Rolle des sittsamen Dienstmädchens. Als Anthony sie auf sich zukommen sah und sie anlächelte, fiel ihr das allerdings ausgesprochen schwer. Sie musste ihn so schnell wie möglich auf Kurs bringen.

»Laird Houston! Inspector Abernathy ist hier. Stellen Sie sich vor, Ihre Nachricht vom Montag hat ihn nicht erreicht. Er erfuhr durch andere vom Ball und von Raelyn.«

»Was?!« Er erbleichte.

»Ja! Ich habe mir erlaubt, den Inspector bereits über den Inhalt der Nachricht in Kenntnis zu setzen. Über das Auftauchen Ihrer Schwester und Ihre Bedenken bezüglich des Balls. Ich bin mir sicher, der Inspector würde Sie mit einigen zivilen Beamten unterstützen, wenn Sie ihn darum bitten würden.« Sie sah ihn eindringlich an, während sie Anthony sämtliche Einkaufstüten abnahm.

»I-Ich verstehe«, murmelte Anthony und legte mit Blick auf das Salonfenster eine Hand in ihren Rücken, um sie in Richtung Haustür zu schieben.

Als sie außer Sichtweite waren, verschwand seine Hand noch immer nicht. Im Gegenteil. Sie brannte sich regelrecht in ihren Rücken, als er Mary etwas zu sich zog. Raelyns Einkäufe sorgten für eine Art Sicherheitsabstand zwischen ihnen, über den Mary augenblicklich beinah dankbar war.

Aber nur beinah.

Was hatte sich dieses Gör alles kaufen lassen? Halb North

Berwick? Anthony war ein Laird und Anwalt und kein Baron oder Angehöriger des Königshauses. Er würde sich für seine Schwester noch hoch verschulden, wenn sie so weitermachte.

Jetzt beugte er sich zu Mary hinunter und seine Lippen streiften ihr Ohr, als er ihr zuflüsterte: »Ich danke dir.« Die Hand auf ihrem Rücken glitt in ihren Nacken und für Sekunden streiften seine Lippen ihre. Dann richtete er sich wieder auf und biss sich auf seine Unterlippe.

Ein Anblick, der es für Mary nicht besser machte. »I-Ich bringe die Sachen gleich in Miss Raelyns Zimmer, Laird Houston. Inspector Abernathy wartet im Salon auf Sie. Das junge Fräulein ist bereits bei ihm«, plapperte sie los.

Aber Anthony schüttelte den Kopf. »Bitte legen Sie alles in der Bibliothek ab, Miss Smith. Nicht der ganze Einkauf ist für meine Schwester.«

Aber natürlich. Auch er brauchte angemessene Kleidung. Auch wenn er die ihrer Ansicht nach eigentlich täglich trug. Mit einem Nicken flüchtete sie in die Bibliothek.

***

»Hast du schon gesehen, was das Fräulein zum Ball tragen wird? Sie ist wirklich eine Augenweide! Auch wenn sie in dem dunklen Rot noch blasser wirkt als sonst.« Beatrix strahlte über das ganze Gesicht, als sie zur Küche hereinkam.

Mary seufzte und schüttelte den Kopf über Beatrix' Freude. Sie hatte ihr ›freies Wochenende‹ mit Gartenarbeit verbracht – trotz Sonne, weil sie so Raelyn hatte entgehen können. Marys Toleranz für Sonnenlicht war offenbar höher als die von Raelyn. Vielleicht war das eine Altersfrage. Doch seit Montag war dieser Vorteil gegenüber Raelyn vorüber und Mary hatte keine Chance mehr, dem Mädchen zu entkommen. Es regnete ununterbrochen und das Gör nutzte jede Gelegenheit, um Mary an ihre Rolle als Dienstmädchen zu erinnern.

›Mary, mein Ballkleid ist zu weit. Näh es mir um!‹

›Mary, meine Schuhe für den Ball müssen noch mal poliert werden. Kümmere dich persönlich darum!‹

›Mary, ich wünsche mehr Blumengestecke und auf jeden Fall viele Kerzen! Das Feuer macht dir doch nichts aus, oder?‹

Sie konnte ihren Namen schon nicht mehr hören. Es war zu selten, dass ihn Anthony auf diese andere, besondere Weise aussprach. Die wenigen Male wogen Raelyns Geschrei nicht auf. Sie hatte beinah stündlich neue Wünsche. Aber so war sie auch zu beschäftigt für anderweitige Recherchen, hoffte Mary zumindest.

»Was denn? Gefällt es dir etwa nicht? Es ist so hübsch. So extravagant geschnitten. Sie sieht aus wie eine richtig feine Dame.« Beatrix riss sie aus ihren Gedanken.

»Entschuldige bitte, Beatrix. Was meinst du?« Mary fühlte sich erschöpft wie seit Dekaden nicht mehr. Was gäbe sie darum, einfach mit Anthony fortzufahren, Houston Hall und all seine Geheimnisse und Gefahren hinter sich zu lassen – wenigstens für einen Tag.

»Aber Liebes! Ich rede vom Kleid des Fräuleins.«

Das begeisterte Leuchten in ihren Augen frustrierte Mary nur noch mehr. Sie würde mit ihr zusammen die Gäste bedienen, während Raelyn mit ihrem Bruder tanzte und lachte. Es war unfair und es war gefährlich. Die verfluchten Kerzen machten es nicht besser. Houston Hall durfte kein zweites Mal niederbrennen. Unter keinen Umständen.

Noch größer aber war die Gefahr, dass sich Raelyn nicht beherrschen konnte. Mary fragte sich, ob es das Gör wenigstens versuchen würde oder ob sie noch vor dem Hauptgang die Hälfte der Gäste aussaugte … ob sie Anthony aussaugte.

Aber das würde Mary zu verhindern wissen. Irgendwie.

»Mary! Was hast du denn?« Beatrix ließ sich neben Mary am Küchentisch nieder. Die Bank senkte sich ein gutes Stück.

Mary schloss die Augen und seufzte leise.

Reiß dich zusammen!

»Ach ich weiß nur nicht, ob dieser Ball so eine gute Idee ist. Wir werden Raelyn nicht schützen können und zu zweit wird es nicht einfach werden, alle Gäste zu bedienen.«

»Für den Schutz ist die Polizei zuständig. Die werden ihre Sache schon gut machen. Sorge dich nicht um das junge Fräulein.« Beatrix klopfte Mary aufmunternd auf die Schultern und beugte sich dann flüsternd zu ihr herüber: »Ich habe sogar gehört, dass Inspector Abernathy selbst kommen wird. Er hat wohl angekündigt, mit seiner Familie zu erscheinen, um unauffälliger zu sein.« Mit einem deutlichen Räuspern kehrte sie wieder in ihre ursprüngliche Lautstärke zurück. »Und den Rest bekommen wir schon hin. Mein Cousin hat mir versprochen, zu helfen. Er ist in Gullane in Anstellung und sein Laird ist mit der gesamten Familie eingeladen. Also hat er sich zusammen mit zwei befreundeten Dienstmädchen für den Abend freigenommen, um hier zu helfen.«

Mary lächelte schwach. »Na immerhin ein Lichtblick.« Die Lüge ging ihr leicht über die Lippen. Weitere Fremde im Anwesen wären eher eine weitere Gefahrenquelle. Vor allem, solange Mary nicht wusste, was Raelyn im Schilde führte. Wieso hatte sie das Tagebuch gestohlen? Wieso wollte sie Mary loswerden? Zurzeit sorgten die zahlreichen Wünsche der jungen Lady vor allem dafür, dass Anthony und Mary sich kaum noch mit den Geheimnissen von Houston Hall beschäftigten.

War es vielleicht genau das, was Raelyn mit diesem Ball und all ihren anderen Aktivitäten bezweckte? Schlichte Ablenkung? Raelyn war ständig bei Mary aufgetaucht, um ihr neue Aufgaben zu erteilen, aber jenseits dieser Momente hatte Mary das Mädchen nie zu Gesicht bekommen. War der Ball mehr Ablenkungsmanöver für Mary und Anthony als für Raelyn selbst?

Nach dem Ball sollte Mary versuchen, mit Anthony zu sprechen. Dringend. Über *alles*. Auch wenn sie damit wohl alles zerstörte, was sie inzwischen hatten.

»Du bist doch sonst immer so optimistisch und fröhlich. Kaum eine Schrulle des Lairds konnte dir die Laune verderben. Und jetzt ist seine endlich besser, da verlierst du dein Lächeln?«

Mary starrte auf die Tischplatte vor sich. Sie konnte Beatrix' prüfenden Blick auf sich spüren. Der Gedanke, Anthonys Vertrauen zu verlieren – ausgerechnet indem sie ihm die Wahrheit sagte –, setzte ihr zu. Dennoch würde sie es versuchen müssen.

Auf einmal schnappte Beatrix neben ihr nach Luft. Vielleicht hatte sie etwas begriffen, dass sie lieber nicht begreifen sollte. »Kind, mach dich nicht unglücklich! Ihr tut euch gut, ja, aber das kann nicht gut gehen! Der Unterschied ist zu groß!«

Ja, Beatrix hatte begriffen.

Mary presste die Lippen fest aufeinander. Nein, sie würde sich jetzt nicht bei Beatrix auslassen. Sie würde nichts von ihren Gefühlen sagen und sie würde ihr nicht erklären, dass es zwischen Anthony und ihr einen ganz anderen Unterschied gab, der zu groß war. Nicht der Stand war das Problem. Sie war tot und er am Leben.

»Entschuldige mich bitte, Beatrix. Ich fühle mich nicht gut.

Ich werde mich kurz auf meinem Zimmer etwas hinlegen.« Ohne ihre Freundin und Gefährtin noch mal anzusehen, verließ sie die Küche und lief in ihr Zimmer. Sie sollte es endlich einsehen. Sie würde ihn und Houston Hall beschützen, bis er sich und die Gruft selbst schützen konnte. Und dann würde sie wieder verschwinden. Wie jedes Mal. Wie in jeder Generation. Ihre Gefühle trübten ihre Sicht, also musste sie diese menschliche Eigenschaft ausschalten. Zumindest bis zu diesem verfluchten Ball. Und dann würden sie reden.

Als die Tür hinter ihr ins Schloss fiel, lehnte sich Mary erleichtert dagegen. Sie hatte es ohne weitere Begegnungen in ihr Zimmer geschafft. Was für ein Glück! Weder Raelyn noch Anthony hätte sie in ihrem jetzigen Zustand begegnen wollen.

Sie machte den ersten Schritt in den Raum hinein, als es leise an ihre Tür klopfte. So viel zu ihrem Glück. Mit einem lautlosen Fluch drehte sie sich um, richtete ihr Haar und öffnete die Tür.

»Anthony!« Immerhin würde sie keine weiteren Sticheleien ertragen müssen. Ein schwaches Lächeln huschte über ihre Lippen.

»Darf ich eintreten?«

Sie nickte stumm und trat zur Seite, um ihm Platz zu machen.

»Ich … wollte dich nur kurz sehen. Ich rief nach dir, als ich dich die Treppe hinauflaufen sah. Aber du hast mich wohl nicht gehört. Alles in Ordnung?«

»Oh! Verzeih, ich war in Gedanken.« Sie wandte verlegen den Blick ab. Er glitt dabei über seine Weste und das akkurat sitzende Hemd. Automatisch musste sie daran denken, wie sie Anthony und seiner Garderobe in der Küche zugesetzt hatte.

»Mary«, war alles, was er sagte. Seine Stimme klang anders.

Das war diese besondere Art, mit der er ab und an ihren Namen aussprach. Die Art, die dafür sorgte, dass sich ihre Nackenhaare aufstellten und ein heißer Schauer über ihren Rücken rollte.

Als sie aufsah, verfing sich ihr Blick sofort in seinem.

Sie hatte sich doch eigentlich vorgenommen, sich von ihm fernzuhalten – in der irrwitzigen Hoffnung, es würde dann nicht so wehtun, dass er sie vor aller Welt als sein Dienstmädchen vorstellen würde.

Aber jetzt, wie er sie so ansah … Sie öffnete die Lippen, um etwas zu sagen, zu erklären, aber sie kam nicht mehr dazu. Er küsste sie, wie er sie seit Tagen nicht mehr geküsst hatte. Und sie genoss seine Nähe. Sie verfluchte sich für ihre Pläne, für ihre Logik und den Irrglauben, ihre Gefühle kontrollieren zu können, und zog ihn noch enger an sich. Ihre Finger erkundeten seinen Oberkörper, zerrten am lästigen Stoff. Sollte sie sich doch zum Gespött machen! Sollten sich doch alle das Maul zerreißen! Das Echo seines Herzens hallte ihr in den Ohren. Es schlug so kräftig und so nah an ihr, dass sie seine Vibrationen in ihrer eigenen Brust spüren konnte.

Das Holz des Kleiderschranks ächzte leise, als Anthony sie dagegendrückte. Mary konnte spüren, wie ihnen beiden immer mehr die Kontrolle entglitt.

Und es war ihr egal.

Sie schloss die Augen und genoss seine Berührungen, die immer mutiger wurden, seinen heißen Atem auf ihrer Haut.

»Mary?«, hallte es gedehnt durch das Foyer. »Maaary?«

Sie wollte die Rufe überhören; wollte sich daran festhalten, wie *er* ihren Namen ausgesprochen hatte, wollte ihr Zimmer nie wieder verlassen. Ihre Finger gruben sich in seine Schultern.

»Maaary!« Nun wurden die Rufe energischer und Schritte waren auf der Treppe nach oben zu hören. Jeden Augenblick würde Raelyn die Tür aufreißen oder zumindest impertinent laut dagegenschlagen. »Ich brauche dringend deine Hilfe! Wo steckst du schon wieder? Mein Bruder bezahlt dich nicht fürs Faulenzen und Schlafen!«

Marys Hände ballten sich zu Fäusten. Nein. Dafür bezahlte er sie nicht. Sie waren beide wie erstarrt. Nur sein Atem streifte ihr Gesicht in regelmäßigen, kurzen Abständen.

Als Raelyn während ihres Monologs tatsächlich vor Marys Tür anhielt, seufzte sie leise, drehte sich schwungvoll mit Anthony, drückte ihn mit einer Hand gegen den Kleiderschrank und öffnete mit der anderen die Tür.

Raelyn wollte schon lospoltern, doch während sie mit weit hochgerissenen Brauen Mary musterte, vergaß sie, was sie hatte sagen wollen. Zum Glück konnte sie Anthony nicht sehen – auch wenn Raelyn ebenso wie Mary seinen dröhnenden Herzschlag hören musste.

»Was ist denn, Raelyn?«, fragte Mary und kämmten sich mit den Fingern durch die aufgelösten Haare.

»Nun. Ich … Ich brauche deine Hilfe mit dem … ähm … Menüplan für das Buffet. Bitte komm in mein Zimmer, sobald du dich wieder etwas …«, ihr Blick glitt einmal mehr abschätzend über Marys Erscheinung, »hergerichtet hast.«

»Natürlich. Gern.« Mary setzte für Sekunden ein deutlich gekünsteltes Lächeln auf und schloss ohne einen weiteren Kommentar die Tür. Das Buffet. So so. Wahrscheinlich ging es eher um den Teil der Nahrungskette, der nicht auf dem Menüplan stand. Was erwartete Raelyn von ihr? Dass sie ihr Blut besorgte und in Rotweinflaschen füllte?

Ein leises Räuspern machte ihr bewusst, dass sie Anthony

noch immer am ausgestreckten Arm gegen den Schrank drückte. Langsam hob sie den Blick. Diesmal hatte sie es geschafft, ihm Weste und Hemd ganz zu öffnen – um nicht zu sagen ›*vom Leib zu reißen*‹. Die Stoffe hingen locker an seinen Armen. Ihre Hand lag gespreizt auf seiner nackten Brust, die sich noch immer etwas schneller und stärker als gewöhnlich hob und senkte.

Seine Augen waren fest auf sie gerichtet, nahmen jede noch so kleine Bewegung von ihr wahr. Aus ihnen leuchtete unverändert die Gier nach ihr. Die Unterbrechung hatte ihn noch nicht wieder ganz ins Hier und Jetzt zurückgeholt.

Das war die letzte Chance, sich zusammenzureißen. Wenn sie ihm jetzt wieder näherkäme, würde sie sich nicht mehr beherrschen können – und Anthony auch nicht, das war ihm deutlich anzusehen. Der Unterschied war nur, dass *ihr* Kontrollverlust *sein* Leben gefährdete.

Sie atmete zwei Mal tief ein und schloss für einen Moment die Augen. Ihre Finger strichen leicht über seinen Bauch, als sie ihre Hand sinken ließ. Dann lehnte sie sich an die gegenüberliegende Wand und hoffte, ein guter Meter Sicherheitsabstand würde reichen. Auch wenn sein Duft den ganzen Raum erfüllte und sie Angst hatte, über seinen Herzschlag hinweg seine Stimme nicht mehr hören zu können.

»Weshalb bist du ursprünglich hergekommen?«, fragte sie nach einer Weile so ruhig wie möglich.

»Dein Blick. Du sahst so traurig und aufgelöst aus. Ich wollte einfach nach dir sehen«, erwiderte er noch immer etwas atemlos.

Mary nickte leicht und wandte ihr Gesicht ab. Auch wenn sie Emotionen nicht mehr so zeigen konnte wie ein Mensch, hatte er doch einen Weg gefunden, in ihr zu lesen wie in einem offenen Buch.

Er machte einen kleinen Schritt vorwärts, aber Mary streckte eine Hand aus, um ihn aufzuhalten. »Bitte. Nicht. Das eskaliert wieder.« Sie sprach leise und weigerte sich noch immer, ihn anzusehen.

»Wäre das denn so furchtbar?« Aus den Augenwinkeln sah sie, wie er sich Hemd und Weste wieder über die Schultern zog. Es zuckte ihr in den Fingern, ihn aufzuhalten. Aber sie widerstand der Versuchung.

Ihre Gefühle trübten ihren Verstand. Sie würde unachtsam werden, wenn sie diese Achterbahn von Anziehung und Ablehnung weiterfuhr. Und Unachtsamkeit könnte Anthony das Leben kosten.

»Ich kann das so nicht mehr. Welchen Sinn hat das? Ich bin deine Angestellte, wie deine Schwester nicht müde wird, mir zu beweisen!« Ihre Stimme klang merkwürdig fremd.

Sie hatte sich diese Rolle selbst ausgesucht und nun würde diese Rolle der Grund sein, mit dem sie Distanz zwischen sich und Anthony brachte. Distanz, die sie dringend brauchte, wenn sie ihn schützen wollte.

Der einzige andere Weg wäre die Wahrheit. Wenn er sie wirklich liebte … nicht nur begehrte, sondern liebte … dann würde er zu ihr stehen, oder? Dann würde er verstehen, dass seine Nähe eine genauso große Herausforderung für sie war wie seine Abwesenheit. Dann würde er verstehen, dass sie ihren klaren Verstand und die volle Aufmerksamkeit brauchte.

Sie schüttelte leicht den Kopf. Nein, es war zu früh für die Wahrheit. Oder zu spät. »Tut mir leid. Ich … Ich kann das nicht.«

Sie schob ihn zur Seite, ignorierte das leichte Prickeln in ihren Fingern und rannte aus ihrem Zimmer. Wie gern wäre sie jetzt in den Wald gerannt, ans Meer. Sie brauchte frische Luft und sie hatte Lust auf Blut. Keinen Durst. Aber Lust.

Was hatte er nur aus ihr gemacht?!

Während sie sich im Bad Wasser ins Gesicht schüttete, litt Mary unter ihren eigenen Worten. Sie betrachtete sich im Spiegel. Ihre Kleider waren ebenso offenherzig wie seine gewesen. Anthony hatte ganze Arbeit geleistet. Kein Wunder, dass Raelyn so gestarrt hatte … Verflucht! Sie hätte es anders anstellen sollen. Diese leidigen Gefühle schadeten ihrer Schlagfertigkeit. Sie hatte jämmerlich geklungen. Sie hatte sich wie ein charakterschwaches junges Ding aufgeführt. Eine schwache Vorstellung. Sie konnte nur hoffen, dass er ihr diesen ›Streit‹ dennoch abkaufte.

Sie hatte das Verstecken wirklich satt. Sie hatte ihre Rolle wirklich satt! Er hatte damals recht gehabt: Das war nicht sie und diese Rolle war ihr noch nie so schwer gefallen wie jetzt und bei ihm. Im Grunde hatte sie also die Wahrheit gesagt.

Mary akzeptierte es nicht, von diesem frechen Halbblut so behandelt zu werden. Und sie akzeptierte es nicht, dass Anthony nichts dagegen unternahm, auch wenn ihr klar war, dass man dagegen nicht viel tun konnte …

Es kostete sie viel Willenskraft, trotz allem den Weg zu Raelyn einzuschlagen. Ihre Andeutungen hatten nicht gerade ermutigend geklungen. Langsam wurde dem Kind wohl klar, dass sie wegen ihres Dursts Vorkehrungen treffen musste.

Während Mary die kurze Strecke zu Raelyns Zimmer überbrückte, schob sie jedes Gefühl und jeden Gedanken, die mit Anthony verbunden waren, in die hinterste Ecke ihres Geistes. Solange er nicht in Sicherheit wäre, würde sie seine Nähe nicht mehr zulassen – weder physisch noch psychisch. Das würde ihr helfen. Sie hatte jetzt Wichtigeres zu tun. Raelyn und ihre Eskapaden hatten sie viel Zeit gekostet. Mary konnte sich nicht vorstellen, dass das Zufall war. Warum wollte das Gör Zeit schinden? Und warum musste es unbedingt ein Ball sein? Eine unreflektierte Laune oder Teil eines Plans? Mit diesem verfluchten Ball stand Mary jedenfalls eine harte Probe bevor. Egal in welcher Rolle.

Sonntag, 01. Januar 1764, Ruinen von Tantallon Castle.

Ich fühlte mich gestern so gut, so menschlich, so normal! Es war berauschend zwischen all den jungen, lebendigen Leuten. Wir haben gefeiert und dem neuen Jahr entgegengeschrien. Wein und Whiskey flossen in rauen Mengen. Es war, als wären die vergangenen Wochen ausgelöscht gewesen.
Ich werde nie das Lachen all der Leute dort vergessen. Und ich werde nie ihre Schreie vergessen. Die Schreie, als ich plötzlich nicht mehr mit ihnen lachte und tanzte, sondern den ersten – James Begbie hieß er – mit mir zog. Wir verschwanden in einer Nische der Ruine. Kurz darauf verließ ich sie allein und mit Blut an meinen Lippen.
Zehn Minuten später war es still um mich herum.
Seit Stunden sitze ich nun in den Ruinen des Castle, starre auf die See hinaus und versuche, das Geschehene zu begreifen. Ich erinnere mich an keine einzige Entscheidung, an keinen Biss und kein Gesicht. Alles liegt wie im Nebel.
Um mich herum riecht es nach Blut. Aber ich bin mehr als satt. So satt, dass mir der Geruch keinen Durst mehr macht, sondern Übelkeit. Ich selbst stinke nach Blut, als hätte ich darin gebadet. Ich weiß, wenn ich mich jetzt umdrehe, dann sehe ich sie alle am Boden liegen: mit aufgerissenen Kehlen, halb abgerissenen Köpfen. Ich werde diese armen Seelen wohl einer Seebestattung zuführen, indem ich sie die Klippen hinunterwerfe.
Und mit jedem Toten, der ins Meer taucht, werde ich die Ceasg dafür verfluchen, mir nicht das Leben genommen zu haben, das ich nicht mehr verdiene.

M. H. Hamilton Houston

Kapitel V

Samstagvormittag, 20. Juli 1963, Houston Hall.

Mary schlief selten. Und heute erinnerte sie sich wieder daran, warum. Es brachte ihr mehr Leid als Ruhe. Sie hatte in ihrer Existenz genug erlebt, um jede restliche Nacht hier auf Erden mit Albträumen zu füllen.

Sie konnte das Blut, das seit jener Nacht an ihren Händen klebte, noch immer riechen. Ihre Unterhaltung mit Raelyn gestern hatte diese besonders dunklen Erinnerungen wieder wachgerufen. Das und der Gedanke an den bevorstehenden Ball, das große Fest mit vielen menschlichen Gästen.

Bei allem Hass und Ärger, den ihr das Mädchen entgegenbrachte, war sie gestern Abend ruhig und höflich gewesen. Das allein hatte Mary gezeigt, dass ihre Sorgen ernst waren.

Dennoch hatte ihr Mary nur bedingt helfen können. Sie hatte ihr geraten, unbedingt vor dem Ball noch einmal zu trinken – von so vielen Tieren wie möglich. Und wenn sie während der Veranstaltung nicht unbedingt reden musste, sollte sie lieber die Luft anhalten. Denn zum Glück brauchte nur ein lebender Körper Sauerstoff. Ihr letzter Rat bestand darin, regelmäßig auf die Terrasse zu gehen und frische Luft zu atmen.

Sie hätte Raelyn den Ball zu gern ausgeredet, jetzt, da sie die Gefahren zu erkennen schien. Aber gegen ihren Dickschädel kam Mary nicht an. Sie konnte nur hoffen, dass der Abend nicht in einer Katastrophe endete.

***

Mit jeder Stunde, die der Ball näher rückte, war Mary froh, dass dieser Tag voller Arbeit und damit voller Ablenkung war. Die Blumen wurden geliefert, ebenso wie die Kerzen und alles für die Küche und noch waren Beatrix und sie allein mit den Vorbereitungen.

Sie richtete gerade einige Blumenarrangements im Salon, als Beatrix' Kopf in der Tür auftauchte. »Mary? Bist du hier?«

Mary sah hinter einem der Blumengebinde vor und setzte bei Beatrix' Anblick eine gequälte Miene auf. »Was ist es diesmal? Ist der Fisch schlecht oder ist wieder Wachs auf den Läufer vorm Wohnzimmer getropft?«

»Nichts dergleichen.«

»Was ist es dann? Beatrix, es ist noch schrecklich viel zu tun und Anthony und Raelyn mussten ja unbedingt noch mal in den Ort. Alle Entscheidungen hängen an mir. Kannst du nicht ein paar allein treffen?«

Beatrix stemmte gespielt verärgert die Fäuste in die Hüften und sah damit jedes Mal aus wie Marys Patentante Alberta. Vielleicht war sie ja mit ihr verwandt. »Junge Dame, so spricht man nicht mit älteren Semestern wie mir!« Die strenge Miene hielt sie Mary gegenüber allerdings nur wenige Sekunden durch, dann lächelte sie wieder. »Ich wollte dir nur Bescheid geben, dass mein Cousin Albert gleich da ist.«

»A-Albert?!«

»Ja, schrecklicher Name oder? Er wurde nach irgendeiner Urgroßmutter benannt, der arme Kerl. Er hat eine Olivia und eine Riley im Schlepptau.« Beatrix' Blick flog skeptisch über Mary. »Kind, deine Kleider sind voller Blütenstaub! Du solltest dich rasch noch mal umziehen. Ich begrüße solange unsere Helfer.«

Mary wollte protestieren. Sie würde sich sicher noch drei

Mal umkleiden müssen, bis der Ball begann. Es standen noch viele Arbeiten an, die sie beschmutzen würden. Aber Beatrix huschte in den Salon, griff nach ihrem Arm und zog sie mit sanfter Gewalt in Richtung Treppe.

»Keine Widerrede! Du hast genug gemacht! Ich will, dass meine Mädchen – geborgt oder hier angestellt – gut aussehen.«

Mit einem leisen Lachen lief Mary die Treppe hinauf. »Ich beeil mich!«

»Untersteh dich! Du riechst wie eine Blumenhandlung!«

»Besser als eine Schnapsbrennerei!«, erwiderte sie noch lachend, als sie die Tür zu ihrem Zimmer öffnete. Dann hielt sie inne.

Ihr Zimmer war nicht sehr groß – sie hatte das kleinste gewählt – und so fiel ihr Blick sofort auf ihr Bett, in dem sie vor ein paar Stunden noch gegen die Schatten ihrer Vergangenheit gekämpft hatte. Genau in der Mitte des Bettes lag eine große Schachtel und darauf ein Umschlag.

Sie kannte diesen Umschlag. Sie hatte Dutzende davon mit Einladungen für den Ball gefüllt und nach Dirleton getragen. Irritiert trat sie vor ihr Bett und griff nach dem Umschlag. War das wieder ein makabrer Scherz von Raelyn?

Im Umschlag befand sich tatsächlich eine Einladung zum Ball auf ihren Namen – und ein Brief. Das Papier roch jedoch nicht nach Raelyn. Es roch nach … Anthony.

Geliebte Mary,
ich hoffe, bis Du wieder dein Zimmer betrittst und dies hier findest, habe ich genug Sicherheitsabstand zwischen uns gebracht, so dass Du ohne Ablenkungen über diese Einladung nachdenken kannst.
Ich will dich auf keinen Fall unter Druck setzen. Wenn Du lieber

im Hintergrund bleiben willst, werde ich das akzeptieren. So wie ich es akzeptiere, dass Du mich immer wieder zurückweist. Ich habe mir geschworen, Dir alle Zeit der Welt zu lassen. Du hattest Geduld mit mir, als sie niemand hatte. Du hast jemanden in mir zum Vorschein gebracht, den ich nicht geglaubt hatte, jemals wiederzusehen.

Aber solltest Du diese Einladung annehmen, dann würde ich mich geehrt fühlen, Dich heute Abend an meiner Seite zu wissen. Ich habe mir die Freiheit genommen, einer möglichen Ausrede vorzubeugen und Dir etwas mitzubringen. Ich hoffe, ich habe Deinen Geschmack getroffen.

Vergib mir, dass ich so feige bin und mich nur mit diesem Brief zu Wort melde. Ich fürchtete, wie so oft, in Deiner Gegenwart des Sprechens nicht mächtig zu sein. Ich brauchte auch ganze fünf Versuche, um einen Brief zu verfassen, mit dem ich halbwegs zufrieden bin.

Ich kann es kaum erwarten, meine Ceasg zu sehen.

In Liebe,
Anthony

Wie in Zeitlupe segelte der Brief zu Boden, während Mary sich blinzelnd die Hände auf ihr Gesicht presste. Sie wollte weinen! Sie wollte ihr Herz rasen hören! Sie wusste, es würde jetzt rasen. Sie wusste, sie würde weinen, bis ihre Augen mehr rot als grün waren – wenn ihr Körper es nur zuließe.

»Anthony«, flüsterte sie leise.

Sie hatte sich doch vorgenommen, ihre Gefühle zu verschließen! Sie wollte doch völlig rational sein! Einfach funktionieren! Und jetzt?!

Vorsichtig hob sie die obere Pappe des Kartons ab, mit einem kleinen Aufschrei ließ sie ihn fallen. Ihre Hände strichen über den feinen Stoff, der vor ihr über das Bett floss. Sie konnte nur immer wieder den Kopf schütteln.

***

»Schön, dass Sie gekommen sind.«

»Willkommen.«

»Wir freuen uns, dass Sie es einrichten konnten, uns heute Abend zu besuchen.«

Seit einer halben Stunde stand Mary hinter ihrer Zimmertür und lauschte Anthonys Begrüßungsfloskeln. Er hatte es sich nicht nehmen lassen, jeden Gast persönlich willkommen zu heißen. Offiziell aus Respekt den Gästen gegenüber. Aber Mary rechnete eher mit seinem Misstrauen. Sicher hoffte er, verdächtige Gäste direkt am Eingang zu erkennen. Dafür sprächen auch die zwei ›Butler‹, die ihn flankierten. Den einen hatte Mary als Constable Williams erkannt. Der andere war sicherlich hauptberuflich ebenfalls in einem anderen Dienstleistungsgewerbe tätig.

Vor einigen Minuten hatte sie einen Blick durch das Schlüsselloch gewagt und das Begrüßungskomitee begutachtet. Anthony trug einen schwarzen Smoking und so gut ihm Grau auch im Alltag stand: heute Abend sah er wie ein schwarzer König aus, den sie am liebsten matt setzen wollte.

Dieser Anblick war schuld an ihrem Zögern – unter anderem. Eigentlich hatte sie einen anderen Plan verfolgt. Eigentlich hatte sie doch Distanz zwischen sich und Anthony bringen wollen. Sie hatte nicht damit gerechnet, dass er sich ihre Worte so zu Herzen nehmen würde … Ihre Hände strichen über den teuren Stoff, in den sie sich gehüllt hatte, und ruhten dann auf der silbernen Kette mit den drei eingefassten Smaragden. Es war lange her, dass sie sich so gekleidet hatte. Würde sie Anthony auch in diesem Aufzug schützen können?

Sie raffte den Petticoat hoch und tastete nach dem verborgenen Dolch. Sie würde ihn hoffentlich nicht brauchen. Aber sicher war sicher. Sie musste mit allem rechnen, auf alles vorbereitet sein.

»Inspector Abernathy, schön, Sie zu sehen!«, rief Anthony gerade, als Mary einmal mehr fast soweit war, die Tür zu öffnen. Ihre Hand schwebte über der Klinke. Sie zitterte leicht. »Und wie ich sehe, haben Sie Ihre reizende Frau und Ihren Sohn mitgebracht. Herzlich willkommen auf Houston Hall.«

»Aber klar! Das lass ich mir doch nicht entgehen!«, rief der Inspector mit einem tiefen Lachen. Mary konnte hören, wie er Anthony auf die Schulter klopfte. »Meine Frau, Cameron, und mein Sohn, Logan.« Zwei ihr unbekannte Stimmen murmelten leise Begrüßungen. Die Neugier trieb Mary dazu, die Tür einen Spalt zu öffnen. Neben dem Inspector stand eine jüngere, schlankere Version seiner selbst. Die kühlen, blauen Augen leuchteten ihr aufmerksam entgegen. Sie war entdeckt. Gerade beugte sich der Inspector etwas zu Anthony vor und flüsterte: »Wo haben Sie denn Ihr eifriges Dienstmädchen gelassen?«

»Entlassen«, erwiderte Anthony trocken.

Inspector Abernathy wich mit erschrockener Miene vor ihm zurück. Er wirkte, als wollte er Anthony jeden Augenblick wegen einer Geisteskrankheit einweisen lassen.

Das gab für Mary den Ausschlag. Sie hatte das Bedürfnis, Anthonys Kommentar zu erklären. Oder ihm wahlweise eine Ohrfeige zu verpassen. Sie prüfte ein letztes Mal ihr Aussehen im Spiegel und strich das offene Haar über die Schultern. Dann öffnete sie mit neu gewonnener Entschlossenheit ihre Zimmertür und trat an den oberen Treppenabsatz.

»Von einer Entlassung haben Sie mir gegenüber nichts erwähnt, Laird Houston«, rief sie und wartete lächelnd auf die Wirkung ihres Auftritts. Dieses Gefühl durfte sie schon lange nicht mehr haben und so genoss sie die plötzliche Aufmerksamkeit.

Mary wartete, bis wirklich alle Blicke auf ihr ruhten. Dann erst schritt sie langsam und stilvoll die Treppe hinunter. Der Stoff des langen Kleides raschelte leise bei jedem Schritt. Und *ob* Anthony ihren Geschmack getroffen hatte. Sie hätte sich kein besseres Kleid aussuchen können. In Weiß und sanften Grüntönen gehalten, mit zahlreichen feinen Blütenstickereien, dem tiefen Rückenausschnitt und dem leichten Petticoat war es einfach perfekt.

Das bestätigten ihr auch all die Augenpaare, die ihr bei jedem Schritt folgten. Aber unter ihnen zählte in diesem Moment eigentlich nur ein einziges Augenpaar.

Anthony hatte den Inspector und dessen Familie mit offenem Mund stehen lassen und war an die Treppe getreten. Als Mary die letzte Stufe erreichte, streckte er ihr seine Hand entgegen.

»Mylady?« Seine Stimme klang eine Nuance tiefer als sonst und sie brauchte keine übernatürlichen Sinne, um zu bemerken, wie sie seinen Puls in die Höhe trieb.

»Laird Houston?« Langsam legte sie ihre Hand auf seine und schloss sie Finger um Finger, bevor sie die letzte Stufe verließ und neben ihm stehen blieb.

Anthony beugte sich vor und küsste erst ihre Hand und dann ihre Wange. »Das ist deine Rolle. Das bist du.« Er flüsterte nur und sein Atem streifte dabei ihren Nacken.

Dann drehte er sich zu den Gästen, die wie der Inspector gerade eingetroffen waren und das Foyer bevölkerten. »Werte Gäste, es ist mir eine Freude, Ihnen Mary Smith vorzustellen. Ihr ist es zu verdanken, dass dieser Abend stattfindet. Ohne sie wäre ich wohl genau zu dem geworden, für den mich so viele von Ihnen halten. Bitte genießen Sie den Abend und feiern Sie mit uns, dass meine Schwester am Leben und wohlauf ist!«

Wie auf ihr Stichwort kam nun auch Raelyn die Treppe hinunter. Es war Mary nicht bewusst gewesen, dass auch sie noch nicht unter den feiernden Gästen war. Nun schritt sie in ihrem dunkelroten Abendkleid ebenfalls ihrem Bruder entgegen. Die Baobhan Sith in ihr verlieh auch Raelyn eine faszinierende Eleganz und Würde.

Hatte dieses Gör extra gewartet, um nach Mary einen noch größeren Auftritt zu haben und sie zu übertrumpfen?

Natürlich fiel ihr das nicht schwer, denn im Gegensatz zu Mary war sie im Ort nicht als Dienstmädchen bekannt. Sie war das Wunder von Dirleton. Die, die überlebt hatte. Die wiedergeborene Lady Houston. Vereinzelt applaudierten ihr die Gäste sogar. Alle nickten und lachten begeistert.

Als Raelyn die unterste Stufe erreichte, drehte sich Anthony auch ihr zu, küsste auch ihre Hand und zog sie an seine andere Seite. Als Mary das Strahlen in seinen Augen sah, war ihr Groll gegen seine Schwester beinah vergessen. Er lachte so unbeschwert. Dieser Ball tat auch ihm gut. Die Kerzen leuchteten in die Schatten, die sich über Houston Hall gelegt hatten, und überstrahlten seine düsteren Erinnerungen.

Anthony sollte diesen Abend genießen – genauso wie Raelyn. Mary würde über ihn wachen und es nicht zulassen, dass ihm oder einem anderen Gast etwas geschähe.

»In diesen Tagen ist ein Wunder geschehen! Lassen Sie uns gemeinsam Raelyns neuen Geburtstag feiern. Den Tag, an dem sie den Tod ausgetrickst hat. Sollte Ihnen der Sinn nach Musik und Tanz stehen, empfehle ich unser Wohnzimmer im hinteren Teil des Hauses. Sollten Sie eher an etwas Substantiellerem interessiert sein: Das Buffet wartet vorn im Salon auf Sie. Und nun möchte ich niemanden länger aufhalten. Genießen Sie den Abend!«

Applaus brandete auf und irgendjemand machte ein Foto, es blitzte, dann lockerte sich die Menge. Die ausgeliehenen Bediensteten eilten umher, um Sekt zu verteilen, die beiden Constable-Butler sammelten Jacken und Mäntel ein und der Inspector trat lächelnd und kopfschüttelnd auf das Trio zu.

»Laird Houston, Sie überraschen mich. Das hätte ich Ihnen nicht zugetraut! Die beiden Damen stehen Ihnen gut zu Gesicht.« Er lüftete seinen Hut und nickte Raelyn und Mary zu. »Wir werden später darüber reden, was Sie mir sonst noch verheimlichen. Heute Abend werde ich mich vorrangig um Ihre Sicherheit kümmern. Meine Damen, es ist mir ein Vergnügen.« Er nickte ihnen nochmals zu und verschwand dann zusammen mit seiner Familie zwischen den anderen Gästen.

Anthony zog seine beiden Ladys etwas enger an sich und küsste beide auf die Wangen. »Ich bin so froh, euch beide bei mir zu wissen.«

Raelyn löste sich leicht aus seiner Umarmung, nur um ihm von vorn um den Hals zu fallen und Mary so von ihm zu schieben. »Das bin ich auch, Tony! Vielen Dank, dass du mich so bedingungslos wieder aufgenommen hast und mir nicht böse warst! Und vielen Dank für diesen großartigen Ball!«

Mary nutzte die Gelegenheit, um sich davonzustehlen. Gerade sah sie Beatrix aus dem Salon treten und lief zu ihr. »Beatrix! Wusstest du davon?« Sie musterte die alte Frau skeptisch und erntete prompt ein selbstzufriedenes Grinsen.

»Was heißt ›wissen‹? Offiziell wusste ich von nichts. Aber ich wurde womöglich nach deiner Kleidergröße gefragt.« Sie kicherte leise und bot einem vorbeigehenden Paar zwei Sektgläser von ihrem Tablett an. Dann sah sie wieder Mary an und ihr Blick wurde etwas ernster. »Glaubst du denn wirklich, ich hätte nicht gemerkt, was da zwischen euch passiert? Ich hielt das alles ja für keine gute Idee.« Sie seufzte leise. »Aber ich muss zugeben, dass dir die Lady gut steht. Du hast etwas sehr Würdevolles an dir – selbst in deiner Dienstkleidung. Wie ich schon sagte: Du gehörst nach Houston Hall.« Sie tätschelte Mary die Wange. »Vielleicht ist es tatsächlich am besten so, mein Kind.«

Verlegen senkte Mary den Blick. »Danke, Beatrix.«

Sie zwinkerte ihr zu, dann glitt ihr Blick an Mary vorbei und ihr Lächeln wurde wieder breiter. »Und nun hör auf, dich mit dem Personal abzugeben! Du wirst vermisst.«

Mary nickte leicht und sah verlegen zu Boden. Noch ehe sie sich umdrehen konnte, legte sich ein Arm um ihre Hüfte. »Hier bist du. Ich hab dich gesucht.«

»Und nun haben Sie mich gefunden, Laird Houston.« Sie drehte sich zu ihm um und lächelte. Mit all den Kerzen und Menschen in Houston Hall war es beinah wie früher.

Als würde Anthony ihre Gedanken erraten, verneigte er sich leicht vor ihr und bot ihr seine Hand. »Lady Mary, würdet Ihr mir die Ehre erweisen, mit mir zu tanzen?«

Mary war viel zu sehr in ihren Erinnerungen gefangen, um über seine übertriebene Art zu lachen. Sie hob mit einer Hand leicht ihr Kleid, neigte den Kopf und ging etwas in die Knie, während sie ihre freie Hand in seine legte. »Es wäre mir eine Ehre, Laird Houston.«

Er führte sie gemäßigten Schrittes der Musik entgegen. Immerhin hatte Raelyn auf Musiker verzichten können und es gestattet, dass die Musik nur von Schallplatten kam.

Bisher tanzte niemand. Überall standen Menschen zu zweit oder in kleinen Gruppen und unterhielten sich leise, während sie sich an Getränken festhielten. Die Kerzen und die vielen Blumengestecke sorgten für eine Atmosphäre, wie sie romantischer kaum hätte sein können. Von der Terrasse her schien das Licht großer Windlichter hinein, die zusammen mit Blumen und einem Hochzeitsbild an Anthonys und Raelyns Eltern erinnern sollte. Es war Beatrix' Idee gewesen. ›Die Kerzen vertreiben die Dunkelheit, die auf der Terrasse lastet‹, hatte sie gesagt. Mary lächelte bei der Erinnerung an diese Szene. Die alte Haushälterin war Anthony in so einigen Dingen ähnlich.

Die Stimmung war gut. Alles war friedlich. Vielleicht war es die Ruhe vor dem Sturm, aber für den Moment sollten sie diese Ruhe genießen.

Als Anthony leicht ihre Hand drückte und sie zu sich zog, spürte Mary ein Glücksgefühl in sich aufsteigen, das sie kaum beherrschen konnte. Es war wie damals. Es war wie einst mit Cesan.

Cesan sah Anthony nicht ansatzweise ähnlich. Aber auch er hatte einen edlen Charakter gehabt und auch er hatte sie während eines Balls auf Houston Hall um ihren ersten Tanz gebeten. Danach waren sie gemeinsam auf den Balkon hinausgetreten und er war vor ihr auf die Knie gegangen. Sie würde nie vergessen, wie er sie mit seinen warmen, braunen Augen voller Hoffnung angesehen hatte. Es war anfangs nicht wirklich Liebe gewesen. Ihre Heirat war nützlich für beide Familien. Heute wusste Mary wie nützlich, denn ihr Gatte sollte der neue Hüter des Houston-Geheimnisses werden.

Und doch … Sie hatte rasch begonnen, ihn zu schätzen, zu mögen und dann zu lieben. Er war ein guter Mann gewesen und ein guter Houston. Ihr Vater hatte darauf bestanden, dass Cesan den Namen Houston weiterführte und Mary nicht zu einer reinen Hamilton machte. Er hatte zugestimmt.

Für fünfzehn Jahre waren sie ein glückliches Paar, wenn Mary ihm auch kein Kind schenken konnte, das älter als ein Jahr wurde. Er hatte ihr nie einen Vorwurf daraus gemacht.

Wie von selbst legte Mary eine Hand auf ihren Bauch. Es war wohl besser, dass sie nun gar nicht mehr in der Lage war, Leben in die Welt zu bringen.

»Mary?« Anthonys Stimme durchdrang den Nebel ihrer Erinnerungen und ihr Blick klarte sich wieder auf. Sie sah in seine klugen Augen, sah die Kerzenflammen, die sich darin spiegelten und sie zum Leuchten brachten.

»Verzeih«, murmelte sie leise und senkte den Blick. Doch Anthony hob ihr Kinn sanft wieder an und zog sie dann etwas näher zu sich. Es spielte ein langsamer Walzer und inzwischen trauten sich mehr Paare auf die kleine Tanzfläche.

»Es besteht kein Grund, sich zu entschuldigen. Ich möchte nur, dass du weißt, dass ich da bin. Wann immer du es wünschst, werde ich dir zuhören.«

Sie drehten sich leicht im Kreis und Anthony führte sie langsam aber sicher näher an die Terrasse. Als sie die Tür erreicht hatten, löste er eine Hand von ihrer und führte sie hinaus.

Mary zögerte und sah Anthony prüfend an. War er sich sicher, dass er die Terrasse betreten wollte? Sie sah ihn immer noch vor sich, wie er neben ihr auf der Bank gesessen hatte.

Gefangen in den Erinnerungen an den schrecklichsten Tag seines Lebens. »Wir müssen nicht …«, setzte sie an. Aber Anthony schüttelte leicht den Kopf und führte sie bis ans Geländer der Terrasse.

Hier draußen war die Musik nur noch gedämpft zu hören. Sie wurde zu einem Hintergrundgeräusch wie das Rauschen der Bäume. Die Kerzen in den Windlichtern flackerten unruhig, als fürchteten sie sich davor, dass es zu regnen beginnen könnte. Aber der Himmel – inzwischen beinah schwarz – war in dieser Nacht sternenklar.

»Ich möchte aber. Ich möchte neue, andere Erinnerungen an diesen Ort haben. Erinnerungen, die nicht überschattet sind von …« Er brach ab und starrte hinüber zum Hochzeitsbild seiner Eltern. Mary nickte. Er musste nicht weitersprechen.

Sie drückte leicht seine Hand und lehnte ihren Kopf an seine Schulter. Sie sahen gemeinsam in den Nachthimmel. Es war Neumond und so leuchteten die Sterne noch schöner als sonst. »Mary, ich …« Erneut zögerte er. »Ich habe das ernst gemeint mit der Entlassung. Ich will nicht, dass du weiterhin hier arbeitest.«

Erschrocken richtete sie sich auf und sah ihn an. Woher kam das plötzlich? Er vertraute ihr doch, oder? Er schätzte ihre Nähe doch auch, oder?

»Lass mich ausreden.« Sanft legte er einen Finger auf ihre Lippen, wie sie es schon oft bei ihm getan hatte. »Ich ertrage es nicht mehr, dich als Angestellte hier zu haben.« Ihr Herz zog sich zusammen und ihre Augen weiteten sich. Es gab nur zwei Möglichkeiten, in die dieses Gespräch führen könnte. Beide machten ihr Angst. »Mary Hariette und wie auch immer du wirklich weiter heißt«, er atmete tief durch, »ich liebe dich. Vielleicht habe ich dich vom ersten Tag an geliebt. In jedem

Fall mochte ich dich von Anfang an mehr als mich selbst. Ich möchte, dass du an meiner Seite bist; dass du nie wieder gehst, nie wieder fortläufst, nie wieder allein bist.«

Langsam hob sie eine Hand vor ihren Mund. Sein Herzschlag donnerte im Rhythmus der Musik und machte das Lied, das vom Wohnzimmer herüberklang, noch schöner.

»Ich will dir dafür ein Versprechen geben und dir eine Zusage abringen. Wie lange es auch dauert. Wie unwahrscheinlich es auch ist. Sag nicht ›Nein‹, wenn auch nur ein Funke Hoffnung besteht, dass es irgendwann ein ›Ja‹ wäre.«

Er wollte doch nicht etwa wie Cesan damals ... Aber Anthony würde doch nicht hier vor allen ... Er hasste diese Form der Öffentlichkeit. Cesan war damals mit ihr hierhergekommen, um ohne den strengen Blick ihres Vaters auf die Knie gehen zu können. Anthony könnte jederzeit ... jederzeit, aber doch nicht jetzt und hier! Er war doch ganz anders. Anthony war wissbegierig und wortgewandt, er war leidenschaftlicher, als er zugab – da war sie sich sicher; und er war nervöser als Cesan damals, denn er sprach nicht aus Nutzen vor, sondern aus Liebe. Umso schwerer fiel Mary der Gedanke, der sich immer mehr in ihrem Geist formte. Sie durfte nicht ›Ja‹ sagen. Sosehr sie auch wollte. Was konnte sie ihm bieten – außer Gefahr und Tod? Nicht einmal Nachkommen könnte sie ihm schenken! Dabei waren Kinder doch die einzig wahre Form der eigenen Unsterblichkeit. Nicht zu vergessen, dass er noch immer nicht um *ihre* Form der Unsterblichkeit wusste.

Anthony wollte gerade auf die Knie gehen, als sich Raelyns Stimme über die Musik erhob. Sie musste mitten im Wohnzimmer stehen. »Wo ist mein geliebter Bruder? Hat ihn jemand gesehen? Ich wette, er weiß, was ihm blüht, und versteckt sich deshalb! Bringt ihn zu mir! Ich würde zu gern eine alte Tradition beleben und mit ihm gemeinsam musizieren. Er darf sich auch das Stück aussuchen.«

Unter Applaus und Beifallsrufen liefen einige Gäste auf Anthony und Mary zu, um sie wieder ins Haus zu locken. Lachend zogen sie an ihren Armen. Die Stimmung war ausgelassen und so setzte auch Mary rasch ein Lächeln auf.

Es fiel ihr leicht. Zum ersten Mal war sie froh, dass Raelyn dazwischengeplatzt war.

Mary konnte Anthonys Blick auf sich spüren, doch sie zwang sich dazu, die Gäste anzulächeln, statt ihm in die Augen zu sehen. Seine Hand aber hielt sie weiter fest umschlossen. Er sollte wissen, dass sie ihn nicht verlassen würde. Nicht, wenn es nicht nötig wäre.

»Da bist du ja! Bitte tu mir den Gefallen! Wie früher.« Raelyn kam ihnen – ihre Violine in der Hand – strahlend entgegen. Dann griff sie nach Anthonys Hand und entzog ihn Mary. Er warf ihr einen entschuldigenden Blick zu und ließ sich von seiner Schwester ans Klavier führen.

»Und ich darf das Stück wählen?«

»Das hab ich versprochen«, bestätigte Raelyn.

Er setzte sich ans Klavier und blätterte kurz in seinen Noten. Es dauerte nicht lange, bis er zufrieden lächelnd eine Seite glattstrich. Chopin, so viel konnte Mary von der Überschrift erkennen. *Chopin.* Sie hatte einst die Ehre, eines seiner wenigen Konzerte zu besuchen. Im Winter in Paris.

Raelyn nickte zustimmend und legte die Geige an ihr Kinn. Da Chopin vor allem Solostücke für das Klavier geschrieben hatte, würde sie wohl dazu improvisieren.

Mary musste nur wenige Takte hören, um die ruhige, verträumte Melodie zu erkennen. Nocturnes, Opus 37 in G-Dur. Ein ›Nachtstück‹, wie passend. Anthony konnte nicht wissen *wie* passend. Angeblich war dieses Stück eines der wenigen ohne Widmung ... Ein wissendes Lächeln umspielte Marys Lippen. Sie schloss ihre Augen und genoss das Stück.

Ihre Gedanken verloren sich irgendwo im Winter 1839 in Paris und ihre Erinnerungen an das Stück, wie es von seinem Komponisten ursprünglich gedacht war, vermischten sich mit dem Spiel, das jetzt den Raum erfüllte. Anthonys Stil gab ihm einen neuen Charakter und Raelyns Violine fügte eine noch verspieltere Note hinzu.

Erst als die letzte Note verklang und alle Zuhörer von andächtigem Schweigen in frenetischen Jubel übergingen, erinnerte sich Mary, wo und in welcher Zeit sie gerade war. Niemand schien auch nur zu atmen gewagt zu haben. Umso gelöster war nun die Stimmung. Es gab lautstarke Rufe, die eine Zugabe einforderten, und Anthony und Raelyn kamen dem gern nach.

Mary konnte beiden Houston-Geschwistern ansehen, dass auch sie sich gerade in der Vergangenheit befanden. Ihr Lächeln war frei und unbefangen. Echt. Sie genossen den Jubel, die Atmosphäre, den Frieden. Und da, wo sie jetzt mit ihrem Herzen waren, da hörten ihnen auch ihre Eltern zu.

Eine ganze Weile lang lauschte Mary einfach nur der Musik und ließ sich forttragen. Erst nach dem dritten oder vierten Stück zog sie sich etwas zurück und ermahnte sich, doppelt so wachsam zu sein, während Anthony es nicht war.

Sie durchstreifte die Menge der Zuhörer und musterte jeden einzelnen. Sie lauschte auf unregelmäßige Herzschläge ebenso wie auf unpassende Gespräche. Aber außer einem Paar, das die Ruhe auf der Terrasse für etwas mehr Nähe nutzte, fiel ihr niemand auf.

War das gut oder schlecht? Raelyn hatte sich diesen Ball gewünscht. Er fand ihretwegen statt. Marys Blick fiel auf das zierliche, blasse Mädchen, das mit viel Gefühl und Weltvergessenheit ihre Violine streichelte.

Vielleicht wollte sie ihren Bruder wirklich nur vor Mary beschützen. Vielleicht wollte sie ihm gar nichts Böses. Und doch. Schon einmal hatte Mary so gedacht. Und dann hatte sie Raelyns eisiger, berechnender Blick durchbohrt. Sie durfte ihr nicht trauen. Sie musste wachsam bleiben, so wie der Inspector.

Ein paar Mal begegnete sie ihm auf ihrer Visite, aber sie umschiffte ihn jedes Mal mit genügend Abstand, um einem Gespräch aus dem Weg zu gehen.

Seine Frau tanzte mit seinem jugendlichen Double. Der junge Mann sah wenig begeistert aus und das Einzige, das ihn zum Tanzen motivierte, schien Raelyn zu sein – seinen Blicken nach zu urteilen.

Als Mary einmal mehr den graumelierten, strubbeligen Haarschopf des Inspectors ausmachte und nach rechts auswich, stieß sie dabei mit einem anderen Gast zusammen.

»Verzeihung«, murmelte Mary rasch und wollte noch mehr Abstand zwischen sich und den Ermittler bringen. Doch eine Hand auf ihrem Arm hielt sie auf.

»Kannst du nicht aufpassen, Mädchen?« Mary drehte sich um und musterte die alte Frau vor sich. Sie hatte die gleichen verkniffenen Züge um die hängenden Mundwinkel wie ihre Großtante Lucinda. »Oh! Verzeihung, Lady … *Smith* … Ich habe Sie nicht gleich erkannt!« Sie knickste leicht und in ihren Augen funkelte die Neugier. Zumindest hoffte Mary inständig, dass es nur Neugier war. Sie sah aus wie eine dieser greisen Jungfern, die stets ein Haar in der Suppe fanden und Spaß daran hatten, andere öffentlich bloßzustellen. »Mary Smith, richtig? Was für ein … ausgefallener Name.«

Mary setzte ein kühles Lächeln auf. Sie hatte sich schon von Tante Lucinda nicht provozieren lassen. »Nicht wahr? Ich empfinde es als große Ehre, einen so königlichen Namen zu tragen. Mit wem habe ich das Vergnügen?«

»Heather Cunningham. Meine Familie hat ihre Wurzeln hier. Wir waren stets sehr verbunden mit Dirleton und dem Haus Houston.« Nicht, dass Mary wüsste. Und sie kannte die letzten dreihundert Jahre der Geschichte Dirletons und der Houstons. »Sie sind ja nicht von hier, oder?« Sie fächerte sich Luft zu wie eine Pariser Kurtisane des letzten Jahrhunderts. »Nun, zumindest kann ich mich an niemanden Ihres Namens von Bedeutung erinnern.«

»Nun«, ahmte Mary ihren nasalen, herablassenden Tonfall nach, »das Gedächtnis lässt ja im Alter bekanntlich deutlich nach. Wenn Sie mich dann entschuldigen würden. Ich habe dringend irgendetwas anderes zu tun.«

Heather Cunningham schnappte nach Luft und lief rot an. Mary genoss noch für einen Augenblick das Schauspiel, dann verbeugte sie sich elegant und drehte sich um. Prompt starrte sie in das schalkhaft grinsende Gesicht des Inspectors.

»Gut gespielt. Sehr unterhaltsam. Ich würde mich auch zu gern kurz mit Ihnen unterhalten, Miss Smith. Sie haben ein paar Kleinigkeiten ausgelassen, als wir uns das letzte Mal sprachen.« Er führte Mary auf den freien Bereich, auf dem inzwischen wieder getanzt wurde. »Darf ich bitten?«

»I-Inspector, ich glaube nicht, dass –«

»Aber Miss Smith. Diesen kleinen Wunsch werden Sie einem alten Narren wie mir doch nicht verwehren.« Er setzte wieder das Grinsen auf, das seine Augen leuchten ließ. Mit dieser Mimik sah er gut zehn Jahre jünger aus. Vielleicht ließ ihn sein Beruf aber auch einfach sonst zehn Jahre älter aussehen.

»Also schön. Aber verraten Sie mir bitte vorher, ob das ein Tanz oder ein Verhör werden soll. Ich will wissen, ob es sich lohnt, Ihnen auf die Füße zu treten.«

»Ah! Das ist also Ihr wahres Naturell! Jetzt kann ich Laird Houston schon etwas besser verstehen.« Er drehte sie einmal langsam um sich selbst und ließ sie so stoppen, dass ihr Blick auf Anthony fiel. Er hatte das Manöver des Inspectors noch nicht bemerkt.

»Sollte das ein Lob sein?«

»Nennen wir es eine Feststellung. Dieser Abend ist wirklich in vielerlei Weise erhellend.«

»Worauf wollen Sie hinaus?«

»Oh, ich denke nur laut. Schließlich soll das ein Tanz sein und kein Verhör.« Er zwinkerte ihr zu. »Der Laird hat sich verändert. Ich hatte es schon neulich bemerkt nach dem Einbruch. Ein solches Ereignis hätte ihn eigentlich mehr erschüttern müssen und ich war mir damals sicher, dass ich ihn nie und nimmer dazu bewegen könnte, das Anwesen zu verlassen. Aber es war einfach. Die ganze Zeit habe ich mich gefragt, woran das lag.« Sein Blick glitt einmal über Mary in ihrem Kleid. Es war der Blick eines Forschers. Weder abschätzend noch herablassend. Eher fasziniert. »Heute Abend fand ich den Grund für Laird Houstons neu entdeckten Wagemut. Ich frage mich, ob er ebenso schnell das Feld geräumt hätte, wenn ich verfügt hätte, dass Sie im Anwesen bleiben sollten.«

Nun huschte ein kleines Lächeln über Marys Gesicht. Auch sie hatte mit Freude bemerkt, wie sich Anthony von Tag zu Tag mehr geöffnet hatte. Erst der Eingang, dann der Vorplatz, schließlich die Terrasse und der Ausritt. Nach und nach hatte er sich weiter aus seinem Schutzpanzer hinausgewagt.

»Und? Hat er Sie schon gefragt?« Das schalkhafte Lächeln war zurück.

Marys Augen weiteten sich und sie starrte Inspector Abernathy erschrocken an. »Wovon reden Sie da, Inspector?«

»Also bitte. Nehmen Sie es nicht persönlich, Miss Smith. Aber ›Lady Houston‹ würde Ihnen wirklich besser stehen als ›Mary Smith‹.«

Ein kalter Schauer überrollte sie und Mary senkte schnell den Blick. Er hatte ja keine Ahnung, wie recht er damit hatte. »Wenn Sie meinen« war alles, was sie zur Antwort hervorbrachte.

»Oh, Verzeihung, Miss. Da war ich wohl wieder etwas forsch. Meine Frau hält mir das ständig vor!« Er lachte auf, und erst als er sich wieder gefangen hatte, bemerkte Mary, dass nur noch das Klavier zu hören war. Die Violine war verstummt.

Während der Inspector weiter von seiner Frau sprach, konzentrierte sich Mary nur noch auf Raelyn. Wo war sie abgeblieben und weshalb hatte sie Anthony allein weiterspielen lassen? Nach einigem Zögern tat Mary etwas, dass sie sich für diesen Abend eigentlich verboten hatte. Sie atmete tief und bewusst ein. Wie für die Jagd. Sofort wurde sie überrollt von Gerüchen und anderen Wahrnehmungen. Sie roch die verschiedenen Stoffe, Parfüms und Aftershaves. Sie roch deutlich zu viel Schweiß und Haarspray und sie roch … Blut. Es war nur sehr schwach, aber sie war sich sicher.

»Entschuldigen Sie mich, Inspector«, murmelte Mary abwesend und löste sich aus ihrer Tanzhaltung. »Hat mich gefreut. Grüßen Sie Ihre Frau von mir. Sie hat recht. Sie sollten lieber mit ihr tanzen.«

Sie sah sich nicht um. Das musste sie nicht. Ihre Instinkte ließen sie wie von selbst dem schwachen Blutgeruch folgen. Und sie wusste, dass Raelyn ihm auch folgte. Oder sie sogar die Verursacherin war.

Bitte nicht!

Ihre Schritte wurden immer schneller und sie musste sich zwingen, nicht zu rennen. Sie durfte nicht auffallen. Der Duft wurde immer stärker. Kurz bevor sie die Verletzte erreichte, begann ihr Kiefer zu stechen. Sie wusste, dass sie kaum eine geringere Gefahr war als Raelyn. Sie wusste, dass auch bei ihr jeden Augenblick das Monster die Regie übernehmen könnte.

Dennoch lief sie weiter auf Mrs. Cunningham zu. Sie presste sich gerade ein Taschentuch auf ihre rechte Hand und schimpfte lauthals. »Alles nur, weil ich mich vorhin so aufgeregt habe«, zeterte sie, als Mary sie fast erreicht hatte. »Ich hätte dem Laird schon im vorigen Sommer meine Tochter vorstellen sollen. Das hätte uns diese peinliche Begegnung erspart.« Raelyn war nicht zu sehen, aber Mary war sich sicher, dass sie nicht weit war. Sie konnte spüren, dass sie nicht allein war; dass eine andere ihrer Art in der Nähe war.

»Mrs. Cunningham, haben Sie sich verletzt?« Mary setzte ihr besorgtestes, freundlichstes Gesicht auf. Sie sah sich um, und als sie Beatrix entdeckte, winkte sie diese zu sich. »Beatrix, meine Liebe, würdest du dich um Mrs. Cunningham kümmern. Sie hat sich leicht verletzt. Schnittwunden an der Hand können höchst unerfreulich sein.«

»Oh! Aber natürlich, Mary! Ich meine Miss Smith!«

Mary hob versuchsweise eine Braue, wie es Anthony und Raelyn in solchen Momenten taten, was Beatrix zum Kichern brachte. »Danke«, hauchte sie ihrer Verbündeten zu. Dann verabschiedete sie sich unter großem Bedauern von Mrs. Cunningham, bevor diese in weitere Tiraden ausbrechen konnte, und suchte weiter nach Raelyn.

Es dauerte nicht lange, bis Mary das Mädchen gefunden hatte. Allerdings starrte sie nicht hungrig Mrs. Cunningham an, sondern lehnte lasziv in einem der Türrahmen und plauderte mit dem jungen Abernathy. Logan, der Inspector hatte ihn als Logan vorgestellt.

Er lachte gerade über irgendeinen sicher eher mäßig unterhaltsamen Witz und stimmte in Raelyns glückseliges Kichern ein. Sie legte ihm – natürlich einzig des Lachens wegen – eine Hand auf die Brust und lehnte sich dabei unauffällig etwas näher zu ihm. Ihr Blick wurde immer eindringlicher.

Hatte sie denn den Verstand verloren? Ausgerechnet den Sohn des Inspectors?

»Raelyn! Hier steckst du!« Mary lief mit einem aufgesetzten Lächeln auf Anthonys Schwester zu und legte eine Hand auf ihre Schulter. Dann erst fiel ihr Blick wie zufällig auf Abernathy Junior. »Ach, das ist doch Logan, richtig? Schön, dich kennenzulernen. Ich muss mir die bezaubernde Raelyn kurz ausleihen. Ich hoffe, du bist mir nicht böse.«

»Solange Sie sie mir wieder zurückbringen, Miss Smith?« Er lächelte Mary kurz an und sah dann wieder zu Raelyn. Es war erstaunlich. Er sah seinem Vater wirklich ungemein ähnlich. Sein Haar war noch schwarz und dichter, aber offenbar genauso schwer zu bändigen.

»Aber selbstverständlich. Es wird nicht lange dauern.« Mary konnte nur hoffen, dass Raelyn Einsicht zeigen würde. Sie umfasste ihren Arm und zog sie mit sich.

Kaum waren sie außer Hörweite, fauchte Raelyn Mary auch

schon an. »Was soll das? Ist das deine Rache dafür, dass ich euch ständig störe?«

»Du gibst es also zu?« Mary schüttelte leicht den Kopf und sah sich nach dem kürzesten Weg nach draußen um. »Und nein, natürlich nicht. Dir ist anscheinend nicht aufgefallen, dass deine Augen immer dunkler wurden. Was ist es, das dich zu dem jungen Abernathy gezogen hat? Seine blauen Augen oder sein kräftiger Herzschlag? Sei ehrlich!«

Ein leises Grollen kam aus Raelyns Kehle.

»Hör auf! Willst du deinem Bruder das wirklich antun? Komm!« Ihre Hand umfasste Raelyns dünnen Oberarm wie ein Schraubstock. Sie zog das Mädchen eng an sich und lächelte und flüsterte weiter mit ihr, damit Zuschauer sie für tratschende Freundinnen hielten.

Der Weg durch das Foyer war weiter und ebenso gut gefüllt, also entschied sich Mary für die kürzere Strecke durch das Wohnzimmer. Sie konnte nur beten, dass Anthony sie nicht sah, denn er wusste, dass die beiden sich für so viel Nähe nicht gut genug verstanden.

Raelyn zerrte zunehmend an Marys Griff, und als sie die Terrasse erreichten, fauchte dieses undankbare Gör sie an. Mary hielt ihr den Mund zu und wurde dafür prompt von ihr gebissen.

Fluchend entriss sie Raelyn ihre Hand. »Reiß dich endlich zusammen!«, zischte sie ihr zu.

Das noch immer auf der Terrasse flirtende Pärchen bemerkte die beiden Frauen zum Glück nicht. Während Mary über ihre Hand leckte, um die kleine Wunde zu verschließen, zog sie Raelyn nun energischer mit sich in den Garten.

Als sie in die tiefen Schatten der Bäume eintauchten, in den Teil des Anwesens, der vom Haus aus nicht mehr beleuchtet war, packte Mary Raelyn an beiden Schultern und schüttelte sie leicht. Aber Raelyn kam nicht zu sich.

»Raelyn. Wenn du in Logan auch nur ansatzweise mehr siehst als … ein Nahrungsmittel, dann wirst du mir dankbar sein. Bitte glaub mir, du hättest dich nicht beherrschen können. Es ist zu früh.« Mary bezweifelte, dass irgendetwas von ihren Worten zu ihr durchdrang.

Noch immer versuchte sie, Mary zu kratzen und nach ihr zu schnappen. Das Monster in Raelyn sah Mary als Rivalin um ihre Beute. Und tatsächlich hatte der Geruch von Mrs. Cunninghams Blut auch in Mary den Appetit geweckt. Es war, als wäre Raelyns Raserei ansteckend. Während sie das Mädchen festhielt, wurde sie wieder und wieder von Gefühlswellen überrollt, wie sie es noch nie erlebt hatte.

Und dann kamen die Bilder. Mit jeder weiteren Welle der Wut und der Gier kamen neue Bilder. Dunkle, kalte Szenen. Marys Haut überzog eine Gänsehaut. Zumindest fühlte es sich so an.

Sie sah durch Raelyns Augen, spürte, wie angenehm die Dunkelheit war und wie sehr das Licht blendete und wie sich dann vor ihr der Eingang zu einer alten Gruft im Wald abzeichnete. Sie hörte die fremden Stimmen, das Schluchzen. Mary spürte den Sog, der das Mädchen erfasst hatte. Raelyn hatte den Clan gefunden. Oder vielmehr hatte der Clan sie gerufen.

Mary sah, wie die Monster Raelyn als hübsche, junge Frauen erschienen waren. Und zugleich konnte sie ihre verrotteten Körper riechen. Sie wusste, dass sie das gleiche Trugbild sah, das auch Raelyn getäuscht hatte. Schöne, traurige Frauen, die den Verlust einer der ihren beweinten. Die verzweifelt und hilflos waren, weil sie ihre Gruft nicht verlassen konnten, um ihrer großen Schwester, der Mutter, zu helfen.

So wie Raelyn damals, so spürte nun Mary den Schmerz und die Trauer. Raelyn hatte ihre Mutter verloren. Auf grausame, blutige Weise.

Gestalten, die in Raelyns Wahrnehmung nicht schöner und reiner hätte aussehen können. Langes, blondes Haar in sanften Locken. Ein trauriges Lächeln zierte die blassen Gesichter. Sie wünschten, sie könnten ihrer Schwester helfen, die ihrer Familie auf grausame Weise entrissen worden war. Ihre Kinder seien völlig hilflos ohne sie und gezwungen, Zeiten über Zeiten in Dunkelheit zu verbringen.

Die Monster säuselten Raelyn ihr Leid vor und trafen sie genau an ihrem wunden Punkt: Familie. Mary konnte spüren, wie Raelyn Mitleid für diese Wesen empfand, wie sie begann ihnen zu glauben und sie zu ihrer neuen Familie zu machen.

Sie verbrachte viel Zeit mit dem Clan, verließ die Gruft nicht mehr, bis ihr Hunger so groß war, dass sie jagen musste. Der Clan bestärkte sie in ihrem Hunger, versprach ihr Linderung und versicherte ihr, dass es völlig richtig war, von einem Menschen zu trinken.

»Der Mensch ist das einzige Wesen, das zum Vergnügen jagt. Wir wollen nichts als leben. Wir nehmen uns nur, was nötig ist, um zu existieren. Es ist richtig. Hab keine Scheu.«

Mary erlebte die erste Jagd mit. Den Rausch, den Appetit, die Gier. Sie starrte auf den Wanderer hinab, der in Raelyns Armen lag. Sie sah, wie das Mädchen ihn zum Meer schleppte und immer weiter ins Wasser trug, bis er von der Strömung erfasst und fortgetragen wurde.

Mary spürte Raelyns Verzweiflung, ihre Angst, und den Wunsch, jemanden zu finden, der sie verstand. Sie sah die offenen Arme des Clans, als Raelyn zur Gruft zurückkehrte, wie der ganze Clan sie in ihre Mitte aufnahm und sie umarmte. Sie spürte Geborgenheit und Erleichterung.

Und dann spürte Mary, wie der Hass des Clans gegen die Houstons auf Raelyn überging; wie sich die Wut der Monster mit der vermischte, die Raelyn gegen ihren Vater hegte. Gab sie ihm die Schuld? Der Clan tat es und flüsterte Raelyn ein, was die Männer der Familie Houston über Generationen für Leid über die Anderwelt brachten. Wie sie die Frauen ignorierten und die Söhne an erste Stelle stellten. War nicht auch Anthony das Lieblingskind? Der seriöse, erfolgreiche Anwalt und Raelyn nur das kleine, liebe Schwesterchen … Und irgendwann wurde in Raelyn der sich immer wiederholende Singsang aus Schuld und Vorwurf zur Wahrheit. Sie würde nicht mehr brav und zurückhaltend sein und sich zurückdrängen lassen. Jetzt war ihre Zeit gekommen.

Die Vision war wie ein Schnelldurchlauf durch das letzte halbe Jahr von Raelyns trauriger Existenz. Mary hatte noch nie in die Vergangenheit gesehen. Sie wusste nicht einmal, dass sie dazu in der Lage war.

Als die Flut von Bildern verebbte und in die wenigen der letzten Tage überging, sah Mary endlich wieder durch ihre Visionen hindurch Raelyn vor sich stehen. Aber auch dieses Mal hatten die Bilder sie viel Kraft gekostet. Sie hielt sich mehr an Raelyn fest, als dass sie sie festhielt.

Das Mädchen musste spüren, dass Mary ihre Erinnerungen angezapft hatte. Sie sah noch wütender aus als zuvor und bleckte ihre Zähne. Wie von selbst stießen nun auch Marys Eckzähne auf ihre Unterlippen. Es war Instinkt, Reflex. Sie hatte keinen Einfluss darauf. Sie wurde bedroht, also wollte das Monster in ihr sich verteidigen.

Einen Augenblick später lag sie auf dem Boden und Raelyn kniete über ihr. Das Mädchen fauchte und knurrte. Von den braven, kindlichen Gesichtszügen war nichts mehr übrig. Mary hätte sie kaum wiedererkannt. Immer wieder holte sie aus und kratze und schlug sie.

»Verschwinde aus meinem Kopf!«, rief sie wütend und viel zu laut, um noch länger unbemerkt zu bleiben.

Das war schlecht. Vor allem, da Mary nicht mehr die Kraft hatte, um Raelyn festzuhalten, geschweige denn, sich zu wehren.

»Hör auf! Raelyn, komm zu dir!« Mary bemühte sich, leise zu sprechen und doch zu ihr durchzudringen. Sie blinzelte den Schwindel fort und sah das Mädchen dann durchdringend an. »Lauf in den Wald und trink!« Sie hatte ihre Hände an Raelyns Wangen gelegt und achtete nicht darauf, wie diese weiter auf Mary einschlug. »Lauf, bevor *er* dich so sieht!«

Für einen Sekundenbruchteil sah Mary Raelyn hinter dem Monster. Sie sah erschrocken aus. Als würde sie erst jetzt begreifen, was sie da tat. Dann war das Monster zurück, aber statt weiter auf Mary einzuschlagen, stieß es sich vom Boden ab und rannte in den Wald.

Kraftlos ließ Mary die Hände sinken. Sie blieb einfach auf dem Rasen liegen. Die Erleichterung gestattete es ihr, sich ihrer Erschöpfung hinzugeben. Sie ließ die Augen geschlossen und konzentrierte sich nur auf das Rauschen der Bäume und die Musik aus dem Anwesen.

Es dauerte nicht lange, bis sich Schritte näherten. Schnelle Schritte.

»Mary?« Erst hörte sie Anthony nur, dann sah sie seine roten Locken über sich. »Mary! Um Gotteswillen! Was ist geschehen?!« Sein Gesicht war voller Sorge.

Er brauchte sich doch nicht um sie zu sorgen! So einfach starb sie nicht. Sonst hätte sie es ja schon längst geschafft. Seine Hände strichen über ihr Gesicht. »Du blutest ja!« Hände schoben sich unter ihre Knie und ihren Rücken. Sie war zu müde, um sich gegen Anthonys derart übertriebene Sorge zu wehren. »Mary, wer war das? Wer hat dir das angetan?«

Sie erhoben sich und Marys Kopf lehnte sich wie von selbst an seine Schulter. Er roch unglaublich gut. Hatte er die ganze Zeit über schon so gut gerochen? Sie vergrub ihr Gesicht an seiner Halsbeuge und zupfte mit ihren Fingern an seinem Kragen, lockerte seine Fliege.

»Mary, nicht doch … du stehst ja ganz neben dir«, seine Stimme verlor etwas von der Panik. Dafür wurde sie tiefer, je weiter sie sein Hemd aufknöpfte. »Mary …«

Dann veränderte sich etwas um sie herum. Die frische Nachtluft verschwand und stattdessen roch es nach Wachs und Staub. Und nach zu vielen schwitzenden Menschen.

»Schick sie fort. Ich will nicht, dass mich jemand so sieht«, murmelte Mary leise an Anthonys Hals.

Er schien zu nicken und kurz darauf hörte sie, wie sich der Raum leerte. Mit den verklingenden Schritten wurden auch das Getuschel und die Herzschläge um sie herum leiser. Da waren nur noch drei Herzen im Raum. Eins schlug stärker als das andere. Sie erkannte sie alle.

Beatrix' Herz hatte einen sehr vollen, satten Klang. Es klang stets so, als wäre es bereit für die nächste Schimpftirade. Das Herz des Inspectors ratterte wie ein alter Zweitakter. Er rauchte deutlich zu viel. Das war nicht gut für ihn. Und dann war da Anthonys Herz direkt an ihrem Ohr. Es war wie Musik in ihren Ohren. Sie hätte dazu tanzen können, fühlte sie sich nicht gerade so schrecklich müde …

Sie roch das alte Samtsofa, als Anthony sie darauf bettete. Nein! Sie wollte nicht, dass er sie losließ. Sie wollte von ihm kosten.

Sanft löste er ihre Hände aus seinem Nacken – offenbar hatte sie sich so an ihm festgehalten – und setzte sich neben ihren Kopf. Ohne länger darüber nachzudenken, wer sie sah und wonach es aussah, hob sie ihren Kopf leicht an und ließ ihn dann auf Anthonys Schoß sinken.

Die Augen behielt sie stur geschlossen. Eine leise Stimme flüsterte ihr ein, dass es gefährlich für sie wäre, sie jetzt zu öffnen. Ebenso wie ein zu weites Öffnen ihres Mundes.

Eine Hand strich sanft durch ihr Haar und sie roch Kräuter und Tee. Beatrix musste sich vor Mary gekniet haben. »Kind, erschrick jetzt nicht. Ich will nur die Wunden an deinem Hals und deiner Schulter versorgen.« *Wunden?* Wovon sprach Beatrix da? Mary hatte nie erlebt, dass irgendetwas oder irgendjemand sie hätte verletzen können.

Raelyns schwarze Augen tauchten vor ihr auf. Ach so … ja, Raelyn hatte sie verletzen können. Wahrscheinlich, weil sie genauso war wie sie. Aber das würde sicher schnell heilen.

»Miss Smith, bitte entschuldigen Sie, dass ich Sie jetzt belästigen muss, aber je schneller Sie mir sagen, was geschehen ist und wer Sie angegriffen hat, desto schneller können wir nach ihm fahnden.« Mary musste den Inspector nicht ansehen, um zu wissen, dass er seinen kleinen Notizblock gezückt hatte, bereit, ihre Aussage mitzuschreiben.

Wenn sie doch nur nicht so müde und so durstig wäre. Immer wieder hörte sie die Herzen um sie herum lauter als die gesprochenen Worte. Es fiel ihr unendlich schwer, sich zu konzentrieren. Ob das an dieser seltsamen Art der rückwärtigen Vision lag? Oder an den paar Kratzern, die ihr Körper plötzlich heilen musste?

»Ich …«, ihre Stimme klang rauer als sonst, »ich kann mich nicht genau erinnern. Es ging«, immer wieder musste sie schlucken, »alles so schnell. Raelyn, sie …« Wieder brach Mary ab. Was sollte sie sagen? Ihr vernebeltes Hirn erschwerte ihr das logische Denken.

»Raelyn? Was ist mit ihr?« Anthony verkrampfte sich fühlbar unter ihr.

Raelyn war da draußen. Mary konnte nur beten, dass sie im Wald einem Tier nachsetzte und keinem verirrten Wanderer oder Ballbesucher. Aber konnte sie vor dem Inspector und vor allem vor Anthony sagen, dass dieses harmlose kleine Mädchen sie angegriffen hatte? Sie wollte Anthony nicht verletzen. Außerdem würde man ihr wohl kaum glauben.

Anthony roch so verflucht gut. Seine Hand ruhte auf ihrer Schulter, während Beatrix sie verarztete. Mary müsste nur ein wenig den Kopf drehen … nur bis zu seinem Handgelenk.

Ein stechender Schmerz durchzuckte ihren Kiefer.

»Es ging ihr nicht gut. Ich machte mir Sorgen und brachte sie an die frische Luft.« Endlich ließ Beatrix von Mary ab. Das Jod stank scheußlich. Es brannte ihr in der Nase. »Ich begleitete sie in den Garten. Nur ein Stück weit. Und dann waren wir plötzlich nicht mehr allein. Jemand riss an ihr. Ich half ihr und schrie sie an, dass sie fortlaufen und sich verstecken sollte. Ich sah, wie sie unbehelligt davonlief, dann wurde ich zu Boden geworfen.« Das kam der Wahrheit doch recht nah. Vor allem für den Fall, dass jemand sie gesehen hatte. Mary war überrascht über die Effizienz ihres Verstandes. Ein kleiner Teil arbeitete stur weiter, während der Rest ihres Geistes im Chaos versank.

Die laut schlagenden Herzen, der Durst, die scheußlichen Bilder und Eindrücke aus Raelyns letzten Monaten und dazu das starke Gefühl von Hass, dass von dem Mädchen zu ihr herübergeschwappt war. Gegen die Houstons. Gegen ihren Vater – und ihren Bruder. Der Clan hatte Raelyn zu seinem Rachewerkzeug gemacht. Die Frage war nur, ob Raelyn sich wirklich hatte überzeugen lassen. Würde sie wirklich ihre wahre Familie verraten für diese Monster?

Montag, 31. Oktober 1785, Dirleton Castle.

Ich habe mich gestern selbst inhaftiert. Nach der Nacht in Tantallon Castle hatte ich mir jegliche Menschlichkeit untersagt. Wie ein Tier habe ich in den Wäldern gehaust, habe mich mit Bären um Höhlen gestritten und mit ihnen um ihre Beute gekämpft. Ich habe alles vergessen – oder vielmehr verdrängt –, was mich an früher erinnert. Ich habe meinen Ehering vergraben, ich habe die Tagebücher versteckt. Ich habe nicht ein Wort geschrieben, nicht einmal gesprochen.

Und dann habe ich nachts etwas gesehen, das mich mit einem Schlag zurückgeholt hat. Ich habe eine schöne, junge Frau gesehen, die schreckliche Qualen litt. Ich habe sie weinen und klagen gehört, wie sie um Hilfe gebettelt hat. Ich habe ihren Schmerz selbst spüren können und das Mitleid hat mich zurück nach Dirleton geführt. Erst als ich vor den Ruinen stand, begriff ich, wer diese Frau war und zu was sie mich hatte verleiten wollen.

Ich bin in das Pit Prison von Dirleton Castle gekrochen, habe mir die Hände an einem Eisengitter verbrannt, das ich so kraftvoll wie möglich über mir in den Eingang des Lochs gerammt habe, und habe mich selbst gefesselt. Ich kann weder meinen Sinnen noch meinem Körper trauen und ich ahne, dass es schlimmer werden wird.

Schon die ganze Nacht lang höre ich sie – direkt in meinem Kopf. Sie zerrt an meinem Verstand. Ich schlage mich, kralle mich in die felsigen Wände, um mich gegen diesen fremden Willen zu wehren. Ich habe mich lange nicht mehr so hilflos gefühlt.

M. H. Hamilton Houston

Kapitel VI

Montag, 22. Juli 1963, Houston Hall.

Raelyn! Was glaubst du eigentlich, was du hier treibst?! Hältst du das alles für ein Spiel?«

»Nein verflucht! Ich weiß verdammt gut, dass es keins ist!«

»Warum verschwindest du dann für mehr als vierundzwanzig Stunden, ohne auch nur ein Lebenszeichen von dir zu geben?! Ich bin fast wahnsinnig geworden! Mary verletzt, du verschwunden – begreifst du nicht, was für Sorgen ich mir um dich gemacht habe?«

»Oh! Es geht also um dich und nicht um mich! Der arme Laird leidet! Du warst nicht dabei! Du hast unsere Eltern nicht sterben gesehen! Du bist nicht verblutet!«

Schweigen. Der Streit hatte das nächtliche Anwesen erfüllt und war von jeder Wand widergehallt. Doch nun war es die Stille, die einen merkwürdigen Nachhall erzeugte.

Dann sprach Anthony leiser weiter: »Du erinnerst dich wieder an die Nacht?«

Mary saß neben der Voliere auf dem Boden und streichelte beruhigend über Elvis' Gefieder. Er saß ruhig auf ihrer Hand und sah sie mit seinen schwarzen Knopfaugen fragend an.

Sie genoss es, dass Elvis keine Angst mehr vor ihr hatte. Wie sehr hatte er sich anfangs über ihre Nähe aufgeregt. Aber sie hatte nicht aufgegeben, hatte täglich mit ihm gesprochen, ihn gefüttert und irgendwann hatte der kleine Vogel verstanden, dass sie ihm nichts Böses wollte.

»Nicht an alles. Aber an genug, um nicht mehr schlafen zu können«, murmelte Raelyn nach einer Weile. Anthony hatte sie bemerkt, als sie vor einer Stunde wieder aufgetaucht war.

Erst hatte die Sorge dominiert, doch jetzt war es der Ärger über ihr Verschwinden. Inspector Abernathy hatte eine große Suche nach ihr eingeleitet und seine Leute durchsuchten wahrscheinlich noch immer den Wald.

Mary war nur froh gewesen, dass keine der Sucheinheiten das Mädchen in der Nacht gefunden hatte – bevor sie hätte trinken können.

Sie selbst hatte weniger Glück gehabt. Sie hatte lange gegen die Versuchung ankämpfen müssen. Anthony hatte es sich nicht nehmen lassen, sie in ihr Zimmer zu tragen. Er hatte sich neben ihr Bett gesetzt – zu wohlerzogen, um die Situation auszunutzen. Sie hatte gespürt, wie gern er ihr noch nähergekommen wäre. Sie hatte gespürt, wie gern er überhaupt bei ihr geblieben wäre, aber das hätte seinen Tod bedeuten können, so hungrig wie sie war. Also hatte sie ihn angegiftet und verjagt. Sie hoffte, er schob es auf den Schock, doch er blieb den ganzen Tag über merkwürdig distanziert.

Nach einem kurzen Jagdausflug ging es Mary wieder besser und nun fühlte sie sich schrecklich für das, was sie ihm an den Kopf geworfen hatte. Und für die Art, wie der Ball geendet hatte. Eigentlich hätte dieser Abend den guten Ruf der Houstons wiederherstellen sollen. Stattdessen war direkt das nächste Unglück geschehen.

»Sprich mit mir. Woran erinnerst du dich?« Anthonys Worte holten sie wieder zurück in die Gegenwart – auch wenn sie nicht an Mary gerichtet waren. Ein Sessel wurde zurückgeschoben und Leder niedergedrückt.

»Ich will nicht«, wehrte Raelyn ab. Der gequälte Klang ihrer Stimme war sehr glaubhaft und vielleicht entsprach er diesmal sogar der Wahrheit.

»Raelyn … ich will dich nicht quälen. Aber es hilft. Glaub

mir. Auch ich wollte nicht darüber sprechen. Aber es tat mir gut.«

Sie seufzte leise und wieder ächzte das Leder. »Es gibt nicht viel zu erzählen. Es ging alles so schnell. Sie wollten irgendwas von Vater wissen und er wollte oder konnte es ihnen nicht sagen. Sie hatten ihn gefesselt. Ich … ich versteckte mich im Wohnzimmer hinter den Gardinen. Es … ich …«, Raelyn zog scharf die Luft ein, »ich hab mich einfach nicht raus getraut. Ich dachte, sie würden wieder gehen, wenn sie begriffen, dass Vater nichts weiß. Aber sie haben ihn gefoltert und bedroht und als das nicht half, zerrte eine von ihnen Mutter herbei. Sie muss im Garten gewesen sein.«

»Warte. Du sagtest gerade ›eine von ihnen‹. Das waren Frauen?!«

Wieder Schweigen. Diesmal ein sehr bedrückendes. Raelyn hatte mehr verraten, als sie geplant hatte. Und Anthony war zu aufmerksam, um ihren Patzer nicht zu registrieren.

»V-Vielleicht. Es hat sich eben richtig angehört. Ich … ich habe nicht darüber nachgedacht.«

»Entschuldige. Aber das ist doch gut, oder? Das wäre ein wichtiger Hinweis. Die Polizei ging wegen des hohen Maßes an Gewalt eher von männlichen Tätern aus.« Anthony war in die Rolle des Anwalts gewechselt. Eine Schutzfunktion. »Weißt du, wie viele es waren? Kannst du dich an irgendwas erinnern? Ein besonderes Merkmal? Einen Akzent?« Erst Raelyns Schluchzen holte ihn aus seinem Verhör. »Oh Raelyn! Es tut mir leid. Das war taktlos. Eine Art Berufskrankheit.« Beide schwiegen einen Moment. »Was geschah dann?«, fragte Anthony leise.

»Sie … sie haben Mutter mit einem Messer bedroht. Sie redeten davon, sie bluten zu lassen, wenn Vater nicht den Mund aufmachte. Und die ganze Zeit über flüsterte ihm eine von ihnen noch irgendetwas anderes ins Ohr. Er wurde immer blasser.« Raelyns Schluchzen wurde lauter. »Aber er sagte nichts und dann haben sie Mutter mit einem Ruck die Kehle –«, Raelyn brach ab. »An mehr kann ich mich nicht mehr erinnern.«

Elvis verschwand vor Mary. Stattdessen sah sie die Szene jetzt deutlich vor sich. Sie sah Anthonys Vater, der an einen Gartenstuhl gefesselt war; sah seine Mutter, die von zwei Baobhan Sith auf den Stuhl ihm gegenüber gedrängt wurde. Sie wehrte sich, verfluchte die Monster, die sie bedrohten.

Mary konnte sich noch gut an seine Mutter erinnern. Sie war eine typische Houston-Frau gewesen. Starrsinnig und eigenwillig. Sie hatte sich noch nie leicht Angst einjagen lassen. Bei der Erinnerung an sie huschte ein kleines Lächeln über Marys Lippen; doch im nächsten Augenblick sah sie den Tod der Frau und das Lächeln gefror auf ihrem Gesicht.

Sie hatten sie direkt vor den Richter gesetzt und ihr Blut spritzte auf ihn. In seinen Augen glänzte Verzweiflung, aber er presste die Lippen so fest zusammen, dass sie weiß hervortraten. Er tat alles, um das Geheimnis zu wahren. Seine stummen Tränen vermischten sich mit dem Blut seiner Frau auf seinen Wangen.

Was Raelyn mit angesehen hatte, musste sie zerstört haben. Schon bevor sie zur Baobhan Sith wurde. Mary konnte ihr Unverständnis spüren. Sie glaubte nicht, dass ihr Vater nichts wusste, und sie verstand nicht, weshalb er den Monstern nicht einfach sagte, was sie wissen wollten. Kein Geheimnis konnte so wertvoll sein, dass es sich lohnte, dafür geliebte Menschen sterben zu lassen.

Das war der Augenblick, in dem Raelyn hinter ihrem Vorhang aufschrie und dann auf die Terrasse rannte – und damit die schützenden Mauern von Houston Hall verließ. Sie fiel neben ihrer Mutter und zu Füßen ihres Vaters auf die Knie und schrie immer wieder, dass er doch einfach sagen sollte, was er wusste.

Eine der Baobhan Sith stimmte in Raelyns Geschrei ein. Dann packte sie das Mädchen am Genick, riss sie auf die Füße und flüsterte an ihren Hals: »Vielleicht ist der Tod ja nicht Bedrohung genug für den Richter. Schließlich weiß er, dass es Schlimmeres gibt als einen ordinären Tod.«

Mary konnte ihren Atem an ihrem eigenen Hals spüren, so deutlich war die Erinnerung. Dann sah sie den Richter, sah, wie sich seine Augen weiteten und ihn Verzweiflung ergriff.

»Was ist es dir wert, dass ich dein unschuldiges Töchterchen verschone? Komm, sag mir: Was ist dir ihre Unversehrtheit wert? Ein kleines Geheimnis? Nur ein Wort von dir und ich lasse sie laufen.«

Seine Lippen bewegten sich, aber kein verständliches Wort war zu hören. Ob sie das Gleiche damals auch mit Marys Vater gemacht hatten? Sie hatte das Bewusstsein verloren und war erst wieder aufgewacht, als das Feuer schon das ganze Haus ergriffen hatte.

»Ich kann dich nicht höööören!«

Der Schrei des Vaters vermischte sich mit dem von Raelyn, als das Monster in ihren Hals biss. Schmerz schoss durch Marys ganzen Körper. Im Reflex schnellte ihre Hand an ihren eigenen Hals, aber da war nichts.

Ein Sturm von Gefühlen wallte in ihr auf. Wut. Unverständnis. Trauer. Verzweiflung. Und noch mehr Wut. Auf ihren Vater, der schwieg, statt sie zu retten. Auf ihren Bruder, der nicht da war, der nie da war.

Marys Vision wurde schwächer, während Raelyns Bewusstsein schwand. Sie sah immer weniger von der Szenerie, spürte, wie das Mädchen kraftlos zu Boden sank. Dann hörte sie nur noch Stimmen, die weit entfernt klangen.

»Sie wird sterben. Auf die eine oder andere Weise. Und sie wird, was du so sehr hasst und vernichten willst. Was nun? Wirst du sie töten, bevor sie wieder erwacht? Oder bringst du das bei deinem eigenen Fleisch und Blut nicht über dich?« Übelkeit ergriff Mary. Sie konnte spüren, wie das Leben aus Raelyn floss. »Ich könnte sie aussaugen, das ginge schneller. Das wäre weniger qualvoll. Aber dann hätte der Richter ja weniger Zeit, um über Richtig und Falsch zu urteilen.«

Eine neue Welle der Übelkeit überkam Mary. Sie sprang auf – was Elvis verjagte – und rannte in die Küche, um sich das erste Mal seit zweihundert Jahren zu übergeben.

Sie hatte sich gerade noch rechtzeitig von der Vision losreißen können. Was wohl passierte, wenn man in einer Vision den Tod erlebte?

***

»Ich kann dich doch nicht allein lassen, Mary! Du bist noch ganz blass um die Nasenspitze herum.«

»Doch, das kannst du. Es geht mir gut. Alles ist in Ordnung und du hast schon längst Feierabend.«

»Aber –«

»Kein Aber! Wir sehen uns morgen früh, Beatrix. Nach deinem Einsatz am Wochenende hast du dir deine abendlichen Pausen mehr als verdient.«

Beatrix starrte auf ihr Fahrrad. Mary wusste, dass sie ihren Blick mied. Sicher hatte sie inzwischen gemerkt, wie viel ›Überzeugungskraft‹ in Marys Blick liegen konnte. Beatrix war eine Frau, die klug genug war, ihr Wissen für sich zu behalten.

Unruhig trat sie von einem Bein auf das andere. Genau genommen tat Beatrix Mary einen Gefallen, wenn sie endlich verschwand. Raelyn hatte die letzten drei Tage in ihrem Zimmer verbracht und das bedeutete für Mary, dass sie im Tagebuch gelesen hatte. Es war naheliegend, dass sie bald beginnen würde, nach der Gruft zu suchen. Das zumindest hatte ihr die rückwärtige Vision von der Nacht des Balls verraten.

Raelyn war ein Teil des Clans. Sie hatte sich für die andere Seite entschieden. Ihre Verbindung zur Houston-Familie war ihr offenbar nur noch Mittel zum Zweck. Davon zumindest musste Mary nun ausgehen.

»Na schön! Aber wenn irgendwas ist, dann meldest du dich augenblicklich!«

»Ja, ja, versprochen«, erwiderte Mary schnell, bevor sie es sich wieder anders überlegte.

Kaum war Beatrix außer Sichtweite, verschwand Mary im Keller. Während sie Wäsche faltete, streckte sie ihre Sinne nach Raelyn aus. Wo steckte das Mädchen gerade? In ihrem Zimmer schien sie nicht mehr zu sein.

Mary schloss die Augen und konzentrierte sich ganz auf ihr Gehör. Elvis hüpfte unruhig in seinem Käfig herum – er hatte Mary immer noch nicht verziehen, dass sie ihn in der Nacht so rüde fortgestoßen hatte. In der Bibliothek blätterte Anthony in einer Zeitung. Er hatte die letzten Tage damit verbracht, Inspector Abernathy aufzuklären und auch sonst alle alarmierten Stellen zurückzupfeifen. Raelyns erneutes Verschwinden hatte ihm sehr zu schaffen gemacht. Mary konnte sich nur zu gut vorstellen, wie er vorgab, beschäftigt zu sein, während sein Geist unermüdlich versuchte, das Geschehene einzuordnen.

Sie horchte weiter und hörte das Ächzen der alten Rohre. Sie hörte, wie das Holz arbeitete und wie der Wind gegen die Fenster drückte. Und dann hörte sie ein leises Klicken wie von Zahnrädern, die ineinandergriffen. Das musste Raelyn sein! Sie nutzte einen der geheimen Zugänge.

Rasch schob Mary den Wäschekorb zur Seite, versicherte sich nochmals allein zu sein und öffnete den verborgenen Raum. Einmal mehr schob sie ihre Hand unter das Regal und betrat den dunklen Gang.

Von nun an galt es, sich so lautlos wie möglich zu bewegen. Ihre Gegnerin hatte ein ebenso gutes Gehör wie sie selbst. Die Frage war nur: Sollte sie Raelyn schnellstmöglich stellen oder sollte sie ihr so lautlos wie möglich folgen, um zu sehen, was das Mädchen vorhatte?

Dass Raelyn hier unten war, bewies im Grunde noch nichts und es würde auch Anthony nicht reichen. Dieses freche Gör würde ihrem Bruder einfach erklären, dass sie, ohne es zu wollen, in den Gang geraten war und dann nicht mehr hinausgefunden hatte. Dann noch ein paar Schluchzer hier und da und er wäre Wachs in ihren Händen.

Mary verkniff sich ein Seufzen und schlich weiter. Es wäre tatsächlich das Beste, wenn sie Raelyn mit Anthony zusammen erwischte, aber das war nur schwer möglich, oder? Raelyn würde ihn Kommen hören und hätte eine Ausrede parat, lange bevor er sie auch nur entdeckt hätte.

Als Mary die unterirdische Kreuzung erreichte, hielt sie inne und atmete tief ein. Wohin war Raelyn unterwegs? Wollte sie die unterirdischen Zugänge wieder öffnen oder versuchen, den verschütteten Gang wieder begehbar zu machen?

Nein, nichts von alledem. Raelyns Parfüm hatte eine deutliche Spur hinterlassen und die führte in den kurzen Gang mit der Falltür und der zugemauerten Wand. Also hatte sie es auf die alte Gruft abgesehen. Natürlich.

Aber wenigstens war das eine Sackgasse! Mary wollte gerade losgehen, als ein lautes Krachen den Gang erschütterte.

»Nein!« Mary lief so schnell sie konnte in die Wolke aus Schutt und Staub, die sich ihr entgegenwälzte.

Sie stoppte vor der eingerissenen Mauer. Überall lagen Ziegelsteine herum und der feine Baustaub in der Luft ließ sie husten. Ihre Augen brannten und der Geschmack von Fels, Schutt und Mörtel legte sich auf ihre Zunge. Hinter der ehemaligen Mauer war es noch dunkler als im Gang. Hier fiel selbst Mary das Sehen schwer.

Vorsichtig tastete sie sich in die Finsternis vor. Ihre Sinne waren bis aufs Äußerste gespannt. Der Hall von Eisenstangen, die gegeneinanderschlugen, drang durch die Dunkelheit zu Mary. Ein paar Meter vor sich hörte sie Raelyn leise flüstern: »Große Mutter, hier bin ich. Ich habe unseren Schwestern versprochen, dich zu retten.«

Das war für sie der letzte nötige Beweis. Anthonys Schwester wollte allen Ernstes dieses Monster befreien.

Das dumme Kind hatte ja keine Ahnung, was es da tat! Was für eine Gehirnwäsche hatte sie durch den Clan erfahren? Hörte auch sie die Mutter in ihrem Kopf?

»Raelyn! Komm da weg!« Sie würde Mary sowieso früher oder später bemerken, also konnte sie genauso gut versuchen, zu dem Mädchen durchzudringen.

Aber Raelyn reagierte nicht. Stattdessen hörte Mary, wie das Eisentor der Gruft quietschend geöffnet wurde. Der modrigtote Geruch der alten Baobhan Sith lag erdrückend in der Luft.

Seit zu vielen Jahren war der Raum luftdicht verschlossen gewesen. Wäre Mary auf Sauerstoff angewiesen, hätte sie inzwischen längst das Bewusstsein verloren. Es war schon in den Gängen stickig gewesen, aber dieser Raum war noch schlimmer.

Sie tastete sich vorsichtig weiter in den Raum hinein. Als sie mit ihrer Hand eine der kalten Eisenstangen ergriff, brannte die sich ihr augenblicklich in die Haut. Vor sich hörte Mary Raelyn über den felsigen Boden rutschen. Immer hektischer suchte sie den Boden ab.

»Ich kann dich doch spüren. Ich rieche dich! Wo bist du?«

»Raelyn. Hör auf. Sie ist nicht hier«, versuchte Mary es einmal mehr und diesmal gelang es ihr, zu Raelyn durchzudringen. Die wischenden und scharrenden Geräusche verstummten.

»Was?«

»Du hast mich schon verstanden. Sie ist nicht hier.«

Im nächsten Augenblick wurde Mary zu Boden gerissen. Ihr Kopf schlug gegen die Eisenstangen.

»Wo ist sie?! WO IST SIE!?« Raelyn packte Mary am Hals und schüttelte sie.

Immer wieder schlug ihr Kopf gegen das Eisen – bis Mary eine der Eisenstangen zu fassen bekam und sich mit Schwung aufrichten und losreißen konnte. Hustend rieb sie sich den Hals, den Kopf.

»Raelyn, es reicht!«, zischte sie, als beide etwas hörten, das sie erstarren ließ. Ein kräftiger Herzschlag näherte sich ihnen. Er war schon zu nah, um noch das Weite zu suchen. Die Gruft war nicht dafür gedacht gewesen, eine Flucht zu ermöglichen.

Mit einem kräftigen Stoß schob Raelyn Mary aus dem Kerker innerhalb des Raums und schlug das Eisentor zwischen sich zu. Dann fing sie an zu schreien.

Erschrocken wich Mary zurück. In diesem Augenblick erreichte der Herzschlag den Eingang zur Gruft – und mit ihm eine Gaslampe, die skurrile Schatten in den Raum warf.

»Mary?! Bist du das?«

»Tony! Hilf mir!«, schrie Raelyn, bevor Mary etwas sagen konnte.

»Raelyn! Was machst du denn hier unten?!«

Anthony duckte sich und kletterte durch das Loch in der Wand. Mary hörte ihn mehr, als sie ihn sah. Das Licht blendete scheußlich. Während der letzten Minuten hatte sie alles getan, um ihre Nachtsicht zu verbessern. Raelyn, die das letzte halbe Jahr in Dunkelheit verbracht hatte, kam hier unten wesentlich besser zurecht.

»Ich … ich weiß nicht. Plötzlich war ich in diesem Gang, und als ich mich gegen die Wand lehnte, brach sie zusammen und ich fiel hier hinein. U-Und dann wurde ich in dieses Gefängnis gestoßen. I-Ich glaube, ich bin nicht allein! Sei vorsichtig!«

»Was!?« Anthonys Lampe huschte hektisch hin und her.

Mary riss den Arm vor ihr Gesicht, um sich vor dem plötzlichen Licht zu schützen. »Anthony! Hör auf. Hier ist niemand außer uns. Und ich habe sie *nicht* gestoßen«, rief Mary so autoritär wie sonst selten. Sie hatte einfach genug. Raelyn brachte sie an ihre Grenzen.

»Mary!?« Anthony lief ohne zu zögern zu ihr, kniete sich vor sie und zog vorsichtig ihren Arm vom Gesicht. Sie kniff die Augen fest zu und nickte nur. »Was um Himmelswillen ist denn hier passiert?«

»Lange Geschichte«, murmelte Mary. »Hält es deine Neugier aus, wenn ich vorher dusche und wieder zu mir komme? Und nimm das *Ding* da weg!« Sie schlug blindlings nach der

Lampe neben sich. Das Scheppern klang wie Musik in ihren Ohren.

»Sei vorsichtig, Tony!«, rief Raelyn in der Zwischenzeit aus ihrem selbstgeschaffenen Gefängnis.

»Ich hol euch hier raus und dann sprechen wir. Mach dir keine Sorgen.« Er strich sanft über Marys Wange, aber für ihre überreizten Sinne fühlte es sich beinah wie ein Schlag an.

Anthony stand auf und öffnete das Eisentor für Raelyn. Mit einem Aufschrei der Erleichterung fiel sie ihrem Bruder um den Hals. Der Blick, mit dem sie über seine Schulter hinweg Mary bedachte, erinnerte sie in Kälte und Durchtriebenheit an den Blick, den sie damals in ihrer Vision vom Picknick gesehen hatte.

»Ist ja gut. Es ist alles gut«, murmelte Anthony beruhigend und strich über ihren Rücken. Er drehte sich zu Mary um, die noch immer am Boden saß, und streckte seine Hand nach ihr aus, doch Raelyn hängte sich so sehr an ihn, dass er zögerte. »Ich glaube, es ist besser, wenn ich euch beide nacheinander hochbringe. Kann ich dich einen kurzen Augenblick allein lassen? Ich … ich lass dir die Lampe da.«

»Mach dich nicht lächerlich. Du brauchst das Ding, um den Weg hier raus zu finden. Außerdem blendet sie mich schrecklich. Ich bin schon länger hier unten als du.« Sie seufzte leise. »Tut mir leid. Bring deine Schwester hier raus. Ich warte. Es stört mich nicht.«

Er nickte, hob Raelyn auf seinen Rücken und nahm die Gaslampe. »Raelyn, halt dich gut fest. Mary, ich bin gleich bei dir, okay?«

Mary schloss mit einem zustimmenden Nicken die Augen und lehnte sich an den Fels hinter sich. Dank der Schläge gegen die Eisenstangen brummte ihr Schädel fürchterlich. Sie wartete, bis der Lichtschein der Laterne kaum noch die Gruft erhellte, dann stand sie auf und ging in das Innere des Eisenkäfigs. Sie machte drei Schritte, dann kniete sie nieder und wischte Staub und Sand von einer Steinplatte, die an dieser Stelle in den Boden eingelassen war. Die Schriftzeichen der alten Fluchtafel waren noch deutlich zu erkennen.

Mary hatte es immer für einen klugen Schachzug gehalten, den Baobhan-Sith-Clan durch diese Tafel weiter glauben zu lassen, ihre Mutter sei hier. Sie hoffte, den Clan so von der wahren Gruft ablenken zu können. Und das hatte bis heute auch gut funktioniert. So konnten Houstons hundert Jahre lang alle Angreifer abwehren und die Gruft bewachen, ohne selbst der Mutter nah genug zu kommen, um in ihren Bann zu geraten.

Aber der Gedanke an Raelyns und Anthonys Schicksal ließ sie zweifeln. Solange diese Monster glaubten, Houston Hall wäre das Versteck der Gruft, würden sie das Anwesen auch angreifen. Und die letzten Houstons waren ganz offensichtlich kein guter Schutz: ein unwissender Anwalt ohne die geringste Kampferfahrung und zwei Untote, die immer wieder den Einflüsterungen der Baobhan Sith ausgesetzt gewesen waren.

Mary hob ihre Hand weit über ihren Kopf und schlug dann so stark sie konnte auf die Mitte der Steinplatte. Das Krachen war überraschend leise – gedämpft vom Erdboden ringsum –, dann war die Platte zerbrochen. Ein kühler Hauch wehte ihr entgegen, als der Zauber seinen Bannort verließ.

Würde Raelyn erneut hier herunterkommen, so würde sie die Anwesenheit der Mutter nicht mehr spüren und auch ihr Geruch würde sich schneller verflüchtigen.

Die Frage war nur, ob Raelyn die Suche nun einstellen würde und wenn nicht – wo sie nun nach *ihr* suchen? Und wie konnte Mary weiterhin verhindern, dass Raelyn *sie* fand?

Am liebsten wäre Mary einfach gegangen. Aber sie wusste, dass sie auf Anthony warten musste. Sie durfte jetzt nicht zu stark und sicher auftreten. Und dass sie sich in diesem dunklen Labyrinth zurechtfand, würde ihn sicher auch irritieren.

Sie setzte sich auf die untere Bruchkante des Lochs in der Wand und wartete. Als sie hörte, wie Wasser durch die Leitungssysteme lief, wusste sie, dass Anthony seine Schwester im Badezimmer abgesetzt hatte. Sie lauschte auf seine Schritte und fragte sich, wie sie diese Situation am besten erklären sollte.

Wenig später sah sie lange vor Anthony den Schein seiner Gaslampe. Sie konzentrierte sich auf den immer heller werdenden Fleck, um nicht wieder so geblendet zu sein.

»Mary!« Er stellte die Lampe etwas entfernt ab, lief die letzten Meter zu ihr und hockte sich vor sie. »Was ist hier passiert?« Immer wieder strich er durch ihr zerzaustes, eingestaubtes Haar.

Mary senkte den Blick und sah auf ihre Dienstkleidung. »Tut mir leid. Die ist jetzt wohl hin …«

»Aber das ist doch egal! Die solltest du doch sowieso nicht mehr tragen. Schon vergessen: Ich hab dich entlassen.« Sanft legte er seine Hand unter ihr Kinn und sorgte dafür, dass sie ihn wieder ansah. »Bist du wirklich nicht verletzt?«

Mary schüttelte leicht den Kopf, ignorierte den stechenden Schmerz, der ihren Nacken hinunterzog, und schmiegte ihr Gesicht in Anthonys Hand. »Nein, nein. Das ist nur Dreck.«

»Was ist das hier?« Er sah an ihr vorbei in das dunkle Loch der Gruft. »Lyn redet wirr. Nichts von dem, was sie sagt, ergibt Sinn.«

»Ich weiß es nicht. Aber wenn das nicht zu absurd klingen würde, dann würde ich sagen: Deine Schwester hat die Gruft gefunden. Wie auch immer sie das angestellt hat.«

»Die Gruft?« Anthony keuchte leise. Er ließ von Mary ab, holte die Lampe und kletterte an ihr vorbei durch das Loch.

»Sei vorsichtig. Hier liegen überall Ziegel und Felsbrocken.« Mary kletterte ihm hinterher und tastete nach seiner freien Hand. Sie wollte ihn bei sich spüren.

Anthony hielt die Lampe weit von sich und leuchtete damit den kleinen Raum aus. Das Licht ließ die alten, rostigen Eisenstangen rotbraun schimmern. An manchen Stellen leuchtete noch das Silber durch und reflektierte das Licht. »So nah waren wir ihr damals?«, flüsterte er ungläubig und ging auf die Gitter zu.

Er sah weder die zerbrochene Tafel noch den Fluch, den die Mutter vor dreihundert Jahren mit ihrem eigenen Blut an die Wand geschrieben hatte. Er sah nur den kargen Kerker, der nicht einmal ein Bett enthielt. Fassungslos schüttelte er immer wieder den Kopf.

»Ich kann nicht glauben, dass meine Vorfahren dies hier errichtet haben. Also stimmt das, was der Chronist schrieb? Es war doch nicht nur ein Märchen.« Sein Griff um Marys Hand verstärkte sich. »Aber ich muss zugeben, dass ich froh bin, dass dieses Gefängnis leer ist. Vielleicht war ja irgendeiner meiner Ahnen klug genug, sie zu befreien oder wenigstens ihre Leiche angemessen zu bestatten.«

»Ja, vielleicht«, sagte Mary leise und strich mit ihrem Daumen beruhigend über seinen Handrücken. Sie konnte spüren, wie ihm die Gruft zu schaffen machte. Sein Herz schlug schnell und sein Atem ging stoßweise. Als er dann mit einem Finger den Sitz seines Kragens lockerte, wusste Mary, dass er nicht mehr lange durchhalten würde. »Anthony, wir sollten hier verschwinden. Sonst bin ich es am Ende wieder, die dich hier hinaustragen muss. Die Luft ist wirklich schlecht.«

***

»So hör mir doch zu! Noch ist sie abgelenkt! Sie ist das Monster aus der Gruft! Sie ist es, die die anderen wollen! Wir müssen sie einsperren! Dafür ist dieses Loch doch da!«

»Was redest du da für einen Unsinn, Lyn?«

Ganz genau. Was redete sie da? Mary traute ihren Ohren kaum, als sie aus dem Badezimmer trat. Raelyn war sogar so laut, dass Mary sie als Mensch ebenso problemlos gehört hätte. Sie waren unten in der Bibliothek.

»Das ist kein Unsinn! Ich weiß es genau!«

»Woher willst du das wissen? Und überhaupt. Als ich diesen Gang fand, war er zugemauert. Wie soll sie da deiner Meinung nach rausgekommen sein? Das ist doch lächerlich!«

»Ja, der Gang war zugemauert! Und der Mörtel war ganz offensichtlich noch nicht trocken! Wie hätte ich sonst durch die Wand fallen können?«

Vorsichtig schlich Mary zu einer der Türen, die auf die Galerie führten. Sie lehnte sich gegen das Holz und schloss die Augen.

»Ich habe selbst gegen die Wand gedrückt und sie bewegte sich kein Stück. Ich weiß nicht, wie du sie zum Einsturz gebracht hast, aber sie war robust und professionell gemauert. Und vor allem: alt!« Raelyn holte für ihren nächsten Konter tief Luft, aber Anthony schnitt ihr das Wort ab. »Es reicht jetzt, Lyn. Ich will nichts mehr davon hören. Du kannst dich an kein einziges Gesicht von jener Nacht erinnern, aber du willst wissen, wer sich in unserem Keller versteckt hat? Woher weißt du überhaupt von den Tunneln und was hattest du da unten zu suchen? Sei froh, dass Mary dich gefunden hat und du dich nicht verletzt hast. Das hätte böse enden können.«

Mary war unendlich erleichtert, als sie Anthonys Plädoyer zu ihren Gunsten hörte. Die Frage war nur, wie lange seine Loyalität noch ihr gelten würde und nicht seiner Schwester. Sie wusste, wie wichtig sie für ihn war. Sie wusste, wie froh er war, dass sie am Leben war.

»Ich … das war Zufall. Ich war im Nordflügel in einem der ehemaligen Angestelltenzimmer und dort entdeckte ich unfreiwillig einen Eingang, indem ich durch eine morsche Diele fiel.«

Mary wusste, mit welchem Blick Anthony seine Schwester jetzt musterte. Mit dem Blick des Anwalts, der die Aussage des Zeugen als unglaubwürdig abstempelte und seine Chance zum Angriff witterte. »Na schön. Wie du meinst«, erwiderte er aber nur knapp.

Damit war das Gespräch beendet. Es gelang ihm offenbar nicht, seine eigene Schwester konsequent ins Kreuzverhör zu nehmen.

Als Resultat dieses ›Gesprächs‹ schlug unten im Foyer die Haustür mit großem Krachen ins Schloss, während Raelyn über den Vorplatz stürmte. Sicher würde sie erneut jagen gehen und vielleicht würde ihr das helfen, die Contenance wiederzufinden.

Zögernd öffnete Mary die Tür zur Galerie der Bibliothek. Anthony stand am Fenster und sah hinaus auf den Vorplatz. Seine Hände hielt er wie so oft hinter dem Rücken verschränkt. Diesmal aber so fest, dass die Knöchel weiß hervortraten. Mary hielt sich am Geländer fest. Sie war sich nicht sicher, ob sie ihn diesmal in seinen Gedanken stören sollte oder nicht. Es war wie damals. Auch jetzt ging gerade die Sonne unter. Als sie ihn das letzte Mal von hier oben beobachtet hatte, hatte sie allerdings der Durst hierher getrieben. Das war ein guter Grund gewesen zu schweigen, auch als er sie bemerkt hatte. Was war heute ihre Ausrede?

Sie atmete tief durch und stieg dann langsam die Wendeltreppe hinunter. Anthony drehte sich zu ihr um. Sein Gesicht spiegelte Sorge und Scham. Bis Mary vor ihm stehenblieb, sagte er kein Wort. Erst als sie wieder seine Hand ergriff, konnte er sich durchringen. Er schloss die Augen und lehnte seine Stirn an ihre. »Bitte sag mir, dass du das nicht gehört hast«, murmelte er resigniert.

»Tut mir leid«, antwortete Mary nach kurzem Zögern. Er hätte sowieso erkannt, wenn sie gelogen hätte. »Ihr wart nicht zu überhören.«

Er küsste ihre Stirn und seufzte leise. »Ich versteh sie nicht mehr. Raelyn scheint mir so fremd geworden zu sein.« Er zog Mary mit sich zu der kleinen Ledersitzgruppe und ließ sich in einen der Sessel sinken. »Ich weiß, dass sie Schreckliches durchlebt hat … und ich bin mir sicher, sie erinnert sich an mehr, als sie zugibt. Aber sie öffnet sich mir einfach nicht. Dabei würde ich ihr so gern helfen …«

»Das tust du.« Mary setzte sich auf die Sessellehne und legte eine Hand auf seine Schulter. »Gib ihr Zeit. Sie muss erst wieder zurück ins Leben finden.«

»Wie ist es möglich, dass du mehr Verständnis für sie aufbringst als ich? Mich behandelt sie nicht so … nun ja, du weißt, was ich meine.«

Mary lächelte schwach. »Ich habe keine Ahnung, weshalb

es mir leichter fällt, mich in ein junges Mädchen hineinzuversetzen, das sich selbst nicht versteht und das seine Vergangenheit und seine Gegenwart erst wieder in Einklang bringen muss. Vielleicht haben wir einfach mehr gemeinsam als ihr beide.« Die Wahrheit darüber, wie groß die Wut und der Hass waren, den die Schwestern in Raelyns Herz gepflanzt hatten, wollte sie Anthony ersparen.

Anthony sah auf und musterte sie nachdenklich. Den Funken der Neugier konnte er kaum verbergen. Sie hatte gerade etwas von sich preisgegeben. Eine seltene Ehre.

»Die Neugier hat sie mit *dir* gemeinsam.« Sie erwiderte seinen Blick und gestattete sich einen Moment, in dem sie einfach in seine Augen eintauchte.

»Apropos Neugier. Weshalb trägst du schon wieder dein Dienstmädchen-Outfit?« Anthonys Hand glitt in ihren Rücken und schob sie langsam von der Lehne auf seinen Schoß.

»Warum nicht? Es steht mir. Und egal ob ich es trage oder nicht, ich werde für deine Schwester stets das Dienstmädchen sein, für Beatrix stets eine liebe Freundin und für dich … ja, was bin ich für dich?« Sie ließ ihre Hände in seinen Nacken gleiten und lauschte mit geschlossenen Augen dem Rhythmus seines Herzens.

»Ein Wunder«, murmelte er an ihre Lippen und zog sie mit einem leisen Seufzer noch etwas enger an sich.

***

Die ganze Woche über fühlte sich Mary hin- und hergerissen. Raelyns Verbindung zu ihren Schwestern machte ihr große Sorgen. Auf dem Ball hatte sie gezeigt, wie sehr sie die Kontrolle verlieren konnte. Und dann war da ihr Einbruch in die Gruft.

Es wäre so wichtig, Anthony einzuweihen, ihm von all dem zu berichten. Aber Marys Möglichkeiten verschlechterten sich zusehends. Durch jedes weitere Streitgespräch mit seiner Schwester war Anthony schon gereizt genug. Alles in ihm wehrte sich dagegen, die Anschuldigungen eines geliebten Menschen gegen einen anderen ernst zu nehmen. Was würde wohl geschehen, wenn nun auch noch Mary begönne, gegen Raelyn zu argumentieren.

Es blieb ihr nichts anderes übrig, als allein wachsam zu sein. Sie musste Raelyn im Auge behalten und hoffen, dass sie rechtzeitig zur Stelle sein würde, wenn das Mädchen ihren Plan umsetzte.

Zumal sie unter ständiger Bewachung standen – zu ihrem Schutz, wie Inspector Abernathy versicherte. Sie bekamen fast täglich Besuch von ihm und Constable Williams wurde zum Dauergast. Am Montag richtete Mary ihm eins der alten Dienstbotenzimmer im Nordflügel her. Der schottische Sommer zeigte sich wieder von seiner besten Seite, und so wenig sie dem Mann auch zutraute, er tat ihr draußen im Regen leid.

Ab und an begleitete den Inspector auch sein Sohn, Logan. Er war offenbar in die Fußstapfen seines Vaters getreten und bot seinen polizeilichen Schutz nun vor allem der Tochter des Hauses an. Mary war sich nicht sicher, ob Raelyn seine Anwesenheit schätzte oder störte. Je nach Laune reagierte sie anders auf ihn. Er hingegen nutzte jede Gelegenheit, um mit ihr Zeit zu verbringen. Er berichtete ihr von den Fällen, an denen er bereits mitgearbeitet hatte, und begleitete sie sogar einmal in den Ort, um Raelyn während ihrer höchst wichtigen Besorgungen zu schützen.

Marys Meinung nach nutzte das Mädchen sein Interesse über die Maßen aus. Aber er setzte sich ihr ja freiwillig aus. Ganz im Gegensatz zu Mary oder Beatrix.

Und während sie Mary offiziell nicht mehr attackieren konnte, entlud sich nun ihr ganzer Unmut an Beatrix. Anthony stand inzwischen ganz offen zu Mary, hielt ihre Hand und küsste sie – ganz gleich, wer es sah. Und damit sorgte er bei seiner Schwester für noch bessere Stimmung. Mary war froh, dass Beatrix ein dickes Fell hatte und vor allem die große Gabe, ihren Verdruss einfach an die Nächstbesten weiterzugeben – also wahlweise an Mary oder Anthony.

»Laird Houston!« Einmal mehr platzte sie in die Bibliothek und stürmte auf Anthonys Schreibtisch zu. Gerade half Mary ihm bei einigen Abschriften für die Kanzlei. »Sie müssen mit Ihrer Schwester reden. So geht es nicht weiter! Ich hätte nicht geglaubt, dass eines Tages zu sagen, aber wenn sie nicht bald ihr Verhalten ändert, dann … dann kündige ich!«

»Aber Beatrix, was ist denn passiert?« Anthony war aufgesprungen und ihr entgegengelaufen. Nun bugsierte er sie zu einem der Sessel. Ihr Gesicht hatte eine ungesunde Röte angenommen.

Mary huschte mit einem Glas zum Sammelband von Poe und schenkte Beatrix voll ein. Sie konnte es vertragen.

»Sie hat den halben Garten umgegraben. Ich hab keine Ahnung, was sie sich dabei gedacht hat.«

»Sicher, dass wir hier von Raelyn sprechen? Meine Schwester macht sich doch nicht freiwillig die Hände schmutzig. Vielleicht hat sich ein Wildschwein –«

Beatrix schüttelte vehement den Kopf. »Nein, nein, nein!

Ich weiß, was ich gesehen habe. Ich hab sie auf frischer Tat erwischt! Und was sagt sie da frech zu mir?« Beatrix schnappte nach Luft. »Sie sagt: ›Diese Unkrautsammlung können Sie doch nicht ernsthaft einen Garten nennen, Beatrix. Wer hat hier vor mir gearbeitet? Ein dummer Gärtner oder ein blinder Landstreicher?‹«

Nachdenklich zog Anthony seine Brauen zusammen und rieb sich sein Kinn. Eine Geste, die Mary immer gern an ihm beobachtete. Vor allem beim Schachspiel. Aber jetzt durfte sie sich nicht ablenken lassen. Sie mied seinen Blick und versuchte selbst zu begreifen, was Raelyn vorhatte. Glaubte sie etwa, die Mutter sei irgendwo im Garten vergraben? Oder dass es dort womöglich eine weitere Gruft gab? Zumindest war sich Mary nun einigermaßen sicher, dass Raelyn nichts über den wahren Ort der neuen Gruft wusste. Oder sie suchte nach etwas anderem – aber was?

»Beatrix, ich verstehe Ihren Unmut. Ganz im Gegensatz zu Raelyn. Meine Schwester verstehe ich leider zurzeit nicht.« Anthony schüttelte leicht den Kopf. »Ich werde mit ihr reden. Versprochen. Haben Sie bitte etwas Geduld mit ihr.«

Beatrix stürzte den Whiskey in einem Zug hinunter, seufzte laut und nickte dann. »Verzeihung, Laird Houston. Ich … ich wollte Sie eigentlich nicht damit belasten. Es ist nur … Sie hat auch das Kräuterbeet völlig zerlegt und nun muss ich alles auf dem Markt teuer kaufen.«

Anthony hob beschwichtigend die Hände. »Schon gut. Ich weiß, wie Sie sich fühlen, glauben Sie mir, Beatrix.«

***

Das Wasser schlug gegen Marys nackte Beine, doch sie strauchelte nicht. Ihr Weg führte sie an der Küste entlang. Sie genoss das laute Donnern der brechenden Wellen. Es war beinah laut genug, um das leise Flüstern in ihrem Kopf zu übertönen.

Vier Mal im Jahr war *ihr* Wispern besonders eindringlich. Aber Mary hatte inzwischen gelernt, wie sie es aus ihrem Geist aussperrte. Zu Beginn ihrer Existenz hatte sie die süße, liebliche Stimme in ihrem Kopf fast wahnsinnig gemacht. Heute war es mehr wie das Summen eines lästigen Insekts.

»Raelyn, ich muss mit dir sprechen«, hallte plötzlich Anthonys Stimme durch Marys Kopf und übertönte damit das Summen.

Die Stimme war so deutlich, dass sich Mary im ersten Augenblick umdrehte, weil sie die Geschwister hinter sich vermutete.

Dann erst begriff sie, dass ihr Hirn einmal mehr mit dem von Anthony und Raelyn verbunden war. Jetzt, da sie nicht nur in die Zukunft sah, sondern auch in die Vergangenheit, fragte sie sich, wann das geschehen war oder geschehen würde, was sie gerade von Sekunde zu Sekunde deutlicher vor sich sah.

Anthony betrat Raelyns Zimmer und fand seine Schwester auf dem Bett. Sie drehte sich auf die Seite, um ihn besser ansehen zu können. »Das trifft sich gut. Ich auch mit dir.«

Er nickte leicht und setzte sich auf die Bettkante. »Lyn, Schwesterchen, ich mach mir Sorgen um dich. Du … du hast dich verändert. Es geht dir nicht gut, oder?«

Raelyn musterte ihn eine Weile nachdenklich, bevor sie antwortete. »Natürlich geht es mir nicht gut. Was erwartest du denn auch?«

»Ich erwarte, dass du mit mir sprichst. Das hast du früher auch getan. Du musst das nicht alles mit dir allein ausmachen.«

»Und ob ich das muss«, murmelte sie leise. Dann sah sie Anthony eindringlich an und sprach wieder zu ihm: »Ich habe ja versucht, mit dir zu sprechen. Aber du hörst mir nicht zu. Und wenn du mir zuhörst, dann glaubst du mir nicht.« Sie richtete sich halb auf und verschränkte trotzig die Arme.

»Wovon redest du?«

»Von deinem Dienstmädchen mit Sonderleistungen. Du vertraust ihr blind wie ein liebestoller Narr! Du musst doch auch gemerkt haben, dass sie mehr Geheimnisse und Lügen mit sich trägt als irgendjemand sonst.«

Anthony schwieg. Dass er sie diesmal nicht verteidigte, war Marys Schuld. Das wusste sie. Egal wie viele Verleumdungen seine Schwester gegen Mary in die Welt setzte. Dieser Satz war wahr.

Aber wenn sie Anthony verriet, was sie war, was wäre dann? Würde er ihr glauben, wenn sie behauptete, auch Raelyn wäre wie sie? Würde er ihr weiter vertrauen? Würde er sie weiter lieben?

»Ich habe nachgeforscht. Bevor sie hier auftauchte, gab es sie gewissermaßen nicht. Seit einem halben Jahr habe ich einen sechsten Sinn für so was. Glaub mir, sie ist gefährlich. Irgendwas stimmt nicht mit ihr!«

Mary sank zu Boden, zog die Knie an und schlang die Arme um ihre Beine. Sie konnte regelrecht spüren, wie die Zweifel in Anthony zu wachsen begannen. Sie musste dringend mit ihm reden – bevor Raelyn ihn völlig gegen sie einnahm.

Nach einigem Schweigen sagte Anthony nachdenklich: »Ich will dir glauben, Lyn. Ich nehme dich ernst. Und doch … Ich kenne Mary besser als du. Du hast ein falsches Bild von ihr.«

»Ich habe kein Bild von ihr. Ich weiß, dass sie gefährlich ist.

Und so gut, wie du sie kennst, will ich sie gar nicht kennenlernen.«

»Raelyn!«

Sie schnitt eine Grimasse. »Tony, wirklich. Ich meine es ernst. Sei vorsichtig in ihrer Nähe. Überleg doch mal. Wie konnte sie mich in diesem Kellerloch in der Wand finden, wenn sie dort nicht schon mal gewesen ist?«

Anthony schmunzelte. »Den Zahn kann ich dir ziehen, Schwesterchen. Mary war schon einmal dort.« Raelyns Blick wechselte von überrascht zu triumphierend – bis Anthony weitersprach. »Mit mir.«

»Was!?«

»Wir wollten dich nicht beunruhigen. Deshalb haben wir dir nichts davon gesagt. Du warst«, er zögerte, »du bist viel zu traumatisiert, um noch weitere Schauergeschichten zu hören.« Er streckte eine Hand nach seiner Schwester aus und strich über ihre Wange.

»Wovon redest du da? Was weißt du?« Raelyns Fassade bekam einen deutlichen Riss. Sah Anthony es auch oder war er zu abgelenkt von seiner Sorge um sie? Raelyn rutschte auf dem Bett näher zu ihrem Bruder. Ihre Hände ergriffen seine und ihre Augen starrten ihn weitaufgerissen an. »Was *weißt* du?«

Eine Welle von Übelkeit überrollte Mary. Ein Teil von ihr wollte die Vision verlassen und so schnell wie möglich zum Anwesen. Ein anderer Teil wollte sehen, was geschehen würde. Sie musste es wissen. Auch wenn jede weitere Minute in der Vision Mary schwächte.

»Lyn, das ist eine lange Geschichte, die weit vor unserer Zeit spielt. Aber sie ist grausam und lässt mich an unserer Familie und deren Ehrbarkeit zweifeln.« Mit zusammengezogenen

Brauen musterte er Raelyns Hände, die seine krampfhaft umklammerten.

Nach einer Weile seufzte er leise. »Ich weiß wirklich nicht, ob das gut für dich ist, Lyn. Du solltest dich nicht damit belasten.« Abrupt stand Anthony auf und ging zur Tür.

»Was? Doch!« Flink huschte ihm seine Schwester hinterher. Als sich die Tür hinter beiden schloss, wurde es dunkel um Mary. Sie hatten sie allein in Raelyns Zimmer zurückgelassen und doch endete die Vision nicht. Es war einfach nur plötzlich Nacht um sie herum. Eben war es noch hell gewesen. Wie war das möglich? Mary sah sich im Zimmer um. Irgendwas war hier noch von Bedeutung. Irgendwas, das sie nicht gehen ließ. Diesmal schienen es nicht Anthony oder Raelyn zu sein, die sie angelockt hatten.

Ihr Blick fiel auf die unordentliche Bettdecke, auf der Raelyn anfangs gelegen hatte. Zögernd trat sie näher. Ein paar der Falten ergaben ein Muster. Ein großes Rechteck. Wie von selbst streckte Mary die Hand nach der dünnen Bettdecke aus, doch ihre Hand glitt durch den Stoff hindurch. Natürlich. Es war nur eine Vision. Aber diese Umrisse konnten nur bedeuten, dass Raelyn gerade im Tagebuch gelesen hatte, als Anthony hereingekommen war.

Hätte das Gör nur etwas länger gebraucht, um das Buch zu verstecken, dann hätte Anthony gesehen, dass sie die Diebin war.

Die Diebin, der er jetzt vermutlich alles erzählte, was er und Mary herausgefunden hatten. Sie fluchte und zugleich war Mary erleichtert, dass sie Anthony noch nicht alles erzählt hatte. Zum ersten Mal seit Langem war sie froh, noch Geheimnisse vor ihm zu haben.

Sie musste Houston Hall und den letzten Menschen darin

um jeden Preis schützen. Auch wenn das bedeutete, Anthony anzulügen. Solange Raelyn da war, konnte sie sich nicht auf seine Loyalität verlassen.

Als Mary wieder zu sich kam, war es bereits dunkel. Das ansteigende Wasser der Flut leckte an ihren Knöcheln. Sie war erschöpft und ihr Hals brannte beim Schlucken. Wie viel Zeit war vergangen? Wieso war sie nicht direkt aus der Vision aufgewacht? Die Vision war länger und deutlicher gewesen, aber machte das wirklich so viel aus?

Müde richtete sie sich auf. Ihre Arme zitterten, als sie sie durchdrückte. Sie war völlig durchnässt und seit zweihundert Jahren war ihr zum ersten Mal kalt. Sie musste einen Felsen nutzen, um sich ganz aufzurichten, und als sie endlich stand, fragte sie sich, ob die nächste Windböe sie wieder umwerfen würde.

Schon die Auseinandersetzung mit Raelyn auf dem Ball oder in der einen Nacht im Garten hatten sie ins Grübeln gebracht. Sie schien schwächer zu werden. Vielleicht waren Baobhan Sith gar nicht unsterblich. Zumindest keine Halben, wie Mary eine war. Vielleicht alterte sie nur langsamer.

Es dauerte noch eine ganze Weile, bis sich Mary stark genug fühlte, um den Rückweg anzutreten. Rennen war keine Option. So dringend sie auch zurück zum Anwesen wollte.

Raelyn führte irgendetwas im Schilde. Etwas, das sich gegen das Anwesen und die Houstons richtete. Mary hatte den Kummer, die Verzweiflung und den Schmerz gespürt, als Raelyn gestorben war, ohne dass ihr Vater ihr geholfen hätte.

Ob der Clan *das* geplant hatte? Raelyn gegen ihr eigenes Fleisch und Blut einzunehmen und das dann auszunutzen?

Die Houstons waren immer resistenter gegen die Einflüsterungen der Baobhan Sith. Sollten Mischlinge wie Mary oder Raelyn dafür sorgen, das zu ändern? Als Verbündete aus den Reihen des Feindes …

Als Mary endlich beim Anwesen ankam, fiel ihr Blick auf den verwüsteten Garten. Raelyn bemühte sich kaum noch, den Schein zu wahren. Das war gefährlich.

Nachdenklich untersuchte sie die Löcher. Waren das wirklich die Versuche, einen weiteren verborgenen Zugang zu finden? Oder gar ein Grab?

»Sie sagt, sie hat etwas gesucht, das sie als Kind im Garten vergraben hat. Etwas, das sie unserer Mutter damals … das sie sich von ihr geliehen hatte.« Mary zuckte zusammen. Sie hatte Anthony nicht kommen hören. Jetzt, wo seine Schritte verstummten und er sich neben sie hockte, konnte sie sogar sein Herz hören. Ihre Sinne spielten ihr Streiche. Sie hätte auf dem Weg hierher trinken sollen. Aber sie hatte keinen Durst gespürt, nur Erschöpfung. Erschöpfung, die nun der Neugier wich.

»Du hast mit ihr gesprochen«, sagte sie leise, ohne sich zu ihm umzudrehen.

Aus den Augenwinkeln sah sie ihn nicken. Seine Hände zupften an einer herausgerissenen Melisse. Gedankenverloren zerrieb er ein Blatt zwischen seinen Fingern.

Tausend Fragen schossen Mary durch den Kopf. Wie viel hatte er ihr gesagt? Was hatte sie ihm noch für Märchen erzählt? Hatte sie Zweifel gegen Mary in ihm säen können? Und vor allem: Wieso war er mitten in der Nacht hier draußen? »Wie geht es ihr?«, fragte sie stattdessen. Sie wusste, dass alles andere noch warten musste.

Anthony begann, mit den Händen ein Loch im Boden zu

vergrößern, und setzte die Melisse hinein. Während er um sie herum den Boden wieder festdrückte, sprach er leise und fast mehr zu sich selbst: »Lyn hat sich verändert. Wer kann es ihr verdenken. Auch wenn sie sich noch nicht an alles erinnern kann – und ich danke Gott dafür –, so ist dieses schreckliche Unglück doch tief in ihr verankert. Monatelang war ich nicht dazu in der Lage zu schlafen und ich hatte nur den Tatort und den Polizeibericht gesehen. Ich war nicht dabei gewesen.« Er stöhnte leise und ließ sich aus der Hocke nach hinten sinken, die Arme auf die angewinkelten Knie gestützt. »Und doch mache ich mir Sorgen. Das hier«, er zeigte in einer ausholenden Geste auf das Schlachtfeld, das Raelyn vom Garten übrig gelassen hatte, »ist nicht normal. Es ist nicht gut. Und dann ihr Gerede über dich. Sie ist verwirrt.« Er vergrub das Gesicht in seinen Händen und verteilte so Erde und Dreck darin. »Und ich bin es auch.«

Nach und nach hatte sich Mary ihm zugewandt und nun kroch sie zwischen seine Beine und zog seine Hände vom Gesicht. Sie fühlte sich müde, und selbst wenn sie ihre Kräfte ihm gegenüber nicht zurückhielte, könnte sie ihn jetzt wohl nicht beeinflussen. Zumindest nicht mit übernatürlichen Mitteln. Aber der Schmerz in seiner Stimme brannte sich ihr in die Seele. Sie wollte ihm Linderung verschaffen. Unbedingt.

»Das war alles etwas viel. Für sie und für dich.« Sanft strich sie ihm übers Gesicht und versuchte, den Dreck von seinen Wangen zu reiben. Er hielt die Augen geschlossen. »Den Garten bekommen wir schon wieder hin.« Sie versuchte sich an einem Lächeln und lehnte ihre Stirn gegen seine. »Und den Rest auch«, ergänzte sie leise.

Sie spürte seinen Atem auf ihren Lippen. Stoßweise, als wäre er gerannt. Seine warmen Hände glitten über ihre Arme und dann ihren Rücken hinunter. Nicht sanft, sondern fest und bestimmten. »Du bist ja ganz durchnässt«, murmelte er und zog sie auf seinen Schoß, während sich seine Lippen auf ihre legten. Ihr Geist war zu erschöpft, um sich gegen ihre Sehnsucht zu wehren, um wie sonst die Vernunft siegen zu lassen. Ihre Hände zogen an seiner Weste und dem Hemd darunter, während seine an der nassen Bluse zerrten. In ihrer wachsenden Gier flogen ihre Hände über seinen Körper. Ruhelos. Sie drängte sich gegen ihn, kratzte über seine Schultern, genoss den donnernden Klang seines Herzens und seinen schnellen Atem auf ihrer Haut. Der Duft von Melisse stieg ihr in die Nase, als er sie zu Boden drängte. Es war ihr egal. Wie lange hatte sie nicht mehr so gefühlt wie jetzt? Hatte sie es jemals wirklich? Nichts schien vergleichbar mit dem, was Anthony in diesem Moment in ihr auslöste.

Warum hatte sie sich so lange gewehrt? Wovor hatte sie Angst gehabt? Der Sternenhimmel verschwamm vor ihren Augen, als er sich einen Weg ihren Hals hinab küsste. Sie biss sich auf die Lippen, schmeckte ihr eigenes Blut und grub ihre Hände in seinen Nacken.

Mit einem Ruck hatten sie sich gedreht. Seine Augen schienen im schwachen Mondlicht zu leuchten wie silberne Sterne, als sein Blick sie durchbohrte.

Diesmal würde sie niemand aufhalten. Diesmal ließen sie beide den Sog zu, der sie aneinanderband. Mary fühlte sich beinah, als wäre es das gewesen, wonach sie so sehr dürstete.

Das Lächeln auf seinen Lippen, als sie sich langsam wieder zu ihm hinabbeugte, würde sie niemals vergessen. Genauso wenig wie das leise Stöhnen, das sie rasch erstickte.

Ihre Wahrnehmung veränderte sich, sprang von Szene zu Szene: Die kalte Nachtluft auf ihrer bloßen Haut ließ sie erschaudern und für den Bruchteil eines Moments fragte sie sich, wie sie so schnell ihre Kleider losgeworden war. Aber dann lenkte sie der nächste Sprung in ihrer Wahrnehmung ab. Sie spürte Anthonys erhitzten, genauso nackten Körper unter sich; spürte seine Hände, die sie fest auf seinen Schoß zogen, und im nächsten Augenblick spürte sie nichts und alles. Sie fiel, aber sie hatte keine Angst. Sie fühlte sich, als stünde sie in Flammen, doch sie verbrannte nicht. Ihre Hände vergruben sich in seinem Haar, kratzten über seine Schultern und gemeinsam rollten sie über die Reste des Kräutergartens. Sie konnte ihm nicht nah genug sein, drängte sich an ihn und presste ihre Lippen an seinen Hals, um nicht laut zu schreien.

Sie genoss die Macht, die sie in diesem Moment über ihn hatte. Die Vertrautheit. Und die verfluchte Ekstase, die sie seinetwegen erfasste. Sein Herz schlug dröhnend gegen ihre Brust und ließ ihre Wahrnehmung explodieren.

Ihr Kiefer brannte höllisch, mit einem Schlag vermischten sich Lust und Durst. Sie öffnete ihren Mund an seinem Hals weiter, spürte, wie ihre Fänge sich ausstreckten, spürte, wie sich ihre Sinne vervielfachten.

Mit einem Schlag schien sie alles zu riechen – die Kräuter um sie herum, die Sommernacht, das salzige Meer in der Ferne und über all dem ihn. Sein Duft war berauschend, vor allem jetzt. Sie spürte die Sträucher an ihren nackten Beinen, seine erhitzte, weiche Haut im Kontrast zur kalten Luft, jeden Muskel, den er unter ihr anspannte. Sie hörte das Hämmern seines Herzens und doch auch das Rauschen der Brandung, das Rascheln der Bäume im Wald und die wenigen Vögel, die es vorzogen, bei Nacht zu singen.

Sie wollte wissen, wie die Nacht schmeckte, wie er schmeckte. Ihre Zunge strich über seinen Hals, spürte den Puls unter seiner Haut.

***

Es war friedlich. Still. Nur das Blätterdach der Bäume rauschte wie ein Flüstern. Dazu ein leises rhythmisches Klopfen unter ihr. Als sie die Augen öffnete, blendete sie die Morgensonne. Mit einem müden Seufzen kniff Mary die Augen wieder fest zusammen und streckte sich. Ihr Bett war warm und weich.

Und atmete.

Erschrocken riss sie die Augen weit auf und den Kopf empor. Ihre Hand stützte sich auf einer nackten Brust ab. Auf Anthonys nackter Brust. Sie presste die Lippen zusammen und konnte nicht anders, als ihn anzustarren. Sein ganzer Körper war voller Erde und Dreck. In seinen roten Locken hatten sich Melissenblätter verfangen. Prüfend musterte sie seinen Hals, aber da war nichts. Nicht einmal ein Kratzer. Erleichtert atmete sie aus. Sie hatte gar nicht gemerkt, wie sie vor Schreck die Luft angehalten hatte.

Zögernd streichelte sie über Anthonys Brust. Seine Brauen zogen sich leicht zusammen und im nächsten Moment stahl sich ein kleines Lächeln auf sein Gesicht. Er bewegte sich etwas und kurz darauf strich eine Hand über Marys Rücken. Ein kleiner Schauer rollte über ihre nackte Haut und sie schmiegte sich automatisch enger an ihn.

»Guten Morgen«, murmelte Anthony, ohne die Augen zu öffnen.

»Guten Morgen«, erwiderte Mary noch leiser als er.

»Dann … war das kein Traum? Wir … wir liegen im Kräutergarten? Nackt?«

Mary nickte, bis ihr auffiel, dass Anthony sie nicht sah. »Ja«, war alles, was sie hervorbrachte.

»Beatrix bringt uns um«, stellte er in sachlichem Tonfall fest.

»Es sei denn, wir verschwinden hier, bevor sie auftaucht.« Mary konzentrierte sich auf ihr Gehör und schloss die Augen. Als sie das leise Knirschen hörte, das zwei schwer beladene Fahrradreifen auf Kies gewöhnlich von sich gaben, fluchte sie leise. »Dafür müssten wir uns allerdings beeilen.«

»Wieso?« Anthony öffnete blinzelnd die Augen und sah sich um. »Siehst du sie irgendwo?«

»Sie … sie kommt immer um diese Zeit. Sie wird jeden Augenblick hier sein.«

Anthony nickte. Verstohlen sah er sich nach seinen Kleidern um. Bevor er sich wehren konnte, stahl ihm Mary sein Hemd. Für sie war es beinah ein Kleid und der beste Weg, schnell angezogen – oder zumindest weniger nackt – zu sein. Dann sammelte sie ihre Wäsche auf und ballte sie zu einem Bündel zusammen. Als sie sich wieder umdrehte, war auch Anthony aufgestanden und hatte sich seine Hose wieder angezogen.

Als sich ihre Blicke trafen, schoss ihm das Blut ins Gesicht. Sein Blick hatte an ihr gehangen. Jetzt rügte ihn seine gute Erziehung.

Mary senkte den Blick. Wie gern wäre sie jetzt auch rot geworden. Sie machte zwei Schritte auf ihn zu und ließ ihre Hand auf seinem Herzen ruhen. Sofort glitten zwei Hände an ihre Hüften. Sie spürte, wie der Sog wieder von ihnen Besitz ergriff, aber im gleichen Augenblick hörte Mary, wie das Küchenfenster ein paar Meter entfernt geöffnet wurde.

Sie griff nach Anthonys Hand und zog ihn weg von der Küche und zum nächstgelegenen Kellereingang. Er stolperte hinter ihr her und gemeinsam tauchten sie in das dunkle Kühl des Kellers ein. Mary drückte so leise wie möglich hinter ihnen die Tür zu und im nächsten Augenblick war es Anthony, der sie gegen die Tür drängte.

Sie genoss diesen Kuss, der anders heimlich war als die Heimlichkeiten davor. Es war ein anderes Verstecken. Nicht aus Angst oder Geheimnistuerei. Sie wollten diese Nacht mit niemanden außer sich selbst teilen. In das leise Seufzen schlich sich ein ebenso leises Lachen.

Sie hatte Anthony nicht verletzt. Es hatte ihm offenkundig gefallen. Raelyn hatte sie nicht gestört. Sie genoss diese neue Form des Lebens. Es fühlte sich fast schon menschlich an. Fast, als sei nie etwas Furchtbares geschehen. Fast, als wären sie in Sicherheit.

Ihre Hände waren fest miteinander verschränkt, während Anthony Marys neben ihrem Kopf an die Tür drückte. So undiszipliniert und aufmüpfig kannte sie ihn gar nicht.

Als er begann, so zu werden, hatte sich Mary noch gefragt, ob sie diesen neuen, wagemutigeren, sichereren Anthony mochte. Jetzt wusste sie, dass dem nicht so war.

Sie mochte ihn nicht. Sie liebte ihn.

Mit einem versonnenen Lächeln auf den Lippen genoss sie seine Nähe, seinen Atem auf ihrer Haut, seinen aufgeregten Herzschlag, seinen intensiven Blick. Mit einem Bein zog sie ihn näher an sich.

Nur Beatrix' schwere Schritte über ihnen machten Mary nervös. Anthony versteckte sie zwar nicht mehr. Aber halb nackt wollte sie von ihrer Freundin dennoch nicht erwischt werden. Und sie sah Beatrix inzwischen als Freundin an. Als Vertraute. Die Frau war eine gute Seele mit einem wachen Geist.

Ihr Laird hatte sein Hemd an ihr bereits wieder aufgeknöpft, als sie es schaffte, ihre Vernunft wieder einzuschalten.

»Anthony«, murmelte sie verblüffend kurzatmig, »warte. Nicht hier unten.«

Sein Blick war undurchdringlich. Er ließ von ihren Händen ab und hob sie stattdessen hoch. Wie von selbst wickelten sich ihre beiden Beine um seine Hüfte. »H-Halt, so meinte ich das nicht!«, rief sie wenig überzeugend, während sich ihr verräterischer Körper noch enger an ihn schmiegte.

»Nicht?« Seine Stimme klang rauer und tiefer als sonst.

»Anthony«, murmelte sie und ließ seinen Namen wie Fluch und Segen zugleich klingen. »Wir sollten wirklich …«, Mary brach wieder ab, als sie in seine Augen sah.

Hinter seiner flackernden Leidenschaft versteckten sich noch immer Sorge und Unsicherheit. Er wollte das bisschen Halt nicht aufgeben. Während sie sich mit einer Hand weiter an ihm festhielt, strich sie ihm mit der anderen durchs Haar.

»Wir … brauchen beide dringend eine Dusche. Und neue Kleider.« Sie ließ ihre Finger über sein kratziges Kinn gleiten. »Und eine Rasur – was dich angeht.«

Ein Lächeln zuckte in seinem Mundwinkel. Anthony beugte sich etwas vor und kratzte mit seinem Kinn über ihre Halsbeuge, küsste sie und ließ sie dann vorsichtig wieder herunter – nicht ohne seine Hände nochmals fest über ihre Hüften gleiten zu lassen. Er seufzte theatralisch und bemühte sich um einen möglichst nachtragenden Blick, während Mary ihre Kleider einmal mehr vom Boden aufsammelte. Sie hakte ihren Zeigefinger an seiner Hose ein und zog ihn mit in den Waschkeller. Ohne ihn anzusehen, ließ sie sein Hemd von ihren Schultern gleiten und verstaute alles in der Schmutzwäsche. Mit einem zufriedenen Lächeln quittierte sie, wie er hinter ihr scharf die

Luft einsog. Sie sah in einen kleinen Spiegel über einem der Waschbecken und spritzte sich kaltes Wasser ins Gesicht. Dann griff sie nach einem großen Handtuch und wickelte es sich um.

Mit einem zweiten Handtuch bewaffnet ging sie auf Anthony zu. »Hier.« Sie drückte es ihm gegen die Brust. »Ich geh lieber schon mal vor. Einer von uns muss ja zuerst duschen. Und wenn ich noch länger hierbleibe, dann helf ich dir beim Ausziehen dieser verfluchten Hose.«

Sie ließ ihre Finger noch einmal über seinen Bauch gleiten und zwang sich dann dazu, in die obere Etage und dort direkt ins Badezimmer zu flüchten. Gott sei Dank begegnete sie dabei niemandem.

***

Akribisch wischte sich Mary das Blut von den Lippen. Früher hatte sie immer so lange wie möglich gewartet, bis sie wieder auf die Jagd ging. Nun würde sie so oft wie möglich in den Wäldern jagen. Zum einen wollte sie für Visionen gewappnet und nicht jedes Mal der Ohnmacht nah sein; zum anderen wollte sie das Risiko für Anthony so weit wie möglich reduzieren, jetzt wo sie sich so nah waren.

Sie hatte keine Ahnung, weshalb es ihr gelang, sich in seiner Gegenwart zu beherrschen. Vielleicht war ihr stilles Herz doch stärker als ihr unendlicher Durst. Aber besser sie dachte nicht zu sehr darüber nach. Sie war einfach nur froh, dass dem so war.

Die letzten Stunden waren wie ein einziger Fiebertraum gewesen. Wann immer sie die Augen schloss, war alles wieder da. Jede Berührung, jeder Atemzug, jeder Blick. Sie benahm sich wie ein frisch verliebter Teenager. Der älteste Teenager, den die Welt je gesehen hatte. Summend schlenderte sie durch den inzwischen wieder stockdunklen Wald und tanzte mit Bäumen und Farnen.

Sie fiel, bevor sie begriff, was geschah. Wind wirbelte Mary hin und her und schleuderte ihr Stimmen und Bilder entgegen. Doch diesmal war sie frisch gestärkt, vorbereitet. Sie griff nach den Bildern und Stimmen, die ihr vertraut vorkamen. Noch ehe sie ganz in der Vision angekommen war, zog sich ihr der Magen zusammen. Sie ahnte, dass es keine gute Botschaft war, die sie gleich sehen würde.

Ihr Schrei riss sie Sekundenbruchteile später aus dem Bild heraus und schleuderte sie gegen den nächsten Baum. Das Bild konnte unmöglich wahr sein! Es durfte nicht wahr sein! Wie eine Wahnsinnige und doch viel zu langsam lief sie zurück zum Anwesen. Ihr Schrei war das Echo eines anderen Schreis gewesen. Eines Schreis, den sie verhindern musste. Sie rannte um das halbe Haus und direkt auf die Terrasse zu. Mit einem Fauchen setzte sie zum Sprung an, noch ehe sie sehen konnte, wo ihr Ziel war.

Sie hatte es in der Vision gesehen. Keine Zeit zum Zweifeln. Schnell wie eine Raubkatze stürzte sie sich auf den Schatten, der am Boden kauerte. Sie riss die schwarz umhüllte Gestalt mit sich und schleuderte sie gegen die Terrassentüren. Das Glas klirrte in den Eisensprossen. Splitter regneten auf die beiden Kämpfenden nieder. Dann riss sich die verhüllte Gestalt los und rannte in den Wald.

Mary wollte ihr nachsetzen, aber dann roch sie es, roch das Blut. Da war das Bild aus der Vision. Das Bild, das sie nicht hatte wahrhaben wollen.

»Anthony!« Schlitternd kam sie vor ihm zum Stehen, fiel

auf die Knie und drehte ihn auf den Rücken. Seine Augenlider flatterten und er hustete. Sein Gesicht war voller Blut und schmerzverzerrt.

Zitternd huschten ihre Hände über seinen Oberkörper. Mit all ihren Sinnen tastete sie ihn nach seinen Verletzungen ab. Der Angreifer hatte ganze Arbeit geleistet. Zahlreiche Schnitte an Hals und Schulter, Hämatome an den Armen und im Bauchraum. Aber am schlimmsten waren die zwei kleinen Löcher in seiner Halsbeuge.

Mit vor Schreck geweiteten Augen presste Mary die Hände auf ihren Mund, um einen Schrei zu unterdrücken. Für wenige, schrecklich lange Sekunden saß sie wie erstarrt, während sich Anthony vor ihr krümmte und stöhnte.

Als er heiser ihren Namen rief, kam sie wieder zu sich. Sein Blick war auf sie gerichtet, aber sie war sich nicht sicher, ob er sie wirklich sah.

Die kleinen Löcher in seinem Hals wurden bereits kleiner. Sie hatte keine Zeit mehr zu verlieren. »Ich helfe dir, okay? Halt still. Bitte.« Ihre Stimme klang fremd. Weit entfernt. Sie schloss die Augen und fixierte seinen Kopf und seine Schulter, während sie sich zu den Bisswunden hinabbeugte. »Ich werde dich retten«, flüsterte sie noch einmal an sein Ohr, dann stieß sie ihre Fänge genau in die Bissmale an seinem Hals.

Anthonys Blut war berauschend. Selbst mit dem Gift der anderen Baobhan Sith vermengt, schmeckte es noch köstlich. Genauso hatte sie es sich vorgestellt. Wie sein heiß geliebter Earl Grey. Herb, kräftig, belebend und beruhigend zu gleich.

Es war unheimlich schwer, sich nicht dem Genuss hinzugeben, sondern nach dem beißenden Geschmack des Giftes zu suchen und eben dieses aus seinen Adern zu saugen. Tausend Mal schwerer als damals bei Pascal. Als sie glaubte, auch den letzten Tropfen Gift gefunden zu haben, konzentrierte sie sich auf Bilder von Anthony, wie er sie anlächelte, wie es ihm gut ging, wie er sie liebte. Das verlieh ihr die Kraft, aufzuhören. Als sie ihre Fänge aus der Wunde gezogen hatte, leckte sie vorsichtig darüber, damit sie sich schneller verschlossen.

Zögernd hob sie den Kopf und musterte Anthony. Sie wusste, dass ihre Augen schwarz waren. So wie immer, wenn sie trank. Sie wurden zu den Augen eines Tiers. Entwickelten eine unglaubliche Nachtsichtigkeit. Eine, die sie jetzt nicht gebraucht hätte.

Anthony starrte sie an. Eigentlich hätte er müde sein müssen. Er hätte bewusstlos sein müssen. Aber seine Augen waren wach und starr auf sie gerichtet. Zögernd beugte sich Mary über seine Schulter und strich mit ihrer Zunge auch über all die anderen offenen Wunden. Anthony stöhnte leise, während sich eine nach der anderen schloss.

Donnerstag, 02. November 1786, Houston Hall.

Gestern jährte sich einmal mehr das Unglück. Stunden waren zu Tagen geworden und Tage zu Jahren. Ich bin in all der Zeit um keinen Tag gealtert. Mutters Notizen helfen mir zu verstehen, was ich bin. Und doch. Ich bin anders. Ihre Beobachtungen decken sich nicht mit meinen. Noch immer bin ich fassungslos. Wie viel haben Vater und selbst Mutter mir all die Jahre verheimlicht? Gerade sie hätte doch verstehen müssen, wie man sich als hintergangene Ehefrau fühlte. Auch die Heirat mit Cesan hatten sie nur gewollt, um einen neuen Bewahrer dieses scheußlichen Geheimnisses zu haben. Sie hatten meinen eigenen Mann dazu gebracht, mich zu belügen. Ich war nur eine Frau, ein nutzloses Anhängsel in ihrem Plan. Nötig, damit er ein Houston wurde. Und nun? Nun bin ich die Einzige, die übrig ist.
Und so vieles weiß ich nicht. Dafür höre ich wieder diese merkwürdige Stimme in meinem Kopf. Wie ein Sirenengesang zieht sie mich immer wieder hierher in die Ruinen. Gestern war es besonders schlimm. Sie will, dass ich sie freilasse. Sie klingt oft so vernünftig, so weise, so richtig … Wie soll ich das Monster im Keller bewachen, wenn ich mir selbst nicht traue? Ich muss einen anderen Houston finden. Einen, der noch lebt. Der sie nicht hören kann. Und dazu muss Houston Hall wieder auferstehen.
Dieser Ort gehört bewacht und das Monster fort von hier. Denn ich habe etwas Wichtiges gelernt: Nur ein lebender Houston kann die Tür öffnen. Ein lebender Houston und sein Blut. Und will man etwas sicher verwahren, sollte man den Schlüssel nicht beim Schloss verbergen.

M. H. Hamilton Houston

Kapitel VII

Freitag, 02. August 1963, Houston Hall.

Seit drei Stunden lief Mary vor Anthonys Tür auf und ab. Sie musste zu ihm. Sie musste ihn bewachen, sehen, ob es ihm gut ging, mit ihm reden. Aber sie sah immer wieder seinen starren Blick vor sich. Sie hatte in der vergangenen Nacht genau das in seinen Augen gesehen, vor dem sie sich all die Zeit gefürchtet hatte.

Verzweiflung machte sich in ihr breit. Sie hatte alles ruiniert. Sie hatte sich verraten. Ihre Lügen waren über ihr eingestürzt und Anthony hatte es aus erster Hand miterlebt. Nun saßen sie beide in den Trümmern ihrer Vergangenheit. Er würde sie hinauswerfen. Sie würde ihn nicht mehr vor seiner Schwester schützen können.

Vor seiner Schwester … Wo war Raelyn an diesem Morgen? Wieder sah Mary die Terrasse vor sich und die dunkle Gestalt, die über Anthony kauerte. War es möglich … konnte es etwa sein, dass sie … Sie musste es gewesen sein. Mary versuchte sich daran zu erinnern, wie der Angreifer gerochen hatte, aber alles, an das sie sich erinnerte, war Anthonys berauschender Duft. Ein Duft, den sie wohl nicht mehr lange aus der Nähe genießen können würde … Der Angreifer konnte nur eine Angreiferin gewesen sein … Und keine andere Baobhan Sith konnte zu dieser Zeit umgehen – außer ihr und Raelyn. Oder gab es noch mehr wie sie oder hatten die *anderen* einen Weg gefunden, ihre Gruft häufiger zu verlassen?

Und nun hielt Anthony Mary für ein Monster. Aber was hätte sie tun sollen? Sie hatte ihn retten müssen. Sein Tod wäre doch keine Alternative gewesen!

Die Frage war nur: Woran erinnerte sich Anthony? An nichts? Kaum denkbar. An alles? Auch an den Angreifer vor ihr? Das wäre gut. Wenn er sich nur noch an sie erinnerte, dann wäre es schlecht.

Plötzlich öffnete sich die Tür und Mary erstarrte in ihrem stetigen Kreisen. »Mary, wie soll man so schlafen?« Anthony sah schrecklich aus. Noch blasser als sonst. Hatte sie zu viel Blut genommen? Aber sie hatte sichergehen müssen, dass kein Gift mehr in seinem Organismus war.

»V-Verzeih«, murmelte sie leise und sah ihn nicht an.

Sie konnte seinen Blick auf sich spüren. Sie hatte sich noch nicht umgezogen. Sein Blut musste noch an ihr kleben, ebenso wie es nun zäh durch ihre Adern floss.

Er rieb sich den Nacken und stöhnte leise. »Das … das heute Nacht war auch kein Traum, oder?«

Sie schüttelte stumm den Kopf.

Anthony öffnete die Tür zu seinem Zimmer ein Stück weiter und wies ihr mit ausladender Geste den Weg hinein. Ohne ihn anzusehen, kam sie seiner stummen Bitte nach.

Als sie das Klicken des Türschlosses hörte, fühlte sie sich gefangen. Die Atmosphäre war erdrückend.

»Wie geht es dir?«, fragte sie nach einer Weile. »Wie fühlst du dich?«

Er setzte sich auf die vordere Kante seines Bettes und starrte auf seine eigenen Füße. »Ich weiß nicht. Wie sollte ich mich denn fühlen? Müde. Müde wie nach einem Marathon. Nicht geistig, sondern körperlich.«

Sie nickte und setzte sich ihm gegenüber auf seinen Sessel. Mary konnte sich nicht vorstellen, dass er ihre Nähe jetzt ertrug.

»Woran …?«, sie zögerte.

»Woran ich mich erinnere? Warum fragst du? Warst du nicht auch dabei?« Er rieb sich über sein Gesicht und seufzte leise. »Willst du wissen, wie viel Wahrheit du mit wie viel Lüge mischen kannst, ohne dass es mir auffällt?«

Sie sah ihn erschrocken an. Da schwang so viel Kälte mit. Er hatte sich sein Urteil bereits gebildet. Es würde schwer werden, ihn umzustimmen. Vielleicht sollte sie das auch als Zeichen nehmen. Mensch und Monster gehörten nicht zusammen. Und doch. Sie ertrug es nicht, dass er sie so sah.

»Ich habe dich nie angelogen«, flüsterte sie und auch ihre Stimme klang bitter.

»Das haben Sie nicht, Miss *Smith?*« Er betonte ihren falschen Nachnamen. »Wie konnten Sie mit Ihrem Vater herumreisen, wenn Sie als Waise aufgewachsen sind?«

»Ich heiße wirklich Smith.« Sie hörte Anthony ungläubig schnauben und ergänzte: »Zurzeit.« Ihr Blick glitt aus dem Fenster. Sie sah nicht einfach in die Ferne, sie sah in eine andere Zeit. Sie sah Kinder im Garten herumtoben, hörte deren Lachen und die strenge Stimme ihres Vaters. »Und ich war beides. Kind und Waise. Ich lebte viele Leben. Zu viele.« Ihre Augen brannten, aber keine Träne entstand. »Wir lebten glücklich. Mein Vater war streng, aber er liebte uns. Als ich ihn verlor, war ich kein Kind mehr. Aber ich lebte das Leben einer Waise. Denn ich hatte niemanden mehr.« Sie verstummte und mit ihr das Kinderlachen in ihrem Geist.

»Was ist mit Mrs. Anderson?«

Mary lächelte schwach. »Eine nette, ältere Dame, der ich eine Zeit lang half und eigentlich war *sie* es, die *mir* half. Sie hatte mich bei einem Ausflug in den Wäldern südlich von Edinburgh gefunden und mich aufgenommen. Sie machte wieder einen Menschen aus mir, als ich schon nicht mehr glaubte, noch einer zu sein.«

»Und? Lebt sie noch?« Anthonys Stimme klang rau. Er hatte Angst vor ihrer Antwort.

»Nein«, sagte sie schlicht.

Anthony nickte stumm und schluckte. Sein Herz schlug laut. Es schien sein Blut in ihren Adern vibrieren zu lassen. Mary massierte die Stelle, an der einst ihr Herz geschlagen hatte. »Mrs. Anderson starb im Alter von zweiundsiebzig Jahren und elf Monaten an einer Lungenentzündung.«

Anthony schien sich etwas zu entspannen. Aber dann kam ihm ein anderer Gedanke. »Wann war das?«

Mary zögerte. Aber es war zu spät. Er würde es merken, wenn sie log. Und jede weitere Lüge würde ihr auch die letzte Chance nehmen, dieser Geschichte ein gutes Ende zu geben.

»Im Jahr siebzehnhundertvierundneunzig. Fünf Jahre nachdem wir uns kennengelernt hatten.«

Das saß. Es dauerte lange, bis er das Schweigen erneut brach. Keiner von beiden hatte sich bewegt.

»Deine Augen waren schwarz.« Keine Frage. Nur eine Feststellung.

»Ja. Das … das geschieht, wenn …«, sie presste die Lippen fest zusammen. Das auszusprechen, würde ihre Lage nicht verbessern. Doch sie spürte erneut seinen Blick auf sich und wusste, dass er eine ehrliche Antwort brauchte. »Wenn ich Blut wittere.« Ihre Stimme klang dünn, als würde sie jeden Augenblick brechen.

Wieder breitete sich Schweigen aus. Es gibt verschiedene Formen des Schweigens. Das einmütige, das nachdenkliche, das vorwurfsvolle, das fassungslose Schweigen. Dieses Schweigen war nicht einmütig. So viel war klar. Aber warum schwieg Anthony? Versuchte er zu verstehen? Versuchte er, die Fassung wieder zu erlangen? Oder brodelte in ihm Zorn? Sie hatte ihn belogen und ihm musste der Gedanke gekommen sein, dass sie etwas mit dem Tod seiner Eltern zu tun hatte.

»Du hast es nicht nur ›gewittert‹. Du hast mich gebissen.« Wieder eine Feststellung. Kein Raum für ein ›aber‹ oder ein ›nicht ganz‹.

»Ja«, antwortete sie schlicht.

»Werde ich jetzt so …«, er brach ab und sein Herzschlag legte noch mal zu. »Werde ich jetzt so wie du?«

»Nein«, antwortete sie wieder einsilbig.

»Herrgott noch mal! Jetzt lass dir nicht alles aus der Nase ziehen! Bin ich tot oder lebendig? Oder … oder irgendwas dazwischen?«

»Du bist ein Mensch. Wie zuvor. Nur mit etwas weniger Blut. Aber das wird dein Körper bald wieder ausgeglichen haben.«

»Aber … wenn du mich gebissen hast … müsste das nicht … ich weiß nicht … irgendwas bewirken?«

»Mein Biss hat bewirkt, dass du noch lebst.« Jetzt hob auch Mary den Kopf. Sie sah Anthony fest in die Augen.

»Was?!« Automatisch richtete er sich etwas auf und wich auf seinem Bett zurück. Hatte er jetzt Angst vor ihr?

»Erinnerst du dich noch daran, was vorher geschehen ist? Bevor ich ankam?«

»Du meinst, bevor du wie ein Raubtier über mich gesprungen bist?« Seine Stimme klang so abweisend und fremd. Jede Silbe war wie eine Ohrfeige für sie.

Mary schluckte ihre Gefühle herunter, verdrängte den Dorn, den seine Worte in ihr Herz bohrten, und nickte.

»Lyn hatte mich gebeten, auf die Terrasse zu kommen. Sie

wollte mir etwas zeigen. Und plötzlich riss mich jemand von hinten zu Boden. Moment!« Er sprang auf, stand mit einem Satz vor Mary und drängte sie tiefer in den Sessel. »Was ist mit meiner Schwester?!«

Mary sah zu ihm auf. Sah seine grauen Augen, die jetzt wie Dolche auf sie herabstarrten. »Sie … sie war nicht auf der Terrasse. Da war niemand anderes außer dir und dem Angreifer.«

Eine leise Stimme flüsterte Mary eine Ahnung ein, die Langsam zur Gewissheit wurde. Raelyn hatte ihn auf die Terrasse *gelockt*. Sie war der Köder gewesen – und wahrscheinlich sogar der Jäger. Aber ihren Verdacht behielt Mary für sich. Spräche sie ihn laut aus, würde das ihre Lage mit Sicherheit nicht verbessern.

Anthonys Kinn sank auf seine Brust und er vor ihr in die Hocke. Zögernd streckte sie eine Hand nach ihm aus, doch sie brachte es nicht über sich, ihn zu berühren. Unschlüssig schwebte ihre Hand über seinem Kopf in der Luft, als würde sie ihn segnen.

Was für ein absurder Gedanke.

»Konntest du deinen Angreifer erkennen?«

Anthony schüttelte den Kopf. Automatisch rieb er sich über Nacken und Schulter, genau da, wo er verletzt worden war.

»Er war nicht sehr groß. Und doch konnte ich mich keinen Zentimeter bewegen, als er mich von hinten packte. Er würgte mich und ich glaube, er schnitt mich.« Wieder betastete Anthony seine Schulter. »Aber da ist nichts. Nicht einmal ein Kratzer.« Unschlüssig sah er zu Mary auf. Sein Blick hatte sich verändert. Der Zorn und die Angst um seine Schwester waren verschwunden. Jetzt war es vor allem Unsicherheit, die ihr entgegensah. Und mit etwas Glück war das leichte Funkeln in seinen Augen jetzt Neugier.

»Erinnerst du dich auch daran, dass er dich am Hals … verletzt hat?«

Anthony nickte stockend und seine Hand glitt an seinen Hals. Er tastete genau über die Stelle, an der der Biss gewesen war. »Aber da ist nichts. Es war, als hätte er mir zwei Messer in den Hals gebohrt.«

Nun überwand sich Mary doch und ließ die Hand, die noch immer in der Luft schwebte, auf seine an seinem Hals sinken. Anthony zuckte leicht zusammen. Doch er wich nicht vor ihr zurück. Das war ein gutes Zeichen, oder?

»Ich … ich habe deine Verletzungen geheilt«, flüsterte sie.

»Geheilt?« Er starrte sie ungläubig an und wich nun doch zurück.

»Ich sah, was dir geschehen war, und musste mich entscheiden: dem Angreifer folgen oder dich retten.« Sie biss sich auf die Unterlippe. »Ich konnte dich nicht sterben lassen. Es war keine wirkliche Wahl. Ich habe nie darüber nachgedacht.«

»Aber … wie …?«

»Vertraust du mir noch?«

Er zögerte. Sie wusste, dass sie jetzt hoch pokerte. Aber sie musste ihm beweisen, dass sie ihn niemals gefährden würde.

»Ich kann es dir zeigen. Du bräuchtest nur einen kleinen Kratzer oder Schnitt.« Sie senkte den Blick. Das war eine dumme Idee. Darauf würde er sich nach allem, was geschehen war, niemals einlassen.

»Werden sie dann wieder schwarz?«

Sie sah ihn fragend an.

»Deine Augen. Dann… dann riechst du Blut, oder? Werden sie dann wieder schwarz?«

Mary zögerte. »Gut möglich. Ich … ich kann meine Augen

schließen. Wenn dir das lieber ist.« Ihre Hände gruben sich in die Sessellehne.

Anthony stand nur auf, ging zu einem kleinen Beistelltisch, auf dem ein Brieföffner lag, und schnitt damit über seinen Finger. Ein leiser Fluch war alles, was er von sich gab.

Sofort erfüllte der Duft seines Blutes den Raum. Mary spürte den Appetit, sie spürte die Lust, ihn zu schmecken. Wenn sie einmal von einem Menschen trank, dann wurde sein Blut zu einer Droge für sie. Anthonys Blut in ihr reagierte auf den Geruch, es vibrierte regelrecht in ihren Venen. Ihre Fänge wuchsen und sie wusste, dass ihre Augen schwarz waren. Sie ließ sie fest verschlossen und richtete sich auf. Eine Hand vor ihrem Mund, damit er ihre Fänge nicht sah, ging sie langsam auf ihn zu.

»Hab keine Angst. Es wird dir nicht wehtun.«

»Willst du mich? Also, wirst du mich beißen?«

Sie schüttelte schnell den Kopf. Wie gern hätte sie jetzt seinen Blick gesehen. Sie wollte wissen, wie er sie ansah, wie er reagierte. Aber sie wollte ihn nicht noch mehr erschrecken.

Zielsicher griff sie blind nach seiner Hand, streichelte sanft seinen Handrücken und leckte dann über die kleine Schnittwunde.

Er schmeckte genauso gut wie in der Nacht. Der eine Tropfen Blut war so köstlich, dass ein Teil von ihr Anthony aufs Bett schleudern und austrinken wollte. Doch es gelang ihr, das gierige Monster zurückzudrängen. So wie es ihr auch schon zuvor gelungen war.

Anthonys Reaktion war ein leises Keuchen. Mary machte einen Schritt zurück – ohne seine Hand ganz loszulassen –, und öffnete die Augen, als sie ihre Fänge nicht mehr spüren konnte. Anthony starrte seinen unversehrten Finger an und schüttelte leicht den Kopf.

»Aber … heute Nacht … du hattest mich doch ge-«, er brach ab. Es fiel ihm offensichtlich schwer, es auszusprechen.

Mary nickte. »Ja. Ich habe dich gebissen. Aber ich war nicht die Erste. Ich sah den Biss und ich wusste, dass er dich töten würde, wenn es mir nicht gelänge, das gesamte Gift wieder aus der Wunde zu saugen.« Wieder wandte sie den Blick ab. Allein der Gedanke, was geschehen wäre, wenn sie nicht schnell genug bei ihm gewesen wäre … oder was geschehen wäre, wenn sie sich nicht …

Anthony nickte mechanisch. »Aber. Also. Schmecke ich nicht?«

Mary hustete und schnappte nach Luft. Sie sah ihn mit großen Augen an. »Wie bitte?«

Anthonys Wangen waren plötzlich nicht mehr blass und eingefallen. Vielmehr leuchteten sie rot. »Na ja. Ich meine …«

»Wenn du die Wahl hättest, ein appetitlich riechendes, köstliches Mahl zu dir zu nehmen oder den Menschen zu retten, den du liebst. Wofür würdest du dich entscheiden?«

Sein Herz schlug noch schneller. Er sah auf den verheilten Finger und auf Marys Hand, die noch immer seine umfasste. Er drehte seine leicht, bis er stattdessen ihre hielt. »Aber … wäre ich dann nicht … wäre ich nicht so wie du geworden?«

Mary schüttelte leicht den Kopf. »Wenn eine Baobhan Sith eine Frau beißt – egal, wie lang und wie viel sie trinkt –, dann wird diese Frau zu dem gleichen Monster. Aber wenn sie von einem Mann trinkt, dann tötet ihn das Gift.« Etwas leiser fügte sie hinzu: »Wenn er nicht zuvor am Blutverlust stirbt.«

Langsam nickte Anthony. Seine Augen glitten über Mary;

über sein Blut, das ihre Kleider an vielen Stellen verfärbt hatte; über ihre blasse Haut und ihre zierliche Gestalt.

Zögernd trat er näher an sie heran. So nah, dass sie die Wärme spürte, die von ihm ausging. Wie gern hätte sie ihn jetzt einfach an sich gezogen. Doch sie blieb einfach still stehen und wartete darauf, dass er von selbst diesen Schritt machte.

»Also hast du mir das Leben gerettet«, sagte er leise. Er legte seine Hände an ihre Wangen. Sie fühlten sich so weich und warm an. Mary schloss die Augen und nickte. Ihre Lippen presste sie fest zusammen. Sie zitterten leicht.

»Du bist nie rot geworden, obwohl ich glaube, dass du durchaus verlegen warst … und jetzt scheinst du zu weinen und doch sehe ich keine Tränen …«

Mary nickte vorsichtig. Sie wollte seine Hände nicht verjagen. Langsam öffnete sie die Augen wieder. Sie hatte Angst vor dem, was sie sehen würde. Sein Blick hatte in den letzten Stunden so viele verschiedene Emotionen widergespiegelt.

Aber jetzt sah sie nichts Böses in ihnen. Er sah sie mit einer Mischung aus Neugier und Sorge an. Wie ein Arzt, der einen Patienten mit einer neuartigen Krankheit untersuchte.

»Danke, dass du mir das Leben gerettet hast«, flüsterte er dann. »Gib mir etwas Zeit, um all das zu verdauen.«

Stockend beugte er sich vor und küsste ihr Stirn. Es war mehr Nähe, als sie zu hoffen gewagt hatte. »Natürlich«, hauchte sie beinah lautlos.

***

»Du bist spät.« Marys Stimme war leise, als sie hinter einer der Buchen hervortrat. Die Abendsonne ließ die Schatten der

Bäume beinah bis zum Anwesen reichen. »Ich war mir nicht sicher, ob du kommen würdest.«

»Ich habe es dir versprochen.« Sie konnte seinem Herzen anhören, wie viel Überwindung es ihn kostete, so spät hier draußen zu sein. Aber es ging nicht anders. Sie musste sichergehen, dass es keine weiteren Zeugen gab.

»Danke«, hauchte sie, ohne ihn anzusehen. »Neulich im Kräutergarten wirktest du weniger unsicher.«

Anthony atmete tief ein, bevor er antwortete. »Es war näher am Haus … ich war … abgelenkt und …«

»Und du glaubtest, ich sei ein Mensch«, ergänzte sie den offensichtlichen Grund.

Er nickte nur stockend.

»Und du bist dir sicher, dass du das hier willst? Ich … ich will nicht der Grund für noch schlimmere Albträume sein.«

Anthony nickte steif. Die Sehnen an seinem Hals traten hervor, als er die Schultern straffte und die Hände in seinem Rücken verschränkte. »So sicher, wie ich mir sein kann. Wenn das stimmt, was in den Chroniken steht, dann sollte ich mehr wissen. Ich muss wissen, welchen Zweck die Gruft erfüllte, wie lang diese Baobhan Sith dort gefangen war, ob sie sich befreien konnte und ob sie es war, die sich an meiner Familie gerächt hat.«

Mary nickte langsam. »Also gut. Eins nach dem anderen. Du solltest als Erstes erfahren, wie du dich gegen sie … uns … wehren kannst.«

Schrecken huschte wie ein Schatten über sein Gesicht, bevor er sich fing und ernst nickte. In diesem Moment war nichts so wichtig, wie ihn in eine Position zu versetzen, in der er sich auch allein wehren konnte.

»Alles, was sich bei einem normalen Menschen auf die Atmung, das Herz oder den Kreislauf auswirkt, beeinträchtigt eine Baobhan Sith nicht. Sie kann weder vergiftet werden, noch erstickt oder verblutet sie.« Mary atmete tief durch, wie um ihre eigene These zu widerlegen, bevor sie der Buche vor sich beichtete, was ihr am schwersten fiel: »Sie hat keinen Kreislauf mehr. Denn ihr Herz schlägt nicht mehr.«

Sie hörte, wie Anthony hinter ihr scharf die Luft einsog; sie spürte, wie er mit sich kämpfte. Vielleicht, weil er fortlaufen wollte; vielleicht, weil er es nicht wagte, die nächste Frage zu stellen. Sie stand unausgesprochen zwischen ihnen.

»Nein«, nahm Mary ihm leise seine Bürde ab. »Nein, ich habe auch keinen Herzschlag.« Sie ballte ihre Hände zu Fäusten, um Kraft für ihre nächsten Worte zu finden. »Schlag ihnen den Kopf ab und verbrenne sie. Das ist der sicherste Weg. Alles andere können sie überleben.«

Langsam drehte sie sich wieder zu Anthony um. Sie wusste nicht, ob sie sehen wollte, was seine Mimik ihr zu sagen hatte. Sein Gesicht war beinah ausdruckslos leer. Es spiegelte die Art von Leere wider, die erschreckende Wahrheiten in Gesichtern zurückließen. Ihn so zu sehen, brach ihr das Herz. Und doch wagte sie es noch nicht, ihm wieder von selbst näher zu kommen.

Sie hatte nur eine Wahl: ihn mit anderen, weniger düsteren Informationen abzulenken. Sie zwang sich ein Lächeln auf die Lippen, das er sicher schnell als Maske durchschauen würde, und rang ihre Hände. »Na schön. Was gab es da noch an Fragen? Du wolltest wissen, was ›wir‹ können. Richtig?« Vorsichtig machte Mary nun doch einen Schritt auf ihn zu. »Zuerst solltest du wissen, dass ich anders bin als eine normale Baobhan Sith. Ich bin keine«, sie suchte nach dem passenden Begriff, »vollwertige Baobhan Sith.« Sollte sie ihm den Grund dafür nennen? Oder war es für dieses letzte Geheimnis zu ihrer Person noch zu früh?

»Ich verstehe nicht, inwiefern? Was ist bei dir anders? Und wie ist das möglich?« Wie immer, wenn ihn ein Problem beschäftigte, zog er die Brauen zusammen, presste seine Lippen fest aufeinander und verengte die Augen. Bisher hatte sie diesen Blick immer an ihm gemocht. Aber bisher war er ihrem Geheimnis auch noch nicht so schrecklich nah gekommen.

»Wie ich schon sagte: eine Frage nach der anderen.« Mary setzte wieder ein kleines Lächeln auf und strich zögernd über seinen Oberarm. Er wich nicht zurück. Das war ein gutes Zeichen, oder? »Meine Sinne und Physis sind besser als die eines Menschen – viel besser. Aber sie sind nichts im Vergleich zu einer vollwertigen Baobhan Sith.«

Anthony nickte nachdenklich. »Der Tonkrug«, murmelte er nach einer Weile leise. Mary war sich nicht sicher, ob er überhaupt mit ihr sprach, aber sie wusste sofort, was er meinte.

»Das hast du gesehen?«

»Gesehen? Ich habe mich zu Tode erschrocken!« Anthony fixierte einen Ast über Marys Kopf und trat unruhig von einem Bein aufs andere.

»Denk daran: Die Schatten sind ein Versprechen auf Licht«, flüsterte Mary ihm zu. »Sie sind nichts Schlechtes und sie währen nicht ewig. Wir sind dabei, sie aus dem Weg zu räumen.« Es gefiel ihr nicht, ihn so in Angst zu versetzen.

Er nickte nur steif.

»Also … Ja, der Tonkrug fiel mir leider zum Opfer. Er war nicht schwerer für mich als ein alter Band der Encyclopedia Britannica.«

Wieder nickte Anthony. Nach einer Weile wagte er es, einen weiteren Gedanken auszusprechen. »An der Küste … im Unwetter ... warst du unglaublich schnell verschwunden.« Noch immer sah er sie nicht an.

Jetzt war es an Mary, schweigend zu nicken. Ihr erster großer Fehler, seit sie Anthony kannte. Nichts bereute sie mehr als ihre Flucht damals.

»Wie schnell bist du?«

Unentschlossen biss sich Mary auf ihre Unterlippe. Ihr Blick wanderte über den Nachthimmel und blieb am Vollmond hängen. Es war eine gute Nacht, um hier draußen zu sein. Es war heller als sonst.

»Willst du es sehen?«

Ein weiteres Nicken.

»Also schön. Einmal durch die Buchenallee bis zu den Houston Walled Gardens und zurück.« Sie machte einen Schritt zurück, ohne ihren Blick von Anthony abzuwenden. Jetzt ruhte auch sein Blick auf ihr. Abrupt drehte sich Mary um und rannte los. Sie rannte wie in Trance – Anthonys angespanntes Gesicht noch immer im Geiste vor Augen.

Als sie mit einer Rose aus dem Gewächshaus in ihrer Hand kurz darauf wieder vor ihm stand, waren seine Brauen weit emporgerissen. Schrecken und Staunen rangen um die Vorherrschaft über sein Gemüt.

Als sich Mary gerade eine Haarsträhne aus dem Gesicht blies – der Gegenwind musste sie völlig derangiert haben –, siegte das Staunen.

»Das waren keine zwei Minuten! Und du bist nicht mal außer Atem!«

Sie wollte ihn daran erinnern, dass sie nicht atmen musste, doch dann streckte Anthony seine Hand aus, um ihr abwesend die widerspenstige Strähne aus dem Gesicht zu streichen. »Das war unglaublich!« Seine Augen senkten sich auf ihre und endlich war er wieder da, der Sog, der sie beide so unnachgiebig zueinander zog.

Langsam schloss Anthony seine Augen und lehnte seine Stirn gegen ihre, als hinter ihm, am anderen Ende des Vorplatzes, die Haustür ins Schloss fiel.

»Ich kümmere mich um sie. Morgen mehr?«

Mary nickte leicht, drückte seine Hand und trat dann einen Schritt zurück.

»Hier bist du! Damit hätte ich nicht gerechnet!« Raelyn trug ein strahlendes Lächeln im Gesicht – bis sich ihr Blick auf Mary richtete. Ohne ein Wort ihr gegenüber zu verlieren, wandte sie sich wieder ihrem Bruder zu. »Ich muss mit dir sprechen. Allein.«

»Natürlich. Lass uns in die Bibliothek gehen.« Er legte seiner Schwester eine Hand auf den Rücken, um sie in Richtung Anwesen zu komplimentieren. »Du solltest nicht hier draußen sein. Nicht um diese Uhrzeit.« Über seine Schulter hinweg sah er im Gehen Mary an – als galten seine Worte auch ihr. Dabei sollte ihm doch inzwischen klar sein, dass sie sich gut verteidigen konnte.

Kopfschüttelnd und mit einem Lächeln auf den Lippen folgte sie den Geschwistern mit etwas Abstand. Sie hätte wirklich nicht erwartet, dass er es so gut verkraften würde. Vielleicht war das ja die eigentliche Stärke eines Houston: Jede noch so absurde Wahrheit glauben – solange die Fakten stimmten.

Mit etwas Glück würde aus Anthony noch rechtzeitig ein wahrer Hüter von Houston Hall werden. Was nützte eine Festung gegen die Anderwelt, wenn sie niemand verteidigte?

Während Marys Blick von Anthonys Hinterkopf zu dem seiner Schwester glitt, verschwand das Lächeln von ihren Lippen. Hatte sie dieses Treffen wieder absichtlich unterbrochen? Wollte sie verhindern, dass Mary Anthony aufklärte? Was führte das Mädchen nur im Schilde? War es wirklich möglich, dass Raelyn ihren eigenen Bruder in eine Falle gelockt hatte, um ihn anzugreifen? Warum? Was wollte sie von ihm? Sie durfte Raelyn nicht mehr unterschätzen, sie nicht mehr aus den Augen lassen. Aber wie sollte sie das schaffen, ohne dass es auffiel?

Allein der Gedanke verursachte Mary Übelkeit. Sie war vor zweihundert Jahren in einer ähnlichen Situation gewesen – nur dass aus ihrer Familie niemand überlebt hatte. Hätte Mary die Chance gehabt, Cesan oder eine ihrer Schwestern zu retten, sie hätte ohne zu zögern ihr Leben gegeben.

Sie konnte sich beim besten Willen nicht vorstellen, dass Raelyn ihren eigenen Bruder töten wollte. Und doch … Wenn es nicht Raelyn gewesen war, wer dann? War der Angriff der Gehirnwäsche des Clans geschuldet? Mary hatte gesehen und gehört, wie diese Monster Raelyn nach und nach auf ihre Seite gezogen hatten. Und dann … Natürlich! Der erste August! Lughnasadh! Das dritte der vier Hochfeste. Wie hatte sie nur so blind sein können? Sie selbst hatte sich doch zurückgezogen, um sich besser gegen die Stimme in ihrem Kopf wehren zu können. An jedem dieser Feste war die Anderwelt dem Diesseits so nah, dass die Stimmen der Baobhan Sith weit in das Diesseits hinein riefen, um den Geist ihrer Halbschwestern zu finden. Was, wenn es der Clan gewesen war, der ihr diese Tat aufgetragen hatte? War das die Rache für die letzten drei Jahrhunderte? Oder … Mit einem Mal überlief Mary ein eisiger Schauer. Was, wenn sie ihn gar nicht hatten töten wollen? Was, wenn sie nur sein Blut gewollt hatten?

Erschrocken starrte Mary den Geschwistern nach, die gerade in der Bibliothek verschwanden.

»Also. Was liegt dir auf dem Herzen?«, fragte Anthony gerade leise, als sich die Tür zwischen ihnen schloss. Ob er sich bewusst war, dass Mary ihn noch immer hören konnte?

»Es geht um diese Chronik, die du mir gezeigt hast. Und um die leere Gruft. Mir ist da etwas aufgefallen.«

»Lyn, Liebes, ich hatte dich doch gebeten, die Finger von meinen Nachforschungen zu lassen. Das … das ist alles nur Aberglaube. Legenden. Schauergeschichten, die dir jetzt nicht gut tun.«

»Das glaube ich nicht. Ich …« Sie atmete theatralisch ein und seufzte leise. »Ich glaube, es waren solche Monster, die uns damals angegriffen haben. Meine Erinnerungen werden langsam klarer. Sie kamen bei Nacht. Und dann all das Blut.« Das künstliche Schluchzen war ihrer Stimme deutlich anzuhören.

Was bezweckte dieses Gör mit so einem Geständnis? Sie brachte damit auch sich selbst in Gefahr. Was, wenn Anthony sich fragen würde, weshalb seine Lyn noch am Leben war, wenn wirklich Baobhan Sith für den Überfall verantwortlich waren?

Mary war versucht, weiter dem Gespräch zu folgen, um irgendwie hinter Raelyns Strategie zu kommen. Aber das größere Problem war jetzt das Tagebuch ihrer Mutter. Mary musste die Zeit, in der Raelyn abgelenkt war, nutzen. So lautlos wie möglich schlich sie die Treppe hinauf und in den hinteren Teil des Anwesens. Mit etwas Glück war Raelyn von ihrer eigenen kleinen Theateraufführung so abgelenkt, dass sie nicht auf Mary achten würde.

Vorsichtig öffnete sie die Tür zum Zimmer des Mädchens.

Sie musste das Tagebuch auf Lesespuren überprüfen. Sie musste wissen, was Raelyn wusste. Hätte sie das Buch doch damals nur zurückgestohlen.

Mary schlich zum Schreibtisch und öffnete die Schublade mit dem Geheimfach.

Es war leer. Natürlich war es leer. Vorsichtig schlich sie weiter durch das Zimmer, bis sie das Tagebuch nur halb verdeckt unter dem Kopfkissen fand. Als hätte sie es gar nicht mehr nötig, es zu verstecken.

Dieses Gör hatte es fertiggebracht, ein Eselsohr in ein zweihundert Jahre altes Buch zu knicken! Aber wenigstens wusste Mary so, wie weit Raelyn gelesen hatte.

Vorsichtig schlug sie das Buch an der geknickten Seite auf.

›*… und er versicherte mir, dass niemand diesen grässlichen Ort betreten könnte als ein Houston. Nur unser Blut sei dazu in der Lage, die Türen der Gruft zu öffnen.*
Was für ein scheußlicher Gedanke. Blut, um eine Tür zu öffnen. Daher kamen wohl die Schnitte auf Gideons Händen. Wie oft besuchte er dieses Monster? Was erhoffte er sich davon? Und was, wenn jemals ein Houston dieses Monster befreien wollte?‹

Verflucht! Mary hätte ihr wirklich das ganze Tagebuch wegnehmen sollen! Diese Stelle musste Raelyn auf die Idee gebracht haben, Anthonys Blut zu stehlen. Aber dass sie immer noch hier war, bedeutete wohl, dass sie noch nicht wusste, wo die Gruft war.

Vielleicht war das der Sinn hinter Raelyns neu gewonnenen ›Erinnerungen‹. Vielleicht hoffte sie, dass Anthony wusste, wo die neue Gruft verborgen lag.

Mary schob das Buch wieder zurück unter das Kopfkissen.

Darin konnten keine Hinweise zur neuen Gruft stehen. Diese Änderung hatte ihre Mutter nicht mehr erlebt. Also war der Rest des Buches unwichtig.

Als Mary gerade auf die Tür zuging, hörte sie ein leises Klicken. Die Klinke senkte sich wie in Zeitlupe, während Mary sich hektisch nach einem Versteck umsah. Das Fenster war verschlossen. Dieser Weg schied aus. Ebenso der Kamin, dessen Schacht zu eng für sie war. Blieb nur noch das Bett. Mit einem Satz sprang sie zum Bett und glitt darunter. Im Geist machte sie sich eine Notiz, zukünftig auch unter den Betten gründlich Staub zu wischen.

Sie war kaum ganz unter dem Bett verschwunden, als die Tür sich vollständig geöffnet hatte und Raelyn mit Anthony im Türrahmen stand.

»Es dauert nur einen Augenblick. Ich habe da etwas gefunden, das du kennen solltest.« Mary sah, wie Raelyn um das Bett herumging. ›*Sie will das Tagebuch!*‹, schoss es ihr durch den Kopf. So gut es Mary möglich war, rutschte sie vom Tagebuch weg. Raelyn steckte nur blind ihre Hand unter das Kopfkissen und griff nach dem alten Buch. Während sie damit wieder das Bett umrundete, sah Mary, wie Anthony den Raum betrat.

»Wo hast du das her!?«

»Das hab ich in einem der Dienstbotenzimmer gefunden. Es war versteckt zwischen einigen anderen Büchern.«

Wie leicht es diesem Gör fiel, zu lügen, war unglaublich. Mary ballte ihre Hände zu Fäusten.

Die Geschwister standen nun direkt vor dem Bett. Hätte Mary ihre Hand ausgestreckt, sie hätte Anthonys Knöchel packen können.

»Das ist unglaublich. Wir … wir haben nach dem Einbruch

überall danach gesucht.« Er hatte das Tagebuch also wiedererkannt.

»Was für ein Einbruch?«

»Kurz vor deiner Rückkehr wurde hier eingebrochen. Das Einzige, was gestohlen wurde, ist dieses Buch.« Mary hörte, wie Anthony auf den Ledereinband klopfte. Warum musste er ihr alles erzählen? Und warum zählte er nicht eins und eins zusammen?

»Oh! Interessant!« Mary konnte sich vorstellen, wie Raelyn jetzt in gespielter Neugier die Augen aufriss und ihre kleinen Hände vor ihren Mund hielt.

Nach kurzem Schweigen sprach wieder Anthony: »Lyn, warum hast du mir das Buch nicht gleich gezeigt? Wie es aussieht, hast du bereits eine ganze Weile darin gelesen.«

Mary sah, wie Raelyn von einem Fuß auf den anderen trat. »Ich wusste nicht, ob ich dir trauen kann … sieh mal, du warst damals als Einziger nicht da …«

»D-Du glaubtest ernsthaft, *ich* hätte etwas mit dem Tod unserer Eltern zu tun? U-Und mit dem, was dir widerfahren ist?!« Anthonys Füße taumelten ein paar Schritte rückwärts.

»Tut mir leid! Ich wusste nicht, was ich glauben sollte! Und dann dieses Dienstmädchen! Sie steckt überall ihre Nase rein und du vertraust ihr offenbar mehr als mir!«

»Raelyn, fang nicht wieder damit an!«

»Aber Tony, siehst du es denn nicht? Irgendwas stimmt nicht mit ihr!« Dieses Miststück! Sie wusste, dass er inzwischen Bescheid wusste. Sie wusste, dass er damit kämpfte, die Wahrheit zu verkraften. Und jetzt nutzte sie seine Unsicherheit aus.

»Lyn, bitte. Mary hat mir so oft geholfen. Ohne sie wäre ich ein anderer. Vielleicht wäre ich nicht einmal mehr hier.«

»So was darfst du nicht mal denken, Tony!« Er hatte ihr also nichts vom Überfall auf der Terrasse gesagt. Wenn sie sich damit doch nur verplappern würde. »Und was ist, wenn sie dir nicht ganz so selbstlos geholfen hat, wie du glaubst? Was, wenn sie deine Zuneigung nur will, um an dein Blut zu kommen?« Nun flüsterte Raelyn nur noch. Der richtige Plan, der falsche Täter. Mary kochte vor Wut.

»Was redest du da?« Anthonys Stimme klang heiser. Beinah brüchig. Sicher zogen ihre Worte ihn zurück zu dem Moment, als Mary ihn gebissen hatte.

»In diesem Buch steht, dass unter Houston Hall etwas gefangen gehalten wird und dass nur das Blut eines Houstons die Türen öffnen kann.« Papier raschelte. »Hier, lies!«

Wieder breitete sich Schweigen über den Raum. Das war nicht gut. Gar nicht gut.

»Ich hab Angst, Tony. Ich kenne ihr Gesicht. Ganz sicher. Ich weiß nur nicht mehr genau, woher. Ich dachte, ich hätte es in der Gruft gesehen. Aber was, wenn sie eine von *denen* war. Von denen damals. Im November.« Sie sprach immer abgehackter. Ihre Stimme zitterte. Eine perfekte Vorstellung. »Ich versuche mich verzweifelt zu erinnern. Ich versuche es wirklich. Ich will dich nicht unglücklich machen. Ich … ich hab einfach Angst vor ihr. Angst um dich.«

Etwas landete über Marys Kopf auf der Matratze. Das Tagebuch wahrscheinlich.

»Lyn. Hab keine Angst. Alles wird gut.« Ihre Füße standen nah beieinander. Natürlich. Er hielt sie im Arm. »Komm. Ich mach dir einen Tee und dann gehen wir in die Bibliothek. Genug düstere Geschichten für heute. Quäle dich nicht weiter.«

Als sich die Tür hinter beiden schloss und ihre Schritte im Flur verhallten, atmete Mary erleichtert aus. Sie hatten sie nicht entdeckt. Und Raelyn war zu abgelenkt gewesen, um sie wahrzunehmen. Und das Wichtigste: Noch hatte Raelyn ihren Bruder nicht überzeugen können. Aber das konnte sich jeden Moment ändern.

Schnell krabbelte Mary aus ihrem Versteck und klopfte sich den Staub von ihren Kleidern. Inzwischen waren es nicht mehr ihre Dienstmädchenkleider, sondern Jeans und Bluse. Sie hatte auf Anthony gehört. Allerdings half sie Beatrix noch immer im Haushalt. Sie würde sicher nicht einfach herumsitzen, während eine ältere Dame das Anwesen allein bewirtschaftete.

***

Mary saß am Anfang der Buchenallee auf einer Wurzel und hielt die Augen geschlossen. Die Sonne war inzwischen vollends untergegangen, aber von Anthony war nichts zu sehen. Gestern war er noch so wissbegierig gewesen. Gestern noch hatte sie geglaubt, sie hätten eine Chance.

Heute saß sie allein unter alten Bäumen, die einst als Warnung gepflanzt worden waren. Als Warnung, dass ein Houston keine Baobhan Sith auf seinem Grund und Boden tolerieren würde. Welch Ironie.

Mary hatte in den vergangenen zweihundert Jahren viele Formen der Folter erlebt. Aber nichts kam an das Gefühl heran, dass ihr jetzt die Kehle zuschnürte.

Anthony hatte sie schon den ganzen Tag über gemieden. Aber sie hatte seine Blicke gespürt, immer dann, wenn er glaubte, sie würde es nicht merken. Es war wie am Anfang, als da noch kein Vertrauen war, nur Neugier. Er beobachtete sie aus sicherer Entfernung.

Sie fragte sich, wie lange er brauchen würde, um sie anzusprechen, um seine Zweifel zu artikulieren.

Eine Woche. Er brauchte sieben Tage, die sich für Mary wie die reine Folter anfühlten. Er ließ ein Gefühl in ihrem Herzen zurück, als wäre es erfroren, während es zugleich in Flammen stand.

Anthony hatte sich vollständig in seinen Schutzpanzer aus Einsamkeit zurückgezogen. Er brütete in seinem Arbeitszimmer und las alle Schriften noch mal – diesmal im Glauben an deren Inhalt. Mary hätte ihm helfen können. Doch er mied sie, wo es nur ging. Nicht eine Berührung. Nicht ein Lächeln. Nicht einmal ein sehnsüchtiger Blick.

Und Raelyn war ruhig – viel zu ruhig. Mary war zum Nichtstun verdammt. Sie konnte kein Verhalten an den Tag legen, das Anthonys Misstrauen schüren würde, aber auch keines, das Raelyn zeigt, dass Mary sie durchschaut hatte.

Marys einzige Zuflucht in dieser Zeit war die Küche. Sie verbrachte nach Möglichkeit jede freie Minute bei Beatrix. Mary hätte verstanden, wenn ihre Freundin sie mit Ich-hab's-dir-ja-gesagt-Blicken gestraft hätte. Aber stattdessen kochte sie ihr einfach schweigend einen Tee und setzte sich zu ihr.

Anthony hatte sich bemüht, Beatrix gegenüber so normal wie möglich aufzutreten. In ihrem Beisein bemühte er sich Mary gegenüber sogar um etwas Freundlichkeit. Vielleicht, um sich eine Strafpredigt zu ersparen. Aber er musste ein Narr sein, wenn er ernsthaft glaubte, Beatrix MakGhie damit hinters Licht zu führen. Sie war nur – wie so oft – zu klug, ihre Gedanken auszusprechen.

Als die Woche um war und Mary schon aufgegeben hatte,

je wieder mit Anthony sprechen zu können, hörte sie ein leises Räuspern hinter sich.

»Mary, ich muss mit dir sprechen.« Nein, es würde nicht mehr lange dauern.

»Natürlich.« Sie schloss die Tür der Bibliothek hinter sich. Der Tee, den sie ihm am Morgen serviert hatte, stand noch immer unberührt auf dem Beistelltisch. »Was kann ich für dich tun?«

Anthony räusperte sich. Es war ihm offensichtlich unangenehm. »Nun. Ich … ich weiß nicht genau, wie ich es dir sagen soll.« Er erhob sich von seinem Schreibtisch und trat stattdessen ans Fenster. Die Hände im Rücken verschränkt, starrte er auf die Einfahrt hinaus.

»Gedankenlesen beherrsche ich leider nicht.«

»Gut zu wissen«, murmelte er leise.

Ja, das war ihm sicher lieb. Vor allem jetzt.

»Also?«

»Mary. Vielleicht ist dir aufgefallen …«, er brach ab.

Dass er sie mied? Dass er ihre Nähe nicht mehr suchte? Dass er ihr nicht mehr vertraute? Dass er seiner verlogenen Schwester zuhörte und nicht ihr? Dass er seine Gefühle verdrängte?

Er räusperte sich. »Raelyn ist in einer schwierigen Phase. Das hast du selbst gesagt. Sie … sie fühlt sich nicht sicher hier.« Ehrlich? Er wollte diese Entscheidung auf seine Schwester wälzen? Ja, sie war der Auslöser, aber er war doch wohl in der Lage, selbst eine Meinung zu entwickeln.

Mary schwieg ungnädig. Sollte er doch um Worte ringen. Vielleicht fiel ihm dann auf, wie unsinnig all das war.

»In der vergangenen Woche kehrte wieder ein Teil ihrer Erinnerungen zurück. Sie …«, er schluckte und starrte auf den

Boden, dann drehte er sich langsam um und zwang sich, Mary anzusehen. »Sie glaubt, dich wiedererkannt zu haben, Mary. Sie sagt, du seist die gewesen, die sie verletzt und entführt habe.«

Keuchend machte Mary einige Schritte rückwärts. Soweit ging sie? Dieses elende Gör! Atemlos fragte Mary: »Und du glaubst ihr?« Sie hatte vorgehabt, ruhig zu klingen. So, als machte es ihr nichts aus. Aber der Schreck ließ ihre Stimme zittern.

Anthony fuhr sich durchs Haar. Er schaffte es nicht, ihr noch länger in die Augen zu sehen, und wandte ihr wieder den Rücken zu. »Ich weiß nicht, was ich glauben soll …«

»Seit sie wieder hier ist, lässt sie keine Gelegenheit aus, um mich – oder Beatrix – zu erniedrigen oder zu schikanieren. Keine von uns beiden kontert. Wir haben die ganze Zeit über Rücksicht genommen. Aber das reicht. Anthony, ich habe dir in dieser Nacht das Leben gerettet. Glaubst du nicht, dass ein Monster, das zwei Menschen tötet und einen entführt, anders gehandelt hätte?«

»Vielleicht war es nur Schein.« Seine Stimme klang weit entfernt. Mary hörte beinah nur noch sein donnerndes Herz. »Vielleicht war deine Zuneigung nur gespielt, um …«

»Um was, Anthony? Um von dir zu erfahren, was ich schon weiß?«

Seine Hände ballten sich in seinem Rücken zu Fäusten und sie konnte sehen, wie sich sein Kiefer anspannte. Wie sehr hatte sie es gemocht, ihn dort zu küssen. Wenn er sie doch wenigstens wieder ansehen würde.

»Ja, du hast mir viel verschwiegen. Du willst nicht, dass ich die Gruft finde, oder?«

»Ich wollte, dass du selbst hinter all das kommst. Du bist

ein Mensch der Fakten. Glaubst du wirklich, ich hätte dich von all dem überzeugen können?«

»Du hättest es versuchen können. Stattdessen hast du es dir leicht gemacht und gehofft, dass ich noch möglichst lange im Dunkeln tappe.«

»So ein Unsinn! Ich habe dich die ganze Zeit über unterstützt! Und wozu hätte ich mich all dem hier aussetzen sollen, wenn nicht um deinetwillen? Warum, Anthony?«

»Um an mein Blut zu kommen.«

»Wie bitte?«

»Um an mein Blut zu kommen und die Gruft zu öffnen.«

»Anthony. Du überschätzt dich. Mir hätte unser erstes Zusammentreffen gereicht, um an dein Blut zu kommen. Außerdem will ich überhaupt nicht zu dieser verfluchten Gruft!«

»Aber du hast sie doch mit mir gesucht!«

»Ich habe dir geholfen, um dich zu schützen.«

»Wusstest du von der Gruft unter Houston Hall, bevor ich dir davon erzählte?«

Sie schwieg. Sein Nicken zeigte ihr, dass er ihr Schweigen verstand und verurteilte. Nach einer Weile war es wieder Anthony, der die Stille durchbrach. »Du hast mich hingehalten. Also war das alles nur ein Ablenkungsmanöver? Du wolltest, dass ich aufhöre, herumzuschnüffeln?«

»Das wirfst du mir vor?! Wer von uns hat denn weitergesucht? Wer hat dich überallhin begleitet? Und wer hat sich ständig ablenken lassen? Von Picknick, Golf und Bällen?«

Anthony schüttelte nur den Kopf und starrte weiter auf das Rondell.

»Du hast doch keine Ahnung! Du kennst ein winziges Detail der Geschichte und erlaubst dir ein so vernichtendes Urteil. Verflucht schlechte Arbeit, Herr Anwalt! Oder nein: Herr

Richter.« Sie wandte sich nun auch ab. In Richtung Tür. »Ich will diese verfluchte Gruft nie wieder öffnen! Weshalb, glaubst du, hab ich den Gang zerst-« Sie biss sich auf die Zunge. Sie hatte zu viel gesagt.

Nun drehte sich Anthony wieder zu ihr um. »Weshalb, glaube ich, hast du was gemacht?«

»Kommt es darauf jetzt noch an? Du glaubst mir ja doch nicht. Und jedes Wort, dass ich dir sage, teilst du nun mit deiner Schwester, die mich für ein Monster hält.«

»Du *bist* ein Monster.« Er sagte es ganz leise. Es rutschte ihm einfach so heraus – mit all seiner Angst und seinem Unverständnis. Irgendwann, das hoffte sie zumindest, würde ihm dieser Satz leidtun. Vielleicht. Aber mehr musste sie nicht hören.

»Du wirst das Monster nicht wiedersehen müssen.«

Dienstag, 21. Oktober 1788, Fidra.

Endlich! Es hat Monate gedauert, bis ich in den Kirchenbüchern Hinweise auf andere lebende Houstons entdeckte. Es hat noch weitere Monate gedauert, bis ich die Menschen dahinter fand, und wieder Monate, bis ich sie – ohne mich ihnen zu zeigen – nach Houston Hall geführt hatte.
Ich habe sie auf die Spur der Familiengeschichte gebracht, führte sie zur Gruft und ließ sie die Gefahr erkennen, die davon ausging. Und dann habe ich mich ihnen gezeigt.
In all der Zeit hatte ich einen Tunnel aus den Kellergängen zum Meer gegraben. Und nun hatte ich einen lebenden Houston, der mir die Gruft öffnen würde, um die ›Mutter‹, wie meine Ahnen sie in den Aufzeichnungen genannt haben, zu ›verlegen‹ – gerade noch rechtzeitig, bevor ihre Stimme in meinem Kopf am ersten November wieder lauter werden würde.
Nördlich von Dirleton, unweit der Küste, liegt eine karge Insel. Fidra. Ich habe die Insel besichtigt. Nur ein greiser Leuchtturmwärter bewohnt sie. Noch. Er wird weichen müssen. Darüber hinaus finden sich nur Ruinen eines Klosters und das Fundament einer Burg – und tief im Fels: ein Labyrinth aus Höhlen.

Es ist mir letztlich gelungen, meinen Großcousin zehnten Grades (oder was auch immer er ist) zu überzeugen, das Monster von seinem Hof fortzuschaffen. Er ist nicht gerade das, was man einen ›tapferen Mann‹ nennt. Er mag seine Paragraphen – das Gen der Jurisprudenz schlummert auch in ihm. Aber Monster? Nein. Also hat er mir die Gruft geöffnet und alles andere mir überlassen: den Transport durch die Tunnel, die Überfahrt auf die Insel.

Im Herbst. Bei Sturm. Der Himmel war mir gnädig, dass ich es mit ihr hinüberschaffte.

M. H. Hamilton Houston

Kapitel VIII

Mittwoch, 14. August, Houston Walled Garden.

Ein leises Klopfen riss Mary aus ihrem Zustand zwischen Schlaf und Wachsein. Ihr Kopf fiel schwer auf den kleinen Küchentisch. Mit einem leisen Fluch richtete sie sich wieder auf und sah aus dem Fenster.

»Elvis! Was machst du denn hier?« Langsam ging sie auf das dreckige Fenster der Gartenlaube zu. Die kleine Meise hatte es sich auf dem Fensterbrett bequem gemacht. Noch immer sah ihr einer Flügel etwas starrer aus. Mary erkannte den Vogel sofort. Sie war in einem der Schuppen von Houston Walled Garden untergekommen und hatte die ganze Nacht kein Auge zugetan. Irgendwann war sie dann dazu übergegangen, in Mackenzies ›Schottische Wundergeschichten von Mythen und Legenden‹ zu lesen.

Nach einigem Rütteln gelang es ihr, das Fenster einen Spalt breit zu öffnen, und prompt hüpfte Elvis zu ihr herein. Sie stellte ihm einen Teller mit Wasser hin und beobachtete ihn dabei, wie er sich putzte.

Wie scheinheilig Anthony doch war. Der Gedanke, dass sie anders war, hatte ihm gefallen. Aber in seinem Kopf war sie eine Ceasg gewesen. Dass sie ihm das Leben gerettet hatte, machte ihre wahre Natur zu keiner annehmbaren Alternative. Sie war das falsche Monster.

Aber am meisten ärgerte es sie, dass er sie verjagte, ohne zu merken, dass seine Schwester genauso tot wie Mary war und wesentlich gefährlicher für ihn. Wie konnte er nur glauben, dass sie seine Eltern getötet hatte? Warum hätte sie ihm helfen sollen, wenn dem so gewesen wäre?

Sie wollte wütend sein, sie wollte ihn verfluchen, wollte ihn nie wiedersehen. Aber auch wenn Letzteres wohl der Realität entsprach, würde sie einen Weg finden müssen, ihn zu schützen. Raelyn hatte ihr Ziel endlich erreicht. Sie könnte jeden Augenblick zuschlagen, jetzt, da Mary aus dem Weg war. Sobald sie eine neue Theorie zum Aufenthaltsort der Gruft hatte. Und sie würde sich nicht mehr lange mit dem Umgraben des Geländes um Houston Hall aufhalten. Sie würde merken, dass sie zum Öffnen der Gruft das Blut eines lebenden Houstons brauchte – direkt aus der Vene und nicht aus einer Pipette. Und dann würde sie Anthony holen und mit ihm nach Fidra gehen. Sie sah ihn vor sich wie vor wenigen Tagen auf der Terrasse. Blass und blutend. Mehr tot als lebendig. Dafür brauchte sie keine Vision. Sie konnte die Gefahr, die über Houston Hall und Dirleton schwebte, beinah schmecken, so präsent war sie.

Vor etwas weniger als zweihundert Jahren, als sie ihr Schicksal begonnen hatte zu akzeptieren, war sie zur Hüterin der Hüter geworden. Sie hatte sich vorgenommen, jede Generation der Houstons anzuleiten und zu schützen. Immer wieder hatte sie neue Nachfahren gefunden, um das Anwesen bewohnt zu halten. Immer wieder hatte sie geholfen, die Chroniken zu finden und die Wahrheit dahinter zu begreifen. Die Houstons waren schon immer sture Zweifler, aber es war ihr jedes Mal gelungen, sie rechtzeitig vor einer neuen Gefahr einzuweihen und vorzubereiten. Nur dieses Mal hatte sie sich etwas erlaubt, das ihr nun das Genick brach: Gefühle.

»Elvis, mein Kleiner. Du hast mir letztlich vertraut. Dir konnte ich damals helfen. Aber wie soll ich diesen sturen, verbohrten Laird retten?« Sie seufzte leise und wieder stiegen trockene Tränen in ihr auf. Der kleine Vogel hielt in seiner

Wäsche inne und musterte Mary aus seinen dunklen Knopfaugen.

»Ob er mich vermisst? Wenigstens ein kleines bisschen?«

Elvis legte den Kopf schief und blinzelte.

»Du hast ja recht!« Mit einem Satz war Mary auf den Beinen und lief nun in dem kleinen Raum im Kreis wie zuvor vor Anthonys Zimmer. Elvis beschwerte sich und flatterte aufgeregt mit den Flügeln, was Mary nur noch mehr aufwühlte. »Ich brauche einen Plan. Ich muss schnell und unbemerkt nach Houston Hall kommen können – im Falle eines Falles. Ich muss herausfinden, ob Raelyn bereits den Ort der neuen Gruft kennt. Und ich muss irgendwie sicherstellen, dass sich Anthony vor Raelyn schützt.« Mary blieb für einen Moment stehen und starrte Elvis mit verengten Augen an. »Ich kann sie nicht diffamieren. Anthony vertraut meinem Wort nicht mehr. Schon gar nicht, wenn es gegen sie geht.« Nachdenklich tippte sie gegen ihr Kinn. »Folglich kann ich nicht darauf vertrauen, dass er sich selbst schützt. Wenn ich ihn doch nur aus ihrem Bann befreien könnte. Ihr Wille liegt wie ein böser Zauber auf ihm.«

Elvis zwitscherte laut auf, als wollte er ihre Worte bekräftigen.

»Ich sei ein Monster! Pah! Und was ist sie dann? Sie ist auch nicht das richtige Monster, ›Tony‹! Sie ist auch keine Ceasg!«

Wieder trällerte Elvis voller Inbrunst mit.

»Keine Ceasg«, wiederholte Mary – diesmal leiser. Sofort schwieg auch die kleine Meise. »Das ist es!« Sie sprang auf Elvis zu und küsste ihn auf den Schnabel – er wirkte wenig begeistert. »Danke! Danke, mein Kleiner!«

Wie ausgewechselt wirbelte Mary durch das Gartenhaus, zog sich frische Kleider an – ihr bestes Kleid. Sie wollte einen guten Eindruck hinterlassen. Dann versteckte sie noch den kleinen Silberdolch und ihr Tagebuch, versicherte sich, dass nichts hier auf ihre Anwesenheit hindeutete, und sah Elvis entschlossen an.

»Ich muss ans Meer. Du kannst gern hier auf mich warten. Ich bin bald zurück.« Sie zögerte. »Das hoffe ich zumindest. Ich muss nur eine Ceasg fangen.«

***

Mary starrte auf die tosenden Wellen des Firth of Forth, die lautstark am Ufer ausliefen. Fidra war gut zu sehen von hier aus.

Vielleicht hätte sie eine andere Insel wählen sollen. Eine, die nicht so nah war. Aber wie hätte sie die Mutter allein noch weiter fortschaffen sollen? Schon sie auf diese Insel zu bringen und dort in einer neuen Gruft zu verbergen, hatte sie nah an ihre Grenzen gebracht. Nein, Fidra war die optimale Wahl gewesen: tief im Fels unter dem ehemaligen ersten Castle der ersten Hüter, vom Wasser und damit den Ceasg und Kelpies umgeben. Und doch noch immer nah genug an Houston Hall, um von dessen Schutz zu profitieren. Besser hätte sie die Mutter nicht abschirmen können.

Sie hatte bis auf einen Zugang alle auf der Insel zerstört, Fallen und Wände geschaffen, die nur ein Houston überwinden konnte. Ein lebender Houston. Denn sie hatte begriffen, dass jemand wie sie eine zu große Gefahr war, um diese Verantwortung zu tragen. Ihre Aufgabe hatte nur darin bestanden, die Mutter in ihr neues Verlies zu bringen. Und das war Herausforderung genug gewesen.

Der schottische Winter konnte grausam sein. Der Wind

hatte sie auf der Nussschale von einem Ruderboot hin und her geschleudert wie ein Blatt im Wind. Und die ganze Zeit über hatte das Monster neben ihr zu dem Monster in ihr gesprochen. Die Baobhan Sith hatte ihr Versprechungen und Verwünschungen zugeflüstert. Sie war sogar so weit gegangen, ihr ein menschliches Leben zu versprechen, wieder normal zu sein. Aber Mary wusste, dass das alles leere Phrasen waren. Sie wusste, dass dieses Monster der personifizierte Tod war. So tot, dass niemand sie töten konnte. Wie sollte so ein Wesen ihr das Leben schenken, wenn nicht einmal eine Ceasg das vermocht hatte?

Eine Ceasg.

Richtig. Deshalb war sie hier. Sie durfte sich nicht von ihrer Vergangenheit ablenken lassen, sonst wäre Anthony bald ein Teil davon.

Entschlossen lief sie auf das Wasser zu, grub ihre Zehen in Kies und Stein, als die brechenden Wellen sie zurückdrängen wollten, und irgendwann war sie weit genug gegangen, um unterzutauchen und zu schwimmen.

Schnell und wendig wie ein Delfin schoss sie ins tiefere Wasser. Sie schwamm, bis sie tief genug war, um von den höher gelegenen Strömungen nicht mehr erfasst zu werden. Dann hielt sie inne und streckte ihre Sinne aus.

In ihrem Geist wiederholte sie immer wieder einen Satz: *›Edle, ewige Ceasg, ich bitte dich, höre mich an!‹* Zugleich versuchte sie, dieses besondere Wesen in den Tiefen der See ausfindig zu machen.

›Bitte, erhöre mich! Ich fing dich einst und heute habe ich einen Wunsch an dich.‹

So dunkel und wolkenverhangen der Himmel gewesen war, so düster umfing Mary das Wasser der Nordsee. In der Ferne hörte sie die Gesänge der Wale und die Motoren der großen Fähren und Luxusschiffe. Jenseits dessen war es still um sie herum. Als sei sie allein in dieser finsteren Kälte.

Ein Schauer überlief sie. Es war beinah, als würde sie die Kälte plötzlich spüren; als wäre sie auf einmal nicht mehr immun gegen solche menschlichen Empfindungen. Wie viel Zeit ihr wohl noch blieb? Raelyn könnte jeden Moment ihre Chance nutzen.

Ein weiteres Mal rief Mary ›Edle, ewige Ceasg, ich bitte dich, höre mich an!‹. Die Verzweiflung trieb sie an.

Da sah sie in der Ferne ein schwaches Aufleuchten. Es hätte auch ein Fisch sein können oder eine Qualle – Tiefseetiere hatten die unglaublichsten Fähigkeiten –, aber Mary schoss ohne zu zögern auf das Licht zu. Sie hatte nur diese eine Chance. Sie würde sie sich nicht nehmen lassen.

Das Licht wurde größer, heller. Und mit jedem Meter, mit dem sie ihm näherkam, war sie sich sicherer: Vor ihr schwebte eine Ceasg im Wasser.

Man konnte nicht von ›schwimmen‹ reden. Nicht bei diesem Wesen. Es war, als würde sich das Wasser ehrfürchtig um sie sammeln, statt dass man davon sprechen konnte, dass sie im Wasser wäre.

›Edle, ewige Ceasg. Ich danke dir!‹ Mary hielt mit einigem Sicherheitsabstand vor ihr an und verbeugte sich, so gut das unter Wasser ging. Ihr weißes Kleid umgab sie wie eine Qualle.

Die Ceasg erwiderte ihren Gruß mit einem leichten Nicken. Es war lange her, dass Mary eine von ihnen getroffen hatte, und sie fragte sich, ob es wohl die gleiche war wie vor zweihundert Jahren. Sie war ebenso wunderschön und unwirklich mit ihrer leuchtenden Haut, die in allen Farben des Regenbogens schimmerte, und diesen berauschend grünen Augen.

Auch Marys Augen waren von einem schönen Grün, dass machte ihr Anthonys Blick klar – *hatte* Anthonys Blick ihr klargemacht. Aber ihre Augen – obwohl sie in der Zwischenzeit immer grüner geworden waren – waren nichts im Vergleich zu denen der Ceasg.

›Edle, ewige Ceasg, am neunten Dezember siebzehnhundertdreiundsechzig wurden mir drei Wünsche gewährt. Ich bin gekommen, einen davon einzulösen.‹ Es war gar nicht einfach, die eigenen Gedanken zu einer klaren Unterhaltung zu reduzieren. Jeder falsche Gedanke konnte dieses Treffen zerstören.

›*Es ist lange her, vom Tod gezeichnetes Menschenkind. Du bist also gekommen, mir endlich deinen zweiten Wunsch zu nennen?*‹ Die Stimme der Ceasg hallte durch Marys Kopf – so voll und weich, dass es war, als würde das gesamte Meer um sie herum die Worte summen.

›*Meinen zweiten Wunsch? A-aber mein erster wurde von Euch abgewiesen!*‹ Ihre Gedanken waren gesandt, bevor sie sich davon abhalten konnte. Wie hielt man sich davon ab, vorlaute Gedanken zu denken? Schon die Zunge zu hüten war schwer genug.

›*Wohl weiß ich, dass wir dir nicht dein Leben nahmen. Wohl weiß ich, dass wir dich gehen ließen. Wohl weiß ich meine Worte, die ich zu dir sprach, in dieser Nacht vor nunmehr beinah zweihundert Jahren.*

Ich bin eine Ceasg. Bewahrerin des Lebens. Wohl kann ich dir zusagen, dass der Tag kommen wird, an dem du dein Blut erkennst und dein Leben zurückerhältst. Doch den Tod werde ich dir nicht geben.‹

Mary konzentrierte sich darauf, ihre Gedanken im Zaum zu halten, und versuchte zugleich zu begreifen, was ihr die Ceasg damit sagen wollte. Der Tag, an dem sie ihr Leben zurückerhielt. Was meinte sie damit? Sie war genauso untot wie zuvor. Sie brauchte nicht zu atmen, ihr Herz schlug nicht, ihre Gefühle blieben hinter einer bleichen Maske verschlossen. An ihr war genauso wenig Menschlichkeit wie zuvor.

›Nun, Kind, was soll ich dir in diesem Jahrhundert tun?‹ Augenblicklich holten die Worte der Ceasg Mary wieder zurück. Was auch immer die Worte von damals bedeuteten. Heute wollte sie einen Wunsch vorbringen, bei dem sie weder ein ›Nein‹ noch Kompromisse akzeptieren würde.

›Ich bin gekommen, um den Schutz von Laird Anthony Houston zu bitten. Er ist in Gefahr, sein Leben durch seine Schwester zu verlieren. Mein Wunsch ist seine Unverwundbarkeit.‹

Die Ceasg schwieg. Oder vielleicht beriet sie sich auch mit ihren Schwestern. *›Weder darf ich den Tod geben, noch das ewige Leben. Wohl aber kann ich ihn unverletzlich für seine Schwester machen. Nicht ein Tropfen seines Blutes soll ihretwegen fließen. Ist dies dein Wunsch?‹*

Die Worte der Ceasg hallten in Marys Geister wider. Es war ihr gelungen, die Ceasg zu finden und ihren Wunsch vorzubringen. Und was ihr die Ceasg bot, war sicher alles, was ihr möglich war. Schließlich war sie eine Bewahrerin des Lebens. Sie würde doch sicher alles tun, um ein Menschenleben zu schützen. Doch eine Angst ließ ihr keine Ruhe. *›Was, wenn die Schwester einen anderen findet, um ihn zu verletzen?‹*

›Solange es der Wunsch der Schwester ist, soll niemand ihm ein Leid zufügen können.‹

Mary schloss ergeben die Augen und nickte. *›Dann ist dies mein Wunsch.‹* Erleichterung erfüllte Mary, als sie das zustimmende *›So sei es‹* der Ceasg hörte.

Noch ehe Mary ihre Augen wieder geöffnet hatte, war die Ceasg verschwunden und hatte sie wieder mit der Dunkelheit und Stille der See allein gelassen.

Mary fühlte sich merkwürdig betäubt. War das alles? War Anthony nun sicher? Was, wenn die Mutter ihn angriff? Was, wenn er sich selbst verletzte? Plötzlich tauchten immer mehr Fragen und Zweifel in Mary auf. Am liebsten hätte sie die Ceasg von Neuem gerufen, aber sie ahnte, dass sich dieses Wesen so schnell kein zweites Mal rufen lassen würde. Stattdessen sollte sie sich versichern, dass sie ihren Wunsch nicht zu spät geäußert hatte.

Sie tauchte in die höheren Gewässer und schwamm mit einer passenden Strömung zur Küste. Sie sah die Inseln vor North Berwick und dann tauchte Fidra wieder vor ihr auf.

Ihr war gar nicht aufgefallen, wie weit sie hinausgeschwommen war. Aber es hatte sich gelohnt. Zumindest hoffte sie das. Kaum wieder an Land, rannte Mary in Richtung des Anwesens. Der Wind, der ihr entgegenblies, trocknete ihre Kleider beinahe völlig. Erst als sie fast angekommen war, erinnerte sie sich, dass sie dort nicht mehr erwünscht war. Die Ceasg war schließlich Marys Weg, Anthony aus der Ferne zu beschützen.

Aber wo sie doch gerade da war …

Zuerst huschte sie an eins der Küchenfenster. Der Kräutergarten war inzwischen wieder gut angewachsen. Beatrix stand in der Küche. Sie sah alles andere als glücklich aus. Für einen kurzen Augenblick war Mary versucht, zu ihr hineinzuhuschen und ihr Mut zu machen. Aber dann konnte sie sich gerade noch von dieser Dummheit abhalten.

Sie wusste nicht, was Beatrix wusste. Vielleicht hatte Anthony ihr erzählt, was Mary war. Vielleicht gab sie ihr die

Schuld an allem. Vielleicht war sie nicht mehr ihre Vertraute. Mary musste vorsichtig sein.

Barfuß wie sie war, schlich sie um das Anwesen herum. Anthony war sicher in seiner geliebten Bibliothek. Nur hoffentlich sah er nicht gerade wieder aus dem Fenster, statt zu arbeiten.

Mary gelangte ohne Probleme zu den beiden Fenstern, die sich direkt hinter seinem Schreibtisch befanden. Die Bibliothek war dunkel. Dabei dämmerte es inzwischen. Mary hätte nicht geglaubt, dass sie so viele Stunden unter Wasser zugebracht hatte. Vorsichtig trat sie näher an eins der Fenster und legte ihre Hände an das kühle Glas, um besser hineinsehen zu können. Anthony saß mit dem Rücken zu ihr am Schreibtisch und blätterte in einer Zeitung. Gerade öffnete sich die Tür und Beatrix kam mit einem Teetablett herein. Ihre Miene war wie versteinert.

Anthony schien erst gar keine Notiz von ihr zu nehmen. Erst als Beatrix rigoros die Zeitung zur Seite schob, um das Service abzustellen, blickte er auf.

»Das ist doch unfassbar! Hören Sie sich das an, Beatrix! ›Am Donnerstagmorgen gegen drei Uhr wurde in der Grafschaft Buckinghamshire ein schottischer Postzug auf dem Weg nach London ausgeraubt. Zweieinhalbmillionen Pfund Sterling gelten seitdem als vermisst und fünfzehn Männer werden im ganzen Land gesucht.‹ Und diese Verbrecher werden von der Presse als Gentlemen-Diebe gefeiert! Nur weil es keine Toten, sondern nur Verletzte gab! Das ist doch nicht zu fassen!«

Beatrix' Blick machte deutlich, dass sie etwas ganz anderes nicht fassen konnte. Und halb rechnete Mary damit, dass Beatrix ihrem Laird jeden Augenblick die Meinung geigen würde. Doch nichts dergleichen geschah. Sie goss ihm wortlos seinen

Tee ein und ging wieder. Mary bezweifelte, dass Anthony dieses Schweigen als Strafe erkannte. Aber wenigstens ließ sie das glauben, dass Beatrix sich nicht von ihm hatte manipulieren lassen. Sie war wütend auf ihn. Also vermisste sie Mary wohl. Ein trauriges Lächeln schlich sich auf Marys Gesicht. Sie vermisste Beatrix auch.

»Was soll diese Schönfärberei?«, echauffierte Anthony sich weiter, als Beatrix schon längst gegangen war. »Dieb ist Dieb! Verbrecher ist Verbrecher.«

Und Monster ist Monster. Ist es das, was du denkst, Anthony?

Sie ließ den Kopf sinken und wich vom Fenster zurück. Kurz darauf fand sie sich bei den Stallungen wieder. Sie war hinter den Nordflügel gelaufen, ohne es bewusst zu entscheiden. Erinnerungen und Hoffnungen hatten sie hergelockt. Mary streichelte Black Coel Hen und Queen. Die beiden waren nun schon wesentlich ruhiger in ihrer Gegenwart. Jedes Lebewesen schien zu erkennen, dass Mary nichts Böses im Sinn hatte. Selbst die garstigen Kelpies ließen sie im Meer gewähren. Nur einer begriff es nicht. Nur einer klammerte sich stur an ›einleuchtende Fakten‹, statt dem Unglaublichen eine Chance zu geben.

»Dachte ich mir doch, dass ich dich gesehen habe.«

Erschrocken fuhr Mary herum. Beatrix lehnte in der Stalltür und trocknete sich gerade die Hände an ihrer Schürze ab.

Mit zögerlichen Schritten kam ihre Freundin näher, während Coel Hen hinter ihr an ihren Haaren knabberte. »Mein liebes Kind, was ist denn nur geschehen? Der Laird ist noch unausstehlicher als sonst. Was hat er getan, dass du gegangen bist?«

Mary starrte ihre Füße an und verschränkte ihre Arme vor

der Brust. Also hatte er ihr nichts verraten. Aber Beatrix musste ihn gefragt haben. Sie ließ sich nicht so leicht abschütteln.

»Was sagt er denn?«

»Er tut so, als würde er mich nicht hören, wenn ich nach dir frage. Ein ausgesprochen unreifes Verhalten.« Mary hörte Beatrix' immer stärker schlagendes Herz wie durch Watte. Ihre Gedanken kreisten um Anthony. »Was ist geschehen, Liebes?«

Mary schüttelte leicht den Kopf. »Das ist eine sehr lange Geschichte. Versprich mir nur, dass du auf dich und ihn aufpasst. Samhain rückt immer näher und … ich meine, der Jahrestag des Unglücks.« Sie räusperte sich. »Und bitte … glaub nicht alles, was dir in diesem Haus vielleicht erzählt wird.«

Ein wissendes Lächeln umspielte Beatrix' Lippen. »Mach dir keine Sorgen. Tratsch und Gerede haben mich schon immer nur aus Neugier gereizt. Ich mache mir selbst mein Bild und das ist nie schwarz-weiß.« Eine warme Hand legte sich auf Marys Wange und hob ihr Gesicht etwas an. »Und wir bewachen ihn beide, nicht wahr? Was sollte ihm da passieren?«

Mary lachte traurig. »Ich wünschte, es gäbe einen Zauberspruch, der alles wieder ins Lot bringen würde. Eine Formel, die alle Probleme löst.«

Beatrix seufzte leise und zog Mary in ihre Arme, bevor sie leise antwortete: »Ich glaube fest daran, dass alles seinen Grund hat. Wir bekommen nicht immer, was wir uns wünschen, aber vielleicht ja das, was wir gerade brauchen. Wenn es eine Formel gäbe, die jedes Problem löst, dann wäre diese Welt sehr schnell eine leere Welt. Hab keine Angst. Alles wird gut.«

Halb schluchzend, halb lachend löste sich Mary aus der Umarmung. Sie atmete tief durch und straffte die Schultern. »Danke, Beatrix. Pass auf dich auf.«

Mit einem traurigen Lächeln auf den Lippen ließ sie Beatrix hinter sich und machte sich wieder auf den Weg nach Houston Walled Garden.

Sie würde nur noch eine Sicherheitsmaßnahme treffen. Sie würde einen der älteren Gänge wieder öffnen. Es gab einen alten Schacht, der von Walled Garden direkt zum Dienstbotenflügel führte. Der perfekte Zugang, wenn sie schnell und unerkannt das Haus betreten musste.

Sie huschte in das alte Gewächshaus im hinteren Teil des Geländes, das nur im Winter benutzt wurde, und schob einige alte Kübel und eine Bank beiseite. Die Eisenluke war stark verrostet. Die hohe Luftfeuchtigkeit hier hatte ihr zugesetzt. Es gelang Mary gerade so eben, ihre Fingerspitzen unter das Metall zu drücken. Ihre Empfindlichkeit gegenüber Eisen hatte mit den Jahren nachgelassen – das hatte sie auch neulich in der Gruft erleichtert festgestellt –, aber dennoch fühlten sich ihre Fingerspitzen gerade an, als bohrte sie langsam und genüsslich Nadelspitzen tief in sie hinein.

Sie ignorierte den Schmerz, atmete ihn fort und stieß mit viel Schwung die große Eisenplatte vom Eingang. Modrige Luft kam ihr entgegen, als sie an Spinnenweben und deren Bewohnern vorbei in den Tunnel rutschte. Er war nicht so hoch, dass man darin hätte stehen können, und die Luft reichte für einen Menschen kaum, um ihn zu durchqueren. Doch für sie wäre er im Ernstfall gut genug. Sie huschte auf allen vieren bis zu seinem anderen Ausgang im Nordflügel. Dort endete er vor einem Eisengitter, wie es die Polizei angebracht hatte, um die Gänge unterhalb des Anwesens abzusichern. Allerdings war dieses hier älter.

Zum Glück.

Mary nutzte einen flachen Stein als Hebel und lockerte drei

der vier Halterungen. Nun würde es sie nicht mehr viel Kraft und Zeit kosten, diesen Durchgang zu öffnen. Weder Raelyn noch Anthony brauchten von dieser kleinen Veränderung zu erfahren. Auf den ersten Blick sollte alles unangetastet aussehen.

Zufrieden mit ihrem Werk, kroch Mary zurück zu ihrem Gartenhaus. Sie holte Wasser aus einem alten Brunnen, um sich zu waschen. Das schöne, weiße Kleid war kaum noch zu retten. Es war das erste Kleid, das Mrs. Anderson für sie gekauft hatte; für Mary ein Zeichen ihrer Menschlichkeit.

***

In den folgenden Tagen geschah nichts. Überhaupt nichts! Zumindest machte es den Eindruck. Was hatte Raelyn vor? Worauf wartete sie? Wollte sie Mary in Sicherheit wähnen? Wollte sie, dass sie unaufmerksam wurde? Raelyn musste wissen, dass Mary nicht fortgegangen war.

Ein paar Mal hatte Raelyn das Anwesen in Richtung Küste verlassen. Mary war ihrer Fährte jedes Mal mit genügend Abstand gefolgt, doch es schien ganz so, als sei Anthonys Schwester schlicht häufig jagen gegangen. Die Spuren führten kreuz und quer durch den Wald und endeten stets an Tierkadavern.

Vielleicht stärkte sie sich für ihr Vorhaben. Vielleicht musste sie etwas vorbereiten. Oder sie hatte noch immer keinen Zugang zur Gruft gefunden und verlor langsam die Geduld. In jedem Fall verlor auch Mary langsam die Geduld.

Aufregung war anstrengend und die Angst, zu spät zu kommen, fürchterlich. Aber dieses Warten war keinen Deut besser. Mary saß Tag ein Tag aus in ihrem Gartenhaus und wartete darauf, eine warnende Vision zu erhalten. Sie betete, dass die

Ceasg die Wahrheit gesagt hatte und ihre Macht stärker war als die einer Baobhan Sith. Sie betete, dass Anthony sicher war.

Und jeden Abend schlich sie durch den Tunnel in den Nordflügel und lauschte auf Anthony und seine Schwester. Seit Marys Fortgang schien sie ruhiger und ausgeglichener zu sein. Vielleicht wegen ihrer häufigen Jagd. Oder weil sie ihren Willen bekommen hatte. Es lohnte sich nicht mehr, Anthony noch weiter anzugehen. Im Gegenteil: Das Mädchen wollte sein Vertrauen. Sie wollte sein blindes, bedingungsloses Vertrauen. Und leider schien es ganz so, als wäre Anthony trotz aller Unsicherheiten und Ängste bereit dazu, ihr dieses Vertrauen entgegenzubringen. Immerhin war sie seine Schwester. Die einzige Familie, die er noch hatte.

Marys weißes Kleid hing in der Sonne. Sie hatte es ein ums andere Mal gebleicht und inzwischen war kaum noch etwas von seinen Beschmutzungen zu sehen. Das nahm ihr allerdings auch ihre einzige sinnvolle Beschäftigung.

Inzwischen hatte sie beinah die gleiche Angst vor Dirleton entwickelt, wie sie Anthony einst besessen hatte. Die Leute dort hatten mehr oder weniger alle mitbekommen, was auf dem Ball geschehen war. Sie wussten, dass Mary Anthonys Begleitung für den Abend gewesen war. Sie wussten, dass sie angegriffen worden war und dass sie nun nicht mehr auf Houston Hall lebte. Solche Nachrichten verbreiteten sich schnell. Und Mary wusste aus erster Hand, dass sich das Verhalten der Menschen in diesem Punkt in zweihundert Jahren nicht verändert hatte: Sie suchten einen Schuldigen und eine Erklärung. Wenn sie mit beidem zufrieden waren, kamen sie darüber überein, diesen Menschen für seine ›Taten‹ den Rest seiner Tage zu ächten.

Aber egal, wie die Bewohner Dirletons sie auch ansehen mochten, egal, was sie tuschelten: Mary würde nicht weichen. Nicht, bevor Raelyn keine Gefahr mehr darstellte und Anthony einen anständigen Hüter von Houston Hall abgab.

Es war ein Sonntagabend, an dem sich Mary in den Ort traute. Sie war zuvor jagen gewesen, um sich etwas sicherer zu fühlen und nun lief sie zum Castle. Dieser Ort hatte ihr schon immer Halt und Mut gegeben. Vor den Houstons war dies der Ort, von dem aller Schutz für die Gegend ausging.

Sie hatte sich gefreut, als Anthony begonnen hatte, sich für das Castle zu interessieren – bis er die Kratzer in der Wand des Pit Prisons entdeckt hatte. Die Kratzer, die sie selbst vor einer Ewigkeit dort hinterlassen hatte. Er hatte natürlich geglaubt, sie seien von der ›Mutter‹. Das hatte sie ihm ansehen können. Heute machte das wohl keinen Unterschied mehr für ihn.

Traurig schlenderte sie über den Innenhof der Burg und zur Kapelle, unter der das alte Gefängnis lag. Sie ging vor den Überresten des Altars auf die Knie und schloss die Augen. Es konnte nicht schaden, sich jeden nur möglichen Beistand zu erbitten. Auch wenn sie nicht damit rechnete, erhört zu werden.

Sie atmete tief ein, roch das alte, feuchte Gemäuer und den Staub der Zeit. Die sommerliche Milde war verschwunden und die Mauern des Castle strahlten nur noch Kälte ab. Ein Windhauch erfasste Mary und sie brauchte einen Augenblick, bis sie begriff, dass es ein anderer Wind war, der an ihrer Wahrnehmung zerrte.

Plötzlich war es stockfinstere Nacht um sie herum. Sie war im Freien und drehte sich im Kreis, bis sie das Doocot, das alte, eiförmige Taubenhaus, entdeckte. Sie hatte es damals bei ihrer gemeinsamen Besichtigung Anthony mehr im Scherz gezeigt. Er war so abwesend gewesen und es hatte ihr eine diebische Freude bereitet, seine erwachenden Gefühle zu testen.

Nun hörte sie leise Stimmen aus seinem Inneren. Wie von selbst trat sie an den Eingang heran. Es war niemand zu sehen, aber nun hatte das Taubenhaus nicht nur ein Loch in seiner Decke, sondern auch eines direkt in der Mitte in seinem Boden. Eine der Steinplatten war angehoben worden und lehnte an der Wand. Eine schmale, alte Steintreppe führte in einen schwach beleuchteten Gang. Mary kletterte hinunter, ohne lange darüber nachzudenken. Es war eine Vision. Sie musste nicht vorsichtig sein. Sie musste so viele Informationen wie möglich erhalten. Mit schnellen Schritten lief sie den düsteren Gang entlang, der sich vor ihr erstreckte. Nur hier und da beleuchtete eine kleine Fackel den Weg. Sie kannte diesen Tunnel nicht. Sie wusste nur von denen, die einst Houston Hall und das Castle verbunden hatten und heute allesamt verschüttet waren. Aber dieser hier führte beinah gerade nach Norden.

Es dauerte nicht lange, bis sie in dem schwachen Licht der Fackeln zwei Gestalten vor sich ausmachte. Sie lief schneller, aber im Grunde wusste sie bereits, wen sie dort sehen würde. Raelyn und Anthony. Sie hatte ihn gefesselt und geknebelt, sein Hemd war halb zerrissen. Sie redete gerade auf ihn ein, dass er aufhören sollte, sich zu wehren.

»Du bist doch immer Vaters ganzer Stolz gewesen. So klug. So wissbegierig. Hast du inzwischen nicht begriffen, dass es nichts bringt, sich gegen mich zu wehren? Wenn du mir hilfst, dann ist das alles schnell vorüber.« Immer wieder stieß sie in seinen Rücken, um ihn zum Weitergehen zu drängen. »Je weniger du dich wehrst, desto weniger tut es weh.«

Anthony gab ein wütendes Brummen von sich. Er hatte

noch immer nicht aufgegeben, sich aus seinen Fesseln zu befreien. Mit voller Wucht rammte er seine Schulter gegen seine Schwester – sicher eine Geste, die ihm auch in diesem Moment nicht leicht fiel – und rannte Mary entgegen. Doch gerade als er sie fast erreicht hatte, weiteten sich seine Augen und er sank keuchend zu Boden. Jetzt erst sah Mary die Hand um seine Kehle.

›*Nicht ein Tropfen seines Blutes soll ihretwegen fließen.*‹

Die Worte der Ceasg hallten durch Marys Kopf. Und was war, wenn sie ihn zu Tode würgte? Schockiert sank Mary vor Anthony auf die Knie. Ihre Augen brannten, als stünden sie in Flammen. Sie streckte ihre Hände nach ihm aus, aber es war nur eine Vision. Sie konnte ihn nicht berühren.

Dennoch sah es beinah so aus, als könnte er Mary sehen. War das denn möglich? Wieder und wieder flüsterte sie seinen Namen, während Raelyn ihn zu sich umdrehte und ihn wütend angiftete.

»Genug! Ich will das nicht sehen! Lass mich hier raus!« Mary schrie, so laut sie konnte. Im nächsten Augenblick lag sie auf dem kalten Steinboden der Kapelle.

Ohne viel Zeit zu verlieren, rappelte sie sich auf und lief schwankend aus der Ruine. Das Taubenhaus war nicht weit. *Bitte*. Es durfte noch nicht zu spät sein. *Bitte*. Es musste eine Vision der Zukunft gewesen sein und kein Blick in die Vergangenheit.

Schlitternd kam sie vor dem kleinen Eingang zum steinernen Taubenhaus zum Stehen. Es wirkte kleiner als in ihrer Vision. Aber vor allem war es dunkel und verlassen. Es war niemand hier. Noch nicht. Was sollte sie jetzt tun? Hier Wache halten? Oder nach Houston Hall und die Entführung verhindern?

Geschwächt sank Mary gegen die unebene Wand des Taubenhauses. Wenn sie hier bliebe, würde sie Raelyn nur beweisen, dass dies der richtige Weg war. Sie wusste nicht, wie Raelyn diesen alten Zugang zukünftig entdecken würde. Und sie wusste nicht wann. Aber sie würde es ihr mit Sicherheit nicht noch einfacher machen, indem sie ihr den Weg zeigte. Wache halten war also keine Option. Mary würde sich auf ihre Visionen verlassen müssen.

Das Gleiche galt für eine Zerstörung des Zugangs. Zu viel Aufmerksamkeit. Es war tatsächlich gut möglich, dass Raelyn diesen Tunnel noch gar nicht kannte. Mary selbst hatte ihn nicht gekannt, aber der Richtung und Länge nach vermutete sie, dass er direkt nach Fidra führte. Und Fidra war eine Insel und keine Festung. Sicher war dieser Tunnel der angenehmste Weg, da Raelyn so die Konfrontation mit den Kelpie vermeiden konnte. Aber Anthonys Schwester würde sicher einen Weg finden.

Mary hatte geglaubt, dass sie jeden Gang unterhalb von Fidra kannte. Doch für Vorwürfe war es jetzt zu spät. Sie musste einen Weg finden, diese Vision um jeden Preis zu verhindern.

Aber vorzeitig nach Houston Hall zu gehen, kam auch nicht in Frage. Anthony würde ihr auch jetzt nicht glauben. Auch das würde Raelyn nur weiter in die Arme spielen. Mit einem frustrierten Seufzer stieß sich Mary von der Wand ab und verließ rasch das Castle-Gelände. Sie durfte nicht hier gesehen werden. So viel war ihr klar.

***

Mary trommelte unruhig auf den kleinen Tisch in ihrem Gartenhaus. Elvis hatte sie auch heute wieder besucht. Er war jeden Morgen gekommen. Als wollte er sichergehen, dass es ihr gut ging. Diesmal war er geblieben. Vielleicht spürte die kleine Meise, dass Mary gerade nicht allein sein konnte.

Sie stürzte ein Glas Wasser hinunter und drehte dann das leere Glas in ihren Händen. Ihr Hals war trocken vor Aufregung. Sie war erst in der vergangenen Nacht jagen gewesen und gerade empfand sie das Wasser als die angenehmere Erfrischung.

Sie hatte sich verändert in den letzten Monaten. Schon allein, dass sie – Albträume hin oder her – immer wieder nachts schlief, war verwirrend. Und doch schien es erholsam für ihren Geist zu sein. Also ließ sie es zu.

Als es plötzlich an ihrer Tür klopfte, hätte Mary beinah aufgeschrien. Wieder hatte sie niemanden kommen hören.

»Mary? Bist du hier? Bitte sag, dass Jacob recht hatte!« Das war unverkennbar Beatrix!

Mary stolperte zwei Mal auf dem Weg zur Tür. »Beatrix, was machst du denn hier? Was ist los? Ist was passiert?«

»Unser alter Gärtner hat mir verraten, wo du dich versteckst und –«, sie unterbrach sich selbst und starrte Mary mit großen Augen an. »Was ist denn mit dir passiert? Du siehst ja aus wie eine rachsüchtige Banshee!«

Mary sah an sich herunter. Seit ihrem letzten Gang durch den Tunnel hatte sie es nicht für nötig befunden, sich den Dreck aus ihrem Gesicht zu waschen. Ihre Jeans war voller Lehm und Erde, von der Bluse ganz zu schweigen. Sie seufzte resigniert und zog Beatrix rasch in ihr ›Wohnzimmer‹ – das zugleich ihr einziges Zimmer war.

»Mary, Liebes, das ist ja fürchterlich! Warum bist du denn

nicht zu mir gekommen, sondern haust in diesem … diesem Loch?!«

»Ich habe schon schlimmer gewohnt«, erwiderte sie ungeduldig. »Beatrix, bitte. Warum bist du hier?«

Beatrix nickte und räusperte sich. »Richtig. Die letzten Tage hat das Fräulein immer wieder am späten Abend das Anwesen verlassen. Du musst wissen, dass ich beschlossen habe, länger zu bleiben, bis du wieder zurück bist, damit er nicht so viel mit ihr allein ist.«

Mary sah Beatrix verwirrt an. Sie rechnete allen Ernstes damit, dass Mary wieder zurückkommen würde? Da war sie ausgesprochen optimistisch. Und - was jetzt noch wichtiger war - sie war misstrauisch Raelyn gegenüber.

»Aber darum geht es nicht. Gerade eben ist sie mit ihrem Bruder aufgebrochen. Angeblich für einen Theaterbesuch in North Berwick. Aber um diese Zeit? Es ist nach acht. Sie könnten es frühestens zur zweiten Spielhälfte schaffen.« Sie schüttelte den Kopf. »Vielleicht reagiere ich ja über, aber ich dachte, das solltest du besser wissen.«

Es war wirklich ein merkwürdiges Timing. Außerdem konnte sich Mary Raelyn nicht in einem Theater vorstellen.

Sie goss Beatrix ein Glas Wasser ein und bugsierte sie auf einen Stuhl. Beatrix sank in sich zusammen wie eine Aufziehpuppe, die ihre Pflicht und Schuldigkeit getan hatte.

»Ich danke dir, dass du so gut über Anthony wachst. Er kann sich glücklich schätzen.« Mary wählte ihre Worte mit Bedacht. Einmal mehr fragte sie sich, wie viel Beatrix wusste und für sich behielt. Wie viel war im Gedächtnis der MakGhies haften geblieben von der Vergangenheit von Houston Hall? »Ich wünschte, ich könnte das ebenso.«

»Du kannst und du wirst«, sagte Beatrix ernst. Sie legte ihre Hand auf Marys und sah sie eindringlich an.

Mary nickte zögerlich. Beatrix wusste es. Sie musste wissen, wer oder was Mary war. Und dennoch saß sie hier völlig ruhig bei ihr.

Beatrix lächelte sie ermutigend an. »Wenn man sich mit der Geschichte dieses Ortes beschäftigt, dann fällt es nicht schwer, die Parallelen all jener jungen Frauen zu entdecken, die seit nunmehr zweihundert Jahren immer wieder hier auftauchen, um Houston Hall mit Leben zu füllen. Oder sollte ich besser sagen: Um die eine junge Frau zu erkennen, die Houston Hall seit zweihundert Jahren am Leben hält?«

Mary schrak zurück. Ihr Name war nicht gerade selten und sie hatte ihr Auftreten jedes Mal verändert. Sie hatte stets darauf geachtet, in Chroniken nicht genannt zu werden. Wie war es Beatrix möglich …

»Das sollte jetzt deine geringste Sorge sein, meine Liebe. Es gibt …«

Irritiert starrte Mary Beatrix an. Ihre Lippen bewegten sich noch immer, aber sie konnte ihre Freundin nicht mehr hören.

»Was ist das?« Mary schrak zusammen. »Warum blutest du nicht?« Es dauerte einen Augenblick, bis sie begriff, dass sie nun stattdessen Raelyns Stimme in ihrem Geist hörte. »Wie hat sie das gemacht?«

Für wenige Sekunden war Mary wie erstarrt, dann rannte sie los. Beatrix hatte recht und sie hatte unnötig Zeit vertrödelt. Beatrix würde es verstehen, dass sie sie einfach sitzen gelassen hatte. Zumindest hoffte Mary das.

»Das ist doch ihr Werk! Diese kleine Hexe! Wen hat sie dazu gebracht, ihr zu helfen?«

Sie rannte, so schnell sie konnte. Sie rannte um sein Leben, um *ihr* Leben. Es war ihr gleich, ob sie gesehen wurde und was man von ihr hielt.

Atemlos kam Mary am Taubenhaus an. Nun sah es beinah so aus wie in ihrer Vision. Inzwischen war es auch genauso dunkel. Neumond. Darauf hatte Raelyn wohl gewartet. Die Bodenplatte war abgehoben. Eine Gaslampe stand am Eingang.

»Oh, uns wird schon etwas einfallen, um dich zum Bluten zu bringen«, hallte Raelyns Stimme aus der Ferne durch den Gang. »Wenn wir erst mal da sind, wirst du schon sehen, was Ungehorsam bedeutet.« Oder vielleicht hallte ihre Stimme auch noch immer durch Marys Kopf.

Mary rannte, aber ihre Muskeln stachen, als wäre sie lange nicht mehr so weit gerannt. Hatten die wenigen Worte, die sie mitgehört hatte, sie so sehr erschöpft?

»Und wenn ich dich dafür zur Mutter in die Gruft sperre. Dann wirst du am eigenen Leib erfahren, was eine solche Gefangenschaft bedeutet.«

Sie waren weiter entfernt als in der Vision und es schien auch viel weniger Fackeln an der Wand zu geben. Mary hatte das Gefühl, durch eine modrige, stickige Finsternis zu laufen. Sie hielt ihre Hände ausgestreckt, um sich an den Wänden des Ganges zu orientieren. So einen finsteren Ort hatte sie in zweihundert Jahren nicht mehr ›gesehen‹. Es war Neumond, ja, aber hier unten hätte selbst ein Vollmond nicht mehr geholfen.

Endlich sah sie vor sich ein größeres Licht. Es schien eine weitere, etwas hellere Fackel zu sein, die da brannte. Sie half Mary, sich zu orientieren.

Immer wieder hallten Anthonys frustrierte, durch den Knebel dumpfe Hilfeschreie durch den Gang. Die Verzweiflung, die darin mitklang, machte Mary fast wahnsinnig. Wie sie diese

Baobhan Sith hasste. Wie sie all diese Monster hasste. Wie sie sich selbst hasste.

Anthony hatte immer Mitleid für die ›arme Frau in der Gruft‹ gezeigt. Mary fragte sich, ob er sie immer noch bemitleidete oder ob er inzwischen begriffen hatte, dass das der einzig sichere Weg war?

»Wir sind ja gleich da! Nun sei doch nicht so ungeduldig, Bruderherz. Gleich lernst du eine echte Baobhan Sith kennen. Deine Schwiegermutter sozusagen. Immerhin stammt deine liebe Mary von ihr ab.«

Wer war das? Das war doch unmöglich Raelyn, die da sprach. Das Mädchen war frech und ungehobelt ihr gegenüber. Aber mit ihrem Bruder hatte sie nie so gesprochen. Mary kannte den Hass, der da aus dem Kind sprach. Sie wusste, wer den Geist so infizieren konnte. Die einzige ›Person‹, der das gelingen konnte. Sie selbst hatte es nur einmal erlebt. Damals beim Neujahrsball 1764 in den Ruinen von Tantallon Castle. Gier, Neid und Hass hatten sie überrollt. Das Glücksgefühl war umgeschlagen und plötzlich hatte Mary nur noch gesehen, was all die anderen vor sich hatten und sie nicht. Das Resultat waren Dutzende von Toten, die bis heute als vermisst galten. Offiziell hatte man dann geäußert, die Jugendlichen seien zu betrunken gewesen und ins Meer gestürzt.

Beim Ball auf Houston Hall hatte Mary eine ähnliche Welle des Hasses bei Raelyn gespürt. Eine Welle, die auch Mary beinah ergriffen hätte. Wahrscheinlich hatte sie nur ihre eigene körperliche Schwäche nach der Vision gerettet. Dadurch war sie nicht mehr so empfänglich für die telepathischen Einflüsterungen von *Ihr* gewesen.

Von einer Sekunde zur anderen lag Mary am Boden. Zum Glück war Raelyn zu abgelenkt, um Mary zu bemerken. Der

Gang war eigentlich sehr eben. Worüber war sie da gestolpert? Im Halbdunkel tastete sie den Boden unter sich ab. Große Steine. Regelrechte Felsbrocken versperrten einen Teil des Weges.

Auch dieser Gang muss verschüttet gewesen sein. Nur, dass dieser hier viel älter war als Marys Gänge unter Houston Hall. Vielleicht hatte er einst das alte und das neue Castle miteinander verbunden und war gemeinsam mit dem alten Castle auf der Insel verfallen. Deshalb hatte Mary nichts von diesem Gang gewusst! Deshalb kannte sie diesen Zugang nicht! Es hatte ihn einfach nicht gegeben! Nicht mehr.

War es das, was Raelyn in letzter Zeit immer wieder aus dem Haus getrieben hatte? Hatte sie diesen Tunnel wieder freigelegt?

»Nur noch die Stufen hinauf und dann ist es auch schon so weit und wir müssen herausfinden, wie wir die erste Tür öffnen können. Ist dieser Zugang nicht praktisch? Viel bequemer als der Wasserweg.«

Das war nicht gut. Sie mussten nun bereits unter Fidra sein. Warum nur war Mary so langsam? Wieso schmerzte jeder Muskel in ihr? Die Folgen von körperlicher Anstrengung kannte sie seit zwei Jahrhunderten nicht mehr. Es musste die Nähe zur Mutter sein, die sie so sehr schwächte.

Anthonys Stöhnen und Keuchen machten Mary fast wahnsinnig. Sie trieb sich an, schneller zu laufen und noch mal schneller.

»Wirklich erstaunlich. Ich könnte wetten, dass dein kleines Dienstmädchen ihre Finger mit im Spiel hat. Die Frage ist nur, wie sie es geschafft hat, deine Haut unverwundbar zu machen. Und das, während sie durch Abwesenheit glänzt. Als ich dich das letzte Mal biss, hast du noch brav geblutet, wie sich das gehört.«

Da! Das Licht wurde endlich heller. Sie mussten angehalten haben. Mary kam näher und näher. Erkannte erst nur dunkle Umrisse im Kerzenschein. Dann sah sie rote Locken im Licht leuchten. Er lag am Boden und sie hockte über ihm. Sein Gesicht war fast vollständig hinter ihrem Kopf verborgen.

»Ich muss ihr wirklich dankbar für die dramatische Rettung sein. Nicht nur hast du nun Angst vor ihr, sie hat auch dein Leben gerettet und damit meinen Plan. Woher hätte ich auch wissen sollen, dass das Blut des Houston direkt aus der Vene kommen muss, nur damit es auch wirklich von einem ›lebenden Houston‹ stammt.« Anthony zappelte und schrie in seinen Knebel. »So eine lächerliche Sicherheitsvorkehrung. Sag mir: Fühlst du dich sicher?« Ein merkwürdiges Kratzen hallte durch den Gang. »Nun gib mir schon einen Schluck!« Sie musste wieder und wieder versuchen, ihn zu beißen. Und Gott sei Dank gelang es ihr nicht.

Mary ignorierte das Stechen und Reißen in ihren Oberschenkeln, zückte den Dolch, den sie in den letzten Tagen fast immer bei sich hatte, und sprang so kraftvoll wie möglich gegen Raelyn. Wäre nicht der Überraschungseffekt auf ihrer Seite gewesen, Mary hätte diese verräterische Halb-Baobhan Sith wohl kaum von Anthony herunterstoßen können.

Raelyns Fauchen und Knurren war die Antwort. Im Nu hatte sie sich von Mary befreit und sie ihrerseits zu Boden gerungen – direkt neben Anthony, der sie mit weit aufgerissenen Augen anstarrte.

Mary kämpfte mit all ihrer Kraft gegen Raelyns Klammergriff an. Raelyn fixierte sie und schlug Marys Handgelenk immer wieder zu Boden, bis sie den Dolch fallen ließ. Raelyns

Augen waren vollkommen schwarz und ihre Fänge länger denn je.

Mary atmete stockend, ihr wurde schwindelig. Sie spürte, wie ihre Hände vom starken Griff um sie einschliefen. Fluchend versuchte sie, Anthonys Schwester durch Tritte loszuwerden. Wie konnte dieses Mädchen mit einem halben Jahr schon stärker sein als sie? Das war doch nicht möglich! Nur, weil Raelyn im Namen der Mutter hier war und Mary nicht? Konnte das ihre Kräfte wirklich so sehr beeinflussen?

»Nanu? Zu lange nichts getrunken? Du gehörst wohl zu denen, die ihre eigenen Ratschläge nicht ernstnehmen. Dabei hast du mir gegenüber doch beteuert, wie wichtig es ist, nicht durstig unter Menschen zu gehen.« Raelyn änderte den Griff, mit dem sie Mary fixiert hielt, und drehte sie so, dass sie Anthony ansehen musste. »Ich habe mir ja Proviant mitgenommen und würde dir gern ein Schlückchen anbieten. Aber mein geiziger Bruder will mir einfach nichts abgeben.«

Marys Beine zitterten, als Raelyn sie dazu zwang, sich aufzurichten. »Steh auf, Anthony. Das ist besser für dich. Oh! Und für sie. Ich könnte mir vorstellen, dass dich ihr Wohlergehen durchaus interessiert. Egal, was du behauptest.«

»Anthony, hör nicht auf sie! Hör auf nichts, was sie sagt!«

Prompt kassierte Mary eine Ohrfeige, die ihre Halswirbel knacken ließ. Dennoch sprach sie weiter. »Das ist nicht deine Schwester. Das ist die ›Mutter‹, die da aus ihr spricht. Wir sind zu nah an der Gruft. Lass dich nicht von ihrem Hass anstecken!« Das musste es sein. Das war die Erklärung. Mary musste Anthony vor diesem Monster retten. Irgendwie. Auch wenn sie sich das Ganze leichter vorgestellt hatte.

Raelyn drückte Mary gegen die felsige Wand des Ganges.

Ihren Arm presste sie gegen ihren Hals. Verzweiflung stieg in Mary auf, als sie plötzlich keine Luft mehr bekam.

Was war mit ihr los? Was geschah hier? Raelyn konnte nicht wissen, dass sie so geschwächt war. Oder doch? Mary hatte einen Zauber über Anthony gelegt, um ihn zu schützen. Hatte Raelyn etwas Ähnliches mit ihr getan?

»Wo wir uns gerade so schön miteinander unterhalten. Mary, sag, was hast du mit meinem Bruder angestellt?«

Marys Kopf kämpfte gegen den Schwindel an, der sich immer stärker ausprägte. Der Gang enthielt nur wenig Sauerstoff und Raelyn machte es noch schwerer zu atmen.

»Ich hab dich was gefragt.«

»Vergiss es«, presste Mary hinter zusammengebissenen Zähnen hervor. »Du wirst kein Blut von ihm bekommen.« Die Frage war nur, seit wann Mary Sauerstoff brauchte.

»Ich werde kein Blut von ihm bekommen. So so.« Raelyn ließ Mary los, die daraufhin an der Wand zu Boden sank. Ihre Lunge brannte. Mehr noch, Mary fühlte sich, als stünde ihr ganzer Körper in Flammen.

Nachdenklich ging Raelyn auf ihren Bruder zu. »Heißt das zufällig, dass *er* aber durchaus noch Blut von sich bekommen kann?« Sie ging neben ihm in die Hocke und sagte leise: »Sieh nur, wie geschwächt sie ist. Irgendwas hier unten scheint ihr mächtig zu schaffen zu machen. Ein paar Schlückchen deines Blutes und es ginge ihr schlagartig besser. Versprochen.«

War *das* ihr Plan? Marys Sinne waren wie vernebelt. Sie fühlte sich, als sei ihr ganzer Körper schweißnass. Aber sie konnte nicht schwitzen. Das fiel unter die gleiche Kategorie wie Weinen oder Erröten – ›menschliche Altlast‹.

Anthony wurde von seiner Schwester in Marys Richtung gestoßen. Dann löste sie sogar seinen Knebel und die Fesseln an seinen Händen. Sofort stürzte er zu Mary. Seine Hände zitterten, als er vorsichtig über Marys Wange strich.

Unsicher hielt er ihr eines seiner wund geriebenen Handgelenke vor die Lippen. »Trink«, flüsterte er heiser. Aber Mary hatte nicht das geringste Bedürfnis zu trinken. Sie schüttelte energisch den Kopf. Zumindest war ihr so schwindelig, als hätte sie das getan. »Mary, bitte! Es tut mir so leid!« Seine Stimme versagte beinah, als er sich entschuldigte.

Sie sah, wie er ein zerknirschtes Lächeln aufsetzte, und sie hörte seine Stimme wie weit entfernt: »Es ist wirklich okay. Ich vertraue dir. Du hast mich schon mal gebissen, ohne mich zu töten, richtig? Trink!« Aber sie konnte nicht antworten. Ihr Mund fühlte sich merkwürdig an. Ihr Kiefer schmerzte und dann begannen die Herzschmerzen.

Mary wusste nicht, ob sie schrie oder nicht. Sie wusste gar nichts mehr. Es fühlte sich an, als würde ihr Herz in tausend Teile zerspringen. Stimmen hallten durch ihren Kopf. Vielleicht Anthony oder Raelyn. Vielleicht die ›Mutter‹. Sie erkannte sie nicht.

Dann wurde alles um sie herum schwarz und plötzlich war da ein zweiter Herzschlag im Raum.

Bum-Bum. Bum-Bum.

Sonntag, 24. Mai 1863, Felder südlich von Edinburgh.

Es gibt kaum einen schöneren Anblick als den der Abendsonne, die ein Weizenfeld anleuchtet. Darin verteilt stehen Mohn- und Kornblumen, die das Feld noch großzügig schmücken.
Es ist lange her, dass ich diesen Anblick das letzte Mal genießen konnte. Erst seit einigen Monaten scheint die Empfindlichkeit meiner Augen nachzulassen. Wenn ich eine Sonnenbrille aufsetze, dann kann ich sie sehen. Die Sonne. Und ihre Strahlen sind – zumindest jetzt am Abend – angenehm warm. Wenn ich lange genug warte, dann wärmen sie sogar etwas meine Haut auf.
Ich habe mich lange nicht mehr so menschlich gefühlt.
Eigentlich fehlt jetzt nur noch ein Herzschlag für das vollendete Bild. Ich weiß noch, wie verwirrt ich vorhin war, als ich so dachte und plötzlich tatsächlich hinter mir ein Herzschlag lauter wurde. Ein Bauer war über den Feldweg gekommen. Seine gebräunte Haut hatte einen goldenen Schimmer in der Abendsonne. Ich hatte mich verstecken wollen, aber es war zu spät gewesen. Er kam direkt auf mich zu. Anscheinend war er weder von mir abgeschreckt noch angezogen worden. Verwirrend. Bisher waren genau das meine zwei Wirkweisen gewesen.
Aber er hatte nur ein spitzbübisches Grinsen im Gesicht, funkelte mich mit seinen blauen Augen an und wollte wissen, ob ich mich verlaufen hatte oder freiwillig verloren gegangen sei. Er stellte sich als Alan Abernathy vor. Ich nannte mich spontan Mary Smith.

M. H. Hamilton Houston

Kapitel IX

Montag kurz vor Mitternacht, 19. August.1963, Fidra.

Der Schmerz war einem merkwürdigen neuen Gefühl gewichen. Mary fühlte sich, als wären all ihre Sinne gegangen. Es war ungewöhnlich still um sie herum – bis auf diesen merkwürdigen Herzschlag. Er war nicht sehr laut, aber er schien ihr seltsam nah zu sein. Beinah, als wäre er in ihr. Anthonys vertrauter, kräftiger Schlag war dafür verschwunden. Raelyn hatte ihn doch während ihrer Bewusstlosigkeit nicht etwa … Sofort riss sie die Augen auf.

Als Anthony noch immer vor ihr kniete – jetzt in dem verzweifelten Versuch, sie zu wecken –, erfüllte sie Erleichterung. Was auch immer hier geschah, hatte nichts mit ihm zu tun.

»Mary! Komm zu dir! Ma-« Er musste bemerkt haben, dass sie die Augen geöffnet hatte. Mary hingegen konnte ihn trotz geöffneter Augen kaum erkennen. Es schien plötzlich noch viel dunkler zu sein.

Das einzig Gute war, dass die Schmerzen verschwunden waren. Da war nur dieses merkwürdige Kribbeln in ihren Gliedern. Als würden ihre Arme und Beine aus einem ewig langen Schlaf erwachen.

»Was ist passiert?«, murmelte sie benommen. Selbst ihre Stimme klang anders. Oder lag das an einem schlechteren Gehör?

»Du hast geschrien und plötzlich hast du nicht mehr reagiert. Ich … ich dachte schon, du seist …«, er brach ab. Zögernd streckte er ihr noch einmal sein Handgelenk entgegen. »Du solltest etwas trinken.«

Mary starrte Anthony verwirrt an. Sie wusste, dass sein

Herz jetzt wie verrückt schlagen müsste, aber sie hörte nur diesen anderen, leisen Herzschlag und spürte, wie sich ihre Wangen erhitzten, als sie leicht den Kopf schüttelte.

»Warte, du …« Sein Gelenk schwebte nun nicht mehr vor ihren Lippen. Stattdessen beugte sich Anthony näher zu ihr und strich mit einer Hand sanft über ihre Wange. Die Berührung war so sanft, dass sie einen heißen Schauer in ihr auslöste. »Du glühst ja«, flüsterte er.

Sie tat was? Der merkwürdige, leise Herzschlag beschleunigte.

»Das ist interessant«, durchbrach nun eine dritte Stimme die Szene. Raelyn. Mary hatte sie für den Augenblick beinah vergessen.

Sie richtete sich sofort auf und zog Anthony an seiner Hand mit sich. Sie stellte sich vor ihn, auch wenn sie merkte, wie ihr das schnelle Aufstehen Gleichgewichtsprobleme bescherte.

»Du möchtest deinen Prinzen also weiterhin beschützen? Verzeihung. So betucht ist er ja nicht. Deinen Laird, meine ich natürlich.« Raelyn lachte leise und kam gelassen auf die beiden zu. Mary wich etwas zurück und drängte so Anthony hinter sich an die Wand. Ihr Rücken drückte gegen seine Brust und nun spürte sie, wie sein Herzschlag gegen ihren Rücken schlug – kräftig und schnell.

Es fühlte sich gut an. Beruhigend. Sie verstand nur nicht, was mit ihr selbst geschehen war. Das musste sie so schnell wie möglich herausfinden.

»Ihr seid beide so still. Mit Worten. Aber etwas anderes ist hier gerade ziemlich laut geworden.« Raelyn machte einen weiteren Schritt auf Mary und Anthony zu. Weiter konnten sie nicht mehr zurückweichen. »Ihr habt doch nichts dagegen, wenn ich kurz eure Zweisamkeit störe. Ihr könnt dann gern den Rest von Marys Ewigkeit in der Gruft zusammen sein. Wobei …« Raelyn griff nach Marys Arm und zog sie weg von Anthony. Ihre Finger drückten sich gegen ihren Hals – ihre Halsschlagader, um genau zu sein. »Und ich dachte schon, ich hätte Tinnitus.«

Raelyn wich einen Schritt zurück und ihre Fänge kamen wieder zum Vorschein. Sie fauchte Mary an und sprang dann auf sie zu.

Mary wich gerade noch rechtzeitig aus. Sie stolperte zur Seite und hielt sich an der Felswand fest. »Versuch dein Glück ruhig bei mir. Aber glaubst du nicht, du überschätzt dich etwas?« Mary versuchte, so selbstsicher wie möglich zu klingen. »Ich habe zweihundert Jahre Kampferfahrung. Du bist ein verwöhntes Mädchen, das nicht mit der ihr gegebenen Kraft umgehen kann.«

Raelyn nickte in gespielter Nachdenklichkeit. »Nun, aber dafür hast du plötzlich einen Puls. Und ich nicht!«

Mit diesen Worten sprang sie wieder auf Mary zu. Diesmal duckte sich Mary in Mangel an Platz zum Ausweichen. Sie nutzte ihren Ellenbogen und rammte ihn Raelyn so kraftvoll wie möglich in den Kiefer. Aus eigener Erfahrung war das eine der wenigen Stellen, an denen auch eine Baobhan Sith wahrhafte Schmerzen empfand. Die Fänge hatten zu viele Nerven.

Fluchend rieb sich Raelyn das Kinn, hustete und taumelte zwei Schritte zurück. »Du spielst auf Zeit. Keine gute Wahl, wenn man bedenkt, dass du wieder sterblich bist und ich die Ewigkeit habe, um auf deine Erschöpfung zu warten.«

Jetzt spürte Mary ihr neu erwachtes Herz deutlich in ihrer Brust. Wie sehr hatte sie sich nach diesem Gefühl gesehnt?

›Wohl kann ich dir zusagen, dass der Tag kommen wird, an

dem du dein Blut erkennst und dein Leben zurückerhältst‹, hallte die Stimme der Ceasg durch ihre Erinnerungen.

Ausgerechnet jetzt erfüllte er sich? Der Wunsch, den sie an die Ceasg gerichtet hatte? Das war nicht fair!

Als sich Raelyns Miene aufhellte, begriff auch Mary, was ihre neue Menschlichkeit bedeutete. Anthony konnte Raelyn nicht mehr zum Bluten bringen. Die Tür war sicher gewesen. Doch nun gab es einen weiteren menschlichen Houston hier.

Raelyn hatte vielleicht noch nicht die Sicherheit über Marys Herkunft. Aber das Tagebuch ihrer Mutter musste ihr gerade genug Hinweise gegeben haben, um nun eins und eins zusammenzuzählen. »Sag uns doch bitte, wie du wirklich heißt, Mary. Ich finde, Anthony hat ein Recht darauf, das vor deinem Tod noch zu erfahren.«

Wenn sie Raelyn davon überzeugen könnte, keine Houston zu sein, dann würde sie sie vielleicht im Zorn beißen und erneut zur Baobhan Sith machen. Damit wäre die Gruft ein für alle Mal sicher.

»Du kennst meinen Namen doch.«

»Du meinst jetzt aber nicht ›Smith‹, oder? Willst du mich beleidigen? Nicht einmal Anthony hat dir den geglaubt und er hat dir doch so ziemlich alles geglaubt.«

Anthony stand schweigend hinter Raelyn. Er hatte sich nicht mehr bewegt. Starrte nur fassungslos Mary an. Er hatte sie immer durchschaut. Er hatte jede noch so kleine Lüge erkannt. Er hatte nur nicht verstanden, was all die Lügen bedeuteten. Dafür dachte sein Gehirn zu rational. Sein Vater war da fantasievoller gewesen. Ihm hatten die Schriften der Chronisten damals geholfen, viele der lokalen Legenden zu verstehen. Ihm war es gelungen, aus den vielen Märchen die wahren Geschichten herauszufiltern. Selbst den Ceasg war er auf die

Spur gekommen. Mit ihnen hatten seine Nachforschungen sogar begonnen. Damals auf dem Friedhof. Mary hatte ihn beobachtet, wie er den Pfarrer nach den Meerjungfrauen auf den Grabsteinen fragte.

Es war ihm nur nicht mehr gelungen, dieses Wissen weiterzugeben. Ein bohrender Schmerz stach in ihrer Brust. Sie fühlte sich mitschuldig am Tod von Anthonys Eltern. Sie fühlte sich mitschuldig an dem, was aus seiner Schwester geworden war. Hätten sie vielleicht überlebt, wenn sie Anthonys Vater nicht einst aus Edinburgh nach Houston Hall gelockt hätte? Aber Edinburgh war nah gewesen. Sehr nah. Wahrscheinlich hätte sie der Clan auch dort irgendwann gefunden.

»Ich heiße Mary Abernathy. Ich komme aus dem Süden Edinburghs.« Sie sprach mit fester Stimme. Alan Abernathy war zu einem guten Freund geworden. Sie hatte diese blauen, neugierigen Augen im Gesicht des Inspectors sofort wiedererkannt. Alan musste sein Großvater gewesen sein. Oder vielleicht auch sein Urgroßvater.

Raelyn lachte. »Der arme Inspector soll dir als Alibi dienen? Weiß er von seiner Urgroßtante?« Sie kam Mary wieder näher. »Es gibt einen einfachen Weg, herauszufinden, zu welcher Familie du gehörst, findest du nicht?«

Mary sah nicht, wie Raelyn auf sie zukam. Plötzlich war sie hinter ihr. Sie spürte einen kurzen stechenden Schmerz an ihrer Hand, dann presste Raelyn sie gegen die Steinwand.

Marys Schrei hallte durch den Gang. Es hätte sie nicht gewundert, wenn man ihn im Castle von Dirleton gehört hätte.

»Nein … Nein, nein, nein!« Ihre Stimme zitterte. Raelyn hatte ihre Hand bereits losgelassen und spielte mit Marys nun blutigem Dolch, doch Mary stand noch immer wie erstarrt da.

Ihr Arm schwebte in der Luft. Sie konnte sich nicht mehr bewegen.

Was ging jetzt in Anthony vor? Was dachte er? Über die Gruft, über das Geheimnis, über sie? Es war ihr schier unmöglich, ihn anzusehen.

Aber ihr blieb auch keine Zeit mehr dafür. Das Blut zeigt Wirkung. Es bildete Linien, wurde zu einem schmalen H mit einer Waage darüber und sickerte dann in den Stein, als würde er von ihr trinken. Nicht ein Blutstropfen blieb noch auf dem Fels zurück, als es mit einem scheußlichen Schlürfen in den Boden glitt.

Der Weg war frei.

Raelyn klatschte zufrieden in die Hände. »Die erste Tür wäre geschafft. Was meint ihr, wie oft muss Mary heute Nacht noch bluten?« Mit einem Ruck ergriff sie Marys Hand und zog sie mit sich die Stufen hinauf.

Sie wollte sich nicht mehr wehren. Es war sowieso aus. Zweihundert Jahre des Kämpfens waren vergebens gewesen. Raelyn hatte die erste Tür geöffnet. Sie würde auch die anderen öffnen. Ob mit oder ohne Marys Willen, das war ihr nun egal.

Raelyn zog Mary höher und höher. Den Meeresspiegel dürften sie nun schon überwunden haben. Die Luft hatte sich verändert und es kam Wind auf. Wind, der durch die schmalen Gänge pfiff. Eine winzige Chance bestand noch, dass Raelyn sich im Labyrinth der Gänge verlaufen würde. Aber im Gegensatz zu Mary konnte sie alles deutlich sehen. Seit sie die erste Tür hinter sich gelassen hatten, umgab Mary völlige Finsternis. Außerdem fühlte sie, dass die ›Mutter‹ nach dem Mädchen rief. Raelyn musste nur dem Sirenengesang folgen. Mary wusste, wie viel leichter das Folgen war, als ihm zu widerstehen.

»Anthony. Du musst nicht schleichen. Ich höre deinen Herzschlag und weiß, dass du uns folgst«, rief Raelyn irgendwann fröhlich. »Nimm eine Fackel und komm lieber zu uns, sonst verläufst du dich noch. Ich möchte Raelyns lieben Bruder doch nur ungern hier zurücklassen.«

Da! Sie hatte sich verraten. Da sprach nicht mehr seine Schwester. Mary hatte es gewusst. Oder geahnt. Wenigstens gehofft. Sie fragte sich, ob irgendwo in diesem Körper noch Raelyn selbst war. Ob das Mädchen noch irgendwie zu retten war?

»Seit wann hast du Raelyns Körper völlig übernommen?«, sprach Mary ihre Gedanken aus. Vielleicht konnte sie irgendwie zu Anthonys Schwester vordringen.

»Oh, du hast meinen kleinen Patzer bemerkt? Es war nicht einfach, sich in eine kleine Göre der heutigen Zeit hineinzuversetzen. Gefällt dir meine Darbietung?«

»Du warst wirklich sehr überzeugend.« Kritik wäre sicher wenig hilfreich. Es gab viele Dinge, die man mit einem Menschen anstellen konnte, ohne ihn direkt zu töten, und Mary hatte kein Interesse daran, sie am eigenen Leib zu erproben.

»Das freut mich sehr! Ein Lob von meiner Tochter – oder soll ich ehemalige Tochter sagen? – zählt für mich viel.«

»Wie hast du es geschafft, dich den heutigen Sprachgepflogenheiten anzupassen?«

»Also bitte. Man muss einfach nur etwas unhöflicher sein. Also gut. Viel unhöflicher. Schon fällt es niemandem auf.« Sie seufzte theatralisch. »Also schön. Es war durchaus kein Leichtes. Aber mit jedem Mal, wenn wir uns unterhielten, lernte ich mehr.« Bevor Mary antworten konnte, hörte sie leise Schritten und eine erschöpfte Atmung. Raelyn hatte es also ernst gemeint. Anthony hatte die Chance zur Flucht nicht genutzt. Er war ihnen gefolgt. Nun erhellte das Licht seiner Fackel den Gang.

Wärme erfüllte Marys Herz. Und zugleich Schmerz. »Warum bist du uns nur gefolgt?«, murmelte sie mehr zu sich selbst.

»Oh, er konnte nicht anders. Ich habe schnell gemerkt, dass er vor allem drei Schwächen hat: die Wahrheit, die Neugier auf die Wahrheit und … dich.«

»Wer ist das?«, wollte Anthony nur wissen. Er ignorierte Raelyns Geplapper. Oder vielmehr …

»Das ist die Baobhan Sith, die hier in der Insel gefangen ist. Sie scheint Raelyn vollständig zu kontrollieren. Seit wann noch gleich?«, richtete Mary nochmals die Frage an die ›Mutter‹.

»Nachdem sie mich unter Houston Hall nicht gefunden hatte, war sie glücklicherweise klug genug, deinen Weg zur Küste zu entdecken und die richtigen Schlüsse zu ziehen. Anfangs hatten wir zwar noch einige Kommunikationsprobleme, aber die hatten wir schnell beseitigt. Beinah hätte sie sich mit diesen grässlichen Wassergäulen angelegt. Elende Kelpie. Doch dann konnte ich sie überzeugen, an einem besseren Weg zu arbeiten. Sie war Gott sei Dank etwas empfänglicher für meine Ratschläge als *du*.« Sie legte so viel Abscheu wie möglich in die Anrede. Für Mary hätte das Lob kaum größer sein können.

»Tut mir leid. Aber ich höre selten auf den Tinnitus in meinem Ohr«, erwiderte Mary mit so viel Zynismus wie möglich.

»Oh wie schön! Eine weitere Tür, nicht wahr?« Raelyn blieb abrupt stehen. Mitten im Gang. Mary hatte so gehofft, dass sie weitergehen würde. Aber sie hatte es gespürt. Entweder sprach die Magie im Stein zu ihr oder Marys Puls hatte die Tür verraten. »Ich hatte sowieso gerade große Lust, in dein Fleisch zu schneiden.« Wieder tauchte Marys Dolch in Raelyns Hand auf. Sie hätte ihn nicht mitnehmen sollen.

»Wie wäre es? Gönn dir doch lieber einen Schluck. Als eine Houston bin ich sicher ein echter Leckerbissen. Daran wirst du dich doch sicher noch erinnern.«

Raelyn beugte sich zu Mary herüber und drückte sie gegen die verborgene Steintür. »In der Tat. Ein unvergesslicher Geschmack.« Sie beugte sich über Marys Hals und sog genießerisch die Luft ein. »Hätte ich damals nicht die Gemahlin des Richters gebissen, hätte er mich vielleicht nicht gefangen. Houston-Blut ist einfach eine zu große Versuchung.«

Mary kniff die Augen fest zusammen und drehte ihr Gesicht weg, um ihr ihre Halsschlagader auf dem Silbertablett zu präsentieren. Ihr Herz raste in ihrer Brust. Mit etwas Glück wäre das nicht mehr lange so.

Raelyn fixierte Mary mit einer Hand, während sie Anthony mit der anderen von sich stieß. »Du bist später dran, mein attraktiver, nicht blutender Houston. Immer schön der Reihe nach.« Ihre Fänge kratzten über Marys Haut.

Nun beiß schon zu!

Nur ein kleiner Biss und die Gruft wäre sicher.

Raelyn begann leise zu kichern. Mary hörte, wie sie genüsslich schmatzte. »Hältst du mich wirklich für so dumm und impulsiv? Ich warte seit dreihundert Jahren auf diesen Tag. Ich werde von dir kosten. Sobald ich selbst es bin, die ihre Fänge in deinen Hals bohren kann.«

Mit einem Ruck hatte sie Marys Hand wieder emporgerissen. Es kostete sie kaum Mühe, den Schnitt wieder etwas weiter zu öffnen. Dann drückte sie Marys Hand von Neuem gegen den kalten Fels und wieder begann sich das Familienwappen zu zeigen und das Gestein ihr Blut aufzusaugen, als dürstete es ebenso danach wie die alte Baobhan Sith hinter ihm. Diesmal öffnete sich der Fels nach oben.

Als ›Raelyn‹ Anthony und sie durch den schmalen Durchgang trieb, wurde ihr schwindlig. Sobald dieser Fels nicht mehr von ihrem Blut oben gehalten werden würde, wären sie gefangen. Die letzte Chance. Falls die Baobhan Sith sie in der Gruft auf die eine oder andere Weise töten würde, würden sie alle nicht mehr hinauskommen.

Es tat ihr leid um Anthony. Wie gern hätte sie ihn gewarnt. Hätte ihn überzeugt, doch zu gehen. Aber er wusste inzwischen alles über sie. Fast alles. Genug, um tausend Mal zu gehen – und doch war er noch immer hinter ihr. Er schwieg die meiste Zeit, aber seine Anwesenheit war so viel mehr wert als alle Worte, die er hätte sagen können.

Es würde nur noch Sekunden dauern, dann würde der Geist der Baobhan Sith auf ihren verzehrten Körper treffen. Was die Zeit ihrem unsterblichen Körper wohl angetan hatte, während ihr Geist noch genauso wach und gierig war?

Schon nach gut hundert Jahren unter Houston Hall hatte sie schrecklich ausgesehen. Ihre Haut hatte an ihren Knochen geklebt, jedes Gramm Fett war verschwunden. Ihr früher so prachtvolles, blondes Haar hing dünn und wie weißes Stroh von ihrem Kopf.

Diese schreckliche Gestalt nach Fidra zu schaffen, war die wohl härteste Prüfung, die sie während ihrer langen Existenz hatte meistern müssen.

Der Anblick und mehr noch der Geruch waren Übelkeit erregend – besonders, wenn die eigenen Sinne so viel besser waren als die eines gewöhnlichen Menschen. Und noch scheußlicher war der Gedanke, dass diese Etwas noch immer lebte, auch wenn nichts daran diesen Eindruck vermittelte.

Ihr Geist war umso wacher gewesen, gierig, endlich ein Gegenüber zu haben. Die Mutter hatte zuerst nichts Besseres zu tun gehabt, als Mary zu provozieren. Sie wollte unbedingt das Monster in ihr wecken und ihr eine Sache beweisen: Mary war es nicht möglich, die Mutter zu töten. Denn trotz aller Vorbereitungen für die neue Gruft hatte sie genau das gewollt – die Mutter endgültig vernichten.

Aber so oft sie ihren Dolch auch hob und auf die Mutter zustürzte: Sobald die Klinge die Mutter berührt hatte, erstarrte ihre Hand. Marys Körper begann zu zittern und ihre Finger verkrampften sich, bis ihr der Dolch entglitt.

Je stärker sich die Resignation in Mary ausbreitete, desto lauter war die Stimme der Mutter in ihrem Kopf. Sie sollte sich ihrer anders entledigen, sie einfach freilassen.

Mary war froh, dass ihre Trauer und ihr Schmerz noch immer groß genug waren, um sich vor der Erfüllung dieses Wunsches zu schützen. Erst viel später hatte Mary gelernt, dass auch das Houston-Blut in ihr dafür sorgte, dass der Einfluss der Mutter auf sie begrenzt war – zumindest verglichen mit der Willenlosigkeit des Clans. Aber deswegen töten konnte sie die Mutter trotzdem nicht. Dafür sorgte das Monster in ihr.

Damals aber brachte der Wunsch der Mutter Mary auf eine Idee: Sie gab vor zu gehorchen, öffnete die Gruft – allerdings ohne die Fesseln zu lösen – und trug die Mutter durch die unterirdischen Gänge bis an die Küste. Hatte ihr vorgelogen, sie in Sicherheit zu bringen.

Erst als Mary sie in ein Boot lud, anstatt ihre Fesseln zu lösen, wurde die Mutter misstrauisch. Während der Bootsfahrt hätte Mary fast den Verstand verloren.

Einmal hatte die Mutter sie beinah davon überzeugt gehabt, von Bord zu springen und ihr von einem nahegelegenen Schiff einen Menschen zu bringen.

Niemand, der es nicht selbst erlebt hatte, konnte begreifen, wie groß ihr Einfluss auf ihre ›Töchter‹ war. Es war nahezu unmöglich, ihr nicht zu gehorchen.

Es dauerte einen Augenblick, bis Mary wieder aus ihren Erinnerungen auftauchte. Sie musterte Anthonys Schwester vor sich. Jetzt tat sie ihr plötzlich leid. Sie hatte sich dieses Schicksal nicht ausgesucht. Sie war genauso in dieses Leben hineingezwungen worden wie einst Mary.

Sie ließ sich weiterzerren, bis Raelyn – oder das, was noch von ihr übrig war – stehen blieb. »Wir sind da«, sagte sie schlicht.

Mary sah die Eisenstangen, wie sie vor ihr im Boden verschwanden. Sie gruben sich Meter tief in den Fels. Mary hatte damals all ihre übernatürliche Kraft gebraucht, um die Stangen so zu verbiegen, dass sie sie nach und nach in die tiefen Bohrungen schieben konnte.

Sie vermied es bewusst, den Blick zu heben. Anders als Anthony, der neben ihr zum Stehen kam und scharf die Luft einsog. Offenbar sorgte seine Fackel für genügend Licht, um die Mutter sehen zu können.

»Ich bin nicht mehr sehr ansehnlich. Seht nur, was eure Familie aus mir gemacht hat!« Raelyn trat ans Gitter, griff danach – sie zuckte nicht einmal, als sich das Eisen in ihre Haut ätzte. »Ich finde es nur recht und billig, dass es euer Blut ist, das mich wieder aus dieser misslichen Lage befreit.«

Unendlich langsam stahl sich eine Hand in die von Mary. Eine Hand, die sie schon oft gefühlt hatte, die sich aber nie so gut angefühlt hatte wie jetzt. Ihre Finger schlossen sich fest um die von Anthony.

Raelyns Kopf drehte sich zu ihnen. Mary sah aus den Augenwinkeln, wie sich ihr Haar bewegte. »Sieh mich an!«, befahl sie in schneidendem Ton.

Mary hob langsam den Kopf und sah trotzig Raelyn an.

»Du weißt genau, wen ich meine. Sieh *mich* an!«

»Ich wurde zu einem höflichen Menschen erzogen. Ich sehe immer die Person an, die mit mir redet«, beharrte sie stur.

Raelyn sank in sich zusammen und gegen die Eisenstangen. Sie mussten ihr große Schmerzen verursachen, aber das Mädchen zeigte keine Reaktion. Es gab keinen Herzschlag, der Mary hätte verraten können, ob sie noch lebte. Sie konnte nur hoffen, dass die Mutter genug von Raelyn übrig gelassen hatte. Denn bevor sich Mary ihr zuwenden konnte, ertönte eine leise Stimme aus der Zelle hinter ihr: »Ist es dir so lieber?« Sie klang heiser, rau. Wie ein weit entferntes Echo ihrer selbst.

Marys Augen weiteten sich. Sie konnte nicht anders, als hinzusehen. Sie sah die eingefallene Gestalt am anderen Ende des Raums. Sie sah, wie sich kaum merklich ihr Kiefer bewegte. Der traurige Überrest ihres Körpers, noch immer starr wie eine kaputte Puppe. Ohne zu hektische Bewegungen trat Mary näher an den Käfig, während sie Anthony hinter sich in Richtung seiner bewusstlosen Schwester lotste. »Ja, durchaus. Jetzt passt dein Äußeres zu deiner verrotteten Seele.«

Ein Fauchen, das von den kahlen, feuchten Wänden widerhallte, war ihre Antwort. Dann spürte Mary, wie die ›Mutter‹ einmal mehr in ihren Geist einzudringen versuchte.

»Aber, aber mein Kind. Ich bin doch nur so, weil ich so schrecklich lang hier unten eingesperrt war. Du weißt doch, dass ich eigentlich eine liebende Mutter bin. Das weißt du doch, oder?«

Das Bild der mumienartigen Gestalt flackerte vor Marys Augen. Sie blinzelte. An der gleichen Stelle lehnte plötzlich eine wunderschöne Frau mit endlos langem, blondem Haar, das sich wie ein feiner, glatter Schleier über ihre Schultern legte. Ihre blasse Haut schien fließend in ein grünes, elfenhaftes Kleid überzugehen. Sie war so surreal schön, so falsch in dieser Gruft. Alles in Mary schrie, dass sie ihr die Tür öffnen und sie retten sollte.

Ihre Hände begannen zu zittern. Es war, als sähe sie einer Fremden dabei zu, wie sie die Hände nach den Eisenstangen ausstreckte. Mary erwartete den stechenden Schmerz des Eisens, aber es war einfach nur kalt unter ihren Fingern. Sie war jetzt ein Mensch. Ein hilfloser, kleiner, zerbrechlicher Mensch.

Ihr Körper verkrampfte sich, als sie versuchte, sich davon abzuhalten, die Tür zu öffnen. Am liebsten hätte sie geschrien vor Wut und Schmerz. So stark war die Kraft dieses Monsters also auf einen Menschen. Und Mary hatte stets geglaubt, als Baobhan Sith sei sie anfälliger für die Mutter ihres Clans.

»Nun, du warst von meinem Blut, du bist wieder ein Mensch.« Ein gütiges Lächeln umspielte die Lippen der schönen, gefangenen Frau. War diese Frau nicht das Einzige, das sie an Familie noch hatte? Niemand konnte sie so gut verstehen wie ihre Mutter. Niemand würde sie so beschützen können. Was hatte sie denn schon Böses getan? Was, das sie nicht in dreihundert Jahren Haft mehr als ausreichend bezahlt hätte. Selbst Anthony hatte sie damals verteidigt. »Es gibt wohl kein Wesen auf Erden, dass mir gegenüber schwächer ist als du.«

Ein leises Lachen hallte durch den Raum, als Marys blutige Finger nach dem Eisenschloss griffen. Sie hatte gar nicht bemerkt, wie sie sich am Gitter entlang zur Tür bewegt hatte. Aber das Lachen der Mutter ließ einen Teil ihres Geistes wieder aufwachen, ließ sie wieder durch den Nebel des Trugbilds sehen.

Sie rief sich das Bild des verrottenden Körpers ins Gedächtnis. Zusammen mit den Erinnerungen an ein brennendes Houston Hall und eine Terrasse voller Blut.

Jahrhunderte hatte Mary das Geheimnis von Houston Hall beschützt und nun sollte ausgerechnet sie diejenige sein, die den personifizierten Teufel auf die Welt losließ? Niemals!

»Dann sieh gut zu, wie ich … dir … widerstehe«, presste Mary stockend hervor. Es kostete sie alle Kraft, sich daran zu hindern, den Willen der Mutter umzusetzen.

Sie konzentrierte sich nur darauf, ihre blutige Hand vom Schloss wegzuziehen. Sie wusste nicht, wie lange sie der Mutter würde widerstehen können.

Von einer Sekunde zur anderen sah Mary sie plötzlich direkt hinter den Gitterstäben, direkt vor sich. Sie schrie auf und sprang zurück. Das war nicht möglich! So schnell konnte sie sich noch nicht wieder bewegen. Ihr Körper war doch noch immer geschwächt!

Inzwischen zitterte Mary am ganzen Körper. Sie schüttelte leicht den Kopf, während sie die Mutter immer wieder sagen hörte: »Komm, mein Kind. Komm zu deiner Mutter.«

Sie spürte die Einsamkeit ihrer Existenz. Sie spürte, wie allein sie auf der Welt war. Im Geist sah sie die Gesichter all jener Menschen vor sich, die sie hatte zu Grabe tragen müssen.

Ewig zu leben bedeutete, den Tod als ärgsten Feind zu haben. Denn er nahm einem alles, nur nicht das eigene Leben. Ihre Mutter hatte nur nicht allein sein wollen. Allein zu sein war schrecklich. Ihr Herz mochte nicht mehr schlagen, aber es war die Einsamkeit, die es endgültig zerstört hatte.

»Mary!« Es war Anthony, der durch den Schleier der Illusion zu ihr durchdrang. »Mary, hör nicht auf sie!«

Mary taumelte bis an die Wand zurück. Sie starrte auf das Trugbild an den Stangen, das flackernd verschwand und den Blick auf die scheußliche Fratze wieder preisgab.

Ihr Blick flog zu Anthony, der noch immer neben seiner Schwester kniete. Er war so geistesgegenwärtig gewesen, sie mit seinen ehemaligen Fesseln zu binden. Aber sollte sie wieder zu sich kommen, würden die sie sicher nicht lange zurückhalten.

Mary sah ihn gequält an. »Es tut mir alles so leid. Ich … Ich wollte das nicht. Ich wollte nicht, dass es so zu Ende geht.«

Für einen Augenblick sahen sich beide an und sie spürte den Sog aufflackern, der sie beide stets zueinander gezogen hatte. Also war es doch nicht nur die Baobhan Sith in ihr, die ihn an sich gebunden hatte. Sie lächelte schwach.

Für diesen kurzen Moment waren nur sie beide in dieser Gruft. Doch dann begann Raelyn sich zu bewegen. Wie eine mechanische Puppe, die sich langsam wieder zu regen anfing.

Mary überwand die kurze Distanz und sank neben Anthony auf die Knie. »Raelyn! Kämpfe gegen sie an! Lass sie nicht in deinen Geist! Lass es nicht noch mal zu!«

»Hng … kann … nicht …«, stieß sie gequält hervor. Sie keuchte leise und schien von Krämpfen geschüttelt.

»Das hat keinen Sinn«, murmelte Anthony. Mary wusste nicht, ob diese Worte an sie gerichtet waren oder ob er nur mit sich selbst sprach, so leise waren sie.

Sein Kopf senkte sich ein Stück. Ebenso seine Schultern. Er

spiegelte Resignation wider. Resignation, die immer deutlicher wurde, je mehr Raelyn die Kontrolle über sich verlor. Hatte er sie wirklich aufgegeben?

Für einen kurzen Moment herrschte Stille – nur durchbrochen von dem rasselnden, kehligen Lachen der Mutter.

»Verschwinde. Los.«

»W-Was?« Mary starrte Anthony entsetzt an. Sprach er mit ihr?

Er packte seine Schwester und drehte sich dann zu Mary um. »Verschwinde endlich! Siehst du nicht, was du angerichtet hast?«

Zorn glitzerte in seinen Augen. »*Geh!* Oder muss ich deinen Anblick selbst jetzt noch ertragen? Du *Monster* bist schuld an alldem!« Er schrie es ihr entgegen.

Mary wich zurück. Seine Worte verletzten sie, jetzt wo sie menschlich war noch mehr. Zumindest schnürten sie ihr früher nicht die Luft zum Atmen ab. Meinte er das ernst?

»VERSCHWINDE! MONSTER!« Seine Stimme überschlug sich, während er wieder Raelyn fixierte.

»Lass uns allein.« Nun flüsterte er nur noch.

***

Während sie rannte, sah sie Anthonys Blick vor sich. Er hatte sich ihr tief ins Herz gebrannt. Gleichermaßen erleichtert und enttäuscht, als sie sich endlich umgedreht hatte. Er musste glauben, dass sie davonrannte, dass sie auf seine Worte hereingefallen war. Er musste glauben, dass sie ihn einmal mehr im Stich ließ.

Das war kein Zorn in seinen Augen gewesen. Das waren Tränen. Er hatte sie fortgejagt. In Sicherheit. Er hatte gewusst, dass sie nicht gegangen wäre, wenn er sie einfach gebeten hätte. Er wollte sich opfern, um die Mutter und seine Schwester aufzuhalten. Aber das würde Mary nicht zulassen.

Ich werde zurückkommen.

Ich werde uns retten und dann komme ich zurück!

Das verspreche ich dir bei allem, was mir heilig ist.

Sie rannte wie noch nie zuvor. Sie war nur noch ein Mensch und doch glaubte sie, zu fliegen. Sie musste sich beeilen. Das wusste sie. Die Zugänge würden sich jeden Augenblick verschließen und sie hatte nicht genug Zeit, um sie von Neuem zu öffnen.

Eine Felstür nach der anderen ließ sie hinter sich. Sie bog im Labyrinth an einer Stelle anders ab. Sie kannte jede noch so kleine Nische in diesem Höhlensystem und zum Glück hatte ihr Gedächtnis nicht unter ihrer Rückverwandlung gelitten. Noch nicht zumindest. Sie lief wie ferngesteuert, während sie hinter sich das schürfende Geräusch von Fels, der über Fels rieb, hörte.

Sie würde wiederkommen und Anthony da rausholen. Auch wenn sie damit Gefahr lief, Raelyn und die Mutter mit zu befreien.

Die düsteren Gänge verschwammen vor ihren Augen zu einer einzigen Finsternis. Aber nach einer Weile hörte sie Seevögel, die die Stille der Höhle durchbrachen. Ihr Geschrei wurde vom Rauschen und Krachen der Brandung begleitet. Nun lag nur noch eine Tür vor ihr. Eine verschlossene. Sie presste ihre noch immer blutende Hand auf den kalten Stein und bebte vor Ungeduld. Als sie endlich ins Freie trat, färbte sich der Himmel bereits langsam rot. Die Sonne ging auf. Doch Mary sah nur das Meer, bis sie es endlich erreichte.

Sie rannte ungebremst weiter, stolperte über die brüchigen

Felsen, richtete sich auf und überwand die letzten Meter. Ihre Füße berührten kaum das Wasser, da begann Mary auch schon, nach der Ceasg zu rufen. »Edle, ewige Ceasg, ich bitte dich, höre mich an! Ich fordere meinen letzten Wunsch ein.«

Ihr letzter Wunsch. Die Ceasg hatte ihren ersten Wunsch zum schlimmsten aller Zeitpunkte wahrwerden lassen. Nun sollte sie mit der Erfüllung des dritten Wunsches das Elend, das sie angerichtet hatte, wieder begradigen.

Mary schrie nach der Meerjungfrau, watete weiter in die Wellen hinein. Das Wasser ließ den Stoff ihrer Jeans immer stärker an ihr ziehen und dann riss sie etwas anderes zu Boden. Mit einem Aufschrei taumelte sie zurück, als sie die ›Mutter‹ vor sich sah. Sie hörte ihr Rufen in ihrem Kopf. Hörte, wie sie nach ihr verlangte. Und sie spürte die Kälte und den Tod, die von ihr ausgingen. Sie schnürten ihr die Kehle zu. Das waren keine Visionen. Das war die Mutter selbst, die ihr diese Bilder sandte. Das durfte sie nicht zulassen. Sie wollte diese Bilder nicht. Nicht, bis sie *ihn* hörte.

Anthony!

»Raelyn, hör nicht auf sie. Du bist stärker als sie. Bitte. Ich flehe dich an!«

Mary sah, wie die ›Mutter‹ ihre knochige, verwesende Hand hob und sich langsam ihr Zeigefinger streckte. Diesmal gelang es Mary, den Blick von ihrem scheußlichen Antlitz abzuwenden. Sie folgte dem Fingerzeig und dann sah sie ihn: Anthony wurde von seiner Schwester gegen die Käfigtür gepresst. Ihr Blick war leer wie der einer Marionette. Sie sah ihren Bruder nicht.

»NEIN!« Mary schrie so laut sie konnte und ihr Schrei befreite sie von den Einflüsterungen der Mutter. Eine Welle traf sie mit voller Wucht und schleuderte sie zwischen das Geröll an der Küste.

Hustend und spuckend versuchte sie, sich wieder aufzurichten. Aber der Kampf gegen die Verbindung zur Mutter hatte sie viel Kraft gekostet. Besonders jetzt, da sie plötzlich nur noch ein Mensch war.

Wie lang hatte sie sich das gewünscht: Mensch sein.

Und jetzt? Jetzt verfluchte sie sich für diesen Wunsch. Wäre sie kein Mensch geworden, hätte Raelyn die Tür nicht öffnen können. Wäre sie kein Mensch geworden, wäre sie schneller hier gewesen. Wäre sie kein Mensch geworden, dann könnte sie jetzt durch das Wasser jagen und die verfluchte Ceasg suchen.

Unendlich langsam zwang sie sich auf die Knie. Es gab keinen Muskel in ihr, der sie nicht schmerzte. Immer wieder trafen sie einzelne Blitzlichter aus dem Kopf der Mutter wie Ohrfeigen. Anthonys schmerzverzerrtes Gesicht. Raelyns verkrampfte Hände. Das Mädchen war chancenlos – so nah an der ›Mutter‹ konnte sie sich ihr nicht mehr entziehen.

»Edle, ewige Ceasg! Ich bitte dich! Höre mich an!«, schrie Mary gegen die Visionen an. Je länger sie im Wasser kniete, halb von den Wellen verschluckt, desto mehr wurde ihr bewusst, dass sie ihr stilles Versprechen an Anthony nicht würde halten können.

Ihre Bitte war zu groß. Und die Ceasg eine Bewahrerin *allen* Lebens. Marys Bitte überstieg das Mögliche. Wieder. Also würde sie ihr eigenes Leben anbieten, im Tausch gegen die Rettung Dirletons, im Tausch gegen die Rettung Anthonys. Sie würde ihn nicht wiedersehen.

Er hatte sich eben für sie geopfert. Nun war es für sie an der Zeit, ein Opfer zu bringen.

Die Gischt spritzte ihr ins Gesicht und lief ihr in Tränen über die Wangen. Oder waren das jetzt ihre eigenen? Die ersten nach zweihundert Jahren? Zitternd betastete Mary ihre nassen Wangen. Ja, sie war ein Mensch. Ein zerbrechlicher, kleiner, sterblicher Mensch. Aber Menschen waren auch stur. Sie schloss die Augen und begann einmal mehr, die Ceasg zu rufen.

»Edle, ewige Ceasg, ich bitte dich, höre mich an! Ich, Mary Hariette Hamilton Houston, fordere meinen letzten Wunsch ein. Höre mich an, höre, was ich erbitte, und höre, was ich dir zu geben bereit bin.«

Mary sah die Verzweiflung in Anthonys Augen, sah die willenlose Leere in Raelyn. Sie war ganz im Bann der ›Mutter‹. Auch Mary hatte diesen Bann gespürt und hätte sie sich nicht schon seit Jahrhunderten gegen ihre Einflüsterungen zur Wehr gesetzt, wäre es ihr ebenso wenig möglich gewesen zu fliehen. Selbst als Mensch nicht. Gerade als Mensch nicht. Wenn sie ehrlich war, hatte sie es nur Anthony zu verdanken, dass sie sich eben hatte losreißen können. Und jetzt? Realität und Trugbild verschwammen immer mehr. Sie konnte das Meer hören, aber ihre Augen waren bei Anthony.

Hätte sich jemand hinter sie geschlichen, sie hätte es nicht mehr gemerkt. Zitternd sank sie auf ihre Arme, verbeugte sich, tauchte dabei unter. Die Bewegungen des Wassers rissen sie hin und her wie ein Stück Treibgut.

Mary wusste, dass sie inzwischen Luft zum Atmen brauchte, doch es war ihr gleich. Wenn die Ceasg sie nicht erhörte, dann würde ihr auch die Luft zum Atmen nichts mehr nützen.

Das Wasser rauschte in ihren Ohren, zusammen mit Anthonys stockendem Atem, als zwei leuchtend grüne Augen vor ihr auftauchten.

Endlich.

Die Ceasg zog Mary mit sich ins tiefere Wasser. Von ihrer Haut ging ein leichtes Glimmen aus und in der Morgensonne, die durch das Wasser brach, schimmerte ihr Gesicht in allen Farben des Regenbogens.

Ihre mächtige Flosse streifte Mary mit jedem Schlag, mit dem sie tiefer in den Firth of Forth vorstießen. Mary wurde schwindlig. Sie wusste, dass ihr nur noch Sekunden blieben, um ihren Wunsch und ihr Opfer vorzubringen. Dann hätte sie nichts mehr, das sie opfern könnte.

›*Was willst du, dass ich dir tue, mein Kind?*‹, hallte eine Stimme durch Marys Geist, die sie an das leise, aber unnachgiebige Plätschern eines Baches erinnerte.

Mary kämpfte gegen eine neue Welle von Bildern an, die sie zu diesem Zeitpunkt wohl umbringen würden, und versuchte, sich auf einen einzigen Satz zu konzentrieren: ›*Vernichte die übermächtige Baobhan Sith, die Mutter all dieser Monster, damit die Menschen in East Lothian wieder sicher sind.*‹

Aber der Satz verblasste in ihrem Geist, als sie sah, wie sich die Mutter mehr kriechend als gehend Anthony näherte, der von Raelyn durch die sich nun öffnende Käfigtür gedrängt wurde. Sie konnte das Quietschen der Eisenbeschläge hören und Anthonys Bitten an Raelyn. Und sie konnte das Wispern der Mutter hören, wie sie Anthony dazu bewegte, sich selbst zu verletzen, um Mary und Raelyn zu retten.

Ohne darüber nachzudenken, riss Mary den Mund auf, um zu schreien, und sofort drang das eisige Wasser in sie.

›*Nein! Anthony! Tue es nicht!*‹

Verzweifelt wollte ihr Körper nach Luft schnappen, aber alles, was er erhielt, war Wasser. Noch mehr eisiges Wasser, das wie Blei ihre Lungen füllte.

›Rette ihn! Rette ihn! Rette ihn!‹

Sie sah eine knochige Hand nach Anthonys Locken greifen und seinen Kopf zu sich ziehen, bevor sie das Bewusstsein verlor.

Sonntag, 1. November 1863, Dirleton Friedhof.

Es hat hundert Jahre gedauert, bis ich den Mut aufbringen konnte, hierherzukommen. Die Gräber unserer Familiengruft sind im Grunde alle leer. Auf den Grabplatten stehen Namen, die etwas versprechen, das die Lebenden nicht finden.
Meine Eltern, meine Geschwister, Cesan … Von niemandem war genug übrig … niemanden hatte man deutlich identifizieren können. So erinnern nun Grabplatten vor leeren Gräbern an die großen klaffenden Löcher, die meine Familie in meinem Herzen hinterlassen hat.
Ich habe es in all den Jahren nicht gewagt, hierherzukommen. Ich wusste, dass auf einer dieser Platten auch mein Name steht. Sein eigenes Grab zu besuchen hat etwas Makabres. Niemand sollte dazu in der Lage sein.
Ich wünschte, die Ceasg hätte mich ihnen folgen lassen. Ich wünschte, die Baobhan Sith hätten mich ihnen folgen lassen.
Es gab noch kein Jahr 63 in den Aufzeichnungen, an denen sie unsere Familie nicht angegriffen hätten. Dieses Mal bin ich vorbereitet. Dieses Mal werde ich an der Seite der heutigen Houstons kämpfen. Diesmal wird es nicht darum gehen, eine Baobhan Sith einzufangen. Diesmal wird es darum gehen, dem ganzen Clan ein Ende zu setzen. Entweder werden sie sterben oder ich.

M. H. Hamilton Houston

Kapitel X

Dienstag, 20. August 1963, Fidra.

Dunkelheit.

War sie erblindet oder war es schlicht zu dunkel, um etwas zu sehen? Seit wann war Dunkelheit für sie gleichbedeutend mit Blindheit?

Ach richtig. Sie war wieder ein Mensch. Ein Mensch, dessen Augen nicht für die Dunkelheit geschaffen waren, sondern für das Licht.

Vorsichtig holte sie Luft. Sie war nicht mehr unter Wasser. Aber es war kalt und sie hörte das Wasser. Wenn auch anders als zuvor. Da war das leise, schwappende Geräusch, das seichte Wellen machten, wenn sie gegen festen Grund stießen. Da waren einzelne Tropfen, die Stein aushöhlten und ein Echo mit sich führten. Langsam und vorsichtig tastete Mary über den Untergrund. Glatter, nasser Fels.

Hustend bemühte sie sich, sich etwas aufzurichten. Wo war sie hier? In einer anderen Höhle von Fidra oder noch immer Unterwasser? Jeder Atemzug brannte in ihren Lungen. Sie presste sich eine Hand an die Brust. Wie lange war sie bewusstlos gewesen?

Sie versuchte sich auf Anthony zu konzentrieren, versuchte vergeblich, eine Vision von ihm zu erhaschen.

Warum nur hatte sie ausgerechnet jetzt ihre Gabe verloren? Jetzt, wo sie nichts als Dunkelheit und Unwissenheit umgaben?

Sie musste fort von hier. Sie musste zurück zu Anthony. Immer hektischer kroch sie auf allen vieren durch die Finsternis.

Etwas Heißes rann über ihr Gesicht. Salzig. Tränen? Das waren ihre Tränen. Diesmal war sie sich ganz sicher. Jetzt konnte sie wieder Gefühle zeigen? Jetzt, da sie nur noch Schmerz und Verzweiflung empfand? Jetzt nützten ihr die verfluchten Tränen doch auch nichts mehr. Sie ließen nur das flackernde Licht verschwimmen, das vor ihr auftauchte.

Mary blinzelte energisch. Das Licht schien unter Wasser zu sein und langsam größer und heller zu werden. Als es fast die Oberfläche erreicht hatte, erkannte Mary die filigranen Züge eines Wesens, halb Mensch, halb Fisch.

Die Ceasg war zurückgekommen.

Ohne zu zögern nahm Mary all ihre verbliebene Kraft zusammen und warf sich ins Wasser.

›Edle, ewige Ceasg, bitte, höre mich an!‹, schleuderte sie ihre Gedanken klar hinaus, während sie sich im Kreis drehte und nach der Meerjungfrau suchte. Das plötzliche Licht blendete sie. *›Ist noch Zeit? Kannst du ihn noch retten? Warum kann ich ihn nicht mehr sehen?‹*

›Fürchte dich nicht, mein Kind.‹ Eine Hand, die sich weder kalt noch warm anfühlte, berührte Marys Schulter und drehte sie sanft zu sich.

Mary blinzelte wieder und wieder, bis ihre Augen ihr erlaubten, die Ceasg zu sehen. *›Hast du mich vor dem Ertrinken gerettet?‹*

Der Blick der Meerjungfrau wurde sanfter. Sie sah aus wie eine Mutter, die ihr verängstigtes Kind trösten wollte. Sie zog Mary mit sich an die Wasseroberfläche. Erst jetzt merkte sie, wie dringend sie wieder atmen musste.

»Wo sind wir?«, flüsterte Mary ehrfürchtig, als sie nun dank dem Licht der Ceasg ihre Umgebung sehen konnte. Sie waren nicht einfach in einer Höhle. Sie waren in einem Palast. Zumindest war das Marys erster Gedanke.

Sie konnte nicht erkennen, wie hoch der Raum war, in dem sie sich befanden. Er wurde getragen von unzähligen Säulen, in denen winzige bläuliche und weiße Kristalle zu stecken schienen, die das Licht der Ceasg reflektierten. Die Wände waren uneben, aber übersäht mit Inschriften und Malereien, wie sie Mary noch nie gesehen hatte.

In einiger Entfernung sah Mary nun auch andere Lichter wie das der Ceasg durch das Wasser gleiten, wie Sternschnuppen über den Nachthimmel. Irgendwo schien ein Pferd zu wiehern.

›*Das war ein Kelpie. Aber er wird dir nichts tun. Das ist unser Reich. Das ist die Anderwelt*‹, hallte die Stimme der Ceasg durch Marys Kopf. ›*Es trotzt der Zeit. Keine Sekunde ist verstrichen, seit ich dich hierherbrachte.*‹ Ihre leuchtend grünen Augen ruhten bedeutungsschwer auf Mary.

Das hieß, dass seit ihren letzten Bildern von Anthony keine Zeit vergangen war? Noch hatte er sich also nicht selbst verletzt.

›*Bliebest du hier, könntest du die Ewigkeit sehen ohne eine Sekunde zu verlieren. Ich weiß, dein Wunsch war es, zu sterben – einst, vor nunmehr beinah zweihundert Jahren. Doch ich sah auch deinen Willen zu leben. Wir bewahren das Leben. So bewahrte ich dich.*‹

Mary senkte den Blick. »Ich danke dir. Du hast recht daran getan, mich zu retten. Und du hast recht daran getan, meinem Wunsch einst nicht zu entsprechen.« Sie schluckte. Jetzt kam es darauf an. Sie musste ihre Worte weise wählen. »Edle, ewige Ceasg, ich danke dir für meine Rettung. Und doch bin ich gekommen, dir das zu bieten, was du gerettet hast.«

Die Ceasg legte den Kopf schräg. Sie hatte verstanden, was Mary andeutete, aber sie verstand noch nicht, was sie bezweckte. »Ich bin glücklich, dieses Jahr erlebt zu haben. Ich bin glücklich, meine Aufgabe erkannt zu haben. Doch nun bin ich gescheitert und ein anderes Leben ist in Gefahr, weil ich versagt habe. Wenn wir diesen Ort der Ewigkeit verlassen, wenn die Zeit weiter voranschreitet, dann wird das Blut des letzten lebenden Houston vergossen und ein Monster befreit werden, was unendlich viel Leid über die Menschen gebracht hat.« Laut klopfte Marys Herz gegen ihre Brust. Ein ungewohnter Klang, der ihr verdeutlichte, wie verletzlich und endlich sie jetzt war. Sie erinnerte sich an all den Schmerz, die Angst, an *ihn.*

»Wie kann *sie* ein zu schützendes Leben sein?«, platzte es aus Mary heraus. Von Neuem überzogen Tränen ihr nasses Gesicht.

Die Ceasg spiegelte die Trauer wider, die Mary in ihrem Herzen spürte. »Woran lässt sich der Wert eines Lebens bestimmen? Welche Taten muss ein Wesen vollbringen, um des Lebens würdig zu sein? Welche Summe an Jahren soll ein Leben haben?« Ihre schimmernde Hand strich über Marys Wange. »Niemand hat das Recht, den Wert eines Lebens zu bemessen. Niemand hat das Recht, ein Leben ›zu unnütz‹ oder ›zu lang‹ zu nennen.« Es dauerte einen Augenblick, bis Mary bemerkte, dass dieses ätherische Wesen nun richtig mit ihr sprach – nicht in ihrem Kopf.

Scham stieg in ihr auf. Sie hatte recht. Und wer war Mary, das Ende eines Lebewesens einzufordern? Aber sie wollte doch nur Houston Hall schützen. Dirleton. East Lothian … Anthony.

»Ich kenne dich sehr gut, Mary Hariette Hamilton Houston.

Ich weiß, dass du nur schützen willst, was du liebst. Und doch liegt es nicht in meiner Macht, Leben zu nehmen. Weder deines noch ihres.«

»Aber wie sonst kann ich ihn … kann ich Dirleton noch retten? Wenn dieses Monster von … von Anthony trinkt und wieder zu Kräften kommt, wird es niemanden geben, der ihre Rache überleben wird.« Es auszusprechen, machte es nicht besser. Eisige Schauer überrollten Marys Rücken. »Ich biete dir mein Leben, wenn du nur einen Weg findest, seines zu verschonen.«

»Ich bin weder eine Göttin, noch verlange ich nach Menschenopfern. Nicht ich bin es, die nach seinem Blut verlangt.«

»V-Verzeihung! Ich wollte nicht –«

»Still«, unterbrach die Ceasg sie. Das Blut rauschte Mary in den Ohren. Sie war zu weit gegangen. Sie starrte auf die schimmernde Wasseroberfläche. »Wohl aber kann ich eure Leben aneinanderbinden. Ich kann die Auslöserin all deiner Pein an dein Leben binden. Wenn du endest, wird auch sie ihr Ende finden. Und wenn sie endet, wirst auch du dein Ende finden.« Marys Augen weiteten sich. Sie war wieder ein Mensch. Sie war sterblich. Sie müsste nur … »Alles andere liegt in deiner Hand, mein Kind.« Mary nickte langsam. Sie müsste nur ihr eigenes Leben beenden und das Monster würde auch verschwinden. Wie sonderbar. Eben war sie noch mehr als bereit gewesen zu sterben. Eben, als ein anderer für sie ihr Leben genommen hätte. »Aber wähle weise. Leben sind nicht nur mit Magie aneinander gewoben. Manche Leben sind durch ein viel stärkeres Band verbunden, als es Magie je wirken könnte.« Wie von selbst tauchte das Bild von Anthony vor Marys innerem Auge auf. Sie sah ihn vor sich, wie er sie in ihrem Ballkleid anstarrte. Wie er seine Hand ausstreckte und sie sie ergriff.

»Lass mich dich in deine Welt zurückbringen. Und denke an meine Worte. Beende nicht voreilig, was andere zu schützen gewillt sind.« Mit diesen Worten küsste die Ceasg Marys Stirn und im selben Moment verschwamm die Welt vor ihren Augen. Die funkelnden Lichter und die Dunkelheit vermischten sich, blendeten ineinander und lösten sich in ein weißes Licht auf.

***

Als Mary wieder zu sich kam, kitzelten Wellen ihre Füße und Seemöwen schrien über ihrem Kopf. Noch bevor sie die Augen wieder öffnete, wusste sie, dass sie wieder auf Fidra war. Der ›Geröllstrand‹ war unverkennbar. Vor allem, wenn man auf ihm wieder zu Bewusstsein kam.

Mary brauchte nicht lang, um auf die Füße zu kommen. Sie lief hinüber zu der merkwürdig ebenen Erhöhung, auf der lange vor ihrer Zeit Tarbet Castle gestanden haben musste, und suchte fieberhaft nach dem Eingang, den sie auf ihrer Flucht genutzt hatte. Wie auch immer sie sich entscheiden würde, zuerst musste sie *ihn* sehen. Zuerst musste sie sich vergewissern, dass sie nicht zu spät war.

Als sie den etwas zu glatten, ebenen Fels endlich entdeckt hatte, stieg ihre Nervosität. Sie nutzte einen scharfkantigen Stein, um ihrer Hand einen weiteren Schnitt zu versetzen. Was wenn ihr Egoismus Anthony das Leben kostete? Sie hätte sich sofort töten soll, statt ein solches Risiko einzugehen.

›Ich habe dir ein Geschenk gemacht. Für alle Anwesenden in der Gruft steht die Zeit noch still. Sie liegen tief im Schlaf versunken‹, hörte Mary einmal mehr die Worte der Ceasg in ihrem Kopf.

Erleichterung durchflutete sie. Also lebte Anthony noch und sie konnte ihn noch rechtzeitig erreichen. Schnell drängte sie sich durch den Spalt, noch ehe sich die Tür ganz geöffnet hatte, und lief durch das Labyrinth von Gängen. Sie vermisste ihre übermenschliche Geschwindigkeit und die Sinne eines Jägers. Es wäre ihr so viel leichter gefallen, den richtigen Gang zu finden. Stattdessen stieß sie ein ums andere Mal gegen Wände und stolperte über Unebenheiten. Sie war es nicht mehr gewohnt, ihrem Weg so viel Aufmerksamkeit zukommen zu lassen. Sie war es nicht mehr gewohnt, dass die Finsternis finster war. Und aus irgendeinem Grund war sie auf ihrer Flucht hinaus konzentrierter gewesen.

Nun kreisten ihre Gedanken nur noch um *ihn*. War Anthony wirklich bereit gewesen, zu sterben, damit die Mutter von Mary abließ? Dieser Tor! Glaubte er allen Ernstes, er täte ihr damit einen Gefallen? Glaubte er, sie wollte leben, wäre er gegangen?

Sie öffnete die letzte steinerne Tür mit ihrem Blut, und kaum begann sich der Fels zu heben, war sie auch schon hindurchgeschlüpft.

Schwer atmend kam sie vor den Eisengittern zum Stehen. Sie alle lagen im Verließ. Anthony zwischen der Mutter und Raelyn. Vorsichtig machte Mary einen Schritt hinter die Eisenstangen. Ihr Herz schlug ihr bis zum Hals. Ihr menschlicher Körper hatte in seinen ersten Stunden verflucht viel mitgemacht. Aber etwas länger musste er noch durchhalten. Nur noch einen Moment.

Entschlossen ging sie auf Anthony zu und neben ihm in die Knie. Neben ihm lag ihr Dolch. Hatte er sich damit verletzen wollen? Für ihr Vorhaben war er ideal. Damit würde es schnell gehen. Sie musterte ihren Laird. Die feuerroten Locken, das blasse Gesicht, die fein geschwungenen Lippen. Sanft strich sie ihm das Haar aus der Stirn. In ihrer anderen Hand wog schwer der Dolch.

»Gleich bist du in Sicherheit. Dann musst du dich nicht mehr in deinem goldenen Käfig verstecken«, flüsterte sie ihm zu. Dann atmete sie tief durch und hob den Dolch an. Sie würde sich beeilen müssen. Alle drei konnten jeden Augenblick aufwachen. Aber warum zitterte ihre Hand auf einmal so?

Anthony stöhnte leise. Sofort lag all ihre Aufmerksamkeit wieder bei ihm.

»Anthony?«, hauchte sie.

Statt einer Antwort hörte sie ein leises Zischen hinter ihm. Verflucht! Was, wenn sie nicht schnell genug war?

Kurzerhand klemmte sie sich den Dolch am Griff quer in den Mund und zog, so kräftig sie konnte an Anthony, um ihn zuallererst außer Reichweite des Monsters zu bringen.

Teufel noch eins! Jetzt vermisste sie ihre untote Stärke wirklich! War er schon immer so schwer gewesen? Unter Stöhnen und Ächzen zog Mary ihren Laird mehr robbend als gehend vor die Käfigtür. Sie spuckte den Dolch zur Seite und brach mit ihrem letzten Ruck unter ihm zusammen. Ihr ganzer Körper zitterte und heiße Tränen rannen über ihr Gesicht, verschwanden in ihren Locken. Ihre Arme waren fest um Anthony geschlungen.

Sie musste es tun. Zweihundertfünfunddreißig Jahre waren lange genug. Sie musste es *jetzt* tun. Zitternd löste sie eine Hand von ihm und tastete neben sich nach dem Dolch. Gerade als sie ihn zu fassen bekam, begann sich Anthony auf ihr zu regen.

»Mary?«, murmelte er heiser.

Woher konnte er wissen, dass sie wieder da war? Sie hielt still, bewegte sich nicht. Es wäre so viel einfacher, wenn er sie dabei nicht ansehen würde.

›*Glaubte er allen Ernstes, er hätte ihr damit einen Gefallen getan? Glaubte er, sie wollte leben, wäre er gegangen?*‹, hörte sie ihre eigenen Gedanken.

Seine Hände strichen über ihren Oberkörper, als er sich verschlafen aufrichtete. Sein Kopf schwebte nun direkt über ihr.

Aber es war doch richtig! Sie musste es doch tun!

Anthonys Gesichtsausdruck war irritiert. Offensichtlich versuchte er zu ergründen, was ihm entgangen war.

Mary konnte sehen, wie Verlegenheit und Verwirrung in ihm wetteiferten und er zunehmend verzweifelter nach einer Erklärung suchte. Er sah kopfschüttelnd zu Mary, sah in ihr tränenüberströmtes Gesicht.

»Es tut mir leid«, flüsterte sie nur. »Uns läuft die Zeit davon.« Dann holte sie Schwung. Ihr Ziel war ihr Herz. Das wäre doch sicher am effektivsten.

Aber sie hatte ihre menschliche Geschwindigkeit überschätzt. Mit einer energischen Handbewegung presste Anthony ihr Handgelenk zu Boden. »Was verflucht noch mal tust du hier!?«

»Dich retten!«, schrie sie und im gleichen Augenblick wusste sie, dass die ›Mutter‹ wieder wach war. Sie erkannte das leise Röcheln, das nun von Neuem aus dem Kerker kam. Zusammen mit einem schier endlosen Strom an Gewisper, mit dem sie Raelyn einmal mehr steuern wollte.

Glücklicherweise war diese noch nicht wach. Aber das

konnte nur noch eine Frage von Sekunden sein. Panisch zerrte Mary an ihrem Arm, aber Anthony ließ nicht locker.

»Was redest du da? Wie sollte es mich retten, wenn du dich umbringst?«

»Steh auf. Bring sie mir!«, hallte es hinter ihnen durch die Gruft und tatsächlich hörte Mary ein leises Stöhnen. Raelyn war wach.

»Anthony! Lass mich los! Sie wird dich gleich –« Weiter kam Mary nicht, denn da ragte Raelyn bereits über den beiden auf. Ihre Augen waren durch und durch schwarz.

Mit Leichtigkeit zog sie ihren großen Bruder von Mary. Als wäre er nur eine Stoffpuppe. »AH! LYN!«

Er wehrte sich nach Kräften, aber Mary wusste, dass es sinnlos war. Sie rappelte sich auf, griff nach dem Dolch und tat das Einzige, das Raelyn jetzt ablenken konnte: Sie schnitt sich.

Und tatsächlich weiteten sich ihre Augen und ihre Zähne kratzten über ihre Lippen. Sie war durstig. Und jetzt hatte sie auch noch Appetit.

Mary konnte gerade noch »Schließ das Tor!« schreien, bevor sich Raelyn ihr zuwandte. Ohne die geringste Kontrolle stürzte sich das Mädchen auf Mary. Sie drängte sie gegen die Felswand, riss an ihrem Arm und leckte genüsslich über die blutende Stelle.

Die Mutter schrie und fauchte. Der Blutdurst war der stärkste Instinkt. Er überschattete noch den Einfluss der Mutter auf ihre Geschöpfe. Es funktionierte.

Marys Sinne schwanden nach und nach, während sie einen Schatten hinter Raelyn auftauchen sah. Der Griff um ihr Handgelenk verstärkte sich und ließ Mary zusammenzucken. Es war, als wäre ihre ganze Welt auf diese kleine Stelle ihres

Körpers zusammengeschrumpft. Sie blinzelte, um mehr zu erkennen, um zu begreifen, was geschah.

»Tut mir leid, Schwesterchen. Das wird jetzt etwas wehtun.« Das war Anthonys Stimme. Sie klang irgendwie falsch. Weit weg.

Ein wildes Fauchen hallte durch Marys Geist. Gefolgt von einem markerschütternden Schrei. Angst schnürte ihr die Kehle zu, als sie merkte, wie ihr Körper zu Boden sank und mit ihr ein weiterer.

Dann war es Anthony, der vor ihr auftauchte. »Mary! Hat sie dich gebissen? War ich schnell genug?« Warme Hände strichen über ihr Gesicht und dann war da ein Druck auf ihrem Handgelenk. »Gleich wird es besser, hörst du? Gleich wird es dir besser gehen. Ich bring dich hier raus.« Hände schoben sich in ihren Rücken und unter ihre Knie, dann konnte sie plötzlich fliegen. Erschöpft schloss sie die Augen. Sie war so unfassbar müde.

»Halt dich gut fest. Da draußen werden wir blind sein, aber ich kann die Fackel so nicht tragen.« Im gleichen Moment, in dem Anthony sprach, hörte Mary noch ein anderes Geräusch, das sie wieder wach werden ließ. Fels, der über Fels rieb. Der Ausgang verschloss sich erneut.

»So ist es brav, mein Kind. Und nun geh und hol deinen Bruder und seine Mary.«

Zögernd drehte sich Anthony um. Raelyn stand vor ihm, den blutigen Dolch in ihrer Hand. Sie schleuderte ihn in eine dunkle Ecke der Gruft und im nächsten Augenblick stieß sie Mary und Anthony gegen die Felswand. Mit einem Stöhnen sank er in sich zusammen.

Noch ehe Mary sich auch nur aufrichten konnte, war Raelyn bei ihr. Sie packte sie an ihrer Bluse und zerrte sie hinter sich her zur Mutter.

»Raelyn. Du kannst dich wehren. Ich weiß, dass du es kannst. Bitte! Denk an all den Schmerz, den du erfahren hast. Befreie dich von ihr!«, schrie Mary verzweifelt um ihr gerade wieder gewonnenes Leben.

Das Mädchen reagierte nicht. Sie murmelte nur leise vor sich hin, bis sie stehenblieb und verstummte. Raelyn drückte sie zu Boden und Mary sah mit Schrecken, wie sich zwei knochige, halb verweste Füße unerträglich langsam und unerträglich bedrohlich in ihr Sichtfeld schoben.

Etwas zog an ihren Haaren, bis sie den Kopf hob. Die Augen presste sie fest zusammen. Eine zweite Hand griff nach ihrem verletzten Handgelenk und zog es empor. Mary zitterte am ganzen Körper. Zum zweiten Mal nach zweihundert Jahren liefen heiße Tränen über ihre Wangen. Sie würde wieder zum Monster werden. Sobald sie den stechenden Schmerz vom Biss der Mutter spürte, würde sie wieder ein Monster sein.

Aber sie spürte nur, wie etwas über ihre Wunden strich. Vielleicht die Lippen der Mutter?

»Herrlich. Wie lange habe ich darauf gewartet?«, flüsterte sie nah an Marys Ohr.

»Lass es mir dir angenehmer machen«, murmelte Raelyn neben ihr. »Nur bis du wieder etwas bei Kräften bist.«

Zögernd öffnete Mary ihre Augen. Wovon sprach Raelyn da? Aus den Augenwinkeln sah sie das Aufblitzen von Metall, in dem sich die Fackel am anderen Ende der Gruft spiegelte. Großartig. Der Dolch. Wahrscheinlich würden in Kürze beide anwesenden Baobhan Sith von Mary trinken.

Ein schwaches Lächeln stahl sich auf ihr Gesicht. Vielleicht waren die beiden so durstig, dass sie Mary in ihrer Gier töteten.

Dann würde sich ihr letzter Wunsch an die Ceasg doch noch erfüllen. Sollten sie nur kommen. Am Ende wäre Anthony der Einzige, der überlebte.

Anthony …

Ein brennend heißer Schmerz schoss durch ihren Arm, als die Klinge ihre Haut durchdrang. Mary presste die Lippen zusammen, als sie spürte, wie die Mutter sie an sich riss. Nein, sie würde nicht schreien.

In ihrem Geist tanzten um Mary herum wieder Flammen. Sie war zurück auf Houston Hall, am ersten November 1763; sie hörte die Schreie ihrer Familie, die in den Flammen qualvoll verbrannte.

Sie fühlte sich wehrlos, gefangen in Raelyns unerbittlichem Griff und dem der Mutter. Sie ahnte den Schmerz voraus, das Feuer, das sie gleich von innen heraus auffressen würde.

»JETZT, TONY!«

Es war Raelyns Schrei, der die merkwürdige Stille durchschnitt. Im nächsten Moment wurde Mary zur Seite gerissen und der Geruch von brennendem Haar stieg ihr in die Nase. Von Sekunde zu Sekunde schlug ihr mehr Hitze entgegen. Zusammen mit einem markerschütternden zweiten Schrei. Dem der Mutter.

Mary riss die Augen auf und starrte in eine mannshohe Flamme, die sich wand und bewegte. Raelyn zerrte Mary fort, weg vom Feuer, während sie wie versteinert auf die Flammen starrte. Das waren echte Flammen. Es war kein Trugbild.

»Mary! Mary! Sieh mich an!« Anthonys Gesicht tauchte vor ihr auf. »Hörst du mich?«

Sie nickte stockend. Hinter ihm loderte noch immer die Mutter. Mary konnte ihr Wimmern in ihrem Kopf hören und ihre Schmerzen am ganzen Leib spüren. Sie fühlte die sengende Hitze an ihrem Körper. Fühlte, wie sich das Feuer durch ihr menschliches Fleisch fraß. Schmerzen, unerträgliche Schmerzen, die sie fast ohnmächtig werden ließen. Und Schuld. Sie war verantwortlich für den Tod *ihrer* Mutter. Ihr Herzschlag dröhnte, ihr Blut rauschte in ihren Ohren. Ein unendlicher, brodelnder Schmerz, der ihr Herz verbrannte.

Je schwächer die Rufe der Mutter wurden, je deutlicher sie deren Qualen spürte, desto stärker wurde Mary jedoch etwas bewusst:

›Ich kann die Auslöserin all deiner Pein an dein Leben binden. Wenn du endest, wird auch sie ihr Ende finden. Und wenn sie endet, wirst auch du dein Ende finden.‹

Mary starrte in Anthonys Gesicht. Prägte sich jeden Millimeter davon ein. Er sah so erleichtert aus. Er hatte das Monster vernichtet, das ihm im Licht stand. Gemeinsam mit seiner Schwester. Und noch glaubte er, dass er all die Menschen, die er liebte, hatte retten können.

Wie sollte sie ihm erklären, dass er mit seiner Tat zwar Dirleton gerettet hatte, aber ihr Schicksal besiegelt? Tränen rannen über ihr Gesicht. Einmal mehr. Ein letztes Mal.

Sie hob zitternd vor Schmerz und Trauer eine Hand und legte sie an Anthonys Wange. »Ich danke dir. Das hast du gut gemacht. Tha gradh agam ort.«

Er lächelte sie an. Dieses Lächeln würde ihre Seele nie vergessen, egal, was jetzt mit ihr geschehen würde.

Nein, sie würde ihm nichts sagen. Er sollte glauben, dass sie die Verwandlung zum Menschen nicht überlebt hatte. Dass dieses Erlebnis zu viel für ihren plötzlich wieder menschlichen Körper gewesen war. Niemals sollte er erfahren, dass seine Tat der Auslöser gewesen war.

Langsam verhallte die Stimme der Mutter in Marys Kopf und mit der Stille kam diese unendliche Müdigkeit zurück.

»Mary?«

Schlaf.

»MARY!«

Schlaf würde ihr jetzt gut tun. Ergeben sank sie in eine unendliche Dunkelheit.

***

Meeresrauschen.

Schon wieder. Aber diesmal war es nicht kalt. Nicht einmal nass. Stattdessen fühlte es sich beinah gemütlich an. Als läge sie auf einem weichen, warmen Kissen. Sie schmiegte sich noch etwas mehr an. Rieb mit einem leisen, zufriedenen Seufzen ihre Wange an dem, was da unter ihr lag.

Alles fühlte sich so wundervoll friedlich an. War das das Leben nach dem Tod? War das eine weitere Facette der Anderwelt? Dann war Sterben schöner, als sie vermutet hätte. Nur war sie allein. Und in dieser Einsamkeit war selbst das Paradies der Hölle gleich.

Mit einem traurigen Seufzen drehte sie sich etwas auf die Seite und schob ihre Hand unter ihre Wange. Das Kissen bewegte sich leicht auf und ab und ein tiefes Brummen vibrierte unter ihrem Ohr.

Erschrocken riss Mary die Augen auf und hob den Kopf. Sie lag auf einem nackten Oberkörper. Wieder. Auf Anthonys nacktem Oberkörper. Wieder. Was machte er hier? Und warum war er halb nackt?

Der Wind frischte auf und zog an ihren Haaren. War ihm

nicht kalt? Fröstelnd zog sie das Hemd enger um ihre Schultern.

Oh.

Sie sah an sich herab. Er hatte ihr sein Hemd gegeben. Sie spürte, wie ihre Wangen heiß wurden. Wie war das möglich? War sie tatsächlich noch immer am Leben? Als Mensch?

»Er ist einfach eingeschlafen, als er uns nach draußen geschleppt und den Hilferuf am Leuchtturm abgesetzt hatte. War wohl etwas viel für ihn.«

Mary fuhr zusammen. *Raelyn!*

Sie saß einige Meter entfernt auf einem Felsen im Schatten und starrte aufs Wasser hinaus. Ihr Gesicht war makellos wie immer, aber ihre Kleider waren voller Blut und Dreck. Die Mischung wirkte merkwürdig passend. Es war, als unterstrich der Schmutz noch die reine, unschuldige Art, die sie plötzlich ausstrahlte.

Etwas an ihr hatte sich verändert. Aber sie schien noch immer zum Teil eine Baobhan Sith zu sein. Und Mary selbst? Noch immer schlug da ein Herz in ihrer Brust. So munter, als hätte es nie damit aufgehört.

»Du fragst gar nicht, was ich hier mache«, stellte sie tonlos fest und riss Mary damit aus ihren Gedanken.

»Ich … frage mich eher, was *ich* hier mache. Sollte ich nicht … tot sein?«

Raelyn lachte leise. Eine Reaktion, die Mary beim besten Willen nicht verstand. »Mein lieber Bruder hat den Helden gespielt. Traut man ihm gar nicht zu, oder?« Sie strich sich das Haar aus dem Gesicht – ein hoffnungsloses Unterfangen angesichts des Windes. »Er hatte es nicht nur geschafft, mir den Dolch gezielt zwischen den Rippen hindurch in die Lunge zu stechen.« Sie zog am Stoff ihres Kleides und zeigte Mary den

Riss darin. »Es ist ihm auch gelungen, der Mutter eine Feuerbestattung zukommen zu lassen.«

Wie Blitzlichter tauchten die letzten Augenblicke in der Gruft wieder vor Marys geistigem Auge auf. »Das war kein Traum?«, flüsterte sie abwesend. »Aber wie kann ich dann … ich müsste tot sein.« Ihr Blick bohrte sich in den von Raelyn. »Bist du dir sicher, dass die Mutter tot ist?«

»Todsicher sogar.« Raelyn legte den Kopf schräg und musterte Mary neugierig. »Was ist los? Freust du dich nicht? Solltest du jetzt nicht – ich weiß nicht – deinen Prinzen mit einem freudigen Kuss wecken?«

Vorsichtig – um ihn eben nicht zu wecken – stand Mary auf und ging zu seiner Schwester hinüber. Sie brauchte Antworten. Auf eine Frage nach der anderen. »Raelyn, ich versteh das nicht. Wann habt ihr euch das ausgedacht? Das war doch keine spontane Eingebung?«

Das Mädchen senkte verlegen den Blick. »Na ja. Das ist etwas komplizierter. Ein doppelter Bluff. Als du fort warst, stürzte sich Tony wieder in seine Recherchen. Er wollte mir unbedingt beweisen, dass ich falsch lag. Und wahrscheinlich auch sich selbst. Er hatte sich in den Kopf gesetzt, dass nicht du die Mutter warst und dass sie noch irgendwo da draußen ist. Das nutzte ich aus. Ich erzählte ihm von Fidra und davon, was für ein perfektes Gefängnis die Insel abgeben würde. Nach und nach fütterte ich ihn mit mehr Informationen zur Insel. Er hatte schnell angebissen.«

»Moment. Das hast du ausgenutzt? Wie meinst du das?«

Raelyn knabberte nervös auf ihrer Unterlippe. »Unsere Schwestern … sie … ach verflucht!« Sie vergrub das Gesicht in ihren Händen. »Sie haben mich dazu gebracht. Sie wollten, dass ich die Mutter, die große, mächtige Mutter befreie, damit sie das Band unter uns Schwestern wieder stärkt. Ich … ich konnte … ich wollte mich nicht wehren. So klar, so verständnisvoll, so hilfsbereit. Und als dann die Gruft leer war, bin ich fast wahnsinnig geworden. Ich wollte ihnen doch nur helfen. Aber du hattest alles zunichte gemacht.« Langsam ließ sie die Hände sinken und sah Mary an. »Ich war so unglaublich wütend. Noch wütender als auf dem Ball. Ich erkannte mich selbst kaum. Ich rannte nachts durch die Gänge. Die Mutter musste noch in der Nähe sein. Ich konnte sie doch spüren!« Raelyn schluchzte leise. »Dann dachte ich, ich hätte sie gefunden. Ich war dem verschütteten Gang ans Meer gefolgt. Doch auch wenn ich merkte, dass die Stimme der Mutter deutlicher wurde, war ich doch noch immer nicht am Ziel. Aber ich konnte es vor mir sehen.«

»Fidra«, flüsterte Mary.

Raelyn nickte. »Fidra. Und dann am ersten August lief alles aus dem Ruder. Ich verlor die Kontrolle. Ich … ich war nicht mehr ich selbst. Von da an fühlte ich mich wie eine Fremde in mir selbst. Ich erinnerte mich wieder an das Gerede von diesem jungen Abernathy. Er hatte stolz von seinen Untersuchungen an den alten geheimen Schmuggeltunneln unter dem Castle berichtet. Nur er, die Spinnen und die Tauben würden sie kennen. Sagte, dass er sich nicht wundern würde, wenn sie kilometerweit ins Umland reichten oder sogar auf die Inseln führten. Und plötzlich war da dieser Plan, Tony durch einen Tunnel zur Gruft zu locken.« Raelyn sprang von ihrem Felsen und begann, auf und ab zu gehen. »Er gefiel sich in der Rolle des Lockvogels und glaubte mir alles. Er hatte keine Ahnung von meinem – *ihrem* wahren Plan. Aber spätestens, als wir im Doocot in den Gang kletterten, wurde er misstrauisch. Er merkte, dass ich mich anders verhielt als sonst; dass ich anders sprach als sonst. Und je mehr die Situation eskalierte, desto mehr übernahm die Mutter die Kontrolle. Je näher wir Fidra kamen, desto deutlicher wurde ihre Stimme in mir. Als Tony nicht blutete, eskalierte die Situation und …«

»Und dann tauchte ich plötzlich auf.«

»Ich weiß nicht, was passiert wäre, wenn du nicht gekommen wärst. Aber mit dir ging das zweigleisige Schauspiel weiter. Ein Teil von mir – die Houston – versuchte, sich von der Mutter zu befreien. Es machte mich so wütend, was sie mich mit meinem Bruder tun ließ. Er ist doch mein Bruder … Er kann nichts für meinen Vater. Anthony hat mich immer ernst genommen. Ich wollte ihn nicht mehr hassen …«

»Du warst unter ihrer Kontrolle. Du hattest keine Chance. Nicht so nah bei ihr«, sagte Mary verständnisvoll.

»Vielleicht. Vielleicht auch nicht. Am Ende hatte ich die Kontrolle wieder. Am Ende hat die Houston gesiegt. Je mehr sie Anthony verletzte, desto mehr gelang es mir, mich gegen sie zu wehren, und ich begann wieder an unserem ursprünglichen Plan zu arbeiten. Dem von Tony. Aber ich frage mich die ganze Zeit, ob es besser gelaufen wäre, wenn ich schneller wieder zu mir gekommen wäre.«

»Meinst du, bevor du von mir trinken wolltest oder bevor du Anthony und mich gegen den Felsen geschleudert hast?«

»Das … das war Show.«

Mary hob fragend die Brauen.

»Also Letzteres. Es sah schlimmer aus, als es war. Die Mutter sollte denken, dass von Tony keine Gefahr mehr ausgeht. Mein Part war die Ablenkung. Ich sollte dich zu ihr bringen und dafür sorgen, dass ihre Sinne nur noch dich wahrnehmen.«

»Deshalb die Schnittwunde! Frisches Blut!«

Raelyn nickte. »Hatte bei mir ja auch funktioniert. In der

Zwischenzeit hatte Tony eine Art Lunte aus all den trockenen Weißdornästen gebaut und sie an seinem Ende der Gruft auf mein Kommando hin angezündet. Die trockenen Äste brannten genauso rasend schnell, wie wir es uns erhofft hatten. Und dann fingen ihre langen Haare Feuer.«

»Es ist unglaublich, dass das geklappt hat«, flüsterte Mary. Und warum auf einmal? Kein Houston konnte die Existenz der Mutter beenden, daher hatte Mary sie ja überhaupt nur nach Fidra geschafft. Niemand konnte sie vernichten. Niemand aus Dirleton. Keiner der Männer, die sie gefangen genommen hatte. Kein einziger Houston … Ein Lächeln huschte über ihr Gesicht, als ihr etwas bewusst wurde. Ja, kein Mann, kein Houston-Mann allein – aber zwei Houstons zusammen. Weil es endlich *einem* Houston gelungen war, mit *einer* Houston zusammenzuarbeiten. Jahrhunderte lang hatten die Houston-Männer versucht, die Bürde dieser Aufgabe allein zu tragen. Und nie hatte einer in Betracht gezogen, die Last zu teilen. Immer waren die Männer unter sich geblieben. Aber ihr Anthony war schlauer. Schade nur, dass es nicht Mary selbst gewesen war, aber sie wusste schließlich zu gut, dass Anthony und Raelyn nun die ›amtierenden‹ Houstons waren.

Raelyn zuckte mit den Schultern. »Ich glaube, nach denen, die sie fingen, war jeder eingeschüchtert. Man hatte das Monster gefangen und niemand wagte sich in seine Nähe. Wenn ein starker Houston-Mann sie nicht bezwingen konnte, wer dann?« Raelyn schnitt eine Grimasse. »Der Mythos ihrer Macht schuf ein mächtigeres Wesen, als sie es im Endeffekt war.«

Ein mächtigeres Wesen …

›Ich kann die Auslöserin all deiner Pein an dein Leben binden.‹

An wen hatte die Ceasg Mary gebunden? Wer war die Auslöserin, wenn nicht die Mutter des Clans?! Ein kalter Schauer lief ihr über den Rücken. Betraf es ihre Schwestern, die noch da draußen warteten? Hatten sie den Verlust der Mutter gespürt und dürsteten jetzt nach Rache?

»Tja. Also. So war's. Eigentlich hatte ich … mein manipuliertes Ich Tony zu diesem Trick überreden wollen, um ihn zur Gruft zu kriegen. Aber letztlich war er es, der mich die Seiten wechseln ließ. Ein doppelter Bluff.« Sie blieb endlich stehen und seufzte leise. »Es tut mir leid, Mary. Das … wollte ich noch loswerden. Ich … ich weiß nicht, was da in mich gefahren ist. Ich hätte meinen eigenen Bruder …« Wieder versagte ihre Stimme. »Hättest du mich nicht abgelenkt … hätte ich die Kontrolle nicht wieder zurückerlangt … ich weiß nicht, was ich getan hätte.« Sie schüttelte den Kopf und vergrub ihn erneut in ihren Händen.

»Das warst nicht du. Das weißt du«, erwiderte Mary leise. So wütend sie auch auf Raelyn gewesen war, so sehr tat sie ihr jetzt leid. Das Mädchen hatte Mary das Leben zur Hölle gemacht – nicht erst in der Gruft. Aber am Ende hatte sie ihr das Leben gerettet. Und Mary konnte sie verstehen. Sie war allein und verzweifelt gewesen. Sie hatte einen Schuldigen gesucht und jemanden, der ihr erklärte, was sie war und wie sie nun weitermachen sollte. Der Clan hatte ihr all das gegeben. Und dann irgendwann ganz von ihr Besitz ergriffen.

»Bei dir hat sie es nicht geschafft.«

»Nein. Das hat sie nicht.« Mary konnte nichts dagegen tun. Sie fühlte einen Funken Stolz in sich. Sie hatte sich den Einflüsterungen der Mutter widersetzt. Wie knapp es gewesen war, musste sie Raelyn ja nicht auf die Nase binden. Und sie hatte noch mehr geschafft: Sie hatte es geschafft, wieder

Mensch zu werden. Wie die Ceasq ihr angekündigt hatte: Sie würde wieder ein Mensch sein, sobald der richtige Zeitpunkt gekommen war. Mary schüttelte leicht den Kopf. Und doch hätte der Zeitpunkt nicht schlechter sein können – oder?

»Warum beschimpfst du mich nicht? Warum greifst du mich nicht an?«

»Willst du, dass ich dich beschimpfe und angreife?«

Schweigen. Natürlich. Sie wollte für ihre Taten bestraft werden. Als Mary zwei Schritte auf Raelyn zumachte, spiegelte ihr Gesicht gleichermaßen Erstaunen und Schrecken wider.

Doch Mary zog sie einfach in ihre Arme. »Schon gut«, murmelte sie. »Wir alle machen mal Fehler, wir alle haben Schwächen. Du hast dir das nicht ausgesucht. Und du bist nicht davongelaufen. Im Gegenteil. Du hast gekämpft und gewonnen. Es ist gut. Wir schaffen das.« Sanft strich sie ihr über den Rücken und murmelte weiter leise Beschwichtigungen.

Raelyn schwieg lange und irgendwann hörte sie auf zu zittern. »Was du da unten in dem Gang gesagt hast … Dass ich ein verwöhntes Mädchen bin, das nicht mit ihrer Kraft umzugehen weiß … du hattest recht«, murmelte sie leise.

Mary sagte nichts. Sie strich nur weiter über ihren Rücken. Einsicht war der erste Schritt zur Besserung, sagte man doch. »Ich kann nicht mehr weinen«, flüsterte sie in die Stille.

»Ich weiß.«

***

»Danke.«

»Du bist wach?«

»Glaubst du ernsthaft, ich könnte schlafen, während du dich auf mir räkelst?« Anthony öffnete die Augen und sah mit einem schwachen Lächeln zu Mary auf. Sie hatte sich wieder zu ihm gesellt, als Raelyn darauf bestanden hatte, allein vorn am Bootssteg Ausschau zu halten.

Jetzt, da sie wieder sie selbst war, gab es einiges, das sie zu verarbeiten hatte.

»Ich habe ihr nur das gesagt, was ich damals selbst gern gehört hätte«, murmelte Mary leise. Ihr Blick war auf ihr verbundenes Handgelenk gerichtet. Anthony musste sich darum gekümmert haben, bevor sie wieder aufgewacht war.

Er richtete sich etwas auf und griff nach Marys unverletzter Hand. »Du hast dir das nicht ausgesucht. Und du bist nicht davongelaufen. Du hast gekämpft und gewonnen. Es ist gut. Wir schaffen das«, wiederholte er ernst ihre Worte an seine Schwester.

Mary presste die Lippen fest zusammen und blinzelte. So traurig sie auch gewesen war, zweihundert Jahre lang nicht weinen zu können, so sehr reichte es ihr für heute. Sie musste doch nicht alle Tränen innerhalb eines Tages aufholen.

Anthony küsste sie auf die Stirn und zog sie enger in seine Arme. »Du bist also schon eine Houston. Und ich wollte die ganze Zeit eine aus dir machen.« Er legte sein Kinn auf ihrem Kopf ab und starrte auf das Meer hinaus.

»Eigentlich heiße ich ja zurzeit Smith …«, murmelte Mary verlegen. Sein leises Lachen vibrierte in ihrem Rücken. Anthony hatte es geschafft, wieder ein Lächeln in ihr Gesicht zu zaubern. Mit nur zwei Sätzen.

Am liebsten würde sie ewig hier sitzen. Bisher hatte sie in der Insel immer ein Gefängnis gesehen. Aber jetzt in diesem Augenblick genoss sie diesen Ort so sehr, als wäre es tatsächlich das Paradies.

»Sieh nur, unser Boot kommt!« Er stand auf und hielt ihr seine Hand entgegen, um ihr aufzuhelfen.

Mit einem Lächeln ergriff Mary sie und ließ sich direkt in eine Umarmung ziehen. Gemeinsam machten sie sich auf den Weg zum Anlegesteg.

Alles war perfekt. Bis auf diese eine nagende Frage: Sie war wirklich froh, am Leben zu sein. Aber wie war das möglich?

Wer war die ›Auslöserin aller Pein‹? Es gab das Böse auf der Welt. Und das sicher nicht nur in einer Gestalt. Da draußen warteten die Schwestern. Bestimmt hatte die Ceasg sie gemeint – den Clan. Die Schwesternschaft. Nur *eine* Teufelin hatten sie vernichtet. Aber es würden die anderen kommen. Mit Sicherheit. Mary würde Anthony und Raelyn auf ihre Rolle als Hüter von Houston Hall vorbereiten müssen. Sie konnte nur hoffen, dass die beiden bereit dazu waren. Aber sie hatten die *eine* vernichtet, sie würden auch die anderen vernichten können – zusammen.

»Diesseits an Anderwelt. Bitte kommen.« Anthony blieb auf halbem Weg stehen und musterte Mary prüfend. »Du hast schon wieder Geheimnisse vor mir«, konstatierte er nach einer Weile.

Sie wich seinem Blick aus und versuchte, ihre Gedanken zu sortieren. Wie sollte sie beginnen?

»Ich liebe dich. Ich liebe dich mehr und verzweifelter, als ich je in meiner Existenz geliebt habe«, begann Mary ihr Geständnis.

»Das ist tatsächlich ein Geheimnis, das du nicht vor mir haben solltest«, murmelte Anthony mit einem Lächeln auf den Lippen. Er zog sie näher zu sich, um sie zu küssen.

Doch Mary legte einen Finger auf seine Lippen und fuhr fort: »Als du mich in der Gruft verjagt hast, da wusste ich, was du vorhattest. Du wolltest dich opfern und mich retten. Und dann … dann beschloss ich das Gleiche für dich zu tun.« Sie zögerte. Wie weit sollte sie ausholen? »Ich bin zweihundertfünfunddreißig. Das ist alt genug, oder?« Langsam hob sie die Augen und sah Anthony an. »Sag mir, wie alt sollte ein Mensch werden? Wann sind wir alt genug? Wann sind wir zu alt?«

Er musterte sie nachdenklich. Dann zog er sie in die entgegengesetzte Richtung. »Komm, lass uns ein Stück gehen. Das Boot kann warten.«

Sie liefen an der Küste der Insel entlang. Mal nah an den Klippen, mal direkt am Wasser. Die ganze Zeit über hielt Anthony ihre Hand, aber es dauerte, bis er zu sprechen begann. Ganz so, als brauchte auch er erst Zeit, um seine Gedanken zu ordnen und ein gutes Plädoyer vorzubereiten. »Ich habe in der Kanzlei schon zu viele Fälle behandelt, in denen Menschen zu früh aus dem Leben gerissen wurden.« Er blieb stehen und starrte aufs Meer hinaus. Nur wenige Meter vor ihm fielen die Klippen zum Meer hin ab. »Ich glaube, solange es Menschen gibt, die zurückbleiben, ist jeder Tod zu früh. Es gibt dafür keinen richtigen Zeitpunkt. Wir wählen den Moment, in dem wir die Erde betreten, nicht selbst. Und meist auch nicht den Moment, in dem wir sie wieder verlassen. Wir werden in unser Leben hineingeworfen wie ein Fisch ins Wasser. Und dann müssen wir einfach schwimmen.« Langsam zog er Mary in seine Arme. Sicher konnte er spüren, wie sehr sie zitterte. »Es ist mir gleich, wie alt du bist. Du bist jetzt nicht mehr allein. Und wenn du Jahrtausende alt wärst, wäre es zu früh, um zu gehen.« Anthony vergrub sein Gesicht in ihren Locken. Der Wind hatte ihre Haare von jeder Frisur befreit und wirbelte es wild herum.

Mary atmete tief ein und klammerte sich an Anthonys Weste.

Ein trauriges Lächeln huschte über ihr Gesicht. Sie wollte nicht mehr sterben. Sie konnte nur hoffen, dass sie noch viel Zeit mit ihm verbringen durfte, nachdem sie zweihundert Jahre auf ihn gewartet hatte.

Die Ceasg hatte gut daran getan, ihr diesen einen Wunsch nach dem Tod einst nicht zu erfüllen. Ob dieses Wesen schon damals gewusst hatte, was Mary nun widerfuhr?

Es war schon absurd. Genaugenommen hatte die Ceasg Mary nicht einen Wunsch erfüllt. Nichts war so gekommen, wie sie es geplant hatte. Und doch war Mary froh darüber. An wen oder was sie auch immer mit ihrem Leben gebunden war, es gab noch ein zweites, wichtigeres, mächtigeres Band. Sie schmiegte sich enger an Anthony. So eng, dass sie seinen Herzschlag direkt an ihrem Ohr hören konnte.

Dass er jetzt hier mit ihr stand – weit entfernt von Houston Hall – und nach allem die Kraft fand, ihr Mut zu machen … das kam einem Wunder gleich. Und sie wusste in diesem Augenblick, dass sie alles in ihrer Macht Stehende tun würde, um dieses fragile Glück zwischen ihnen zu bewahren. Sie hatte eine zweite Chance bekommen und sie würde sie nutzen.

»Du hast mir nie geantwortet.« Anthonys Worte rissen Mary aus ihren Gedanken. Sie hob den Kopf und sah ihn fragend an – ohne sich dabei auch nur einen Zentimeter von ihm zu lösen. »Nun, genaugenommen kam ich auch nie dazu, meine Frage korrekt zu stellen. Lyn unterbrach uns … und dann war plötzlich alles anders.« Während eine seiner Hände noch immer fest auf Marys Rücken lag, fuhr sich Anthony mit der anderen durch seine Locken. Der Wind blies sie ihm ständig ins Gesicht. »Alles, bis auf eine Sache«, murmelte er. Mit ihrem menschlichen Gehör fiel es Mary schwer, ihn über die Nordsee hinweg zu verstehen. Sein Blick hingegen sprach Bände. Er katapultierte sie zurück zum Ball, auf die Terrasse.

Ihr Herz begriff schneller als ihr Verstand, als er sie langsam losließ und vor ihr auf die Knie sank. Es raste.

Wie schön sich das anfühlte. So lebendig. So richtig.

»Vielleicht war es gut, dass wir unterbrochen wurden. Es war zu früh. Vielleicht habe ich jetzt sogar eine bessere Chance auf die Antwort, die ich hören will.«

Er pflückte sich einen Grashalm und begann ihn vorsichtig zu knoten. »Mary Hariette Hamilton Houston. So heißt du doch wirklich, oder? Du hast mich gelehrt, dass nichts unmöglich ist. Du hast mich aus den dunklen Schatten meiner Vergangenheit geführt und mein Leben auf mehr als eine Weise gerettet. Du zeigtest mir, dass die Welt nicht nur aus Schwarz und Weiß besteht und dass die Fähigkeit, Lügen zu erkennen, nicht immer ausreicht, um die Wahrheit zu begreifen. Du hast den Mann in mir gefunden, den ich selbst verloren geglaubt hatte. Und du hast mich wieder zu einem Menschen gemacht.« Er lachte leise und ergänzte: »Noch bevor du selbst wieder einer warst.« Er griff nach ihren Händen. »Du hast selbst ohne Herzschlag mehr Leben und Wärme auf Houston Hall verbreitet als ich. Und dieses Leben, diese Wärme will ich nicht mehr missen.« Sein Blick bohrte sich in ihren. »Mary, bitte nimm an, was schon lange dir gehört, und lass mich dich wieder zur Houston machen.« Sie spürte, wie der Sog zwischen ihnen beiden sie einmal mehr zu ihm zog. Er atmete tief durch und räusperte sich. »Mary Hariette … Smith. Willst du meine Frau werden?«

Ihre Lippen bebten zu sehr, um sie zum Sprechen zu bewegen, doch sie schaffte es immerhin zu nicken. Sie hatte erst Angst, er könnte es nicht gesehen haben, doch ihre zaghafte

Zustimmung reichte ihm. Im nächsten Moment spürte sie, wie Anthony den dünnen Grashalm um ihren Ringfinger band.

Ein Schauer überrollte sie, als sich ihre Hände miteinander verschränkten.

»Tha gradh agam ort.«

»Hey, was ist los, ihr beiden Turteltauben? Inspector Abernathy ist mit dem Boot da. Wir sollten an Bord gehen.«

»Raelyn«, sagte Anthony, ohne seinen Griff um Mary zu lockern. »Wir kommen gleich! Sag ihm, er soll sich bitte etwas gedulden.«

»Ich kann das alles nicht glauben«, murmelte Mary und musterte ihre ineinander verschränkten Hände.

»Du redest von Dingen, die du nicht glauben kannst? Du? Ich musste lernen, dass es all die Wesen aus meinen Kindheitsmärchen wirklich gibt. Aber du zweifelst daran, dass das hier wahr ist?«

»Touché! Und doch kann ich nicht fassen, dass du mich wählst.« Mary lachte leise. »Immerhin bin ich doch nur das Dienstmädchen.«

»Das ist ganz einfach zu erklären: Ich muss dem Rat einer klugen Frau folgen: Ich darf die weiße Dame nicht aus den Augen lassen«, murmelte er an ihre Lippen und zog Mary noch etwas enger an sich.

Donnerstag, 23. Mai 1963. North Berwick.

Ich hatte schon wieder eine Vision. Sie häufen sich in letzter Zeit. Dieses Mal war die Szene ausgesprochen kurz, aber ich werde die grauen Augen darin nie vergessen. Er öffnete mir die Tür. Der Haltung und der Kleidung nach definitiv höheren Standes. Dem Haar und dem Kinn nach eindeutig ein Houston. Also hat tatsächlich jemand überlebt. Ein Mann. Also mit Sicherheit ein Mensch.

Ich bin das beste Beispiel dafür, dass man Houston-Frauen nicht trauen kann. Wir sind anfällig für das Gift. Ein Houston-Mann hingegen …

Ich muss unbedingt nach Houston Hall und herausfinden, wer er ist und ob er um das Geheimnis von Houston Hall weiß. Und ich muss herausfinden, weshalb mir sein Blick heiße und kalte Schauer über den Rücken jagt.

Ich sehe sein Gesicht noch immer so deutlich vor mir, dass ich es in aller Ruhe in Stein meißeln könnte. Diese Wangenknochen … die Lippen … der Blick …

Es wird einen Grund haben, dass ich diese Vision gerade jetzt hatte. Ich sollte meine Zelte abbrechen und schnellstens nach Houston Hall zurückkehren. Einmal mehr. Hoffentlich ein letztes Mal.

M. H. Hamilton Houston

Sei einer Sache Dir stets gewiss:
Wie dunkel der Schatten auch ist,
dass er immerfort das Licht verspricht.
Für ewig währt er nicht.

Danksagung

Mein erstes Verlagsbuch. Ich kann es kaum fassen! Es ist länger geworden als geplant und doch habe ich das Gefühl, dass mich diese zwei letzten Seiten jetzt mehr herausfordern als die vielen davor. Bloß niemanden vergessen!

Zu allererst möchte ich meiner lieben Mutter danken. Du hast mir den Rücken freigehalten und Dir Kapitel um Kapitel angehört, als ich das Buch immer wieder Probe gelesen habe. Das mag am Anfang spannend gewesen sein, aber wenn man ein Kapitel wieder und wieder hört … Danke für Deine Geduld, Deinen Rat und Dein Mut-Machen!

Ein riesiges Dankeschön gilt meinen großartigen Agentinnen Kristina und Gesa, sowie Clemens. Dank Euch haben Droemer Knaur und Houston Hall zueinander gefunden. Danke, dass ihr unter all meinen Ideen dieser eine Chance gegeben habt und mit mir so hart dafür gekämpft habt.

Und selbstverständlich richtet sich mein Dank ebenso an mein neues Verlagszuhause selbst und im besonderen Maße an Kathinka, die mir gezeigt hat, wie angenehm und einfach es sein kann, mit einem Verlag zusammenzuarbeiten. Ich freue mich riesig, nun dazu zu gehören, und es ist mir eine Ehre, dass ich mich selbst um mein Cover kümmern durfte. Es hat mir viel Spaß gemacht, Houston Hall ein Gesicht zu geben.

Bedanken muss ich mich auch bei meiner Lektorin Theresa, die sich Tage und Nächte um die Ohren geschlagen hat, um noch mehr aus der Geschichte herauszuholen. Du hast wirklich im Akkord gearbeitet und am Ende hat es schon beinah Spaß gemacht (kleine Anmerkung für meine Leser: Lektorat macht Autoren nur selten Spaß). :-)

Soweit so augenscheinlich. Neben all den lieben Freunden,

die mich die ganze Zeit über ermutigt haben und die ich am liebsten alle an dieser Stelle nennen würde, gab es aber vor allem drei, denen ich ganz explizit danken will:

Mady, meine Liebe. Es ist jetzt schon verflucht lange her, dass wir gemeinsam die Urversionen von Anthony und Mary für ein kleines Skype-Rollenspiel erschaffen haben. Ich weiß nicht, wie viel Du von den beiden und unserer ursprünglichen Geschichte noch wiedererkennst. Aber ohne Dich hätte es dieses Buch nie gegeben. Ich danke Dir dafür!

Monja, mein Schottland-Girl. Ich danke Dir für deinen Einsatz. Du hast mir einen Tag deines Urlaubs geschenkt und bist nach Dirleton gereist, um für mich Augen und Ohren vor Ort zu sein. Deine Entdeckungen und all die Flyer und Fotos waren eine riesige Hilfe. Dein Bild von Dirleton Castle ist nun auf ewig im Cover verewigt. Vielen, vielen Dank!

Clari, meine Schwester im Geiste. Wie viele Szenen habe ich Dir vorgelesen, gemailt, ›getelegramt‹. Obwohl Du selbst bis zum Hals in Arbeit steckst, hast Du Dir immer Zeit genommen, um mir Deine Meinung zu sagen und mich zu motivieren. Tausend Dank dafür!

Das Beste und Wichtigste kommt ja bekanntlich am Schluss: Am dankbarsten bin ich Dir, der oder die Du dieses Buch bis zum Ende durchgelesen hast. Danke für die Chance und danke für die Zeit, die Du mir und meiner Geschichte gewidmet hast. Ich hoffe, Mary, Anthony und die anderen haben Dir eine schöne Zeit beschert und Dich erfolgreich nach Schottland entführt. Verliere niemals die Lust am Lesen. Wer weiß, wie viele Welten und Leben Dir entgehen würden. :-)

Mary